*Ralf Günther*

# Die Pestburg

Ralf Günther

# Die Pestburg

Roman

HEYNE <

Der Wilhelm Heyne Verlag ist ein Verlag
der Ullstein Heyne List GmbH & Co. KG
Satz: Schaber Satz- und Datentechnik, Wels
Gesetzt aus 10,4/13,4 Punkt Meridien in Quark XPress
Druck und Bindung: Clausen & Bosse, Leck
Printed in Germany

ISBN 3-453-86858-7

www.heyne.de

*Erstes Kapitel*

# Einzug

Drohend lag die Silhouette des Meißner Burgberges vor den Kriegsflüchtlingen. Der Schlagschatten floss schwarz den Burgberg hinunter, hinweg über die Stadtmauer, die froststarren Elbwiesen, den schmalen Treidelpfad. Das zweifache Dunkel der Turmspitzen mit ihren schlanken, vom niedrigen Stand der Morgensonne gedehnten Kreuzen schnitt in den Fluss; gerade so, als wollte es einen Damm in die Fluten werfen, den Strom der Zeit anstauen zu einer einzigen schwarzen Lache.

Justus von Liebensteins Stute scheute, als sie ihre Hufe in den Schatten der Burg setzen sollte. Justus hieb ihr die Stiefel in die Flanken. Die Braune tänzelte, trippelte, doch sie verweigerte den einen, entscheidenden Schritt vorwärts.

Der schmale Pfad war von einer dünnen Schicht Raureif bedeckt, ebenso die Wiesen links des Weges, die sanft zur Elbe hin abfielen. Justus fürchtete, dass sein Pferd ins Rutschen geraten und den Abhang hinunter in den Strom schlittern könnte. Der schmächtige von Liebenstein, nicht ganz fünfzehn Jahre alt, beugte sich nach vorn, legte sich über die Mähne der Stute, um zu verhindern, dass sie stieg. Ein weiterer Hieb in die Flanken ließ sie die Nüstern blähen. Atemwolken stiegen auf und verflüchtigten sich rasch in der klaren, klirrenden Januarluft. Von hinten drängten die Studenten zu Fuß nach. Sie waren so klug, Abstand von den Hinterhufen der Braunen zu bewahren.

»Von unbehaarten Schenkeln lässt sich keine Stute gerne stoßen!«, grölte Balthasar Türmer, der großmäulige, hochgewachsene *senior* der bayerischen Landsleute an der Leipziger

Universität. Seine Stimme hatte schon die dunkle Färbung des erwachsenen Mannes angenommen, war nicht mehr das heisere Kicksen und Kickern, das den meisten der Studenten die Rede zerhäckselte. Was konnte die alte Kunst der Rhetorik, in der sie Magister Rufus Knopplochius geduldig unterwies, schon ausrichten gegen diese unwillkürlich und immer an den lästigsten Stellen einspringenden Kopftöne?

Die Antwort auf Türmers gehässige Bemerkung war ein feindseliges Grölen. Ein Lärm, der Justus aus den Wandelgängen und Aulen der Leipziger Kollegien nur zu vertraut war. Er hasste dieses Geschrei mehr als alle Widrigkeiten, die ihm bisher in seinem Leipziger Jahr begegnet waren! Seit dem Wintersemester 1545/46 hörte er nun schon *lectiones* an der *Alma Mater Lipsiensis*, aber er fühlte sich unter den Studenten fremd wie am ersten Tag. Wäre nicht der Magister gewesen, der junge, bartlose Rufus Knopplochius, zu dem Justus sich hingezogen fühlte, den er wegen seiner klaren Rede, seiner geordneten Gedanken verehrte, er hätte sich längst wieder aus der Leipziger Matrikel streichen lassen.

Justus perlte Schweiß auf der Stirn. Wieder und wieder mühte er sich, das Tier aus der Hüfte heraus nach vorn zu treiben. Die Stute glotzte panisch, warf den Kopf auf und pumpte Luft. Sie drohte zum Fluss hin auszubrechen, Justus hielt mit dem Schenkel dagegen. Seine Aufmerksamkeit war ganz von dem Ringen mit dem Tier beansprucht, und so vernahm er das Geräusch viel zu spät: das pfeifende Zischen einer Weidenrute, dann das satte Klatschen auf der Kruppe des schweißnassen Pferdes. Unerwartet tat die Braune einen mächtigen Satz nach vorn. Dem Knaben glitten die Lederzügel durch die Stulpenhandschuhe, schon hing er mehr im Sattel, als dass er saß, dann packte er doch noch zu, krallte die rechte Hand in die Mähne, mit der Linken den baumelnden Zügel auffädelnd, um der Stute keine Luft zu geben. Sein brauner Studentenhut flog ins wintergelbe Gras. Doch Justus konnte sich im Sattel halten. Zu bitter wäre die Schmach, dass ausgerechnet er, der einzige Berittene unter den Flüchtenden, die Nase in den Raureif der Gräser tauchte.

Obwohl ihm diese Demütigung erspart blieb, klang erneut das hämische Geschrei von hinten. Einzelne Scholaren schnalzten mit der Zunge, um das Pferd noch irrer zu machen. Nur Melchior Haberkorn, einer der jüngsten unter den Scholaren, klein von Wuchs und daher selbst ständig Ziel des Spottes, bückte sich, um Justus das Barett zu reichen. Justus nahm es mit einem Nicken entgegen. Die Braune stand still, überrascht, dass sie nun mitten im Schattenkreis stand und ihr nichts geschehen war.

Justus fröstelte. Der Schweiß, der sich unter dem Pelzkragen gesammelt hatte, kühlte seinen Nacken. Er rieb seine Waden leicht an der Flanke der Braunen, und folgsam wie eh und je fiel sie in einen geschmeidigen Schritt. Erneut drang ihm Türmers grölendes Organ ans Ohr: »Wen wundert's? Das Reiben gelingt ihm besser als das Stoßen!« Wieder schallendes Gelächter. Justus nahm die Zügel fest in die Hand. Stets führten die Älteren solche Reden im Mund, klopften freche Sprüche, die ein Geheimnis bargen. Justus fühlte sich einmal mehr ahnungslos, ausgeschlossen aus der Schar der jungen Männer, und er hasste sich dafür.

Ehe er an die Universität kam, hatte er es für ein Privileg gehalten, einer von Stand zu sein. Kein alter, sächsischer Adel, aber immerhin Nachfahre eines der treuesten Staatsdiener Herzog Georgs, dem letzten Katholiken auf dem meißnisch-sächsischen Fürstenthron; von diesem, den man »den Bärtigen« nannte, als Dank für treue Dienste im Namen der rechtgläubigen Sache kurz vor dessen Tod mit Adelsbrief und Lehen versehen. Die Landgabe war ein ehemals herzogliches Gut, das den Namen »Burg« nicht verdiente. Die Einkünfte der Liebensteinischen Besitzungen konnten nicht ergiebig genannt werden, aber sie nährten den Lehensmann und dessen Sippe.

Nach dem Dahinscheiden des altgläubigen, bärtigen Georg hatte sich der Wind gedreht. Man war jetzt lutherisch-reformiert gesonnen im Herzogtum Sachsen, und dort hinein mochte der alte von Liebenstein wie viele sächsische Adelige sein Wappentuch ums Verrecken nicht hängen. Lieber in die Bedeutungslosigkeit zurücksinken, als zum ketzerischen Luthertum übertreten!

Über die Armut der von Liebensteinischen zerrissen sich die nicht sehr zahlreichen Untertanen die Mäuler. Der Alte war zu mild und großmütig, um den Zehnten mit der Knute einzutreiben. Lieber darbte er. Er hatte nur zwei Söhne, Georg, nach dem fürstlichen Brotherrn und Wohltäter benannt, und Justus. Im Kindbett des Zweitgeborenen war die Mutter gestorben.

Doch selbst für zwei Söhne war der Ertrag des Lehens zu gering. Also ließ man Justus einige Jahre lang durch den Liebensteiner Dorfpfarrer unterweisen, der die lateinische Sprache mehr missbrauchte als beherrschte. Trotzdem hatte er es verstanden, dem alten Liebenstein ein Vermögen für den Unterricht abzuknöpfen. Dann schickte man Justus nach Leipzig, an die Hohe Schule. Hier, wo der Adel selten anzutreffen war, wurde der Junge mit einem Male zu den Wohlhabenden und Hochherrschaftlichen gezählt. Allein weil er auf einer Stute und in Begleitung eines Dieners in die Stadt geritten war!

Christian, das Hausfaktotum auf Burg Liebenstein, war allerdings weniger ein Lakai als ein zweiter Vater für Justus. Maria, Christians Eheweib, hatte den Knaben an Mutters statt großgezogen. Doch kaum in der reichen, geschäftigen und selbstbewusst-bürgerlichen Handelsstadt eingetroffen, schrie man Justus in den Höfen der Bursen und auf den Gängen der Kollegien das alte Müntzerwort hinterher: »Da Adam grub und Eva spann, wo war denn da der Edelmann?« Und Balthasar Türmer, Sohn eines Sägemüllers im Fichtelgebirge, war derjenige, der am lautesten schrie.

Da Justus seine Stute, für die der Vater einen guten, ergiebigen Holzeinschlag an den reichsten Bauern der Gegend versetzt hatte, schwerlich dem Abdecker überlassen konnte, war er der einzige, der hoch zu Ross in die alte und ehrwürdige Stadt Meißen, die Wiege des sächsischen Fürstengeschlechts, einziehen würde. Nicht einmal die *doctores* der Kriegsuniversität konnten wie Justus die Stiefel in der Winterluft baumeln lassen.

Seine Magnifizenz Konstantin Pflüger, Kriegsrektor der Universität aus dem schlesischen Glogau, hatte es gleichwohl erstrebt. Hatte sich am Morgen die Schindmähre eines Bauern aus Jahna aufzäumen und satteln lassen. Dem *rector electus*, dem amtierenden Oberhaupt der Hohen Schule zu Leipzig, so hatte Pflüger beschlossen, stünde der Einzug auf einem Pferd in dem weithin sichtbaren, seiden glänzenden Purpurornat gut zu Gesicht. Doch das Tier, wie alle Ackergäule zunächst einen gutmütigen Eindruck verbreitend, hatte ihn abgeworfen. Zuvor allerdings hatte es im Hof der Gastwirtschaft »Zur Kupferpfanne« einige wütend stampfende Runden gedreht und dabei einem aufgescheucht gackernden Huhn die Gurgel zertrampelt.

Seine Magnifizenz war neben der Pferdetränke unsanft zu Boden gegangen, und nur um eine Handbreit war ihm das Schicksal des Suppenhuhns erspart geblieben. Nun saß er schweigend und frierend neben der Hand voll Magister, Doktoren und Legaten auf einem rumpelnden Heukarren. Auf Empfehlung des alten Camerarius, der grauen Eminenz der Leipziger Universität, hatten sie gemeinsam mit ihren Studenten die schmähliche Flucht nach Meißen angetreten. Es war höchste Zeit gewesen.

Die Truppen der schmalkaldischen Bundesgenossen unter ihrem ersten Hauptmann Johann Friedrich, Kurfürst von Sachsen, sammelten sich bereits in Schkeuditz, unweit der großen sächsischen Handelsstadt, die nun zur Kriegsstadt geworden war. Zwei Tage vor der Neujahrsnacht, am 29. Dezember 1546, hatte Herzog Moritz, Vetter des Kurfürsten und dennoch Kriegsgegner, befohlen, die Vorstädte abzubrechen.

Die Bewohner waren aufgefordert worden, alles, was ihnen lieb und teuer sei, in den Schutz der Mauern zu schaffen. Am Tag vor der Neujahrsnacht wurde das Georghospital vor dem Ranstädter Tor niedergebrannt. Anschließend alle Häuser nach dem Hallischen Tor zu, mitsamt der Hallischen und Ranischen Vorstadt bis zum Graben. Das alles noch vor dem Jahreswechsel.

Zum neuen Jahr waren dann dem Rat der Stadt Regierung und Torschlüssel genommen und dem Obersten von Wallwitz übergeben worden. Unverzüglich hatte das Kriegsregiment allen, die zum Kriegsgeschäft nicht fähig oder willens waren – namentlich Frauen, Jungfrauen, jungen Gesellen und Studenten –, befohlen, sich binnen dreier Tage aus Leipzig fortzumachen. Anstatt mannbar die Stadt und ihre Mauern zu verteidigen, saß man nun grimmig auf einem Heuwagen, vor den ein alter muskelschwacher Ochse gespannt war, den niemand zurückfordern würde.

Am Morgen hatte man den Bewohnern des Dörfchens Jahna die Erleichterung deutlich angemerkt, die *studiosi* und *doctores* wieder ziehen zu sehen. Auf *Trium Regum*, dem Fest der Heiligen Drei Könige, hatte man sich hier versammelt – dem Tage, da in gewöhnlichen Jahren die Feierlichkeiten und Festschmäuse der Magisterprüfungen und Promotionen abgehalten wurden.

Doch in diesem gerade angebrochenen Kriegsjahr verbrachte man den Festtag unter Fremden und in wenig feierlichen Verhältnissen. Beinahe feindselig hatte man die jungen Leute und ihre Begleiter beäugt und bewirtet, denn der Ruf, der ihnen vorauseilte, war verheerend. Auch die meißnische Bevölkerung würde nicht gerade erfreut sein, dies Scholarenvolk, von dem man berichtete, dass es Tag wie Nacht soff, Streit vom Zaune brach, wo es nur ging, und aus geringstem Anlass die Fäuste, Knüppel und selbst Schwerter kreisen ließ, für Tage, Wochen oder gar Monate beherbergen zu müssen.

Lieber hätte man den Truppen des vom Kaiser in die Acht erklärten Kurfürsten Tür und Tor geöffnet als diesen Gelbschnäbeln, Wortklaubern und Neunmalschlauen, die in Leipzig schon handfeste Kriege mit den Gesellen der angesehensten Zünfte geführt hatten! Immer noch erzählte man sich in Sachsen und überall im Reich die Geschichte der Erfurter Studenten, die *anno domini* 1506 durch Händel und allerlei schamlose Übergriffe gegen Bürgerstöchter die Einwohner derart gegen sich aufgebracht hatten, dass man Söldner gegen sie vorrücken, mit Kanonenkugeln an Kollegiengebäuden anklopfen ließ, um die lästigen Studenten auszutreiben. Schließlich und endlich hatte man, aus maßlosem Zorn gegen die hochfahrenden Rabauken, die Bibliothek mit allem wertvollen Bestand in Schutt und Asche gelegt.

Nun trat die Liebensteinische Stute, die mit Justus im Sattel den Zug der Leipziger Studenten anführte, aus dem Schatten der Domtürme. Vor ihnen auf dem schroff aufragenden Felsen erhob sich das Meißner Schloss, ein zur Elbseite hin steil, über drei, vier Geschosse aufragendes Gebäude mit hohen, schmalen Fensternischen, wie sie sonst nur an Kirchen zu bewundern waren. Über jeder Fensterlaibung ein geraffter, in schwungvollem Bogen wie ein Vorhang fallender Giebel – jedoch aus Stein. Neben dem Schloss der Bischofssitz, einfacher, bescheidener in der Anmutung und etwas an den Rand des Felsplateaus gedrängt vor dem Dom liegend. Am Fuße des Berges, zwischen Felsen und Fluss, duckten sich erste niedrige Hütten zwischen kahle Obstbäume und Gärten. Die Häuser wurden größer und zahlreicher, je weiter die Studenten und ihre Begleiter der Elbe entgegenzogen. Die gelblich-braunen, mit Stroh oder Holzschindeln gedeckten Dächer ragten keck und spitz hinauf, doch nur wenige Häuser waren höher als ein oder zwei gedrungene Stockwerke. Das sollte das stattliche Meißen sein, der Stammsitz der Landesfürsten, die Wiege der sächsischen Lande? Justus drehte sich nach seinen

Kameraden um. Sein Blick blieb an Türmer hängen, der die vier Dutzend Knaben und jungen Männer um Haupteslänge überragte. Schnell wandte er sich wieder nach vorn, um den Langen nicht zu neuerlicher Spottrede herauszufordern. Vergeblich.

»Nun Justus, Edler von Liebenstein, hast du schon einen Meißner Jungfernkranz erspäht?«

Justus senkte den Kopf, äugte aber unter halb geschlossenen Lidern hervor. Zeigten sich doch tatsächlich erste vorwitzige Gesichter an den Fenstern der vorgelagerten Fischerhäuser – einige Jungfern in heiratsfähigem Alter waren darunter, wie er an ihrem geflochtenen Haar erkennen konnte. Justus, zu Pferde und mit den flachsblonden in die Stirn fallenden Strähnen unter dem braunen Barett ein natürlicher Blickfang, ordnete seinen Pelzumhang, straffte den Oberkörper, bog die Schultern zurück und versuchte, einen Eindruck zu vermitteln, der einem Edlen von Liebenstein angemessen war. Obwohl er es hasste, den jungen Edelmann zu geben, wusste er, was er dem Vater schuldig war.

Sie ließen den zum Fluss hin vorspringenden Teil der Festung, den verwaisten Sitz des katholischen Bischofs, hinter sich, und endlich öffnete sich ihrem Blick eine Stadt, die diesen Namen auch verdiente. Das gewinkelte Gedränge spitzer Dächer stieg hinter der groben, unverputzten Stadtmauer aus Bruchstein sanft an, kletterte höher und höher hinauf, bis auf die Anhöhe der Burg. Aus den Essen der Häuser zogen feine weiße Rauchfäden lotrecht wie Seile in den Himmel, als seien sie irgendwo dort oben im unendlichen Blau festgezurrt. Vereinzelt zeigten sich nun auch Gesichter hinter den Zinnen der Stadtmauer. Kein freundliches Willkommen, eher skeptische Mienen. Einmal mehr beneidete Justus den älteren Bruder, der als Ritter des herzoglichen Heerhaufens in jeder Stadt jubelnd, oder doch wenigstens mit ängstlichem Respekt, empfangen wurde. Studenten bejubelte man nicht. Studenten ertrug man.

Immerhin, das Elbtor stand weit offen. Doch was blieb den Meißnern anderes übrig? Hätte man sich dem Befehl Moritzens widersetzen, der Verlegung der Winteruniversität von Leipzig nach Meißen widersprechen können? Nach Meißen, das für abseitig genug gehalten wurde, die Studenten vor dem Zugriff der abtrünnigen protestantischen Partei zu bewahren? So öffneten sie die Tore und ließen die in dicke Pelze und Umhänge gehüllten Gestalten, deren Leumund Aufruhr und Unruhe versprach, einziehen.

Justus zog unwillkürlich den Kopf ein, als er unter der flachen Wölbung des Tores hindurchritt. Die Hufe der Braunen hallten wider im düsteren Durchgang. Ein Torwächter hatte sich auf seine Hellebarde gestützt; ernst und stumm blickte er zu dem Reiter empor. Nachdem Justus sich unter dem Fallgitter durchgebückt hatte, richtete er sich wieder auf. Auch der Körper der Stute schien sich zu straffen. Hunderte Augenpaare waren auf Justus gerichtet. Neugierige Blicke, einige warmherzig, manche abweisend, viele feindselig. Kaum eines der Fensterchen, in dem kein Gesicht zu sehen war. Die warme Luft, die aus den Stuben quoll, flimmerte vor dem blauen Himmel. So neugierig war man denn doch auf die verordneten Gäste, dass man die kostbare Wärme entweichen ließ! In mancher Fensterlaibung drängelten sich drei und mehr Mägde, im Wettstreit um den besten Blick auf den Tross. Justus' Züge versteinerten in gespielter Würde, den Blick fest auf den Heuwagen gerichtet, der einige Meter vor ihm über den gefrorenen Lehmboden rumpelte. Die *doctores* hatten sich erhoben. Sie hielten sich mühsam aufrecht, denn immer wieder wurden sie gegeneinander geworfen, wenn der Wagen über eine gefrorene Furche holperte. In festlichem Ornat, mit der Kette des Rektors geschmückt, stand ganz vorn: Seine Magnifizenz, Konstantin Pflüger von Glogau, die Miene gefroren und gefurcht wie die Wege der Stadt. Allmählich schien er das Ausmaß seiner Mission zu ermessen. In diesen kriegerischen Zeiten hatte man ihn, den ehrgeizigen und scharfkantigen *magister artium ac philosophia*, der schönen Künste und der Philosophie, zum Rektor gemacht, um ihn notfalls bequem opfern zu können. Die Leipziger Führungsschar, allen voran Joachim Camerarius, der Übervater der Universität, die alteingesessenen Theologen Borner, Pfeffinger – auch sie, wie Camerarius, Vertraute Melanchthons –, und nicht zuletzt der streitbare Schotte Alesius, sie alle hatten die Ehre des Rektorats diesmal großmütig von sich gewiesen. In diesem Wintersemester, das wie kein anderes in der bisherigen Geschichte der Leipziger Hohen Schule die Spuren des Krieges tragen würde. Und von dem niemand wusste, wie es enden würde.

Mit einer gedeihlichen Fortsetzung des Lehrbetriebes war nicht zu rechnen. Die wenigen Bände der Universitätsbibliothek, die weit hinten im Tross, auf Ochsenfuhrwerken und in eisenbeschlagenen Truhen mitgeführt wurden, waren nur das Notwendigste. Eine Prachtbibel, eines der ersten gedruckten Exemplare, von meisterlicher Hand geschmückt für den Gottesdienst; einige Donaten für den Lateinunterricht; einige Bände des Augustinus, einige Kommentare und Schriften Melanchthons, einige Abschriften antiker Komödien des Terenz und Plautus – darin erschöpfte sich der Inhalt der Büchertruhen. Eine Hand voll Universitätsbediensteter, ein Syndikus, vier Pedellen – für jeden der mitreisenden Lehrer einer – marschierten neben dem Wagen mit den Truhen.

Der mitgereiste Syndikus – als Jurist für die Geschäfte und Verträge der Kriegsuniversität zuständig – hatte die Erlaubnis gegeben, eine der Truhen zu öffnen, um die Neugier der Meißner Bevölkerung zu befriedigen. Verschlossene Truhen stachelten die Fantasien der einfachen Leute mehr an als geöffnete. Und die dreihundert Goldgulden, die Caspar Borner als amtierender *oeconomus* herausgerückt hatte, um die Universität in der Fremde schuldfrei zu halten, trug der Bevollmächtigte ohnehin auf mehrere lederne Umhängetaschen verteilt unter seinem Mantel.

Vor dem Einzug in die Stadt hatte Pflüger zwei Dutzend Landsknechte, die Herzog Moritz ihnen zum Schutz abkommandiert hatte, als Eskorte rechts und links des Zuges aufmarschieren lassen. Was als Zeugnis der Stärke gedacht war, erschien Justus nun wie das Eingeständnis von Angst vor den stillen, verschlossenen Herzen dieser Stadtbewohner. Die Spieße der Bewacher, die, bewehrt mit dem Wimpel des Herzogs, aller zwanzig Fuß gen Himmel stachen, waren nicht gegen den kursächsischen Feind gerichtet, sondern gegen die Bewohner Meißens. Justus hätte es nicht verwundert, aus dem Dunkel einer Stube Schmährufe zu hören. Doch die Leute blieben merkwürdig still. Nur der neblige Hauch ihres Atems schlug den Jünglingen entgegen. Und mancher Meißner schloss die Fensterläden wieder, ehe das Ende des Zuges, eine Viererеskorte der fürstlichen Leibwache hinter dem Wagen mit den Büchertruhen, vorbeigezogen war. Der kehlige Schrei eines Falken, der hoch über dem Burgberg kreiste, zerriss mit einem Mal die winterliche Luft. Dann vernahm Justus von hinten ein Brummen, das allmählich in ein melodisches Summen überging. Türmer und seine bayerischen Landsleute stimmten ein Lied an:

»*Pertransibat clericus* /
Durch einen grünen Wald, /
*Inveniebat stantem, stantem, stantem* /
Ein Mägdlein wohlgestalt«,

klang es zu Justus nach vorn, und sein Herz machte einen Sprung, denn auch er liebte dieses fröhliche Studentenlied. Er stimmte aus voller Brust mit ein:

»*Salva sic, puellula,* /
Gott grüß dich, Mägdlein, /
*Dico tibi, vere, vere,vere* /
Du sollst mein Eigen sein.«

Die Studenten schmetterten fröhlich vor sich hin. Sie bemerkten nicht, dass dieses Lied die Meißner in ihren schlimmsten Vorurteilen bestärkte.

»*Non sic, non sic, mi domine, /*
Ihr treibt aus mir ein Spott, /
*Si vultus me deponere, /*
So macht doch nicht viel Wort«,

übernahm der schmächtige Haberkorn mit verstellter Stimme den Part des Mägdleins. Vereinzelt wurde gekichert. Langsam bog der Heuwagen an der Spitze des Zuges auf den Marktplatz ein. Keiner der Scholaren konnte die unwillig verzogenen Mienen der Lehrer sehen. Die Schlussstrophen grölten alle lauthals mit:

»*Exuebant vestes /*
Die Beine waren weiß, /
*Fecerunt mirabilia /*
Wie jedermann es weiß.

*Domine probaestime, /*
Herr, wie gefall' ich dir? /
*Si tibi bene placuerim, /*
Komm' morgen wieder zu mir«,

forderte schließlich Haberkorn zur Belustigung aller. Doch bevor man sich über die Anzüglichkeit zur Genüge lustig gemacht hatte, spürte Justus, dass eine Stockung den Zug von der Spitze her verlangsamte. Er zog die Zügel an. Der Heuwagen, auf dem der Rektor und die Magister wie Delinquenten in die Stadt eingefahren waren, war vor dem Rathaus angekommen. Dort, auf einer behelfsmäßigen Tribüne, erwartete der Bürgermeister Nicklas Ahnsorge, gemeinsam mit den Meißner Ratsherren und den wichtigsten Zunftmeistern, dem

Stadtpfarrer Valentin Schreiber und dem Magister Georg Fabricius, Leiter der Fürstenschule St. Afra, die Zwangsgäste. In der Rechten hielt er die zusammengerollte Urkunde von Moritz, die ihn zwei Tage zuvor erreicht hatte. Den Wortlaut kannte keiner der Gäste, der Inhalt jedoch war bekannt: Moritz von Gottes Gnaden, Herzog zu Sachsen, Landgraf in Thüringen und Markgraf zu Meißen wünschte, dass die »hochgelahrten *magistri, doctores* und *studiosi*« für die Dauer ihres Aufenthalts in Meißen gastfrei gehalten wurden. Man solle sie behandeln wie fürstliche Gäste, ihnen ein Dach über dem Kopf, Mobiliar, Speisung und Trank in angemessenen Mengen zur Verfügung stellen und sie überhaupt mit jener Liebenswürdigkeit bedenken, die er, Herzog Moritz, stets erfahren habe, wenn er in Meißen weilte.

Bürgermeister Ahnsorge hatte maliziös gelächelt, nachdem er die Zeilen mit dem herzoglichen Siegel entziffert hatte. Eine Hand voll halbwüchsiger Studenten: das war das Letzte, was er in diesen Winterzeiten in seiner vom Krieg bedrohten kleinen Stadt gebrauchen konnte.

Justus von Liebenstein hielt sich im Hintergrund des Platzes, dort, wo sich die Studentenschar mit den wenigen neugierigen Bewohnern der Stadt, die sich bis auf den Marktplatz gewagt hatten, mischte. Türmer stand zwei Reihen vor ihm. Als einziger reckte er nicht den Kopf. Er überragte wie stets die Menge der Knaben.

Justus schwang sich aus dem Sattel und hielt die Stute am Zügel. Auch die Braune stand still und richtete ihre Aufmerksamkeit auf das, was vorne, auf dem hölzernen Podest, vor sich ging.

Rektor Pflüger und die drei Lehrer, Joachim Beck, Doktor des *ius civilis* wie des *ius canonicus*, Rufus Knopplochius, *magister artium* und *baccalaureus biblicus*, und Vinzent Brannteisen, *doctor medicinae*, erklommen mit vorsichtigen Schritten die Tribüne. Der Reif hatte die Bretter glitschig gemacht, der Syndikus wäre beinahe der Länge nach hingeschlagen. Gerade noch konnte er sich am Geländer abfangen, wobei er sich einen Splitter in die Hand zog. Das Gerüst war in aller Eile aus schlechtem, ungehobeltem Holz gezimmert worden. Die Pedellen gesellten sich zu den Studenten, reihten sich vor dem Gerüst auf, den Platz vor dem Rathaus nur spärlich füllend, und neugierig die Köpfe reckend. Bürgermeister Ahnsorge zog als erster die Aufmerksamkeit der Knaben auf sich. Er hatte eine breite, rote Nase, und auch das Gesicht war rot und blaugeädert. Selbst in der Kälte des Januars schien der Mann erhitzt zu sein. Seine Augen waren klein und von trübem Schimmer, der Blick unruhig. Die Bürgermeisterkette ruhte auf einer breiten Brust, unter der ein spitzer Wanst hervorsprang. Ahnsorge räusperte sich, öffnete die Rolle mit dem herzoglichen Siegel und begann, eine Ansprache zu halten:

»Magnifizenz!« Er wandte sich mit einer Verbeugung Rektor Pflüger zu, dann wieder der Menge auf dem Platz. »Ehrwürdige, ehrenfeste, hochansehnliche, durch Frömmigkeit, Tugend, Gelehrsamkeit und Bildung ausgezeichnete, hochgeehrte Versammlung.«

Kaum unterdrücktes Lachen ertönte in den vorderen Reihen, und Ahnsorge blinzelte unsicher über die Barette der Studenten hinweg. Er vermied es, irgendjemanden anzusehen. Aufgescheucht versuchten die Pedellen, die Störenfriede ausfindig zu machen. Doch schon hatte sich die Schar wieder beruhigt.

»Wie unser allerdurchlauchtigster, Gottes gefälliger Diener Herzog Moritz zu Sachsen, Landgraf in Thüringen und Markgraf zu Meißen, anzuordnen geruht, soll es mir eine Ehre sein, die *studiosi* und *magistri* der Universität unserer prächtigen Stadt Leipzig zu beherbergen und ihnen so lange Gastfreiheit zu gewähren, als es nötig sei, um sie vor den Truppen des übel wollenden und zu unserem größten Verdruss auf der Seite der feindlichen Partei in den Kriege getretenen Kurfürsten von Sachsen in Sicherheit zu wiegen.«

Türmer machte einen Versuch, ihn zu unterbrechen, wurde jedoch von zwei Pedellen, die sich rechts und links von ihm aufstellten, in Schach gehalten. Ahnsorge warf Pflüger, der zu seiner Rechten stand, einen Hilfe suchenden Blick zu, fuhr dann jedoch fort: »So sehr es mir auch eine Ehre ist, so wohl gebildete und mit prächtigen Aussichten auf ein späteres Staatsamt ausgestattete junge Herren zu beherbergen, so möchte ich doch, im Namen und als oberster Würdenträger der Bewohner dieser Stadt, einige Wünsche äußern.«

Unruhe auf Seiten der Studenten, auch die Lehrkräfte fühlten sich auf der Tribüne zunehmend unwohl. Die Kälte des ungepflasterten Platzes drang, obwohl er von der Vormittagssonne beschienen war, allmählich durch die Lederstiefel und Schuhe.

»Ich möchte die Herren Scholaren inständig darum bitten, sämtliches Kriegswerkzeug oder Dinge, die für solches herhalten können – als da wären: Ruten, Stöcke und Prügel – vor den Mauern der Stadt zurückzulassen, und die Tischdolche, die sie bei sich tragen, lediglich zum Zerteilen der Speisen zu benutzen. Sollten diese Messer ihrem Zwecke fremd eingesetzt werden, so sähe ich mich gezwungen, die städtischen Wachen einschreiten und Sie gänzlich entwaffnen zu lassen. Achten Sie die Schließstunde, die im Winter bei uns auf die achte Stunde des Abends fällt. Nach dieser Stunde wird jedes öffentliche Lärmen, das Singen von Liedern in den Gassen, alles gottlose Schwören und Fluchen und unzüchtig Reden und überhaupt jegliche Unruhe innerhalb der Mauern unserer Stadt auf das Härteste von den Wachen verfolgt.«

Unmutsäußerungen unter den Studenten. Pflüger schickte sich an zu sprechen. Doch Ahnsorge gebot ihm mit einer Handbewegung zurückzustehen.

»Sollten sich die Herren Studenten an diese ihre Pflicht gegenüber einer wohlmeinenden und gastfreundlichen Einwohnerschaft halten, so werden wir unseren Pflichten nachkommen, den *studiosi* jeden Wunsch zu erfüllen, der im Rahmen des Schicklichen und Dienlichen ist.«

Pflüger wollte nun endlich das Wort ergreifen, doch Ahnsorge winkte ihn erneut zum Schweigen. Fabricius, der Leiter der Fürstenschule und enger Freund der Leipziger Universität, verkroch sich tief in seinen Pelzumhang. Die ganze Szene schien ihm peinlich zu sein. Ahnsorge hob den Zeigefinger, als sei ihm noch etwas eingefallen.

»Bei der Gelegenheit ...«, der Bürgermeister hatte unüberhörbar die Form seiner einstudierten Ansprache aufgegeben. »Wer von Ihnen auf den Gedanken kommen sollte, die Meißner Jungfern oder gar die verheirateten Frauen seien Geschöpfe, mit denen man derbe Späße treiben, die man mit unflätigen und gottlosen Reden belegen, denen man des Nachts im Dunkel der Gassen nachstellen, mit gelehrten Phrasen und lateinischen Komplimenten den Kopf verdrehen und sie dann im hintersten Winkel einer Gasse oder auf dem Stroh eines Schweinestalls über den Stängel hüpfen lassen kann, der hat sich in der Gastfreundschaft getäuscht.«

Erneut versuchte Pflüger ihn zu unterbrechen, aber der Bürgermeister hatte sich in Rage geredet, er bebte vor Empörung. Ahnsorge klammerte sich mit beiden Händen am Geländer des Gerüsts fest. Sein Kopf lief immer noch röter an, schien schier zu platzen. Er schrie fast: »Sollte Euch, jungen Herrn und die sich dafür halten, so etwas in den Sinn kommen, so werdet Ihr die Prügel der Meißner Bürger kennen lernen! Die Wirte und Wachen sind angehalten, für die Einhaltung dieser Maßnahmen Sorge zu tragen und gegebenenfalls Bericht zu erstatten.«

Der hagere Stadtpfarrer Valentin Schreiber nickte beifällig. Die Studenten protestierten, Türmer am lautesten. Die Pedellen mühten sich, Ruhe in den Haufen zu bekommen. Doch die Scholaren scherten sich nicht um die Universitätsdiener. Pflüger, dessen Nase spitz geworden war und streng aus dem blassen, schmalen Gesicht ragte, verzog keine Miene, als er dem Bürgermeister endlich ins Wort fiel: »Ich danke Ihnen, verehrter Bürgermeister, für Ihre Gastfreundschaft. Wir werden uns bemühen, den Bürgern Ihrer Stadt nicht allzu sehr zur Last zu fallen. Ansonsten berufe ich mich untertänigst auf das Schreiben Herzog Moritz', in dem die Bedingungen unseres Aufenthalts allhier, von dem wir hoffen, dass er nicht länger als notwendig währt, niedergeschrieben sind. Im Übrigen unterstehen die Studenten selbst bei üblen Verfehlungen der Gerichtsbarkeit der Universität, die durch meine Person ausreichend vertreten ist. Ich mag also die Meißner Bürger ermahnen, die Prügel erst auszupacken, wenn mir der Fall zur billigen Entscheidung vorgelegt wurde, und anders keine Gerechtigkeit zu erreichen ist. Im Übrigen wollen wir alle miteinander hoffen, dass Streitigkeiten jeder Art unterbleiben oder wenigstens so aus der Welt geschafft werden, wie es von sittlichen und in den Geboten Gottes unterwiesenen Menschen zu erwarten ist.«

Ahnsorge wollte etwas erwidern, doch diesmal gebot ihm Pflüger seinerseits zu schweigen. »Und nun lassen Sie uns diese Zeremonie abschließen und zusehen, dass wir uns von innen wie außen erwärmen.«

Die Zunftmeister und Ratsherren nickten zustimmend. Sie hatten sich die beiden Reden mit verschlossenen Mienen angehört. Als Erster schlich sich Fabricius von der Tribüne – ohne sich festzuhalten und damit einen Sturz in Kauf nehmend. Den Kopf hielt er gesenkt. Ahnsorge wollte noch nicht aufgeben, hielt das Geländer fest umklammert. Zu gern hätte er noch das eine oder andere Wort gesagt. Mehr mitleidig als anerkennend klopfte Stadtpfarrer Schreiber ihm auf die Schulter und schob ihn von der Tribüne. Die Pedellen scharten die Angehörigen der vier studentischen Nationen um sich, um ihnen mitzuteilen, in welchen Häusern sie vorläufig untergebracht waren – so lange, bis ihr neues Domizil, das Schloss selbst und seine zahlreichen Gebäude, einer genauen Prüfung unterzogen und zum Bezug freigegeben waren.

* * *

Kaum zwei Wochen zuvor, am Vorabend des Weihnachtsfestes 1546, war Seine Kaiserliche Majestät Karl V., amtierender Herrscher des Heiligen Römischen Reiches Deutscher Nation, von Hall her kommend in Heilbronn eingerückt. Auch er war nicht gut gelitten in der Stadt, kam er doch als Unterwerfer.

Heilbronn war als freie und protestantische Stadt Mitglied im schmalkaldischen Bündnis gegen den katholischen Kaiser. Dennoch hatte man sich kampflos ergeben, den kaiserlichen Adler mitsamt Wappen der Häuser Österreich und Burgund an Toren und Türmen willfährig angeschlagen, um die freie Religionsausübung zu erhandeln und der Plünderung zu entgehen. Immerhin standen vor den Toren 17 000 Mann im Sold des Kaisers.

Feuchtwangen, das sich dem Kaiser widersetzt und geweigert hatte, die Torschlüssel herauszugeben, war von Karls spanischen und niederländischen Reitern schwer verheert worden, die Häuser gebrandschatzt und etliche Bürgersleute erschlagen. Dieses Exempel hatte der Gesandte des Kaisers den Heilbronner Ratsherren mahnend vor Augen geführt. Und das Beispiel zeigte Wirkung.

Karl zog als Sieger in Heilbronn ein, doch er war ein Geschlagener. Nicht die lächerlich kleinen Kontingente der freien schwäbischen Städte, nicht die Hakenschützen der Hessen oder die sächsischen Reiter Johann Friedrichs hatten ihn niedergeworfen, sondern eine weitaus schlimmere Plage: ihn quälte ein neuerlicher Gichtanfall. Das kalte, feuchte Wetter des oberdeutschen Winters, so weit von seinem geliebten, glutheißen Spanien entfernt, trieb ihm den Schmerz in die Gelenke. Am schlimmsten hatte es die Gliedmaßen der rechten Seite getroffen. Es gab Momente, da hätte er sich am liebsten das Bein abhacken lassen, als weiter mit diesem Schmerz wie von glühenden Zangen zu leben. So ließ sich Karl mit verkniffener Miene in die württembergische Stadt tragen – in einer eigens angefertigten Sänfte, die es ihm erlaubte, das rechte Bein ausgestreckt zu halten. Vorn und hinten waren die Holme der Trage mit breitem Ledergeschirr über zwei Rösser gespannt, die die Last leicht bewältigten. Das kaiserliche Fortbewegungsmittel machte Sensation in den Gassen der Stadt. Die Sänfte wurde nicht wenig begafft, und der Jubel kam von Herzen, getragen von der Erleichterung, der Verheerung entgangen zu sein. Doch so laut die Heilbronner auch ihr »*Vivat Carolus Imperator*« schmetterten, Karl hielt die Vorhänge geschlossen. Er wollte keinen Blick auf diesen Hort heuchlerischer Ketzer werfen. So blieb den Heilbronnern nur der staunende Blick auf die Pracht des kaiserlichen Trosses, dem die Edelmänner folgten, aufgereiht wie die Perlen einer Kette. Große Männer, deren Namen man überall im Reich aufsagen konnte: der Herzog von Alba, Karls genialer Feldherr, Nicolas Perrenot de Granvelle, durchtriebener Kanzler des Herrschers, und Johannes Obernburger, erster Sekretär für die deutschen Belange des Kaisers.

Erst als man ihn an einen Ort der Rechtgläubigkeit, in den Stadthof des Klosters Schöntal, getragen hatte, schob Karl die Vorhänge beiseite und hob ächzend die Beine über den Rand der Sänfte. Der älteste Mönch trat ihm entgegen, um ihn im Namen des Ordens zu begrüßen. Auch das Kloster war durch die Wirren der Reformation stark dezimiert. Der letzte Offizial des Hofes hatte vor etlichen Jahren die Kutte ausgezogen – und war in den Stand der Ehe getreten. Nur wenige glaubensfeste Zisterzienserbrüder hatten im ketzerischen Heilbronn ausgeharrt, den Anfeindungen des Volkes, der Missgunst der zum Luthertum übergetretenen Herrscher und der Gefahr der gänzlichen Einnahme der Güter durch den Rat der Stadt ständig ausgesetzt.

Maximilian, Erzherzog von Österreich und ältester Sohn von Karls Bruder Ferdinand, der mit seinen schwarzen Locken die spanische Verwandtschaft nicht verhehlen konnte, sprang dem kaiserlichen Onkel zur Seite, um ihn zu stützen. Doch kaum stand Karl auf eigenen Beinen, scheuchte er den Neffen wieder fort. So humpelte der Kaiser allein die Treppenstufen zur Schwelle des Haupthauses hinauf.

Karl bezog die Zelle, die vormals dem Abt während seiner Besuche im Stadthof des Klosters zustand. Doch kaum hatte er sich behutsam auf seinem Reisebett niedergelassen, wurde er erneut hinausgerufen. Der Rat der Stadt beeilte sich, Weihnachtsgeschenke zu präsentieren. Mit versteinerter Miene nahm Karl sie, nach fußfälliger Huldigung durch die angetretenen Ratsherren, im Hof entgegen. Hundert Kronen wurden ihm in Säcken übergeben. Sechsunddreißig Sack Hafer standen auf Fuhrwerken bereit, drei Fass Wein zu zwölf Eimern und sechs Gölten Fisch lagerten bereits im Hof. Auch Karls Gefolge wurde beschenkt: dem jungen Erzherzog Maximilian übergab man ebenfalls Hafer, Wein und Fisch. Kanzler Granvelle erhielt hundert Kronen »Handsalbe« – man wusste um seine Bedeutung und seinen Einfluss auf den Herrscher –, Sekretär Obernburger einen Trinkbecher, gefüllt mit hundert Goldgulden.

Nach der Huldigung zog sich Karl endgültig in die Kammer des Abtes zurück. Er ließ nur das Notwendigste herbeischaffen. Seine Kleidertruhen, Decken, Pelze, einige Gewänder, darunter das Nachthemd.

Bis auf einen kurzen Besuch des Feldpredigers zur Abendandacht, verbrachte er den Rest des Weihnachtsabends allein. Nicht einmal Maximilian, den stattlichen Neffen, der ihm in vielerlei Hinsicht ähnlicher war als der eigene Sohn, empfing er zum Nachtmahl. In Gebeten bereitete er sich auf das Heilige Weihnachtsfest vor. Da er auf dem gichtigen Bein nicht knien konnte, legte er sich mit dem Antlitz nach unten auf die Dielen, die Arme ausgebreitet, wie es die Priester im heiligsten Moment der Liturgie zu tun pflegen.

Spät am Abend wurde ihm von Obernburger ein äußerst dringliches Schreiben des sächsischen Herzogs Moritz präsentiert. Dessen Inhalt war kaum geeignet, Karls Unmut über die deutschen Beschwerungen zu lindern. Der Fürst bat den

Kaiser inständig, so bald wie möglich auf dem sächsischen Schlachtfeld zu erscheinen. »Ich kann«, so schrieb Moritz, »dem zu erwartenden Angriffe allein nicht widerstehen, zumal der gemeine Mann dem Feind ohne Unterschied günstig und anhängig ist.«

Die Feuernester des deutschen Brandstifters Luther waren, obwohl der Ketzer selbst im vorigen Jahr selig verschieden, längst nicht gelöscht. Den württembergischen Glutherd hatte man vorerst mit den Stiefeln der Landsknechte ausgetreten. Nun flammte der Brand in Sachsen auf. Und der Winter war in diesem Jahr so mild, die Kriegshändel nicht gänzlich einzufrieren. Doch gerade dieser feuchte Winter machte Karl zu schaffen. Gott musste ihm Linderung schicken! Und er musste es bald tun!

Die gelehrten Kriegsflüchtlinge in Meißen ließen sich's vorerst wohl sein. Nach einem opulenten, doch angesichts des beträchtlichen Alkoholgenusses recht schweigsamen Mahl im Hause des Bürgermeisters, bei dem – auf Kosten der Stadt und ihrer Zünfte – etliche Kannen gesüßten Weines und Malvasier sowie an die zwei Dutzend Krüge Bier geleert, ein halbes Kalb, drei Hinterviertel Schöps, drei Pfund Schweinefleisch, vier kleine Zungen, drei Lendenbraten, sechs Brathähne und zwei Hasen, acht Pfund Hecht, neuneinviertel Karpfen, 24 Bricken, sechs Spritzkuchen, zwölf gebrannte Kuchen, 33 Hippelchen und eine unbestimmte Anzahl Nürnberger Küchlein sowie holländischer Käse und Äpfel, Birnen und Nüsse vertilgt – oder auch nur angebissen und wieder beiseite gelegt – worden waren, stiegen Rektor Pflüger und die drei mitreisenden Lehrer zur Burg hinauf. Fabricius, der Leiter der berühmten und von Melanchthon selbst visitierten Lateinschule am Ort, und Ahnsorge begleiteten sie. Der Magister war sichtlich bemüht, die Scharte des peinlichen Bürgermeisterauftritts auszuwetzen. Man unterhielt sich auf Lateinisch, was die Schweigsamkeit und den

Groll Ahnsorges verschärfte. Er verstand nur wenige Brocken.

Der Himmel war verhangen, die Kälte hatte zugenommen, der Wind schnitt ihnen scharf ins Gesicht. Der süße Wein, den man gegen alle Vernunft unverdünnt genossen hatte, beschwingte die Gemüter und erhitzte die Organe, sodass man die Unwegsamkeit und Mühe des Anstiegs vergaß. Nur der Atem ging kürzer, je höher sie kamen. Doktor Beck mit hochrotem, feistem Kopf und vorgestrecktem Wanst trippelte als letzter vor dem Bürgermeister. Es roch bereits nach dem Schnee, der über das Erzgebirge heranzog. Dunkel ragte die Burg vor ihnen auf. Wollte immer höher wachsen, je näher sie kamen, bis in die trübe Wolkendecke hinein. Doch niemand außer Ahnsorge, der seine Stirn in immer tiefere Falten legte, hatte einen Blick dafür.

In den üblichen Leipziger Gelehrtentratsch vertieft, legte man auch die letzte, sehr steile Wegstrecke zurück. Auf der steinernen, in kurzem Bogen gewölbten Brücke, die vor das innere Burgtor führte, hielt man inne, um den Blick auf die Stadt zu genießen. Alle außer Knopplochius lehnten sich keuchend gegen die Zinnen und ließen den Blick über die Dächer schweifen, die weit unter ihnen lagen. Knopplochius, der zwar keinen vorspringenden Wanst, aber ansonsten die massigste Gestalt hatte, lehnte sich über die Brüstung und streckte die Nase in den Wind. Für ihn war der Weggang aus Leipzig eine Befreiung. Wegen seiner abweichenden Ansichten zu theologischen Schlüsselfragen war er in letzter Zeit schärfsten Angriffen der lutherischen Pharisäer Pfeffinger und Camerarius ausgesetzt gewesen.

Breitbeinig, mit dem Blick des Eroberers stand er auf dem steinernen Bogen, der den Hohlweg in gewagtem Schwung überspannte, bereit, die Meißner Burg für seine Scholaren zu erstürmen. Der Wind schlug ihm den weiten Pelzumhang gegen die Fußgelenke. Sie waren dünn, schienen kaum geeignet, einen solchen Koloss von Mensch sicher zu tragen. Aber sein Blick war fest, der Wille ehrbar: Er würde die Knaben und jungen Männer sicher durch die Kriegsgefahren geleiten.

Nicklas Ahnsorge nestelte an einem eisernen Bund, den er am Gürtel trug, so lange, bis er einen großen Schlüssel mit prächtigem Bart hervorgezogen hatte.

»Haust denn überhaupt kein menschliches Wesen in diesem prächtigen Gemäuer?«, fragte Doktor Beck kurzatmig.

Ahnsorge schüttelte den Kopf. »Seit die Herrschaft über die sächsischen Lande anno 1485 geteilt und die Residenz Herzog Albrechts nach Dresden verlegt wurde, steht das Schloss verwaist. Nur gelegentlich wurde es von Bauleuten bevölkert. Einen Burggrafen gibt es seit Jahren nicht mehr, und auch der Bischof, der hier nächst dem Dome seinen Sitz hatte, ist durch die neue Zeit ausgetrieben worden. Selbst die Domherren, dazumal die besten Gäste der Schlosswirtschaft, residieren längst drunten in der Stadt. So musste auch die Schlosswirtschaft ihre Tore schließen. Einzig wenn Meister Tod einen unserer Fürsten hinwegrafft, zieht ein wenig Leben ein. Zuletzt nach dem Ableben des seligen Georg. Doch sobald die Riegel der Gruft sich hinter dem Sarkophag geschlossen haben, übernehmen die Ratten und Falken wieder die Herrschaft.«

»Klingt behaglich«, bemerkte Knopplochius trocken. Rektor Pflügers Nase wurde immer spitzer, die Lippen hielt er fest aufeinander gepresst. Doktor Beck räusperte sich. »Was soll's? Die Ratten tanzen auch in unseren Leipziger Bursen auf den Tischen!«

Der Schlüssel wand sich knirschend im Schloss, Ahnsorge musste beide Hände zu Hilfe nehmen, um gegen den Rost anzukämpfen. Krachend schnappte ein schwerer Riegel zurück. Der Bürgermeister stemmte sich mit ganzer Kraft gegen den Torflügel. Der gab widerstrebend und in den Angeln quietschend nach. Mit wehenden Talaren, im Gelehrtengänsemarsch schritten sie durch das Tor. Als Letzter der kleinste und schmächtigste von ihnen, Fabricius. Die ständige Demut, die er gegen Gott und die Menschen übte, hatte seinen Rücken gebeugt. Hinter ihm schloss der Bürgermeister das Tor wieder.

Als sie den Torbogen mit Torhäuschen hinter sich gelassen und eine kurze Gasse zwischen Mauer und dem ehemals burggräflichen Anwesen durchschritten hatten, öffnete sich ein weiter Schlosshof. Der Wind hier oben auf dem Felsbuckel wehte kräftiger als in der Stadt. Er trieb das trockene Laub des letzten Herbstes über den Hof. Rund um eine einsame Linde, die vor dem Westportal des Domes aus dem Lehmboden wuchs, hielt sich vergilbtes Gras. Sonst war alles kahl. Kein Efeublatt an den Mauern, die erst vor wenigen Jahren frisch verputzt worden waren. Kein Grün, so weit das Auge schweifen konnte. Nur toter Stein.

Der Laubwald, der den Hang hinauf bis an die innere Burgmauer kletterte, reckte seine dürren Äste jenseits der Zinnen in die Winterluft. Lange war der Wald nicht mehr gerodet worden, um freies Schussfeld auf einen etwa heranstürmenden Feind zu haben. Schon hatten erste vorwitzige Birkenschösslinge von den windstillen Ecken des Schlosshofes Besitz ergriffen. Das Schloss selbst, dessen hohe Fenster nun wie blinde Augen waren, der Bischofssitz, der Dom, alles war verlassen und tot.

»Auch der prächtige Dom wird nicht mehr zum Lob des Herrn genutzt?«, fragte der hagere Brannteisen, dessen graue Gesichtsfarbe im Januarwind noch grauer geworden war.

Der Bürgermeister lächelte. »Doktor, würden Sie lieber schwitzend und hechelnd wie ein Köter in das Haus des Herrn treten oder wohl gefasst und in Würde? Unsere Bürger wissen die Bequemlichkeiten der Stadtkirche sehr wohl zu schätzen. Auch ist sie dem neuen Ritus gemäß schlichter und angemessener und dem Götzendienste weniger zugewandt als dieses finstere Gebäude, das den Hauch der alten Zeit verströmt. Und, mit Verlaub gesagt, seit das Haus Wettin seinen Stammsitz wegen eines Familienstreits hat verwahrlosen lassen, ist so mancher brave Bürgersmann seinem Herrscher nach Dresden gefolgt.«

»Und in welches der verlausten Gebäude wollten Sie die Studenten einquartieren?«, fragte Pflüger spitz.

Bürgermeister Ahnsorge wies auf die hinterste linke Ecke der Anlage. Meister Rufus und die übrigen Gelehrten folgten der Geste und entdeckten ein schlankes, zurückgesetztes Gebäude mit einer steinernen Freitreppe, die über eine Galerie zum ersten Stockwerk führte.

»Dies ist die Kemenate. Sie verfügt über zahlreiche Feuerstellen, ist also gut zu beheizen, die bleigefassten Fenster sind fast alle in gutem Zustand, und sie bietet ausreichend Platz. Wie viele Scholaren, sagten Sie, sind mit Euch gezogen?«

»Einundfünfzig«, gab Rektor Pflüger Auskunft und man spürte deutlich, dass er seine Wahl in dieses Amt einmal mehr bereute. Seine rechte Hand umklammerte das Medaillon der Amtskette, als wollte er sie sich vom Hals reißen. »Dazu die Lehrkräfte, die Pedellen, einige Diener, der Syndikus, alles in allem fünfundsechzig Personen.«

»Der große Saal im ersten Stock könnte gut als Schlafsaal für die Scholaren dienen«, schlug der Bürgermeister vor.

»Wir benötigen nicht einen Schlafsaal, sondern deren viere!«, gab Beck zu bedenken. »Für jede der Nationen eine. Sonst ist die Zwietracht zwischen den Scholaren vorbestimmt!«

»Das ist es, was ich Ihnen die ganze Zeit zu erklären versuchte!«, mischte sich Fabricius ein. Er war eifrig damit beschäftigt, sein Bemühen um das Wohlergehen der Studenten ins beste Licht zu stellen. Der Bürgermeister blickte ihn verärgert an. Fabricius verstummte.

»Wenn ich den hochgelehrten Herrschaften und *doctores* den Saal im ersten Stock zeigen darf … Er ist sicherlich groß genug für einundfünfzig Halbwüchsige!«, bestand der Bürgermeister auf seinem Einfall.

»Herr, Ihr kennt Euch wenig aus in den Bedürfnissen einer Universität! Nie werden Sie einen Studenten der polnischen

Nation dazu bringen, die Nacht im gleichen Raum mit einem Studenten aus Bayern zu verbringen. Schon gar nicht können Sie jemanden meißnischer Herkunft mit einem Kursachsen zusammensperren. Nie und nimmer. Wir benötigen vier Schlafsäle. Für jede Nation einen. Wie Doktor Beck sagte. Nicht mehr und nicht weniger. Wenn Sie auch noch so sehr wie ein Rosskrämer auf uns einschwätzen.« In Pflügers Tonfall war die Schärfe gefahren, die sein Gesicht schon seit dem Vormittag zeichnete.

Der Bürgermeister schob beleidigt die glänzenden Lippen vor. »So müssen Sie mit dem Schlosse Vorlieb nehmen. Nur das Hauptgebäude selbst bietet ausreichend Platz, um die jungen Hitzköpfe voneinander zu trennen. Jedoch ...«, der Bürgermeister zögerte.

»Jedoch was?«, drängte Knopplochius.

»Der Zustand des Schlosses ist alles andere als behaglich.«

»Führen Sie uns hinein«, bat Rektor Pflüger. Er trat von einem Bein aufs andere. Auch die übrigen fröstelte. Der Wind hatte die wohlige Wärme des Mittagsmahls längst aus allen Knochen getrieben.

Die Gelehrten wandten sich dem Schlosse zu. Sie eilten zum großen Wendelstein, dem vorgelagerten Treppenturm, hinüber, den Platz mit zügigen Schritten überquerend. Als sie in den Windschatten des Domes traten, wurde ihnen sogleich wohler. Der Bürgermeister schob mit den Schuhen einen Laubhaufen beiseite, der sich im windstillen Eck vor dem hölzernen Portal des Treppenturms gesammelt hatte. Meister Knopplochius blickte am schlanken Turm empor. »Eine Schande, dass in diesem prächtigen Bauwerk niemand mehr Hof hält!«, klagte er.

»Wohl wahr«, bestätigte der Bürgermeister, ohne aufzublicken. Er nestelte erneut an seinem Schlüsselring. »Das Schloss ist wie eine alte Jungfer: nicht hässlich zwar, doch auch nicht so liebreizend und schmeichelnd, dass man sich danach drängt, in ihr Quartier zu nehmen.«

Knopplochius' Blick schraubte sich mit den Windungen des Turmes höher und höher. Ihm schwindelte, doch nicht vom Wein, den hatte der junge Magister als einziger in Maßen genossen, sondern von der Kühnheit der Konstruktion. Ein großer Baumeister war hier am Werk gewesen, wahrlich!

Bürgermeister Ahnsorge ließ endlich den Riegel zurückschnellen und stieß mit dem Fuß die Holztür auf. Das Quietschen warf sein Echo in das Schneckengehäuse des Turmes. Der Wind wirbelte in den steinernen Wendel, und Ahnsorge stieß die Pforte rasch wieder zu. Es nützte wenig. Sämtliche Fensterscharten des Treppenhauses waren offen und unverglast. Auf den Sandsteinstufen tanzte das Laub.

»Wieder steigen!«, klagte Beck. »Da lob' ich mir die Leipziger Gegend. Da ist alles flach und bequem zu Fuß zu erreichen!«

Fabricius lächelte verschmitzt und wagte aus dem Hintergrund zu bemerken: »Es hat gelegentlich seinen Reiz, wenn etwas nicht bequem und auf schnellstem Wege zu erreichen ist.«

Niemand achtete auf die Feststellung des Schulleiters, denn der Bürgermeister schickte sich bereits an, die flachen, wie die Schneide einer Sense nach innen geschwungenen Stufen emporzusteigen. Die Gelehrten folgten ihm. Rektor Pflüger setzte seine Stiefelsohlen hörbar auf. Die stille Wut klang mit jedem Schritt mit.

Auf dem ersten Stockwerk angelangt musste man seitlich auf einen flachen Absatz treten, um sich aus dem Treppenhaus, das einen wie eine Windhose höher und höher hinaufziehen wollte, in eine Vorhalle zu retten.

Sie durchquerten die Eingangshalle mit den umlaufenden Steinbänken. Der Bürgermeister zelebrierte erneut die Prozedur: Schlüsselrasseln, Schieben, Quietschen. Diesmal öffnete sich die Tür zu einem großen Saal. Der Boden war mit rohen Holzplanken ausgelegt. Weit und leer gähnte der Raum. Die Decke war gotisch gewölbt, doch für einen Saal recht niedrig.

Unter das Gewölbe duckte sich, von unten kaum sichtbar, noch eine Galerie, gedacht für geisterhafte Musikanten und die Zaungäste der Bälle. Es gab kein Mobiliar. In einer Fensternische stand ein fünfarmiger Silberleuchter. Herabtropfendes Wachs hatte ihn zur knorrigen, gelblichen Skulptur überformt.

»Wo sind Schränke, Truhen, Tische, Bänke?«, fragte Pflüger.

»Gibt es hier nicht«, antwortete der Bürgermeister kopfschüttelnd.

»Doch wie ich hörte, werden gelegentlich Bankette abgehalten, Leichenschmäuse, Thronjubiläen, Jagdessen«, wandte Brannteisen ein.

Der Bürgermeister nickte. »Wir erhalten vorher Weisung, Mobiliar aus der Stadt heraufzuschaffen. Etliche Stücke finden sich auch im ehemaligen Bischofspalast. Die Küche des Bischofssitzes ist in benutzbarem Zustand. All das, was man bei außergewöhnlichen Gelegenheiten braucht, muss mühsam herbeigetragen werden.«

»Dann werden Sie es für dieses Mal ebenso halten müssen«, fuhr Pflüger scharf dazwischen. Er hielt die Amtskette wieder umkrampft, als wolle er Kraft daraus schöpfen. Die Hand zitterte vor Zorn.

Der Bürgermeister lief rot an. »Aber mein Herr, Euer Magnifizenz, unter Euren Schützlingen sind junge Männer, zahlreich und kräftig. Wenn man ihnen zeigt, was sie wohin zu schaffen haben …«

Rektor Pflüger ließ die Amtskette los und herrschte den Bürgermeister an: »Wir sind Gäste von Herzog Moritz. Wenn ich mich nicht irre, auch Ihr Landesherr und Befehlsgeber. Sie werden uns diese Säle so herrichten, dass wir darin wohnen und unterrichten können. Und zwar für jede der vier Nationen einen. So bald, dass die Übungen mit geringem Verzug fortgesetzt werden können. Ich werde Ihnen die Pedellen zur Hilfe abstellen – ausnahmsweise. Es gehört gewöhnlich nicht zu ihren Pflichten, den Studenten die Kammern zu richten!«

»Vier Schlafsäle und zwei weitere Räumlichkeiten für Vorlesungen, Repetitionen und Disputationen. Und für jeden von uns eine Kammer, die gesondert von den anderen liegt«, ergänzte Beck. Er nickte, dass sein Doppelkinn zitterte. Ahnsorge zog den Kopf ein.

Pflüger hatte Geschmack am Fordern gefunden: »Schafft Feuerholz herauf, vierzig Klafter reichlich, damit wir warm über den ersten Monat kommen. Und Kochgeschirre, Schüsseln, Decken, so viele Sie beschaffen können. Jeden Tag zwanzig Liter frische Milch, Eier und Federvieh. Einmal die Woche ein Rind oder ein Schaf. Es soll Ihr Schaden nicht sein.« Pflüger griff an seinen Münzsack am Gürtel, der verlockend klimperte. Die restliche Barschaft war unter der scharfen Bewachung des Syndikus in der Stadt verblieben.

Ahnsorges Miene versteinerte. Gleichzeitig lugte er aus kleinen Äuglein auf den Münzsack. »Wir werden zwei, vielleicht auch drei Tage brauchen, die Säle so weit herzurichten.« Sein Blick ging zurück in den Raum, um Bestätigung für die Frist einzufordern. Zwei oder drei Tage waren gewiss nicht zu viel verlangt. Spinnweben verhängten die meisten der Fensternischen. Immerhin gab es Fensterscheiben in runden Bleifassungen, die meisten unzerbrochen.

»Lassen Sie uns die anderen Stockwerke erkunden, so lange das Licht reicht. Wir werden sehen, welche Säle sich vor den anderen eignen!«, schlug Pflüger vor.

Meister Rufus Knopplochius, der Rothaarige mit der eindrucksvollen Gestalt, löste sich von der Gruppe. In der hinteren Hälfte des Saales, die schon im Dunkel des späten Nachmittags lag, hatte er Reisig erspäht, das in einer Fensternische wie für ein Lagerfeuer aufgetürmt lag. Der Haufen war zu sorgfältig geschichtet, um eine Laune des Zufalls zu sein.

Knopplochius trat näher. Er sah, dass in dieser Nische das Bleigeflecht, das die Butzenglasscheiben hielt, fehlte. Ein kalter Hauch fuhr ihm entgegen, als er an die Fensterhöhlung trat. Draußen schneite es. Im Windschatten der Lücke hatte sich ein Häuflein Schnee gesammelt.

Die Reisigzweige waren ineinander geflochten. Sie bildeten eine Mulde. Darin, vom Wind nur wenig zerzaust, weiße und braune Federn und die gelblichen Gerippe dreier Jungvögel, umgeben mit letzten Resten von Flaum. Ein Habichtnest. Die Altvögel hatten ihre Brut im Stich gelassen. Die Jungen, noch nicht flügge, waren im Nest verhungert.

Rufus trat auf den Absatz der Fensternische und streckte den Kopf durch das Loch. Er hielt seinen blauen Magisterhut fest und schaute an der Mauer hinunter. Gut vierzig Ellen unter ihm, am Fuße des Gemäuers, erblickte er das Skelett eines Altvogels. Er zog den Kopf zurück. Als er sich umwandte, standen die Kollegen und der Bürgermeister um die Nische herum und betrachteten stumm das Nest.

Beck, der abwägende Jurist, der nüchterne Wortklauber, formulierte es als erster: »Glaubte ich an Zeichen, müsste ich sagen: Das ist ein schlechtes.«

Brannteisen nickte bedächtig. »Gott sei's gedankt, wir glauben nicht an Zeichen! Wir glauben einzig und allein an die Worte der Heiligen Schrift.«

»Doch auch die Heilige Schrift kennt Zeichen und Vorbedeutungen«, warf Knopplochius ein.

Fabricius schnupfte ein wenig, blieb aber still. Ein unangenehmes Schweigen senkte sich zwischen sie. Pflüger wandte sich als erster ab.

Die übrigen folgten ihm, einer nach dem anderen. Meister Knopplochius beschloss, gebeugten Hauptes und in sich gekehrt, den Zug.

Justus von Liebenstein hatte trotz der Kälte und des hereinbrechenden Schneefalls die Ankunft des Dieners Christian am Elbtor erwartet. Er hatte versucht, mit dem Torwächter ins Gespräch zu kommen, um sich die Wartezeit zu verkürzen, war aber auf kühle Ablehnung gestoßen. Die studentische

Tracht erregte überall Misstrauen. Und auch das wohlgenährte Pferd, das Justus am Zügel führte, machte den Söldner nicht zutraulicher.

Christian war zur dritten Stunde des Nachmittags eingetroffen, mitsamt zweier Truhen und einiger Taschen, die einen Großteil von Justus' Habe enthielten. Der Knabe hatte dem Diener die Sorge um Stute und Gepäck überlassen und sich in der Stadt umgesehen. Das Leben in den Gassen war bereits merklich abgeebbt, die Fleischbänke auf dem Markt wurden schon aufgehoben, die unverkaufte Ware dem wartenden Bettelvolk hingeworfen.

Als er den Weg zur Burg hinaufging, begegnete er auf halber Höhe den Gelehrten und Bürgermeister Ahnsorge, die mit finsteren Mienen von dort zurückkehrten. Er war ihnen in den »Goldenen Schwan« gefolgt und hatte sich ein warmes Plätzchen auf einer Bank nahe dem Ofen gesichert.

So beobachtete er still und gewärmt den Kriegsrat der fünf hohen Herrn, der von geschwätziger Ratlosigkeit geprägt war. Ahnsorge hatte sich viel zu liebdienerisch verabschiedet, als dass alles in bester Ordnung sein konnte. Die Brocken, die Justus vom Tisch der Lehrer zuflogen, waren nicht einmal Lateinisch, was vom höchsten Grade der Verunsicherung zeugte. Ihm war nicht entgangen, dass Meister Knopplochius der Einzige war, der sich einen Krug Bier auftragen und munden ließ.

Die Magd erregte Justus' Aufmerksamkeit. Sie bewegte sich mit einer Leichtigkeit zwischen den dicht gefüllten Bänken und Tischen, die Justus auf seltsame Weise berührte. Bei allem, was sie tat, bewahrte sie ein freundliches, offenes Gesicht, ganz und gar unüblich für Wirtsmägde, die täglich Schimpf und Hohn über sich ergehen lassen mussten, ganz zu schweigen von den Knüffen und Püffen in Hintern und Brüste, die bei den männlichen Gästen wie selbstverständlich dazugehörten.

Doch bei dieser enthielt man sich der üblichen Frechheiten. Vielleicht lag es an ihrem Wesen, vielleicht daran, dass

Brüste und andere Rundungen bei ihr kaum vorhanden waren – ganz im Gegensatz zur Wirtin.

Das, was bei der Wirtin über das notwendige Maß hinaus vorhanden war, fehlte bei der Magd gänzlich, sodass die beiden für eins genommen das ideale Wirtsweib ergeben hätten. Justus ertappte sich dabei, der dürren Jungfer, die von der Wirtin »Liesel« gerufen wurde, eine gewisse Herzenswärme entgegenzubringen. Doch als sie ihm die verlangte Hühnerbrühe im viel zu flachen Tonteller auf den Schoß schob, sodass sich der Sud über seine Schenkel ergoss, da saß ihm ein Kloß im Hals, und das Gespräch verendete in einem kargen »Bitte« und »Danke« und »wohl bekomm's« und »abermals Danke«. Gott sei's gepriesen, die Suppe war kalt.

Liesel wandte ihre grünfunkelnden Augen nach einem kurzen Zögern von ihm ab, noch bevor er sich als besonders gewandt, galant und der verfeinerten Sitte geläufig zeigen konnte. Grete Boschna, wie die Wirtin hieß, hatte ihm den Edelmann auch nicht abgekauft. Erst der Goldgulden, den ihr Christian gab, als er die Stute im Stall des »Schwans« einstellte, überzeugte sie. Und verschaffte Justus ein Zimmer am Ort des Geschehens.

Auch Meister Knopplochius war im »Schwan« untergekommen. Justus hatte seine Truhen vor dem Aufgang zum oberen Geschoss gesehen. Der Halbwüchsige schätzte den jungen Magister sehr, seine Vorlesungen öffneten ihm die Augen, stießen Türen auf zu neuen Auslegungen der Heiligen Schrift, zu verborgenen Winkeln im eigenen Denken und Fühlen.

Die fünf hohen Herren mit ihrer versammelten Weisheit waren wohl zu einem Schluss gekommen, denn die Pedellen wurden erneut ausgeschickt, die Schafherde zusammenzutreiben, und bald füllte sich die stickige, nach Bratensoße und Kraut riechende Stube mit Knaben und jungen Männern in schwarzen und braunen Umhängen.

Einige der Studenten hatten schon in anderen Wirtshäusern der Stadt dem meißnischen Wein kräftig zugesprochen.

Allen voran Türmer und seine Kameraden. Es traf sich, dass in diesem Semester die Bayern durchweg die ältesten Studenten vorzuweisen hatten. Türmer war bereits im neunzehnten Jahr und hätte längst den Magisterhut erwerben können – wenn er ihn sich hätte leisten können. Und die ältesten in diesem Haufen Halbwüchsiger waren schon immer die gewesen, die bei jeder Gelegenheit über die Stränge schlugen.

Einzig Knopplochius, dessen Ansehen unter den Studenten nicht allein auf die Wirkung von Talar und Magisterhut gestützt war, sondern auf Hände wie Bratpfannen und einen Brustkorb, auf dem man hätte Schwerter schmieden können, vermochte sie zur Ordnung zu rufen. Bislang.

Türmer hatte schon mit seinem Eintreten für Unruhe im »Goldenen Schwan« gesorgt. Als er sich auf eine der Bänke niederlassen wollte, verfehlte er den Sitz und fiel auf den Boden. Er musste von Kreutziger, einem hochgewachsenen, dürren, langnasigen Österreicher, seinem treuesten Gefolgsmann, aufgehoben und hingesetzt werden. Das zornige Lallen des volltrunkenen *seniors* der Bayern fand seinen Widerhall im Gelächter der Gäste. Die Luft war feucht und übel riechend, hatten sich doch einige Scholaren ihrer nassen, kotigen Strümpfe entledigt und sie zum Trocknen über den Ofen gehängt.

Die Gelehrten rückten auf ihren Schemeln zusammen und beteten darum, diesen Ort wieder verlassen zu können, bevor es zu den üblichen Schlägereien kam. Als Liesel mit gut gefüllten Krügen und Holzplatten voller Würste und geräucherter Speckscheiben kaum noch durch die Reihen kam, stand Pflüger auf. Der Tumult schwoll an, und Pflüger blickte ratlos in die Runde. Wie sollte er sich Gehör verschaffen? Knopplochius sah dem Schauspiel eine Zeit lang zu, dann erhob er sich, beide Beine auf den strohbedeckten Lehmboden gestemmt, und nahm seine Zeigefinger, dick wie Flaschenkorken, in den Mund. Ein gellender Pfiff ertönte, der Liesel zusammenfahren und einen Tonkrug voller Wein auf dem Boden landen ließ.

Selbst Türmer war so verdutzt, dass er für den Moment schwieg. Dieses kurze Innehalten nutzte Pflüger, um auf Deutsch die wichtigsten Entscheidungen bekannt zu geben:

»Werte Herren *studiosi*. Nach einer Besichtigung der uns als Kolleggebäude zugewiesenen Burg sind wir«, und dabei nickte er den übrigen Lehrkräften am Tisch zu, »zu dem Schluss gekommen, dass die Bedingungen allhier noch nicht so sind, dass ein geordneter Schulbetrieb in Angriff zu nehmen wäre.«

»So lasst uns wieder verschwinden aus dem gottverdammten Nest«, grölte Türmer, doch ausgerechnet der kleine Haberkorn brachte ihn zum Schweigen, indem er ihm die Hand vor den Mund presste. Mit dem Rektor war nicht zu spaßen, denn Kraft seines Amtes war er oberster Richter über die Studenten, er konnte sogar langjährige Kerkerstrafen verhängen, wenn er es für angebracht hielt. Pflüger fuhr unbeirrt fort: »Schon gar nicht scheint mir die Unterbringung aller *collegiati* und *studiosi* auf ebendieser Burg möglich zu sein. Doch der werte Herr Bürgermeister«, hier neigte Pflüger sein Haupt gegen den Platz, den Ahnsorge bereits verlassen hatte, »hat mir zugesichert, die Verhältnisse dort so weit zu verbessern, dass wir demnächst mit der Einquartierung zumindest eines Teils der Studenten beginnen können. Bis dahin …«, Pflüger zeigte mit den Händen eine Spanne, die erahnen ließ, wie unbestimmt der Zeitraum war, »werden wir in den gastlichen Häusern und Gaststuben der Stadt Quartier nehmen. Dabei bleibt es streng verboten, dem Wein oder Bier über die Maßen zuzusprechen, wie es mancherorts schon eingerissen ist.«

Türmer lachte glucksend, und Pflüger warf ihm einen strengen Blick zu. »Dolche und Schwerter sind bei den Pedellen abzugeben, mit Ausnahme derjenigen, die man zum Zerlegen der Speisen benötigt. Die Klingen dürfen nicht länger als fünf Zoll sein. Sonst werden sie eingezogen, sobald wir ihrer ansichtig werden.«

Beck reichte Pflüger eine Notiz, die er mit Kreide auf den Boden eines Holztellers geschrieben hatte. Pflüger ergriff den

Teller und las ab: »Die Angehörigen der meißnischen Nation nehmen mit Magister Knopplochius allhier im ›Goldenen Schwan‹ Quartier. Die der bayerischen mit Professor Beck in der Schule St. Afra, bei Meister Fabricius. Die Kursachsen mit Doktor Brannteisen im ›Roten Anker‹, nahe des Elbtores. Und zu guter Letzt die Angehörigen der polnischen Nation bei Bürgermeister Ahnsorge in dessen Haus.«

Rektor Pflüger lächelte säuerlich, denn es war leicht abzusehen, mit welcher Begeisterung der Bürgermeister eine Horde halbwüchsiger Knaben in seinem Hause beherbergen würde. So unterschlug er geflissentlich die letzte Anordnung auf Becks Liste, dass nämlich er, Pflüger, gemeinsam mit den Studenten der polnischen Nation im Bürgermeisterhaus übernachten solle. Pflüger beschloss, die polnische Nation dem Regiment des Bürgermeisters zu überlassen und ebenfalls im »Schwan« Quartier zu nehmen. Er war der Rektor. Ihm oblagen die Entscheidungen. Beck zog die Augenbrauen hoch. Doch Pflüger ignorierte die Missbilligung.

Die Aufteilung sorgte für weitere Unruhe in der Wirtsstube. Doch gelang es Knopplochius durch abermaliges Pfeifen, den Lärm noch einmal einzudämmen. »Angesichts der schlechten Bedingungen, angesichts des weit fortgeschrittenen Semesters, angesichts der geringen Zahl von Studenten und des ungewissen Verlaufs der Kriegshändel in diesen Landen behalte ich mir vor, die Auflösung der Universität oder aber die Rückkehr nach Leipzig anzuordnen. Wir versammeln uns am morgigen Tag, am nämlichen Ort, zur selben Stunde, um das weitere Vorgehen zu beratschlagen und unseren Ratschluss anzuhören.«

Mit diesen Worten nahm Pflüger wieder am Tisch der Magister Platz. Die Pedellen hasteten von Tisch zu Tisch und verlangten den Studenten die Waffen ab. Justus drängte sich aus der Wirtsstube und ging hinüber zum Stall, um die Bündel und Taschen zu holen, die seine wenigen Habseligkeiten enthielten. Die Truhen mit Büchern und Kleidung hatte

Christian bereits auf die Kammer geschafft. Auf dem Rückweg in die Stube stieß Justus auf die Wirtin. Sie hätte ihn beinahe umgerannt, wobei es ungewiss war, ob sie ihn nicht sah, weil sie in geschäftiger Eile war oder weil sie ihn nicht sehen wollte.

Justus sprach sie höflich an: »Gnädige Frau Wirtin, wo finde ich denn meine Kammer?«

Grete Boschna sah ihm direkt ins Gesicht. Dann polterte sie mit ihrer tiefen, wenig weiblichen Stimme los: »Die ›Herren‹«, sie betonte das Wort so, dass kein Zweifel an ihrer Geringschätzung blieb, »Studenten schlafen in der Stube. Ein Sack Stroh ist das, was ich zu Eurer Bequemlichkeit beisteuern kann. Die Gastfreiheit, die Euch Ihro Fürstliche Gnaden, der Herzog gewährt, wird vom Bürgermeister schlecht vergolten. Ich kann Euch nicht mehr geben, als was Ahnsorge bezahlt.«

Justus legte sein Bündel auf den Dielenboden, zerrte an seinem Gürtel, bis ihm das Geldsäcklein in der Hand lag und holte einen weiteren halben Gulden heraus. Er setzte einen hochmütigen Blick auf, wie er es in Leipzig den Söhnen reicher Bürger abgeschaut hatte. »Das, zusätzlich zu dem, was Ihnen mein Diener Christian bereits für Kammer und Stall überlassen hat, dürfte genügen, die Gastfreiheit auf eine freundlichere Behandlung auszudehnen.«

Die Wirtin lächelte schief und wischte sich mit dem Handrücken eine graue Strähne aus der Stirn. »Ah, Ihr seid das, junger Herr. Verzeiht. Natürlich. Bei Gott. Der Diener hat's schon reichlich vergolten. Ich werde die Liesel anweisen, ein trockenes Lager mit frischem Bettstroh zu richten. Geht schon vor, ich schicke sie zu Euch hinauf.« Die Wirtin besah sich die Münze sorgfältig. Dann nahm sie einen Zipfel ihrer Schürze zwischen Daumen und Zeigefinger und polierte das Metall lange und sorgfältig, bis der goldene Glanz wiederhergestellt war. Dabei ließ sie Justus nicht aus den Augen.

Der Knabe fühlte sich unwohl, denn die Boschna sah ihn plötzlich mit einer ganz eigentümlichen Art von Neugier an.

So als schätze sie den verbliebenen Inhalt des Beutels ab. Und dann war da noch eine andere Art von Interesse, das Justus nicht unangenehm war. Das seinen Magen kribbeln ließ. Eine Neugier, die sich an Justus' eng anliegende Strümpfe und die dünnen, doch festen Waden klammerte, die unter dem Studentenmantel hervorlugten.

Manche Momente versöhnten ihn mit der Last, Kind einer angesehenen, doch für ihren Stand ärmlichen Familie des Landes zu sein. Und mit der Last, noch ein Knabe zu sein, der erst an der Schwelle zur Mannbarkeit stand.

Justus folgte den Weisungen der Wirtin und stieg eine enge Holzstiege hinauf ins Dachgeschoss, wo in einer kleinen Kammer seine Truhen mit Kleidern und Büchern standen. Er konnte eine beträchtliche Anzahl von Schriften vorweisen, darunter Handschriften aus der väterlichen Bibliothek und sogar einige eigene, in dünnes Ziegenleder gebundene Schriften, meist ausgeschmückte Notate bereits gehörter Lektionen. Mehr sogar als selbst Magister Knopplochius, der zwar viel gelesen hatte, doch nur wenige Bücher auch körperlich sein Eigen nennen konnte. Justus ließ sich auf der Büchertruhe am Fußende des Bettes nieder und zog die flache Studentenmütze vom Kopf. Die flachsblonden Haare standen wild ab.

Mit der Hand strich er über das dunkle Holz, das mit Schnitzereien verziert war, über die kalten Eisenbeschläge. Die Truhe schien ihm ein angemessener Thron, weitaus angemessener als der schiefe, dreibeinige Schemel, der in der Stube stand. Die schmale Gaube der Dachkammer ging zur Hofseite hinaus und ließ wenig Licht ein. Justus hörte jemanden leichtfüßig die enge Stiege heraufeilen, und die Liesel trat in die Stube. Sie trug einen frisch gefüllten Strohsack, der Justus den Schlaf tiefer machen sollte. Um die Stille zu übertönen, erklärte sie, dass die Boschna sehr auf regelmäßige Befüllung der Säcke achte. Sie hasse fauliges Stroh auf der Bettstatt!

In dem Moment polterten Christians schwere Schritte die Treppe herauf. Der Diener erblickte die Magd und warf dem halbwüchsigen Knaben einen strengen Blick zu. Justus hob entschuldigend die Hände, schickte Christian aber mit fester Stimme fort. Dessen Auftrag war erfüllt, er hatte dem jungen Herrn geholfen, Quartier zu machen. Nun sollte er so schnell wie möglich zum Gut der Liebensteinischen zurückkehren, denn dort entbehrte man ihn bitterlich. Der Diener schied mit einer nicht allzu tiefen Verbeugung, ohne die Liesel aus den Augen zu lassen. Wie stets, wenn er das heimatliche Gut verlassen musste, litt er unter Schmerzen im Kreuz. Er wandte sich noch einmal mit dem Hinweis um, dass er wieder nach Meißen kommen werde, sobald der junge Herr ihn rufen lasse. Dann verließ er die Kammer.

Liesel hatte der Verabschiedung mit offenem Munde zugesehen. Nun, da die Aufmerksamkeit des jungen Herrn ganz auf ihr lag, bemerkte sie, dass sie untätig herumstand. Schnell presste sie den Strohsack mit flinken Fingern in das schmale Bettgestell. Dabei kehrte sie Justus den Rücken zu. Die Falten ihres Rockes, die Schleife ihrer Schürze betonten ihr Rückwärtiges derart, dass Justus deutlich die Neigung seines Körpers spürte, hinter sie zu treten und sich fest an sie zu schmiegen. Während er noch überlegte, wie sein alter Lateinlehrer und Beichtvater Jakob Mylius eine solche Handlung beurteilt hätte, ob sie schicklich und gottgefällig sei, hatte sich Liesel bereits wieder aufgerichtet und ihm einen so frechen Blick zugeworfen, dass er bereute, es nicht getan zu haben. Die Magd erklärte, dass sie ihm noch eine Schüssel frischen Wassers bringen werde. Der gnädige Herr könne sich auf dem Zimmer waschen, bevor er sich zum Speisen an den Tisch setze.

Einen Augenblick lang stand Liesel unschlüssig da, schätzte Justus neugierig ab, doch auf eine andere, offenere Art als zuvor die Wirtin. Dann schlüpfte sie schnell an ihm vorbei, und der Knabe sog tief die Luft ein, um ihren herben, ein wenig nach salzigem Kohl duftenden Geruch zu erschnuppern. Als die Magd die Tür hinter sich schloss, lächelte sie.

So flink sprang sie die Stiege hinunter, dass ihre Holzschuhe einen ausgelassenen Rhythmus auf die Stufen hämmerten. Einen Tanzrhythmus, freudig und strotzend vor Erwartung auf die nächste Kirchmess mit aufgeschlagenem Podium. Doch bis zum Osterfest würden die jungen Herren die Stadt sicherlich längst wieder verlassen haben …

Jungfer Eleonor von Habsburg, Erzherzogin von Österreich, Tochter des römischen Königs Ferdinand und Nichte des Kaisers Karl V., entfaltete mit Ungeduld das Schreiben ihres ältesten Bruders Maximilian. Er hatte es eigenhändig verfasst, sie erkannte seine Handschrift auf den ersten Blick. Er hatte die französische Sprache gewählt, diejenige, die ihnen beiden am leichtesten von der Zunge ging. Behände schwang sie sich auf eine Ecke ihres Prunkbettes und beugte sich weit hinunter in den Schein der Öllampe, die auf einer Kleidertruhe stand. Ihr weißbraun geschecktes Schoßhündlein sprang aufgeregt neben ihr auf dem Bett hin und her.

Der Nachmittag hing dunkel und grau über dem Prager Burgberg. Bis in ihre Kammer war das Rauschen der Moldau, die unten im Tal ungestüm über Stromschnellen stürzte, zu hören. Sie liebte dieses Geräusch und ließ daher, so oft es ging, das Fenster offen stehen. Selbst zur kältesten Winterzeit. Eleonor fror nicht leicht, ganz im Gegensatz zu Maximilian.

Der Lieblingsbruder Eleonors und Erbe der österreichisch-böhmisch-ungarischen Lande stimmte in seinem Schreiben ein Klagelied an. Er klagte über den kaiserlichen Onkel, der zunehmend mehr verhärme. Der nun schon Jahrzehnte währende Kampf gegen das lutherische Ketzertum habe ihm Schläfen und Bart grau gefärbt und den Schlaf geraubt. Er habe ihn mehr als einmal des Nachts schreien gehört.

Maximilian klagte über die vermaledeiten Protestanten, die so starrköpfig an ihrem fehlgeleiteten Glauben festhielten. Er klagte über die oberdeutsche Landschaft, die so viel eintöniger sei als ihr geliebtes, mit seinen schroffen Felsgraten und Berggipfeln den Himmel anrührendes Österreich. Er klagte über die Heerstraßen, die in schlechtem Zustand seien, sodass er schon mehrere seiner besten Gäule verschlissen habe. Er wünschte sich heim nach Prag, oder besser noch nach Innsbruck, der hellen, lieblichen Stadt, von Bergen umschlungen. Dort hatten Maximilian und Eleonor mit der stetig anwachsenden Geschwisterschar den größten und angenehmsten Teil ihrer Kindheit verbracht. Gemeinsam mit August, dem sächsischen Zweitgeborenen. Allein das mochte Maximilian den langen deutschen Aufenthalt versüßen: Die Hoffnung auf ein baldiges Wiedersehen mit dem sächsischen Herzog, der ihm wie zum Bruder geworden war.

Doch Karl war misstrauisch gegen alle Mitglieder des Hauses Sachsen. Allesamt waren sie zum Luthertum übergelaufen, auch wenn Moritz und August der katholischen Partei aus selbstsüchtigen Motiven die Stange hielten – halbherzig. Daher zögerte Karl eine Begegnung und ein Eingreifen auf dem sächsischen Schlachtfeld hinaus, sehr zum Missfallen Maximilians, der August am liebsten sofort an die Brust gedrückt hätte.

Auch klagte Maximilian bitterlich über die unansehnlichen deutschen Fürstentöchter, die ihm präsentiert wurden. Maximilian war nämlich auf Brautschau.

Eleonor errötete, als sie die diesen Gegenstand betreffenden Erörterungen las. Maximilians bittere Klagen über die Vorzüge und Nachteile der präsentierten Anwärterinnen führten der Jungfer nur allzu deutlich vor Augen, dass sie selbst bald Gegenstand solcher Vergleichungen sein würde. Sie wusste, dass der kaiserliche Onkel bereits begonnen hatte, sie in seine heiratspolitischen Überlegungen einzubeziehen. Die Frauen des Hauses Österreich waren stets Mittel der politischen Ambitionen des Herrschers. Und ihr graute vor der Entscheidung, die Karl bald fällen würde. Derzeit war sie dem jüngeren Sohn des Kurfürsten von Sachsen anverlobt. Doch wie die Dinge standen, hatte sich der ernestinische Zweig der Wettiner unmöglich gemacht, indem er gegen den Kaiser Partei ergriffen hatte. Der Sohn eines Geächteten war nicht akzeptabel. Wer würde als Heiratskandidat folgen?

Eleonor war sich nicht sicher, ob sie schon bereit war zu heiraten; bereit, Nachkommen zu gebären. Zwölf Jahre war sie alt, ihre weiblichen Formen kaum entwickelt. Eleonor legte die Hand auf ihr Brusttuch. Die Regionen unterhalb ihres Bauchnabels, die Gegenden des Körpers, von denen nur derbe und ungesittete Menschen offen sprachen, waren ihr in letzter Zeit sehr fremd geworden. Sie spürte, dass etwas von ihr Besitz ergriff. Etwas, das sie überraschte und abstieß. Ihr Körper begann, ihre unbescholtene Seele herauszufordern, einen entscheidenden Streich gegen die Unschuld der Kindheit zu führen. Tief in ihrem Innern wusste Eleonor, dass der Körper siegen würde. So sehr sie sich auch dagegen wehrte.

Von einem Windhauch getragen, wirbelten Flocken in die Kammer auf dem Burgberg. Eleonor schob das Fenster zu, das Rauschen der Moldau verstummte. Stattdessen zerrte der Wind klappernd an den Läden.

Als das Licht der Öllampe auf die Butzenscheiben fiel, sah Eleonor ihr Antlitz dutzendfach gespiegelt. Sie hob die Augenbraue. Ihr Kinn gefiel ihr nicht. Es war zu lang, stach deutlich hervor. Eine Erbschaft der spanischen Linie. Am deutlichsten ausgeprägt beim kaiserlichen Onkel, dessen untere Gesichtshälfte ihm stets voranzulaufen schien.

Österreichisch dagegen war die lange Nase, deren Spitze schmal und nicht, wie so häufig bei den männlichen Vertretern der *casa*, gespalten war. Ihr Haar hingegen genügte ihren Ansprüchen. Sie hatte das rötlich-blonde ihres Vaters geerbt, die Farbe der burgundischen Linie. Kaum jemand hätte sie für eine Schwester Maximilians gehalten, der mit seinen schwarzen Locken wie ein Spanier aussah. Sie rief sich das Bild des stattlichen, ältesten Bruders in Erinnerung und seufzte. Krieg und Politik, Diplomatie und Schicksal zerrissen die große Familie immer wieder aufs Neue. Nur die Eltern, Ferdinand und Anna, waren schier unzertrennlich. Ihre Kinder aber waren bald in Wien, bald in Innsbruck, bald in Prag aufgewachsen. Die ersten Geschwister schon in entfernte Weltgegenden verheiratet.

Eleonor strich sich über das feine Haar. Ergriff einige der Strähnen, ließ sie einzeln wieder auf die Schulter fallen. Als eine Windböe das Fenster aufriss, drückte sie es fest zu und schloss den Riegel. Dann zog sie den pelzbesetzten Kragen enger um den schlanken Hals. Der kalte Hauch war ihr unter die Haut gefahren. Ihr Blick fiel auf das Schoßhündchen, dessen dünne Beine schlotterten. Das ganze Tier bebte, dass es sich kaum auf den Beinen halten konnte. Eleonor ergriff es und legte ihren Pelzumhang um den zitternden Leib.

Rektor Pflüger fertigte den Boten der Universität persönlich vor der Pforte des »Goldenen Schwans« ab. Der *nuntius* sollte unverzüglich Nachricht von den denkbar schlechtesten Verhältnissen überbringen, die man vorgefunden hatte. Eine gefährliche Mission, denn man wusste von schweifenden Haufen feindlicher Landsknechte rings um die Stadt Leipzig. Neben dem Schreiben an Camerarius übergab er ihm einen Geleitbrief, der Straßensperren überwinden helfen und zumindest die Mordlust befreundeter Truppen zähmen sollte.

Pflüger empfahl dem Senat, die Universität für den Rest des Semesters aufzuheben. An einen regulären Studienbetrieb sei nicht zu denken. Die Prüfungszeiten waren verflossen, ohne dass es zu einer Graduierung gekommen, auch nur ein einziger akademischer Titel vergeben worden wäre! Die pekuniären Einbußen, die die Lehrkräfte dadurch erlitten hatten, waren nicht mehr auszugleichen. Man solle sie für dieses Mal entlassen, damit sie sich um Haus und Hof, Weib und Kind kümmern konnten, und auf ein gedeihlicheres Sommersemester hoffen.

Trotz der trostlosen Lage waren neun weitere Studenten im Laufe des Tages eingetroffen, die sich für das Wintersemester einschreiben wollten. Sie waren allesamt aus der Meißner Gegend und nutzten die unverhoffte Nähe der Universität. Pflüger inskribierte sie, nachdem er sich ihrer guten Herkunft versichert, also ausgeschlossen hatte, dass sie von Schaustellern, Abdeckern, Gerichtsknechten, Henkern, Bettlern, Zigeunern oder Juden abstammten. In der augenblicklichen Lage war man auf jeden noch so geringen Obulus angewiesen. Doch nachdem er sie an den Syndikus verwiesen hatte, um die magere Inskriptionsgebühr in den Kasten der Universität zu werfen, hatten sich vier der neun Neuen mit dem Zusatz *pauper*, mittellos, versehen lassen. Eine magere Ausbeute.

Nachdem Pflüger die Matrikel für dieses Semester endgültig geschlossen hatte, betrat er die Wirtsstube. Er verspürte Lust auf einen ordentlichen Schluck Wein. In der Stube erblickte er Knopplochius, der seine große Nase tief in einen der Bierkrüge gehängt hatte. Pflüger mochte ihn nicht. Der hünenhafte Magister war schweigsam und verschlossen – beides war dem Rektor verdächtig. In kleinerem Kreise verbreitete er angeblich gefährliche Gedanken. Dem Hörensagen nach war er den Ideen vom Gemeineigentum nicht abgeneigt. Unter der Hand propagierte er sogar die Vielehe! Alles in allem eine gefährliche Nähe zum Gedankengut der Täufer und anderer ketzerischer Vereinigungen. Man munkelte, dass Knopplochius sich ein Jahr lang in der Schweiz aufgehalten habe, wo er mit radikalen Kirchenreformern in Verbindung gekommen war.

Doch Melanchthon hatte sich für seinen ehemaligen Schüler und Schützling verbürgt. Knopplochius war einer der zahlreichen Ziehsöhne des Luthervertrauten, das hatte Camerarius als Empfehlung genügt. Nichtsdestotrotz hatte Pflüger sich entschlossen, ein Auge auf den jungen *baccalaureus biblicus* zu werfen. Der Rektor presste die Lippen zusammen, legte den Kopf zurück, um zum zweiten Mal die Neige seines Weinkruges zu lehren, ließ dann das Tongefäß auf die Tischplatte knallen und erhob sich. Er grüßte, ohne einen Gegengruß zu erhalten, und verließ die laute Wirtsstube, um den Aufgang zu den oberen Stockwerken zu suchen.

Liesel wies ihm mit einem Kopfnicken den Weg. Ihre Wangen waren eingefallen, Strähnen glatten, braunen Haares klebten ihr auf Stirn und Wangen, denn die Gäste belagerten die Wirtsstube nun seit dem Vormittag. Man konnte sich nur noch brüllend verständigen; seit man ihnen die Prügelwerkzeuge genommen hatte, maßen die Studenten sich an der Gewalt ihrer Stimmen.

Pflüger wankte die Stiege hinauf in seine Kammer, öffnete eine Truhe und nahm sich die gedruckte Prachtbibel vor, eines der wertvollsten Exemplare der Universität mit handgemalten Majuskeln und Miniaturen. Bibliothekar und *oeconomus* Borner hatte es nur unter Protest herausgegeben. Doch welche Universität im christlichen Abendland führte Vorlesungen ohne die Bibel durch?

Pflüger legte sich die gewichtige Heilige Schrift auf den Schoß und blätterte eine Weile ziellos darin. Die Buchstaben verschwammen vor seinen Augen. Dann fesselte ein einzelnes Wort seine Neugier: *extrahunt* – sie zogen aus. Er begann über den Auszug der Israeliten aus Ägypten zu lesen. Und sank darüber in einen tiefen Schlaf.

So überhörte Pflüger den Tumult, der gegen Mitternacht in der Gaststube ausbrach. Die bayerische Nation unter Türmer hatte in Kumpanei mit der polnischen die Wirtsstube über Fenster und Hintereingang geentert und lieferte sich nun eine wilde Rauferei mit den im »Schwan« einquartierten meißnischen Studenten, um sie zu vertreiben. Der »Schwan« war als das mit Abstand sauberste und gastfreundlichste Haus ausgemacht worden, der Wein floss am muntersten, die Wirtin war am drallsten. Und da man der edleren Waffen beraubt war, nahm man Bänke, Bierkrüge, Suppenkellen und Öllampen zu

Hilfe. Um die Meute zur Vernunft zu bringen, rannte die Boschna in die Küche und bewaffnete sich mit einem brennenden Scheit. Sie keifte, dass man Bänke und Krüge heil lassen möge. Versengte auch dem ein oder anderen Raufbold, der sich in ihre Nähe wagte, die Haare. Doch je lauter sie schrie, desto forscher droschen die Studenten aufeinander ein. Die zwei Pedellen, die noch, bis zur Besinnungslosigkeit abgefüllt, in der Wirtsstube weilten, wachten nicht einmal auf.

Türmer gab nicht eher Ruhe, als bis die bayerische – im Bund mit der polnischen – Nation zur siegreichen Partei erklärt worden war und die anwesenden meißnischen Studenten als Tribut vor der Boschna die Hosen herunterlassen mussten. Der Wirtin, die ebenfalls den ein oder anderen Schluck genossen zu haben schien, war es eine Genugtuung, jedem der jungen Herrn einen kräftigen Tritt zu verpassen. Zwar hätte sie es vorgezogen, die Bayern als Anstifter auf diese Weise zu verhöhnen. Doch irgendjemanden musste sie treten, wollte sie nicht vor Wut platzen.

Jeder der Studenten verzog nach dem Tritt schmerzhaft das Gesicht, einige fielen vornüber, als der Holzschuh sie mit voller Wucht und einem satten Klatschen traf. Dann war die Siegesfeier vorüber, die sich unter dem Hohngelächter Türmers und der Seinen vollzogen hatte. Die meißnischen Studenten rieben sich die Hinterteile und klaubten ihre Mäntel und Umhänge zusammen. Ein jeder versuchte, den größten Strohhaufen unter sich zu scharren. Die Bayern verzogen sich auf Türmers Befehl hin durch die Fenster, die Polen blieben der Einfachheit halber. Rektor Pflüger nächtigte ja auch im »Goldenen Schwan«!

Die Boschna ging ebenfalls zu Bett, um den Schaden nicht länger ansehen zu müssen. Durch die zerbrochenen und zerrissenen Fenster pfiff der Wind der Januarnacht in die Wirtsstube und sorgte dafür, dass die Studenten sich bald dicht an dicht drängten, ohne Ansehen der Herkunft. Der Ofen strahlte nur noch wenig Wärme ab, und der Ort hatte jegliche Behaglichkeit verloren. Nun erst trat der letzte und scheueste Gast an diesem Abend ein: Stille.

Die Liesel war bei Ausbruch der Kämpfe nach oben geflohen. Sie wollte nicht warten, bis ihr die ersten der besoffenen Jünglinge nachsetzten, um ihr den Rock zu lupfen. Sie öffnete die Tür zum erstbesten Verschlag. So erschöpft war sie, dass es ihr gleichgültig war, in wessen Kammer sie trat.

Justus hatte das Talglicht gelöscht, doch er lag noch wach. Er hatte dem Lärm gelauscht und war froh, sich rechtzeitig zurückgezogen zu haben. Er verstand nicht, welches Vergnügen den anderen diese Art Kampf bereitete. Als er ein Kratzen an der Tür vernahm, als sie gar geöffnet wurde und eine schmächtige Gestalt durch den Spalt schlüpfte, setzte sein Herz einen Schlag aus.

Er sah nichts als ihre Silhouette. Justus bemühte sich, flach zu atmen und kein Geräusch zu machen, nicht einmal das Gewicht zu verlagern, damit das Stroh nicht knisterte.

Die Gestalt hielt ebenfalls inne, lehnte sich an die Tür und starrte ins Dunkel. Sie atmete sehr schnell.

Ihr Körperduft zog zu Justus hinüber, und er erkannte, dass es die Liesel war. Der Geruch nach Brühkohl und Salz ließ sein Herz schneller klopfen. Noch schwoll von unten der Lärm, und Justus hatte Mühe, ihren Atemzügen zu lauschen. Liesel machte einen Schritt in die Kammer hinein, auf Justus zu, der am ganzen Körper zitterte. Der Knabe trug den braunen Mantel des Scholaren auch im Bett, denn er fror leicht und die Decke war dünn. Das Feuer unten im Kamin war längst erloschen, die Esse, die sich an der Wand hinaufzog und ein wenig Wärme spendete, erkaltet.

Eine Ewigkeit stand die Liesel da. Und Justus hatte sich inzwischen so viel Mut zugesprochen, dass nicht viel fehlte und er hätte sich erhoben und sie zu sich aufs Bett gezogen. Doch als er sich endlich überzeugt hatte, dass es gut und richtig, dass es mannbar und ehrenhaft, dass es nichts weiter als natürlich sei für ihn, den jungen Edlen von Liebenstein, sich dieser Wirtsmagd dort zu bemächtigen, da hatte diese sich bereits umgewandt und war zurück zur Tür geschlichen. Sie öffnete sie einen Spalt, um zu lauschen, und schlüpfte dann, nachdem die Geräusche von unten erstorben waren, hinaus.

Ihr Duft hing noch lange im Raum, und Justus konnte nicht einschlafen. So nah war ihm eine wirkliche Frau, eine andere als seine Maria, die er »Mutter« nannte, noch nie gewesen.

Später in der Nacht, als selbst der leiseste Nachhall der Magd verflogen war, suchte Justus in seinen Taschen nach der geschnitzten Madonna, nach der Muttergottes mit den großen Brüsten, die ihm Vater Mylius zum Fest der Ersten Heiligen Kommunion verehrt hatte. Mit dem Finger fuhr er über die sanften, weichen Rundungen des polierten Holzes. Sogar feine, zarte Brustwarzen fühlte er auf der hölzernen Wölbung. Schimpfliche Begierde erwachte in ihm. Er gab sich dem hin, was Pfarrer Mylius als »stummen Frevel« bezeichnete. »Denn siehe, es müssen nicht allerwegen zweie sein, die eine Todsünde vollbringen.« Justus hatte ein schlechtes Gewissen dabei – wie stets. Er nahm sich vor, acht Ave Maria und acht Vaterunser zu beten, die Buße, die Vater Mylius für gewöhnlich verordnete.

Meister Rufus Knopplochius wälzte sich auf seinem Strohlager um und um; schon lange hatte sich der Tumult in der Wirtsstube gelegt. Es war nicht seine Aufgabe, hinunterzugehen und einzuschreiten. Er war Lehrer, kein Karzerwärter. Die Wartung des Karzers war Aufgabe der Pedellen.

Er hörte die Glocken der nahen Kirche des Heiligen Nikolaus die erste Stunde der Nacht schlagen; hörte das erste Viertel zur zweiten Stunde, auch halb zwei und zwei Uhr. Kurz nachdem die dritte Stunde der Nacht eingeläutet war – Knopplochius war in einen Dämmerschlaf gefallen –, wurde es unten auf der Straße laut. Der Magister erwachte, erhob sich und stieß die Fensterläden auf. Frostkalte Luft schlug ihm entgegen und nahm ihm den Atem. Begleitet von einem der Torwächter stand derselbe *nuntius*, den Pflüger am Abend hatte abgehen lassen, wieder vor dem »Goldenen Schwan«. Er zankte sich lautstark mit der Wache, die den Befehl hatte, nicht von der Pforte zu weichen und niemanden einzulassen. Nur hatte der Wächter im Suff vergessen, das Tor zu verriegeln, und der Bote hatte die Möglichkeit genutzt. Lieber einen Streit mit der Wache riskieren, als die Januarnacht im Freien verbringen. Der *nuntius* gestikulierte mit Händen und Füßen, der Torwärter ebenfalls.

Knopplochius schwang sich den Magistermantel um die Schultern, schob den Riegel der Dachkammer zurück und trat vor Pflügers Verschlag. Dort klopfte er gegen das Holz. Mehrmals. So lange, bis sich hinter der Kammer die missmutige Stimme des Rektors erhob: »Wer klopft?«

Knopplochius antwortete ruhig und bestimmt: »Meister Rufus steht hier. Euer Magnifizenz, der Bote ist von Leipzig zurückgekehrt.«

»Welcher Bote?«, hörte Knopplochius Pflüger fragen, doch der Tonfall verriet, dass dieser sehr wohl verstanden hatte.

»Der gleiche, der am Abend abging. Verwunderlich, dass man ihn überhaupt in die Stadt gelassen hat.« Knopplochius vernahm ein Ächzen aus der Kammer. Kurze Zeit später sprang der Riegel zurück, und Pflüger stand vor ihm. Ein schmuckloser, beinahe ärmlicher Wintermantel, der bis zu seinen Knien reichte, umhüllte seine schmächtige Gestalt. Er war noch dünner, als Rufus vermutet hatte. Waden und Knöchel waren nackt, mit Zeigefinger und Daumen hätte man sie leicht umspannen können.

»So sorgen Sie dafür, dass man ihn vorlässt«, fuhr Pflüger Knopplochius an. Ohne Purpurornat und Amtskette machte der Rektor wenig Eindruck. Aus der buckligen Nase sprossen einzelne Stoppelhaare. Auf der linken Wange prangte eine flache Warze. Und ein Strohhalm des Bettsacks stak in seinen Haaren. Er war nur ein paar Jahre älter als Knopplochius. Und doch wirkte er greisenhaft. Meister Rufus schenkte Pflüger einen unbestimmten, doch in jedem Fall respektlosen Blick. Dann wandte er sich um und ging über die knarrende Stiege nach unten. Er musste über Trümmer und Scherben, zerhauene Bänke, über notdürftig bedeckte Körper auf Strohhaufen steigen, ehe er zur Tür gelangte. Die Luft in der Stube war nicht wärmer als draußen. Rufus konnte seinen Atem sehen. Er nahm aus den Augenwinkeln heraus wahr, dass einige der Scholaren schlaftrunken unter ihren Mänteln hervorlugten, als er die Tür zur Gaststube öffnete. *Nuntius* und Torwächter waren sich immer noch nicht einig geworden. Knopplochius rief den Boten herein und ließ die Wache, die sich über diese Unbotmäßigkeit ereiferte, verdattert zurück.

Den *nuntius* führte er hinauf. Die Scholaren, die durch den Tumult aufgewacht waren, schälten sich aus ihren Mänteln. Die Taggewänder hatte niemand abgelegt. Schläfrig, doch neugierig folgten sie Knopplochius und dem Boten die Stiege hinauf.

Pflüger hatte die Zeit genutzt, sein Äußeres herzurichten, wie es sich für eine Amtsperson gehörte. Er hatte sich den Rektorenmantel umgehängt und die glatten, schwarzen Haare, die vom Nachtlager zerzaust waren, geordnet. Auch den Strohhalm hatte er entfernt, sodass er halbwegs respektabel aussah. Er stand erhobenen Hauptes auf der Schwelle zu seiner Kammer, als Knopplochius sich mit dem Boten näherte. Hinter dem Lehrer reckten die Knaben und jungen Männer die Hälse. Auch Justus war aus seiner Kammer getreten.

»Ihr kehrt früh zurück – früher als erwartet!«, empfing ihn Pflüger mit unüberhörbarem Vorwurf, noch ehe der Bote die letzte Stufe erklommen hatte.

Der *nuntius* zog seine Lederkappe vom Haupt und verbeugte sich tief. »Euer Magnifizenz, die stolze Stadt Leipzig ist gänzlich von feindlichen Truppen eingeschlossen. Es war mir nicht möglich, hineinzugelangen. Mit Gottes Hilfe kam ich bis zu dem Dorfe Torna. Dort riet man mir ab, meinen Weg fortzusetzen. Und die Nachrichten, die ich von dort mitgebracht habe, sind alles andere als günstig.«

»Rede. Was spricht man in Torna?«

Der Bote sah sich Hilfe suchend um. Knopplochius ermunterte ihn mit einem Nicken. Der *nuntius* räusperte sich. »Die Leipziger Vorstädte sind restlos abgerissen und niedergebrannt, fast tausend Häuser in Schutt und Asche, um den anrückenden Truppen des Schmalkaldischen Bundes jede Deckung zu nehmen.«

»Wenn es dazu dient, die gottlosen Angreifer von der Stadt fern zu halten, so ist es ein gerechtes Opfer«, beschied Pflüger. »Weiter!«

»Die Bewohner retteten sich zum Teil in die Kollegiengebäude, wo sie ihr Lager aufschlugen. Sie brachten auch ihr Vieh mit, sodass Mist und Jauche die Höfe anfüllen. Man sagt, es sei unmöglich, von einem Universitätsgebäude zum anderen zu gelangen, ohne sich einzukoten.«

»Wir werden die Augiasställe ausmisten, sobald wir wieder zu geordneten Verhältnissen zurückgekehrt sind. Weiter.« Pflügers Miene war unbewegt.

»Um trotz des Durcheinanders die Ordnung aufrechtzuerhalten, wurde auf dem Markt ein Galgen errichtet. Doch taugt das Drohzeichen wenig. Viel Volks ist mit der Gesinnung auf Seiten des Feindes! Wenn es auch kaum jemand offen ausspricht. Auf dem Collegium Paulinum wurden Geschütze postiert, um den anrückenden Heerhaufen mit Blei zu bestreichen. Dabei sind's doch Leut' von unseren Leut', Sachsen, hüben wie drüben!«

»Der Kurfürst hat es nicht anders gewollt! Weiter.«

»Da die Truppen der Schmalkaldischen Partei über etliche schwere Geschütze verfügen, erwiderten sie den Beschuss. Einer der Hauptleute Johann Friedrichs, Wilhelm von Thumshirn, hat es sogar gewagt, aus einer Schanze vor dem Peterstor heraus das Schloss zu bestreichen. Kirche, Frauenzimmer,

Fürstlich Gemach, etliche Kammern und Gemäuer wurden zerschossen. Dann nahm der Feind unser Paulinerkolleg von einem Acker aus unter Beschuss. Eine der ersten Kugeln hat die Bibliothek getroffen. Hunderte Bücher sind zerstört. Das gesamte Paulinum sank vollständig in Schutt und Asche, sodass mit der Wiederaufrichtung kaum zu rechnen ist. Borner ist untröstlich, dass das, was er mit eigenen Händen in jahrelanger Arbeit aufgebaut hat, in wenigen Stunden füsiliert wurde. Doch er will nicht weichen.«

»Borner, der arme Narr! Er hätte es Camerarius gleichtun und die Stadt verlassen sollen«, ereiferte sich Pflüger. Der Bote holte kurz Atem, dann fuhr er fort: »Zu allem Unglück wurden einige der Opfer – geflohene Vorstädter zumeist – unter dem Lehm des Erdgeschosses verscharrt. Allerdings nicht tief genug, sodass pestige Dämpfe entströmen und tödliche Krankheiten verbreiten.«

»So ist uns der Rückweg abgeschnitten?« Die Enttäuschung war Pflüger anzusehen.

Der Bote nickte. »Der Kurfürst will nicht weichen, bis ihm die Stadt übergeben wird. Herzog Moritz und seine Truppen, die einzig Erleichterung verschaffen könnten, sind fern. Man hört, er lagere bei Pirna. Er zögert, sich dem Vetter entgegenzuwerfen. Moritz hofft auf den Beistand des Kaisers. Doch der weilt in den oberdeutschen Landen. In Heilbronn oder Ulm, die Kundschaften sind widersprüchlich. Sicherlich wollen sie ihre Heere vereinigen, ehe sie sich mit ganzer Macht gegen die Truppen der Schmalkaldener stemmen. Doch unser Leipzig kann bis dahin verloren sein!«

Die Studenten, die sich hinter Knopplochius auf der Stiege drängten, tuschelten betreten. Die wenigsten von ihnen stammten aus Leipzig. Doch die studentischen Bursen, in denen die meisten hausten, waren ihnen zur Heimat geworden.

Der Bote kämpfte mit den Tränen. Er hatte Weib und Kind in der Stadt zurückgelassen. »Die Truppen des Kurfürsten gewähren niemandem Zutritt.«

Pflügers Miene war wie versteinert. Allein das Kinn zitterte, als er seinen Beschluss kundtat: »So werden wir in Meißen Quartier behalten.« Er wandte sich um, die Tür schloss sich hinter ihm, der Riegel wurde vorgeschoben. Der Bote sah Knopplochius Rat suchend an. »Was nun? Wo soll ich mich zur Nacht legen?«

Meister Rufus gab dem braven Mann, dessen Haar bereits schütter wurde, einen aufmunternden Schlag auf die Schulter. »Lass dir einen Schoppen Wein einschenken und versuche, eine Hand voll Stroh zu ergattern. Du kannst dir in meiner Kammer ein Lager richten. In der Wirtsstube ist die Luft zu gut ...«

Der *nuntius* lächelte. Er warf Knopplochius einen dankbaren Blick zu und bahnte sich einen Weg durch die Studenten. Die müden Scholaren ließen ihm eine Gasse und sahen ihm mitleidig hinterher.

»Meister Rufus, wir frieren auch«, schrie der kleine Veit aus Stolpen, ein eifriger Bewunderer Türmers. »Lasst uns ein in Eure Kammer«, jammerte er mit gespielter Verzweiflung, »so werden wir die Bibellektionen im Schlaf lernen.«

Die Studenten auf der Stiege johlten. Veit sonnte sich im Beifall. Meister Rufus brachte die Schar lächelnd, aber mit einer entschiedenen Handbewegung zum Schweigen. Man respektierte den Magister, nicht nur seiner eindrucksvollen Gestalt wegen. »Dass Ihr friert, habt Ihr Eurem eigenen Übermut zu verdanken«, beschied Knopplochius ihnen in einem Tonfall, der jeden weiteren Spott unterband. »Auf diese Art werdet Ihr morgen mit kühlem Kopf erwachen. Das wird uns allen nützlich sein!«

Die blassen, schlaftrunkenen Scholaren zogen sich grummelnd zurück. Einige Nasen waren schon jetzt gerötet, viele würden am nächsten Morgen mit einer Erkältung erwachen. Meister Rufus blieb am Treppenabsatz stehen, bis sich auch der letzte magere Scholarenwanst aus dem Stiegenhaus getrollt hatte. Dann trat er gedankenverloren in seine Kammer. Der

Schlaf war ihm nun sicher geraubt. Zweifellos würde man noch eine Weile an den unbequemen Zufluchtsort gefesselt sein. Die Belagerung Leipzigs konnte sich bis ins Frühjahr hinziehen. Und der Krieg hatte nicht nur die Stadt Leipzig erreicht. Er hatte seine furchtbaren Krallen aus Feuer und Eisen auch nach ihnen ausgestreckt!

*Zweites Kapitel*

# Aufbruch

Von Zeit zu Zeit klang das rumpelnde Rutschen und nasse Klatschen eines Schneebrettes in die Hallen und Stuben der Prager Burg. Die weiten, luftigen Plätze der Habsburgerresidenz lagen unter einer matschigen Schneedecke. Doch überall troff und triefte es talwärts über die gepflasterten Gassen, dem Strom im Tale zu. Nach den schneereichen ersten Tagen des Jahres 1547 hatte nun milderes Wetter die Hauptstadt Böhmens erreicht. Die Wärme hatte den Schnee schwer und sulzig gemacht. Wie weiche, weiße Samtpolster bedeckte er die Dächer der Stadt an der Moldau – bis ein neuerliches Rutschen eine Schneise in das Weiß riss und die Dachziegeln der vornehmeren Häuser glutrot durch die Schneepolster leuchteten.

Die Fenster der Prager Residenz Seiner Königlichen Majestät Ferdinand von Habsburg, Erzherzog von Österreich, König des deutschen Reiches und jüngerer Bruder Karls, des Weltenherrschers, waren mit farbenfrohen Gobelins verhängt. Das Bleigeflecht der Scheiben ließ zu viel kalte Luft herein. Obwohl draußen die klare Wintersonne am blauen Himmel über dem Fluss stand, war im Inneren der Burg alles in das warme, zuckende Licht offenen Feuers getaucht.

Als Ferdinand den Vermerk auf der Depesche Karls erblickte, der das Schreiben ausschließlich für seine Augen bestimmte, schickte er die Hofräte aus dem Audienzsaal. Anna, seine Gattin, die ihm die ungarischen Teile des Reiches und vierzehn Kinder geschenkt hatte – das fünfzehnte trug sie im Leibe –, blieb bei ihm. Ferdinand wusste, die Neuigkeit von Karl betraf die Familie. Und Anna war deren weibliches Oberhaupt, zumindest, was den königlich-römischen, österreichisch-ungarischen Zweig betraf. So sah es wenigstens Ferdinand.

Er entsiegelte den Bogen, entfaltete ihn und überflog das Schreiben, das der Kaiser in seiner schwungvollen, doch wegen der Gicht in der rechten Hand ein wenig krakeligen Schrift selbst verfasst hatte; und zwar auf Französisch, der Sprache, die am ehesten eine Brücke zwischen ihnen schlagen konnte.

Ferdinand seufzte. Anna bat ungeduldig, ihr den Inhalt kenntlich zu machen. Mit beiden Händen hielt sie ihren hochschwangeren Leib umfasst.

Der Erzherzog begann mit trockener Kehle. Eine hartnäckige Erkältung quälte ihn seit dem Weihnachtsfest mit heißem Durst. Er griff nach einem Krug Wasser, nahm einen Schluck auf die trockene Zunge und begann: »Karl bittet uns, die Verlobung Eleonors mit dem Sohn des sächsischen Kurfürsten zu lösen. Stattdessen sollen wir sie dem Bruder des regierenden Herzogs von Sachsen versprechen.«

Anna ließ ihr Kinn auf die Brust sinken. Ihr Blick glitt zu Boden und verlor sich im gezirkelten Muster der Fliesen. »Irre ich mich, oder werden die Herzöge von Sachsen demnächst zu Kurfürsten und Erzmarschällen des Reiches auf- und deren Vetter absteigen?«

Ferdinand nickte. »Das scheint mir der Hintersinn des Tausches zu sein. Moritz und August, die Herzöge des albertinischen Sachsen, sind auf unserer Seite, im Gegensatz zu ihren Vettern. Sie erinnern sich? Beide waren letzten Sommer in Prag unsere Gäste.«

»Wie könnte ich mich nicht an August von Sachsen erinnern? Er war uns wie ein Sohn, als er an unserem Hof weilte, damit ein junger Fürst aus ihm werde!«

»Dennoch, Karl misstraut ihnen. Die Verhandlungen um ihre Gefolgschaft im Kriegszug waren schwierig. Moritz ist der ungestümere von beiden, August der stillere. Seine Züge sind feiner, seinen Augen fehlt die Angriffslust des Bruders.«

Anna erhob sich seufzend und ging zum Feuer, das im Kamin loderte. »Ich meine ihn zu kennen. Er ist, so scheint's, eine gute Wahl! Aber Eleonor steht erst im dreizehnten Lebensjahr. Soll das Bündnis mit dem Hause Sachsen nicht sobald wie möglich geschmiedet werden?«

Ferdinand nickte. »Karl will sich Moritzens unbedingter Gefolgschaft versichern, bevor er an seiner Seite in die entscheidende Schlacht zieht. Ist Johann Friedrich erst einmal überwunden, muss er sich fest auf ihn stützen können. Und er hat wenig Zutrauen zur Tinte der Verträge. Blutsbünde sind ihm die liebsten.«

»So taugt unsere Eleonor wenig. Sie ist noch nicht reif für die Ehe.«

Ferdinand wog bedächtig den Kopf. »Ich glaube, Karl denkt anders darüber.«

Anna stützte sich mit den Händen auf den Kaminsims, bog den Rücken durch und stierte ins Feuer.

»Er misstraut Moritz entschieden«, fuhr Ferdinand fort. »Und er hat allen Grund dazu. Der Herzog trachtet einzig danach, seinen Gewinn aus der vertrackten Lage zu ziehen. Er hat keine Festigkeit in der Religion. Einmal neigt er der lutherischen Idee zu, dann wieder buhlt er um die Gunst der Altgläubigen und des Kaisers. Er kocht sein eigenes Süppchen über dem Feuer des Aufruhrs. Und hält beide Parteien zum Narren.«

»So verlangt Karl, dass wir unsere Tochter einem Haus anvertrauen, das im nächsten Moment unser erbitterter Feind sein kann?«

Ferdinand suchte nach Worten der Beruhigung. In seinem Innern musste er der Gattin zustimmen. Moritz war jung und unerfahren, wild und aufbrausend. Ein Temperament, das dem kühlen, abwägenden, abwartenden seines Bruders ganz entgegenstand. So würde der Bund zwischen Moritz und Karl nicht gedeihen! Doch Ferdinand unterdrückte seine Besorgnis. »Wenn der Bund ehelich besiegelt ist, wird es keine Feindschaft mehr zwischen uns geben. Moritz muss sich dann auf unsere Seite schlagen. Er muss offen tun, was ihm die Buchstaben des Prager Vertrages längst gebieten. Das ist es, was Karl durch die Verbindung beabsichtigt. Das war es, was er mit jedem seiner Schritte gegen Moritz erzwingen wollte. Das offene Bekenntnis zu unserem Lager. Das Ende des Liebäugelns mit den Schmalkaldischen! Das Ende des Lavierens zwischen den Bündnissen.«

Anna wandte sich um und sah quer durch den großen Saal hindurch ihren königlichen Gatten an. »Moritz lässt sich nicht durch eine Ehe seines Bruders binden. Hat er sich nicht gegen den Willen der Eltern mit der kleinen Agnes von Hessen vermählt?«

Ferdinand nickte.

Anna fuhr fort: »Er ist ein Heißsporn. Der Kampf reizt ihn. Er wird der Letzte sein, der sich durch einen Ehering fesseln lässt.«

Ferdinand war tief in seinen Thronsessel gesunken. Die Argumente wurden ihm selbst schal im Mund. »Können wir August ganz für uns gewinnen, so wird er sein Gewicht in die Waagschale werfen. Und Moritz, dem Heißsporn, der in jeder Schlacht in der vordersten Reihe zu finden ist, wird kein langes Leben beschieden sein. Schon vor Ofen, als er mit uns gegen die Türken zog, wäre er beinahe gefallen. Er setzte einem Haufen Janitscharen so hitzig zu, dass ihm der Sattelgurt riss. Wäre sein Edelknecht nicht in die Bresche gesprungen, hätte man ihn erdolcht. Doch das Kriegsglück ist wetterwendisch. Und wenn Moritz fällt, wird August Kurfürst. Und an seiner Seite unsere Tochter Eleonor ...«

Anna stützte ihre Handflächen auf die Hüften und bog ächzend das Kreuz durch. Ferdinand kannte diese Geste. Der Bauch seiner Frau war schon abgesackt. Die Geburt stand unmittelbar bevor. Anna erriet seine Gedanken. »Neues Siegelfleisch für Seine Kaiserliche Majestät!« Ihre Augen blitzten auf.

Ferdinands Gesicht wirkte müde. Die hängenden Lider hatte er mit Karl gemeinsam. »Die Bündnisse, die mein Bruder mit unseren Kindern besiegelt, werden uns selbst nützen, wenn wir ihm auf den Kaiserthron gefolgt sind. Karl ist alt und gebrechlich geworden. Das Zipperlein macht ihm schwer zu schaffen. Schon munkelt man, dass er abdanken will, sobald die deutsche Beschwerung beseitigt ist …«

Anna machte einige wankende Schritte auf ihren Gatten zu. Dann blieb sie mitten im Saal stehen. Die Hände stützte sie immer noch in die Hüften. Den Leib schob sie weit vor. »Wenn Moritz Kurfürst wird. Wenn er im Kampfe fällt. Wenn Karl abdanken wird. Wenn Karl einmal nicht mehr sein wird … Mir fehlt die Kraft, unser Glück auf dieses hohle ›Wenn‹ zu bauen. Mir fehlt die Kraft – und vielleicht die Zeit, Euer Königliche Hoheit.«

Annas Stimme klang ängstlich. Ferdinand runzelte die Stirn. So hatte er sein Eheweib noch nie erlebt. Nicht so schwach vor einer Geburt. Ihre unbändige Kraft hatte sie vierzehn Mal ohne Beschwernisse niederkommen und sogar die Heirat der ältesten Tochter mit dem polnischen König ertragen lassen. Gegen ihren Willen! Doch sie hatte die Zeremonie tapfer durchgestanden. Und ihm selbst Kraft gegeben. Was war los mit seiner Anna?

»Eleonor soll das letzte Kind sein, über dessen Ehebande Ihr Bruder entscheidet.« Die Worte waren mit Bestimmtheit gesprochen. Die Schwäche war aus ihrer Stimme gewichen.

Ferdinand hob die Hände und ließ sie wieder auf die Knäufe des Thronsessels fallen. »So soll es sein.« Er war erleichtert, dass Anna ihr Einverständnis gegeben hatte.

»Die Heirat soll auf keinen Fall vollzogen werden, bevor Eleonor das dreizehnte Jahr vollendet hat.«

Ferdinand nickte ergeben. Er schätzte die Weisheit seiner Frau, wie er die Entschlossenheit und Halsstarrigkeit des Bruders schätzte. »Ich werde Karl schreiben, dass wir der Verlobung mit August, Herzog von Sachsen, zustimmen. Im gleichen Zug werden wir Johann Friedrich, dem Kurfürsten von Sachsen die Verlobung Eleonors mit seinem ältesten Sohn aufkündigen. Er wird wenig überrascht sein! Und Moritz fordern wir auf, die Vermählung *per procuratore* vollziehen zu lassen, sollte er sie vor dem vierzehnten Geburtstag Eleonors wünschen. Komerstadt, Moritz' Gesandter und Hofrat, weilt noch in Prag. Er könnte die Stelle Augusts in der Vermählungszeremonie einnehmen.«

Anna nickte. Sie tat einige wankende Schritte auf Ferdinand zu und stöhnte auf. »Es trägt sich schwer. Wenige Tage noch, dann ist es überstanden.«

Ferdinand hatte nur mit halbem Ohr zugehört. In Gedanken verfasste er bereits die Schriftstücke, die ins Reich abgehen sollten. So schnell wie möglich, wie Karl es sich ausbedungen hatte. Eines an Johann Friedrich. Eines an Moritz. Eines an August. Er ging zur Tür und ließ nach seinem ersten Sekretär schicken. Komerstadt würde er nicht einbeziehen. Der würde zwar wüten, als Gesandter des sächsischen Herzogs übergangen worden zu sein, doch in diesem Fall bedurfte es der direkten Ansprache des sächsischen Heißsporns.

Bruder Carolus, *imperator mundi*, würde zufrieden sein. Gott segne ihn.

An einen geordneten Lehrbetrieb war bislang nicht zu denken. Aber da er die Kriegsuniversität nicht eigenmächtig aufheben konnte, hatte Rektor Magnificus Konstantin Pflüger aus Glogau in Schlesien die Parole ausgegeben, binnen einer Woche müsse alles so eingerichtet sein, dass man mit den Lektionen und Disputationen des Wintersemesters fortfahren und dieses zu einem fruchtbringenden Abschluss führen könne.

Im großen Saal des zweiten Obergeschosses der Meißner Burg wurde ein Auditorium eingerichtet, was den größten Aufwand erforderte. Die Schlafstellen waren mit Strohsäcken schnell hergerichtet. Eine Köchin und eine Küchenmagd, die für das leibliche Wohl der Studenten und ihrer Begleiter auf der Burg sorgen sollten, waren rasch gefunden, der Syndikus hatte einen mehr als angemessenen Lohn ausgehandelt. Vier weitere Kammern auf der Südseite, zur Elbe hin, hatte man den Lehrern bereitet. Sie waren von den Pedellen bereits mit Kathedern, Bänken und Stühlen, mit Öllampen und Wachsleuchten ausgestattet worden. Die Herren *magistri et doctores* arbeiteten gern zur Nacht.

Den nördlichen Saal im ersten Obergeschoss aber, in dem man das verlassene Habichtnest gefunden hatte, wollte man ganz vom Unterrichtsbetrieb, gar von jeglicher Begehung durch die Studenten ausnehmen. Überhaupt sollte sich das studentische Leben auf der Burg eher im zweiten als im ersten Geschoss ausbreiten. Dort waren die Räumlichkeiten kleiner, die Einheiten übersichtlicher. Es gab sogar winzige Kammern und Gelasse, in denen man Büchertruhen, Papier- und Tintenvorräte lagern konnte.

Während die Meißner Tischlerzunft Latten und Bohlen herbeischaffen ließ, während das Sägen und Hämmern und Rufen der Zimmerleute in stetem Ton von den Höhen der Burg scholl, suchte sich Knopplochius, den blauen Hut mit den Ohrenklappen tief über den vierschrötigen Schädel gezogen, einen Weg am Fuße der steil aufragenden, nördlichen Burgmauer. Zwischen innerer und äußerer Wehr stieg ein steiler, mit Buchen bewachsener Hang vom Tal der Meisa zum Burgberg hin an. Der Magister musste sich eng an der inneren Mauer entlangdrücken. Der Lehmpfad war schmal und glitschig. Knopplochius schaute hinauf. Über die groben, unverputzten Fundamente glitt sein Blick höher zu den prächtigen, dreiflügligen Fenstern des ersten Geschosses. Dort war es! In einer der Nischen fehlte die Spiegelung des Sonnenlichts in den Butzenglasscheiben, klaffte das gähnende Loch, das den Anflug eines Raubvogels mit der Flügelspanne eines Habichts gestattet hatte.

Der Magister tastete sich noch wenige Fuß vor. Seine Haare, die er entgegen der herrschenden Mode lang, bis beinahe auf die Schultern fallend trug, glühten im Licht der Vormittagssonne feurig auf. Unter dem blauen Hut waren sie weithin sichtbar. Doch niemand interessierte sich für den kletternden Gelehrten.

Bald hatte er das Skelett gefunden. Es lag an einer Stelle, an der der Hang etwas sanfter abfiel und sich der schmale Pfad am Sockel der Festungsmauer zu einem steinigen, vom Herbstlaub gepolsterten Felsrücken weitete. Der feste Grund hatte die Knochen des großen Vogels vor dem Abrutschen bewahrt. Und ihm zuvor mit einiger Sicherheit das Genick gebrochen.

Knopplochius ging in die Hocke. Er raffte den Saum des Mantels mit der Hand, damit ihm der kalte Wind nicht unter den Talar fuhr. Mit der anderen Hand strich er das trockene Buchenlaub beiseite. Die Knochen waren sauber abgenagt, Krähen und Elstern hatte ihre Schnäbel daran gewetzt. Doch hatten sie das Skelett nicht allzu sehr verstreut, die Knochenformation war gut erhalten. Der Schädel mit dem krummsäbelartig gebogenen Schnabel machte selbst im Tod noch Eindruck. Auch die scharfen Krallen hatten nichts von ihrer Bedrohlichkeit verloren.

Zwischen den Klauen des Raubvogels lag das Skelett einer weiteren Kreatur, eines großen Nagetiers, wahrscheinlich eines Karnickels. Die Nagezähne stachen deutlich aus dem abgeflachten Schädel. Der Habicht hatte seine Beute noch im Sturz nicht aus den Krallen gelassen. Die Speisung für die ausgehungerten Jungvögel, die sie nie erreichte. Geschwächt von dem zu großen Beutetier, allein gelassen in der Brutpflege – dem anderen Altvogel war wohl zuvor schon etwas zugestoßen –, entkräftet von der rastlosen Pflege des Nachwuchses war dem Vogel vermutlich eine Windböe zum Verhängnis geworden. An die Mauer geweht, hilflos, unfähig, die Flügel noch zu entfalten, um den Fall abzufangen. Beschwert mit seiner Beute war der Vogel ungebremst in die Tiefe gestürzt.

Knopplochius zog einen ledernen Beutel vom Gürtel, sammelte sorgfältig die Knochen der beiden toten Tiere ein und zog die Schnur zu. Nach einem letzten Blick auf den Ort des stillen Dramas tastete er sich an der Mauer entlang zurück. Doch seine Gedanken umkreisten noch lange das Gleichnis, das ihm der Herr selbst vor Augen geführt hatte. Nur zu gut wusste er das Zeichen zu deuten: Die Studenten waren in höchster Gefahr, daran bestand kein Zweifel.

Herzog Moritz, Herr der Meißner Lande und Oberhaupt des albertinischen Sachsen, hätte am liebsten seine Stirn gegen die Wand geschlagen. Doch dafür war das Zelt, das in der Spitze hoch wie der Spieß eines Landsknechts war und zwanzig Fuß im Durchmesser maß, nicht geeignet. Eine Wanne voll glühender Kohlen sollte Behaglichkeit verbreiten, aber der Wind, der durch die Nähte pfiff, und die Kühle des Bodens, selbst durch mehrere Lagen Felle kaum zu lindern, vertrieben sie stets aufs Neue. Selbst der mildeste Januar war kein Monat, in dem man zu Felde zog!

Schlimmer noch, wenn man im Felde lag und durch die Übermacht des Feindes zur Untätigkeit verdammt war. Eine furchtbare Schmach! Der Feind stand vor Leipzig, und alles deutete darauf hin, dass Johann Friedrich – »der Dicke«, wie August und Moritz den ernestinischen Vetter nannten – versuchen würde, die Stadt einzunehmen. Moritz konnte nur schwer sein Verlangen bändigen, unverzüglich an der Spitze eines Entsatzheeres nach Leipzig zu rücken. Doch sein Haufe war kläglich im Vergleich zum vereinigten Schmalkaldischen Bundesheer, das der Vetter befehligte. Der Kaiser musste ihnen zu Hilfe eilen, oder wenigstens Ferdinand, der österreichische Erzherzog und römische König!

Bis dahin vertraute Moritz auf den getreuen Obersten von Wallwitz, der das Kommando über die Verteidigung der Stadt innehatte. Ein mutiger, zuverlässiger Mann. Und wie wacker hatte er sich geschlagen! Die Kundschafter berichteten von heldenhaften Taten. In zahlreichen Ausfällen seiner Hakenschützen und Knechte hatte er dem Feind schmerzhafte Verluste beigebracht. Selbst die perfidesten Pläne des »Dicken« und seines durchtriebenen Obersten Thumshirn, die Gräben zu verfüllen oder gar Pulverrinnen bis an die Stadtmauer zu führen und zu zünden, hatte er rechzeitig erkannt und durch mutiges Handeln vereitelt. Oh, wie wünschte sich Moritz an seine Stelle, anstatt hier hilflos im Lager zwischen Rosswein und Chemnitz die Fäuste gegen Stoff zu rammen!

Christoph von Carlowitz, als einziger unter Moritz' Hofräten von altem sächsischen Adel und Glauben, hatte sich in einem klappbaren Feldsessel nächst der Kohlewanne niedergelassen. Herzog August stand schräg hinter ihm und schaute missmutig. Dem Wüten und Zürnen des älteren Bruders konnte er wenig Sinn abgewinnen.

Kanzler Simon Pistoris, derjenige von Moritz' Räten, der der Schmalkaldischen Partei am nächsten stand, betrat das Zelt. Er hielt ein Schreiben Ferdinands in der Hand. Moritz griff ungeduldig danach. »Endlich Nachricht von Seiner Königlichen Majestät! Das Entsatzheer wird auf dem Weg sein. Wenn sie sich eilen, kommen sie in zwei Tagen über das Erzgebirge!«

Christoph von Carlowitz zog den Pelzkragen seines Umhangs enger um den Hals. Er zeigte keine Regung. Zu oft hatte er mit Angehörigen des Hauses Habsburg verhandelt, um nicht misstrauisch zu sein. Sie wussten die Worte so zu wählen, dass man sie stets zu eigenen Gunsten auslegen konnte. Und nachher, wenn man sich darauf berief, wollten sie etwas völlig anderes gemeint haben. Sie waren ermüdende Verhandlungspartner!

Moritz hatte die Depesche entfaltet. Siegel und Unterschrift stimmten, das Zeichen des Sekretärs fehlte. Ferdinand hatte das Schreiben eigenhändig verfasst!

Der Sachsenherzog überflog die Zeilen. Dann warf er den Bogen wütend zu Boden. August schaute mit hochgezogenen Augenbrauen auf das gesiegelte Pergament hinab. »Er schickt kein Heer? Keinen einzigen Mann?«

»Nein, er schickt keinen Mann«, zischte Moritz durch zusammengebissene Zähne. »Er schickt eine Frau!«

Kanzler Pistoris und von Carlowitz, zwei äußerst unterschiedliche, beinahe gegensätzliche Charaktere und innerhalb des herzoglichen Rates verfeindeten Parteien zugeneigt, sahen sich in einmütiger Ratlosigkeit an.

August trat an das Schriftstück heran und hob es auf. Er las bedächtiger als sein regierender Bruder, es dauerte länger. Pistoris und von Carlowitz hingen an seinen Lippen. Der Adlige hatte die Ellen auf die Lehnen des Feldstuhls gestützt und beugte sich weit nach vorn.

Ein Lächeln huschte über Augusts Gesicht. »Eleonor«, sagte er verträumt, »sie war mir wie eine Schwester. Ein hübsches Kind. Aber ein Kind. Sie war im zwölften Jahr, als wir sie zuletzt trafen, oder irre ich mich?«

Moritz stürmte wutentbrannt auf den Bruder zu. Er wollte ihm den Bogen entreißen, hatte sich aber sogleich wieder in der Gewalt. »Ein Kind, ein Mädchen schickt er uns, um den Dicken und seinen protestantischen Bund nach Haus' zu jagen! Er verhöhnt uns! Ich werd' nicht schlau aus diesem Spiel. Und von Komerstadt keine Zeile! Was treibt er in Prag, wenn ihm solch ein Plan entgeht?!«

»Was ist denn nun der Inhalt dieser Eildepesche?«, fragte der Kanzler mit schwerlich gezähmter Neugier.

August überflog die Zeilen erneut. »Er bietet uns Eleonor zur Gemahlin an. Die Hochzeit soll so bald wie möglich vollzogen werden. Wenn es nicht anders geht, soll Komerstadt den Bräutigam in Vertretung geben!« Der Zweitgeborene sah belustigt von einem zum anderen. »Ob Eleonor an dem knorrigen Doktor beider Rechte Gefallen fände?«

Moritz, der seinen unruhigen Gang wieder aufgenommen hatte, fuhr dazwischen. »Nichts da! Ich brauche Arkebusen – keine Busen!«

Christoph von Carlowitz lächelte irritiert. Diese Art Humor war sonst nicht Sache seines Fürsten. August zwinkerte belustigt zu seinem Bruder hinüber. »Den Busen brauchen Sie nicht zu fürchten. Den besitzt sie noch nicht – wenn ich mich recht entsinne …« August grinste breit.

Doch Moritz stand nicht der Sinn nach solchen Scherzen. »Pistoris, noch heute schicken wir ihm Antwort«, entschied er.

»Seine Königliche Hoheit soll Eleonor in Begleitung so vieler Landsknechte schicken, als er auftreiben kann! Oder er soll sie behalten! Und schürt Komerstadt Feuer unter den Arsch, damit er endlich tätig werde und Ferdinand den Ernst der Lage schildere. Ist Leipzig erst verloren, gibt niemand mehr einen Pfifferling auf das Herzogtum Sachsen!«

Von Carlowitz erhob sich. Er hatte an den Höfen des Kaisers und seines königlichen Bruders, sei es in Wien, Prag oder Innsbruck, wo auch immer, stets gute Aufnahme und eine ehrenvolle Behandlung erfahren. Es war ihm unangenehm, das aufrichtige Vermählungsersuchen des römischen Königs und womöglich zukünftigen Kaisers des deutschen Reiches abzulehnen. August war frei und heiratswillig. Und Ferdinand hatte eine heiratsfähige Tochter. Der Jüngste der Hofräte räusperte sich. »Mein allergnädigster Herzog, Euer Liebden, es ist doch ein äußerst schmeichelhaftes Angebot für Euer Haus, in die Kaiserfamilie, in die großmächtige *Casa de Austria* einzuheiraten. Ein Angebot, das man nicht leichtfertig ausschlagen kann.«

»Ein Angebot allerdings, dessen Hintersinn leicht zu erraten ist«, ergänzte der Jurist Pistoris mit ernster Miene. »Der Bund soll so fest geschlossen werden, dass wir nicht mehr wegkommen von der kaiserlichen Partei – geschehe, was wolle.«

»Ach was«, fuhr Moritz dazwischen, »eine Verlobung kann man mit einem Federstrich wieder lösen, das hat Karl selbst häufig genug bewiesen! Eine Verlobung bedeutet gar nichts!«

»Er bietet uns nicht die Verlobung an, sondern die Vermählung!« August fühlte sich geschmeichelt durch die Aussicht, eine kaiserliche Nichte, eine Tochter des nächsten Anwärters auf den deutschen Kaiserthron zu ehelichen. Auch wenn ihm Eleonor nie als Frau erschienen war …

»Sind wir nicht interessiert an einem festen, freundlichen Verhältnis zu Ferdinand, dessen Reich von mehr als einer Seite an die sächsischen Lande grenzt? Können wir dieser Umarmung widerstehen? Wenn ihm die Laune anders steht, schickt er uns binnen zweier Tage seine Söldner auf den Hals!«

»Ja, ich will seine Söldner. Sollen sie nur kommen! Rennend oder reitend, von mir aus hüpfend! Aber kommen sollen sie – um dem dicken Vetter Hanns mit ihren Spießen den Weg nach Wittenberg zu weisen!«

Kanzler Pistoris schmunzelte. Die Wut hatte Moritz, dessen Gedanken sonst eher schwerfällig waren, schlagfertig gemacht. »Allergnädigste, hochgeborene Herzöge, wir sind uns einig, dass allzu plumpe Reaktionen Ihrer nicht würdig sind. Was also wollen Sie dem Schreiben entgegnen?« Pistoris sprach ohne Atem zu holen weiter, damit kein Zweifel daran aufkäme, dass er den Weg kannte. »Mein Vorschlag: Wir zeigen uns nicht abgeneigt. Bitten aber darum, die Hochzeit so lange auszusetzen, bis die Jungfer in der Lage ist, eine wirkliche Braut abzugeben. Die Vermählung *per procuratore* lehnen wir ab. Entweder die Heirat erfolgt körperlich oder gar nicht. So haben wir ein ganzes Jahr Zeit, uns zu entscheiden. Zum Ende dieser Frist dürften auch die Fronten in diesem Krieg geklärt und unser zukünftiges Verhältnis zur *Casa de Austria* leichter bestimmbar sein.«

Von Carlowitz nickte, obschon er seinem Erzfeind Pistoris ungern zustimmte. Hätte der junge Katholik freie Hand gehabt, hätte er anders gehandelt. Entschiedener. Im Sinne des Kaisers. Aber die Anhänger der Schmalkaldischen waren in der Überzahl.

Kanzler Pistoris fuhr fort: »Wir gewinnen Zeit. Und wahren so unsere Stellung zwischen den Parteien. In Anbetracht dessen ist es nicht unbedingt von Nachteil, dass Ferdinand und Karl zögern, Truppen zu entsenden. Noch sind wir den schmalkaldischen Bundesgenossen nicht offen auf dem Felde entgegengetreten.«

»Nein. Stattdessen haben wir ihnen hinterrücks die Städte und Ländereien abgejagt, als sie in Oberdeutschland im Felde lagen«, bemerkte Moritz bitter.

»Es geschah auf Befehl des Kaisers. Und um die sächsischen Lande in den Händen von Sachsen zu halten!«, erinnerte Kanzler Pistoris.

Moritz sah von Carlowitz an, als wolle er ihn auffordern, gegen Pistoris das Wort zu erheben. Doch der junge Hofrat blieb stumm.

August bückte sich plötzlich. Er hob ein Medaillon vom Boden auf. Es war herausgefallen, als Moritz in seiner ungestümen Art das Schreiben von sich geschleudert hatte. August drehte es in der Hand, bis er den Riegel gefunden hatte, und öffnete es. Es war eine Miniatur Eleonors. Die spitz dem Kinn zulaufenden Gesichtszüge stellten sie deutlich in eine Linie mit Karl, ihrem kaiserlichen Onkel. Doch fehlte ihr die Härte, die Entschlossenheit. August lächelte versonnen, als er ihr Antlitz betrachtete. »So wohlgestalt hatte ich sie nicht in Erinnerung. Sie hat sich verändert seit dem Sommer.«

»Vielleicht war es auch der Pinsel des Malers?«, fragte Moritz herausfordernd. August schwieg und hing seinen Erinnerungen nach. Sie reichten weit zurück, bis in jene Innsbrucker Tage, da sie sich als Kind und Jüngling begegnet waren.

Moritz trat entschlossen hinter Christoph von Carlowitz und legte die Hände auf dessen Schultern. Überrumpelt von dieser vertraulichen Geste zuckte von Carlowitz zusammen. Moritz fuhr unbeirrt fort: »August, Sie werden noch eine Zeit lang das Medaillon anhimmeln müssen.«

Der Zweitgeborene schaute dem Bruder in die streitbar funkelnden Augen. »Ich habe keine Eile. Sie konnten es ja kaum erwarten, Ihre Agnes heimzuführen! Haben sie im Handstreich entführt. Ich erinnere mich noch an die entsetzten Blicke, als man den Eltern Meldung machte.« Ein Lächeln strich über Augusts Gesicht.

Moritz ließ sich nicht auf die alten Geschichten ein. Er setzte die Miene des Herrschers auf, als er seinem Bruder beschied: »Sie werden ihr nicht entgegenreiten. Ganz im Gegenteil. Sie werden sie fliehen, wo immer Sie können. Diese Hochzeit ist ein Versprechen, das so spät als möglich eingelöst wird. Am liebsten niemals.«

August nickte. Er war es gewohnt, dass Moritz über ihn verfügte, obwohl sie die Staatsgeschäfte in wohl überlegter Aufgabenteilung gemeinsam besorgten. Doch August hatte Moritz schon immer bewundert, als den mutigeren, draufgängerischen von ihnen. Der Regent trat an die Kohlewanne und rieb sich die Hände. »Sollten wir nicht doch von Wallwitz zu Hilfe eilen? Dieses Abwarten und um Unterstützung Betteln macht mich rasend!«

»Nein!«, entschied Kanzler Pistoris, bevor sich von Carlowitz zu Wort melden konnte. »Wenn wir Johann Friedrichen von Angesicht zu Angesicht gegenüberstehen, wird es die letzte Schlacht in diesem Krieg sein. Und Gott gebe, dass sie nie geschlagen werden muss!«

August vertiefte sich erneut in das Abbild der versprochenen Braut und schürzte die Lippen. »Ich erinnere mich. Ihr Kinn ist in Wirklichkeit viel spitzer.«

Moritz stieß die Luft durch die Nase. »Damit passt sie bestens zu ihrer Sippschaft!«

Die geschätzten Untertanen Herzog Moritz', die Studenten sächsisch-meißnischer Herkunft, nahmen ihr Mittagsmahl an diesem Sonntag nach dem Tag des heiligen Felix wie gewohnt im »Goldenen Schwan« ein. Pflüger hatte der Schwanenwirtin einen großzügigen Batzen aus dem Bornerschen Geldsäckel gewährt, um die Wirtsstube wiederherzurichten. Wenn sie nicht bald nach Leipzig zurückkehren konnten, würde der Syndikus Wechsel und Schuldscheine ausstellen müssen.

Doch war es für die Herren der Universität ebenso schwer, Kredit zu bekommen, wie für Studenten.

Um Pflüger zu zeigen, dass sein Gold an guter Stelle ausgeworfen war, hatte die Boschna am Vormittag sechs fette Gänse geschlachtet, von denen fünf bereits knusprig gebraten vor den Studenten und ihren Lehrern lagen.

Der Auszug nach Meißen ließ sich immer besser an, befand Justus und zog seinen Tischdolch aus dem Lederfutteral am Gürtel, um sich eine Keule herauszuschneiden. Auf dem Liebensteinischen Gut war das Zerlegen der Speise Aufgabe des Hausherrn, ein feierliches Zeremoniell, eingeleitet von einem Dankgebet nach altgläubiger Art. Hier jedoch, unter den Knaben höchst unterschiedlicher Herkunft, fledderte sich ein jeder selbst seinen Teil aus dem Getier. Man musste zusehen, dass man nicht zu kurz kam. Wie eine Meute Wölfe stürzten sie sich auf die Gänse.

Sein Banknachbar, ein pickliger, grober Seilersohn aus dem Tal der Mulde, schnitt sich ein Bruststück heraus und führte es mit dem Messer zum Mund. Eine Tischsitte, die der große Erasmus in seinen Schriften verabscheute!

Damit nicht genug. Als er die Zähne in die knusprige Haut grub, quoll ihm Fett über die Lippen und troff über das Kinn auf die Tischplatte. Der Banknachbar riss sich ein Stück Brot aus dem noch warmen, duftenden Laib und wischte sich damit das Kinn ab. Justus wandte sich angewidert ab, um seine Keule, wie es Erasmus zur Hebung der Sitten forderte, mit dem Messer zu zerteilen, bevor er sich die Stücke einzeln mit der Hand zum Mund führte.

Auch Rektor Pflüger ging im »Schwan« zu Tisch, wobei er auffällig die eigene, die polnische, Nation mied, wie Justus verwundert registrierte. Vielleicht war aber auch sein Verhältnis zum Bürgermeister so nachhaltig vergiftet, dass er nicht zu viel Zeit unter dessen Dach verbringen mochte.

Doktor Beck saß ebenfalls an einem Tisch im »Schwan«, etwas abseits in der Stube. Er mochte Pflüger nicht, der war ihm zu katholisch. Knopplochius dagegen war ihm zu geheimnisvoll und zweifelnd für einen Gelehrten. Beck und Branntеisen sahen als Vertreter der angesehenen medizinischen und juristischen Fakultäten ohnehin auf die »Künstler« und Theologen herab. Beide waren sie der Meinung, dass sich die Theologen in letzter Zeit allzu breit machten. Überall gaben sie den Ton an, neuerdings auch in Leipzig. Doch sie hatten den Trost, dass man studierte Mediziner wenigstens so lange brauchen würde, bis Gottes Reich auf Erden anbrach. Juristen mit einiger Sicherheit darüber hinaus.

Justus gegenüber saßen Antonius Wiedemann und Otto Roth, die beiden Naumburger, die sich ein Flügelstück teilten. Sie waren bescheiden, wie es sich für halbe Portionen gehörte. Ihre Tischsitten waren akzeptabel. Die Zucht der Älteren hatte bereits Wirkung gezeigt. Die beiden, die untrennbar wie Brüder waren, obwohl sie nur aus der gleichen Stadt stammten, zählten zu den jüngsten der Scholaren. Kaum ein halbes Jahr war es her, dass sie die Lateinschule hinter sich gebracht hatten. Ihre Gesichter waren noch kindlich, ihr Betragen verspielt.

Die Wirtin ließ die Liesel Krüge mit Wasser und dünnem Bier auf den Tischen der Scholaren, Wein auf den Tischen der Professoren platzieren. Die älteren *studiosi* forderten ebenfalls Wein, den sie auch erhielten. Selbst mit nüchternem Kopf konnten sie einiges Unheil anrichten, das gaben sie lautstark zu erkennen.

Justus machte sich nichts aus Wein und tat sich an Wasser und dünnem Bier gütlich. Die Boschna trat unter die Scholaren und warnte mit deutlichen Worten davor, die Wirtsstube erneut in Trümmer zu legen. Sie versprach, jedem, der Hand an das jüngst hergerichtete Inventar zu legen wagte, eigenhändig den Kopf abzureißen. Höhnisches Gejohle quittierte die Drohung. Doch mit Blick auf ihre kräftigen Hände, an denen noch Daunenfedern vom Rupfen der Gänse klebten, erstarb selbst den aufmüpfigsten Studenten der Tatendrang.

Es dauerte nicht lange, da waren die Gänse bis auf die Gerippe vertilgt, und man verlangte nach Brühe und Küchlein, Würsten und in Zuckerwasser eingelegtem Obst. Erste Lieder wurden angestimmt. Die Flucht der Studenten schien sich zum großen Fest zu wandeln. Unterricht fand nur in kleinen Gruppen statt: Repetitionen des bisher gehörten, Lateinübungen für die jüngeren Studenten. Lächerlich im Vergleich zu den streng geordneten, zum Bersten ausgefüllten Tagen, wie sie in Leipzig üblich gewesen waren. Einzig Doktor Brannteisen erteilte in seinem Gasthof nahe des Elbtores Tag für Tag eine Lektion in Anatomie, wobei er jeglichen Anschauungsmaterials entbehrte und lediglich aus dem Gedächtnis vortrug. Eine Übung, die in den Augen der *studiosi* wenig Sinn machte und deshalb nur wenige Scholaren anzog.

Liesel, die Wirtsmagd, musste sich mit sinkendem Pegel der Weinkrüge und fortschreitender Mittagszeit immer entschiedener den Nachstellungen der älteren Studenten erwehren. Der picklige Muldentaler wollte ihr mit fettigen Fingern ans Mieder. Sie entzog sich ihm, er kroch ihr über die Bank hinterher. Der trunkene Jäger reckte sich, um das Wild zu ergreifen, brachte dabei den Tisch aus dem Gleichgewicht und fiel mit Pardauz, gefolgt von Tellern, Krügen und Gänsegerippen, auf den Boden.

Auch die Liesel war im Zurückweichen gestolpert – oder jemand hatte ihr ein Bein gestellt, das hatte Justus nicht genau gesehen. Krüge zerplatzten auf dem Lehmboden. Die Boschna kam zeternd aus der Küche herbeigelaufen. Mit hochrotem Kopf wehrte sich die Liesel gegen die Vorwürfe, ein einziges Keifen und Schimpfen erfüllte die Stube, nur noch übertönt vom Gejohle der halbwüchsigen Knaben und jungen Männer. Auch Justus fiel mit ein. Das dünne Bier hatte seine Zunge gelockert.

Nur Knopplochius und Pflüger waren so sehr in ihr Gespräch vertieft, dass sie sich nicht bekümmerten. Beck kaute zufrieden seine Gänsekeule und beobachtete das Schauspiel wortlos, mit einem Lächeln auf dem Gesicht.

Das Gelächter war noch nicht wieder verstummt, da öffnete sich die Tür, und ein Janitschar erschien, um sie alle mit dem Krummsäbel einen Kopf kürzer zu machen. So glaubten wenigstens die jüngeren der Scholaren. Sie stießen schrille Angstschreie aus und flüchteten unter die Bänke.

Ein dunkelhäutiger, kleinwüchsiger Mann mit einer riesigen Hakennase, Augen wie Kohlestücken und einem breiten, bleckenden Lächeln stand auf der Schwelle. Schnee wirbelte hinter ihm in die Stube, denn es hatte wieder zu schneien begonnen. Dicke, nasse Flocken. Die Studenten vergaßen ihr Mahl, ihre Lieder, vergaßen sogar die Liesel. Neugierig starrten sie dem Eindringling in die freundliche Miene. In seinem Gürtel stak ein Krummdolch, der selbst den größten Saufbolden die Kehle trocken werden ließ.

Doch nicht die Bewaffnung, nicht der offene, herzliche Gesichtsausdruck, der so gar nicht zu dem furchterregenden Mordinstrument passen wollte, waren das Erstaunlichste an ihm. Staunenswerter noch war seine Kleidung. Er trug eine grünglänzende, weit gepluderte Hose, die sich eng um die Fußknöchel schloss, und gelbe Schnabelschuhe, deren Spitzen sich weit nach oben bogen. Goldschimmernde Münzen baumelten offen an seinem Gürtel. Sie klimperten munter und schienen nicht besonders schwer zu sein, eher Zierrat als Zahlungsmittel. Unter dem offenstehenden Pelzumhang erblickte man ein Hemd, das in allen Farben des Regenbogens schimmerte. Auf dem Kopf einen Hut, wie ihn keiner der Studenten jemals zuvor gesehen hatte: Aus weißen Binden wand sich wohl eine einzige Stoffbahn, einer schlafenden Schlange gleich, um Stirn und Kopf; zwirbelte sich in solche Höhen hinauf, dass die Größe des Männleins glatt verdoppelt wurde.

Es legte die Arme vor der Brust übereinander, machte eine tiefe Verbeugung, ohne dass der Mützenturm von seinem Haupt fiel, und sah sich mit flinken Äuglein um. Selbst die Wirtin, die schon so manches gesehen haben musste, starrte es mit offenem Maul an.

Der kleine Melchior Haberkorn aus Regensburg hatte sich als erster gefasst. »In diesem Stall ist das Christkind nicht geboren. Ihr müsst weiter ziehen. Aber Ihr seid spät dran. Epiphanien ist bereits vorüber!«

Haberkorn erntete schallendes Gelächter, und das Lächeln des Männleins zog sich von Ohr zu Ohr. Dann machte es den Mund auf, und das Staunen nahm kein Ende. »Hab' mein Wägelein draußen stehen. Sind viel feines Stoffe zu sehen und zu fühlen. Und wenn's Ihr zahlet gutes Münzlein, auch zu erstehen. Aber kaufet nicht zu viel. Möcht' für die Mess' zum neuen Jahr in Leipzig noch Zeugs übrig haben.«

Auf diese Rede, die mit schnarrender Stimme und in holperndem Rhythmus vorgetragen worden war, erhob sich erneut Gelächter. Selbst der Rektor wandte sich jetzt dem Eingetretenen zu. Knopplochius musterte ihn erfreut. Die Boschna baute sich vor ihm auf und fragte ihn, was er wolle. Der fahrende Händler verbeugte sich erneut. »Ihr seid's Wirtsweiblein fein? So hab' ich Etliches für Euch. G'würz und Arom' und Nelken und Kapern und Zimmet und Ingwer, jed's G'würzlein fein, das Euer Näslein je gekitzelt habet, find' Ihr draußen auf mein' Wägelein und Eselein!«

»So setzt Euch auf ein Schemelein, und trinkt mit uns ein Weinlein!«, lud einer der älteren Scholaren das bunte Männchen ein, und wieder wurde der Ruf mit Lachen belohnt.

Der dunkelhäutige Händler sah sich im Saal um, erblickte nur Halbwüchsige, doch dann fiel sein Blick auf den etwas erhöhten Tisch mit Pflüger und Knopplochius, die ihn ihrerseits anstarrten – Pflüger misstrauisch, Knopplochius freundlich. Er trat heran, fragte, ob an ihrem Tisch noch Platz sei, und die Gelehrten waren überrumpelt. Sie konnten ihn schlecht an die Tische der Scholaren verweisen.

Der Fremde zog sich einen Schemel heran, ließ den Pelzumhang von den Schultern gleiten, um sich ein Sitzpolster daraus zu legen, und ließ sich nieder. Die Boschna baute sich hinter ihm auf und fragte misstrauisch: »Könnt Ihr überhaupt in sächsischer Münze zahlen?«

Das Männlein grinste wieder, zückte aus irgendeiner Falte seiner weiten Gewänder einen Lederbeutel und ließ es gehörig klimpern. Die blechernen Münzen, die es offenbar allein zum Schmucke auf der Kleidung trug, ließ es unberührt. »Jedes Münzlein, das Euch beliebt. In jedem Winkel der weiten Welt kann ich Euch mit rechter Münze zahlen, denn ein fahrendes Stoff- und Gewürzkrämerlein muss überall zurechtkommen …«

Die Boschna schien zufrieden und verschwand in der Küche. Die Studenten aber scharten sich enger um den Rektorentisch, denn niemand wollte ein Wort des Regenbogenmännleins verpassen.

Kaum hatte er sich niedergelassen, sprang der Fremde wieder auf, dass die Münzen am Wams klimperten, und verbeugte sich. Knopplochius breitete flugs die Hände aus, um die Kopfbedeckung des Männleins aufzufangen, doch der Schlangenturm hielt wie zuvor auf unerklärliche Weise.

»Entschuldigt, Ihr vornehmen Herren, mein Unbenimm. Mein Name ist Mahmud Ramchandra Singh. Man nennt mich überall ›der Türk‹, doch bin ich kein Türk' – auch wenn ich an Mohammed, den Propheten Gottes, glaube. Niemals hab' ich einen Schwertstreich gegen Eure Landsleut' geführt. Bin aus Hindustan, wenn's Euch beliebt, aus der weithin gerühmten Stadt Delhi, der blühenden Hauptstadt des Reichs der Mogulen, dem schönsten Städtlein, das die Sonne je hat beschienen!«

Pflüger und Knopplochius deuteten eine Verbeugung an, ohne sich zu erheben. Sie erklärten, dass sie Gelehrte aus Leipzig seien, dass sie mitsamt den ihnen anvertrauten Scholaren aus der Stadt fliehen mussten, da sie von feindlichen Truppen bedroht war. Das Lächeln verschwand schlagartig aus Mahmuds Gesicht. »So wird's auf Ostern zu Leipzig keinen Markt geben?«

Pflüger hob hilflos die Hände und ließ sie auf die Tischplatte sinken. »Das weiß Gott allein.«

Das Männlein, das sich Mahmud nannte und bestritt, ein Türke zu sein, obwohl es genauestens dem entsprach, was sich die wilde Fantasie der Studenten unter einem Türken ausmalte, begann lauthals zu klagen: »Ei wo schlag' ich dann mein Stofflein, mein Würzlein, all gut's Zeug, das auf mein Wägelein und Eselein geladen ist, wo schlag' ich's denn los, wenn nicht in Leipzig zur Mess'?«

Die Boschna setzte die letzte gebratene Gans vor dem Fremden ab und blieb erwartungsvoll neben ihm stehen. Flugs zog das Männlein das Krummmesser aus seinem Gürtel, der aus einer geschlungenen Stoffbahn bestand. Der dicke, handliche Griff des Dolchs war mit Perlen besetzt und aus einer Art schneeweiß schimmerndem Holz, das sofort Knopplochius' Neugierde weckte, denn er kannte es bislang nur vom Hörensagen: das sagenhafte Elfenbein!

Der Magister bat darum, sich dieses Werkzeug einmal von nahem betrachten zu dürfen. Lächelnd reichte es ihm Mahmud über den Tisch. Knopplochius nahm den Dolch ehrfürchtig in beide Hände, und die Studenten schoben und drängten, um besser sehen zu können. Pflüger fühlte sich unwohl und suchte, sich Platz zu verschaffen. Doch die beiden Naumburger hingen ihm fast auf dem Buckel. Auch Justus war bemüht, etwas zu sehen. Zum Glück war er, obwohl schmalbrüstig, für sein Alter schon recht groß.

»Dieses Weißschimmernde am Griff, ist es das, was man Elfenbein nennt?«, fragte Knopplochius mit leuchtenden Augen.

Mahmud nickte stolz. »Es wird angefertigt aus dem Zahn der El' Fanten.« Die Studenten tuschelten. Von solchen Fabelwesen hatten sie gehört. Die alten, vorchristlichen Schriften berichteten von ihnen. Hannibal war mit ihnen über die Alpen gezogen – so wusste wenigstens Livius zu berichten. Aber ob es diese Wesen tatsächlich gab, lebendig, nicht nur in Büchern?

»Habt Ihr solche Lebewesen schon gesehen?«

Der Händler nickte. »In Hindustan sind sie gewöhnlich wie bei Euch Ochs' und Es'lein. Sie werden abgerichtet, um bei schwierigen Arbeiten zu helfen. Ein El' Fant ist stark wie acht Männlein fein!«

Die Studenten raunten beeindruckt. Weitere Scholaren drängten über die Schwelle. Wie ein Lauffeuer hatte sich in der Stadt verbreitet, dass ein Türk' im »Goldenen Schwan« abgestiegen sei, und die Menge um den Tisch schwoll stetig an. Die Liesel brachte es nicht mehr fertig, Wein aufzutragen, und legte sich in der Küche in den erkaltenden Backofen zu einem Nickerchen nieder.

»Wenn Ihr mit hinauskommt, zu mei'm Wägelein fein, ich hab' Zeugs, ich sag's Euch, da geht's Aug' über! Fantastisches Zeug, berühmtes Zeug, berühmter noch als El'Fantbein!«, pries der Händler seine Waren an.

Knopplochius' Augen leuchteten. Natürlich würde er sich die Sachen auf dem Wagen ansehen! Und zuvor würde er hinaufgehen in seine Kammer und aus dem verborgenen Kästlein, das im Deckel seiner Reisetruhe eingelassen war, einige Goldgulden holen. Ein Mann aus Hindustan! Welch' willkommene Abwechslung in diesen Tagen des erzwungenen Stillstands!

Auch Mahmuds Laune hatte sich aufgehellt. Zwar war dieser Knabenauflauf kein Ersatz für die Neujahrsmesse in Leipzig, doch sicherlich würde er hier, bei diesen jungen, neugierigen und vermutlich wohlhabenden Kerlen das ein oder andere gute Stück, die ein oder andere Elle wertvollen Stoffes losschlagen. Und der dicken Wirtin Gewürze unter die Nase reiben, deren Duft sie so schnell nicht vergessen würde. Dann weiterziehen, in großem Bogen um Leipzig herum, denn wo Truppen lagerten, waren fahrende Händler schlecht gelitten. Mit Soldaten war es überall das Gleiche: Sie nahmen sich, was sie tragen konnten, und zahlten mit Schwerthieben. Nein. Lieber würde er Leipzig links liegen lassen, als dieses Risiko einzugehen!

* * *

Am späteren Nachmittag trat man gemeinsam hinaus auf die Gasse, um den Wagen des Fremden mit dem Schlangenhut zu besichtigen. Nur Rektor Pflüger hatte sich bereits in seine Kammer zurückgezogen und dem Bibelstudium gewidmet.

Draußen erwartete sie eine weitere Sensation: Ein Mohr, der auf dem Kutschbock des Ochsenkarrens saß und bitterlich fror. Die Studenten berührten ihn vorsichtig, kniffen ihn in Waden und Arme, bis ihnen der Afrikaner mit gefletschten Zähnen ins Gesicht zischte.

Danach war man vorsichtiger und wandte sich den wunderbaren Dingen zu, die Mahmud vor ihnen ausbreitete: schimmernde Stoffe, die für die meisten Scholaren unerschwinglich waren; Duftöle, von denen sich der aus wohlhabendem Hause stammende Österreicher Kaspar Kreutziger ein paar Tropfen leistete. Und die beiden Naumburger Otto und Anton erwarben einen kleinen, aus kohlenschwarzem Holz geschnitzten Elefanten. Auch die Boschna erkletterte den Reisewagen des Inders mit Knopplochius' Hilfe. Der schob sie von hinten hinauf und folgte ihr nach. Der Duft der fremdartigen Gewürze war bis in ihre Küche gedrungen.

Knopplochius entdeckte ein Buch über die Stellung und den Weg der Sterne am Nachthimmel. Mahmud verdrehte die großen, dunklen Augen und pries das Buch als das Einzige an, das sämtliche Geheimnisse über das weite, wunderbare Himmelszelt in sich versammele. Und nannte den Preis. Knopplochius nickte ernüchtert. Er machte beinahe die Hälfte dessen aus, was er bei sich führte. Lange blätterte Knopplochius in dem prächtigen Band, der zwar gedruckt, aber mit etlichen von Hand – und zwar von meisterlicher Hand – ausgeführten Malereien verziert war. Und erstand ihn schließlich.

Mahmud quartierte sich der Einfachheit halber bei der Boschna ein. Die Kammer neben der von Knopplochius wurde für ihn hergerichtet. Bis in die späte Nacht hinein sah man die beiden über das Buch gebeugt, Stellung und Lauf der Sterne anhand der Abbildungen nachzeichnen. Und manchem Studenten ging ein Licht auf, dass die Interessen des Magisters nicht nur auf die großen, alten Lehrer Griechenlands und das Neue Testament gerichtet waren, sondern auf vieles mehr – vieles, wovon die Studenten nicht auch nur eine Prise Ahnung hatten.

Spät in der Nacht traten Mahmud und Meister Rufus gemeinsam vor die Tür des Wirtshauses und warfen einen Blick hinauf zu den echten Sternen, die am wolkenlosen Himmel funkelten. Sie fachsimpelten eine Weile über ihre Namen und die Bedeutungen und Weissagungen, die sich aus ihrer Stellung ergab. Dann winkte Mahmud Knopplochius erneut unter die Plane seines Reisewagens. Er räumte etliche Stoffballen beiseite, unter denen endlich eine kleine, schlanke Truhe zum Vorschein kam, auf deren Deckel die Symbole der Gestirne in schmiedeeisernem Schmuck geschlagen waren. Sie funkelten, als der Inder die Öllampe schwenkte. Mahmud öffnete die Truhe, und Knopplochius gingen die Augen über. In der Kiste lag, in seine Einzelteile zerlegt, ein *astroscopium,* ein astronomisches Gerät, mit dem sich die Sterne besser und um vieles genauer als mit dem eigenen Auge betrachten ließen. Manches ließ sich überhaupt erst durch dieses Gerät hindurch entdecken!

Knopplochius bat Mahmud, das Astroskop vorzuführen. Gemeinsam hievten sie die Truhe auf die Gasse – denn so schlank und flach sie war, so schwer war sie auch –, und Mahmud rieb sich die Hände. Mit wenigen flinken Handgriffen hatte er die einzelnen Teile zusammengefügt. Dann bat er Knopplochius mit untertäniger Verbeugung, einen Blick durch das Okular zu werfen. Der Gelehrte kniff das linke Auge zusammen, sah hindurch und erblickte die viel bewunderten Sterne – hell und nah, wie sie ihm nicht in den sternenklarsten Nächten erschienen waren. Knopplochius schaute und staunte. Mahmud stellte mit flinken Worten die Verbindung zwischen dem astronomischen Gerät und dem Buch her, das Knopplochius bereits erworben hatte, und Knopplochius wurde sehr nachdenklich.

Am frühen Morgen schmerzten den Magister beide Augen, denn er hatte abwechselnd mit dem rechten und dem linken geschaut. Außerdem hatte er auch die andere Hälfte seiner Barschaft dem Inder anvertraut. Mahmud war's zufrieden. Die Sterne hatten ihm einen guten Dienst erwiesen, als sie ihn nach Meißen führten!

Am elften Tage nach ihrem Einzug in Meißen schritten Pflüger, Knopplochius, Beck, Ahnsorge und Fabricius erneut den beschwerlichen Weg zur Burg hinauf – ohne Dr. Brannteisen, der seine Anatomielektionen nicht aussetzen wollte.

Unterwegs schilderte Fabricius Pflüger beflissen die Vorkehrungen, die er getroffen hatte, um den Studenten das Hausen und Studieren so angenehm wie möglich zu machen. Ahnsorge hatte den Schulrektor mit der Einrichtung und Aufsicht über die Arbeiten betraut. So war er selbst nicht mehr verantwortlich zu machen für etwaige Verfehlungen, musste sich nicht länger herumschlagen mit den Gästen und ihren außergewöhnlichen Bedürfnissen.

Während Fabricius vorsorglich und in einem fort die Bedingungen auf der Burg lobte, beschwerte sich Ahnsorge über die Schäden und Scharmützel, die sich die *studiosi* in den wenigen Tagen ihrer Anwesenheit in Meißen bereits geleistet hatten: Nicht nur die Wirtsstube des »Goldenen Schwans« war zu Klump gehauen worden. Ebenso war ein Schustergesell aufgegriffen, in ein Fass gesteckt und in die Elbe gerollt worden. Mit knapper Not und Hilfe der Torwächter, die zu spät bemerkt hatten, dass ein Mensch in dem Fass steckte, konnte er aus den eiskalten Fluten gerettet werden. Vor dem Haus des ehrwürdigen Zunftmeisters Stymmel hatten Studenten zu Ehren und Verdruss der sechzehnjährigen Tochter eine erbärmliche Katzenmusik gespielt. So lange, bis die Zunftmeisterin den Inhalt ihrer Nachtschüssel auf die Häupter der eifrigen Musikanten geleert hatte. Der Witwe Bachzorn, die am hellichten Tage einen Studenten der sächsischen Nation geohrfeigt hatte, war des Nachts der Hühnerstall angezündet worden. Daraufhin war der Hahn brennend und in Todesangst schreiend durch die Gassen geflattert und ausgerechnet vor dem Elbtor verendet. Dies wurde allgemein als Menetekel aufgefasst, dass die Stadt alsbald von einer Feuersbrunst heimgesucht werden würde. Und zweifellos würden die Studenten daran Schuld tragen, weil sie durch eben dieses Tor in die Stadt gekommen waren.

Manches Mädel aus zünftiger Handwerkerfamilie war von Studenten in eine Nebengassen gezerrt worden, wo man ihr mit unflätigen Bemerkungen und unsittlichen Berührungen zugesetzt hatte. Der Stadtpfarrer Valentin Schreiber, dem solches zu Ohren gekommen war, hatte sich erboten, diese Fälle zu sammeln und beim Bürgermeister Klage zu führen. Auch hatte er gehört, Pflüger sei Katholik. Ein Altgläubiger in der Stadt, in der seit acht Jahren ausschließlich Gottesdienste nach dem lutherischen Ritus durchgeführt worden waren, das war unerhört! Wen mochte es da wundern, dass Heuchelei und Ruchlosigkeit Einzug gehalten hatten?

Der Bürgermeister hatte nach der Litanei des Pfarrers die Hände gehoben und wieder sinken lassen. Er brauchte nicht ins Bild gesetzt zu werden, seine beiden Töchter im heiratsfähigen Alter waren selbst im eigenen Heim zotiger Rede und anzüglichen Anträgen ausgesetzt gewesen. Der Aufenthalt der Studenten der polnischen Nation unter seinem Dach hätte verheerender nicht ausfallen können. Und das, obwohl Pflüger nach den ersten Nächten im »Schwan« schließlich doch ins Bürgermeisterhaus übersiedelt war!

Der Rektor ertrug die Klagen des Bürgermeisters und erklomm gesenkten Hauptes den steilen Anstieg zur Burg. Knopplochius, besser zu Fuß und ohnehin von strotzender Kraft, übernahm das Antworten. »Ehrenwerter Herr Bürgermeister, sollten die Verhältnisse auf der Burg nun so sein, wie sie von Anbeginn verabredet waren, können wir zukünftig die *studiosi* viel leichter beaufsichtigen. Es lag nicht an uns, dass wir die jungen Kerle so lange in der Stadt einquartieren mussten.«

Beck beteuerte, dass man, so gut es eben ging, den Tag mit Übungen und Disputen ausgefüllt habe. Die Knaben seien nun einmal unternehmungslustig und nur durch straffe Organisation und Disziplin von übermütigen Taten abzuhalten.

Pflüger warf ein, dass der Syndikus großzügig aus seinem Beutel verteilt habe, um den entstandenen Schaden zu begleichen. Auch der Bürgermeister sei in den Genuss einer Gabe gekommen, und er habe daher keinen Grund, allzu laut zu klagen.

Ahnsorge zischte unwillig. Fabricius fühlte sich aufgefordert zu versichern, dass die Burg, wenn es denn vonnöten war, abends verschlossen werden könne, sodass niemand einen Fuß vor die festen Mauern setzen würde.

»Wir werden unsere Scholaren nicht einkerkern!«, verkündete Pflüger entschieden.

»In den Kerker gehören sie aber – allen voran dieser Türmer, dessen Kopf nicht voller Lehrsätze zu stecken scheint, sondern voller Schimpfwörter, Hohnsprüche und unseliger Pläne!«

Unterdessen war man auf der Burg angelangt. Die Torflügel standen weit offen. Das Laub hatte man über die Zinnen geworfen, Böcke und Gerüste zeugten von der Arbeit, die hier getan worden war. Neben der Kemenate, unter einem hölzernen Vordach, lag aufgeschichtet Holz, und aus den Essen des Schlosses quoll weißer Rauch. Der würzige Geruch brennender Scheite lag in der Luft. Selbst die Abortgrube, die ausgehoben worden war, da die Austritte und verschwiegenen Nischen auf der Burg für eine solch große Anzahl Knaben nicht ausreichten, wurde inspiziert und für geeignet gehalten.

Der günstige Eindruck setzte sich im Inneren des Schlosses fort. Fabricius hatte mehrere Studierstuben für die Exerzitien herrichten lassen. Sie lagen, wie es günstig war, nach Osten und Süden, waren gut zu beheizen und die Schlote funktionstüchtig. Die Bänke in den Kollegstuben standen zu eng – Fabricius hatte die Körpermaße der Knaben seiner Lateinschule als Maßstab genommen, doch die waren allesamt ein, zwei Jahre jünger als die Jüngsten der Scholaren. Der Missstand war schnell zu beheben.

Dann führte Fabricius die Gäste in die Küche des Bischofspalastes. Die gedungene Köchin samt Magd hatten Schüsseln und Siebe, Kellen und Kessel zusammengetragen, die nur darauf warteten, mit dampfenden Speisen gefüllt zu werden.

Beanstandet wurde einzig der Zustand der Schlafsäle. Fabricius wollte alle Nationen im zweiten Obergeschoss unterbringen. Knopplochius forderte jedoch mindestens unterschiedliche Geschosse. Um »die Kampfeslust zu mindern«, wie er sich ausdrückte. Pflüger nickte stumm zu allem, was Knopplochius vorschlug. Wäre es nach ihm gegangen, sie wären unverzüglich nach Leipzig zurückgekehrt.

Doch die Nachrichten, die sie aus der Stadt erreichten, wurden schlechter und schlechter. Vor kurzem war Dr. Bernhardt Ziegler, Theologe wie Knopplochius und vorzüglicher Lehrer kirchlicher Lieder, aus Leipzig eingetroffen. Er hatte sich im Schutze eines nächtlichen Ausbruchs der Hakenschützen aus der Stadt gewagt und an den feindlichen Stellungen vorbeigeschlichen. Ziegler war in Meißen geboren und floh zu seiner Familie.

Der Kirchenmusiker hatte die Hiobsbotschaft überbracht, dass Caspar Borner erkrankt sei. Ausgerechnet Borner, der aufrechte Geist und Hüter der Bücher! Ursache seien pestige Düfte, die dem Boden des Paulskollegs entströmten, seit man dort notdürftig Leichen verscharrt hatte. Und doch, trotz schwindender Kräfte, höre Borner nicht auf, die Trümmer um und um zu wenden, um vielleicht doch noch einen erhaltenen Folianten oder auch nur eine unscheinbare Donate zu entdecken! Mit bloßen Händen, Tag und Nacht.

Es schien, als sei auch sein Geist von den Ausdünstungen vernebelt worden …

Immerhin, Leipzig hielt stand. Von Wallwitz erwies sich als kluger und mutiger Kommandant, setzte dem Feind mit gewagten Ausfällen zu, anstatt still abzuwarten, nur – wie lange noch? Und wo blieb Kaiser Karl mit seinem Entsatzheer?

Pflüger hielt die Rektorenkette umklammert. Das Gespräch verstummte. Knopplochius schaute ihn erwartungsvoll an, und Pflüger bereute, dass er der Unterhaltung nicht gefolgt war, sondern seinen eigenen Gedanken nachgehangen hatte. Sie standen im Hof. Ahnsorge schaute zufrieden, Fabricius emsig bemüht wie stets. Knopplochius nickte Pflüger aufmunternd zu, um irgendeine Antwort zu erhalten. Der Rektor sagte würdig, ohne die Miene zu verziehen: »So sei es.«

Noch am Abend schwärmten die Pedellen aus, um die Neuigkeit zu verkünden. Der Syndikus mietete Fuhrwerke an, um am nächsten Morgen alles Notwendige hinauf zur Burg schaffen zu können. Auch im »Schwan« hob ein emsiges Treiben an, von Mahmud, dem indischen Krämer, mit bedauerndem Lächeln begleitet. Justus von Liebenstein war der Einzige der Scholaren, der über Truhen verfügte. Die anderen hatten lediglich Bündel zu schnüren.

Am Mittwoch nach dem Tag des Heiligen Antonius war Magister Knopplochius der Erste, der seine Kästen eigenhändig auf einen Ochsenwagen schob. Obenauf die flache Kiste mit den schmiedeeisernen Sternen. Mahmud verbeugte sich zum Abschied tief vor dem Gelehrten. Knopplochius fragte ihn, was er noch in Meißen zu schaffen habe, doch Mahmud antwortete ausweichend. Geschäfte hatte er, so weit Knopplochius dies beurteilen konnte, seit dem Tag seiner Ankunft kaum noch getätigt.

Justus hatte sich alle Mühe gegeben, der Boschna den Mietzins wieder abzuschwatzen, der ihm nach Abzug der in Anspruch genommenen Tage noch zustand. Schließlich hatte er nach fruchtlosem Palaver aufgegeben und die Boschna über die ergeizte *summa* triumphieren lassen. Zum Ausgleich ließ er die Stute im Stall des »Schwans« stehen, denn auf der Burg, so hatte Knopplochius ihm eröffnet, sei es weder möglich noch angemessen, ein Ross zu versorgen. Die Gelehrten und Scholaren würden genug damit zu tun haben, für sich selbst zu sorgen. Er solle das Tier dem nächstbesten Pferdeschlächter überlassen!

Doch das brachte Justus nicht übers Herz. So war er mit der Boschna übereingekommen, dass die Wirtin die Stute vom überschüssigen Mietzins halten sollte.

Zur zehnten Stunde hatte sich der Magister der Philosophie so weit in der südwestlichen Kammer des zweiten Obergeschosses eingerichtet, dass er gemächlich zum Dom hinunterschreiten und die Glocken läuten konnte. Seit der neunten Stunde des Morgens hatte nicht nur das strenge Rufen der Pedellen und des Syndikus, der die Oberaufsicht über den Umzug hatte, den Hof belebt, sondern auch das Umherschwirren der Knaben und jungen Männer. Flugs hatten sie ihre Bündel und Taschen in die Schlafsäle gebracht, und dann waren sie ausgeschwärmt, die Festung zu erkunden und in Besitz zu nehmen. Basileus Roseus, ein stiller, schon etwas älterer Jüngling aus Senftenberg, hatte Justus geholfen, seine Truhen hinaufzutragen.

Auf sechzig Scholaren war ihre Zahl mittlerweile angewachsen. Sie verteilten sich ungleichmäßig auf die vier Nationen. Die heimische, meißnische Nation war naturgemäß die größte mit siebenundzwanzig Köpfen. Es folgte die bayerische, die auch alle Studenten aus dem Habsburgerreich einschloss, mit achtzehn, dann die sächsische Nation, Scholaren aus dem Herrschaftsbereich des Kurfürsten Johann Friedrich mit neun Knaben, und schließlich die polnische mit sechs Angehörigen, die alle östlichen Herkunftsgebiete umfasste. Alle Studenten aller Nationen unter einem Dach vereint – das gab es nicht einmal in Leipzig! Dort lebte man auf Bursen verteilt, als Hausstudent bei seinem Lehrer, oder hatte ein Privatquartier angemietet.

Knopplochius jubelte, als er sich zur elften Stunde in die Glockenseile hängen konnte, um endlich den Beginn des regulären Unterrichts mit dem machtvollen Dröhnen der Domglocken einzuläuten. Die Domherren hatten einem Gottesdienst nach evangelischem Ritus, wie von den Lehrern gewünscht und von den Führern der Universität sicherlich gutgeheißen, entschieden widersprochen. So wurde nur eine Andacht gehalten. Diese wurde im Stehen vor dem Lettner zelebriert. Die Chorbänke der Domherren, der Chor an sich, der Altar blieben unberührt. Doch aus der Stadt nahm ohnehin niemand teil, der es den gestrengen Domherren hätte berichten können, nicht einmal der eifrige Fabricius. Bürgermeister Ahnsorge hatte solches nicht einmal in Erwägung gezogen.

Das Innere des Domes war festlich mit Kerzen ausgeleuchtet, die warmes Licht verbreiteten. Doch der Eindruck täuschte, es war bitterkalt. Die Studenten stießen Atemwölkchen aus. Niemand wagte, Pelzumhang oder Mantel abzulegen. Die Reihen schwankten unruhig; jeder stieg von einem Bein aufs andere, um die Kälte aus den Gliedern zu vertreiben.

Unter den Studenten ereiferte man sich über die Vor- und Nachteile der neuen Unterkunft. Dr. Ziegler spielte die Orgel. Auch sie hatte gelitten, in den Pfeifen hatten die Mäuse ihre Nester gebaut. Nun trieb er sie mit einem rauschenden *Te Deum* aus. Die Studenten zogen die Köpfe ein, so mächtig dröhnte der Orgelton durch die gotischen Gewölbe. Selbst der lästerliche Türmer stimmte in den Gesang ein.

Als die letzten Töne in der dreischiffigen Halle verklungen waren, löste sich Pflüger aus der vordersten Reihe und trat vor den steinernen Lettner. Der Rektor Magnificus begann mit einem lateinischen Dankgebet. Er dankte, dass Gott ihnen ein Haus gewiesen, in dem die jungen, wissbegierigen Knaben einen Hort vor den Wirren des Krieges gefunden hatten. Dann las er eine Stelle aus der Bibel, die ihm passend erschienen war: das Gleichnis vom verlorenen Sohn. Knopplochius runzelte aufmerksam die Stirn.

Der *rector electus* verzichtete darauf, den Studenten die Bibelstelle auszulegen. Stattdessen erläuterte er die Unterrichtsordnung und das Programm der Exerzitien für die Dauer des Aufenthalts auf der Burg.

Dr. Beck würde die Lektionen über die Geschichte des kirchlichen Rechts fortsetzen und Dr. Brannteisen seine anatomischen Vorlesungen, wenn auch ohne Anschauungsmaterial, denn an eine regelmäßige Zufuhr von Leichen war in Meißen nicht zu denken. Die Stadt war zu klein.

Pflüger selbst kündigte als Rektoratsvorlesung eine *interpretatio* der Schriften des Augustinus für Studenten aller Fakultäten an, allerdings ohne anschließende *disputatio*. Eine Vorlesung, die ihn neuerlich als zwischen altem und neuem Glauben schwankend entlarvte. War doch Augustinus einer der wenigen alten Kirchengelehrten, der in den Augen der Lutherischen Gnade fand. Auch der Verzicht auf die *disputatio,* das anschließende, erläuternde Gespräch über das Gehörte – eine Neuerung, die auf den großen Universitätsreformer Erasmus zurückging –, entdeckte den wahren Charakter Pflügers. Er war dem Fortschritt der Lehre, dem des Glaubens, ja, dem Fortschritt überhaupt nicht sehr aufgeschlossen.

Dr. Ziegler würde Kirchenmusik im Dom lehren, mit praktischen Übungen an der Orgel. Diese Veranstaltung war Studenten der theologischen Fakultät vorbehalten.

Knopplochius dagegen, dem Rangniedrigsten der Lehrer, fiel es zu, die ungeliebten »walzenden« Vorlesungen zu halten: Vorlesungen über die Grundlagen des Studiums, die allen Studenten frei waren und vor allem den Jüngeren die Möglichkeit boten, Wissenslücken, die aus einer minderen Schulbildung herrührten, wettzumachen. Inhalte dieser Grundlektionen für den kläglichen Rest des Semesters waren die Schriften des Aristoteles, vor allem die Nikomachische Ethik,

Interpretationen der Evangelien und Briefe. Dazu kamen leichte Übungen im Lateinischen anhand der Schriften des Cicero und der Komödien des Terenz. Knopplochius hatte damit das mit Abstand umfangreichste akademische Programm durchzuführen. Seinem geplünderten Geldbeutel konnte das nur gut tun.

Während Pflüger dies vortrug, tuschelten die Scholaren miteinander. Nicht alle waren der lateinischen Sprache so mächtig, dass sie lückenlos folgen konnten. Also erkundigten sie sich bei ihren Nachbarn.

Dann wechselte der Rektor ins Deutsche, um sicher zu gehen, dass ihn auch jeder verstand: »Leider sind uns Klagen über das Betragen einiger Scholaren zu Ohren gekommen. Wir wurden gar angehalten, die Übeltäter der städtischen Gerichtsbarkeit zu übergeben.«

Die Studenten senkten schuldbewusst die Köpfe. Nur Türmer grinste frech. Rektor Pflüger fuhr unbeirrt fort: »Wir«, und dabei versicherte er sich mit einem Blick über die Schulter der Zustimmung der Herren Kollegiaten, »waren fast geneigt, dem zuzustimmen, als wir von der Schwere der Verfehlungen hörten. Die Inskription in die Matrikel, die Zugehörigkeit zur *res publica litteraria,* ist kein Freibrief, gewöhnliche Sterbliche zu drangsalieren.« Pflügers Stimme hatte einen drohenden Ton angenommen, der sich zwischen den Pfeilern des Domes vervielfachte. Beck und Brannteisen nickten ohne Unterlass, wobei Becks Doppelkinn heftig zitterte.

»Herr Fabricius war so freundlich, einen Karzer herrichten zu lassen. Mit Bürgermeister Ahnsorge sind wir übereingekommen, dass alle *studiosi* ihren Studienornat anlegen müssen, falls sie auf die Idee kommen, hinunter in die Stadt zu gehen. Auf diese Weise können sie, falls sie sich in der Stadt etwas zuschulden kommen lassen, schnell als Übeltäter identifiziert und zur Verantwortung gezogen werden. Es ist bei einem Tag Karzerstrafe verboten, in gewöhnlicher Straßenkleidung die Burg zu verlassen. Es ist weiterhin bei Karzer verboten, die Burg vor dem morgendlichen und nach dem abendlichen Angelusläuten zu verlassen. Die Burgtore werden zur Nacht geschlossen und in der Früh wieder geöffnet. Anders als in Leipzig sind wir hier so eingerichtet, dass wir die Burg nicht für unsere Alltagsgeschäfte verlassen müssen.«

Die Studenten warfen sich verstohlene Blicke zu, manche stöhnten angesichts der verschärften Regeln. Justus' schüchterner Blick traf den des stillen Basileus Roseus, dessen braune Haarsträhnen weit ins Gesicht fielen. Er verdrehte die Augen gen Himmel. Selbst Türmer war das Grinsen vergangen.

Pflüger fuhr auf Lateinisch fort, den Tagesablauf zu schildern: Um vier Uhr werde zum Wecken geläutet, um fünf beginne das Tagewerk im Dom mit dem Singen eines Psalms und der Lektüre einer Stelle aus dem Alten Testament. Die anschließende Stunde diene dem Selbststudium über diese Bibelstelle. Nach dem Angelusläuten werde mit dem Verfassen eines Briefes, eines Gedichtes oder einer Rede in lateinischer Sprache fortgefahren. Übersetzungen aus dem Griechischen und Hebräischen in das Lateinische oder umgekehrt stünden ebenfalls auf dem Plan.

Pflüger schwieg eine Weile und ließ seinen Blick schweifen. Doch keiner der Studenten machte sich Notizen. Alle standen wie erstarrt. Also hub er erneut an. »Ferner sollen ausgewählte Stellen aus den Werken von Rednern und Historikern auswendig gelernt oder fleißig wiederholt werden. Sei es durch das Studium der Mitschriften, sei es durch das Studium geeigneter Werke der Alten, Aristoteles oder Platon – auch wenn ich weiß, dass etliche der Herren Scholaren eher den Lehren des Epikur zuneigen …«

Geraune unter den Studenten. Einige Lacher. Pflüger ließ erneut einen gestrengen Blick über die unbedeckten Häupter der Scholaren schweifen, bevor er fortfuhr: »In Ermangelung der Bücher, die wir in Leipzig unser Eigen nennen, bitten wir, auf Mitschriften aus früheren Lektionen zurückzugreifen.«

Nach einem leichten Frühstück um sieben Uhr sollten die eigentlichen Vorlesungen beginnen. Danach bis zum Mittagsmahl neuerliches Selbststudium. Zur zwölften Stunde sollte zum *prandium* geläutet werden. Das Mahl sollte gemeinsam im Saal des Bischofspalastes eingenommen werden nach einem kurzen Dankgebet. Zur Hebung der Sitten würde jeden Tag ein anderer Knabe die Tischregeln aus den Schriften des Erasmus laut verlesen.

Zum Abschluss des *prandiums* war ein Nachtisch gestattet: Koriandersamen, Birnen, Anis oder Mispeln. Das Tischgespräch sollte nicht zu laut und angemessenen Inhalts sein, wie Pflüger betonte. Der Rektor hob seine Augenbrauen: »Während der anschließenden Mittagsruhe sollten Sie von allen starken körperlichen oder Gemütsbewegungen lassen. Der Student sollte mittags zwar nicht schlafen, aber auch nicht in der Sonne spazieren gehen, sondern beispielsweise als künftiger Mediziner Abbildungen von Pflanzen oder des menschlichen Körpers betrachten.«

Da in den Gesichtern der Studenten nur einfältige Verwunderung zu lesen war, wandte sich Pflüger den Herren Gelehrten zu, um wenigstens etwas Zustimmung zu ernten. Der Nachmittag sollte mit Disputationen ausgefüllt werden. Fünfmal in der Woche unter Leitung des Magisters Knopplochius über Stellen des Neuen Testaments. Danach neuerliches Lateinstudium bis zum Nachtmahl. Anschließend, bis zur achten Stunde, Repetition der Übungen des Tages.

Die achte Stunde sollte wiederum von allen Studenten gemeinsam im Dom begangen werden. Pflüger holte tief Atem, um zu schließen: »Wir danken und preisen Gott den Herrn und gehen zu Bett. So geschehe es jeden Tag der Woche, den unser Herrgott geschaffen hat. Allein am Nachmittag des Donnerstags soll den Scholaren die Möglichkeit gegeben werden, sich und ihr Zeug sauber zu halten. Der Sonntag sollte Gottesdienst und Bibelstudium vorbehalten sein. Wir erwarten, dass alle Scholaren an den Messen teilnehmen.«

Das Getuschel unter den Studenten hatte während der Rede stetig zugenommen. Nicht, weil es am Verständnis des Gesagten mangelte, sondern weil die Regeln erheblich strikter waren als daheim in Leipzig. Giftige Blicke flogen Türmer und seinen bayerischen Kumpanen zu: dem langen Österreicher Kaspar Kreutziger, dem kleinen, schmächtigen Melchior Haberkorn aus Regensburg und dem schlaksigen pockennarbigen Peter Grim aus Nürnberg. In ihrem Betragen sah man den Grund für die ungnädige Verschärfung der Regularien.

Nachdem Pflüger diesen Plan verkündet und Gottes Segen auf den Rest des Semesters erbeten hatte, erhob sich Ziegler, um die kurze Andacht mit einem *pater noster* zu beenden.

Nach dem Festakt strömten die Studenten auf den Burghof. Die Scholaren hatten wenig Gelegenheit, ihrer Empörung über die gestrenge Kriegsordnung Luft zu machen, denn Meister Knopplochius läutete bereits zur zwölften Stunde.

Vom Bischofspalast her strömte ein appetitlicher Geruch, der erneut einen knusprigen Braten versprach und ihre Gemüter besänftigte. Wahrlich paradiesisch im Vergleich mit den Leipziger Verhältnissen, wo den meisten von ihnen Tag für Tag Grütze vorgesetzt wurde!

So setzten sich die Studenten eilig in Bewegung, umrundeten das Südportal des Domes und schritten vorsichtig, um nicht im Schneematsch auszugleiten, den leicht abfallenden Weg hinab zum ehemaligen Bischofspalast.

Als sie dort ankamen, waren die Stiefel so durchnässt, dass sie sie zum Essen auszogen und vor die Kamine ans Feuer stellten. Bald hatte sich der Geruch feuchten Leders unangenehm breit gemacht und den Bratenduft übertönt. Doch das gute Mahl war geeignet, die Laune der Scholaren zu heben, und einige wenige, darunter Justus, waren sogar froh darüber, dass das unstete Leben der letzten Wochen endlich vorüber sein sollte.

Zur gleichen Zeit, gegen Mittag des 19. Januar 1547, wurde der Gewürz- und Stoffkrämer Mahmud R. Singh aus Delhi von einem heftigen, anfallartigen Fieber mit Schüttelfrost und Schweißausbrüchen auf sein Lager im Gasthaus zum »Goldenen Schwan« geworfen. Er sollte sich nicht wieder erheben.

Als Kaiser Karl Heilbronn verließ, war er so weit wiederhergestellt, dass er sein Pferd ohne Hilfe besteigen konnte. Noch zog es ihn nicht auf das sächsische Schlachtfeld, so dringlich der heißblütige Wettiner Moritz auch bat. Er wollte ihn zappeln lassen. Und sich selbst so gut kurieren, dass er mit ganzer Macht eingreifen konnte – wenn es nicht zu vermeiden war. Er beschloss tiefer ins Württembergische hineinzuziehen. Eine durch und durch protestantische Gegend zwar, doch er hatte sie sich gefügig gemacht!

Der angeblich kranke Herzog Ulrich von Württemberg hatte drei seiner Gesandten geschickt, um dem Kaiser durch Fußfall huldigen zu lassen. Zwei Stunden hatte sie Karl im Matsch des Schöntaler Hofes knien lassen, ehe er die Ehrerbietung abnahm.

Dieser Plage war er also vorerst ledig. Das Zipperlein aber hatte ihn in Heilbronn nicht aus den Folterzangen entlassen. Nur ein wenig dumpfer waren die perfiden, nadelstichelnden Gelenkschmerzen der Gichtkrankheit geworden.

Karl war entschlossen, sich einer längeren Kur zu unterziehen. Auf die sagenhafte Wunderwirkung des Heilbronner Quells allein wollte er sich nicht verlassen.

Bader, die wortreich Linderung der podagrischen Leiden durch Schwitz- und Holzkuren versprachen, gab es in jeder Stadt. Doch kannte Karl einen Ort, der einer bequemen, verschwiegenen Kur und einem längeren, heilsamen Aufenthalt beste Voraussetzungen bot. Es war der Hof des Ulrich Ehinger in Ulm, eines aufrechten Katholiken in durch und durch protestantischen Landen.

Mehrfach hatte Karl schon bei den Ehingers, einer alten Ulmer Patrizierfamilie, Quartier bezogen. Deren prachtvoller Sitz lag in Sichtweite der Donauauen, unmittelbar an der

Stadtmauer. Die Besitzung, wie Schöntal ein ehemaliger Klosterhof, war durch dicke Mauern von drei Seiten gegen Feinde geschützt und besaß etwas, das nicht jede Haushaltung von sich behaupten konnte: einen Brunnen mitten im Haus. Schon war Karls Quartiermeister vorausgeeilt, um einen geeigneten, verschwiegenen Bader aufzutreiben und eine Badestube einzurichten.

Der Kaiser spürte, dass das angebrochene Jahr die Entscheidung im Feldzug gegen den Bund der protestantischen deutschen Fürsten, geschlossen im thüringischen Städtchen Schmalkalden, bringen würde. Sie konnte nur dann zu seinen Gunsten ausfallen, wenn er wieder hinlänglich genesen war. Die Wege waren schlecht im Januar, würden im Hornung nicht besser werden, und das Reiten, selbst auf der breiten Heerstraße, die über die Schwäbische Alb führte, war beschwerlich.

Der Brief von Moritz erreichte Karl, nachdem dieser eine fürchterliche Nacht in einem schäbigen Posthof verbracht hatte. Die Schmerzen im Bein hatten ihn nicht ruhen lassen. Lag er auf dem Lager, schmerzte es, stand er auf, schmerzte es umso mehr. Am höllischsten waren die Schmerzen, wenn er sich aufrichtete. Das hatte er in dieser Nacht Dutzende Male getan.

So lagen dunkle Ränder unter seinen Augen, als der Kaiser, ohne vom Pferd zu steigen, unter den erwartungsvollen Blicken des Herzogs von Alba und Johannes Obernburgers die Depesche studierte. Seine Miene verdüsterte sich mit jeder Zeile. Dann zischte er mit beinahe geschlossenen Augenlidern: »Was denkt sich dieser Grünschnabel, mein Angebot auszuschlagen? Wie viele Kaisernichten hat man ihm und seinem Bruder bereits präsentiert?« Des Kaisers Kinn, dessen Schärfe von den sorgfältig gestutzten Barthaaren nur wenig gemildert wurde, zitterte vor Empörung.

»Euer Kaiserliche Majestät, Herzog Moritz hat eine gute Nase. Er wittert die Absicht, die dahintersteckt!«, gab Obernburger zu bedenken. Sein Pferd tänzelte auf der Stelle. Der deutsche Sekretär des Kaisers kannte den sächsischen Fürsten von zahlreichen Reichstagen.

»Die Absicht war nicht schwer zu erraten«, befand Karl. »Sie ist die nämliche wie die all unserer Bitten, Verträge und Absprachen der letzten Monate und Jahre: Er soll sich endlich klar zu uns bekennen, soll für alle sichtbar auf unsere Seite treten, nicht nur mit einer Unterschrift oder einem Lippenkontrakt!«

»Er ist seinem kurfürstlichen Vetter in den Rücken gefallen, hat ihn seiner Lande beraubt«, wandte der Herzog von Alba zur Verteidigung Moritzens ein. Er hatte den Wettiner im Felde erlebt, gegen die Franzosen, gegen die Türken. Er hatte Hochachtung vor dem Kampfesmut des jungen Fürsten. Ebenso wie Karl war Moritz sehr jung auf den Fürstenthron gelangt. Ebenso wie Karl hatte er großes Talent und die Anlage, ein bedeutender Führer seines Stammes zu werden.

»Wir mussten ihn dazu drängen. Er hat sich gegen Johann Friedrich gestellt, als dieser außer Landes war. Nur um gleich wieder vor ihm zurückzuweichen, als er an der Spitze seines Heeres zurückkehrte. Und er weicht weiter zurück. Lässt sich eine Stadt nach der anderen wieder abjagen! Bis heute hat er jede offene Schlacht gegen den Vetter vermieden! Und den Schmalkalden streckt er noch immer die eine Hand hin, während er sich mit der anderen an mich klammert. Eine von beiden Händen muss er lösen. Löst er die Schmalkaldische, soll er sie der Erzherzogin Eleonor reichen, und zwar ohne weitere Verzögerung! Löst er sie nicht, hetze ich Ferdinand auf ihn!«

Obernburger nickte. Sein Pferd stand nun ruhig. Ein Obrist näherte sich im fliegenden Galopp. Der weiche Boden schmatzte unter den Hufen des schweren Schlachtrosses. Als der Reiter sah, dass sich die Herrschaften berieten, wartete er außer Hörweite. »Was also, Euer Kaiserliche Majestät, soll ich Moritz vermelden? Dass eine Verzögerung der Vermählung seines Bruders mit Eleonor nicht gewünscht wird?«, fragte Obernburger mit gerunzelter Stirn.

Karl musterte den Obristen. Es war einer seiner Spanier. Der Kaiser war froh, dass Maximilian, Eleonors Bruder, dieser Beratung nicht beiwohnte. Karl sah keinem der Berater ins Gesicht, als er seine Entscheidung kund tat: »Wir schicken ihm keine weiteren Schreiben. Wir schicken ihm die Jungfer selbst. Soll er Eleonor empfangen, oder soll er sie zurückweisen. Wenn er sie empfängt, so ist es gut. Wenn er sie zurückweist, ist es ein Schlag ins Gesicht Ferdinands. Dann kann er nicht anders, als zum Fehdehandschuh greifen. Und wir werden ihm gern behilflich sein, die sächsischen Lande den böhmischen und oberlausitzischen einzugliedern.«

Der Herzog von Alba zeigte eine skeptische Miene. »Der Plan ist gut, Euer Liebden«, lobte er seinen Herrscher in vertraulichem Ton, »doch wird auch Seine Königliche Majestät, Erzherzog Ferdinand, ihn gut heißen? Seine Tochter auf eine Reise ins Kriegsgebiet schicken? Obschon er nicht sicher sein kann, dass sie willkommen sein wird? Sie Moritzen vor die verschlossenen Tore werfen wie ein Findelkind? Er wird sich nicht darauf einlassen! Nimmer!«

»Er wird«, entschied Karl. Er schob seinen Unterkiefer so weit vor, dass seine helle, spitze Zunge wie auf einem Präsentierteller lag. »Ich werde es ihm befehlen!«

Obernburger runzelte die Stirn. »Euer Kaiserliche Majestät sollte das Verhältnis zum römischen König nicht allzu sehr auf die Probe stellen – nicht in dieser Situation! Ihr seid auf die Hilfe Eures Bruders angewiesen!«

Karl sah seinen Sekretär unter den hängenden Augenlidern hervor scharf an. Sein Mund stand offen wie stets, eine Miene, die ihm den Ausdruck eines Schwachsinnigen verlieh. Doch der Kaiser war alles andere als närrisch. Obernburger erkannte die kalte Strenge der Vernunft, die sich hinter der Grimasse verbarg. Sie duldete keinen Widerspruch. Viele waren schon auf die Blödigkeit des kaiserlichen Gesichtsausdrucks hereingefallen. Karl hatte gelernt, den Trumpf auszuspielen, seit er sich seiner missgestalteten Züge bewusst geworden war.

»Ferdinand erwartet viel von diesem Feldzug. Ihm liegt eine ruhige Lage in Oberdeutschland, das Innehalten der gefährlichsten Ketzerbewegungen vor seinen Grenzen, sehr am Herzen. Er sollte bereit sein, einen hohen Preis zu zahlen. Er wird Eleonor nach Sachsen schicken. Und Moritz muss sie empfangen und seinem Bruder vermählen. Er kann gar nicht anders, will er nicht endgültig mit uns brechen.«

»Schon oft haben wir gedacht, er muss. Und immer ist es ihm gelungen, als flinker Barsch zwischen den Hechten im Teich zu tändeln und ihnen die Reste der dicksten Happen vom Maul zu klauben.« Der Herzog von Alba hatte den Satz in die Winterluft gesprochen, ohne jemanden anzusehen. In seinem Tonfall schwang unverhohlen Bewunderung mit.

Das rief Karls ganzen Ärger hervor: Was wagte dieser Moritz! Es war kein Plan hinter seinem Tun zu erkennen! Außer dem einen, sich nicht festzulegen! Karls Faust sauste auf den Sattelknauf nieder. Sein friesischer Rappen stellte die Ohren auf. »Diesmal muss er! Sonst verschlucken wir ihn mitsamt seinem Herzogtum, ohne zu zaudern. Ich werde mich nicht länger von ihm hinhalten lassen!«

»Haben wir ihm nicht bereits die sächsische Kurwürde zugesichert, für den Fall, dass Johann Friedrich mit seinen Schmalkaldischen unterliegt?«, fragte Obernburger mit gespielter Unschuld.

Karl verzog keine Miene. Kalt starrte er vor sich hin. »Er hat uns Gegenleistungen zugesichert. Bislang ist er sie uns schuldig geblieben. Er hat uns nicht die Geächteten ausgeliefert, hat nicht einmal ernsthafte Anstalten gemacht, ihrer habhaft zu werden. Wir werden ihn endlich zwingen zu handeln!« Karl drehte den Kopf und sah auf das Schreiben hinab. Dann reichte er es an Obernburger weiter.

»Kein Antwortschreiben also?«, fragte der Sekretär nach.

Karl blieb ihm die Entgegnung schuldig. Er beschattete seine Augen mit der rechten Hand und ließ den Blick über die matschig-braunen Hügel schweifen, über die sich, in glitzernden Strömen, seine Spanier, Niederländer und unzählige Fähnlein Söldner quälten. Gut zehntausend Mann hatte der Kaiser unter Waffen. Die Wintersonne stand tief, stach in die Augen und ließ Rüstungen und Helme unwirklich gleißen. »Wenn bloß bald dieser schreckliche Winter zuende ginge!« Es war ein Klageruf. Karl sehnte sich zurück in sein trockenes, staubiges, warmes Spanien, das ihm die Krankheit im Nu aus den Gliedern sengen würde.

Dies würde der letzte Feldzug sein! Nur noch die widerspenstigen deutschen Fürsten niederprügeln. Unselige Protestanten! Getrost würde er dann nach Spanien eilen und den Weg für die Nachfolge seines Sohnes Philippe auf den Kaiserthron bereiten. Mochte Ferdinand noch so oft auf treue Dienste an der *Casa de Austria* verweisen, der Kaiserthron gebührte seiner Linie nicht!

Würde sich der junge Sachse weiterhin störrisch zeigen, könnte Karl seinen Bruder mit einem geschlossenen Herrschaftsgebiet von Italien bis hinauf nach Magdeburg abspeisen. Das war mehr wert als der undankbare Titel »Kaiser des Heiligen Römischen Reiches Deutscher Nation«. Und brachte weniger Ärger ein. Und Philippe konnte Kaiser werden. Eine schwere Bürde in diesen Zeiten. Ein Dienst an Gott. Karls Fäuste krampften sich um die Zügel. Ein Kerl wie dieser Sachsenmoritz, so müsste Philippe sein. Was für ein Kaiser könnte aus ihm werden!

*Drittes Kapitel*

# Abschied

Nach dem Mittagsmahl und der Ruhezeit versammelten sich die Studenten zu einer ersten Lektion bei Meister Knopplochius – *disputatio*. Der große Saal im zweiten Obergeschoss, wegen seines Deckenschmucks von Fabricius Wappensaal geheißen, war groß genug, alle Studenten aufzunehmen. Die niedrigen Bänke waren nicht zu eng gestellt. Die Reihen füllten sich rasch, obwohl der Pedell des Magisters am Portal seinen Kasten aufgestellt hatte, um den Tribut für die Übung einzufordern. Lediglich diejenigen, die mit dem Zusatz *p*, als mittellose *pauperes* in der Matrikel verzeichnet waren, durften das *exercitium* ohne Tributzahlungen hören.

Der Himmel hatte sich aufgehellt, das Licht funkelte mannigfach gebrochen in den Saal. Knopplochius hatte die meisten der groben Vorhänge abnehmen lassen, denn Licht war dem Magister wichtiger als Wärme. Auch warf der tauende Schnee das Funkeln der Nachmittagssonne so zauberhaft in den Saal, dass man die Kälte bald nicht mehr spürte.

Einige Schüler der meißnischen Lateinschule, von Herzog Moritz selbst eingerichtet und großzügig ausgestattet, um geeigneten Nachwuchs für die Leipziger Universität heranzuziehen, saßen unter Aufsicht ihres Schulherrn Fabricius im Auditorium.

Als der Pedell den Kasten geschlossen hatte und durch das Läuten der Klingel den Beginn der Bibellesung anzeigte, schlug Knopplochius das Prachtexemplar des Rektors auf. Er winkte Türmer nach vorn, damit dieser die vom Magister bezeichnete Textstelle vorlese.

Der Älteste stakste hinauf auf das Katheder, Knopplochius

räumte ihm den Platz. Der *senior* der Bayern sah sich Beifall heischend um. Doch die Scholaren waren viel zu verdutzt, einen der ihren dort oben stehen zu sehen. Niemand wagte auch nur zu husten. Es herrschte angespannte Stille.

Knopplochius beobachtete Türmer scharf. Der fühlte sich, nach anfänglichem Hochmut, zunehmend unwohl in seiner Haut. »Nun werden wir sehen, ob Sie das Lateinische ebenso gut beherrschen wie das Grobianische.« Die Drohung in der Stimme des Magisters war nicht zu überhören. Türmer wusste, dass er sich vorsehen musste. Der Karzer stand bereit für seinen ersten Bewohner …

Der Sägemüllersohn straffte seinen Körper hinter dem Lesepult. Er war groß genug, um bequem aus der aufgeschlagenen Bibel lesen zu können.

Knopplochius deutete auf den Beginn des Verses, der mit einer vergoldeten Majuskel bezeichnet war. In stockendem Latein las Türmer das Gleichnis vom guten Hirten. Der Magister unterbrach ihn, als das Ende des Abschnitts erreicht war und befragte ihn nach dem Inhalt des Gelesenen. Türmer lief rot an. »Es geht um einen Priester …«, antwortete er mehr suchend als wissend.

»Um was für eine Art Priester? Einen Hohepriester der Alten? Oder um einen christlichen Priester, der sich vor der Zeit in die Bibel geschlichen hat?«

Türmer blieb die Antwort schuldig. Knopplochius sah ihn freundlich an. »Welche Wendung hat dir den Priester eingeflüstert?«

»Das Wort *›pastor‹*«, antwortete Türmer kleinlaut. Haberkorn und Kreutziger, seine engsten Kumpanen grinsten breit. Er sah zu ihnen hinüber und erkannte an ihren Gesichtern, dass es die falsche Antwort war.

»*Pastor* heißt Hirte, du Hammel«, verkündete Knopplochius im allerfreundlichsten Ton. »Geh zurück zu deiner Herde. Aber vergiss das Blöken nicht.«

Die Niederlage Türmers war vollkommen. Der junge Mann

protestierte nicht gegen den vertraulichen Ton, den Knopplochius angeschlagen hatte, nicht gegen das Du, das den schon fast Erwachsenen wieder zum Kind herabminderte. Der *senior* nahm auf seiner Bank Platz. Da er vergaß, sein Tintenfass aufzuheben, stürzte es krachend auf die Dielen. Schwarze Farbe ergoss sich über den Boden. Doch niemand wagte auch nur zu kichern. Sie wussten, die Rache würde auf dem Fuße folgen.

Knopplochius übersah das Missgeschick geflissentlich. Er empfahl allen anwesenden Scholaren, an den Lateinübungen teilzunehmen – und sei es nur, um sich eine Einschätzung der eigenen Fehlbarkeit zu verschaffen. Die ersten *disputationes* werde er auf Deutsch abhalten, um später, wenn sich die allgemeine Kenntnis verfestigt habe, ins Lateinische zu wechseln.

Dann fragte er nach der Bedeutung des Gleichnisses, und Justus führte es in eigenen Worten aus. Knopplochius war zufrieden und nickte wohlwollend. »Wenn es sich um ein Sinnbild handelt – und die Bibel steckt wie jede vernünftige Rede voller Sinnbilder –, welche Bedeutung hat dann die Person des Hirten? Um welche Art Gottesgeschöpf handelt es sich?«

»Um einen Fürsten, einen Herrscher, vielleicht den Kaiser«, preschte Peter Grim vor, der hochgewachsene Nürnberger mit dem von Pockennarben entstellten Gesicht. Er war erst in diesem Semester an die Leipziger Universität gelangt und hatte diese Art von Disputation, von offener Unterhaltung unter Scholaren und Gelehrten, nie zuvor erlebt.

Knopplochius nickte, doch fragte er nach: »So sind denn die Fürsten die einzigen, die Verantwortung für die Pflege einer Gefolgschaft haben?«

Erneut war es Justus, der das Gespräch am Leben erhielt – und er erntete giftige Blicke von Türmer dafür. »Auch die Priester. Die tragen ebenso Verantwortung vor Gott.«

»Verantwortung wofür?«, hakte Knopplochius ein.

»Für ihre Gemeinde?«, fragte Justus unsicher zurück.

Knopplochius schien auf diese Antwort gewartet zu haben. »So hat denn der Priester allein zu verantworten, dass die Schafe seiner Gemeinde das Seelenheil erlangen?«

Die Scholaren schwiegen verwirrt. Diese Behauptung war denn doch zu abwegig. Die afranischen Schüler raunten ungläubig. Fabricius zischte sie zur Ordnung. Niemand wagte, zuzustimmen.

Türmer meldete sich zu Wort. Er versuchte es in stockendem Latein, um die Scharte auszuwetzen: »Sicherlich ist ein jeder selbst für sein Seelenheil verantwortlich. Denn man wird kaum an der Himmelspforte den Beichtvater herbeischleifen können, auf dass er die Strafe für Sünden und Verfehlungen auf sich nehme. Nicht wahr?«

Türmer atmete hörbar und sah den Magister erwartungsvoll an. Er schien wie zurechtgestutzt, wie ein Scholar unter vielen. Justus merkte auf. Knopplochius blickte munter umher. Er genoss den Triumph sichtlich. »Das ist erfreulich, dass gerade du dir Gedanken um das Seelenheil machst!«

Diesmal war es der Magister, der Gelächter für seine Bemerkung erntete. Türmer verzog getroffen den Mund. Doch die nächste Bemerkung des Magisters versöhnte ihn. »Und doch hast du Recht. Und auch dein lateinischer Ausdruck war verständlich. So sind Sie besser als Ihr Ruf, Herr Studiosus Balthasar Türmer!«

Türmer rückte verlegen auf der Bank hin und her. Haberkorn knuffte Kreutziger in die Seite. In den Kreisen der bayerischen Nation war man dazu übergegangen, sie die »Heiligen Drei Könige« zu nennen. Türmer, Haberkorn und Kreutziger traten stets gemeinsam auf und wieder ab. Und alle kuschten vor ihnen.

»Wie also ist das Gleichnis vom guten Hirten auszulegen? Sind die Menschen Schafe, die auf Gedeih und Verderb von ihrem Anführer und dessen Fürsorge abhängen? War es das, was Christus, der Herr, uns mit diesen Worten mitteilen wollte?«

Betretenes Schweigen. Man war gespannt, ob Meister Knopplochius selbst die Antwort liefern würde. Sein Blick glitt hinaus zu schneebedeckten Hängen, über die Sonne, die verschwenderisch ihr Licht ergoss. Die atemberaubende Schönheit der glitzernden Welt, die durch die trüben Scheiben funkelte, verzückte ihn. Dann kehrten seine Gedanken in den Saal zurück.

»Ein rechtes Schaf ist, wer die Verantwortung für sein Seelenheil dem Priester oder anderen Mittlern überlässt. Ein jeder ist Gott selbst und in eigener Person Rechenschaft schuldig. Der *pastor* kann den Gläubigen die fettesten Wiesen des Glaubens zeigen. Die sichersten Wege zu Gott. Kann den einen oder anderen Wolf vertreiben. Doch entbindet das Euch nicht davon, selbst zu Eurem Herrn zu sprechen, Eure Taten seinem Gericht vorzustellen, Euch seinem Urteil zu unterwerfen. Das ist der Sinn dieses Gleichnisses.«

Die Scholaren schwiegen beeindruckt. Knopplochius war erschöpft. Er lupfte den Magisterhut, um sich den Schweiß von der Stirn zu wischen. Eine unerklärliche Nervosität hatte sich seiner bemächtigt. Ein kreisender Turmfalke zerschrie von draußen die Stille. Die Unruhe kam von der Stadt herauf. Er spürte es. Er bat die Scholaren, Fragen zu stellen, falls ihnen Teile der Geschichte oder der Erklärung unverständlich geblieben waren. Zögerlich wurden einige Sätze formuliert, Knopplochius reagierte fahrig und geistesabwesend. Die Kraft seines bündigen Vortrags war versiegt, das Feuer erloschen.

Als Knopplochius nach Beendigung der Lektion auf den Burghof trat und die Winterluft gierig in die Lungen sog, sprach Fabricius ihn an: »Finden Sie es richtig, Ihre Zöglinge ganz aus Ihrer Fuchtel zu entlassen? Sie direkt auf Gott zu verpflichten, ohne Mittler, ohne priesterlichen Fürsprecher?«

Knopplochius verspürte wenig Lust, die Disputation mit dem Schulrektor fortzusetzen. Sein Blick wich aus, und er überlegte fieberhaft, wie er dem drohenden Gelehrtengespräch entkommen könne, ohne den schmächtigen Fabricius mit den großen, immer staunenden Augen zu brüskieren. In dem Moment erblickte er die Wirtsmagd aus dem »Schwan« auf dem Burghof. Er verabschiedete sich kurz angebunden und rannte hinüber, sorgfältig darauf achtend, im sulzigen Schnee nicht auszurutschen.

Die Magd schaute sich suchend um, und er sprach sie an: »Wohin des Wegs?« Liesels Miene hellte sich auf, als sie den Magister erkannte. Sie wickelte eine schwarze Figur aus ihrer Schürze. »Dieses hat einer Eurer Schützlinge, der junge Edelmann, auf der Stube vergessen.« Knopplochius streckte die Hand nach der Holzskulptur aus. Liesel zog sie zurück. »Ich möchte sie ihm lieber selbst übergeben.«

Knopplochius nickte und wölbte die Lippen vor. »Die Herren Scholaren befinden sich im Selbststudium. Sie dürfen nicht reden. Niemanden empfangen. Wenn du sie ihm selbst überreichen willst, musst du bis zum nächsten Läuten warten.«

Die Liesel blickte verzweifelt: »Bis dahin muss ich längst zurück sein!«

Knopplochius streckte erneut seine Pranke aus. Missmutig ließ die Liesel die Holzskulptur in die Hand des Magisters gleiten. Knopplochius spürte die Glätte, die Kälte des schwarzen Holzes. Die fein ausgearbeiteten Rundungen des Körpers, Faltungen des Gewandes. Eine hervorragende Schnitzarbeit, wie er sogleich feststellte. Die Liesel stand unschlüssig vor ihm.

»Er wird sich freuen, diesen wertvollen Gegenstand zurückzuerhalten«, versicherte ihr Knopplochius. Er nickte aufmunternd und fand, es sei genug gesagt, um die Magd in Frieden zu entlassen. Auch Fabricius mit seiner Schülerschar hatte sich getrollt. Den Magister gelüstete danach, sich in seine Studierstube zurückzuziehen.

Schon wollte sich die Liesel umwenden, da gab ihm ein Wink des Himmels eine letzte Frage ein. »Gibt es Neuigkeiten aus der Stadt?«

Die Magd brauchte nicht lange zu überlegen. Als hätte er das Wehr eines Mühlbachs geöffnet, sprudelte es aus ihr heraus: »Der Türk' – seit gestern liegt er krank im Bett! Hat hohes Fieber und spricht im Wahn. Und speit das Bettstroh voll, sobald er etwas zu sich nimmt. Die Wirtin ist sehr besorgt. Schon fangen erste Gäste an, das Wirtshaus zu meiden, da es heißt, die Krankheit sei ansteckend.«

Knopplochius runzelte die Stirn. »Mahmud ist Inder«, stellte er richtig. Er schaute versonnen vor sich hin. Das also war der Grund für die Unruhe, die ihn erfasst hatte! Er hatte es gespürt. Seit dem ersten Abend verband ihn etwas mit Mahmud R. Singh, das räumliche Entfernung mit Leichtigkeit zu überwinden vermochte. Er fasste die Magd am Arm und schob sie dem Burgtore zu.

»Geh hinunter zu deiner Herrin. Sag ihr, dass ich mir den Zustand des fahrenden Krämers anschauen werde.« Er atmete tief durch und fuhr fort, sie solle nicht nach Brannteisen schicken lassen. Der sei ein besserer Quacksalber und wisse nicht einmal seine Schröpfköpfe richtig zu bedienen …

Die Wirtsmagd schaute den Magister zweifelnd, aus großen Augen an. Doch sie tat, wie ihr geheißen.

Zur siebten Stunde stieg Knopplochius in die Stadt hinunter. Der Mohr saß apathisch in Mahmuds Kammer auf einem Schemel, schaukelte mit dem Oberkörper vor und zurück, hatte sich in einen farbenfrohen Umhang gehüllt, eine Maske aufgesetzt und sang näselnd, in einer unverständlichen Sprache, vor sich hin. Der fahrende Krämer war bewusstlos. Kalter Schweiß stand ihm auf der Stirn. In seinem Gesicht blühten rote Pusteln, die zu den Rändern hin ausfransten. Die Boschna hatte die Kammer gleich hinter Knopplochius betreten. Sie fragte ihn, was zu tun sei.

Knopplochius gab ihr aus dem Gedächtnis ein Rezept für einen Kräutersud, der das Fieber austreiben würde. Die Boschna schaute ihn schräg, mit einem schiefen Lächeln an.

»Ich wollt' nicht wissen, wie ich den Kranken pflegen soll. Mein Gasthaus ist kein Hospiz. Habt Ihr nicht eine Idee, wie ich ihn loswerden kann? Er scheißt unter sich und pinkelt mir das Bettstroh voll.«

Knopplochius trat einen Schritt auf die Boschna zu. Er ballte die Fäuste. Er sprach nicht laut, aber voller unterdrückter Wut, sodass die Wirtin unwillkürlich zurückwich. »Seid Ihr ein Christenmensch? So werdet Ihr keinen Kranken von seinem Lager schmeißen! Braut ihm den Trank und seht, was geschehen wird. Wenn Ihr Glück habt, wird er sein Leben demnächst aushauchen, und Ihr könnt die Kammer erneut vermieten – von mir aus ohne das Stroh zu wechseln. Das müsst Ihr mit Gott ausmachen!«

Die Wirtin drehte sich flinker als erwartet um die eigene Achse und ging aus der Stube. Knopplochius legte seinen Magisterumhang ab, kniete vor dem Strohlager des fremden Sternenkundigen nieder und flehte Gottes Gnade auf ihn herab. Der Mohr hielt inne mit seinem näselnden Singsang und beobachtete Knopplochius.

Als die Wirtin mit dem geforderten Kräutersud erschien, half Knopplochius, ihn dem Bewusstlosen einzuflößen. Dann musste er sich sputen; die vereinbarte Schließzeit galt für die Lehrer ebenso wie für die Scholaren. Er erreichte die Burg, als der feiste Dr. Beck sich eben in die Glockenseile hängte, um zur Nacht zu läuten. Krachend fiel das Tor hinter Knopplochius zu, ein Pedell legte den Riegel vor, und die Burg war verschlossen.

Vor der Nachtruhe gab es einen Tumult, da die bayerische Nation nicht neben der sächsischen untergebracht sein wollte. Man betrachtete sich als verfeindet, seit Kaiser Karl die Anführer der Protestanten, den sächsischen Fürsten Johann Friedrich und den hessischen Landgrafen Philipp, in die Acht erklärt und damit den Waffengang erzwungen hatte.

Also packten die Sachsen ihre Bündel erneut und zogen zu

den Meißnischen in den Ostflügel des zweiten Obergeschosses. Mit denen stand man zwar ebenfalls im Krieg, doch die enge Verwandtschaft der Stämme, die einstmals, vor der Leipziger Teilung, einhellig über ein gemeinsames Gebiet geherrscht hatten, wog schwerer. Die Bayern wurden neben den Polnischen im südlichen Trakt untergebracht.

Als endlich alle Scholaren ein Lager gefunden, ihre Bündel ausgebreitet und sich unter ihre Umhänge gebettet hatten, sprach Knopplochius das Nachtgebet. Er hatte gemeinsam mit Pflüger die Aufsicht über die Meißner und Kursachsen. Beck und Brannteisen wohnten im Westtrakt, bei den Polen und Bayern. Der große Wappensaal, das Auditorium, trennte sie. Dr. Ziegler schlief bei seiner Familie, unten in der Stadt.

Die Studenten horchten auf, als Knopplochius die Kranken und Versehrten in das Nachtgebet einschloss. War doch keiner der Scholaren von einer Krankheit befallen. Ein Wunder bei dieser Witterung!

Knopplochius ging von Fensternische zu Fensternische und zog die groben Vorhänge aus Sackleinen vor, auf dass die Kälte der Nacht so gut es ging ausgesperrt würde.

Bevor er die letzten Fenster verdunkelte, trat er an Justus' Lager und gab ihm, ohne dass die anderen sahen, was es war, die Holzskulptur. Es war dunkel, er vermochte den Knaben kaum zu erkennen, doch er spürte, dass es ihm peinlich war. Konnte seinen Kopf förmlich in der Dunkelheit aufglühen sehen. »Ein meisterhaft ausgeführtes Werk«, lobte Knopplochius in unverfänglichem Ton, »du solltest sorgfältiger darauf achten!« Außer einem gequetschten Ächzen brachte Justus nichts heraus. Knopplochius erhob sich rasch, um den Knaben nicht noch ärger in Verlegenheit zu stürzen. Dann zog er sich in seine eigene Kammer zurück, die ganz im Süden, zur Stadtseite hin gelegen war.

Justus blieb wach und lauschte auf den Atem der übrigen. Er schalt sich einen Narren, dass er ausgerechnet diese Skulptur, die ihm so lieb und wertvoll war, in der Stadt vergessen hatte.

Und er schalt sich einen doppelten Narren, dass er sich Knopplochius gegenüber so albern benommen hatte. Was konnte der Magister schon ahnen? Für ihn war es nur eine gewöhnliche Holzfigur. Die Sünde stand ihr nicht aufs Gewand geschrieben. Justus schmiegte sein Gesicht in den Pelzbesatz seines Umhangs und schloss die Augen. Er vernahm ein Schluchzen ganz in der Nähe, das lange Zeit nicht verstummen wollte. Doch als es endlich ruhig geworden war, summte einer der älteren Knaben die Melodie eines beliebten Liedes. Von den Erwachsenen wurde es meist in derbem Tonfall gesungen, und der Witz erschloss sich Justus nicht so recht. Er ahnte, dass es etwas mit dem sündhaftem Verlangen zu tun hatte. Er summte leise mit, und plötzlich erhob sich eine Stimme, die den Text intonierte:

Ein Bauer gab sei'm Sohn ein Weib, /
Die war gerad' und stolz von Leib, /
Die Gliedmaß' gut gewachsen. /
Der Hänsel gab ihr nächst der Wand /
Ein' langen Stängel in die Hand: /
Schau, das ist mir gewachsen.

Begleitet vom ausgiebigem Gekicher der Knaben, die noch nicht schliefen, fiel Stefan Hoyer, der Hallenser aus dem benachbarten Saal, ein. Er hatte ohnehin eine hohe Stimme, die er noch künstlich erhöhte, dass sie recht weibisch klang:

Das Gretel sprach, wohl etwas laut: /
Das ist mir ein gar seltsam' Kraut /
Lieb' Mutter /
Au weh, liebe Mutter /
Es tut mir /
Viel Jammers an /
Hör auf, ich schrei! /
Lieb' Mutter /
Au weh, liebe Mutter /
Denkst du, das sei mir wohl getan?

Justus kicherte, da alle kicherten. Insgeheim fragte er sich aber wie immer, wenn er das Lied hörte, was dort verhandelt wurde. Die Älteren schienen es zu wissen. Einer von ihnen war es, der plötzlich polternd den Part der Mutter übernahm:

Die Mutter sprach: Nun schweig' mein Kind /
Du wirst von diesem Schwert nicht blind. /
Lass dich nur nicht bangen.

Die beiden Naumburger hatten sich auf ihrem Lager erhoben und schaukelten im Takt des Liedes mit den Oberkörpern. Der Hallenser Hoyer übernahm den Wechselgesang wieder, um mit Unschuld die Stimme der Gretel zu Gehör zu bringen:

Schau', liebe Mutter, wie ich tu /
Ich mach' ganz schnell die Augen zu – /
Dann ist's mir bald vergangen.

Die letzten Zeilen der Gretel, von Hoyer meisterhaft ausgespielt, sangen alle grölend mit:

Lieb' Mutter /
Au weh, liebe Mutter /
Es tut mir …
Je länger je bas, /
ich weiß nicht was, /
Lieb' Mutter, /
Au weh, liebe Mutter /
Ich glaub', ei, nun gefällt mir das.

Als die letzte Zeile gesungen war, löste sich alles in Gelächter auf. Selbst die jüngsten Knaben, die sich mühsam in den Schlaf geschluchzt hatten, waren wieder erwacht. Knopplochius stand am Durchgang zu seiner Kammer, der ebenfalls mit einem Vorhang verhängt war. Er hatte still auf das Ende des Gesangs gewartet. Als sich die Knaben beruhigt hatten, ermahnte er sie mit unaufgeregter Stimme, die Nachtruhe einzuhalten. Mehr nicht. Keine Drohung, keine Strafe. Nur seine Stimme, die im Dunkeln von dem Respekt zehrte, den die mächtige Erscheinung des rothaarigen Magisters bei Tageslicht hervorrief.

Allmählich verstummten die Scholaren, und das immer ruhigere, gleichmäßigere Atmen verriet, dass sie einschliefen. Ein klarer, unendlich weiter Sternenhimmel hatte sich über das verschneite Elbtal gespannt. Ein Himmel, der den Magister dazu einlud, spät in der Nacht seinen Mantel überzuwerfen, den flachen, rechteckigen Kasten zu schultern und mit wenigen Handgriffen das astronomische Instrument im Burghof aufzurichten.

Lange betrachtete er die Sterne. Dann eilte er zurück in seine Kammer, um die Konstellationen, die er gesehen hatte, mit denen zu vergleichen, die in Mahmuds weisem Buch der Sternengeheimnisse verzeichnet waren. Knopplochius liefen heiße und kalte Schauer über den Rücken. Er wischte sich mit der Hand durchs Gesicht, um Müdigkeit und Nachtgesichte zu vertreiben. Er blätterte die Pergamentseiten vor und zurück, verglich hier und da, machte sich Notizen. Dann lief er hinunter in den Hof und vergewisserte sich mit einem Blick durchs Okular erneut. Die Aussagen des Buches ließen keinen Zweifel: Die Stellung der Sterne verhieß Krankheit und Tod.

Jungfer Eleonor, achtes Kind von Ferdinand, Erzherzog von Österreich, und Anna, Königin von Böhmen und Ungarn, Nichte Kaiser Karls, des fünften seines Namens, saß in ihrer Kammer auf der Truhe am Fußende ihrer Bettstatt und starrte auf die Tapisserien vor ihren Augen. Soeben hatte die königliche Mutter die Schlafkammer verlassen. Der Duft der Rosenölessenz, mit der ihr die Kammerjungfern das Haar zum Morgen und zum Abend salbten, lag noch im Raum. Anna war höchstselbst erschienen, um der Tochter mitzuteilen, dass sie sich bereitzuhalten habe, ihrer Verheiratung entgegenzusehen. Mit noch nicht dreizehn Jahren war sie nun aufgerückt in die Riege des diplomatisch verpfändbaren Fleisches, über das der Onkel nach Gutdünken verfügte, um das auseinander brechende Weltreich mit den eisernen Banden der Ehe zu umgürten.

Eleonor war zierlich, dünn, bar jeder weiblichen Reife. Die Brüste hatten vor kaum einem halben Jahr zu sprießen begonnen. Die Mondblutungen, die sie in unregelmäßigen Abständen gehabt hatte, konnte sie an einer Hand abzählen.

Gleichwohl war sie der Natur nach fähig, Nachkommen zu gebären; Nachkommen, die den Ruhm der *Casa de Austria* mehren, dem gebrechlichen Onkel und womöglich bald dem Vater helfen sollten, den Titel der römischen Kaiser deutscher Nation mit vollem Recht zu tragen.

Ihren Blick hielt eine Jagdszene auf dem Wandteppich gefangen: Ein kupferbraunes Reh floh vor einer Meute Hunde. Weit abgeschlagen folgten die Jäger mit wehenden, blutroten Umhängen. Eleonor hatte Mitleid mit dem Tier, wollte ihre kleine, schlanke Hand um seinen Leib legen, um es vor den Dolchzähnen der geifernden Meute zu beschützen. Doch sie wusste, dass es keine Rettung gab für das schlanke, zierliche Geschöpf. Schon hechelten die Jagdhunde dicht an den Fesseln. Das gescheckte Schoßhündchen, das auf dem Dielenboden vor sich hin schlotterte, spürte ihre Angst, winselte, hüpfte immer wieder an ihrem Schienbein hinauf, und schließlich bückte Eleonor sich, um es aufzuheben. Sie spürte die kleine, feuchte Nase, die sich stupsend in ihren Handteller drängte. Endlich gab sie nach, kraulte dem Hündchen den Nacken und war versöhnt mit der wilden Kreatur.

August also. August, der ihr aus zahllosen Begegnungen am elterlichen Hof vertraut war. Das Medaillon baumelte zwischen Eleonors Knien, golden eingefasst, an goldener Kette – eine kostbare Goldschmiedearbeit. Es hatte einen Deckel, der sich öffnen ließ, indem man einen winzigen Riegel an der Seite herauszog. Eleonor brauchte den Deckel nicht zu öffnen. Sie wusste, wie der zukünftige Gatte aussah.

Erst im vergangenen Herbst hatte August mit seinem Bruder Moritz und den herzoglich-sächsischen Hofräten in Prag geweilt. Verhandlungen in der schmalkaldischen Sache. Doch die Herzlichkeit der Kinderzeit hatte nicht zurückkehren wollen. August war sieben Jahre älter als Eleonor, hatte vor kurzem das zwanzigste Jahr erreicht. Auf seinen und seines Bruders Schultern lag nun die Last eines umkämpften und umworbenen Herzogtums.

Als August in Innsbruck am habsburgischen Hof lebte, war Eleonor ein Kind gewesen, August ein heranwachsender Knabe. Der Wettiner Spross wurde in den Künsten der jungen Fürsten unterwiesen: Fechten, Reiten, Tanzen. Eleonor war in einem Alter gewesen, da sie jeden bewunderte, der älter und gewandter war als sie. Doch sie hatten kaum mehr als ein paar Floskeln miteinander gewechselt. Obgleich nur durch wenige Zimmerfluchten voneinander getrennt, bewegten sie sich in verschiedenen Welten.

Im Herbst des Vorjahres war Eleonor erstmalig errötet, als August ihr Komplimente gemacht hatte. Er schien sie zum ersten Mal als junge Erzherzogin anzusehen. Hatte er etwas geahnt? Auch am Dresdner Hof mochte man sich Gedanken über eheliche Verbindungen machen. August war in einem Alter, da man Ehen schloss.

Eleonor horchte in sich hinein, ob sie so etwas wie liebevolle Gefühle für den Wettiner empfand. Doch da war nichts. Der einzige Mann, für den sie so etwas wie Liebe, Respekt und gelegentlich Furcht empfand, war ihr Vater Ferdinand.

Eleonor ließ den Deckel aufschnappen. Ein freundlicher, junger Herr mit rotglänzenden Wangen und keck gestutztem Vollbart. In seinen Augen blitzte der Schalk. Gewiss, August war kein hässlicher Mann, obwohl auch ihm bereits anzusehen war, dass er, wie die ganze sächsische Sippschaft, zur Fettleibigkeit neigte. Der Fetteste der Wettiner war deren Oberhaupt, Kurfürst Johann Friedrich. Der Dürrste und Kleinste sein Gegenspieler: Moritz, Regent des Herzogtums. Von diesem Standpunkt aus war es günstiger, der albertinischen Seite versprochen zu sein.

Moritz, Oberhaupt der Albertiner, war ein fescher junger Mann, mutig zudem. Der wäre ein Kandidat nach ihrem Herzen! Der hatte sich seine Agnes auf eigene Faust geholt – beinahe geraubt! –, weil er sich in sie verguckt, nicht, weil irgendein politischer Schachzug es ihm nahe gelegt hätte. Eleonor seufzte. Das war ein ritterliches Abenteuer nach ihrem Geschmack. Und lange Zeit Tagesgespräch an jedem europäischen Hof gewesen: Der ungehorsame Fürstensohn, der die Braut, in Liebe entflammt, aus dem elterlichen Schloss entführt. Wie in den alten Liedern – den Feineren, die man bei Hoffesten zur Leier sang! Ach, aber Moritz war schon vergeben! Doch wie oft hatte eine erste Geburt dem Gatten die junge Frau von der Seite gerissen?

Eleonor bekreuzigte sich und sprach ein Ave Maria. Gewiss war es eine Sünde, auf den Tod der Herzogin Agnes zu hoffen, um deren Stelle einzunehmen! Und wäre Moritz überhaupt der Richtige, mit seiner hohen Stirn und den kleinen, schmalen Äuglein? In seinem Gesicht war etwas Verschlagenes, in Augusts lag freundliche Arglosigkeit …

Eleonor seufzte. Sie fühlte, wie ihr Herz schwer und schwerer wurde. August. Sie sprach den Namen leise vor sich hin. Er wollte nicht klingen.

Sollte das der Name des Mannes sein, mit dem sie das eheliche Lager teilen würde?

Eleonor war nicht in der Stimmung, verheiratet zu werden. Das spürte sie deutlich. Einen Gatten zu haben, der ihr jeden Tag nahe sein würde. Sehr nah. Sie konnte keine Nähe vertragen. Selbst die flüchtigen Berührungen durch die Kammerzofe waren ihr unangenehm. Das Hündchen leckte ihre Handfläche. Es war das einzige Wesen, das sie längere Zeit um sich erdulden konnte. Das einzige, das ihre nackte Haut berühren durfte.

Wie mochten sich fordernde Griffe grober Männerhände anfühlen? Hände, die gewohnt waren, ein Schwert zu führen? Eleonor erzitterte innerlich. Das Zittern breitete sich aus und setzte sich bis auf die Innenseite ihrer Schenkel fort. Gänsehaut überzog ihre Arme, ihre Schultern. Sie fröstelte. Zum ersten Mal in diesem Winter fror sie in der Schlafkammer.

Eleonor liebte die Habsburgerresidenzen. Allen voran das lichte, bergumschlungene Innsbruck. Gab es in Dresden überhaupt ein Schloss, das sich mit der Wiener oder der Innsbrucker Hofburg messen konnte? Mit dem Bergschloss Ambras gar oder dem Prager Burgberg, den die Böhmen »Hradschin« nannten? Gab es in diesem ungesitteten, rebellischen Landstrich jenseits der Berge überhaupt die Voraussetzungen, ein Leben zu führen, wie es einer Tochter des Hauses Österreich gebührte? Würde sie auf ihre allmorgendliche katholische Messe verzichten müssen? Würde man sie zwingen, das Blut des Herrn zu trinken, wie es die deutschen Ketzer taten?

Eleonor ballte die zierliche Faust um das Medaillon und schleuderte es gegen den Wandteppich. Dumpf prallte es am Stoff der Jagdszene ab und fiel klirrend zu Boden. Das Wasser schoss ihr in die Augen. Sie brauchte keinen Gatten! Keinen Sachsenherzog, noch sonst irgendwen! Und sie wollte im Leben keine Kinder bekommen, kein fremdes Leben im eigenen Leib! Mochte Karl sie vierteilen und in Öl sieden lassen, wie man es mit Landesverrätern tat! Sie schluckte mehrmals. Und flennen würde sie auch nicht!

Anna hatte nach dem Gespräch mit der Tochter das Gefühl, dass sie sich fügen würde. Sie hatte die Nachricht stumm entgegen, das Medaillon mit dem Bildnis des zukünftigen Gatten gefasst an sich genommen. Nur angeschaut hatte sie es nicht – nicht in Gegenwart der Mutter.

Anna hatte es nicht vermocht, der Tochter einen Arm um die Schultern zu legen. Hatte es nicht vermocht, neben ihr auf der Truhe für die Leibwäsche Platz zu nehmen. Die Königin war zu sehr mit der bevorstehenden fünfzehnten Geburt beschäftigt. Sie spürte, dass sie ihre ganze Kraft fordern würde.

Eleonor war zwar noch ein Kind, aber eine Hochzeit *per procuratore* war das geringste aller vorstellbaren Übel. Eine harmlose Zeremonie, in der der Ehegatte durch einen Gesandten vertreten wurde. Es gab keinen körperlichen Vollzug. Allein das Aneinanderlegen der Unterschenkel stand sinnbildlich für die Verbindung der Eheleute. Auch nach einem rechtmäßigen Abschluss der Zeremonie, die in den Rechten und Pflichten einer körperlichen Hochzeit gleichkam, war es ungewiss, ob die geschlossene Ehe jemals vollzogen wurde.

Als Anna sich, in Gedanken versunken, dem Audienzsaal der Prager Burg näherte, schlug ihr eine unbestimmte Unruhe entgegen. Die Königin versuchte, den Grund dafür zu erlauschen. Sie horchte auf das, was man sich in den Nischen des langen Ganges zuflüsterte, bevor man die Herrscherin bemerkte und in pflichtschuldiges Schweigen und eine tiefe Verbeugung sank. Zu fragen wagte sie nicht. Es war gefährlich am Hofe, als unwissend zu gelten. Ein hoher Sendbote des Kaisers war erschienen, so viel konnte sie dem Getuschel der Hofdamen entnehmen. Sie betrat den Saal. Die Reihen der Hofräte öffneten sich, als sie auf den Thronsessel zuschritt. Vor dem Gatten erblickte sie Johannes Obernburger, den kaiserlichen Sekretär. Es musste sich um etwas äußerst Wichtiges handeln, wenn Karl diesen engen Vertrauten schickte. Anna sah Ferdinands besorgte Miene. Er sprang von seinem Prunksessel auf und schritt ihr mit ernstem Gesichtsausdruck entgegen. In den Händen hielt er ein neuerliches persönliches Schreiben von Karl.

Als Obernburger die Erzherzogin gewahrte, wandte er sich ihr zu und beugte sein Knie. Die Königin bedachte ihn mit einem herablassenden Blick. »Kommt Ihr, um ein schwangeres Weib zu quälen?«, sprach sie den kaiserlichen Sekretär auf Französisch an. Obernburger blieb ihr die Antwort schuldig.

Ferdinand fasste Anna flugs den Inhalt der Depesche zusammen. Sie war kurz, in eindeutigen Worten und ohne Umschweife formuliert – in einem Ton, der keinen Raum für Widerspruch ließ: Das Königspaar habe unverzüglich ihre gemeinsame Tochter, Erzherzogin Eleonor, mit kleiner, doch gebührender Begleitung nach Dresden zu schicken. Dort solle sie sich unverzüglich mit Herzog August von Sachsen vermählen. Die Ausgaben für die Hochzeit werden aus dem kaiserlichen Kasten bestritten. Die Eltern der Braut sollten sich in Prag bis auf Weiteres zur Verfügung halten. Die Königin sei ohnehin nicht reisefähig, Ferdinand selbst jedoch solle bald an der Spitze seiner Truppen ins Sächsische nachfolgen.

Der König gab Obernburger das Schreiben zurück und suchte Annas Blick, um ihre Ansicht in der Sache zu erkunden. Die Königin sackte plötzlich in sich zusammen. Ferdinand sprang ihr zu Hilfe. Er fing sie auf, stützte sie und führte sie zu einer der Holzbänke in den Fensternischen. Ächzend ließ sich Anna nieder. Sie fasste sich an den Leib und starrte Obernburger hasserfüllt an. Der wich dem Blick aus. Es kam ihr nicht zu, das Wort vor ihrem Mann an den kaiserlichen Sekretär zu richten. Dennoch wartete sie nicht ab, bis Ferdinand sich gefasst hatte. »Die Eheverhandlungen sind noch nicht zum Abschluss gebracht.« Die Stimme drohte ihr zu versagen. Sie streckte die Beine und bog den Oberkörper nach hinten. Obernburger wandte sich ab. Er war gesittet genug, eine Herrscherin in solchem Zustand nicht anzustarren.

»Ist sich Seine Kaiserliche Majestät, mein allerdurchlauchtigster Bruder, bewusst, was er da tut?«, fragte Ferdinand verstört.

»Es ist nicht das erste Kind, das er uns vor der Zeit entreißt!«, schrie Anna auf. Ein empörtes Raunen ging durch die anwesenden Räte und Hofdamen. Der Zustand der Königin war allerdings geeignet, solch ungebührliches Verhalten zu entschuldigen.

»Die Erziehung der Erzherzogin Eleonor ist noch nicht abgeschlossen. Sie ist noch nicht in der Lage, einen Hofstaat zu führen!«, meldete Ferdinand sehr schwach Bedenken an.

Sekretär Obernburger kniff die Lippen zusammen. Dann antwortete er: »Königliche Hoheiten, wenn ich mich recht entsinne, ist Seine Kaiserliche Majestät erst vor wenigen Monaten in Prag mit der Jungfer zusammengetroffen. Sein Eindruck muss ein solcher gewesen sein, dass sie durchaus reif ist, in eines der angesehensten Fürstenhäuser Europas einzuheiraten. Und das Ansehen der sächsischen Herzöge wird noch steigen, wenn der Krieg zu unseren Gunsten entschieden ist! Schon jetzt hat Seine Kaiserliche Majestät dem Herzog Moritz gestattet, den Titel ›Kurfürst und Erzmarschall des Heiligen Römischen Reiches‹ zu führen. Denn Johann Friedrich hat ihn durch Ungehorsam längst verwirkt.«

»Wir werden unsere Tochter nicht auf diese gefahrvolle Reise schicken – nicht ohne eine gültige Ehevereinbarung in unseren Händen!«

»Seine Majestät der Kaiser wird selbst mit Herzog Moritz die Einzelheiten aushandeln. Die Bundesgenossenschaft zwischen den Häusern Wettin und Habsburg ist geschlossen und besiegelt seit dem letzten Herbst. Moritz laviert zwischen den Parteien, und das dürfen wir nicht zulassen! Wir müssen ihn jetzt zwingen, sich fest an uns zu binden. Dann erst haben wir die Sicherheit, die wir brauchen, um ihm größere Macht anzuvertrauen!« Obernburger hatte sich weit vorgewagt, hatte Ferdinand Details mitgeteilt, die Karl lediglich in kleinster Runde preisgegeben hatte. Doch schließlich war er der Bruder des Kaisers und sollte seine Tochter hergeben. Er hatte das Recht, es zu erfahren.

»Euer Königliche Hoheit!« Anna schrie ihren Gatten beinahe an. »Er benutzt Ihre Tochter wie eine Figur im Schachspiel. Doch nicht als Dame, sondern als Bauern, dessen Kopf man billig opfern kann!«

Ferdinand bedeutete seiner Gattin mit einer Handbewegung, sich zu beruhigen. Anna atmete schnell, sie krampfte ihre Hände in den Leib.

Obernburger wurde immer unwohler in seiner Haut. Er drehte die Krempe seiner Mütze in den Händen. Ohne die königlichen Hoheiten anzusehen, sagte er: »Dem Wortlaut nach handelt es sich um einen Befehl seiner Majestät, Kaiser Karls.«

»Befehl!« Annas Stimme war schrill geworden. »Seine Majestät der Kaiser hat uns nichts zu befehlen!«

Ferdinand machte einen Schritt auf seine Gemahlin zu, als wollte er sie eigenhändig zum Schweigen bringen. Doch ein Blick von ihr reichte aus, ihn erstarren zu lassen.

»Eleonor ist noch ein Kind!«

Obernburger atmete auf. Hier war ein Terrain, auf dem man sich vorwärts tasten konnte. »Es wird Bestandteil des Ehekontrakts sein, dass der körperliche Vollzug ausgesetzt wird, bis Eleonor vierzehn ist.«

»So lasst uns die Ehe hier schließen. Soll August einen Bevollmächtigten nach Prag schicken, wenn er nicht selbst kommen will oder kann. Und die Erzherzogin wird dem Ruf ihres zukünftigen Gatten Folge leisten, sobald die Zeit es gebietet.«

»Ich habe keine andere Weisung, als die, die Ihr in den Händen haltet. Eleonor soll unverzüglich gen Dresden abreisen!«

»In keinem Fall!«, beschied ihm die Königin.

»Anna!« Auch Ferdinand hatte sich erregt. Doch loderte die Wut über das maßlose Vorpreschen seiner Gattin inzwischen heftiger als über das unverabredete Handeln des Bruders. Unangenehmes Schweigen machte sich breit. Das Brustgeschmeide Annas hob und senkte sich in empörter Erregung. Die Beine hatte sie trotzig auf die Bodendielen gestemmt, die Knie weit auseinander. In weitem, lasziven

Bogen spannte sich der Saum des Kleides von einem Schenkel zum anderen.

Ferdinand räusperte sich. Er hasste sich für seine Worte: »Wir werden dem Willen Seiner Kaiserlichen Majestät entsprechen …« Er wollte hinzufügen »da es dem Wohle des Hauses Österreich dient«, doch dazu kam es nicht. Anna sprang von der Bank, um sich in hilflosem Zorn gegen Obernburger zu stürzen. Ferdinand ging dazwischen, und es gelang ihm, sie wieder auf die Bank zu drücken.

Obernburger wandte sich schnell ab und verließ ohne Kniefall den Saal. Die Hofräte umstanden das ringende königliche Paar untätig und ratlos. Endlich beruhigte sich die Königin und ließ sich entkräftet von einer der Hofdamen in ihr Gemach bringen.

Justus hatte Mühe, den Ausführungen seines Lehrmeisters zu folgen. Gegenstand der heutigen Bibelauslegung waren die Briefe des Paulus an die Römer. Die Scholaren hatten sich auf die wenigen Bänke gezwängt; es waren so viele, dass sie rechts und links herunterzupurzeln drohten. Mancher hatte sich beim Nachbarn untergehakt, um Halt zu finden. Eine Mitschrift war auf diese Weise kaum möglich. Nirgends eine Gelegenheit, das Tintenfässchen abzustellen. Dennoch versuchten einige, ein paar Notizen zu machen. Sie hatten die Pfropfen ihrer am Gürtel baumelnden Behältnisse abgenommen, und es bedurfte abenteuerlicher Verrenkungen, die Feder auf diese Weise immer wieder in die Tinte zu tauchen.

Knopplochius' Latein war melodisch, seine Darlegungen folgten dem natürlichen Lauf dieser geordneten, wie die Ziegeln eines Mauerwerks sich schichtenden Sprache, die dem Deutschen um so vieles überlegen war – diesem zerfließenden Gemisch kehliger und schmirgelnder Laute, die sich kaum zu logischen Sätzen fügen lassen wollten. Doch die Bibelexegese beanspruchte nicht das Hauptinteresse des Liebensteinischen Knaben. Viel mehr faszinierten ihn die rhetorischen, philosophischen und mathematischen Lektionen des rothaarigen Gelehrten.

So ließ er bald seinen Blick hinauf in die spitzen Gewölbebögen des Wappensaales wandern. Er folgte den Rippen vom Schlussstein im Zenit bis hinab auf die Pfeiler. Dort hielt er inne. Sein Augenmerk hatte sich an einer der vier steinernen Konsolfiguren verfangen, die die Wappen, die Namensgeber des Saales, in den Händen hielten.

Die bemalte Skulptur stellte ein Bürgersweib dar, das, anders als die drei ihr gegenüberstehenden, braven Standesgenossinnen, den Busen stolz und unverhüllt trug. Ein brauner Umhang war ihr flüchtig über die nackten Schultern geworfen. Sie war mit reichem, von Gold und Edelsteinen funkelndem Geschmeide behangen, das glitzernd über die wohlgeformten Brüste floss. Der Anblick der Skulptur erregte Justus auf das Angenehmste. Doch das Bild sündhafter Sinnlichkeit wurde brutal zerschnitten von einem Kurzschwert, das sich das Weib mit eigener Hand in die linke Brust rammte. Ihre Miene war schmerzvoll verzerrt. Der Ausdruck des Leids stand auf sonderbare Weise im Kontrast zu ihrem blutrot bemalten Mund.

Mit der freien Hand hielt sie das schwarz-gelb gestreifte Wappen, überspannt vom sächsischen Eichenlaub. Welcher Sinn mochte sich hinter dieser eigentümlichen Darstellung verbergen?

Justus wusste es nicht, aber erneut spürte er die unselige Begierde erwachen. Er presste die Hände in den Schoß, auf dass die Banknachbarn seinen Zustand nicht bemerkten. Dann schloss er die Augen und begann mit der probaten Buße des Beichtvaters Mylius, worauf sich seine Lage verbesserte – geistig wie körperlich.

Meister Knopplochius hatte die *lectio* des Evangeliums beendet, die Hände auf sein Katheder gestützt und mit der *reputatio* begonnen. Er nahm nur hin und wieder Zuflucht zu den niedergeschriebenen Zeilen und formulierte meistenteils frei und in einem Redefluss, der die Begeisterung für den Gegenstand verriet.

Die Scholaren beobachteten ihn gelangweilt. Nur Haberkorn fiel durch Eifer auf. Er nutzte den schmalen Rücken einer Donate auf seinen Knien als Unterlage. Das Kratzen der Feder begleitete hartnäckig die Ausführungen des Magisters.

Eben hatte Knopplochius den Inhalt der Briefe in kühnem Tempo und elegantem Stil zusammengefasst, nun wollte er zu deren *interpretatio* fortschreiten.

Da klopfte es an der Pforte, die zum Vorsaal und zum Wendelstein hinausführte. Der Magister hielt inne und sah zum Pedellen hinüber, der neben der Tür Posten bezogen hatte, um Studenten zurückzuweisen, die sich nach Beginn der Lektion und ohne den Tribut zu zahlen einschleichen wollten. Doch der Universitätsdiener, ein altes, krummes Männlein mit schütterem Ziegenbart, der längst verwitwet und deshalb ohne Tränen aus Leipzig geschieden war, hatte sich auf seinem Schemel gegen die Mauer gelehnt und war eingeschlafen. In der plötzlich eingetretenen Stille waren seine gleichmäßigen Atemzüge deutlich zu vernehmen.

Es klopfte wieder, zart und schüchtern, und Knopplochius verließ übel gelaunt seinen Platz auf dem Katheder. Mit weit ausgreifenden Schritten eilte er zur Pforte, nicht ohne im Vorbeigehen den Schemel unter dem Hintern des Pedells wegzuziehen.

Vom Gelächter der Knaben begleitet stürzte das Männlein zu Boden, war aber rasch wieder auf den Beinen. Er geiferte gegen die Studenten, die mit weit aufgerissenen Mäulern lachten, und schwang drohend seinen Pedellenstab.

Der Magister riss derweil die Tür auf, wollte schon mit scharfen Worten auf den Störenfried losgehen, doch hielt er inne, als er die Magd aus dem »Schwan« erblickte. Die Liesel reckte ihm flehend die Hände entgegen. »Herr, wir brauchen Eure Hilfe!«

Knopplochius schaute sie entgeistert an, unfähig, etwas zu erwidern. Stattdessen nutzte Türmer die Gelegenheit: »Tritt ein, Mägdlein, das Katheder ist verwaist. Magst du uns nicht etwas lehren? Dein bunter Rock verspricht interessantere Enthüllungen als der braune Talar des Magisters.«

»Schweigen Sie, Türmer«, wies Knopplochius den Bayern zurecht. »Sonst nehmen Sie selbst den Platz auf dem Katheder ein! Wir wären neugierig, was Sie uns dort zu enthüllen hätten!«

»Gern, wenn die Magd mir zur Hand geht!«, rief Türmer, und das Gegröle der Scholaren war ihm gewiss. Justus litt beinahe körperlich unter der Unruhe. Er spürte, wie die Weihe der biblischen Worte mehr und mehr im Trubel versank. Alle hatten sich von den Bänken erhoben und scharten sich um Türmer. Der hatte flugs das Lehrpult bestiegen und schaute angriffslustig zu Knopplochius hinüber.

Des Magisters Gesicht war rot angelaufen. »Balthasar Türmer! Setzen Sie sich auf Ihre Bank!«

Der Pedell, der eine Scharte auszuwetzen hatte, bot sich dienstbar an: »Soll ich ihn in den Karzer werfen?«

»Versuch's doch, Alter!«, stachelte ihn Türmer an. Einige Studenten schnalzten anfeuernd. Ein Ringkampf als Draufgabe zur Bibellektion war stets willkommen.

Knopplochius versuchte, den Tumult zu ignorieren. Er wandte sich wieder der Magd zu. Ihre Haut glänzte von Schweiß, ihre Wangen waren gerötet. Sie hatte den Weg auf den Burgberg wohl in schnellem Lauf zurückgelegt.

»Ich hoffe, du hast guten Grund, mein *exercitium* zu stören!«

Der Atem der Magd hatte sich so weit beruhigt, dass sie Bericht erstatten konnte: »Der Muselmann liegt im Sterben. Er würgt sich die Seele aus dem Leib, obgleich er seit Tagen nichts gegessen hat. Seine Augen sind wie leere Bierkrüge, und er antwortet nicht, wenn man ihn anspricht. Ihr müsst kommen, rasch!«

Knopplochius schien irritiert. Es herrschte angespannte Stille. Auch Türmer war verstummt. Vor dem Tod hatte selbst er Respekt.

Knopplochius murmelte: »Warum hat man mir das nicht eher gesagt?« Er wies den Pedellen an, ihm den Mantel zu reichen und folgte der Magd.

Es dauerte einen Augenblick, bis die Studenten die Bedeutung des unerwarteten Abgangs ihres Lehrers begriffen hatten, aber dann waren sie nicht mehr aufzuhalten. Der Pedell versuchte sie keifend zum Bleiben zu bewegen, doch bald schon stand er allein im Saal, verfluchte sein Schicksal – und pries es dann. Er klappte die Bibel auf dem Lesepult zu, verschloss sie in der Büchertruhe, steckte den Schlüssel unter den Gürtel und verkroch sich tief in seinen Mantel. Der Universitätsdiener war dankbar, das so unsanft unterbrochene Nickerchen fortsetzen zu können.

Magister Knopplochius hatte den Talar des Bakkalaureus der Theologie bis zu den Knien gerafft, um schneller laufen zu können. Die Liesel in ihren mit Lumpen umwickelten Sandalen rannte vor ihm her, ungleich flinker und geschickter, als es ihm möglich war. Mehr als einmal brachte ein gefrorenes Schlammloch seinen massigen Leib ins Rutschen, ließ ein vereister Mistklumpen ihn beinahe stürzen. Aber peinlichst genau achtete Knopplochius darauf, auf den Beinen zu bleiben, denn diesen Spaß, ihren Lehrer im Dreck liegen zu sehen, gönnte er seinen Studenten nicht.

Die Nachricht der Liesel hatte Knopplochius bei seiner Christenseele gepackt. Der indische Krämer war ihm in den wenigen Tagen, da sie gemeinsam gezecht und geschnarcht hatten, ans Herz gewachsen. Einen Tod in Sünde hatte er nicht verdient. Niemand, der sich an Gottes Gebote hielt, hatte ihn verdient. Und der Händler war ein rechtschaffener Mann, ganz gleich, ob er dem Christen- oder Muselmanengott huldigte, ob sein Prophet Jesus oder Mohammed hieß.

Als der Magister die Tür zur Dachkammer aufstieß, begrüßte ihn der ernste Blick der Boschna. Ihre Augen verrieten Erschöpfung und Erleichterung. Die Hände hatte sie auf der fleckigen Schürze, über ihrem Schoß gefaltet, ihre Lippen bewegten sich tonlos.

Der Todeskampf mochte gerade erst verloren sein. Nun war alles ruhig. Leblos lag der Händler auf dem Lager, das knöchellange Nachthemd klebte an seinem Leib. Neben der Leiche kniete Stadtpfarrer Valentin Schreiber, der sich auf nachdrückliches Bitten der Boschna hin bequemt hatte, dem Sterbenden Barmherzigkeit zu erweisen. Die Schwanenwirtin war sehr abergläubisch. Sie fürchtete sich vor Wiedergängern, vor Toten, die keine Ruhe im Herrn finden konnten.

Knopplochius trat einen Schritt näher, um die Leiche des Inders genauer zu betrachten. Hinter ihm drängten die Studenten in die Sterbekammer. Einer nach dem anderen zog das Barett vom Kopf und schlug das Kreuz über der Brust. Balthasar Türmer hatte nichts Besseres zu tun als auszuspeien, nachdem er die Kammer betreten hatte. Er fing sich einen zornigen Blick der Boschna ein. Haberkorn drängte sich nach vorn, um besser sehen zu können. Antonius und Otto, die beiden kurzgewachsenen Naumburger, postierten sich auf der anderen Seite der Bettstatt, unter der schmalen Dachgaube. Man umlagerte den toten Körper und erwartete, dass der Lehrer etwas unternahm.

Knopplochius untersuchte die Leiche. Er drehte den Kopf des Inders zur Seite und zog die Augenbrauen hoch, als er Pusteln und eitrige Beulen am Hals, im Gesicht und hinter den Ohren des Toten gewahrte. Mit spitzen Fingern griff er nach dem Saum des Nachthemdes und zog es bis zur Brust hoch. Der Unterleib, der Bauch, die Flanken des Toten waren übersät mit Eiterbeulen, die teils geplatzt, teils noch mit der gelb schimmernden Flüssigkeit gefüllt waren. Den Turban abzunehmen, wagte er nicht. Er war sich nicht sicher, ob es die religiösen Gefühle des mohammedanischen Inders verletzt hätte.

Melchior Haberkorn drängelte sich flugs nach hinten, um sich an die Wand gelehnt in den äußersten Winkel der Dachstube zu übergeben. Mit Fußtritten jagte ihn die Boschna aus der Kammer. Haberkorn rettete sich in das Stiegenhaus und übergab sich erneut.

»Woran ist er gestorben?« Justus hatte die Frage auf Lateinisch gestellt, denn in ganz eigenartiger Weise schien dies die Fortsetzung der Lektion zu sein.

Meister Knopplochius schob die Unterlippe vor; zögernd formulierte er auf Lateinisch eine unbestimmte Entgegnung: »Auch wenn ich schon viele Seuchen gesehen habe, diese Art ist mir unbekannt.«

Sobald der Ausdruck *pestis* gefallen war, floh der Pfarrer wie vom Teufel gejagt aus der Kammer. Die Boschna wurde unruhig. »Herr Magister«, warf sie ihm vor, »ein solches Wort nimmt man in einer kleinen Stadt wie dieser nicht leichtfertig in den Mund. Seid Ihr denn sicher, dass er an der Pest gestorben ist?«

Knopplochius stand wie vom Donner gerührt. »Nicht im geringsten! Der Ausdruck *pestis* ist die geläufige lateinische Bezeichnung für jede Art von Seuche. Der Herr Pfarrer sollte das wissen. Ich habe keine sichere Erkenntnis, woran der Inder, Gott sei seiner Seele gnädig, gestorben ist. Doch die Beulen deuten auf etwas hin, das allen ansteckenden Seuchen – wie auch der Pest – gemein ist: Das eruptive Ausscheiden übler Flüssigkeiten und Dämpfe.«

Die Boschna hielt sich die Hand vor den Mund und eilte zum Dachfenster, um es zu öffnen. Eisige Luft strömte herein. Das Feuer in der Kammer war längst erloschen, die Wirtin hatte nicht mehr nachlegen lassen, seitdem der Inder das Bewusstsein verloren hatte. Nach dem Tod ihres Gatten hatte sie gelernt, hart zu rechnen. »Nun ist der Pfarrer fort … Es wird nicht lange dauern und die ganze Stadt weiß von Eurer Aussage!« Ihr Ton war unheilschwanger. Die Studenten sahen sich betreten an.

»Vielleicht ist es die Pest. Vielleicht auch nicht. Das werden wir in wenigen Tagen wissen.«

»Glaubt Ihr, das Volk auf den Gassen wartet so lange? Das Wort ist gefallen! Das reicht ihnen!« Die Stimme der Boschna überschlug sich, und die Scholaren blickten ängstlich zwischen ihr und dem Lehrer hin und her. Selbst Türmer zeigte ein verdattertes Gesicht.

Der Magister ließ sich nicht beirren. Er zog ein Holzkreuz vom Gürtel, drückte es dem Toten in die Hände und sprach ein Gebet. Auch Melchior Haberkorn, der sich ordentlich ausgespuckt hatte, senkte wie alle anderen das Haupt und versuchte, eine würdige Haltung anzunehmen.

Das Totengebet war kaum beendet, das »Amen« hing noch im Gebälk, da wurde die Tür aufgestoßen und zwei Soldaten der Wache drangen ein. Die Knaben wurden zur Seite gescheucht, ein Leinentuch auf den Dielenboden geworfen, die Leiche mit den Hellebarden vom Lager gestoßen und der Bettkasten über dem toten Körper ausgeleert. Dies alles geschah so schnell, dass die Boschna sie nicht an ihrem Tun hindern konnte.

»Was tust du, Wurmfraß?! Glaubst du, Bettstroh fällt vom Himmel! Willst du mich denn ruinieren?«, zeterte sie ohnmächtig.

Während die Wirtin an seinem Waffenrock hing, raffte der Söldner das Stoffbündel zusammen und versuchte es zu schultern. Unterdessen zerlegte der Zweite Bettgestell und Pritsche mit Stiefeltritten und warf die Einzelteile durchs Fenster auf die Gasse hinab.

Unten hatte sich bereits eine Menge Volks versammelt und starrte mit offenen Mäulern zur Gaube hinauf. Als die ersten Trümmer herabfielen, wich man einige Schritte zurück, doch niemand machte Anstalten, zu gehen. Ein Wort, das sich in Windeseile verbreitet hatte, hing in der Winterluft und lähmte die Glieder: Pest.

Knopplochius zupfte die Studenten an ihren Umhängen und flüsterte ihnen zu, dass es besser sei, zu verschwinden. Er hielt nach der Liesel Ausschau, doch er konnte sie nirgends entdecken. Sie hatte sich längst aus dem Staub gemacht.

Das Zetern der Boschna war noch angeschwollen, seitdem auch das spärliche Mobiliar der Kammer zertreten wurde. Die Wirtin raufte sich die Haare, schlug sich auf die Schenkel und trampelte auf die Dielen. »Ihr Leimfässer, ihr Hundsfötte, Koteimer, Säcke voller Läuse!«

»Was schreist du?«, bequemte sich einer der Söldner, die Boschna anzusprechen. »Sei froh, dass wir dir nicht das Haus über dem Kopf anzünden! Die todbringenden Dämpfe stecken in den Möbeln und im Stroh! Vielleicht auch in den Dielen?«

Die Wirtin begann, die Wachen mit Tritten in den Hintern zu traktieren, doch die lachten nur großmäulig. Ein Tritt ging ins Leere, und der Schuh flog durch die Kammer. Er traf die Fensterscheiben, und zwei der Butzengläser gingen zu Bruch. Die Boschna schrie auf und wollte mit den Fäusten auf den Mann losgehen. Als der die Spitze seiner Hellebarde gegen sie richtete, wandte sich die Herrin des Hauses mit einem schrillen Schrei um, schlug die Röcke nach oben und streckte dem Soldaten ein Hinterteil entgegen, breit wie die Kruppe eines Pferdes.

»Nur zu, spieß mich doch auf!«, keifte sie. »Was hab' ich auf Erden noch zu schaffen, wenn Ihr mir die beste Kammer zu Brennholz zerlegt?«

Knopplochius packte Melchior, der als letzter noch in der Kammer stand, am Kragen und zerrte ihn hinaus. Der Knabe hatte seinen Blick nicht vom mächtigen, entblößten *posterior* der Boschna abwenden können.

Als Meister Rufus mit Melchior auf die Gasse trat, mussten die Studenten sich schon die Schmähungen der Menge gefallen lassen. Die Meute war schnell angewachsen, und die *studiosi* drängten sich unter der Traufe zusammen. Immer wieder drang der hysterische »Pest«-Schrei aus den aufgerissenen Mäulern der Menge.

Der Magister hob die Hände, um das Volk zu beschwichtigen, und Haberkorn nutzte die Gelegenheit, zu entwischen. Er drückte sich zwischen die übrigen Knaben, die sich ängstlich und hilflos der entfesselten Menge gegenübersahen.

Niemand wollte sich beschwichtigen lassen. Etliches Gesindel hatte bereits begonnen, den Wagen und die Ballen des Inders zu plündern. Schon wurde der Packesel weggetrieben. Unverständliche, panische Schreie des Mohren drangen an das Ohr des Magisters. Knopplochius versuchte, die Menge zu übertönen: »Es ist nicht die Pest! Habt keine Angst! So nehmt doch Vernunft an!«

»Schwindler! Heuchler!«, schlug es ihm entgegen.

Einer der beiden Söldner war mit der Leiche aus dem Gasthaus getreten und entzündete nun den Holzhaufen. Die Flammen loderten auf, das Stroh brannte schnell, obwohl es feucht war – die unteren Lagen sogar blau und schwarz von Schimmel und Fäulnis. Der Soldat warf den toten Körper auf den Stoß, und das Leinentuch fing augenblicklich Feuer. Das Volk jubelte.

Knopplochius nutzte die Ablenkung, um mit bloßen Händen eine Bresche in die Meute zu schlagen. Er schritt voran, ließ sich von nichts und niemandem beirren, und seine kolossale Statur tat ein übriges, den Weg zu bahnen. Im Gänsemarsch folgten ihm die Studenten. Das Volk ließ sie ziehen – es war zu sehr mit Gaffen und Plündern beschäftigt.

Doch als die Scholaren ihre Schritte beschleunigten und bereits den Weg zur Burg eingeschlagen hatten, hefteten sich einige Knechte und Handwerksburschen an ihre Fersen. Niemand wusste, woher das Gesindel plötzlich Mistgabeln und Feuerhaken hatte. Die Spieße gegen die fliehenden Studenten gerichtet, schrien sie im Chor: »Hinauf auf die Burg, den Tod nehmt mit! Sperrt sie auf die Burg, und den Tod gleich mit!«

Knopplochius hatte sich zurückfallen lassen und ging jetzt als letzter vor den Verfolgern. Er ließ sich nicht treiben, beschleunigte nicht einmal die Schritte, während die Scholaren immer schneller liefen. Die Umhänge flatterten ihnen um die dünnen Beine.

Das Skandieren der Knechte nahm an Lautstärke zu, die Masse Volks schwoll an, je weiter es durch die Gassen hinauf zur Burg ging. Auf halber Höhe kamen ihnen die anderen entgegen, diejenigen, die nicht mit Knopplochius zur Stadt hinuntergegangen waren. Lehrer, Pedellen, Scholaren – alle, die auf der Burg geblieben waren.

Sie wurden angeführt von Pflüger, der Knopplochius einen ratlosen Blick zuwarf. Städtische Wachen eskortierten sie, trieben sie mit Hellebarden und Lanzen vor sich her, allerdings in die entgegengesetzte Richtung, stadtwärts! Das Geschrei war so laut, dass man sich nicht verständigen konnte. So schritt man wortlos aneinander vorbei, lediglich ratlose Gesten austauschend.

Doch Knopplochius ahnte, was vor sich ging. Die städtischen Wachen hatten die Burg geräumt, um Platz zu machen, für sie, die von den pestigen Dämpfen vermeintlich infiziert waren! Die Kranken hinauf auf die Burg. Die Gesunden hinunter in die Stadt. Man wollte sie einsperren! Die Angst des Volkes brauchte ein Ziel, gegen das sie sich richten konnte. Und das Volk fürchtete sich vor ihnen, schon seit ihrem Einzug!

Als der Magister über die Schlossbrücke schritt, hatten sich die *studiosi* schon hinter die Torflügel geflüchtet. Sie waren bereit, das Portal zu schließen, sobald der Lehrer hindurch war. Knopplochius zwängte sich durch den Spalt. Hinter seinem Rücken hörte er die Torflügel dumpf zuschlagen. Dann ließ er sich auf die Knie sinken. Die Studenten stemmten sich mit aller Kraft gegen die Tore, während von draußen Fäuste und Dreschflegel gegen das Holz prasselten. Die Flügel bebten unter der Wucht der drängenden Meute. In hilfloser Wut droschen sie auf die schweren Bohlen ein. Den Studenten stand der Schweiß auf der Stirn, ihre Kräfte schwanden. Knopplochius erhob sich, trat in das verwaiste Lokal des Burggrafen, riss eine alte Holzbank von der Wand, ging hinaus und verkantete sie so zwischen den Pfeilern, dass das Tor dem Ansturm standhalten mochte.

Entkräftet ließen sich die Studenten nieder, einige streckten sich lang auf dem Boden aus. Knopplochius sah von einem zum anderen und sagte schließlich kopfschüttelnd, mehr zu sich als zu den Scholaren: »Wie dumm sie sind. Wie unermesslich dumm sie sind.«

»Was ist geschehen?«, fragte Türmer als Erster. Jegliche Spottlust hatte ihn im Stich gelassen.

»Sie glauben, wir hätten uns mit der Pest infiziert. Aber tatsächlich ist es die reine Dummheit, der Hass gegen alles Fremde, der sie gegen uns hetzt!«

»Die Pest?« Türmers Augen waren schreckensweit. Er begann sich die Kleider vom Leib zu reißen. »Wenn der Inder daran gestorben ist, ist es doch möglich …«

»Es war mit einiger Sicherheit nicht die Beulenpest«, unterbrach ihn der Magister.

»Was wisst Ihr? Ihr seid kein Mediziner, Herr!«, schrie Haberkorn.

Knopplochius blieb ganz ruhig: »Ich habe Kenntnisse auf dem Gebiet. Ich kenne die Symptome der Bubonen- oder auch Beulenpest. Sie sind sehr verschieden von denen, die wir heute gesehen haben! Der Ausfluss ist nicht von eitriger Natur, sondern schwarzgallig. Und auch die übrigen …«

»Ihr wisst nicht, was es war, das habt Ihr selbst zugegeben!«, unterbrach ihn Türmer keifend. »Warum also nicht die Pest?« Panik stand ihm ins Gesicht geschrieben. Er raffte seine Kleider zusammen und rannte auf den Burghof. Seine Kumpane schauten sich ratlos an. Niemand folgte ihm.

»Was geschieht nun mit uns?«, wagte Justus zu fragen.

Knopplochius legte die Stirn in Falten. »Da wir noch am Leben sind, wird man abwarten müssen. Ob uns die üblen Dünste befallen haben, wissen wir erst in einigen Tagen.«

»In einigen Tagen?« Justus' Kehle war sehr trocken und schmerzte.

Der Magister nickte schwerfällig. »Wir müssen der Krankheit Zeit geben, sich zu zeigen – oder eben nicht.«

»Wer soll uns das Essen bereiten?« Basileus Roseus hatte die Frage mit fester Stimme gestellt. Dann musste auch er einen Knoten im Hals hinunterschlucken.

»Wir werden uns selbst behelfen müssen.« Knopplochius sah mitleidig von einem zum anderen. Die beiden Naumburger wimmerten und klammerten sich aneinander. Der Magister wandte sich um und ging entschlossenen Schrittes über den Burghof. Die Knaben sollten nicht sehen, dass auch ihm das Wasser in den Augen stand.

Gegen Mittag trollten sich die Knechte und Handwerksburschen. Statt ihrer bezogen städtische Wachen Posten vor dem Tor, das den einzigen Zugang zur Burg gewährte.

Die Schar ihrer Bewohner war auf zwei Hand voll zusammen geschrumpft. Neben den Landeskindern, Justus von Liebenstein, Antonius Wiedemann und Otto Roth, waren die Bayern am stärksten vertreten: Türmer, Haberkorn, der stille, pockenentstellte Peter Grim und Kaspar Kreutziger. Stefan Hoyer aus Halle war Untertan des Kurfürsten, und Basileus Roseus aus Senftenberg, Student der freien Künste, Angehöriger der polnischen Nation.

Magister Knopplochius schließlich war der einzig verbliebene aus dem Kreis der Kollegiaten. Den Rektor, den Syndikus, die Pedellen, selbst Köchin und Magd hatte man von der Burg vertrieben, um diejenigen, die vermeintlich mit der Pest in Berührung gekommen waren, abzusondern.

Türmers Reaktion war die heftigste gewesen. Die Kleider, die er sich vom Leib gerissen hatte, hatte er in die Räucherkammern gehängt, um auf diese Weise die unguten Dämpfe zu vertreiben, die – dem landläufigen Glauben nach – die ansteckenden Krankheiten übertrugen. Obwohl er die anderen aufforderte, es ihm nachzutun, hatte keiner der Scholaren sich von seiner Panik anstecken lassen.

Noch ehe man sich der vertrackten Lage gänzlich bewusst geworden war, wurden die Eingeschlossenen durch Pochen und Schreie erneut zur Pforte gerufen. »Wer da?«, erbat Knopplochius Auskunft durch die Bohlen des Tores hindurch.

»Bürgermeister Nicklas Ahnsorge verlangt, den Magister der freien Künste, Bakkalaureus der Theologie, Rufus Knopplochius zu sprechen.«

Knopplochius wies die Studenten an, die Bank aus dem Torbogen zu heben. Mit vereinten Kräften öffneten sie die Pforte. Neben Ahnsorge stand Fabricius, der ein besorgtes Gesicht zog.

Der Bürgermeister hatte die Insignien seiner Amtswürde angelegt und verlas einen amtlichen Bescheid. Hinter ihm hatten sich die Stadtwachen in zwei Reihen postiert, um jeden Fluchtweg zu versperren.

Ahnsorge presste ein Leinentuch vor Mund und Nase und war ängstlich darauf bedacht, den Eingeschlossenen nicht zu nahe zu treten. Seine Hand zitterte, während er, ohne die Stimme zu heben, murmelte: »Wir, der Bürgermeister und Rat der Stadt Meißen, tun kund und zu wissen, dass sämtliche *personae,* welche mit dem fahrenden Gewürz- und Stoffkrämer Mahmud Ramchandra Singh aus Delhi in engerem Umgang gestanden, mit ihm unter einem Dache gehauset, mit ihm gespeiset oder ihn allsonstwie auf seinen Wegen begleitet und womöglich berühret zu haben betroffen sind, dem Verdacht unterliegen, mit der üblen Pest infizieret und selbst ebensolche Seuche in sich zu tragen und auch auf weitere *personas* zu übertragen geeignet scheinen, eine so lange Zeit auf der Meißner Festung versperrt bleiben, bis jegliche Gefahr weiterer Ansteckung als überstanden zu gelten vermag.«

Knopplochius schüttelte den Kopf. Sowohl das eindrucksvolle amtliche Kauderwelsch des Beschlusses als auch dessen Inhalt machten ihn sprachlos. Er fand seine ärgsten Befürchtungen bestätigt. Dennoch bestand Hoffnung: Ein solch unsinniger Erlass würde wohl niemals eine Bestätigung durch Herzog Moritz finden! Knopplochius sah hilfesuchend zu Fabricius hinüber; der zuckte mit den Schultern und schlug die großen, ängstlichen Augen nieder.

Knopplochius trat einen Schritt vor, Ahnsorge wich zurück. Das Tuch, zur Verkündigung der Bekanntmachung ein wenig gelupft, hatte er sich wieder fester vor den Mund gepresst.

»Gnädigster, ehrenwertester Herr Bürgermeister«, beschwor ihn Knopplochius, »Ihr seid einem Gassengeschwätz, einem üblen Missverständnis aufgesessen. Lasst es mich bitte erklären …«

»Ihr braucht nichts zu erklären«, unterbrach Ahnsorge. »Der Stadtphysikus hat den Fremden vor seinem Ableben aus sicherer Entfernung inspiziert und alle Anzeichen der Beulenpest bestätigt …«

»So jagt Euren Stadtphysikus zum Teufel!«, unterbrach ihn Knopplochius unwirsch. »Ich habe arme Seelen gesehen, die an der Beulenpest erkrankt waren; die Erscheinungen sind von dieser hier gänzlich verschieden: Der schwarzgallige Ausfluss fehlt. Die Pusteln werfen sich nicht auf. Und sie bedecken den ganzen Körper des Kranken.«

»Aber Ihr selbst habt am Totenlager des Türken von Pest gesprochen!«

»Er war kein Türke, er war Inder!«, stellte Knopplochius erbost richtig. Dann wandte er sich an Fabricius: »Erkläre du, Bruder im Geiste, dem gnädigen Herrn Bürgermeister, was das Wort *pestis* in deutscher Zunge bedeutet.«

Fabricius räusperte sich und wollte zu einer weitschweifigen Erklärung ansetzen. Doch bevor er auch nur ein Wort äußern konnte, entstand ein Tumult hinter den Reihen der Wachen. Die Studenten und auch Knopplochius reckten die Köpfe. Schon war das schrille Gezeter der Boschna zu vernehmen: »Untersteh dich, Hundsfott! Wenn du meine Haut auch nur ritzt, dann springe ich dir ins Gesicht und ersticke dich mit meinem Arsch!«

Die Reihen der Soldaten öffneten sich, eine Gasse aus Spießen und Hellebarden wurde gebildet und die Boschna hindurchgetrieben: ohne Umhang, die Röcke und die Schürze gerafft, dass die Holzsohlen hell über das feuchte Pflaster klapperten. Mit einem angedeuteten Hieb trieben die Soldaten die Boschna zwischen Ahnsorge und Knopplochius.

Der Bürgermeister hüpfte panisch zur Seite und flüchtete sich in die Reihen der Wachen.

Kaum hatte sich die Boschna gefangen, stemmte sie die Arme in die Hüften. »Ein ganzes Heer von Stechwerkzeugen wird mich nicht dazu bringen, meine Wirtschaft im Stich zu lassen! Ich habe noch jede Lanze gebrochen!« Wieder hob die Wirtin ihre Röcke und streckte den Soldaten das nackte Hinterteil entgegen. Fabricius, der ihr am nächsten stand, wandte sich ab. Alle anderen starrten mit unverhohlener Neugierde. Die Wachleute brachen in grölendes Gelächter aus. Die Studenten gafften mit offenen Mäulern und wünschten sich, auf der anderen Seite zu stehen. Von ihrer benachteiligten Position aus starrten sie der Wirtin nur ins gerötete Gesicht. Sie ächzte, und ihre Grimasse ließ keinen Zweifel daran, dass sie emsig bemüht war, den hohen Herren einen Haufen vor die Stiefel zu setzen. Der Bürgermeister schrie zornig auf, die Garde rückte vor, und tatsächlich wagte es einer der Soldaten, das dralle, weiße Gesäß der Wirtin mit der Spitze seines Spießes zu berühren. Die Boschna machte einen Satz, das Gekeife schwoll zur Schimpftirade an: »Wer von Euch Hurensöhnen wagt es? Oh, ich werde es herausbekommen – und wenn ich mich dazu von der ganzen Stadtwache besteigen lassen muss! Du wirst bedauern, jemals geboren worden zu sein!«

Die Scholaren wichen zurück, und der Gesichtsausdruck der Boschna wurde milder, als sie das Häuflein verzagter Knaben betrachtete. »Ihr seid zu jung und zu schön, um an der Pest zu sterben. Genau wie ich.«

Wieder brachen die Wachen in Gelächter aus, und auch der Bürgermeister fiel mit ein. Die Boschna trat zur Seite und raffte die Röcke, um einen Blick auf die Wunde an ihrem Hinterteil zu werfen. Doch ihre wogenden Rundungen verhinderten, dass sie sich selbst begutachten konnte.

»Wenn ich auch kein Student der Medizin bin, so würde ich mir doch zutrauen, die Wunde zu pflegen«, bot sich Kreutziger für alle überraschend an. Er blickte Beifall heischend in die Runde, doch der blieb aus. Kreutziger war nicht Türmer. Es war ein kläglich misslungener Versuch, jenen zu ersetzen, der sich nicht mit ihnen in den Hof getraut hatte.

Schrille Schreie lenkten die Aufmerksamkeit von Neuem auf die stadtwärtige Seite der Brücke. Ein Hauptmann mit breitem Kreuz und mächtigen Pranken, die sich mit denen des Magisters wohl hätten messen können, schleifte den Stadtpfarrer heran. Valentin Schreiber jammerte und schrie, versuchte dem festen Griff des Hauptmanns zu entkommen. Doch der ließ dem schmächtigen Mann keine Gelegenheit dazu. Die weißen Strümpfe des geistlichen Herrn, die unter dem Messgewand hervorlugten, waren mit Kot besprengt.

Der Oberst durchpflügte die Reihen seiner Wachen mit festem Schritt, zerrte den Pfarrer über die Steinbrücke und warf ihn Knopplochius vor die Füße. »Da habt Ihr seelischen Beistand!«

Der Stadtpfarrer jammerte und wimmerte, Knopplochius half ihm auf die dürren Beine. Notdürftig ordnete Schreiber sein geistliches Gewand, versuchte Kot und Schlamm abzustreichen, doch die Berührung mit bloßen Händen ekelte ihn.

Der Bürgermeister war erpicht darauf, die Sache zu Ende zu bringen. »So ist denn alles gesagt. Das Tor wird sich hinter Euch schließen und auf den Sonntag Lätare wieder öffnen.«

Die Boschna schrie auf und überzog den Bürgermeister und seine Begleiter mit neuerlichen Schmährufen. Ahnsorge ließ sich nicht beirren und fuhr fort: »Eine achtwöchige Quarantäne wird ausreichen, die Kranken von den Gesunden zu scheiden und jeden Zweifel zu beseitigen.«

»... und meine Wirtschaft endgültig zu ruinieren!«, fügte die Boschna verbittert hinzu. Die Studenten standen wie versteinert. Auch Knopplochius begriff mit einem Mal, dass es auf Leben und Tod stand. Acht Wochen wollte man sie wegschließen! Eine unendlich lange Zeit, wenn man von sämtlichen Vorräten abgeschnitten war! »Wir stehen unter dem Schutz des Herzogs! Wir genießen Gastfreiheit in Eurer Stadt! Wir werden elendig verhungern, wenn Ihr uns hier auf der Burg einsperrt!«

Der Bürgermeister, der sich bereits zum Gehen gewandt hatte, hielt inne. »Der Rat der Stadt Meißen wird Euch mit allem Notwendigen versorgen. Seid bemüht, die Quarantäne einzuhalten und keinen rechtschaffenen Bürger in Gefahr zu bringen. Alsdann werden wir bemüht sein, Euch am Leben zu erhalten, soweit Euch die Pest nicht den Garaus macht!«

»Es ist nicht die Pest!« Knopplochius schrie fast.

»So schätzt Euch glücklich. Dann werdet Ihr gewiss nach Ablauf der Frist frisch und fröhlich die Burg verlassen.« Der Bürgermeister wandte sich endgültig ab. Knopplochius wollte ihm noch etwas hinterherrufen, als er sah, dass Rektor Pflüger auf die Burgbrücke eilte. Sein Mantel wehte und der Atem ging rasch, die weißen Wölkchen quollen aus seinem Mund wie das Blut aus der Gurgel eines geköpften Huhns.

Der Bürgermeister fing ihn ab, bevor er in Rufweite des Magisters war. Pflüger versuchte dennoch, ihm etwas zuzuschreien, aber Knopplochius verstand ihn nicht. Er gewahrte allein den entsetzten Gesichtsausdruck des Rektors, dann drängte das Fähnlein Soldaten Knopplochius und seine Schützlinge zurück in die Burg. Der Magister fügte sich und stützte Pfarrer Schreiber, der kaum noch auf eigenen Beinen stehen konnte, beim Rückzug.

Die Studenten verrammelten den Zugang zur Burg mit der Bank, doch diese Vorsichtsmaßnahme war nicht mehr nötig.

Kaum war der Söldnerhaufe bis auf zwei Mann Bewachung abgezogen, verriet ein Hämmern und Klopfen, ein Sägen und Schmieden, dass man einen Riegel anbrachte.

Bei einbrechender Dunkelheit wurde auf der Brücke ein Feuer entzündet, nicht um die Handwerker zu wärmen, sondern um das Brandzeichen zu schüren: drei schwarze liegende Kreuze, die jeden, der sie sah, vor der Pest warnen sollten. Zum abendlichen Angelusläuten fraß sich das Eisen zischend in das Holz. Damit war das Werk vollbracht:

X – X – X

Meister Rufus hatte Mühe gehabt, Ruhe und Besonnenheit in die aufgeschreckte Schar zu bringen. Es gelang ihm mit einem Dankgebet. Er pries Gott, dass er sie vor der aufgebrachten und mordlüsternen Meute gerettet hatte. Die Tatsache, dass sie einem weitaus schlimmeren Schicksal entkommen waren, warf ein günstigeres Licht auf ihre Lage.

Knopplochius beendete das lateinische Gebet, die Scholaren bekreuzigten sich. Auch Pfarrer Schreiber hatte seinen Körper gestrafft, Haltung angenommen, um zum Herrn zu sprechen. Von Zeit zu Zeit wurde sein schmächtiger Leib von einem trockenen Husten geschüttelt. Die Boschna hatte sich auf einer der steinernen Bänke nahe des Tores niedergelassen und stierte vor sich hin.

Da kam Türmer in den Burghof gestürmt. Seine Haare waren grau von Asche, sein Blick wirr vor Angst. Sein Körper übersät von Brandmalen. Er hatte sich selbst einem *purgatorium* mit brennenden Scheiten unterworfen. Nun schwenkte er glimmende Reiser vor sich her und schrie den Angehörigen seiner Nation zu, sich niederzuwerfen, um zum Heiligen Rochus zu beten, dem Schutzheiligen gegen die Pest. Kreutziger und Grim folgten Türmers Beispiel und legten sich auf den Boden.

Der Magister ermahnte sie, sich wieder zu erheben. Solch abergläubischen Brauch wolle er nicht aufleben sehen, und sei die Lage noch so vertrackt. So etwas sei den Studenten der neuen Theologie unwürdig! Niemand sei an der Pest erkrankt, niemand! Alles, ihre ganze missliche Lage sei dem Aberglauben und der sträflichsten Unwissenheit des gemeinen Volkes zu verdanken.

Knopplochius' Beteuerungen hinderten Türmer und die anderen Bayern nicht daran, sich unter aller Augen mit glimmenden Reisern zu bestreichen, um ihre Leiber von den krank machenden Dämpfen zu reinigen.

Türmer sah mit seinen grauen, wirren Haaren und der aschebesprenkelten, schwarzfleckigen Haut aus wie ein vom Scheiterhaufen gesprungener Ketzerkönig.

Wie im Traum betrachtete Justus das infernalische Treiben. Dann wandte er sich tonlos an den Magister: »Wohin führt dieser Pfad, auf welchen Gott der Herr uns geleitet hat?«

Knopplochius' Augen ruhten liebevoll, beinahe zärtlich auf dem schmalen Gesicht des Halbwüchsigen. Auch Pfarrer Schreiber sah Justus überrascht an. Allein, indem er ihre Sinne wieder auf das Walten Gottes lenkte, hatte er sie getröstet. Der Magister lächelte eigentümlich und sprach: »So spricht der Herr in Jesaja 55, Vers 9: ›Wie hoch der Himmel ist über der Erde, so hoch sind meine Wege über Euren Wegen.‹«

Auch die Boschna hatte aufgehorcht und sich von der Bank erhoben. Die Kälte war ihr bereits in den Leib gekrochen. »Diese Wege sind mir etwas zu beschwerlich. Sollte der Herr nicht etwas Bequemeres für uns bereithalten?«

Knopplochius lächelte wieder: »Der Herr hat für uns gesorgt, da er uns eine Wirtin gegeben hat. Eine Wirtin für unser leibliches, einen Pfarrer für unser seelisches Wohl. Gottes Ratschlüsse sind wunderbar!«

Die Boschna schüttelte den Kopf. Sie wagte nicht, ihr Wort gegen das des Gelehrten zu stellen. Doch eines wusste sie: Sie würde nicht Wirtin und Magd zugleich für die jungen Herrn sein!

Die Zuversicht des Lehrers schmolz die Verzweiflung aus den Herzen der Studenten. Melchior Haberkorn, der bisher nachdenklich geschwiegen hatte, ergriff das Wort: »Acht Wochen sollen wir aushalten? Die Nahrungsvorräte reichen nicht für eine! Und das Holz allenfalls bis zum Ende des Hornung – falls der Winter so mild bleibt wie bisher.«

Knopplochius wandte sich mit Pfarrer Schreiber dem Schloss zu. Die Studenten hatten sich um die beiden geschart und folgten ihnen – auch Türmer. Die Boschna blieb zunächst zurück, folgte dann aber in einigem Abstand.

»Es ist doch alles ein Missverständnis. Ihr werdet sehen, keine vierzehn Tage und man wird den Fehler bemerken und uns entlassen.«

Justus nickte, obwohl er diese Hoffnung des Magisters nicht teilen mochte. Wie sollte denn die Außenwelt erfahren, dass niemand von ihnen an der Pest erkrankt war? Die Burg war verrammelt und verriegelt.

»Und die Lektionen, die Exerzitien? Wer wird uns unterrichten?«, fragte Peter Grim, der stille Nürnberger.

Knopplochius war nicht um eine Antwort verlegen: »Wir werden gemeinsam bemüht sein, die Unterrichtsordnung aufrechtzuerhalten.«

Die Studenten nickten stumm. Türmer glotzte mit leerem Gesichtsausdruck vor sich hin. In seiner aschestarrenden Nacktheit wirkte er lächerlich und unnütz, wie ein erloschener Feuergeist. Doch niemand hatte Mut und Laune, ihn zu verspotten.

Man versuchte sich einzurichten, so gut es zur fortgeschrittenen Stunde ging. Die Dunkelheit der Nacht hatte bereits vom Burgberg Besitz ergriffen, doch niemand hatte daran gedacht, eine Fackel zu entzünden.

Widerwillig schlug die Boschna ihr Lager in der Nähe der Küche auf, in der Kammer, in der auch die Köchin und die Magd gehaust hatten. Wie alle anderen hatten diese die Burg

Hals über Kopf verlassen müssen und nichts mitnehmen können. Kleidungsstücke waren zurückgeblieben, selbst ihre Mäntel. Die Fleischsuppe über dem Herd, die als Mittagsmahl gedacht gewesen war, dampfte noch, als die Boschna die Küche betrat. Das Feuer war zwar heruntergebrannt, aber es war noch genügend Glut im Herd, es neu zu entfachen. Sie legte Scheite nach, und als die Flammen wieder munter um den Boden des Kessels züngelten, trat der Magister ein und fragte, ob sie in der Lage sei, ihnen allen ein Nachtmahl zu bereiten. Ohne sich auf eine Unterhaltung einzulassen, ohne auch nur halbherzig zu protestieren, willigte die Boschna ein. Nur für dieses eine Mal, wie sie sich selbst schwor. Zwei Studenten, Basileus und Justus, wurden abgestellt, der Wirtin beim Auftragen der Speisen und Getränke zur Hand zu gehen.

Das Nachtmahl wurde, nach gemeinsamem Gebet, schweigend eingenommen. Die Suppe war heiß und machte satt, etliche fette Fleischstücke schwammen darin. Das hob den Mut. Auch die Boschna löffelte mit Appetit. Nur Pfarrer Schreiber fehlte. Er lag in der Kammer Pflügers, auf der verlassenen Bettstatt des Rektors. Seine Stirn glühte vom Fieber.

Bevor das Nachtgebet gesprochen wurde, gab es neuerlichen Aufruhr. Türmer und die bayerische Nation weigerten sich, zu den anderen zu ziehen. Doch Knopplochius bestand auf dem Zusammenlegen der Schlafsäle, um Feuerholz zu sparen. Es machte wenig Sinn, für den Senftenberger Roseus und den Hallenser Hoyer je einen ganzen Saal zu beheizen.

Türmer gab endlich nach, und als schließlich alle Studenten in einem Schlafsaal vereint waren, wurde ihnen erst bewusst, wie kläglich ihr Häuflein zusammengeschmolzen war.

Bevor er sein Licht löschte, stattete Meister Knopplochius dem Pfarrer einen Besuch ab. Der wand sich im Fieber auf seinem Lager. Noch im Verlauf der Nacht begann der Geistliche zu halluzinieren.

* * *

Rektor Pflüger saß an diesem Abend lange mit Fabricius im Schulhaus zusammen. Erstmals seit ihrem Auszug aus der Stadt waren die Nachrichten aus Leipzig gute. Die Belagerung war beendet, Johann Friedrich unverrichteter Dinge abgezogen. Man ging schon daran, die Trümmer wegzuräumen.

Pflüger war nun fest entschlossen, die Universität für den Rest des Semesters aufzuheben. Das war es auch, was der Bürgermeister ihm empfohlen hatte. Ahnsorge war nicht länger gewillt, sie in der Stadt zu beherbergen. Niemand wusste, wohin Johann Friedrich sich als nächstes wenden würde, und schon lasteten die Proviantierungen, die Moritz ihnen abverlangte, schwer auf der Meißner Gegend.

Statt auf den Bürgermeister zu schimpfen, erging sich Pflüger in Groll gegen den Magister. Warum hatte sich Knopplochius auch mit dem Türken anfreunden müssen? Warum war er an dessen Totenlager gerannt? Man konnte von Glück reden, dass man ihn und die Studenten nicht erschlagen hatte wie den Mohren!

Der Rektor selbst war, als die Wachen die Burg räumten, nur mit knapper Not der Gefangennahme entgangen. Er hatte bei Gott schwören müssen, den Fremden niemals berührt zu haben und niemals in Reichweite seiner Ausdünstungen gewesen zu sein. Was nicht zutraf. Doch wollte man den Beschluss des Rates exakt und seinem tieferen Sinn nach umsetzen, dann müsste man die halbe Stadt in Quarantäne nehmen! So richtete man alle Angst, allen Hass auf eine Hand voll Sündenböcke und ließ sie stellvertretend büßen. So weit, so gut. Doch mussten es ausgerechnet seine Schützlinge sein, die nun eingekerkert auf der Burg saßen?

Lange hatte Pflüger Fabricius sein Leid geklagt, und der Schulmann hatte mit betretener Miene, hin und wieder mitfühlend nickend, zugehört. Gemeinsam hatten sie erörtert, ob es Pflicht des Rektors war, in der Stadt zu bleiben, bis sich die Lage der Scholaren verbessert hatte.

Die Meinung des Meißners war Pflüger wichtig, wusste er doch, dass Fabricius ein Gewährsmann Melanchthons am Ort war. Melanchthon, der Theoretiker hinter Luther, der große Übervater der deutschen reformierten Universitäten, *praeceptor germaniae*, der »Lehrer Deutschlands«, wie man ihn nannte, hatte Verbindungsleute und Verehrer im ganzen Reich.

Er hatte Fabricius in das Amt des Schulrektors von St. Afra gehievt sowie Camerarius, Alesius, Pfefferkorn und auch Knopplochius auf das Katheder der Leipziger Universität. Was Fabricius befürwortete, würde demzufolge auch vor den Führungskonsistorien der Hohen Schule Gnade finden. Die Vordenker der Reformation, der Verbund der humanistischen Gelehrten in Deutschland, hielten wie Pech und Schwefel zusammen. Die *res publica litteraria* hatte ihr Netz aus Papier und Tinte längst über ganz Deutschland, ja ganz Europa geworfen.

Pflüger atmete auf, als Fabricius die Meinung äußerte, dass der gewählte Rektor in diesem überaus unglücklichen Falle wenig ausrichten könne. Er solle Herzog Moritz in einer Eildepesche schildern, was vorgefallen war, und ihn um einen Entschluss bitten. Der Fürst würde weitere Anordnungen treffen. Fabricius ermunterte Pflüger sogar, nach Leipzig zurückzukehren. Man brauche ihn dort bei der Wiedererrichtung der Universität nötiger als in Meißen. Er selbst, durch seine Schule an Meißen gebunden, würde sich um das Wohlergehen von Knopplochius und seiner Hand voll Studenten bemühen. Sicherlich seien sie in zwei bis drei Wochen wieder frei, eine längere Quarantäne würde der Herzog kaum zulassen. War ihm doch am Wohlbefinden der Scholaren sehr gelegen, sonst hätte er sie gleich in Leipzig belassen können! Die Ordnung der Lehre sei verwüstet wie das ganze Land. Man solle sich glücklich schätzen, die ein oder andere lateinische Wendung, diese oder jene rhetorische Figur in das Hirn der Studenten geschmuggelt zu haben. Ansonsten sei das Wintersemester 1546/47 für den Geist verloren. Wo Krieg herrsche, sei die Vernunft ohnehin suspendiert.

Pflüger stürzte den sauren Wein hinunter, den Fabricius ihm vorgesetzt hatte, und dankte Gott, dass sich seine Ansicht so glücklich mit der des Schulmannes traf. Gleich am nächsten Tag, nachdem er das Schreiben an Moritz per Boten hatte abgehen lassen, würde er sich auf den Rückweg nach Leipzig machen. Fabricius konnte es übernehmen, an Pflügers statt die Ausführung der Anordnungen des Herzogs vor Ort zu überwachen. Es war sicherlich besser, den Rest der Herde und seine eigene Haut wieder heil nach Leipzig zu bringen, anstatt hier untätig auszuharren!

Der Kriegsrektor dankte erleichtert und brach bald darauf auf. Es galt, seine Siebensachen zu packen. Es war nicht viel. Das meiste lag noch oben auf der Burg und war wohl verloren.

Der folgende Tag war der Sonntag nach Fabian und Sebastian. Wie an den Tagen des Herrn üblich, begannen die Exerzitien etwas später. Um acht Uhr läutete Knopplochius zum Gottesdienst. Der Magister war entschlossen, den »Schnürendienst«, wie die Studenten das Läuten der Glocke nannten, und der mit diesem Sonntag auf Dr. Brannteisen hätte übergehen sollen, auch weiterhin auf sich zu nehmen. Damit die Botschaft bis ins Tal klänge: Hier herrscht Leben, hier herrscht Ordnung. Wir sind zu Unrecht eingesperrt!

Pfarrer Schreiber delirierte nicht mehr. Er lag in einem tiefen, reglosen Dämmerzustand. Undenkbar, dass er den Gottesdienst hielt. Also trat, als die müde Schar der Studenten im weiten Raum des Kirchenschiffes versammelt war, Knopplochius selbst vor den Lettner und stimmte den Psalm *De profundis* in der von Luther ins Deutsche übertragenen Version an. Der traf ihre missliche Lage. Zögerlich stimmten die Scholaren mit dünnen Stimmen ein.

> Aus tiefer Not schrei' ich zu dir /
> Herr Gott erhör mein Rufen /
> Dein gnädig' Ohren kehr zu mir /

Mach meiner Bitt' sie offen /
Denn so du das willst sehen an /
Wie manche Sünd' ich hab' getan /
Wer kann Herr vor dir bleiben?

Die Worte ließen die Studenten Mut schöpfen, und schon die zweite Strophe machte sich machtvoll zwischen den steinernen Mauern breit:

Es steht in deiner Macht allein /
Die Sünden zu vergeben /
Dass deiner fürchten groß und klein /
Auch in dem besten Leben /
Darum auf Gott will hoffen ich /
Mein Herz auf ihn verlassen sich /
Ich will sein Wort erharren.

Wenn auch bei uns der Sünden viel /
Bei Gott ist viel der Gnaden /
Sein' Hand zu helfen hat kein Ziel /
Wie groß auch sei der Schaden /
Er ist allein der gute Hirt, /
Der Israel erlösen wird /
Aus seinen Sünden allen.

Der fromme Gesang hatte sie aufgemuntert, und voller Tatendrang verließen sie die finstere Kirche. Draußen schlug ihnen nicht nur das Licht der aufgehenden Wintersonne entgegen, aus der Richtung des Bischofspalastes strömte auch ein würziger Duft. Es war das Aroma frisch gebackener, warmer Zwiebelküchlein, die die Boschna aus den verbliebenen Vorräten in der Bischofsküche zusammengeworfen hatte. Die Scholaren wollten sich mit ihren knurrenden Mägen schon zum Speisesaal begeben, als von der Brücke her lautes Geblöke und Gegacker erscholl. Man hämmerte von außen gegen die hölzernen Portale, der Riegel wurde zurückgeschoben. In der Hoffnung, dass ihre Gefangenschaft bereits beendet sei, rannten die Scholaren zum Tor. Doch sobald die Barrikade entfernt, die Torflügel geöffnet waren, verlautbarte ihnen der Hauptmann der Wache, dass sie sich packen sollten, weiter in den Burghof hinein, damit man ihnen eine Gabe der Meißner Bürger übereignen könne.

Mit auf Spieße gebundenen, brennenden Pechfackeln fuchtelte man vor ihnen herum, um die bösen Dämpfe zu vertreiben. Dann scheuchten die Wachen eine aufgeregte Schar von Gänsen, Enten, Hühnern und Ziegen in den Hof. Rumpelnd folgte ein Fuhrwerk, beladen mit Heu, damit man das Vieh auch füttern konnte, und zum Schluss wurden mehrere große Fässer in den Hof gerollt. Bürgermeister Ahnsorge und seine Räte wollten sich nicht nachsagen lassen, sie ließen die Scholaren verhungern. Immerhin gab es den fürstlichen Befehl, sie nach bestem Vermögen zu erhalten!

Angesichts des Gewimmels, das sich alsbald in wohlschmeckende Braten verwandeln konnte, glänzten Knopplochius' Augen. »Sorget nicht, was Ihr essen, trinken und anziehen werdet; sucht zuvor Gottes Reich und seine Gerechtigkeit, so wird Euch das alles zufallen.« Knopplochius blickte in die Runde.

»Matthäus 6, Verse 31 bis 33«, wagte sich Justus vor. Knopplochius nickte zufrieden. Türmer bekreuzigte sich. Er hatte sich wieder angezogen, doch Haare und Gesicht waren immer noch grau von Asche. In seinen Blick war die Vernunft zurückgekehrt, aber die Angst war geblieben.

Ohne den Dank der Studenten abzuwarten, zogen sich die Soldaten durchs Tor zurück. Die Burg wurde wieder verriegelt und eine Wache auf der Brücke postiert.

Auch die Boschna war, angelockt von dem Gegacker und Geblöke, herbeigewatschelt. Sie hatte die nähere Umgebung des Bischofspalastes bereits inspiziert und einen Garten in einem der Elbe zugewandten, toten Winkel zwischen Dom,

Bischofspalast und Ringmauer ausgemacht. Er war groß genug, einen Teil des Viehs aufzunehmen. Die Hühner mochte man tagsüber auf dem Burghof scharren lassen, für die Nächte mussten Verschläge hergerichtet werden. Der Hornung rückte heran, und der Winter war bislang milde gewesen. Sicherlich würde er noch mit klirrenden Frostnächten aufwarten.

So waren die Scholaren damit beschäftigt, Bretter zurechtzusägen, Ställe zu nageln, für Schafe und Ziegen in einigen unteren Gewölben des Palastes Stroh auszubreiten, die Gänse quer über den Domhof und in den für sie abgetrennten Teil des Gartens zu scheuchen und etliches Nützliche mehr. Türmer und Grim erwiesen sich dabei als äußerst geschickt, während Justus nicht so recht wusste, wie er den Gänsen klarmachen sollte, wohin sie zu laufen hatten. Er hatte Respekt vor ihren kleinen Sägezähnen, und auch das wütende Zischen erschien ihm nicht ungefährlich. So breitete er denn seinen Scholarenmantel aus, um dem Federvieh größer und furchteinflößender zu erscheinen. Die Gans jedoch ließ sich nicht beirren.

»Du sollst sie uns zutreiben, nicht mit ihr balzen!«, lachte Stefan Hoyer. Sein Scherz war freundlich, zum gemeinsamen Lachen gedacht und ohne den höhnischen Unterton, den Türmer stets beimischte.

»Dein hochgeborener Vater hat recht getan, dich nicht im Kriegshandwerk ausbilden zu lassen«, stichelte der *senior*. Dem konnte Justus freilich zustimmen.

Die Zeit des Mittagsmahles verfloss, ohne dass die Studenten Hunger spürten. Erst am späten Nachmittag, als alles Viehzeug an den von der Boschna vorgesehenen Orten untergebracht war, regten sich die Bedürfnisse.

Knopplochius und die Wirtin hatten einen kurzen Disput, ob man gleich am ersten Tag eine Gans schlachten solle. Der Lehrer hatte mit Hilfe Stefan Hoyers, der aus einer Kaufmannsfamilie stammte, eine Bestandsliste des Kleinviehs angefertigt. Ihr ganzer Besitz umfasste sechs Hennen, einen Hahn, vier Gänse, vier Ziegen und drei Schafe. Das war nicht zu viel für zwölf Personen! Und niemand wusste, ob die Meißner sich noch ein weiteres Mal so gnädig erweisen würden …

Die Boschna erklärte, dass man aus einer fetten Gans nicht nur einen guten Braten für den heutigen Tag, sondern auch Kleinod für den nächsten, eine gehaltvolle Brühe für den übernächsten und gutes Fett für zwei Wochen gewinnen könne. Also willigte Knopplochius ein. Unter jubelnder Anteilnahme der Scholaren wurde diejenige Gans auf dem Domhof geköpft, die Justus zuvor solchen Respekt eingeflößt hatte.

Der Knabe suchte so etwas wie Genugtuung in seinem Herzen, aber der ganze Vorgang schien ihm grob und unappetitlich. Daheim, auf Gut Liebenstein, war er auf Geheiß des Vaters von ähnlichen Anlässen ausgeschlossen gewesen. Damals hatte er es bedauert. Jetzt war er dankbar dafür. Als das Blut in dicken, pulsenden Strömen aus dem Halse quoll, sah Justus sich verstohlen um, ob irgendwer in der Runde ähnlich empfand; ob er bei irgendwem eine Spur von Mitleid und Ekel erkennen konnte. Nichts dergleichen. Allein Meister Knopplochius schaute skeptisch. Doch wollte Justus nicht entscheiden, ob er die Behandlung des Federviehs missbilligte oder das Schwinden der Vorräte bedauerte. Justus fühlte sich einmal mehr einsam im Kreis der grölenden Knaben und jungen Männer.

Der Boschna dagegen gefiel das Interesse der Kerle. Sie hob die geköpfte Gans in die Luft, das Blut lief ihr über die nackten Arme, und sie nahm das Jubeln als ihren persönlichen Triumph. Fest umschlossen hielt sie die Axt, mit der sie zugehauen hatte, wehrhaft, angriffslustig, jederzeit bereit, erneut einen Kopf abzuschlagen, wenn es notwendig war. Justus wandte sich ab und schlich über den Domhof davon. Kreutziger registrierte es grinsend, enthielt sich aber jeder Bemerkung. Er knuffte Türmer in die Seite, um ihn darauf aufmerksam zu machen. Doch der starrte wie gebannt auf das blutige Schauspiel.

Als die Gans endlich knusprig braun vor ihnen lag, waren die Scholaren zu Tode erschöpft. Sie tranken Dünnbier, wovon sie nun zwei mannshohe Fässer besaßen. Auch wenn es dünn war, stieg es schnell zu Kopf. So sehr, dass sie ihr neues Dasein als Burgherren lauthals hoch leben ließen.

Die Gans war innerhalb weniger Minuten bis auf die Knochen vertilgt, und Knopplochius seufzte, weil die Vorräte, von denen sie zehren mussten, ihm nun noch spärlicher erschienen. Ein kluges Hausregiment war vonnöten!

Der Gelehrte schätzte sich glücklich, dass die Boschna bei ihnen war. Er fühlte sich auf einfache Art geborgen in Gegenwart dieser lebenstüchtigen Frau und spürte, dass sie ihn auf wundersame Weise ergänzte. Als die Wirtin den Magister bat, zwei Knaben zur Verrichtung der Arbeiten abzustellen, musste sie nicht lange reden. Knopplochius sah ein, dass die Boschna die Küchen- und Stallarbeit nicht alleine bewältigen konnte.

Und er bestimmte, dass sie alle, auch er selbst, im Wechsel eine Hauspflicht versehen mussten. Die Arbeiten wurden eingeteilt. Da die Naumburger ihre Dienste gemeinsam antreten und die Bayern unter sich bleiben wollten, tat sich Justus mit dem wortkargen Basileus Roseus aus Senftenberg zusammen. Der Magister würde seinen Dienst mit dem rundlichen, klugen Stefan Hoyer versehen. So war denn alles nach den Maßgaben von Vernunft und guter Sitte eingerichtet, dass man das Werk am nächsten Tag mit Zuversicht in die Tat setzen konnte. Der Magister war festen Willens, die Lektionen fortzusetzen. Glücklicherweise waren die Büchertruhen auf der Burg zurückgeblieben.

Als Knopplochius am späten Abend mit einer Schale fetter Brühe in die vormalige Schlafkammer Pflügers trat, erschrak er. Der Magister machte sich Vorwürfe, dass er nicht früher nach dem Pfarrer geschaut hatte. Das Gesicht Valentin Schreibers war wächsern und eingefallen. Die tiefe Ohnmacht, die Knopplochius für einen ersten Schritt der Genesung gehalten hatte, hatte den Pfarrer nur noch dichter an die Pforte des Todes geführt.

Der Magister versuchte, Schreiber aufzuwecken, doch der rührte sich nicht. Vorsichtig schob er dem Geistlichen seinen Tafeldolch zwischen die Zähne, um ihm von der Brühe einzuflößen, aber das führte nur dazu, dass der Kranke sich verschluckte ohne zu erwachen. Das Husten war flach und kraftlos. Knopplochius umfasste die Hände des Pfarrers und sprach ein Bittgebet.

Rektor Pflüger hatte in der Frühe, nach dem Sonntagsgottesdienst in der Stadtkirche Unserer Lieben Frauen, das Schreiben an Herzog Moritz verfasst. Darin schilderte er die Lage. Er schrieb, dass die Studenten Opfer der panischen, unvernünftigen Angst der Bevölkerung vor einer Pestepidemie geworden seien. Er hatte am Morgen mit dem Stadtphysikus eine längere Unterredung gehabt, und der hatte, entgegen seiner ersten Diagnose, ausweichend zugegeben, dass der Fremde nicht unbedingt an einer Pest verstorben sein müsse, es sei gut möglich, dass die Symptome auf eine andere Krankheit hindeuteten. Auch habe man im weiteren Umkreis, ja selbst in den entfernten, osmanischen Gebieten zurzeit keine Kundschaft über das Vorkommen der Pest. Und diese Seuche sei ja nun mal bekanntlich eine Krankheit, die sich über ganze Landstriche ausbreite und nicht bei einzelnen Personen verharre.

Doch selbst wenn es nicht die Pest war, wer könne schon die panische Angst der Leute vertreiben, wer mit Vernunft gegen Aberglauben ankommen? Der Stadtphysikus hatte mit den Schultern gezuckt, und der Rektor hatte versonnen genickt.

Gegenüber seinem Fürsten beteuerte Pflüger schriftlich, dass für das Wohlergehen der Scholaren gesorgt sei. Gleichzeitig sei es nur vernünftig, den Aufenthalt der Universität in Meißen, der so unglücklich begonnen und im weiteren Verlauf sich nicht verbessert habe, zu beenden. Die Bedingungen seien einem fruchtbringenden Unterricht ohnehin niemals günstig gewesen.

Pflüger entließ den Boten vor dem Mittagsläuten mit dem Auftrag, Moritz in seinem Feldlager ausfindig zu machen und ihm den Brief persönlich zu überreichen. Dann solle er den zweiten Brief beinahe gleichen Wortlauts, den Pflüger für Camerarius verfasst hatte, nach Leipzig schaffen und dort verbleiben. Ein Antwortschreiben sei nicht notwendig, da der Rektor noch am gleichen Tag Meißen zu verlassen beabsichtige. Fabricius hatte beide Schreiben gelesen und für gut befunden. An die für Camerarius bestimmten Bögen hatte er einen Zettel gehängt, in dem er Pflügers Einschätzung der Lage in allen Schlüssen unterstützte. Der Entscheid, aufzubrechen und die unglücklich Eingesperrten zurückzulassen, war nach allen Seiten abgesichert. Pflüger fühlte sich erleichtert.

Am Nachmittag zog der Kriegsrektor der Leipziger Universität mit dem Teil der Studenten aus, die in der Pleißestadt beheimatet waren. Die übrigen zerstreuten sich in alle vier Winde. Man hatte einen Ochsenwagen aufgetrieben und einen Fuhrknecht. Dafür hatte der Syndikus den Rest aus Borners Säckel ausgeworfen. Wie Knopplochius die übrigen Truhen der Universität nach Leipzig brächte, würde dessen Sorge sein. Als das Fuhrwerk die Brücke überquert hatte und auf der anderen Seite der Elbe den Pfad gen Oschatz einschlug, blickte Pflüger nicht mehr zur Burg zurück.

Der Quartiermeister hatte ganze Arbeit geleistet. Im Ehingerhof war alles nach Karls Vorstellungen hergerichtet worden. Im prächtigen Meistersingersaal konnten die Audienzen stattfinden. Im ersten Stock des Hauptgebäudes, über den Säulengängen, waren Karls und Maximilians Gemächer untergebracht. Auch der Herzog von Alba hatte hier ein Quartier, doch würde er nicht die ganze Zeit bei Karl verbleiben. Er sollte die Knute der spanischen Reiterei über die oberdeutschen Städte schwingen, sollte das Ausheben der Vorräte überwachen und die Heerpfade ins Sächsische und Böhmische inspizieren. Ein Eingreifen des kaiserlichen Heeres auf dem sächsischen Kriegsschauplatz wurde immer wahrscheinlicher, der Sachsenherzog bettelte beinahe täglich um Unterstützung.

In Ulm war Christoph von Carlowitz, Gesandter des Wettiners, zum kaiserlichen Tross gestoßen, um den flehentlichen Bitten Nachdruck zu verleihen. Doch bislang weigerte Karl sich, von Carlowitz zu empfangen.

Der Kaiser durchschaute den Schachzug. Moritz war nicht so bange wie er in seinen Depeschen vorgab. Der Sachse war auch nicht schwach. Im Gegenteil. Einziger Zweck des Flehens war, Karl auf das Schlachtfeld zu rufen, um von Moritz den Ruch zu nehmen, sich gegen Vetter und Schwiegervater gestellt zu haben. Moritz wollte nicht an der Spitze der kaiserlichen Partei stehen, sondern sich hinter Karls Schild verstecken. Wollte sich immer noch alle Möglichkeiten offenhalten.

Solch ein Spiel trieb man nicht mit dem fünften Carolus, Kaiser aus dem Hause Habsburg, Erbe von Burgund, Spanien, Portugal, den Niederlanden, den überseeischen Besitzungen, Herrscher über die halbe Welt! Was maßte sich ein Moritz aus Sachsen an?

Doch Karl lächelte, war er jenem doch bereits einen Schritt voraus. Ferdinand hatte ihm gemeldet, dass alles für die Abreise Eleonors bereit sei. Der Kaiser konnte ruhig die weitere Entwicklung abwarten. Er ließ sich nicht drängen, schon gar nicht herbeibetteln. Die treueste Truppe, der zäheste Krieger, über den er im Moment verfügte, war die Zeit.

Doch wie viel Zeit blieb einem Mann von beinahe siebenundvierzig Jahren? Seine Gelenke waren vom Schmerz zerfressen. Nicht mehr lange, und er würde sich gar nicht mehr bewegen können. Drei Monate wollte er in Ulm zubringen. Drei Monate, um sich gründlich zu erholen. Dann wäre das Frühjahr da, das selbst in Deutschland zu ertragen war. Und dann, wenn die Wege frei von Schnee und die Schlachtfelder trocken waren, wollte er die Entscheidung erzwingen. Bis dahin musste Moritz fest an Karl gebunden sein. So fest, dass er sich auch nach einem Sieg nicht sogleich wieder lösen konnte.

Karls Quartiermeister hatte am Hof der Ehingers eine Stube im Keller herrichten lassen, deren Zweck nur eine kleine Schar Eingeweihter kannte: eine private Badestube.

Gerade als der Kaiser seinem Höfling über eine enge, steile Treppe in den Keller folgen wollte, um sich das Badgewölbe zu besehen, näherte sich Erzherzog Maximilian von Österreich mit energischen Schritten, ein Schreiben in den Händen. Seine edlen spanischen Gesichtszüge waren vor Empörung gerötet, und er war barhäuptig, hatte er doch im Zorn gegen den Oheim die Mütze in seiner Kammer vergessen. Aufgebracht stieß er seine Beschwerung hervor: »Ihro Kaiserliche Majestät haben vor, ein Kind auf das Schlachtfeld zu schicken, um den Sachsenherzog zu binden?«

Maximilian hatte Karl auf Französisch angesprochen. Der Kaiser antwortete sehr förmlich auf Lateinisch. »Sprechen Sie von Ihrer Schwester Eleonor?«

»Meine Mutter ist empört! Ihr kennt Ihren Zustand, Euer Kaiserliche Majestät!«

»Die Erzherzogin ist kein Kind mehr. Und Ihre Mutter ist eine zähe Stute. Sie wird es überstehen, wie sie bisher den treuen Dienst an der *Casa de Austria* mit Kraft und Anstand überstanden hat.« Karl wandte sich um und schickte sich an, die Kellertreppe hinunterzusteigen.

»Euer Kaiserliche Majestät!« Maximilian schrie fast.

Majestätisch langsam wandte Karl sich um. »Ich kann mich nicht erinnern, dass Sie um eine Audienz nachgesucht hätten, werter Neffe!«

Maximilian lag zu lange mit Karl im Felde, um dessen Taktik nicht zu kennen. Er ließ sich nicht festnageln. Mühsam versuchte er, seine Gefühle zu bändigen. »Ihr schickt ein Kind auf eine Reise, mitten hinein in einen Krieg, der alles andere als entschieden ist! Seid Ihr Euch dessen bewusst, dass die Erzherzogin leicht zu Schaden kommen kann?«

Karl winkte ihn mit einer Geste zur Seite, wie man eine Fliege vom Braten wedelt. Maximilian schoss das Blut ins Gesicht.

»Ich bitte Euch, Kaiserliche Majestät, belasst Eleonor in Prag. Befehlt, die Vermählung *per procuratore* zu vollziehen. Komerstadt weilt als herzoglich-sächsischer Gesandter am Hof meines Vaters, er kann August in der Zeremonie vertreten. Eleonor wird eine treue und willfährige Gattin sein, sobald sich die Zustände beruhigt haben.«

Karl drehte den Kopf, um den Erstgeborenen seines jüngeren Bruders Ferdinand, den zukünftigen Herrscher über Österreich und Böhmen, den ärgsten Rivalen seines eigenen Sohnes Philippe um den deutschen Kaiserthron, streng in Augenschein zu nehmen. »Ihro Liebden wollen nicht verstehen, dass die Entscheidung längst gefallen ist. Die Befehle sind an die Höfe abgegangen und nicht mehr zu widerrufen.«

Mit diesen Worten wandte sich Karl ab und zog den Kopf ein, um in den Keller hinabzusteigen.

Maximilian ballte die Fäuste. Er hasste den Onkel mit einer Leidenschaft, die seiner Familie würdig war. »Wenn du deine Krankheit besiegen willst, höre auf, Blut zu fressen!«, zischte er auf Spanisch durch die geschlossenen Zähne. Er war sich sicher, dass es laut genug gewesen war. Aber er wusste auch, dass Karl ein Meister darin war, Missliebiges zu überhören.

Maximilian ging zurück in seine Gemächer, die denen des kaiserlichen Onkels benachbart waren. Er stand lange am geöffneten Fenster und starrte auf die braunen Fluten der Donau hinab. Dann setzte er sich an ein schmales, hölzernes Pult, um eigenhändig eine Antwort an seine Mutter zu verfassen – eine schmerzliche Antwort. Er musste ihr schreiben, dass Karl nicht umzustimmen sei.

* * *

Die Predigt des Feldgeistlichen war kraftlos gewesen. Immer wieder drängte sich Moritz in der lichten, schlichten Halle der Torgauer Schlosskapelle die Erinnerung an die mitreißende, kraftstrotzende Stimme des dicken Doktor Luther aus Wittenberg auf, der diese Mauern einst hatte erbeben lassen. Oft war jener nach Torgau gekommen, in das Lieblingsschloss seines Schutzherrn Johann Friedrich, Kurfürst von Sachsen. Und natürlich hatte er es sich nicht nehmen lassen, die erste neu gebaute Kirche, die in Sachsen nach den Erfordernissen und Anschauungen des neuen Glaubens eingerichtet worden war, persönlich zu weihen. Der damals jugendliche Moritz vermeinte ihn die ganze Predigt hindurch vom steinernen Podest niederstürzen zu sehen, mitsamt den Reliefs und Ornamenten der Kanzel, sandsteinerne Trümmer auf dem gekachelten Fußboden der Fürstenkapelle.

Jerichos Trompeten.

Luther war der Trompeter, der das ganze steinerne, Jahrhunderte alte Reichsgebilde, das sich *Sacrum Romanum Imperium* nannte, binnen weniger Jahre in einen Trümmerhaufen verwandelt hatte.

Der Riss, den der querköpfige Wittenberger Mönch in die deutschen Lande gezogen hatte, ging quer durch Moritz' Familie.

Sein Pate, Albrecht von Brandenburg, war als Erzbischof von Magdeburg-Halberstadt gut katholisch gewesen und hatte den Jungen mit dem Namen des Schutzheiligen seiner Bischofsstadt aus der Taufe gehoben.

Moritz' Mutter Katharine, von Luther stets auf das Tiefste beeindruckt, lebte getreu dem neuen Glauben.

Der Onkel Georg wiederum, an dessen Dresdner Hof Moritz viele Jahre verbracht hatte, war der katholischen Kirche verpflichtet. Den Stadtpfarrer von Glashütte hatte jener bärtige Georg einst noch in den Kerker werfen lassen, als dieser sich gegen sein Gelöbnis verehelichte.

Der Vater Heinrich war zwar evangelisch, aber zwischen der

altgläubigen Strenge seines Bruders Georg und der inbrünstigen evangelischen Überzeugung seiner Gattin Katharine hin und her gerissen.

Als Georg 1539 im Meißner Dom beigesetzt wurde, floh Heinrich von der Grablegung des Bruders, weil er nach katholischem Ritus betrauert wurde. Im Schloss fand zur gleichen Zeit ein Gottesdienst nach neuem Zeremoniell statt.

Welche Religionsfestigkeit wollte man von Moritz erwarten, der seit frühester Jugend zwischen den Bekenntnissen erzogen worden war? Von allen Seiten zog und zerrte es an ihm und seinem Glauben. Moritz' Schwiegervater, Philipp von Hessen, neben Vetter Johann Friedrich zweites Oberhaupt der Schmalkaldischen Partei, hatte ihn stets fest zum Bund der evangelischen Fürsten gerechnet. Und sich geirrt.

Luther war beinahe ein Jahr tot, doch der Kaiser lebte. Und sein Erscheinen auf dem Schlachtfeld, allein das Auftreten seiner Person, trieb die aufmüpfigen oberdeutschen Fürsten wie Schafe zurück unter die Knute des Herrschers. Wenn die Protestanten auch Gottes Gnade besitzen mochten, der Kaiser besaß die Macht. Und das Wohlwollen des Papstes! Seit dem Frieden mit Frankreich auch die Muße, in Deutschland die ihm genehme Ordnung wiederherzustellen – die Ordnung der *Carolina*, der kaiserlichen Halsgerichtsordnung mit ihren Foltern, Verhören und blutrünstigen Strafen.

Moritz hielt das Haupt gesenkt, als er das Abendmahl in beiderlei Gestalt empfing. Die Kommunion nach evangelischem Ritus, den Leib und das Blut Christi aus goldenem Kelch. Es gab kein Zurück mehr. Auch als Parteigänger des Kaisers würde man ihm das Luthertum nicht mehr austreiben. Schließlich war auch die überwiegende Mehrzahl seiner Untertanen längst zum neuen Glauben übergetreten.

Nach Beendigung der Morgenandacht trafen Moritz und seine Räte im Obergeschoss des Flaschenturmes zusammen. Moritz' Hofrat war stark dezimiert. Neben dem Kanzler Pistoris waren Dr. Türk, der Schreiber Faust und der hessische

Rat Lersner, den Phillip geschickt hatte, bei ihm. Von Carlowitz lag bei Karl in Ulm, Dr. Komerstadt bei Ferdinand in Prag. Der herzogliche Bruder August befand sich mit seinen Reitern in Freiberg, in Erwartung böhmischer Fähnlein und zum Schutz der Stadt. Dr. Fachs, der bedächtige, gebildete Jurist, hatte in Leipzig, wo er nebenbei das Amt des Bürgermeisters versah, genug zu tun.

In diesen setzte Moritz alle Hoffnungen. Fachs würde, nachdem Leipzig mit Hilfe des tüchtigen Kommandanten von Wallwitz gerettet war, die arg gebeutelte Stadt in alter Pracht wiederauferstehen lassen. Moritz selbst hatte die Schäden noch nicht besichtigt. Doch wie man hörte, sollten sie erheblich sein. Die Universität war schwer in Mitleidenschaft gezogen! Und von den Leipziger Studenten erzählte man sich, sie seien in Meißen von der Bevölkerung vertrieben worden. Die *studiosi* lagen Moritz besonders am Herzen. Wollte er doch nach einem Sieg im schmalkaldischen Feldzug sein neues, vergrößertes Kurfürstentum nach modernster Art verwalten, den Einfluss der störrischen und größtenteils altgläubigen Stände zurückdrängen und den der fürstlichen Beamten vergrößern. Moritz' halber Hofrat setzte sich aus Gelehrten, meist ehemaligen Studenten der Universität Leipzig, zusammen: Dr. Türk, Dr. Fachs, Dr. Komerstadt, Dr. Pistoris. Moritz wusste Gelehrsamkeit, insbesondere Kenntnisse der Theologie und beider Rechte, zu schätzen. Galt er doch selbst als weitgehend ungebildet.

Moritz lauschte mit schräg gelegtem Kopf auf die neuesten Depeschen, die Kanzler Pistoris für ihn zusammenfasste. Die verlässlichsten Kundschafter berichteten, Johann Friedrich habe sich mit seinen Truppen in die Altenburger Gegend zurückgezogen. Gewiss wartete er bessere Witterung ab. Der milde, nasskalte Winter hatte Sachsen in ein einziges Schlammloch verwandelt. Sobald die Wege getrocknet wären, würde der Dicke erneut vorstoßen, davon war Moritz überzeugt. Und sicherlich würde er Moritzen nur allzu gern wieder aus Torgau vertreiben!

Der Herzog war bereit, die Residenz an der Elbe zu räumen. Nur Leipzig musste ihm erhalten bleiben! Leipzig war das Herz seiner Lande, wenn Dresden deren Kopf war. Seine Kräfte reichten nicht aus, die gesamten Wettinischen Gebiete besetzt zu halten. Die großen Städte – neben Leipzig und Dresden Zwickau, Freiberg und Chemnitz – hatte er mit Besatzungen versehen und sichern lassen. Torgau war nicht bedeutend genug. Auch wenn es ihm Leid tat, das prächtige, nach neuester italienischer Mode umgebaute Schloss ungeschützt zurücklassen zu müssen.

Nachdem der Kanzler Bericht erstattet hatte, nahm Moritz an dem schweren Eichentisch Platz, auf dem Faust derweil mehrere Schreiben geordnet hatte. Zuoberst lag ein Mandat Karls.

Moritz erblickte das Siegel des Kaisers und erbrach es. Er kniff die schmalen Augen zusammen, runzelte die hohe Stirn und las dann langsam, die Bedeutung jedes einzelnen französischen Wortes abschmeckend, wie es seine Art war. Die übrigen schwiegen mit angehaltenem Atem. Plötzlich ließ Moritz seine Faust auf das Holz niedersausen, dass die gelehrten Räte zusammenzuckten. »Nicht zu fassen! Er schickt sie her! Sie ist schon abgereist, kommt zu Schiff die Elbe hinab! Ich soll sie umgehend mit August verheiraten! Sie führt den Ehevertrag mit sich!«

Kanzler Pistoris griff nach dem Sendschreiben und las es. Es war nicht auszuschließen, dass Moritz einem Missverständnis aufgesessen war. Mitunter tat er sich schwer, die verschlungenen Formulierungen der kaiserlichen Sekretäre richtig zu deuten. Aber diese Worte waren klar. Eleonor war bereits auf dem Weg in das hart umkämpfte Sachsen, um mit Herzog August die Ehe zu schließen. *Pour ratifier le marriage.* Kein Zweifel. Das Schreiben war geheim, es gab keine Abschriften. Das einzige Zeichen von Vorsicht bei diesem unerhörten Vorpreschen!

Moritz war aufgestanden und ans Fenster getreten. Er starrte auf die Elbe hinab. Die Wasser des ruhigen, trägen Stromes wurden heute von den kräftigen Winterböen zu kräuselnden, trudelnden Kronen aufgeworfen. Bisher war der Fluss den ganzen Winter über eisfrei geblieben.

»Er will uns den Dolch auf die Brust setzen«, bemerkte Pistoris ruhig. »Ein liebreizender zwar, doch gleichwohl ein scharfer!«

»Sie ist ungehörig, diese Eile!«, erboste sich Dr. Türk.

Moritz ließ die Handflächen auf die hölzernen Fensterbänke niederkrachen. »Warum will er uns zur Gefolgschaft zwingen? Wir haben uns seinetwegen die halbe Blutsverwandtschaft zu Feinden gemacht! Haben uns nicht auf die Seite der Schmalkalden ziehen lassen. Welche Beweise verlangt er noch?«

»Besetzte Ländereien kann man räumen, dem Krieg einen Frieden folgen lassen. Ein Ehegelöbnis, zudem, wenn es mit Nachkommenschaft gesegnet ist, ist ungleich schwieriger zu brechen«, bemerkte Pistoris, der älteste in der Runde, mit ruhiger Stimme.

Lersner, der hessische Rat, Gesandter des Landgrafen Philipp und damit Gewährsmann des feindlichen Bündnisses, bemühte sich, seine Erregung zu unterdrücken. »Euer Hochwohlgeboren, wenn es mir erlaubt ist?«

Moritz nickte, um ihn zum Sprechen zu ermuntern.

Lersner atmete tief durch, bevor er anhub: »Ich halte dieses Ansinnen für ganz und gar undurchführbar! August ist zu schade für diese Ehe. Und Eleonor ist die falsche Braut. Sie ist viel zu jung für eine körperliche Verbindung. Dies ist kein Ehebund, es ist eine Ehefessel. Eine Demütigung!«

Moritz nickte beifällig. »Ganz recht, Lersner, ganz recht. Wir werden die Jungfer zurückschicken.«

Mit einem nachdenklichen Grummeln bereitete Pistoris seine Ablehnung vor. »Eine königliche Braut zurücksenden? Das wäre ein Schlag ins Gesicht des Kaisers, eine Kriegserklärung an die gesamte *Casa de Austria*.«

»Doch er hat uns die Backe hingehalten«, stieß Moritz beinahe verzweifelt hervor. Ungehalten lief er vor den Fensterhöhlungen auf und ab. Die am Tisch versammelten Räte folgten ihm mit Blicken.

»Und wenn wir ihr ausweichen?«, warf Dr. Türk in die Runde. »Wenn wir nicht zulassen, dass sie uns begegnet?«

Moritz schob seine mit Perlen besetzte Kappe zurück und kratzte sich an der Stirn. Der Saum des Käppchens war mit Goldbrokat durchwirkt und schien zu scheuern. Der Haaransatz des fünfundzwanzigjährigen Herzogs war bereits weit zurückgewichen. Nur in der Mitte der Stirn hatte sich eine keck vorragende Spitze gehalten. »Weglaufen? Vor einer noch nicht dreizehnjährigen Jungfer?«

»Weglaufen vor der Umarmung des Kaisers!«

»... die uns die Luft abdrückt«, ergänzte Dr. Türk.

Moritz wog bedächtig das Haupt. »Sie reist mit kleinem Gefolge. Wie leicht könnte sie einem umherstreifenden Haufe des Gegners in die Hände fallen?«

Kanzler Pistoris führte den Gedanken flugs in eine andere Richtung: »Falls der Erzherzogin unter unserer Fuchtel etwas zustößt, wäre es ebenso das Ende des Bundes mit dem Kaiser. Und – nach Lage der Dinge – auch unser Ende.«

Moritz blieb mit dem Rücken zu den Fensternischen stehen und schaute von einem zum anderen. »Was also tun? Empfangen können wir sie nicht. Zurückschicken können wir sie nicht. Wie eine Gesetzlose in unseren Landen umherirren lassen können wir sie doch auch nicht!«

Da räusperte sich Pistoris. »Wir könnten sie an einen sicheren Ort bringen lassen.«

»Ein sicherer Ort, der nicht unser Aufenthaltsort ist«, ergänzte Dr. Türk.

»Zu unseren Scholaren nach Meißen?«, spottete Moritz.

Türk nickte eifrig. »Warum nicht zu unseren Studenten nach Meißen?«

»Weil sie aus Meißen vertrieben wurden«, wandte Kanzler Pistoris ein.

»Das ist ein unbestätigtes Gerücht.« Moritz trat zu ihm an den Tisch.

»Aber es gibt Kundschaft vom Rektor!« Der Sekretär Faust hob den Zeigefinger und suchte unter den übrigen Zetteln das Schreiben von Pflüger. Schon hielt er es in den Händen und reichte es Moritz.

Diese Studenten und ihre Lehrer, dachte Moritz. Immer machen sie Kummer! Nie haben sie genug. Nie können sie sich bescheiden!

Moritz las das Schreiben. Es war auf Deutsch formuliert. Entgegen aller Gepflogenheit. Pflüger war die Abneigung des Fürsten gegen das Lateinische bekannt. Ein umsichtiger Mann!

Moritz las langsam. Dann las er von Neuem. Er blickte zwischen den gespannt wartenden Hofräten hindurch, zupfte sich am Zipfel des gescheitelten Kinnbarts. Schließlich sagte er leise und mit Bedacht: »Wir brauchen sichere Kundschaft aus Meißen. Das ist ungeheuerlich! Wir müssen Melanchthon unter der Hand konsultieren! Wie hieß doch gleich sein Vertrauter in Meißen?«

»Fabricius«, sprang Faust erneut bei. Moritz ließ ihm einen freundlichen Blick zukommen.

»Wir brauchen absolut sichere Kundschaft. Denn wenn es stimmt, was Pflüger schreibt, kenne ich ein wirklich ausgezeichnetes Versteck für unsere Braut. Einen verschwiegenen, abgeschiedenen Ort, an dem sie vorerst in Sicherheit ist …«

Die Räte sahen ihn an. Keiner sagte etwas. Moritz ergötzte sich an der Ratlosigkeit der Räte. »Nicht alle Studenten sind aus Meißen vertrieben. Eine Hand voll ist auf der Burg eingekerkert. In Pestquarantäne.«

Pistoris durchbrach das Schweigen der Hofräte als Erster. »Wir haben keine Nachricht von Pest in unseren Landstrichen«, stellte er ratlos fest.

Moritz nickte. »Ein Missverständnis offenbar. Rektor Pflüger und auch Fabricius bitten darum, die Quarantäne so bald als möglich aufzuheben, da sie auf einer haltlosen Vermutung, einem Missverständnis, auf der grundlosen Furcht des Volkes beruhte. Aber ich werde den Teufel tun!«

Über Lersners Gesicht zog sich ein breites Lächeln. Er verbeugte sich tief.

Moritz klatschte in die Hände. »So formuliert eine Entgegnung an Karl, werter Faust, dass wir mit Freuden der Ankunft der durchlauchtigsten Erzherzogin entgegensehen. Dass wir aber noch nicht absehen können, wo wir sie dem Herzog August zuführen können, da das Land von gegnerischen, streifenden Haufen durchzogen ist. Und, Faust, wir lassen einen leisen Vorwurf durchscheinen, wie Karl es verantworten könne, in solch unsicheren Zeiten ein Edelfräulein mit kleinem Tross auf die Reise zu schicken. Weiterhin lasst über Fabricius Erkundigungen einziehen, wie ernst die Lage der Studenten in Meißen ist. Wer ihnen vorsteht. Wer sie beaufsichtigt. Ist sie leidlich, und gibt es jemanden, dem wir vertrauen können, werden wir die Erzherzogin dort vorübergehend einquartieren. Und: Niemand soll davon erfahren, der nicht diesem Kreis angehört!«

Faust hatte sich Notizen auf einen Bogen Papier gemacht. Zufrieden ließ sich Moritz auf dem lederbespannten Eichenholzsessel nieder. »Wir warten ab, wie sich die Lage entwickelt. Entwickelt sie sich zu Gunsten des Kaisers, so werden wir Eleonor aus dem Versteck holen und schleunigst mit August vermählen. Sollte sich das Glück des Sieges unserer hessischen und kursächsischen Verwandtschaft zuneigen, so sind wir im Besitz einer Geisel, deren Wert auch die Schmalkaldischen sehr schnell erkennen werden.«

Die Räte schwiegen. Der Plan des Herzogs war kühn. Tollkühn. Aber Moritz hatte sich sichtlich in sein Vorhaben verliebt. Und Lersner hatte ihn dabei unauffällig, doch nach Kräften ermuntert.

Der junge von Carlowitz, der schon auf Grund seines Glaubens der kaiserlichen Partei zugeneigt war, hätte ob des doppelbödigen Spieles sicherlich protestiert.

Doch von Carlowitz weilte in Ulm und suchte um eine Audienz beim Kaiser nach. Karl war jedoch nicht bereit, den jungen sächsischen Gesandten zu empfangen. Der Weltenherrscher lag zu Holze, und kein Gesandter bekam ihn mehr zu Gesicht.

Im Laufe der Nacht war Valentin Schreiber, Stadtpfarrer von Meißen, verstorben. Knopplochius hatte die letzten Stunden betend an seinem Lager zugebracht, und dem Herrn die Seele des Pfarrers empfohlen. Schreiber war aus der Bewusstlosigkeit nur erwacht, um sich schwerfällig aufzurichten, mit stierem Blick zum Himmel zu schauen und zu ächzen: »Sein Wille geschehe!« Dann war er auf das Lager zurückgesunken. Wenige Minuten später hatte er sein Leben ausgehaucht.

Die Studenten begannen den Tag frohen Mutes. Bevor das Vieh zur Tränke gelassen wurde, wuschen sie sich im Trog auf dem Burghof. Zuvor mussten sie die dünne Eisschicht, die sich über Nacht gebildet hatte, zerstoßen. Die Holzscheite, die sie dazu benutzten, waren bald in Knüppel verwandelt, und gleich darauf war eine muntere Prügelei im Gange. Bis Knopplochius mit ernster Miene unter die Studenten trat und verkündete, dass der Pfarrer tot sei.

Die Nachricht traf die Studenten härter als ein Schlag mit dem Prügel. Der Schwung, der zupackende Mut, die Fröhlichkeit, mit der sie den vorigen Tag bewältigt hatten, alles war mit einem Male verschwunden. Der Tod hatte sie erneut am Kragen gepackt.

Verwundert, doch ohne Widerspruch lauschten die Scholaren der Entscheidung, die Knopplochius in der Nacht getroffen hatte: Der Tote werde weder auf der Burg beerdigt, noch der Stadtbevölkerung übergeben. Auch wenn er nicht die geringsten Spuren einer der Pest auch nur ähnlichen Krankheit aufweise, würde sein schnelles, unerwartetes Ableben dem unseligen Gerücht neue Nahrung geben. Man müsse daher bemüht sein, den Tod des Pfarrers vor der Stadtbevölkerung zu verheimlichen. Man werde den Geistlichen in einem der zahlreichen Kellergewölbe aufbahren. Dort sei der Leichnam für die wenigen Tage, die ihre Gefangenschaft noch andauern werde, vor Verwesung geschützt. Sobald die Quarantäne beendet sei, werde man der Meißner Bevölkerung den Toten überlassen.

Dieser Entschluss wurde nach der Morgenandacht, die der Magister mit einer knappen Leichenrede zur Trauerfeier umgestaltet hatte, in die Tat umgesetzt. Man baute aus den Bettgestellen eine Bahre und trug den Toten in das unterste der Kellergewölbe. Dort lagerte man ihn auf einem schnell zurechtgezimmerten Gerüst, einer einfachen Holzpritsche. Da er noch die schlichte priesterliche Kasel trug, verzichtete man darauf, ihn zuzudecken. Seine Hände waren gefaltet, die Augen geöffnet. Die Kühle war geeignet, den Leichnam eine Zeit lang zu konservieren. Als man wieder ans Tageslicht kam, war es Zeit für das Mittagsmahl.

Justus war erfreut, an der Tafel neben Basileus Roseus zu sitzen. So konnte er seine Beobachtung, die er im Kellergewölbe im Schein der Fackeln gemacht hatte, mit jemandem teilen: Der Raum, in dem sie den Leichnam niedergelegt hatten, war auffällig schief und ungleichmäßig gewesen. Eine Wand war mit Ziegeln aufgemauert, die Fugen sorgfältig vermörtelt, die andere dagegen aus Bruchsteinen und schief, wie in großer Eile hochgezogen. Auf dem Boden hatten dicke, getrocknete Mörtelklumpen gelegen. So, als habe man einen Teil des Raumes eilig vermauert, um etwas dahinter Liegendes zu verbergen.

Basileus, etwas älter als Justus, war neugierig genug, auf eine solche Vermutung anzusprechen. »Lass es uns genauer in Augenschein nehmen!«

Justus nickte und beugte sich wieder über sein Essen. Eine dünne Suppe, in der nur klägliche Reste der Gans schwammen. Seit dem Braten hatte die Üppigkeit der Mahlzeiten erschreckend nachgelassen.

Knopplochius wollte der Boschna die Entscheidung darüber lassen, wann das nächste Tier geschlachtet werden sollte. Auch er hielt nicht viel davon, mit den Vorräten verschwenderisch umzugehen. Sie gingen ja schon mit der Zeit so um! Denn auch dieser Vormittag war ohne Unterricht verflossen. Die Umstände auf dieser verfluchten Burg schienen allesamt nur einem Zweck zu dienen: die Lehre zu zerstören!

Knopplochius war angegriffen. Er bat die Scholaren, den Nachmittag im Selbststudium zu verbringen. Die Bücher dafür würde er nach dem Essen ausgeben.

Die *studiosi* zogen sich mit den gewünschten Werken in den Schlafsaal zurück, Knopplochius in seine anliegende Kammer.

Justus konnte seine Gedanken nur schwer auf eine Komödie des Terenz richten. Die vermauerte, offenbar geheime Kammer, die Naht, die sich verräterisch quer durch das Kellergewölbe zog, wollten ihm nicht mehr aus dem Kopf.

*Viertes Kapitel*

# Initiation

Eleonor stand auf dem Deck des Flusskahns unter dem geblähten Segel, das von einer geschwinden Fahrt über die Wellen kündete. Die sonst sanften, ruhigen Wasser der Elbe wurden von der Brise, die von Süden her durch das Elbtal pfiff, zu kleinen Buckeln mit gischtweißen Kämmen aufgeworfen. Die Dämmerung sank unaufhaltsam hernieder, und bald würde der Kapitän das Boot zur Nachtruhe vertäuen lassen. Die Reiter am Ufer, die sie seit nunmehr einer Stunde begleiteten, hatten Pechfackeln entzündet.

Die österreichische Erzherzogin war ohne großes Aufsehen auf der Elbe unterwegs. Auf dem bequemen Wasserweg, den auch der kaiserliche Onkel, vor allem wegen der Beschwernisse seiner Krankheit, bevorzugte. Der Winter war so mild, dass der Fluss selbst im Januar noch schiffbar war.

Der Abschied von der Moldau war Eleonor schwer gefallen. Anna, ihre Mutter war so hoch schwanger, dass sie der Tochter nicht persönlich Adieu sagen konnte. Überhaupt fand die Verabschiedung still und ohne Aufsehen statt, denn man wollte Eleonor nicht unnötig gefährden. Die Reise durch vom Feind durchstreiftes Gebiet war gefahrvoll genug. Nur wenige Eingeweihte wussten, dass sie unterwegs zu ihrem versprochenen Gatten war. Die Schildwache Ferdinands gab Eleonor bis zur Landesgrenze das Ehrengeleit. Die junge Erzherzogin gegen einen ernsthaft geführten Streich des Feindes zu verteidigen, war ihre Zahl nicht groß genug. Man vertraute auf die Heimlichkeit und Schnelligkeit des Vorgehens. Ehe Johann Friedrich Wind davon bekommen hätte, wäre Eleonor schon in Sicherheit.

Bei Außig wurden sie von den Soldaten des sächsischen Herzogs in Empfang genommen. Dr. Türk begrüßte Eleonor im Namen seines Fürsten und dessen Bruders. Er versprach, sie sicher nach Dresden zu geleiten, wo Herzog Moritz weile. Seitdem begleiteten sie die sächsischen Reiter am Ufer wie Schatten.

Nachdem sie sächsisches Gebiet erreicht hatten, hatte der Kapitän des Elbnachens, ein stämmiger, bärtiger Mann mit wilden Locken, Eleonor gebeten, unter Deck zu gehen. Doch sie hatte abgelehnt. Wer sollte in diesem grauen, pelzgefütterten Kapuzenmantel eine geborene *de Austria* und Nichte des Kaisers vermuten? Gewiss, es waren Kriegszeiten, und die Farbe des Feldzeichens machte noch lange keinen Bundesgenossen …

Doch was wusste Eleonor schon vom Krieg? Nur das, was man sich am Hof erzählte. Schreckliche Dinge – heldenhafte Dinge. Was wusste sie vom Tod, der am Hof nur in Form eines wenig heroischen Dahinsiechens vorkam, nicht so glorreich und strahlend, wie er im Kriege zuschlug?

Nun hatte sie die schützenden Mauern der Prager Residenz verlassen, und nur ein schmales, nicht besonders tiefes Wasser trennte sie von den Soldaten des Herzogs, die sie womöglich bald gegen streifende Feinde verteidigen mussten. Eleonor spürte ein wohliges Kribbeln im Leib: den Reiz der Gefahr, die Nähe des Krieges.

Würde man es wagen, sie, die Tochter eines Königs und einer Königin, die Nichte eines Kaisers zu erschlagen? Ihr kaltes Eisen in den Leib zu rammen, sie mit dem Schwert zu durchbohren? Sie, Eleonor?

Das Herz schlug ihr hoch in der Brust, und sie legte beide Hände auf den Hals, dicht über dem Medaillon, das den zukünftigen Ehegatten barg. Es war das erste Mal in ihrem Leben, dass sie allein, ohne Begleitung der Eltern oder Geschwister auf Reisen ging. Allein auf die Reise zu ihrem Gatten, mitten durch umkämpftes Gebiet hindurch! Ein größeres Abenteuer gab es nicht!

Nur die Kammerjungfer, einige Hofdamen und ein Obrist waren ihr von Prag her vertraut. Und ihr Schoßhündchen, ein Geschenk des ältesten Bruders Maximilians, das ihr besonders lieb und teuer war! Doch zu Wasser hatte der Kapitän das Kommando, selbst der Obrist musste sich fügen. Und jener hatte angewiesen, das Hündchen habe unter Deck zu bleiben, damit es nicht von einer launischen Windböe über Bord gefegt würde.

Eleonor hatte zuerst Trotz gegen die schroffen Befehle dieses einfachen Mannes verspürt. Doch dann hatte sie seinen lodernden Blick gesehen und Vertrauen gefasst. Er erinnerte sie an Maximilian, dessen Locken genauso schwarz waren, dessen Blick genauso leidenschaftlich aufflackern konnte.

Die Segel knatterten im Wind, der durch das Elbtal fegte. Eleonor warf einen Blick auf die Reiter am Ufer. Jede scharfe Böe ließ die Flammen ihrer Fackeln zu faustgroßen Glutklumpen zusammenzucken. Wenn der Wind nachließ, plusterten sie sich wieder auf und warfen Lichtschleier über die bärtigen Gesichter. Eleonor blickte hinauf zu den schroffen Sandsteinfelsen, die an dieser Stelle die Elbe auf beiden Seiten einschlossen. Der Kapitän trat heran und brachte ihr die Nachricht, die sie seit Sonnenuntergang erwartet hatte: Man werde anlanden und das Boot am Ufer vertäuen. Bevor man Pirna erreiche, gäbe es einige Felsen und Untiefen im Fluss, die man nur bei Tageslicht unbeschadet umschiffen könne. Eleonor erzitterte. So würde man den Reitern, die sie begleiteten, endlich körperlich begegnen. Bislang hatte man sich nur durch Zurufe verständigt.

Eleonor versuchte, mit der Würde einer Herrscherin zu sprechen. »An welchem Ufer werden wir anlanden?«

»Auf der Steuerbordseite, wo die sächsischen Reiter stehen. Es ist der günstigere Liegeplatz, die Uferbank besteht aus Sand und Kies. Backbord ist das Ufer felsig und gefährlich für das Boot. Die Sachsen wissen das. Sie haben die richtige Seite gewählt.«

Eleonor nickte. »So sei es.« Ihr Herz klopfte unter dem Mantel. Sie nahm die schützenden Hände von der Brust. Vielleicht waren Moritz und August unter ihnen, um sie schon vorzeitig in Empfang zu nehmen? Doch nein, wie hieß der Hofrat, der sie in Außig empfangen hatte? Türk?

Als der Steuermann die Ruderpinne herumriss und das Boot Kurs auf das rechtselbische Ufer nahm, empfingen auch die Reiter Befehl zum Halten. Sie stellten sich in einem Halbkreis am Ufer auf, dort, wo sie das Anlanden des Nachens erwarteten.

Der Kiel schnitt knirschend in den Kies und prallte dann gegen die Uferböschung. Erde spritzte, Grassoden wurden durch den Bug zerschnitten. Bootsjungen in Eleonors Alter sprangen mit Tauen ans Ufer, mühten sich, die Seile straff zu ziehen und hielten nach geeigneten Bäumen oder Felsen Ausschau, um das Boot festzuzurren.

Keiner der sächsischen Reiter regte einen Finger, um zu helfen. Sie warteten steif und ohne ein Wort zu wechseln ab, bis der Nachen vertäut war. Dann trat ihnen der Obrist entgegen, der zu Eleonors Schutz abgestellt war. »Wir bitten Euch um Schutz für unser Nachtlager. Wisst Ihr einen Gasthof, wo meine gnädige hochgeborene Herrin ein festes Dach über dem Kopf finden kann?«

Dr. Türk erwiderte dem Obristen mit festem Blick: »Wir werden Erzherzogin Eleonor zu Pferde und unverzüglich an einen sicheren Ort bringen. Sie soll alles, was sie nicht am Leib trägt, zurücklassen. Um ihre Truhen werden wir uns später kümmern. Dieser Landstrich ist gefährdet. Wir haben Kundschaft von streifenden Truppen des gewesenen Kurfürsten!«

Der Obrist zog die Augenbrauen hoch. Eleonor, die im Bug des Kahns stand, lauschte aufmerksam. Sie hatte die Unterhaltung in gedämpfter Lautstärke verfolgen können. Das Kitzeln in ihrem Leib nahm zu.

»Wer hat diesen Befehl gegeben?«, fragte der Obrist misstrauisch.

Der Anführer der sächsischen Reiter, der sich als Dr. Türk vorgestellt hatte, übergab ihm ein Schreiben. »Moritz, Herzog zu Sachsen, Landgraf in Thüringen, Markgraf zu Meißen. Ich bin befugt, die zukünftige Gemahlin Herzog Augusts in Empfang zu nehmen und auf ihrem weiteren Weg zu Lande zu geleiten. Lest diese schriftliche Anordnung des Herzogs.«

Der Obrist zögerte, doch dann begutachtete er das Siegel. Es war zweifellos dasjenige von Moritz. Er erbrach es und überflog die Zeilen. Es war der schriftliche Befehl, Eleonor, Erzherzogin von Österreich, dem Überbringer der Depesche zu übergeben.

»Wir haben Befehl Seiner Königlichen Hoheit, Erzherzog Ferdinands, Eleonor nicht eher aus den Augen zu lassen, als bis wir sie in sicherem Gewahrsam ihres zukünftigen Gatten oder dessen Bruders wissen.« Der Tonfall des Obristen hatte einen feindseligen Zug angenommen.

»Dessen könnt Ihr gewiss sein, sobald Ihr sie uns übergeben habt. Es wird uns eine Ehre sein, die Erzherzogin so bald wie möglich ihrem Gatten zuzuführen.«

Der Obrist schwieg lange. Er rang mit sich. Er betrachtete das Schreiben in seinen Händen, mit dem es offenbar seine Richtigkeit hatte. Das richtige Siegel, der richtige Herr. Auch der Name des Hofrats Türk war dem Obristen bekannt. Dennoch widersprach das schriftliche Mandat des Herzogs den Anordnungen seines Herrn, des römischen Königs. Der Obrist wollte etwas entgegnen. Doch statt seiner meldete sich eine andere, dünnere und hellere Stimme zu Wort. »Lasst gut sein«, sprach Eleonor mit fester Stimme. »Es hat gewiss seine Richtigkeit!«

Die junge Erzherzogin war selbst erstaunt über ihren Mut. Alle wandten sich zu ihr um. Dass sie es wagte, sich in das Gespräch einzumischen, sie, kaum eine Frau, fast noch ein Kind – das war gegen jede höfische Sitte! Niemand sah, wie sie unter ihrem Umhang vor Aufregung bebte. Mit kleinen Schritten trat sie durch die Reihen ihrer Begleiter an die

Reling. Selbst der vierschrötige Kapitän trat zur Seite. Dabei überragte er sie um zweifache Haupteslänge.

Dr. Türk trat vor. Er rief: »Allergnädigste hochgeborene Erzherzogin, ich bin glücklich, Euch im Namen meines Herzogs Moritz und seines Bruders Herzog August in Empfang nehmen zu dürfen.«

Eleonor wandte sich zu ihren Begleitern um: »Alles ist Recht so. Ich werde die Reise in Begleitung des Hofrats Türk fortsetzen.«

»Ich werde Euch zur Seite stehen!«, beteuerte der Obrist.

»Das ist nicht nötig!«, beschied ihn Dr. Türk.

Der Obrist wollte widersprechen, doch Eleonor hieß ihn mit einer Handbewegung zu schweigen. Sie bat Türk um einige Minuten, damit sie der Kammerjungfer und den Hofdamen Anweisungen wegen des Gepäcks geben könne.

»Sie brauchen vorerst kein Gepäck, gnädigste Herzogin.«

»Kein Gepäck? Was soll das bedeuten?«

»Es wird unter den wachsamen Augen Eurer Hofdamen auf dem Fluss weiterreisen. Doch Ihr selbst werdet sehnsüchtig erwartet. Nicht weniger als zwei hohe Herren, Herzöge ihres Standes, warten ungeduldig darauf, Euch persönlich begrüßen zu dürfen.«

Eleonor überlegte einen Augenblick. Sie warf den Hofdamen einen Blick zu. Die schauten verängstigt und scheu. Doch die Jungfer wollte sich als Herrscherin erweisen. Als zukünftige Kurfürstin. Standen Mut und Entschlossenheit ihr da nicht gut zu Gesicht?

Sie hatte noch immer die Planken des Schiffes unter den Füßen. Plötzlich schwankte sie, ob ihr Vorpreschen richtig gewesen war. Unziemlich war es zweifellos. Doch sie hatte den ersten Schritt getan, der nächste musste folgen. Sie hatte die Verantwortung an sich gerissen und ihre Begleiter vor den Kopf gestoßen. Nun war sie auf sich gestellt. Sie bat die Umstehenden, sie über die Reling zu heben.

Der Kapitän fasste sie bei den schmalen Hüften und hob sie

von Bord, auf die Schultern zweier Bootsmänner. Eleonor wurde erst wieder hinuntergelassen, als sie festen Grasboden erreicht hatten. Nicht einmal der Saum ihres Mantels hatte das Wasser berührt.

Als Eleonor auf der Uferböschung stand, sah sie Türk in das lächelnde, freundliche Gesicht. Die kindliche Erzherzogin fasste augenblicklich Zutrauen. Ihre Skepsis wegen des unheilvollen Namens war verflogen. Das Haus Habsburg war in den letzten Jahrzehnten die europäische Schutzmacht gegen die von Ungarn her in die Mitte Europas drängenden Osmanen geworden. Das Wort »Türken« wurde an den Höfen stets mit einem Schaudern in der Stimme ausgesprochen. Doch Dr. Türk sah nicht aus wie ein Osmane. Er war bartlos, gesittet und beugte vor ihr das Knie. Eleonor ließ sich bereitwillig zu einem Rappen führen, der einen Damensattel trug. Dr. Türk hatte einen entschlossenen Schritt und einen festen Griff. Wie eine Feder hob er sie aufs Pferd und drückte ihr die Zügel in die Hand.

Der Obrist, der den Vorgängen bislang wortlos zugesehen hatte, wagte sich mit einem Einwand hervor: »Wo werden wir die gnädige Herzogin wieder treffen? Wer verrät uns, wo sie sich aufhält?«

Dr. Türk lächelte vieldeutig. »Nehmt nur ruhig Eure Fahrt wieder auf. Seid versichert, dass wir Euch fest im Blick haben werden. Tag und Nacht. Wir werden Euren Nachen rechtzeitig aus dem Fluss fischen.«

Dem Obristen entging nicht der bedrohliche Unterton in der Rede des Hofrates. Hätte die Jungfer nicht selbst eingegriffen, er hätte sie niemals hergegeben! Ein gutes Gefühl hatte er nicht bei der Sache. Doch auf ein Handgemenge, das die Erzherzogin ebenso gefährdete wie seine kleine Schar, wollte er es nicht ankommen lassen. Hofrat Türk war ihm an der Spitze einer Übermacht gegenübergetreten. Also gab der Obrist dem Kapitän Anweisungen, das Schiff wie beabsichtigt für die Nacht zu vertäuen und das Nachtlager aufzuschlagen. Der sächsische Jurist und herzogliche Rat ließ seine Begleiter aufsitzen, und mit Eleonor in der geharnischten Mitte entfernten sie sich ohne Eile.

Die erzherzoglichen Hofdamen wateten wütend an Land und bestürmten den Obristen. Mit einem unflätigen Fluch unterbrach er sie und spuckte ins Gras. Die Hofdamen äußerten, was auch er gefühlt hatte: Unter dem freundlich gesitteten Empfang hatte ein feindseliger Ton gelegen. Ein Ton, der dem Obristen ganz und gar nicht behagte. Sorgenvoll sah er dem unruhigen Schein der Fackeln, die am Ufer entlang zogen, hinterher. Unter Deck winselte und jaulte das Hündchen. Doch der Wind zerrte das dünne Geräusch die Elbe hinab, ohne dass Eleonor es vernahm.

Obernburger hatte Karl geholfen, sich zu entkleiden. Die schwarze spanische Tracht hatte der Sekretär sorgfältig gefaltet auf einen Schemel neben der Treppe zum Kellergewölbe gelegt. Obenauf die Kette des Ordens vom Goldenen Vlies.

Dann schlang er dem Herrscher dreier Weltgegenden ein grobes Leinentuch um die Hüften. Karl war schmal, beinahe ausgemergelt, obwohl er fraß wie ein Scheunendrescher.

Der kaiserliche Sekretär öffnete den Bretterverschlag, der den Abstieg zum Keller verbarg, und blieb am Treppenabsatz zurück. Karl stieg hinab.

Heißer Dampf quoll ihm entgegen, von den Wänden troff das Wasser. Von weit unten erblickte Karl den Schein einer Öllampe. Erstaunlich, dass in dieser Feuchtigkeit eine Flamme atmen konnte. Von unten vernahm er ein Scheppern und Klappern. Der Bader war bereits seit dem frühen Morgen im Keller, um alles zur Schwitzkur vorzubereiten. Sein Knecht hatte fuderweise heißglühende, vor Hitze knisternde Flusskiesel in feuchten Holzeimern nach unten getragen. Ein Schwall Wasser wurde ausgegossen, und neuer Dampf zischte auf. Der Kaiser musste sich an der glitschig-nassen Wand entlangtasten. Er befürchtete auszugleiten.

»Wollt Ihr mich blind machen?«, schrie er zu dem Bader

hinunter. Ulrich Ehinger, der altgläubige Hausherr hatte ihm versichert, dass es ein absolut vertrauenswürdiger, verschwiegener Kurmeister sei, den er beschafft habe. Karl legte keinen Wert darauf, dass man sich in Ulm und überall im Württembergischen herumerzählte, in welch erbärmlichem Zustand er sei. Er vermied es überhaupt, mit den Einwohnern der ketzerischen Stadt zusammenzutreffen. Um sich vor Ort bewegen zu können, hatte er eigens hölzerne Gänge bauen lassen, überdacht, mit kleinen Lichtscharten zwischen den Holzschindeln. Sie führten von Haus zu Haus, quer über die Gassen, versperrten diese zum Teil so, dass die Bewohner der Stadt etliche Umwege in Kauf nehmen, etliche Beschwernisse durch die Anwesenheit des Kaisers erfahren mussten – ohne dass sie ihn je zu Gesicht bekämen!

Das Scheppern und Klappern aus den Tiefen des Kellers hörte auf. Karl tastete sich weiter den schmalen Kellergang hinunter, auf das Licht zu. Der Nebel wurde dichter, und das Wasser rann ihm in Strömen vom Gesicht. Mit Mühe ertasteten Karls nackte Zehen die Stufen. Sie waren glitschig und gefährlich.

»Wollt Ihr mich umbringen?«, schrie Karl in den Dunst hinein. Kaum hatte er die lateinischen Worte ausgesprochen, wurde ihm bewusst, wie leicht es für einen Feind, einen fanatischen Protestanten, einen versprengten Münsteraner, einen rebellischen Böhmen gewesen wäre, ihn hier abzustechen. Karl hatte sich in seiner mehr als zwanzigjährigen Regierungszeit im Reich mehr Feinde als Freunde gemacht.

Der *Imperator Romanorum* zuckte zusammen, als sich eine schemenhafte Gestalt in sein Blickfeld schob. Nah, sehr nahe. Er wich zurück. »Auch wenn ich als unbekleidetes Gottesgeschöpf vor Euch trete, habt wenigstens den Anstand, Euch vor Eurem Kaiser zu verbeugen.«

Karl kniff die Augen zusammen, um besser sehen zu können. Doch es nützte nichts im undurchdringlichen Dunst. Er vernahm eine knarrende, alte, erstaunlich hohe Stimme. Sie sprach in flüssigem, doch ein wenig bäurischem Latein. »Verzeiht, Euer Kaiserliche Majestät, ich wusste nicht, dass Ihr schon da seid!«

Ein Weib? Karl war verwundert und erleichtert zugleich.

»Hab' ich recht gehört, Ihr seid ein Weibsbild?« Karl wusste, dass das Handwerk des Baders Muskelkraft erforderte. Es war keine Arbeit für Weiber.

»Herr, welchen Unterschied macht das? Ich kann Euch ohnehin nicht sehen.«

Karl schmunzelte. Das Weib meinte, er schäme sich wegen seiner Nacktheit. »Ich Euch ebenso wenig.«

Eine Hand tastete nach der seinen. Eine runzlige, knöcherne Hand. Karl fühlte sich beim Handgelenk gepackt. Die plötzliche Berührung überraschte ihn. Er wollte sich ihrem Griff entwinden, doch da zog es ihn schon fort, auf die Mitte des Raumes zu. Karl stieß mit der linken, der gesunden Zehe gegen einen Absatz. Er unterdrückte einen Schmerzenslaut. Das Weib führte ihn drei Stufen hinauf, zu einem Holzschemel. Mit den Händen ertastete Karl die Sitzfläche und ließ sich nieder. Der Kaiser vernahm ein durchdringendes Quietschen.

»Lehnt Euch zurück und reckt Euren Hals so weit es Euch möglich ist nach oben!«, befahl das Weib. Karl tat wie ihm geheißen. Es war ihm nicht unangenehm, von einem alten Weib Befehle zu empfangen. Endlich einmal konnte er einfach tun, was man ihm sagte. Karl legte den Nacken in eine hölzerne Rundung und reckte sein vorstehendes Kinn nach oben. Da schnappte ein Riegel ein, und sein Hals war von allen Seiten von einer Ledermanschette umschlossen. Karl griff tastend um sich und spürte die Begrenzungen eines hölzernen Kastens. Von unten waberte die Hitze herauf. Des Herrschers Füße ruhten auf einem schmalen Brett. Er wagte nicht, auch nur eine Zehe zu bewegen, denn unter dem Brett glomm eine Höllenglut. »Weib, Ihr hättet mir sagen können, dass Ihr einen Schwitzkasten benutzen wollt!«

Die Alte näherte sich dem Kaiser. Ihr Gesicht kam dem seinen nahe, sehr nahe. Karl versuchte zurückzuweichen, doch das Leder um den Hals hielt seinen Kopf wie in einer Zange. Die Baderin grinste breit und bleckte die Zähne. Die Zahnreihen waren vollzählig, obwohl ihr Haar schlohweiß war.

»Ich nahm an, Ihr seid mit den Begebenheiten der Podagra-Kur längst vertraut.«

Ihr Gesicht war zum Greifen nah. Karl sah, dass sie nicht schwitzte. Ihre Haut war weiß und trocken wie Birkenrinde.

»Sie wird von Ort zu Ort, von Bader zu Bader auf sehr unterschiedliche Art durchgeführt. Glaubt mir, ich habe Erfahrung mit dem Gebrechen.«

Das Weib wandte ihm grinsend ihr Gesicht zu. Viel zu nah. Sie schien keinerlei Scham vor der Nähe zu besitzen. »Ich hörte, dass Ihr bereits sehr lange darunter leidet. Der Schwitzkasten ist doch die bequemste Art, die schädlichen Flüssigkeiten auszutreiben, nicht wahr?«

Karl wollte etwas erwidern, aber er stockte. Er hatte etwas entdeckt, das ihm das merkwürdige Verhalten der Alten auf einen Schlag erklärte: Ihre Augäpfel waren von einem weißen Schleier bedeckt. Das Weib war blind. Genaueres konnte der Kaiser nicht ergründen, denn die Alte bückte sich nun und machte sich am Kasten zu schaffen.

»Wie könnt Ihr sehen, was Ihr tut?«, fragte der Weltenherrscher und bemühte sich, nicht beunruhigt zu klingen.

»Ich verrichte immer die gleichen Handgriffe, seit mehr als vierzig Jahren. Glaubt mir, ich brauche mein Augenlicht nicht ...«

Karl wurde es unbequem, das Kinn in die Luft zu recken, und er stützte es auf dem Deckel des Schwitzkastens ab. Allmählich gefiel ihm die Tatsache, dass das Weib ihn nicht sehen konnte.

»Weib, wie kommt es, dass Ihr das Handwerk des Baders beherrscht? Ich dachte, das sei Manneskunst.«

»Ich erwarb das Wissen von meinem Gatten, der mir allzu früh wegstarb. Was tut ein Weib, das keinen Mann hat und sich nicht neu verehelichen will? Sie führt das Werk des Gatten fort.«

»Doch es erfordert Kräfte, die kaum ein Mann besitzt!«

Das Weib legte die Arme um den Kasten und drehte den Kaiser mitsamt Schwitzkasten um sich selbst. »Man besitzt die Kräfte, die man braucht«, antwortete sie. Nicht ein Schweißtropfen zeigte sich auf ihrer Stirn. Karl schwieg. Er hatte in seinem Leben etliche Monstrositäten gesehen: Kinder mit zwei Köpfen, Riesen, Menschenaffen, Affenmenschen. Auch Zwerge. Sandwüsten und Berge aus Eis. Doch ein Weib vom Alter Methusalems und mit den Kräften Goliaths, das war selbst ihm neu.

»Ist Euch die Wärme angenehm?«, fragte das Weib den Kaiser.

Karl nickte. Dann wurde ihm bewusst, dass sie ihn nicht sehen konnte. »Ja, es ist gut so«, fügte er rasch hinzu.

Das Weib lächelte versonnen. »Ihr braucht es nicht zu sagen. Es reicht, wenn Ihr nickt.«

»Aber Ihr seid blind!«, erinnerte Karl sie irritiert.

»Man sieht nicht nur mit den Augen«, antwortete das Weib. Sie schlug die Lider auf und blickte Karl offen ins Gesicht. Ihre Augäpfel blieben weiß. Der Kaiser wandte sich ab. Er wusste nicht, ob er mit der Wahl der Baderin einverstanden sein sollte. Ihre Anwesenheit, ihr Gebaren beunruhigten ihn. Andererseits fesselte es ihn. Und es brauchte einiges, um den *imperator mundi* zu beeindrucken.

Die Alte machte sich an der Seite des Kastens zu schaffen. Über einen Trichter ließ sie eine Flüssigkeit ins Innere laufen. Es zischte. Ein würzig-frischer Geruch erfüllte das Gewölbe. Karl atmete tief ein und schloss die Augen. Wohlgefühl durchströmte seinen Leib. Er hörte, wie das Weib eine Lade herauszog. Dann trat sie an den Brunnenrand, nahm den gefüllten Schöpfeimer und löschte die Kiesel mit einem Schwall. Mit dem Zischen verschwand das wohlige Aroma hinter dumpfer Feuchtigkeit. Karl ließ ein Grummeln des Bedauerns vernehmen.

»Die Gicht ist eine Krankheit des Genusses, gnädiger Herr. Ihr müsst lernen, den Genuss von Euch zu weisen, wenn Euch die Kur nützen soll.« Karl war verärgert, dass ein einfaches Weib es wagte, so bestimmend mit ihm zu sprechen. Nicht einmal die ihm gebührende Titelanrede respektierte sie! Er wollte ihr entgegnen, dass Gott der Herr allein ihm Demut und Verzicht auferlegen dürfe. Doch dann fühlte er, dass der Schmerz in seinen Gliedern nachgelassen hatte. Bedeutend nachgelassen. Und so schwieg er.

Als Karl das Bad verließ, konnte er zum ersten Mal seit Jahren die Zehen seines rechten Beines spüren. Er beschloss, die Baderin weiterhin ihren Dienst am kaiserlichen Leib versehen zu lassen. Am Abend, als man an festlicher Tafel beisammen saß, lobte Karl die Wahl, die der Hausherr für ihn getroffen hatte.

Wortkarg waren sie in der Dunkelheit dahingeritten. Dr. Türk hatte Eleonor mehrmals aufmunternde Blicke zugeworfen, doch auf Fragen der Jungfer hielt er stets die gleiche lakonische Antwort bereit: »Wir werden unser Ziel bald erreicht haben.«

Je länger der Ritt dauerte, desto mehr zweifelte die Erzherzogin an der Klugheit ihrer Entscheidung. Schon bald hatte sie aus dem Damen- in den Herrensitz gewechselt. Diese Art des breitbeinigen Reitens schickte sich zwar nicht für eine Frau von Stand, doch ihre Begleiter hatten Verständnis gezeigt, als sie darum bat, den Sattel abzunehmen und auf der Satteldecke weiterzureiten. Nur so ließen sich längere Strecken zu Pferde ertragen.

Eleonor wusste nicht, an welchem Abschnitt der Elbe sie angelandet waren und wie lange der Ritt bis Dresden hätte dauern müssen. Sie fühlte sich unwissend und ahnungslos.

Einmal waren ihnen Reiter begegnet. Es hatte ein längeres, aufgeregtes Palaver gegeben, und im Ergebnis hatte Türk die Richtung gewechselt. Doch er hielt es für unnötig, Eleonor über die Gründe seines Entschlusses zu unterrichten. Je länger der Ritt dauerte, je höher der Mond stieg, desto hilfloser fühlte sie sich. Als Erzherzogin von Österreich, ausgestattet mit Ansehen, Einfluss und hochwohlgeborener Verwandtschaft, war sie aufgebrochen; als unmündiges Kind, ganz auf sich allein gestellt, war sie jetzt unterwegs.

Alle Personen, auf die sie Einfluss ausüben konnte, über die sie mit der Fülle der elterlichen Macht befehligen konnte, jede höfische Entourage war ihr genommen. Stattdessen war sie umgeben von Fremden, die nichts auf ihre Befehle und Bedürfnisse gaben. Und noch hatten sie ihr Ziel nicht erreicht, noch setzten die schweren Schlachtrösser einen Huf vor den anderen. Wie weit würde die Verminderung der Eleonor noch gehen?

Endlich, die Nacht war schon von blassen Schleiern aufkommenden Tageslichts durchsetzt, erreichten sie eine größere Stadt. Zunächst hatte Eleonor in freudiger Erregung gedacht, die Silhouette des heimatlichen Prag wiederzuerkennen. Doch das war unmöglich! Die Stadt ihres Aufbruchs, ihre Heimat, in der Ferdinand und Anna nichts von ihrem Schicksal ahnten und sicherlich bang auf Kunde warteten, war drei eilige Tagesreisen entfernt!

Nur die Anlage, auf beiden Seiten des Flusses dahingestreckt und durch eine Brücke verbunden, und die Feste, die die Stadt auf einem Felsplateau oberhalb des Flusses überragte, erinnerten an die Moldaustadt. Und wie in Prag war die Silhouette des Burgbergs gekrönt von einem Dom, dessen Türme sich deutlich gegen den Nachthimmel abzeichneten. Durch das Maßwerk der Turmhelme schimmerte der Mond; die Spitzen schienen die zerrissenen Wolkenhaufen aufspießen zu wollen.

Die Hufe klapperten dumpf über einen überdachten Holzsteg. Wie klein und armselig gegen die prächtige, steinerne

Karlsbrücke! Nein, das war nicht ihr Prag. Aber Dresden war es auch nicht.

Wie von Zauberhand öffnete sich das Tor der Stadt, sobald die Pferde die Brücke hinter sich gelassen hatten. Hofrat Türk, der an der Spitze des Trosses ritt, ließ anhalten und tuschelte kurz mit den Torwächtern, bevor sie den Ritt fortsetzten.

Die ungepflasterten, tief gefurchten Wege Meißens machten den Pferden zu schaffen. Eine dünne Decke frisch gefallenen Schnees bedeckte den Straßenkot. Die Rösser stolperten und glitten aus. Schneeflocken wurden von Windböen in wilden Elfentänzen durch die Gassen getrieben. Eleonor zog den pelzbesetzten Saum ihrer Kapuze tiefer ins Gesicht. Nur gelegentlich wagte sie, den Kopf nach rechts oder links zu wenden, um eines der ein- oder zweigeschossigen Fachwerkhäuser mit den spitzen Giebeln in Augenschein zu nehmen. Auf ihrem Ross sitzend konnte Eleonor fast nach den Traufen langen. Nur auf den allerersten Blick hatte sie diese Stadt mit Prag verwechseln können. Hier war alles kleiner, enger, düsterer. Die Dächer der Häuser waren stroh- oder holzgedeckt, nicht wie im herrschaftlichen Prag mit Ziegeln! Nicht einmal Nachtwächter gab es, die mit ihren sanft schimmernden Laternen Trost spendeten und die Stunden ausriefen. Kein streunender Hund war in den Gassen.

Und doch hatte sie das Verlangen, endlich dem zukünftigen Ehemann zu begegnen. Den, um dessen Gestalt, dessen Körper, dessen Geruch sich ihre Gedanken seit Wochen drehten. Seine wohltönende Stimme war ihr im Gedächtnis geblieben. Wohltönend, obgleich von diesem grobschlächtigen Dialekt entstellt. Das Französisch Augusts war allerdings erträglich. Würden sie sich auf Französisch unterhalten? Eine Sprache, mit der man die zartesten Dinge ungleich zarter aussprechen konnte als mit deutschem Zungenschlag. Vom Mittelpunkt ihres Bauches aus durchwallte eine warme, vibrierende Welle ihren Leib. Eleonor schloss die Augen. Sie spürte das harte Aufsetzen der Pferdehufe mehr als den scharfen Wind, der ihr ins Gesicht und unter die Kapuze fuhr. Sie hörte ihren eigenen, schnellen Atem deutlicher als das Stampfen der Hufe auf dem gefrorenen Lehmboden. Und sie sah die Traumgestalt in ihrem Kopf deutlicher als das Licht des Mondes, der nun weit oben über dem Burgberg stand. Sicherlich würde er sie auf dem Schloss empfangen! Doch auch das lag – so weit sie sehen konnte – in völliger Dunkelheit. Die Nacht war weit fortgeschritten. Wurde sie überhaupt erwartet? Sie wollte Dr. Türk fragen, doch der ritt vorne, an der Spitze des Trosses. Und sicherlich käme ihm nur wieder diese eine lakonische Antwort über die Lippen: »Wir werden unser Ziel bald erreicht haben.«

Über eine steinerne Brücke, die in beachtlicher Höhe einen Bogen über die Gassen der Stadt schlug, erreichten sie das innere Tor der Burganlage. Einer der hölzernen Flügel war geöffnet. Vor dem Tor waren Wachen postiert. Der Hofrat schob sich vom Pferd. Der stundenlange Ritt hatte ihn steif gemacht. Die Söldner senkten ihre Hellebarden, grüßten und gaben den Weg frei.

Dr. Türk schritt auf jemanden zu, der den Durchgang zur Burg wirksam versperrte und keine Anstalten machte zurückzuweichen. Ein wahrer Hüne von Mann in einem mönchischen Aufzug. Seine Haltung drückte Trotz und Widerstand aus. Im Lichtschein des Mondes erkannte Eleonor unter einem flachen Hut strähniges Haar, das füllig unter der Kappe hervorfloss. Der Mann hatte ein glattes Gesicht. Es war ganz gewiss keiner aus der wettinischen Sippschaft, die allesamt danach strebten, ihre Gesichtszüge unter wuchernder Haarpracht zu verbergen.

Der Hüne gestikulierte heftig im flüsternden Disput mit Hofrat Türk. Gelegentlich trieb der Wind Fetzen des Gesprächs herüber. Es wurde auf Lateinisch geführt. Was mochte das bedeuten? Die Stimme des Burgbewohners klang aufgebracht, erregt. Dr. Türk dagegen sprach besonnen auf ihn ein. Eleonor rückte sich unbehaglich zurecht. Ihre Glieder schmerzten, insbesondere einige Teile des Körpers, über die man nicht sprach. Auch wenn sie den bequemeren Sitz gewählt hatte, wurden ihr die Stunden bewusst, die sie nun schon auf dem Pferderücken zugebracht hatte. Sie war sehr erschöpft.

Eleonor beugte sich vor und lauschte auf das ungleiche, halblaut streitende Paar. Der Hüne schien sich endlich fügen zu wollen. Er senkte den Kopf und ließ die Hände, die eben noch heftig abwehrende Gesten vollführt hatten, kraftlos fallen.

Dr. Türk überreichte ihm eine Depesche, wandte sich zu seinem Tross um und schritt schnurstracks auf Eleonor zu. Ohne den Lederhandschuh abzuziehen, reichte er ihr die Hand. »Euer Fürstliche Gnaden, Eure Reise ist fürs Erste beendet.«

»Hier? Wo sind wir denn? Ist Moritz hier, um mich zu empfangen? Oder August?« Gleichwohl war Eleonor erleichtert, vom Pferd steigen zu können. Dr. Türk stützte sie, als sie vom Ross glitt. Der Hofrat war nicht besonders groß, doch er überragte die Erzherzogin um Hauptes Länge. Ein Lächeln überzog sein Gesicht. Ein Lächeln, das Eleonor abgründiger erschien als zuvor. Es flößte ihr kein Vertrauen mehr ein.

»Unerwartete, äußerst unübersichtliche Bewegungen der feindlichen Partei, von denen uns gekundschaftet wurde, machen es unmöglich, die Reise fortzusetzen. Die Gegend rund um Dresden ist unsicher. Die Gefahr wäre zu groß, dass Ihr dem Schmalkaldischen Lager in die Hände fielet. Eine Geisel von Eurer Stellung würde unser ganzes Unternehmen in Gefahr bringen, womöglich den Kriegszug zu Gunsten unserer und Eurer Feinde ein für alle Mal entscheiden! Deshalb werdet Ihr Euch vorübergehend unter die Obhut des Magisters und Bibelgelehrten Rufus Knopplochius, eines verdienten und verlässlichen Ehrenmannes, begeben.«

Dr. Türk deutete mit der Hand hinter sich, auf den Hünen, der immer noch unter dem Torbogen stand. In der geballten rechten Hand hielt er das Schreiben, das ihm der Hofrat übergeben hatte.

Eleonor nickte willenlos. Sie fühlte sich den Ereignissen nicht gewachsen. Die Entschlossenheit, mit der sie von Bord des Kahns gegangen war und sich den Sachsen überantwortet hatte, war verschwunden. Türk war ihr gegenüber nicht aufrichtig gewesen, das spürte sie nun. Intuitiv wollte sie gegen seinen Befehl aufbegehren. Kam es diesem Mann überhaupt zu, ihr, Eleonor von Habsburg, Weisungen zu erteilen? Er war ja nicht einmal von Adel!

Doch welche Wahl blieb ihr jetzt noch, hier, fernab vom Hof, fernab von den Ihren, fernab von irgendjemandem, der ihr einen ehrlichen Rat hätte geben können?

Türk wagte es, sie am Ellenbogen zu berühren, um sie sacht in die Richtung des Magisters zu schieben. Eleonor zog den Arm zurück und warf ihm einen vernichtenden Blick zu. Festen Schrittes ging sie auf den Torbogen zu, in dem der Gelehrte den Kopf zu einer Verbeugung senkte. Eleonor erwiderte mit einem herablassenden Nicken.

Der Schatten des Torbogens schnitt sie ab vom Licht des Mondes, das sie so treu durch die Nacht begleitet hatte. Sie war diesem unbekannten Koloss von Mann ausgeliefert. Das wurde ihr mit einem Male bewusst. Niemals würde sie einen August von Sachsen ehelichen, der ihr solche Schmach zumutete!

»Es war mir ein Vergnügen und wird es bald wieder sein«, rief Türk ihr hinterher. »Sobald sich die verworrene Lage geklärt hat, werden wir Euch holen und zu August führen!«

Eleonor wollte etwas erwidern, doch da schlug der Torflügel bereits dröhnend zu. Von außen wurde ein Riegel vorgeschoben. Sie war gefangen! Welch fürchterliche Intrige, welch hinterhältiges Ansinnen hatte sie in eine solche Lage gebracht! War ihr Leben gefährdet? Hatte man jeden Respekt vor ihr und ihrem Hause verloren?

Vorsichtig sah sie zur Seite und suchte die Augen des Hünen. Ihre Blicke kreuzten sich, und Eleonor bemerkte, dass der Magister alles andere als feindselig, sondern verstört, beinahe schüchtern war. Kein Zweifel. Dieser Hüne hatte Angst vor ihr!

Die Burg war düster und nicht durch den leisesten Schein einer erbärmlichen Ölfunzel erleuchtet. Der Hüne, der ihr als Magister Knopplochius vorgestellt worden war, hatte nicht einmal eine Fackel zur Hand, um ihren Weg zu erhellen. Eleonor ging wie im Traum über den weiten, windigen Platz vor dem Dom. Der Mann lief gebeugten Hauptes vor ihr. Er murmelte etwas, das sie nicht verstand. Nur noch das Mondlicht zuckte gelegentlich hinter Wolkenfetzen hervor.

Knopplochius schritt weit aus. Eleonor musste sich eilen, ihn nicht zu verlieren, bis sie zu einem Treppenturm gelangten. Die Jungfer zögerte einen Moment, ehe sie über die Schwelle trat.

Die sichelförmig zurückweichenden, niedrigen Sandsteinstufen geleiteten sie bequem nach oben. Nach einem Vorraum durchquerten sie einen größeren Saal, und Eleonor registrierte mit Verwunderung, dass hier Menschen untergebracht waren. In der Dunkelheit machte sie etliche, unter Mänteln verborgene Körper auf schmalen Pritschen aus. Sie vernahm das gleichförmige, mitunter etwas röchelnde Atmen der schlummernden Gestalten. Waren es Soldaten? Gehörten sie zum Hofstaat des Herzogs? War Dresden bereits aufgegeben und dies hier der versprengte Rest des Hofes? Aber warum wurden sie bewacht wie in einem Kerker?

Der Magister flößte ihr Vertrauen ein. Sie spürte, dass er eine brave Seele war. Auch wenn er sich nicht zu benehmen wusste! Sie folgte ihm. Was blieb ihr anderes übrig?

Knopplochius haderte mit seinem Schicksal. Gott wollte ihn prüfen, wie er es schon zuvor getan hatte, so viel war gewiss. Beim ersten Mal hatte er versagt. Und Gott in seiner unendlichen Gnade gewährte ihm einen zweiten Versuch, eine zweite Probe.

Der Herr machte es ihm nicht gerade leicht. Ein Mädchen hatte er ihm geschickt, eine Jungfer! Von höchster Geburt! Eine hochgeborene Jungfer unter einem Dutzend halbwüchsiger Knaben! In dieser vertrackten Lage!

Doch was auch immer es war, es war Gottes Ratschluss. Immerhin wusste Moritz sehr wohl, dass sie nicht von der Pest bedroht waren. So viel hatte der Hofrat ihm versichert. Doch verbesserte es ihre Lage? Würde er diesmal seiner Verantwortung gerecht werden? Oder würde er sie ein zweites Mal ans Messer liefern, sie, seine Schutzbefohlenen, seine Schüler und Schützlinge? Seine Kinder.

Knopplochius öffnete die Tür zu seiner Kammer im Erker. Hier war es kälter als im Schlafsaal der Knaben, doch der Mond schimmerte durch die Butzenscheiben und ließ den Raum, angefüllt mit Büchertruhen und herumliegenden Pergamenten, in weichem Licht erscheinen. Der Magister nahm seine Kappe ab, glättete sie sorgfältig und legte sie auf den Fenstersims. Er entzündete ein Talglicht an der Glut der Feuerstelle, rückte den einzigen Schemel in der Kammer zurecht und forderte Eleonor durch eine Geste auf, sich zu setzen. Dann erbrach er das Siegel des herzoglichen Schreibens. Im dürftigen Lichtschein kniff er die Augen zusammen und las. Dann schüttelte er den Kopf, begann noch einmal von vorn zu lesen, einzelne Stellen laut murmelnd, sich nachdenklich das bartlose Kinn reibend. Schließlich ließ er das Schriftstück sinken und starrte in unbestimmte Ferne.

Der Herzog hatte unter der Hand Erkundigungen eingezogen, und der Irrtum des Pestverdachts hatte sich schnell aufgeklärt. Das war der gute Teil der Nachricht. Dennoch wollte der sächsische Herrscher sie in der augenblicklichen Lage nicht aus ihrer Gefangenschaft entlassen. Knopplochius solle es weniger als eine Einkerkerung, denn als vorsorglichen Rückzug vor den Gefahren des Krieges betrachten. Bis sich die Lage beruhigt hätte. Und es sei doppelt nützlich, den Schein aufrechtzuerhalten, sie befänden sich in Pestquarantäne. Denn auf diese Weise seien sie sicher vor jedem Angriff. So sicher wie in Abrahams Schoß.

Moritz versprach, ihnen jede Erleichterung zu verschaffen, die in seiner Macht stünde. Doch warum schickte er ihnen Eleonor aus dem Hause Habsburg auf die Burg? Die Nichte des Kaisers? Wie konnte der Fürst, der stets einen guten Instinkt bewiesen hatte, auf eine solch hanebüchene Idee verfallen? War ihre Lage nicht vertrackt genug? Die Anwesenheit der Jungfer in dem Haufen Knaben musste das blanke Chaos hervorrufen! Knopplochius rieb sich über das müde Gesicht. Er warf dem Mädchen einen ratlosen Blick zu.

Eleonor wurde ob des langen Schweigens des Gelehrten unbehaglich zumute. Sie wich dem leeren Blick des Magisters aus. Sie ordnete die Falten ihres Kleides so, dass sie zu beiden Seiten des Schemels herabfielen. Eine Handlung ohne Sinn, nur dazu dienlich, ihre Verlegenheit zu überspielen. So lange war sie noch nie mit einem fremden Mann allein in einer Kammer gewesen!

Gedankenverloren löschte Knopplochius das Licht. Eleonors Herz schlug schneller. Sie hielt den Atem an. Der Hüne war nur drei Schritte von ihr entfernt, als er sich ächzend auf eine Truhe niederließ. Im nächsten Augenblick sprang er jedoch wieder auf, und Eleonor fuhr erschrocken zurück. Er deutete nur eine Verbeugung an, als er sagte: »Ihr werdet verzeihen, gnädige Erzherzogin, aber unser Vorrat an Lichtern ist begrenzt.«

Eleonor setzte sich gerade. Niemand würde es wagen, Hand an eine Nichte des Kaisers zu legen, beruhigte sie sich. Und wenn doch? Was, wenn der Mann ihr Gewalt antun würde? Wer sollte ihr zu Hilfe kommen? Die Wesen, die im Nachbarsaal schliefen, wer auch immer sie waren?

»Ich werde versuchen, Euch, gnädige Erzherzogin, eine Situation verständlich zu machen, die ich selbst nicht verstehe«, hub Knopplochius an, um sich sogleich wieder zu unterbrechen. Er suchte nach Worten.

Eleonor nutzte die Sprachlosigkeit des Gelehrten und preschte vor: »Was ist dies für ein Ort? Hält sich Herzog Moritz hier auf? Oder dessen Bruder, mein zukünftiger Gemahl?«

Knopplochius war erleichtert. Auf solch einfache Fragen wusste er Antwort. Auf diesem Wege konnte man sich zu den schwierigeren durcharbeiten. »Ihr befindet Euch auf der Burg zu Meißen, gnädiges Fräulein. Ehemals Stammsitz der Wettiner. Nun dient sie uns, den geflohenen Leipziger Scholaren und Lehrern, als Zuflucht und Trutzburg, um vor den anrückenden feindlichen Truppen geschützt zu sein.«

»So steht der Feind tatsächlich bedrohlich nah?« Eleonor hatte sich vorgelehnt, um die Züge des Magisters deutlicher sehen zu können. Ihm vom Gesicht abzulesen, ob er die Wahrheit sprach.

Der Gelehrte hob die mächtigen Schultern. »Wie nah, kann ich nicht sagen. Wir, das sind neun Scholaren, ich und eine Wirtin, wurden auf die Burg verbracht, da man unsinniger Weise vermutete, wir hätten uns an der Pest infiziert.«

»An der Pest?!« Eleonor sprang auf. »Seid's Ihr alle miteinander an der Pest erkrankt?« Vor Erregung war sie vom Lateinischen in den heimatlichen Zungenschlag verfallen.

Knopplochius war ebenfalls aufgesprungen, trat auf sie zu und beschwichtigte sie, ohne sie zu berühren. Er wagte nicht, sie auf den Stuhl niederzudrücken. Mit einem verblüfften Ton sank sie von selbst zurück. Ihre Hände zitterten.

»Ein Irrtum, seid dessen versichert«, mühte sich Knopplochius die Jungfer zu beruhigen. Auch er war ins Deutsche übergewechselt. »Die Dummheit des einfachen Volkes, ein rätselhafter Todesfall, eine unbedachte Äußerung. Hier auf dieser Burg regiert so wenig die Pest, wie Euer Oheim, Seine Kaiserliche Majestät, in Deutschland regiert.«

Nun war es die Empörung, die Eleonor erneut vom Sitz trieb. »Was erlaubt Ihr Euch, Herr ...«

»Magister«, ergänzte Knopplochius. »Verzeiht, Erzherzogin, aber wenn man eingekerkert ist, gewinnen die Dinge eine andere Bedeutung.«

Eleonor machte einen Schritt auf den Gelehrten zu. Sie versuchte, seinen Blick einzufangen, doch Knopplochius wich zur Seite aus, blickte zum Fenster. »Steht in diesem Schreiben irgendetwas über die Pläne, die man mit mir hat? Hier kann ich unmöglich bleiben!«, entschied Eleonor.

Knopplochius schaute sie nicht an, er starrte weiterhin auf die Fenstergläser mit den konzentrischen Wellenringen. »Das wisst Ihr, das weiß auch ich. Es ist ganz und gar unmöglich. Und doch verlangt man es von uns.«

»Wer verlangt es?«

»Seine Fürstliche Durchlaucht, Herzog Moritz.«

»Für mich gilt das Wort meines Onkels, Seiner Kaiserlichen Majestät, und das meines Vaters, Seiner Königlichen Hoheit, Ferdinands von Österreich.«

»Wir befinden uns auf dem Territorium des Herzogs zu Sachsen, Landgraf in Thüringen, Markgraf zu Meißen. Hier gilt sein Wort.« Knopplochius war wieder in das förmlichere Latein verfallen.

»Er ist Untertan meines Onkels«, entgegnete Eleonor.

»Ein Untertan, der seinen eigenen Braten über dem Feuer Eures Onkels dreht, wenn Ihr mir die Bemerkung erlaubt.«

»Was meint Ihr damit?« Eleonor wusste, dass die sächsischen Herzöge Moritz und August in Prag den Ruf unzuverlässiger Parteigänger genossen. Doch als Feinde hatte sie sie bislang nicht betrachtet.

Knopplochius winkte ab. »Lasst uns nicht die Dinge der großen Staatskunst wälzen. Wenden wir uns dem Notwendigen zu: der Kunst, uns in diesen widrigen Umständen einzurichten und uns in Gottesfurcht zu üben. Als Jungfer Eleonor würdet Ihr nur für Aufruhr sorgen. Ich weiß mir keinen anderen Rat: Ihr müsst Euch für die Dauer Eures Aufenthalts auf der Burg als Scholar ausgeben.«

»Für welche Dauer? Ich werde gleich morgen bei Tagesanbruch nach Dresden weiterreisen!« Eleonor trat einen weiteren Schritt auf Knopplochius zu.

Der Magister überlegte, ob er Eleonor eröffnen sollte, dass sie längst an Dresden vorbeigeritten war. Doch er wollte ihr Gemüt nicht ärger als notwendig belasten. Es war wichtig, dass sie sich seinem Willen fügte. Knopplochius hatte genügend Fürstenzöglinge kennen gelernt. Sie stellten sich stets dort quer, wo man es am wenigsten gebrauchen konnte. »Wir werden bewacht. Niemand darf die Burg verlassen! Das Volk erschlägt jeden, der sich nicht an die Bestimmungen der Quarantäne hält. Sie glauben, wir trügen die Pest in uns. Die Pest!«

Eleonor bekreuzigte sich und rümpfte die Nase. Hochmut sollte ihre Furcht verbergen. »Es war möglich, hierher zu gelangen, die Burg zu betreten ...«

»Glaubt mir, es ist nicht möglich, sie zu verlassen. Nicht, ohne sich in Gefahr für Leib und Leben zu begeben. Nicht ohne Moritz' Erlaubnis.«

»Er wird sie gewähren. Wenn ihm die Gunst des Kaisers lieb ist, wird er sie mir gewähren.«

»Ich werde morgen ein Schreiben an Moritz aufsetzen. Noch weiß ich nicht, wie es ihn erreichen könnte, aber ich werde einen Weg finden. Auch mir kommt Euer Aufenthalt auf der Burg ungelegen. Doch bis wir Antwort erhalten, müsst Ihr Euch als Scholar ausgeben.«

»Niemals.«

»Betrachtet es als Maskenball. Vielleicht werdet Ihr dem Mummenschanz sogar ein Vergnügen abgewinnen können.«

Eleonor war empört. Sie wusste, welchen Ruf Studenten genossen. Auch in Prag kamen sie an Beliebtheit gleich nach den Henkersknechten und Bettlern. Mit diesem hochnäsigen Gesindel, das über kurz oder lang in Schreibstuben enden würde, sollte sie Stunden, gar Tage verbringen?

»Eure ... Eure ...Weiblichkeit«, der Magister suchte nach Worten, und Eleonor schoss das Blut zu Kopf, »ist zum Glück nicht so ausgeprägt. Das erleichtert die Verkleidung.«

Eleonor schwieg. Konnte sie es einem Magister – einem Magister welcher Disziplin überhaupt? – gestatten, über den Zustand ihrer Weiblichkeit zu urteilen?

»Ich werde Euch einen Mantel geben lassen, der eines Studenten würdig ist. Eure jetzigen Kleider müsst Ihr ablegen. Zu prachtvoll. Die Studenten würden Euren Stand augenblicklich erraten. Ihr braucht knabenhafte Leibwäsche, Strumpfhosen, eine Bruche. Zum Glück seid Ihr nicht groß gewachsen. Die Boschna wird etwas aus dem, was die anderen zurückgelassen haben, für Euch schneidern können.«

Eleonor entschied, die fortwährenden Beleidigungen zu überhören. Sollte sie gegen den einzigen Menschen, der ihr aus dieser entsetzlichen Lage helfen konnte, aufbegehren? Nur, wenn es gar zu arg wurde!

Der Magister tat einen Schritt auf sie zu. Eleonor straffte ihren Körper. Keinen Zoll wich sie zurück, sodass Knopplochius seine massige Gestalt an ihr vorbeidrücken musste, sorgfältig darauf bedacht, sie nicht zu berühren.

Eleonor roch den Schweiß des Gelehrten und verspürte das Bedürfnis auszuspeien. Was für ein grober Klotz, was für ein Tier von Mensch! Und solch einer schimpft sich Gelehrter!

Als Knopplochius das schmächtige, doch störrische Hindernis überwunden hatte, schob er mit einer raschen Handbewegung den schweren Vorhang beiseite, der ihn vom Schlafsaal der *studiosi* trennte. Alles war ruhig. Nichts deutete darauf hin, dass jemand ihr Gespräch belauscht haben könnte. Der Magister warf Eleonor einen letzten, ungläubigen Blick zu. Dann verließ er fluchtartig die Turmkammer.

Die Jungfer trat vor das mittlere der Turmfenster. Sie wollte es öffnen, doch sie reichte nicht an den Riegel heran. Sie schaute sich um. Alles war still – auch im Schlafsaal der Studenten.

Sie schob den Schemel heran, kletterte auf den Fenstersims, hob den Riegel, öffnete den Fensterflügel und beugte sich weit vor, um den Kopf hinauszurecken. Der Mond, ihr tröstlicher

Begleiter, war hinter einer dicken Wolkendecke verborgen. Nur die Elbe konnte sie weit unten im Tal erkennen. Der Fluss spannte sein schwarzes Band durch die Nacht. Eleonor wünschte sich zurück auf den Kahn, in den Kreis der Ihren, in den Chor vertrauter Stimmen, in eine Umgebung, in der man ihre Stellung kannte und respektierte. Hier musste sie alles verteidigen: ihren Stand, ihre Würde, ihren Namen. Sogar ihr Geschlecht wollte man ihr nehmen! Doch Eleonor war entschlossen zu kämpfen. Sie würde sich der Ehre einer *de Austria* würdig erweisen – selbst in Gefangenschaft! Der heroische Zug ihres Schicksals gefiel ihr. Sie durchlebte am eigenen Leib eine dieser Geschichten, von denen die alten Sagen erzählten! Leider endeten diese Sagen allzu oft mit dem Tod …

Eleonor zog den Kopf ein und schloss das Fenster. Müde ließ sie sich auf die Truhe vor der Fensternische plumpsen. Ihre Beine baumelten herunter, ohne den Boden zu berühren. Sie begann mit den Füßen vor und zurück zu wippen, genoss die schwungvolle Bewegung. Sie verstärkte den Schwung, bis ihre Fersen in unregelmäßigem Rhythmus gegen die Truhe schlugen. Das muntere Pochen machte ihr Mut. Eine Weile. Dann wurde sie dessen überdrüssig. Sie hielt die Füße still und sah sich um. Bücher, Papier, Pergament. Und Truhen, überall Truhen. In einer Ecke des Erkers ein Astroskop, wie sie es einmal beim Prager Hofastrologen gesehen hatte. Sie wollte hindurchschauen, doch dann wurde ihr bewusst, dass der Sternenhimmel von dicken Wolken verhangen war. Und am Horizont zeigte sich schon ein schmaler Streifen Morgenlicht. Die Jungfer gähnte. Was für eine Nacht hatte sie hinter sich! Die Beine schmerzten vom langen Reiten. Sie legte sich auf die Seite und zog die Füße an. Sofort senkte sich bleierne Müdigkeit auf ihre Lider. Eleonor schloss die Augen und schlief augenblicklich ein.

Knopplochius warf einen Blick nach allen Seiten, bevor er eiligen Schrittes den Burghof durchmaß. Er trug kein Licht bei sich, um nicht die Aufmerksamkeit schlafloser Scholaren auf sich zu lenken. Die Morgendämmerung erhellte den Burghof leidlich.

Zu ebener Erde, wo die bischöfliche Küche den größten Teil des Stockwerks einnahm, hatte die Boschna ihr Quartier aufgeschlagen. Der Magister trat auf die mittlere der drei Stufen, die zur Tür hinaufführten, und ließ die Faust gegen das Holz krachen. Dreimal. Nichts rührte sich. Er trat zurück und hielt nach einer offenen Fensterhöhle Ausschau. Doch im tiefsten Winter versperrte auch die Boschna zur Nacht die Fensterläden.

Knopplochius ging um das Anwesen herum und fand einen zweiten Zugang, der zu früheren Zeiten dem Hausgesinde gedient haben musste. Ohne erneut zu klopfen, drückte Knopplochius mit der flachen Hand gegen das Holz. Die Tür schwenkte knarrend auf, und Knopplochius tat beherzt einen Schritt in die Kammer. Es war ein großer Vorratsraum. Zur Rechten wie zur Linken erstreckten sich Holzregale auf ganzer Höhe und Breite der Wand. Darauf stapelten sich einige Gefäße und Schalen, teils aus Holz, teils aus Ton, die wenigsten aus Kupfer.

Zu Zeiten, da hier noch ein Bischof residierte, mochten sich die Regalbretter durchgebogen haben. Nun klafften weite Lücken, und einige der Fächer waren gänzlich nutzlos geworden. Knopplochius durchmaß den schlauchartigen Vorratsraum und erreichte die geräumige Küche. Unter dem Kupferkessel, in dem noch die Reste der Mittagssuppe schwammen, glomm die Glut des Herdfeuers. Ein tröstlicher Anblick. Der schwache Lichtschein ließ den Bauch des Kessels rot schimmern. Der Boden war rußig schwarz.

Knopplochius schritt um das Herdfeuer herum, wich einem Schinken aus, der von der Decke baumelte (hängte die Boschna Fleisch in den Rauch? Hatte sie gar eigenmächtig geschlachtet? Sie hielten doch gar keine Schweine auf der Burg!), und duckte sich unter feuchten Wäschestücken hindurch. Leise rief er nach der Wirtin, vorsichtig, um sie nicht zu erschrecken. Wahrscheinlich schlief sie mit gewetztem Messer unter dem Kleid. Der Magister hatte wenig Lust, die Klinge in seine Brust fahren zu sehen. Er rief lauter. Und lauschte auf Antwort. Es kam keine. Nicht einmal Schnarchen war zu vernehmen. Auf der anderen Seite des Ganges, nahe der duftenden Wärme der Küche, hatte die Boschna ihre Bettstatt aufgeschlagen. Die Tür stand offen. Knopplochius zischte. Hier war es dunkler als in der Küche. Die Boschna hatte die Fenster mit Sackleinen verdunkelt, denn die Vorhänge, die hier einmal gehangen haben mochten, waren längst abgenommen. Der Magister kniff die Augen zusammen. Vorsichtig tastend, ohne einen Schemel umzustoßen oder gegen eine Truhe zu treten, ging er hinüber zum Fenster. Er zog den aufgetrennten Hafersack zur Seite. Der dämmernde Morgen warf ein bläuliches Licht in die Kammer. Er drehte den Kopf zum Lager der Wirtin. Der Strohsack war prall und unberührt. Die Boschna war nicht im Raum. Ratlos starrte Knopplochius auf die Bettstatt. Es gab keinen Zweifel, die Wirtin war ausgeflogen. Doch wo auf der Burg trieb sie sich herum, mitten in der Nacht? Was hatte sie zu schaffen, während andere schliefen? Oder hatte sie sich bereits erhoben, um das Tagwerk zu beginnen? Doch die Bettstatt verriet, dass sie sich gar nicht erst niedergelegt hatte! Jedenfalls nicht in dieser Kammer!

Knopplochius blieb nichts anderes übrig, als sich unverrichteter Dinge zurückzuziehen. Gedankenverloren suchte er sich seinen Weg durch Flur und Küche und übersah die Wäsche, sodass ihm der feuchte Stoff übers Gesicht glitt. Nicht einmal die plötzliche Nässe konnte ihm den Schleier der Ratlosigkeit von den Gedanken ziehen.

Sorgfältig schloss er die Tür und zog kurz in Betracht, hier zu warten und ihr aufzulauern. Doch dann spürte er eine schwere, lähmende Müdigkeit in Knochen und Gliedern und zog es vor, diesem Bedürfnis nachzugeben.

Mit schweren Schritten schlurfte er am Domportal vorbei.

Allmählich stieg Zorn in ihm auf. Wo war die Wirtin? Er würde sie zur Rede stellen, gleich am Morgen! Doch war es nicht bereits Morgen? Würden sie diesen Tag ganz ohne ihre Hilfe beginnen? Nicht auszudenken!

Als Knopplochius in seine Kammer zurückkehrte, fand er das vornehme Mädchen vor der Fensternische. Sie lag auf der flachen, eisenbeschlagenen Truhe, dem Behältnis für das wunderbare Astroskop. Die Beine angezogen, den Kopf auf die Unterarme gebettet. Ihre Schultern hoben und senkten sich im Takt ihrer Atmung. Ihr Mund war leicht geöffnet, warm entwich die Atemluft und zeichnete weiße, flüchtige Schleier in die Nacht. Durch die runden, bleigefassten Scheiben drang die Morgendämmerung und legte sich sanft auf ihr Antlitz. Ihre Haut erschien ihm mehr als weiß, beinahe durchscheinend, und er meinte, die blauen Adern schimmern zu sehen. So nah war er an sie herangetreten. An Eleonor von Österreich, Tochter des Königs Ferdinand von Habsburg und der Anna von Böhmen, Nichte Seiner Kaiserlichen Majestät, Karls des Fünften. Hier lag sie, in seiner Kammer! Knopplochius spürte, wie sich ihm die Kehle zuschnürte.

War nicht die Fürsorge für neun halbwüchsige Scholaren Bürde genug? Nun auch noch dieses Geschöpf! Gewiss, er würde der Erzherzogin den erbetenen Schutz gewähren – hatte er denn eine Wahl?

Ob ihm jemals Dankbarkeit für diesen Dienst widerfahren würde, war zweifelhaft. Er war in die Fallstricke der Politik geraten. Unschuldig. Ohne eigenes Zutun. Gott, der Herr hatte ihn erneut zwischen die Mächtigen geworfen, um sich zu erproben und beweisen! Knopplochius zitterte am ganzen Körper. »Es gibt nichts im Leben, das einem nicht zweimal widerfährt«, fiel ihm ein Sinnspruch des großen, weisen Lehrers Erasmus ein.

Knopplochius spürte einen stechenden Schmerz in den Fingerspitzen. In panischem Schrecken hob er die Hände und betrachtete die Kuppen, doch da war nichts. Nur Erinnerung. An die glimmenden Splinte, die ihm der Folterknecht unter die Nägel getrieben hatte. Der Magister war wie betäubt vom Schmerz der Erinnerung. Er musste sich auf dem Fenstersims abstützen. Dreieinhalb Stunden hatten sie ihn hängen lassen, die Arme nach hinten durchgebogen, mit Ketten an den Handgelenken gefesselt, die Füße fünf Zoll über dem Boden baumelnd. Knopplochius war schon immer groß von Wuchs und schwer von Gestalt gewesen. Doch nie war ihm sein übergroßer Leib so zur Last geworden wie in diesen Stunden. Sie hatten darauf verzichtet, seine Fußgelenke mit Gewichten zu beschweren …

Gottlob, die Arme waren ihm nicht aus den Gelenken gesprungen. Doch wie leicht hatten sie es vermocht, seinen Körper in eine zitternde Masse Schmerz zu verwandeln! Glühende Nadeln in die Waden. Nur hinein damit. Siedendes Öl auf den Rücken gesprenkelt, mit dem Weihwasserwedel. Frisch ans Werk!

Und gelacht, mit weit aufgerissenen Mäulern. Nachdem sie sich in der Weinschenke erholt hatten von den Mühen der peinlichen Befragung. Er hatte es an ihrem Atem gerochen.

Knopplochius keuchte schwer. Schwarzer Schmerz im ganzen Leib. Verfluchter Leib! Wie fest war die Seele im Glauben! Wie wankend war das Fleisch! So hatte der Herr gelitten.

Neun Namen hatte er in seiner Qual herausgeschrien. Neun Glaubensbrüder. Neunfache Qual. Er hatte der Häresie abgeschworen, hatte geleugnet, ein Anhänger des Ketzerführers Michael Servet gewesen zu sein.

Ja, der Herr ist eins. Gegen seine innersten Überzeugungen. Eins in drei. Drei ist eins. Neun ist eins. Neun Brüder ins Feuer gestoßen. Neunfache Tortur. Neun Flammen. Neun Scholaren. Neun Stunden im Folterkeller. Neun. Stunden. Leib. Schwarzer. Schmerz.

Dann hatte er abgeschworen.

Gott der Herr prüfte ihn schwer.

Camerarius hatte ihn nach der Rückkehr aus der Hölle gnädig aufgenommen. Auf Melanchthons Fürsprache hin. »Wer Euch aufnimmt, der nimmt mich auf. Und wer mich aufnimmt, der nimmt den auf, der mich gesandt hat«, Matthäus 10. Kapitel, Vers 40.

Die Narben waren kaum verheilt gewesen. Wenn man ihm eine Frage stellte – und wenn es nur ein Fremder war, der nach dem Weg fragte –, dann brach ihm der Schweiß aus. Jahre später noch. Man hatte ihn in der Bibel unterweisen lassen. Ihn, den abgeschworenen Ketzer! Ihn, dem man Glaubensfestigkeit längst nicht mehr zubilligen konnte.

Melanchthon in seiner unendlichen Milde und Güte hatte ihm vertraut. Und in seinem Bestreben, die Neugläubigen – auch die weit vom Wege abgekommenen – unter dem Mantel des Luthertums zu sammeln.

War er des Vertrauens wert gewesen? Nach Treu und Glauben hatte er in der Bibel unterrichtet! Das reine Wort Gottes, ohne Zweideutigkeit und Lüge. Er würde diese Knaben beschützen durch alle Unbilden hindurch, die Gott vor ihnen auftürmte! Gegen alle Lanzen, alle Torturen, die ihm den Weg ins Himmelreich verwehren sollten. Nichts würde ihn erneut von seinem Weg abbringen!

Neun Knaben. Ein Mädchen. Und die Boschna. Die Boschna. Wo war sie? Was konnte er ohne sie ausrichten? Er musste sie finden! Jetzt gleich!

Eleonor erwachte, als jemand sie an den Schultern rüttelte. Noch nie hatte es jemand gewagt, sie auf diese Weise aus dem Schlaf zu reißen. War es so, wenn man verehelicht war? Wenn man mit einem Mann das Lager geteilt hatte? Wurde man am Morgen wach gerüttelt? An den Schultern?

Eleonor fuhr hoch. Sie war nicht verehelicht. Noch nicht. Sie sah einem Riesen von Mensch ins Gesicht. Er war blass, und sein Atem roch säuerlich. Strähnig fiel ihm das rote Haar in die blasse Stirn. Er sah übernächtigt aus, dunkle Schatten lagen unter seinen Augen. Eleonor wandte angewidert den Kopf zur Seite. Der Hüne ließ ihre Schultern los. Sie erinnerte sich an ihre erste Begegnung in der Nacht. Wie hatte sie zu jenem bloß Zutrauen fassen können?

»Wir müssen hinunter zur Wirtin.«

Der Hüne sprach, als wüsste Eleonor, wovon er redete. Er wandte sich zum Gehen. Als er bemerkte, dass Eleonor nicht folgte, winkte er ihr. »Rasch. Bevor die anderen erwachen.«

Eleonor richtete sich auf. Ihre Glieder waren steif. Ihr Rücken schmerzte. Auch die Schenkel vom Reiten. Sie bog das Rückgrat durch und spürte jeden Muskel. Die reinste Marter war diese Nacht gewesen.

Der Magister war schon im Treppenturm, als Eleonor den Saal durchquerte. Die Fensteröffnungen waren noch verhangen, und doch hatte sich durch die Ritzen schon erstes Morgenlicht den Weg gebahnt. Neugierig besah sie sich die Gesichter der Knaben. Auch einige junge Männer waren darunter, denen bereits ein spärlicher Bart wuchs. Der Flaum männlich, doch die Züge kindlich. Einer lag halb aufgedeckt. Sein Mantel hatte sich so weit verschoben, dass sie ihm zwischen die Beine sehen konnte. Sie eilte hastig vorüber. Es war Sünde, einen Mann nackt zu sehen. Das hatte ihr die Äbtissin, die sie in den Dingen des Glaubens unterwies und auf jede Frage eine Antwort wusste, stets versichert. Selbst den eigenen Ehemann. Deshalb sollten Gatten sich nur des Nachts und stets heimlich in ehelichem Umgang üben, nicht am helllichten Tage.

Aber wenn es Sünde war, Todsünde gar, warum ließ Gott dann nicht den Blitz in die Badehäuser fahren? Die Häuser, in denen gemeine Weiber und Männer sich gänzlich ohne Kleider tummelten? Zu allen Tages- und Nachtzeiten. So erzählte man es sich wenigstens …

Eleonor trat auf den Hof hinaus. Das Morgenlicht hatte den weiten Platz vor dem Dom noch nicht erobert. Noch lag er im Schatten des Mauerrings und der umliegenden Gebäude. Doch vom anderen Ende des Platzes, aus einem herrschaftlichen Haus, das hinter die Kirche geduckt lag, drang ein anderes Licht: warmer, wohlig flackernder Feuerschein.

Eleonor beeilte sich, zum Magister aufzuschließen. Als er an die Pforte des Hauses klopfte, in dem das Licht so einladend schimmerte, hatte Eleonor ihn erreicht. Sie war gespannt, wer öffnen würde.

Eine breite, gemütliche Frau mit pausbäckigem, gerötetem Gesicht und wogenden Hüften lächelte ihnen entgegen. Sie trug eine fleckige Schürze, die Ärmel ihres Leinenkleides waren hochgekrempelt. Von Händen und Unterarmen troff Wasser. Ihr Lächeln verschwand augenblicklich, als sie Eleonor erblickte. »Wer ist das?«

Der Hüne trat durch die Tür, schob das dralle Weib einfach beiseite. »Wo warst du?« Die Wut ließ ihn vertraulich werden.

Eleonor schlüpfte ihm hinterher und schloss die Tür. In der Stube war es warm, es roch nach Speisen.

»Was soll das heißen, wo war ich? Wer um Himmels willen ist dieses Mädel?«

»Wo warst du in der Nacht?« Knopplochius stand mitten im Raum, breitbeinig, das Gesicht im Zorn zur Grimasse verzerrt. Die Boschna wandte sich ab und wieder dem Kessel zu, den sie gerade auswusch. Sie hatte ihn mit eigenen Händen vom Haken gehievt. Einen schweren Kupferkessel. Ganz allein. Eleonor verspürte so etwas wie Respekt vor diesem einfachen Weib.

»Ich lag auf meinem Strohsack und träumte, ich sei nicht auf dieser verfluchten Burg.«

»Dort lagst du nicht. Ich habe dich gesucht. Du warst nicht dort.«

Die Boschna schwieg einen Moment. Dann zuckte sie mit den Schultern. »Was geht's dich an?«

»Was es mich angeht?« Knopplochius war verdutzt, diese Frage zu hören. Er wusste keine treffende Antwort.

»Ich kann tun und lassen, was ich will. Bin nicht dein Mündel«, sagte die Boschna in den Kessel hinein.

»Ich bin für jeden Einzelnen auf dieser Burg Rechenschaft schuldig. Dem Fürsten Moritz, Herzog von Gottes Gnaden.« Knopplochius hatte sich etwas beruhigt. Seine Stimmlage war tiefer geworden.

»Ich lege für mich selbst Rechenschaft ab«, beschied ihn die Boschna. Sie goss das Waschwasser aus dem Kessel, hängte ihn wieder an den Haken – Knopplochius machte keine Anstalten, ihr dabei zu helfen. Mit einer Kelle füllte sie frisches Wasser ein und legte weitere Scheite aufs Feuer, bevor sie Eleonor näher in Augenschein nahm. »Bist eine edle Dame? Schaust stolz wie ein Hahn auf dem Haufen.«

Sie nahm Eleonors Ärmel zwischen Daumen und Zeigefinger, so schnell, dass Eleonor nicht zurückweichen konnte. »Feinstes Zeug!«, stellte sie fest, den Stoff zwischen den Fingern reibend.

Eleonor war erleichtert, eine Frau in ihrer Nähe zu wissen. Wenn sie auch mit solcherlei Weibsbildern bislang noch nie in Berührung gekommen war. Eine Küchenmagd. Davon hatten sie ein ganzes Heer in Prag. Sie konnte nicht eine bei ihrem Namen rufen.

»Diese Jungfer«, verkündete Knopplochius gewichtig, »ist Eleonor von Habsburg, Erzherzogin von Österreich, Prinzessin von Ungarn und Böhmen.«

Die Boschna ließ den Stoff los, als hielte sie glühende Kohle zwischen den Fingern, und trat einen Schritt zurück. Erneut maß sie die Jungfer von oben bis unten. »Eine Prinzessin? Du irrst, Meister Rufus!«

Eleonor schenkte der Boschna einen ungnädigen Blick. Wagte diese Magd auch jetzt noch, da sie ihren Stand und Titel wusste, ohne Ehrbezeugung vor ihr zu stehen? Statt den Kopf zu beugen, musterte das Weib sie mit Blicken, wie ihr Vater den Wert erbeuteter Schlachtrösser abschätzte.

Knopplochius fügte leise hinzu: »Sie ist die Nichte des Kaisers, Seiner Majestät Kaiser Karls des Fünften.« Es lag mehr Bedauern als Respekt in seiner Stimme.

Das Weib ging um Eleonor herum, um sie von allen Seiten zu betrachten. Eleonor ließ es geschehen, doch reckte sie ihre Nase immer höher.

»Was hat sie hier verloren?«, fragte die Boschna schließlich, als sie die Runde beinahe vollendet hatte.

»Moritz will sie vor den Feinden in Sicherheit bringen. Sie soll sich hier verstecken.«

Die Boschna lachte auf. »In Sicherheit? Was ist hier sicher? Auf der Pestburg?«

»Ich will nicht, dass du das sagst!«

»So nennen die Leute sie, drunten in der Stadt.«

Knopplochius horchte auf. »Woher weißt du, was die Leute in der Stadt reden?«

Die Boschna wandte sich wortlos um und trat ans Feuer, prüfte die Hitze des Wassers im Kessel. »Ich weiß es. Ich kenne die Leut'«, sagte sie. Dann ging sie in den Nebenraum.

Knopplochius schritt unruhig auf und ab, bis die Boschna zurückkehrte. An zwei Zipfeln zog sie einen Sack hinter sich her.

»Du warst in der Stadt! Du hast einen Schinken in der Vorratskammer!«

Die Boschna tat so, als ob sie ihn nicht hörte. Mit einem langen Messer, das sie aus den Falten ihrer Schürze gezogen hatte, ritzte sie den Sack. Dann nahm sie einen Holzscheffel und schaufelte Hirse in den Kessel.

»Du schweigst?«

»Ich gehe, wohin ich will!«

»Wenn du erschlagen wirst, weil du gegen die Quarantäne verstoßen hast, nützt das niemandem! Du bringst uns alle in Gefahr!«

Die Boschna stieß Luft durch die Nase. »Wollt Ihr heute Morgen essen? Dann lass mich Grütze kochen! Es ist spät.« Die Boschna hatte den Sack zur Hälfte geleert. Sie ließ ihn offen stehen. Hirse rieselte heraus. Knopplochius bückte sich, um die Körner einzusammeln und in den Sack zurückzuwerfen. »Wir müssen sparsam mit den Vorräten umgehen«, erklärte er.

Die Boschna zuckte mit den Schultern und verrührte die Hirse im brodelnden Wasser. »Was steht Ihr hier herum? Packt Euch! Und sorge dafür, dass alle Scholaren zur gleichen Zeit im Speisesaal sitzen. Nicht jeder nach seinem Belieben!«

Knopplochius überhörte die Befehle geflissentlich. »Ich werde ein Schreiben an Seine Fürstliche Gnaden Herzog Moritz aufsetzen. Die Prinzessin kann hier nicht bleiben. Falls du einen Weg weißt, auf dem es seinen Empfänger erreichen könnte, würde ich es dir überlassen.« Knopplochius machte ein Pause und sah die Boschna erwartungsvoll an. Doch die schwieg und rührte weiter.

»Bis wir Antwort von Moritz erhalten, müssen wir die Jungfer hier verbergen. Die Scholaren dürfen nicht wissen, wer sie ist. Sie dürfen erst recht nicht wissen, dass sie eine Frau ist.«

Ein Grinsen schlich sich auf das Gesicht der Wirtin. »Sie ist keine Frau.«

Eleonor stieg die Empörung in die Brust. Sie wollte dieser groben Magd, die sich Vertraulichkeiten herausnahm, wie es nicht einmal ihre vertrautesten Hofdamen wagten, Bescheid stoßen. Eine Standpauke halten. Von der Mutter hatte sie gelernt, wie man Gesinde zurechtweist! Eleonor suchte nach geeigneten Worten, doch der Magister kam ihr zuvor. »Das erleichtert uns die Sache. Wir haben genügend zurückgelassene Gewänder, aus denen du etwas Passendes für die Jungfer nähen kannst.«

Endlich wusste Eleonor, was sie zu sagen hatte. »Niemals werde ich die Dienste dieser dreisten Magd in Anspruch nehmen!«

Die Boschna lachte breit und warf ihren Kopf zurück. »Eine Magd? Ich bin so wenig Magd, wie du eine Prinzessin bist.«

»So seid Ihr eine!«, befand Eleonor trotzig. Sie wölbte die Lippen vor, was die Spottlust der Boschna nur weiter anstachelte.

»Gewiss, Ihr führt Euch auf wie eine. Das ist nicht schwer, das kann ich auch.« Sie drückte Knopplochius den Löffelstiel in die Hand. »Los, Knecht, rühre!«, befahl sie.

Knopplochius schleuderte den Löffel zu Boden, dass er quer durch die Küche schlitterte. »Du spottest! So hoffe ich, dass du besser über unsere Lage Bescheid weißt als ich. Ich kann nicht spotten. Ich kann nur beten.«

Die Boschna bückte sich nach dem Löffel, hob ihn auf und wischte ihn an der Schürze ab. »Bete du, ich werde weiter spotten. Und wenn du mir Stoff bringst, werde ich aus dieser edlen Jungfer einen unedlen Scholaren machen. Einen so schönen und liebreizenden, dass ich mir selbst wünschen werde, er wäre kein Mädchen und noch weniger eine Jungfer.«

Eleonor blieb die Spucke weg. So dreist und schamlos hatte noch nie jemand gewagt, in ihrer Gegenwart zu sprechen. Sie wandte sich ab. Tränen schossen ihr in die Augen. Der Magister eilte hinaus und ließ sie mit dieser Plage von Küchenmagd allein!

»Nun weine mal nicht, mein Kind.« Der Ton der Boschna war versöhnlich geworden. »Unsere Lage ist nicht so hoffnungslos, wie es scheint. Wir harren ein paar Tage hier aus, bis sich die Lage beruhigt hat. Dann geht das Leben weiter wie vorher.«

Eleonor antwortete nicht, sondern schaute zum Fenster hinaus. Der Magister rannte mit wehendem Mantel über den Hof. Am liebsten wäre Eleonor ihm hinterhergelaufen. Ein Wort klang in ihr nach. Ein Angstwort: Pestburg!

»Du musst nicht viel auf mein Gerede geben, Kindchen«, sagte die Boschna. »Ich bin zwar keine Magd, aber auch eine gemeine Gastwirtin steht selten einer Prinzessin gegenüber. Was weiß denn ich, wie man dich nennt? Wie es gebräuchlich ist bei Euch am Hof?«

Eleonor schwieg. Doch die versöhnlichen Worte der Wirtin hatten eine empfängliche Saite ihrer Seele angeschlagen. Die Jungfer spürte, wie ihr Groll wich. Auch wenn es grob war, ein weibliches Wesen war ihr als Gefährtin allemal angenehmer als der hünenhafte Magister. Sie sehnte sich nach jemandem, dem sie sich vertrauensvoll zuwenden konnte. Eine beklommenes Gefühl legte sich auf ihre Brust. Wie fern war Prag! Wie fern die Mutter, die Hofdamen, der Lieblingsbruder! Jedoch – der Bruder weilte im Reich, im Tross des kaiserlichen Onkels, irgendwo im Württembergischen! Gewiss würde er nicht zögern, sie zu befreien, wenn er nur von ihrer Lage erführe.

Hoffnung keimte in ihr auf. Eleonor schluckte. Mit feuchten Augen wandte sie sich der Wirtin zu und beobachtete sie beim Rühren.

»Ist es gegen die höfischen Sitten, wenn du mich Grete nennst?«, fragte die Wirtin plötzlich. Eleonor zögerte. Dann schüttelte sie den Kopf. Sie biss sich auf die Lippen.

»So nenn mich Grete. Und ich werde abwarten, welchen Namen dir der Magister geben wird.«

Die Jungfer nickte und schaute wieder aus dem Fenster. Sie spürte, wie ihr das Wasser erneut in die Augen schoss. Glockengeläut dröhnte über den Hof. Knaben liefen mit nackten Oberkörpern – nur in Beinlingen, die an einem breiten Gurt, die Bruche, geknöpft waren – über den gefrorenen Lehmboden, auf die Tränke neben dem Brunnen zu. Sie rieben sich fröstlend die Oberarme. Eleonor wich zurück und verbarg sich im Schutz des Fensterverhangs. Doch konnte sie ihren Blick nicht von den halbnackten Geschöpfen abwenden.

Die Boschna betrachtete kopfschüttelnd Eleonors bebende Schultern. Natürlich ließ sich ihr Schluchzen nicht verbergen. Was für ein unnötiger Stolz, welch überflüssiger Hochmut! Doch auch die Wirtin war zu stolz, zu ihr zu treten und ihr die Arme um die Schultern zu legen. Wahrscheinlich würde sie doch nur rüde zurückgewiesen werden. Mach sich einer einen Reim auf diese Gören aus vornehmen Häusern. Kaisernichte? Was nützte ihr der Titel? Hier war sie nur ein armes Ding mehr unter Gottes Sonne!

Die Boschna nähte eifrig. Der braune Stoff der Kutten, die Knopplochius ihr gebracht hatte, hätte für ein Dutzend Scholarengewänder gereicht. Doch keine der zurückgelasssenen studentischen Trachten war so recht für die Jungfer geeignet. Ihre Gestalt war zu zierlich. Also trennte die Boschna Nähte auf, schlug um und fügte wieder zusammen, kürzte hier und ließ dort aus. Zudem galt es, die sanft knospenden Brusthügel Eleonors, die sich zart, doch überaus verräterisch unter dem Hemd abzeichneten, zu kaschieren. Die Boschna riet ihr frei heraus, die Brust zu bandagieren.

Eleonor, die dicht am Feuer saß und die Hände im Schoß gefaltet hatte, hatte die Wirtin schon eine ganze Weile bei der Arbeit beobachtet. Sie hatte Vertrauen zu dem Küchenweib gefasst, doch die unablässigen Demütigungen nahm sie ihr übel. »Ich werde das nicht länger über mich ergehen lassen«, sagte sie auf Französisch, nicht gegen die Boschna gewandt, mehr zu sich selbst.

»Es ist zu deiner eigenen Sicherheit«, entgegnete die Wirtin, obwohl sie kein Wort des Gemurmels verstanden hatte.

»Ich hatte bewaffnete Männer zu meinem Schutz. Edle und Söldner. Die hat man mir mit Hinterlist genommen. Wie soll mich da ein grobes, braunes Gewand schützen?«

Die Boschna zog die Naht fest und verknotete den Faden. »Meister Rufus ist ein schlauer Mensch, er hat die Schriften der Weisen studiert. Er wird einem Plan folgen. Und wenn du keinen besseren hast, so rate ich dir, seinem zu vertrauen.«

Eleonor sah die Frau scheu von der Seite an. Die hohe Stirn der Wirtin glänzte im Widerschein des Feuers. Das bereits in Strähnen ergraute, dunkelbraune Haar war am Hinterkopf zu einem Knoten geschlungen.

»Was hast du auf der Burg zu schaffen? Was verbindet dich mit diesem Volk?« Eleonor war ebenfalls zur vertraulichen Anrede übergegangen, wenn sie ihr auch nur widerstrebend über die Lippen kam.

»Eine Narretei! Wir wurden als Pestkranke in Quarantäne gesperrt!« Die Boschna beugte sich hinunter zum schwarzen Zwirn, fädelte ihn durch eine Zahnlücke und zog, bis sie ihn gekappt hatte.

Eleonor wartete, doch die Boschna schien nicht mehr erklären zu wollen. »Sprich frei heraus, sei ehrlich zu mir vor Gott dem Herrn: Seid Ihr wirklich an der Pest erkrankt?«, fragte sie schließlich.

»Nein. Das siehst du doch. Aber ein Fuhrknecht oder ein Flickschustergesell fragt nicht nach, wenn er das Wort ›Pest‹ hört! Der schlägt dich lieber gleich tot! Deshalb ist es besser, auszuharren. Auch wenn es Möglichkeiten gäbe …«

Eleonor horchte auf. »Wovon sprichst du?«, erkundigte sie sich neugierig.

Anstatt zu antworten, hob die Boschna den Umhang hoch, um ihr Werk zu betrachten. Sie war's zufrieden. »Und nun zieh dich um. Die Scholaren schreien bald nach ihrer Mittagsgrütze.«

Eleonor betrachtete skeptisch das grobe, braune Gewand. »Das kann ich doch nicht anziehen!«

»Es wird dir nichts anderes übrig bleiben, mein Kind. Der Magister meint, du bist in Gefahr. Niemand darf wissen, dass du hier bist.«

»Wenn das mein Vater wüsste, er würde platzen vor Empörung. Und ein Heer in Marsch setzen! Er würde Euch in Eisen legen!«

»Soll er es tun. Aber bis er es tut, wirst du den Anordnungen des Magisters Folge leisten. In längstens acht Wochen werden sich die Tore der Burg öffnen, und man wird uns entlassen.«

»Acht Wochen? Ich soll mich acht Wochen vor diesen Kerlen verstecken? Vermummt wie ein Mönch?«

»Ganz recht. Nun zieh dich schon aus! Die gnädigen Herren Scholaren sind sehr ungnädig, wenn es um ihr Mittagsmahl geht.«

Eleonor hatte den Pelzumhang abgelegt und schnürte ihr Brusttuch auf. Die Augen der Boschna beobachteten sie scharf, verfolgten jeden ihrer Handgriffe. Niemals hatte sie eine Haut gesehen, die weißer war als die der Jungfer.

Die Erzherzogin entkleidete sich vollends. Die Boschna betrachtete den feinen, rötlich-blonden Flaum, der den Schamhügel der Jungfer bedeckte.

»Blutest du?«, fragte sie unvermittelt.

»Wie meint Ihr?« Eleonor hatte den Sinn der Frage nicht verstanden. Doch plötzlich spürte sie mehr als deutlich, dass sie nackt war. Sie errötete.

»Ich frage dich, ob du bereits blutest nach dem Mondzyklus?«

Eleonor nickte stumm. Sie griff nach dem Umhang, doch die Boschna zog ihn zurück. »Warte!«, sagte sie und ging hinaus, den Umhang noch in der Hand. Eleonor drängten sich Tränen in die Augen. Sie wollte im Boden versinken. Nackt ließ man sie stehen wie am Schandpfahl, vor einem Kessel mit Getreidegrütze, gedacht für die Mägen roher, ungehobelter Studenten. Und diese Wirtin, die nicht nur wie eine Bäuerin aussah, sondern auch solche Grobheit zeigte, wagte es, sie zu duzen!

Die Boschna kehrte zurück, in der rechten Hand einen aufgerollten Streifen feinen Gewebes, in der linken etwas gröberen Stoff, ebenfalls in einem dünnen Streifen von mehreren Ellen Länge. »Dies ist für den Fall, dass die Blutung kommt. Binde es dir fest zwischen die Beine. Und dies ist für deine Brüste. Wie alt bist du, sagst du? Dreizehn?«

Eleonor nickte tapfer mit dem Kopf. Obwohl es nicht ganz zutraf.

»Deine Hügelchen werden jedenfalls nicht kleiner werden. Ich werde dir helfen.« Und ehe die Jungfer protestieren konnte, hatte sie das gröbere der Stoffknäuel entrollt und begonnen, den Oberkörper der Jungfer zu umwickeln.

»Nicht so fest!«

»So fest, wie es Not tut! Sie müssen flach sein wie Eierkuchen.«

Eleonor atmete so tief ein wie möglich und hielt die Luft an. Die Stoffbahnen schnitten ihr ins Fleisch, am schmerzhaftesten unter den Achselhöhlen. Doch als die Boschna die Enden der Brustbinde unter der linken Achsel geknotet hatte, atmete sie aus und merkte, wie die Schnürung nachgab.

Eleonor schlüpfte ins Hemd, und die Wirtin half ihr, die Kutte überzuziehen. Es kratzte und stach am ganzen Leib. Eleonor hatte sich noch nie in ihrem Leben so unwohl gefühlt.

»Für unten herum werde ich noch etwas nähen. Jetzt wird es Zeit für die Mittagssuppe. Du wirst mir helfen.« Es war keine Frage gewesen.

Eleonor machte sich steif. »Ich bin nicht gewohnt zu bedienen. Ich bin gewohnt, dass man mich bedient!«

»So wirst du dich umgewöhnen müssen! Reich mir die Holzschüsseln, dort hinten an der Wand.«

»Niemals.« Eleonor verschränkte die Arme. Wie konnte sie nur die Arme verschränken? Sie sah nicht nur aus wie ein Knabe, sie benahm sich auch wie einer!

Eleonor war verwirrt. Nie hatte sie gelernt, wie man sich als Knabe benahm. Sie hatte die hohe Schule der edlen jungen Damen durchlaufen, hatte Tanzen, Sticken, Französisch sprechen, Lateinisch lesen, Psalmen singen, im Damensitz reiten, auf der Leier und auf der Harfe spielen gelernt. Doch was tat ein Knabe, wenn er nicht auf seinem Turnierpferd saß, um Ringe zu stechen? Tat er überhaupt etwas, wenn er nicht regierte oder kämpfte? Eleonor wurde mit einem Mal deutlich bewusst, wie wenig sie über die Welt außerhalb der Mauern der Residenzen, wie wenig sie selbst über die Welt außerhalb der Damengemächer wusste. Doch nun war die Furcht so weit zurückgedrängt, dass sie neugierig auf diese Außenwelt geworden war. Sehr neugierig …

Die Boschna seufzte und lief selbst nach den Holzgefäßen.

Mit einer Kelle schöpfte sie die sämige Flüssigkeit in die Schüsseln.

»Setz dich da hin und warte, bis ich zurück bin.«

»Wie lange soll ich mich denn hier versteckt halten?«

Die Boschna verdrehte die Augen. Allmählich machten ihr die Launen der jungen Erzherzogin zu schaffen. »Der Magister wird dich noch heute vor den anderen begrüßen. Bis dahin ist viel zu tun.«

»Nicht für mich«, entschied Eleonor.

»Auch für dich«, entgegnete die Boschna zornig. »Die Haare müssen ab.«

Eleonor sank entgeistert auf die Herdbank. Die Boschna nahm die erste Schüssel und ging zum Durchgang, der zum Flur hinausführte. Schon waren die ausgelassenen Rufe und Frotzeleien der Scholaren zu hören. Sie kamen über den Hof, und gleich darauf erfüllten ihre Stimmen den Gang. Eleonor zog sich unwillkürlich zurück, umfasste ihre Knie mit den Armen. Die Wirtin war noch immer nicht hinausgetreten. Sie wollte warten, bis alle Studenten im Speisesaal versammelt waren.

»Nicht die Haare«, bat Eleonor flehentlich. »Wie soll ich meinem zukünftigen Gatten ohne Haare unter die Augen treten?«

Die Boschna lachte. »Wir schneiden sie nicht ganz ab. Wir kürzen sie nur. So kurz, wie die Knaben sie tragen.«

Eleonor schaute stumm zur Wirtin hin, fassungslos, wie vom Donner gerührt. Die Boschna wollte lachen, doch plötzlich hatte sie Mitleid mit dem Edelfräulein. Sie wies ihr mit dem Finger den Weg zu ihrer eigenen Schlafkammer und riet ihr, sich dorthin zurückzuziehen. Bald schon würden zwei Scholaren erscheinen, um der Wirtin beim Auftragen der Speisen zu helfen. Sie solle den Knaben nicht eher gegenübertreten, als bis Knopplochius es für richtig hielt. Sie solle sich niederlegen und ein wenig schonen. Eleonor folgte ihrem Befehl widerwillig. Aber sie folgte.

Nachdem die Haare abgeschnitten waren – die rötlich-glänzenden, dünnen, doch hüftlangen –, schien Eleonor sich selbst nicht mehr zu kennen. Immer wieder griff sie sich in den Nacken, um sich zu versichern, dass sie nicht mehr da waren. Die Boschna hatte rigoros mit dem Messer gearbeitet und die Haare, ehe die Jungfer protestieren konnte, ins Herdfeuer geschleudert. Der scharfe Geruch wie von brennendem Horn hatte die Küche durchzogen, und Eleonor hatte würgen müssen. Nun waren sie zu einem verschlungenen Häuflein grauer Asche verbrannt, und nichts erinnerte mehr an die einstige Pracht. Die Boschna hatte ihr eine dieser unansehnlichen Kappen aufgesetzt, die die Studenten etwas großspurig »Barett« nannten, gelegentlich auch – schon eine Spur verächtlicher – »Lesesattel«. Ein erbärmlicher Schmuck, verglichen mit den Diademen und Geschmeiden, die ihr Haupt für gewöhnlich krönten.

Eleonor war froh, dass es hier nirgends einen Spiegel gab. Sie wollte sich nicht sehen müssen!

Seit dem Verlust ihrer Haare ließ sie alles willenlos über sich ergehen: Sie ließ sich die Bruche umlegen, ließ sich weiße, eng anliegende Beinlinge bis weit hinauf über die Oberschenkel ziehen und an der Bruche fest knöpfen (die feiste Wirtin war die erste, die sie so nah am Schoß berührte!), ließ ihre dünnen Beine in unförmige Überhosen stopfen und sich eine Kordel unter jede Wade binden, die das Beinkleid am Platze halten sollte – ein rohes, schmuckloses Flachsseil!

Eleonor hätte sich keine demütigendere Tracht vorstellen können – nicht einmal das Kleid der Nonnen. Als die Boschna eine Weile unterhalb der Bruche genestelt hatte, am Leib, dort, wo die Strümpfe sich überlappten, schaute Eleonor an sich herunter. Unter ihrem Bauch, am Ansatz der Oberschenkel, fiel ihr eine deutliche Wölbung ins Auge. Eleonor starrte die Boschna erschrocken an. »Bin ich nun ganz und gar zum Kerl geworden?«

Die Boschna lachte. Flink griff sie an das vorragende Stofffutteral, das das Geheimste des Mannes barg, und presste es zwischen den Fingern. Eleonor zuckte unwillkürlich zurück. Doch sie spürte nichts. Keinen Schmerz. Natürlich. Die Schamkapsel war ja leer.

»Keine Angst, gnädiger Herr, es ist nichts darinnen! Zu schade auch!«

Die Wirtin ließ los, und das Stoffbeutelchen blieb sonderbar eingedellt. Sie lachte. »Wir sollten es ein wenig ausstopfen. In diesem Zustand erregt es nur Misstrauen, allenfalls Mitleid.«

»Ausstopfen?«

Die Boschna zerriss einen Stofffetzen, knüllte ihn zusammen und umwickelte ihn derart mit Zwirn, dass er ein festes, längliches Knäuel ergab. Alsdann knöpfte sie das Schambeutelchen auf, stopfte das Gebinde hinein und verschloss es wieder sorgfältig, mit spitzen Fingern. Dabei schwieg sie andächtig.

»Wozu dienen die Knöpfe?«, fragte Eleonor arglos.

Die Boschna kniete immer noch vor ihr. Schelmisch blickte sie zu ihr hinauf. »Wenn es einen Mann drängt, kann er schlecht wie wir die Röcke heben. Bei ihm ist es mit mehr Umstand verbunden. Er muss ihn vorher herausholen.«

Eleonor fühlte Hitze in sich aufsteigen. »Was muss er herausholen?«

Die Boschna legte den Kopf ein wenig schräg und ließ Eleonor nicht aus den Augen. »Den Pumpschwengel.«

Die Jungfer nickte eine Spur zu eifrig. »Verstehe.«

Die Wirtin ließ sie immer noch nicht aus den Augen. »Du weißt doch, wozu er dient, nicht wahr?«

Eleonor nickte wieder. Doch aus ihrem Blick sprach die blanke Lüge.

Die Boschna hob die Augenbrauen. »Man hat dich als Braut in dieses Land geführt. Hat man dir nicht erklärt, was die Pflicht einer Braut ist, dem Manne gegenüber?«

Eleonor erging sich in Ausflüchten: »Meine Hofdamen sind angewiesen, mich beizeiten in Kenntnis zu setzen.«

»Mein Kind«, wagte die Boschna kopfschüttelnd zu fragen, »was unternimmt man nur an den Höfen, um dich und deinesgleichen so unwissend zu halten? Lässt man Euch mit Säcken über den Köpfen laufen?«

»Wir werden in mancherlei nutzbringenden Künsten unterrichtet.«

»Unfug«, unterbrach die Boschna sie erbost. »Man schickt Euch in ein fremdes Land, um zu heiraten, und Ihr wisst nichts vom Leben!«

»Ich habe etliche Städte zu Gesicht bekommen. Sogar einige Landstriche jenseits der Alpen ...«

»Und doch weißt du nicht, wie Mann und Weib es treiben! Man lässt Euch vollkommen arglos, bis irgendein ungeschickter Hochgeboren Euch in der Hochzeitsnacht alles verleidet.«

Die Boschna hatte sich ereifert. Nun stützte sie die Hände auf ihre Knie und richtete sich ächzend auf. Sie überragte das Edelfräulein deutlich: Ein Gebirge neben einem Hanfstängel.

Eleonor bemühte sich, Hochmut in den Blick zu legen, doch ihre Neugier war stärker als das Bedürfnis nach Abstand. Die Nähe dieser Frau brachte sie durcheinander. Sie roch ihr herbes, ein wenig nach Ingwer duftendes Aroma. Ihren Haaren entströmte der Geruch der Suppe, die sie den Studenten aufgetragen hatte, und ihr Gesicht war gerötet, wie stets, wenn sie nur die leiseste Anstrengung unternommen hatte.

»Du musst mir davon erzählen, bitte«, flehte Eleonor beinahe.

Doch die Boschna wandte sich abrupt ab. »Was weiß ich, was sich für Euereins schickt? Ich bin ein gemeines Wirtsweib. Du bist die Tochter eines Königs, die Nichte eines Kaisers. Vielleicht zeugt Ihr die Kinder auf edlere Art und Weise.«

»Erklär mir, wie man es auf eure Weise macht. Ich will es wissen! Auf der Stelle!« Die Jungfer machte einen Schritt auf die Boschna zu. Sie straffte sich, richtete sich zu ganzer Größe auf. »Ich befehle es dir!«

Die Boschna hob das Tuch von einem Trog gesäuerten Teiges und begann, die graubraune Masse zu walken. »Ich werde mich nicht um Kopf und Kragen reden.« Sie hatte Eleonor den Rücken zugewandt, und diese fühlte, dass die Wirtin zu keiner weiteren Erklärung bereit war. Missmutig setzte sie sich neben das Herdfeuer und streifte den Umhang und das Hemd ab; Schultern und Bauch waren nackt. Nur die Bandagen verbargen jenen Teil ihres Oberkörpers, wo bei Frauen die Brüste waren. Doch Eleonor war keine Frau mehr. Trotzig stemmte sie ihre Fersen auf den Boden, weit auseinander, wie ein Mannsbild. Die Knie züchtig zu schließen, wie sie es bei Hofe gelernt hatte, ließ das Stoffknäuel zwischen ihren Beinen nicht mehr zu.

Die Boschna betrachtete sie aus den Augenwinkeln. »Wo bleibt bloß der Magister?«, zischte sie. Sie schleuderte den Teig in die Schüssel und spie auf den Boden.

Als Knopplochius endlich die Küche betrat, war der Brotlaib längst im Ofen. Das Mittagssilentium war beinahe beendet, für den Nachmittag war eine Lesung der rhetorischen Schrift des Erasmus, *De duplici copia rerum ac verborum*, mit anschließendem Disput, angekündigt. Die Jungfer saß immer noch mit nacktem, zum Teil bandagiertem Oberkörper auf der Ofenbank, und Knopplochius prallte zurück, als er sie sah. Breitbeinig. Halb nackt. Das Haar kurzgeschoren. Ein junger, stolzer Knabe schaute ihm entgegen.

Der Magister bat die Jungfer, sich vollständig anzukleiden. Eleonor folgte. »Ich werde einen grandiosen Jüngling abgeben«, versicherte sie ihm.

Die Boschna hob eine Augenbraue. Der Mummenschanz begann der Jungfer offenbar Vergnügen zu bereiten.

»Ich habe keinen Zweifel daran.« Knopplochius überreichte der Wirtin einen gefalteten und gesiegelten Bogen Pergament. In Pflügers Truhe hatte er das Petschaft der Universität gefunden.

»Auch wenn ich nicht weiß, wie du es anstellst …«, hob Knopplochius an. Da hatte die Boschna das Schreiben schon unter ihrer Schürze verschwinden lassen und unterbrach ihn grob. »Du brauchst mir keine Lektionen zu erteilen. Es wird Herzog Moritz von Gottes Gnaden erreichen. Vertrau mir …«

Der Magister biss sich auf die Lippen. Er hatte mehr und mehr das Gefühl, dass die Boschna das Zepter auf der Burg in die Hand nahm. Doch wenn das Schreiben den Fürsten erreichte, wäre ihre Gefangenschaft bald beendet. Er hatte in eindringlichen Worten, im gepflegtesten Gelehrtenlatein dargelegt, dass die Einquartierung der Erzherzogin Eleonor eine große Gefahr für sie alle bedeutete. Wie leicht könnte der Kurfürst auf Meißen marschieren und sie zu Geiseln nehmen! Wie leicht konnten sie so zwischen die Fronten des Krieges geraten, was doch gerade durch die Verlegung der Universität hatte verhindert werden sollen! Sollte Johann Friedrich erfahren, wer hier wehrlos auf der Burg hockte, er würde alles daran setzen, ihrer habhaft zu werden!

Der Magister war überzeugt, dass Moritz sich diesen einleuchtenden Gedanken nicht verschließen und seiner Empfehlung folgen würde. Die Quarantäne musste unverzüglich aufgehoben und sie alle in die Freiheit entlassen werden, auf dass ein jeder bis zum Ende der Kriegshandlungen sein Schicksal selbst in die Hand nähme. Bis dahin würde er selbst mit Leib und Leben für das Wohlergehen der Eingeschlossenen bürgen. Auch für das der Erzherzogin.

Dies war der *casus*, der ihm die tiefsten Sorgenfurchen in die Stirn grub. Ihm war nicht wohl bei dem Gedanken, die Erzherzogin unter die Knaben zu werfen. Am liebsten hätte er die Boschna gebeten, sie von der Burg zu schaffen. Die Wirtin kannte einen geheimen Weg hinaus, so viel war gewiss. Aber Eleonor war ihm von höchster Stelle anvertraut. Er konnte sie nicht einfach ihrem Schicksal überlassen.

Doch ihr Aufenthalt auf der Burg barg mancherlei Gefahren. Was, wenn man herausfand, dass sie ein Mädchen war? Es war besser, sie den Studenten als einen der Ihren vorzustellen, als zu versuchen, sie zu verbergen. Man hockte zu dicht aufeinander, als dass sie längere Zeit unbemerkt bleiben konnte.

»Was wird nun mit unserem Knaben?« Eleonor erhob sich erwartungsvoll von der Ofenbank.

Knopplochius zierte sich. »Heut' ist es zu spät. Die Studenten haben wache Augen und Ohren. Niemanden wird man Glauben machen können, dass einer unbemerkt am Mittag eingetroffen sei. Wir werden bis morgen in der Früh warten, und behaupten, sie ... er sei eingetroffen, als alle schliefen.«

»Wo verbringt sie die Nacht?«, fragte die Boschna. Ihre Augen waren schmal geworden.

»Du wirst ihr ein Lager richten«, antwortete Knopplochius bestimmt.

Die Boschna wandte sich ab und machte sich an der Ofenklappe zu schaffen. »Ich hab' wahrlich genug auf dem Halse, Meister Rufus!«

Knopplochius strich verlegen über die Platte, auf der die Boschna das Brot gewalkt hatte. Mehl blieb an seinen Fingerkuppen kleben. Er leckte es vorsichtig ab. Und faltete die Hände sogleich wieder hinter dem Rücken. Dann richtete er sich auf.

»Ich bin morgen eingeteilt, dir zur Hand zu gehen. Gemeinsam mit Stefan Hoyer. Ich werde ihn von seinem Dienst entbinden und ihn allein verrichten. Zur Morgensuppe werde ich die Erzherzogin dann den Mitstudenten vorstellen. Ihr, Jungfer, behauptet, eben erst angekommen zu sein. Eure Truhen wurden Euch auf der Reise geraubt.«

Eleonor nickte. Sie bedauerte, noch warten zu müssen. Gern wäre sie den Knaben sogleich als einer der ihren unter die Augen getreten. Würde die Lüge taugen? Würde sie das Schauspiel durchstehen? Wie würde sie sich fühlen, als Knabe unter Knaben?

»Welchen Namen werdet Ihr mir geben, Meister Knopplochius?«

Der Magister lächelte. Er hatte längst darüber nachgedacht. »Ihr heißt Theophilus Montanus Innsbruggensis. Ihr seid die Tochter«, Knopplochius schüttelte verärgert den Kopf, »nein, der Sohn eines Silberschmieds. Die oberdeutsche Mundart, die Ihr sprecht, weist Euch zweifellos als einen Angehörigen der bayerischen Nation aus. Euer *senior* ist Balthasar Türmer. Ein Großmaul, dreist, aber nicht dumm. Vor dem müsst Ihr Euch in Acht nehmen!«

»Einem schmächtigen, wehrlosen Knaben gegenüber wird er Achtung erweisen«, vermutete die Jungfer.

»Der erweist nicht einmal dem Kaiser Achtung«, übertrieb Knopplochius.

»Dann wird es Zeit, es ihm beizubringen«, entgegnete Eleonor trotzig. Doch das Flattern ihrer Stimme verriet sie.

Rasch fuhr der Magister fort: »Ihr sprecht gut Französisch, Euer Latein ist leidlich. Kennt Ihr die Schriften des Erasmus? Des Augustinus? Des Terenz? Des Cicero? Des Aristoteles? Des Doktor Martin Luther?«

Eleonor hatte bei jedem der Namen den Kopf geschüttelt. Beim letzten schlug sie das Kreuz vor der Brust. »Gott bewahre!«

Knopplochius seufzte. Eine verstockte Katholikin, wie es sich für die *Casa de Austria* – die Schutzmacht der Papisten – gehörte. Und ungebildet bis über beide Ohren. »So versäumt man an den Höfen, Euch und Euresgleichen *lectiones* zu geben?«

»Herr Magister, ich habe anderen Unterricht erhalten. Ich kann tanzen, ein wenig singen, ich kann im Damensattel reiten. Ich kann nähen und sticken zu meiner Erbauung. Ich kann auf der Laute spielen. Ich kann vorlesen – auf Lateinisch, Französisch, Spanisch, auf Deutsch, sogar Italienisch …«

Knopplochius unterbrach sie. »So werdet Ihr Euch bei den *disputationes* zurückhalten. Ihr schweigt und zieht ein schlaues Gesicht. Schaut es Euch einfach bei den anderen ab.«

Eleonor überhörte den bitteren Unterton. Sie äußerte besorgt einen anderen Zweifel: »Warum sollte sich jener Theophil Bergmann aus Innsbruck, in den Ihr mich verwandeln wollt, freiwillig der Pest aussetzen?«

»Niemand von uns hat die Pest!«, fuhr Knopplochius sie erbost an. Seine Reaktion war heftiger als notwendig.

Eleonor senkte den Kopf und fuhr mit leiser Stimme fort: »Und doch muss dieses Gerücht das erste sein, das ein reisender Scholar hört, wenn er nach Meißen kommt und sich nach den Leipziger Studenten erkundigt.«

Der Gelehrte sah sie verblüfft an. Natürlich. Die Jungfer war vollkommen im Recht! Er dachte einen Moment angestrengt nach, dann hellte sich seine Miene auf. »Ihr habt den weiten Weg nicht gemacht, um wieder umzukehren. Ihr vertraut auf Gott und stoßt zu uns. Das wird Euch Bewunderung einbringen. Und Respekt. Die Studenten werden Euch für todesmutig halten!«

»Die Studenten werden es nicht glauben!«, warf die Boschna ein.

Knopplochius wollte nicht länger disputieren. Die *studiosi* erwarteten ihn bereits, um von Erasmus zu hören und zu reden. »Wir werden Gottes Segen auf unser Tun herabbitten«, sagte er und beendete damit das Gespräch.

Eleonor bekreuzigte sich wieder. Knopplochius warf ihr einen besorgten Blick zu, dann huschte er hinaus. Die Boschna seufzte und widmete sich einer Schüssel Suppe, die übrig geblieben war. Mit Hilfe eines Kanten alten Brotes verwandelten sie die Flüssigkeit in eine pampige Masse. Die Ziegen würden mit Freude darüber herfallen!

Nach dem Nachtmahl, die Studenten waren schon über den Hof gegangen und in der Residenz verschwunden, wies die Boschna der Jungfer ein Lager zu. Ihr eigenes.

»Und wo wirst du selbst zur Nacht ruhen?«, fragte Eleonor.

»Lass das meine Sorge sein.« Die Boschna tat geschäftig, ordnete Dinge, die ohnehin an ihrem Platz lagen.

Eleonor zog sich aus. »Mir fehlt ein Nachtkleid!«, bemerkte sie entsetzt.

Da hatte die Boschna schon eines zur Hand und überreichte es ihr lächelnd. »Meister Knopplochius hat eines aufgetrieben! Du wirst damit auffallen. Die meisten Knaben besitzen dergleichen nicht. Sie schlafen nackt oder unter ihrem Mantel.«

Eleonor nahm das Hemd und starrte die Wirtin an, als habe sie noch niemals gehört, dass es Menschen gab, die auch im Winter nackt schliefen. Sie entfaltete das Nachtkleid und hielt es sich vor den Leib. Es war zu lang, es reichte ihr bis auf den Fußrücken. Doch Eleonor störte sich nicht daran. Die Boschna ebenso wenig: »Ihr habt es von Eurem älteren Bruder. Ein Abschiedsgeschenk. Eure Familie ist wohlhabend. Silberschmiede seit Generationen …«

Die Jungfer mit den kurzen Haaren nickte stumm. Es würde einiger Lügen bedürfen, bis sie den Studenten ihr Schicksal glaubhaft gemacht hätte.

»Du sollst nicht falsch Zeugnis ablegen.« Sie würde eine sehr lange Beichte und Buße leisten müssen, bevor sie in den heiligen Stand der Ehe treten konnte. Würden ihr die Lügen den Ehestand nicht völlig unmöglich machen? Doch nun wollte Eleonor nicht mehr zurück auf ihrem steinigen Weg. Sie war neugierig auf die Knaben, neugierig auf das, was Studenten trieben, ob es so arg war, wie man sich erzählte. Sie war neugierig auf das Abenteuer, das alles übertraf, was sie bisher am Hofe erlebt hatte.

Der Magister gehörte allem Anschein nach der lutherischen Partei an. Ihm ging die Lüge wohl leicht über die Lippen. Waren die Protestanten also doch gottlose Ketzer, die sich nicht an die Gebote hielten? Auch Moritz, auch August gehörten den protestierenden Ständen an, Anhänger einer rebellischen Ketzersekte in den Augen ihres Vaters. In den Augen ihres Onkels gehörten sie auf den Scheiterhaufen. Wie konnte es dann Recht sein, sich mit ihnen zu verheiraten? Warum tat man ihr das an? Man berichtete von Vielweiberei, von Ehebruch, von Hurerei unter den Neugläubigen. Von den Münsteranern erzählte man sich noch heute, dass sie nackt durch die Straßen gelaufen seien, Männer wie Weiber, so lange sie in der Stadt die Macht hatten. War es das, was ihr bevorstand?

Eleonor wollte es herausfinden. Sie war bereit, in die Fratze des Teufels zu schauen. Ein Kreuz trug sie um den Hals, verborgen unter dem Medaillon mit dem Bildnis ihres Gatten. Dieses Medaillon würde sie nicht ablegen. Es wäre Verrat an ihrem Zukünftigen! Es musste Teil ihrer Verkleidung werden. Sie würde eine Legende dafür erfinden. Ebenso wie für sich selbst. Theophilus Montanus Innsbruggensis. Gottlieb Bergmann. Aus Innsbruck. Eleonor sprach den Namen immer wieder leise vor sich hin, um sich daran zu gewöhnen. Sie würde zusammenzucken und den Kopf wenden müssen, falls jemand sie bei diesem Namen rief.

Die Jungfer hatte die Knabenkleidung abgelegt. Auch die Bandagen. Auch das lächerliche Stoffding, das zwischen den Beinen scheuerte und Männlichkeit vorspiegeln sollte. Die Wirtin betrachtete sie unverhohlen, und Eleonor verbarg ihre Nacktheit hinter dem langen Hemd. Es war das erste Mal, dass ihr das Schlafgewand nicht von der Kammerjungfer gereicht wurde. Hastig streifte sie es sich über den Kopf. Es klaffte am Hals auseinander, und Eleonor schloss den Ausschnitt sorgfältig mit den Schnüren.

Die Boschna hob die Augenbrauen und befahl: »Du kleidest dich erst zur Nacht, wenn alle Lichter gelöscht sind. Du legst die Brustbandagen nicht ab. Keinesfalls. Falls man sie entdeckt und dich danach fragt, war es eine Verwundung bei der Jagd. Ein Unfall. Versuche aufzuschneiden, so gut es geht. Die Kerle lieben das, sie sind niemals zimperlich, wenn es ums Prahlen und Großsprechen geht.«

Eleonor nickte. Sie hatte wenig Hoffnung, dass die Lüge länger als ein paar Stunden taugen würde. Sie kniete vor der

Bettstatt nieder und sprach ihr Nachtgebet, legte die gefalteten Hände auf den löchrigen Strohsack. Einmal mehr an diesem Tag schluckte die Erzherzogin aus dem Hause Österreich ihre Tränen hinunter. Sie hörte, wie die Boschna sich entfernte. Leise. Hörte ein Türklappern. Wohin ging das Weib, das ihr durch die Umstände zur Vertrauten geworden war? Vertrauter noch als ihre Kammerjungfer, ihre Hofdamen …

Aber sie war grob. Grob, wie Eleonor noch nie jemanden erlebt hatte. Sie hatte die Gestalt einer Amme und die Art eines Bärenführers. Das war der gröbste Mensch gewesen, den sie bislang kennen gelernt hatte. Bei einer Vorführung am Hof in ihrem geliebten, lieblichen Innsbruck. Eleonor musste acht oder neun Jahre alt gewesen sein. Die Bären scherten sich nicht um seine Befehle. Dennoch hatte er in einem fort gebrüllt und geschrien, gezetert und geflucht, so lange, bis die Kolosse es leid waren und ihn mit drei Prankenhieben zerfetzten. Eleonor hatte sich die Ohren zugehalten, um die Todesschreie nicht hören zu müssen. Natürlich war es vergeblich gewesen. Und trotz des Entsetzens hatte sie eine leise Genugtuung empfunden über den Triumph der Bestien. Leider hatte es keine zwei Atemzüge gedauert, bis die Wachen die führerlosen, den Toten ratlos beschnüffelnden Bären niedergestochen hatten.

Die Boschna war die Bärin, und der Magister der zeternde Tierbändiger! Eleonor lachte laut auf bei diesem Vergleich. Der helle, doch einsam in der Kammer verklingende Ton machte ihr bewusst, dass sie allein war, und ihr Lachen erstarb im gleichen Augenblick.

Eleonor legte sich vorsichtig auf den Strohsack. Sie versuchte, das Pieken und Zwicken nicht zu spüren. Es war schlimmer als erwartet. Ein Dornenlager. Doch besser als in der Nacht zuvor, als ihr die Truhe zur Matratze, die Unterarme zum Kissen geworden waren. Sie seufzte tief. Ihr kam in den Sinn, dass die Wirtin jede Nacht so verbrachte. Wo sie jetzt wohl sein mochte? Eleonor schloss die Augen und versuchte zu schlafen.

Tief in der Nacht träumte die Jungfer, ein Knabe zu sein. Ein wirklicher Knabe. Und doch lachten die anderen *studiosi* über sie. Umstanden sie im Kreis und grölten, lauthals. Man schallt sie ein Wechselweib. Sie zog sich nackt aus, um zu beweisen, dass sie ein Knabe war, einer der ihren, ein Kerl mit allem, was einen Kerl ausmacht.

Das Grölen nahm noch zu, als sie die Strümpfe nach unten rollte. Da, mit einem Mal wurde Eleonor gewahr, dass sie kein Knabe war. Doch es war zu spät. Das Beinkleid war unten. Das Gegröle wurde rasch dünner und verstummte schließlich. Die eben noch Feixenden standen still und starrten auf ihren Schoß. Eleonor schaute an sich hinunter und trug das zwischen den Beinen, was alle Männer trugen. Nicht aus Stoff, sondern aus Fleisch und Haut und Blut. Lang und groß, durchpulst und lebendig, ein beeindruckendes Werkzeug. Eleonor schlug schnell die Hände davor und suchte es zu verbergen. Fühlte es zwischen den Handflächen pulsen und wachsen. Bis es wieder keck durch die Finger lugte. Es wuchs und wuchs. Die Hände konnten es längst nicht mehr bedecken. Es wurde immer größer, hatte sie ganz in der Gewalt, ihr ganzer Leib ging darin auf.

Eleonor erwachte. Die Handflächen ruhten auf ihrer Scham. Sie fühlte die hitzige Feuchte. Schuldbewusst zuckten ihre Hände nach oben. Eleonor bekreuzigte sich. Dann bekämpfte sie das Verlangen ihrer Hände, langsam wieder nach unten zu fahren, ganz sachte über die Haut zu wandern, bis zu jenem Ort …

Da hörte sie, wie jemand den Raum betrat. »Wirtin«, rief sie laut, in kopflosem Schrecken. »Grete?«

»Schhhh«, machte die Boschna. Der sonore Ton, das eigenartig weiche Zischen ließ etwas in ihr vibrieren. Die Boschna legte ihr die Hand auf die Stirn und begann sie zu streicheln. Eleonor fühlte sich nicht wohl in ihrer Haut, wenngleich sie die Berührung als tröstlich empfand. Die Boschna hörte nicht auf, ihr über die Stirn zu streichen.

»Wo warst du?«, fragte Eleonor ins Dunkel hinein.

»Im Paradies«, antwortete die Wirtin. Ein seltsamer Wohllaut lag in ihrer Stimme. Ein Unterton, der Eleonor an das Gefühl erinnerte, das der Traum in ihr hervorgerufen hatte. Die Jungfer war beunruhigt. Seit sie den heimischen Hof verlassen hatte, war die Unruhe in ihr stetig gewachsen. Wie ein unaufhaltsamer Strom, der sie auf etwas zutrieb. Sie wusste nicht, was es war, sie wusste nicht, wann sie es erreichen würde. Aber es musste gewaltig sein, wenn allein die Vorahnung sie in eine solche Verwirrung stürzen konnte.

In dieser Nacht nahm Justus allen Mut zusammen. Vollständig bekleidet hatte er sich auf das Nachtlager gelegt. Als die wispernden Knabenstimmen verstummt waren, schwang er die Beine aus dem Bettkasten, nahm eine Fackel von der Wand, entzündete sie an dem einzig noch brennenden Nachtlicht und ging hinunter – tief hinunter in die Eingeweide der Burg. Unsicher schritt er die Stufen hinab, immer noch daran zweifelnd, ob es gut war, das Wagnis allein zu unternehmen.

Doch wem von den Scholaren konnte er vertrauen? Am ehesten fühlte er sich zu Basileus hingezogen, aber auch der verkehrte gelegentlich mit Türmers Leuten. Justus war sich nicht sicher, ob er auf ihn bauen konnte, wenn es gegen die Bayern ging. Außerdem wollte er sein Geheimnis zunächst allein auskosten. Wenn es denn eines war …

Es kostete Justus große Überwindung, am Leichnam des Pfarrers vorüberzuschleichen. Von der Leiche ging ein übler Geruch aus, auch wenn sie unversehrt war. Allein die dunklen Flecken im Gesicht verrieten, dass sie verfiel und zügig weiter verfallen würde, wenn sie nicht bald befreit wurden.

Justus drückte sich dicht an der Mauer entlang, um so viel Abstand wie möglich zu dem toten Pfarrer zu halten. Der Fackelschein warf die vergrößerten Umrisse, die spitze Nase des Verblichenen auf die gegenüberliegende Wand und wuchs sich zum übergroßen Schattengebilde aus. Ein Schauer erfasste Justus, und seine Beine zitterten im Verlangen, diesen Ort zu fliehen. Doch die Neugier war stärker.

Er wandte den Blick ab und richtete all seine Sinne auf die Entdeckung der Naht in der Wand. Und tatsächlich hatte er den Übergang zwischen Bruch- und Ziegelmauerwerk schnell entdeckt. Die beiden Wände standen unverbunden gegeneinander, es gab kein Ineinandergreifen der Mauern, kein ästhetisch schlüssiges Bild. Ein Baumeister vom Range eines Arnold von Westfalen hätte sich mit einer solchen Lösung nie zufrieden gegeben. Nicht einmal in den Kellergewölben. Mit grober Willkür, allein dem Zwecke, nicht der Raumwirkung dienlich, hatte man hier etwas abgeschnitten. Etwas sehr Geheimes musste auf der anderen Seite der Wand warten. Aber was?

Justus betrachtete die steinerne Barriere und versuchte abzuschätzen, wie viel Mühe es bereiten würde, einzelne Brocken herauszubrechen, um sich einen schmalen Durchgang zu verschaffen. Er benötigte Werkzeuge. Und Hilfe. Allein würde er mehr Zeit brauchen, als ihm zur Verfügung stand. Der Liebensteiner Knabe biss die Zähne aufeinander. Die Kälte des Kellergewölbes war ihm unter den Scholarenmantel geschlüpft. Es missfiel ihm, das Geheimnis mit anderen teilen zu müssen, aber es blieb ihm keine Wahl, wollte er herausfinden, was sich auf der anderen Seite dieser Wand befand. Und er wollte nichts mehr als das!

Knopplochius hatte die Morgenandacht beendet und eilte mit fliegendem Umhang über den Domhof. Als er die Küche betrat, war Eleonor längst angekleidet. Sie blickte sehr ernst. Ernst wie ein Mann. Knopplochius erschrak. Tags zuvor war ihm nur die äußere Verwandlung vollkommen erschienen, nun hatte sie auch Eleonors Inneres erfasst. Der schlanke Knabe, der einst Eleonor, Erzherzogin von Österreich gewesen war, stand aufrecht vor dem Herd, das Barett aufs helle Haar gedrückt. Er sah prächtig aus.

»Gott sei mit dir, Theophil«, begrüßte der Magister den Knaben.

»Gott mit dir, Meister Rufus«, entgegnete Theophil und lächelte.

Knopplochius nahm ihn bei der Hand und zog ihn mit sich. Der Knabe folgte nur widerwillig, warf einen hilfesuchenden Blick nach der Boschna und fing ihren mitleidigen Gesichtsausdruck auf.

Im Flur war es kalt, aber im Speisesaal brannte ein helles Feuer und verbreitete wohlige Wärme. Eine riesige Schüssel dampfender Hafergrütze hatte die Boschna bereits aufgetragen. Seit dem frühen Morgen hatte Eleonor den Brei gerührt, bis ihr die Arme abfallen wollten, doch nun kam er ihr abstoßend vor. Sie hatte jeden Appetit verloren. Holzlöffel lagen auf den Plätzen vor den Schüsseln, ein Eimer Wasser stand bereit, in den jeder seinen Becher hineintauchen konnte. Dünnes Bier, wie es in Leipzig zum Frühstück serviert wurde, hatte der Magister streng untersagt.

Knopplochius stellte Theophil ans Kopfende der Tafel und eilte wieder hinaus, um der Wirtin zur Hand zu gehen.

Theophil stierte vor sich hin, bemüht, sich die Lügen ins Gedächtnis zu rufen, die er sich am vergangenen Abend zurechtgelegt hatte. Tochter – nein! – Sohn eines Silberschmieds. Zwei Brüder, drei Schwestern. Die Mutter früh gestorben, der Vater neu verheiratet. Das hatte sie – ihn! – vor der Zeit aus dem Haus getrieben. Theophil hatte bereits vier Semester *artes* in Wien studiert, ohne einen Grad zu erlangen. Er! – erhoffte sich eine Stellung am deutschen Hofe Ferdinands. Wollte daher die protestantischen Fürstentümer Deutschlands kennen lernen. Ja. Das wollte er! Herausfinden, was daran sei, am neuen Glauben. Und wo im Neuen man den Ausgleich zum Alten finden könne. Wollte zuerst nach Wittenberg, um Melanchthon zu hören. Aber Wittenberg war den Kundschaften zufolge unsicher. Dann nach Leipzig, zu Camerarius und Alesius. Doch nun war auch Leipzig heimgesucht geworden.

Nein, vor der Pest habe er keine Angst. Er vertraue auf Gott. Das sei ihm mit dem Namen in die Wiege gelegt. Theophilus: Der Gott liebt. Der von Gott geliebt wird. Der!

Der erste *studiosus*, der an diesem Morgen den Speisesaal im alten Bischofspalast betrat, war Justus. Ein blasser, flachsblonder Knabe, dünn und schmal, aber nicht klein. Sein Gesicht war kindlich, doch der Blick war ernst und reif. Er schien noch müde zu sein. Doch war das verwunderlich, um sieben Uhr am Morgen? Die *studiosi* hatten bereits zwei Stunden Tagewerk hinter sich.

Eleonor stand am einen Ende der Tafel, Justus am anderen. In Justus' Blick lag Überraschung. Freudige Überraschung.

»Wer bist du?«, fragte der blonde Knabe nach einer Weile des stummen Musterns und Abmessens.

»Theophilus Montanus Innsbruggensis«, betete Eleonor einen Hauch zu hastig herunter.

»Aus Innsbruck?«, fragte Justus verwundert. »Was tust du hier?«

In dem Moment betrat der Magister den Speisesaal, eine dampfende Schüssel Hafergrütze in den Armen. »Das ist Theophilus Montanus …«, beeilte er sich zu sagen und stellte die Schüssel so ungeschickt ab, dass ihm Brei über beide Ärmel schwappte. Leise schimpfend griff er nach der Holzkelle im Eimer und schüttete Wasser über das beschmutzte Gewand.

Theophil und Justus sahen sich an, blickten hinüber zu dem verärgerten Gelehrten, der sich so unbeholfen säuberte, und mussten beide lachen. In der gemeinsamen Freude über den ungeschickten Lehrer lachten sie sich in aller Offenheit an. Eleonor hatte ihre Ängste vergessen.

Die bayerische Nation betrat geschlossen den Raum: Türmer, Grim, Haberkorn und Kreutziger. Türmer maß den Knaben von oben bis unten. Justus hielt den Atem an. Gespannt wartete er auf die erste Bemerkung des Bayern.

Doch Knopplochius kam ihm zuvor. Der Magister hatte die Waschung beendet und sprang Eleonor bei. Im Übereifer verfiel er in die deutsche Sprache: »Dieser Student ist heute eingetroffen – im frühen Morgengrauen. Es ist Theophil Bergmann aus Innsbruck.« Eleonor nickte zur Bestätigung. Sie wagte nicht, Türmer in die Augen zu schauen. Sie spürte, dass von ihm Gefahr ausging.

»Schau an, aus Innsbruck – ein Landsmann«, ließ Kreutziger sich als Erster zu einer Bemerkung hinreißen. Er betonte noch den Singsang der Tiroler Mundart, die seine Muttersprache war. Wieder nickte Eleonor zaghaft.

Haberkorn grinste breit und sah erwartungsvoll seinen Anführer an. Dieser zarte Knabe würde ein gefundenes Fressen für ihn sein!

Doch der *senior* der bayerischen Nation schwieg noch immer und maß sie abschätzig. »Unser Pestverlies scheint sich großer Beliebtheit zu erfreuen«, bemerkte er schließlich, seltsam harmlos, gottergeben fast. Er wandte sich ab und ließ sich auf einer Bank nieder. Justus atmete hörbar aus. Der Neue war glimpflich davon gekommen.

»Ich habe keine Angst vor der Pest. Ich vertraue auf Gottes Ratschluss!«, stieß Eleonor hervor. Mit einer Heftigkeit, einem Trotz in der Stimme, der Justus gefiel.

Türmer zog Rotz, spie aus, setzte sich auf die Bank, nahm einen Holzlöffel und begann, Haferbrei aus der Schüssel in den Mund zu schaufeln. Er warf dem Neuen prüfende Blicke zu. Mit vollem Mund fragte er: »Dann bist du hier genau am richtigen Ort! Gott selbst hält uns gefangen in seiner unergründlichen Allmacht.«

Justus lächelte, während er sich setzte. Der Neue hatte Glück. Es war nicht Türmers Tag. Gewöhnlich waren seine Bemerkungen schärfer, verletzender. Das hatte er oft genug am eigenen Leib erfahren. Doch seit ein paar Tagen trug der Bayer Ringe unter den Augen. War schmaler geworden. Selbst sein Haar schien dunkler geworden, strohiger. Die Asche war immer noch nicht ganz herausgerieselt.

Nach und nach waren die übrigen Scholaren erschienen.

Verschlafen löffelten sie den Brei. Die Morgenmahlzeit wurde flüchtig eingenommen und ohne Dankgebet. Es war eine lästige Pflicht, kein Höhepunkt des Tages wie das Mittagsmahl. Als alle Studenten anwesend waren, wiederholte der Magister seine Vorstellung des Theophil Bergmann. Die wenigsten störten sich daran, dass jemand sich freiwillig solch widrigen Lebensumständen aussetzen konnte. Viel mehr überraschte sie die Kundschaft, dass die Universität daheim in Leipzig aufgehoben war. Dass sie der letzte Rest derer waren, die die Lektionen bis zum Ende des Semesters fortführten. Gezwungenermaßen. Doch sie hatten sich abgewöhnt, mit dem Schicksal zu hadern. Sich auch nur darüber zu verwundern. Selbst einer wie Türmer war gottergeben geworden.

Eleonor nahm einen Platz am äußersten Ende der Bank ein und war erstaunt darüber, wie schnell sie dazugehörte. Da saß sie auf der Holzpritsche, Schulter an Schulter mit einem Menschenschlag, der ihr zuvor so fremd gewesen war wie die Eingeborenen Westindiens.

Sie nahm einen der hölzernen Löffel in die Hand, die auf dem Tisch lagen, aber sie brachte es nicht über sich, ihn wie die anderen in den grauen, klebrigen Brei zu tauchen. Sie saß da, den Löffel in der Hand, und wartete, bis die Tafel aufgehoben wurde. Dann legte sie den unbenutzten Löffel behutsam auf den Tisch – warf ihn nicht, wie die anderen, in die leeren Schüsseln – und erhob sich. Beim Gang über den Hof fand sich Eleonor neben Justus wieder. Er hatte sich absichtlich zurückfallen lassen.

»Wie bist du hierher gekommen? Hat die Reise lange gedauert?«, fragte er.

Eleonor sah ihn irritiert an. Einen Moment lang hatte sie sich darüber verwundert, dass er es wagte, das Wort an sie zu richten – sie, die Erzherzogin, die Königstochter, die Kaisernichte –, bis ihr bewusst wurde, dass er mit Theophil sprach. Nicht mit Eleonor. »Auf dem Wasserweg«, antwortete Theophil.

»Ist es nicht gefährlich, auf dem Wasser zu reisen?«, fragte der blonde Knabe ehrfürchtig.

»Doch. Sehr«, bestätigte Eleonor. Man verliert sich dabei, fügte sie in Gedanken hinzu. Ihre Erinnerung streifte das Hündchen, die Brudergabe, die sie auf dem Wasser zurückgelassen hatte. Ihr wurde elend zumute. Doch kämpfte sie das Bedürfnis, weinen zu wollen, mannhaft nieder.

»Mein Name ist Justus von Liebenstein.« Justus deutete eine Verbeugung an. Eleonor war zu sehr mit ihren Empfindungen beschäftigt, als dass sie die unerwartete Höflichkeit des Studenten hätte würdigen können. Sie nickte geistesabwesend. Dann hellte sich ihre Miene auf. »So bist du ein Edelmann?«

Justus verzog das Gesicht. »Dem Stande nach und dem Titel. Aber es hat nicht viel zu bedeuten. Wir herrschen über zwei Dutzend Rehböcke, ein Rudel Schwarzröcke, drei Dutzend Morgen mäßig sandigen Ackerbodens und vier Dutzend Morgen guten Buchenwaldes sowie ein Gut gleichen Namens.«

Wieder nickte Eleonor stumm. Es wäre ihr auch kaum glaubhaft erschienen, dass ein Edler von Stand auf den Gedanken käme, sich den Studenten anzuschließen. Wozu denn auch?

»Wo sind deine Sachen, deine Bücher, deine Truhen?«, fragte sie jener unedle Edelmann. Eleonor fühlte sich sogleich in die Enge getrieben.

»Geraubt«, antwortete sie schnell und beschleunigte ihre Schritte, um zu Knopplochius aufzuschließen.

»Das klingt abenteuerlich! Du musst mir mehr davon erzählen«, rief Justus ihr noch hinterher. Doch Eleonor war froh, ihm für den Augenblick entkommen zu sein.

Für den Vormittag hatte Knopplochius zur Disputation geladen. Die Scholaren fanden sich im Schlafsaal ein, der jetzt auch als Lehrraum herhalten musste. Da es nur eines simplen mathematischen Exemplums bedurfte, um zu ermitteln, wie lange das Holz reichen würde, war es die schiere Verschwendung, mehr Räumlichkeiten warm zu halten, als unbedingt notwendig. Niemand konnte wissen, wie oft die meißnische Bevölkerung bereit und in der Lage war, die Studenten mit dem Nötigsten zu versorgen. Man tat klug daran, sich mit dem einzurichten, was man hatte.

So wurden denn die Bettrahmen zur Seite gerückt, Knopplochius trug sein Katheder aus der Stube herein, und, nach einer knappen Begrüßung der Studenten auf Deutsch, stellte er das Thema der heutigen Disputation auf Lateinisch vor: Die Gestalt des Herrn beim Abendmahl.

Justus runzelte die Stirn. Ein Grummeln, das durch die Reihen der Studenten ging, zeigte, dass man die Tragweite des Themas erkannte. Es war ihnen geläufig, dass diese Frage Streit unter den größten Denkern und Theologen des Landes hervorrief.

Knopplochius legte knapp seine Ansicht der Dinge dar: Er folge in allem der Lehre Melanchthons, dass – in diesem Punkte den Altgläubigen sehr nahe – die Anwesenheit des Herrn eine tatsächliche und keine symbolische sei, bewirkt durch die Transsubstantiation, die Verwandlung der Hostie in den wirklichen Leib, die Verwandlung des Weins in das tatsächliche Blut Christi. Dann forderte er Türmer auf, dagegen Stellung zu beziehen.

Der *senior* erhob sich zu ganzer, eindrucksvoller Körperlänge. Hasserfüllt musterte er den Magister und entgegnete: »Was erlauben Sie sich, Herr, in dieser verzweifelten Lage Gott zu lästern? Seine Worte bald hierhin, bald dorthin zu wenden, anstatt sich danach zu richten. Wir sollten Demut üben und inständig beten, dass uns der schwarze Tod nicht dahinrafft. Nichts weiter.«

Knopplochius hob mehr erstaunt als verärgert die Augenbrauen. Er blickte Türmer lange ins Gesicht, doch der hielt dem Blick stand. Der Magister überwand den Zweifel, dass es sich um Ausflüchte handelte. Der *senior* fürchtete sich. Die Angst stand dem Bayern ins Gesicht geschrieben. Todesangst.

Knopplochius machte eine resignierte Geste und bat Melchior Haberkorn, die Ehre der bayerischen Nation zu retten und rasch von der *inventio* in die *elocutio* einzutreten.

Haberkorn erhob sich und trug mit Eifer die bekannten Positionen der Zwinglianer nach den rhetorischen Bildern und Schritten Melanchthons vor: Man könne nicht annehmen, dass Gott Gottlosen und Ungläubigen gestatte, den Leib seines Sohnes zu sich zu nehmen. Also hänge die Wirksamkeit der Wandlung damit zusammen, ob sie vor einem Gläubigen oder einem Ungläubigen vollzogen werde. Vor einem Ungläubigen bleibe die gleiche Zeremonie, die, vor einem Gläubigen vollzogen, die Anwesenheit des lebendigen Gottes auf Erden bewirke, ganz ohne Folgen. Im Übrigen könne man sich die Gegenwart des leibhaftigen Gottessohnes nur im Himmel vorstellen.

Insofern sei die Wandlung des Brotes und des Weines keine tatsächliche, sondern lediglich eine Gegenwart des Herrn »*mit* den Zeichen«, was bedeute, *mit* den geweihten Insignien des lebendigen Gottes stelle sich die Gegenwart Gottes her. Nicht *in* ihnen!

Stefan Hoyer schloss sich mit der etwas veralteten Ansicht an, dass das Verspeisen des leibhaftigen Gottes eine zutiefst heidnische, dem christlichen Menschen zuwider gehende Gewohnheit sei. Dem hielt Kreutziger entgegen, dass der Herr seinen Leib geben musste und immer wieder von neuem gab, nicht um dem Körper des Menschen Speise, sondern seiner Seele Heil zu geben … und so fort.

Binnen kurzem ereiferten sich die Studenten in Rede und Gegenrede, die Regeln der Rethorik des Erasmus mehr oder weniger beachtend, mehr oder weniger im lateinischen Redefluss stockend oder fortlaufend. Die Tintenfässer blieben geschlossen, die Federkiele ruhten in ihren Pennalen, denn die *disputatio* erforderte höchste Aufmerksamkeit. Und Knopplochius ließ Milde walten, was die richtige Verwendung der sechs lateinischen Fälle anbelangte.

Eleonor lauschte atemlos. Sie erkannte, dass sie auf dem Gebiet des Lateinischen weit hinter den Kenntnissen der übrigen zurückstand. Hatte sie doch keinesfalls jedes Wort der Disputation, sondern lediglich den gröbsten Sinn erfasst.

Aber dies reichte aus, um ihr schier den Verstand zu rauben. Hier wurden Positionen, die überall im Reich die Gläubigen gegeneinander trieben, sie Scheiterhaufen errichten und Menschen ins Feuer schicken ließen, die Galgen füllten und Klöster leerten, Standpunkte, die Eintracht störten und Kriege schürten, diese Ansichten wurden hier im gelehrten Plauderton verhandelt und als Scheingefecht, als ritterliches Turnier mit Ausfallschritten und eleganten Paraden, doch ohne Leidenschaft und innere Anteilnahme ausgefochten. Nicht, um die treffendsten Argumente zu finden und mit Überzeugung gegeneinander zu stellen, sondern um das Argumentieren selbst zu üben!

Ihr wurde plötzlich klar, dass Gelehrte, die auf diese Weise über Gott und seine Gesetze plauderten, den Glauben schon verloren hatten. Die Wahrheit Gottes ließ sich nicht im gelehrten Gespräch fassen und verhandeln. Die Wahrheit Gottes war unfassbar. Und unverhandelbar. Das war die Sünde der Lutheraner! Dass sie um Gott und seine Wahrheiten schacherten. Aber tat es nicht auch jedes Konzil? Jeder Reichstag, der einberufen wurde, um die Glaubensfragen und -zwistigkeiten zu lösen? Tat dies nicht auch die Inquisition? Wurde nicht zu viel über Gott und seine Worte geredet, anstatt das Wort an Gott zu richten? Fast konnte sie sich der Verweigerung Türmers anschließen, wäre ihr der junge Mann mit dem wirren Blick nicht über alle Maßen abstoßend erschienen.

Sie erwog, ihre erregende Erkenntnis in das Gespräch einzuführen. Doch die Furcht, ihr klägliches Latein würde sie verraten, hielt sie davon ab.

So sehr sie sich auch innerlich empörte über die Art des Disputs, so sehr war sie doch vom Spiel des Geistes und der Eingebungen erfasst. So viel hatte sie schon von der Frucht der Erkenntnis gekostet, dass die Vertreibung aus dem Paradies bereits eingesetzt hatte.

Zum Ende des Unterrichts geschah etwas Merkwürdiges. Ganz im Gegensatz zu den sonst üblichen Gepflogenheiten fasste Knopplochius nur das Gespräch zusammen, legte mit klarster Logik die unterschiedlichen Positionen dar, versäumte es aber, irgendeiner Meinung den Vorzug einzuräumen. Er ließ die Positionen nebeneinander stehen, ohne der ein oder anderen seine Gunst zuzubilligen.

Die Studenten sahen sich ratlos an. Sie fühlten sich mit ihren Standpunkten allein gelassen. Und eben dies war es, was Knopplochius bezweckte. Die Disputation war durch das Ende der Stunde keinesfalls beendet, sondern wurde hitzig bis in den Speiseraum hineingetragen.

Dabei kam es nicht so sehr darauf an, mit Positionen zu überzeugen, sondern Parteien zu bilden. Die Studenten genossen die Fehde. Und wo man eine Rotte bilden konnte, um gegen eine feindliche anzurennen, da bildete man eine. Darin unterschieden sich die *studiosi* in nichts von ihren weniger gebildeten Altersgenossen.

Bevor der Magister den Schlaf- und Lehrsaal verließ, um die Scholaren dem Selbststudium zu überlassen, äußerte Knopplochius eine Bitte auf Deutsch. Sie war in so ernstem, eindringlichem Ton vorgetragen, dass Eleonor aufhorchte. Es war die Bitte, die Deposition an dem neuen Scholaren so lange aufzuschieben, bis sie nach Leipzig zurückgekehrt seien. Unwilliges Grummeln war die Antwort. Es kam aus der Umgebung Türmers.

Eleonor wusste nicht, was eine Deposition war. Doch sie hatte zuweilen von groben und barbarischen Bräuchen unter den Studenten gehört. Sitten und Gepflogenheiten, die heidnischen, längst überwundenen Zeremonien verwandt waren …

Die mit Nachdruck vorgetragene Bitte des Magisters verursachte ihr Bauchgrimmen. Sie erinnerte sich daran, dass Türmer sie im Verlauf der Disputation mehrmals mit schräg gelegtem Kopf angestarrt hatte. Wie ein Rabe ein junges Eichhörnchen anstarrte – bevor er es aus dem Nest wirft, um es zu verspeisen. Sie war dem Blick ausgewichen, aber sein merkwürdiges Lächeln war ihr nicht entgangen. Nach dem Mittagsmahl war Türmer mit seinen Gefolgsleuten im Speisesaal zurückgeblieben, und Eleonor ahnte, dass dies Unheil bedeutete.

Knopplochius ging mit den übrigen Scholaren hinauf und wies Eleonor eine Bettstatt zu. Einige Scholaren umringten sie dabei, andere widmeten sich bereits ihren Studien, holten Bücher aus den Truhen oder beugten sich über ihre Notizen. Der Magister teilte auf Wunsch Donaten aus, damit die *studiosi* den einen oder anderen Begriff, der während des Disputs unklar geblieben war, nachschlagen konnten. Auch Eleonor verlangte nach einem der dickleibigen, kleinformatigen Bände. Knopplochius sah sie eindringlich an, vermied es jedoch, das Wort an sie zu richten.

Eleonor hätte ihn gern nach Sinn und Bedeutung jener Deposition gefragt, doch vor den anderen war dies unmöglich. Also zog die Jungfer sich auf ihr Bettstroh zurück, suchte eine Stellung, in der sie ihre künstliche Männlichkeit nicht allzu sehr zwackte, und blätterte in der Donate. Ihr wurde bewusst, dass sie ihr Latein schleunigst verbessern musste, um mitreden zu können. Und sie wollte mitreden, bald schon! Vieles in der Rede der Scholaren hatte ihren Widerspruchsgeist geweckt. Vieles war ihr allzu lutherisch. Sie nahm es sich zur Aufgabe, den rechten Glauben zu verteidigen in dieser Meute von augenscheinlich Ungläubigen. Es galt, gegen diese allzu frei schweifenden Gedanken ins Feld zu ziehen. Unmöglich konnte sie die Fürstin eines Landes werden, in dem die

Lehrer der Religion lutherisch dachten und predigten, diesen aufrührerischen Unglauben auch noch weiter verbreiteten!

Die lateinischen Begriffe verschwammen vor ihren Augen, die Empörung hielt ihre Gedanken gefangen. Sie sah auf, denn sie fühlte sich beobachtet. Im Aufschauen traf ihr Blick auf den des Justus von Liebenstein. Der saß am anderen Ende des Saales, auf der fensterlosen Seite. Auch er hatte sich auf der Kante seines Bettrahmens niedergelassen. Der halbwüchsige Knabe blätterte in Pergamenten. Doch er blätterte, ohne zu schauen. Er sah nur nach Eleonor.

Als sie seinen Blick erwiderte, lächelte er ihr zu. Eleonor wurde von einer warmen Welle durchflutet. Sie öffnete den Mund, um ihm etwas zuzurufen. Doch sie besann sich eines Besseren: Nicht quer durch den Saal, nicht die Aufmerksamkeit aller erregen!

Sie wollte sich erheben, um zu dem Edlen von Liebenstein hinüberzugehen. Justus erkannte ihr Vorhaben und gebot ihr mit einer Handbewegung Einhalt. Dann legte er den Finger auf die Lippen. Eleonor verstand die Geste. Alle schwiegen. Alle saßen still. Nur das Rascheln von Papierbögen war zu hören. Eleonor erinnerte sich, dass der Magister von Mittags*silentium* gesprochen hatte. *Silentium.* Schweigen. Stille. Also blieb sie sitzen und versuchte, stille zu sein. Doch in ihrem Innern toste ein Sturm.

Über der Prager Burg dagegen lag die Stille wie ein Leichentuch. Der Himmel war wolkenverhangen, einzelne Flocken gaukelten träge zu Boden. Aus dem Schlafzimmer der Königin Anna von Böhmen drang das monotone Murmeln der Litaneien ihres jesuitischen Beichtvaters, gelegentlich durchbrochen vom Schluchzen eines der Kinder, die noch am Hofe weilten. Fünfzehn Kinder hatte sie geboren, das fünfzehnte war vor ein paar Tagen in trockene Tücher gekommen. Es lag still am Busen der Amme, in einem entfernten Teil der Residenz. Fern vom Todeskampf der Mutter.

Nach einer lauten Geburt war das Sterben leise gekommen. Anna war unendlich erschöpft. Zu erschöpft, um sich wieder aus einem Kindbett zu erheben, zu erschöpft, um nochmals zu beginnen. Zu erschöpft, um Atemzüge zu tun. So hörte sie einfach auf zu atmen. Nach drei Tagen der stillen Erschöpfung.

Ferdinand selbst, der römische König aus dem Hause Habsburg, drückte ihr die Augenlider zu. Ihre Kinnlade wurde hochgebunden, denn der Mund war im Todesseufzer offen geblieben. Zu erschöpft, um ihn ein letztes Mal zu schließen. Einige Hofdamen wollten gehört haben, dass »Eleonor« das letzte Wort gewesen sei, das ihr über die Lippen gekommen war. Ferdinand wollte davon nichts wissen. Ein sprachloser Tod war der einzig würdige Abschluss des Lebens einer Herrschergattin in der *Casa de Austria*.

Ferdinand erhob sich vom Sterbebett und verließ das Gemach seiner Gattin. Erst später am Tag wurde die Nachricht von ihrem Tod verbreitet. Ausrufer wurden ausgesandt, die Nachricht auf den Plätzen und in den Gassen Prags, Wiens, Innsbrucks, Zittaus und Klagenfurts, in allen Ecken und Winkeln des Reiches zu verbreiten. Wo man die Botschaft vernahm, betete man zehn Rosenkränze für das Seelenheil der Anna, Königin von Böhmen und Ungarn. Dann zogen die Ausrufer weiter zur nächsten Ecke, um dort ihre traurige Botschaft zu verkünden. In Ofen und Brünn, in Linz und Graz vernahm man ihre Rufe. Bis in die Gewölbe der Meißner Burg drangen sie nicht.

Karl war erzürnt über den Ungehorsam seines Neffen. Vor seinem Heer, vor den Ulmer Bürgern, vor nichtswürdigen Protestanten gar hatte er ihn unmöglich gemacht! Überall trat man es schon breit und höhnte, dabei hatte sich noch nicht einmal die Sonne über den Horizont erhoben.

Wie ein Hund war dieser Maximilian in die Donau gesprungen, um sie zu durchqueren, um sich überstürzt nach Sachsen abzusetzen, in die Höhle des Löwen. Albas Leute hatten ihn und seine wenigen Begleiter rechtzeitig gestellt und zurückgebracht. Im Dunkel der Nacht. Und anstatt die Niederlage wie ein Mann einzugestehen und sich zu fügen, hatte er getrotzt. Schweigsam und triefend vor sich hin gestarrt.

Karl hatte ihn erbost zur Rede gestellt. Hatte ihm die Vorwürfe auf Französisch an den Kopf geworfen: Wie er es wagen könne, seinem Befehl zuwiderzuhandeln?! Die Familie bloßzustellen?! Mit einer kopflosen Aktion, die – überstürzt und unüberlegt wie sie war – nur dazu führen konnte, dem Feind eine weitere hochgeborene Geisel in die Hände zu spielen und damit den ganzen Kriegszug zu gefährden.

Maximilian, der ungehorsame Neffe, der nächste Anwärter auf den Thron des römischen Königs, hatte gewagt, vor ihm auszuspucken. Vor Karl, dem Weltenherrscher! Und ihm dann vorgeworfen, dass er selbst es sei, der Eleonor ausgeliefert, dem unsicheren Bundesgenossen eine Geisel vor die Füße geworfen habe!

Zuvor, in derselben Nacht, hatte Maximilian die Botschaft erhalten, seine Lieblingsschwester Eleonor habe vor dem hinterhältigen Angriff einer versprengten Gruppe schmalkaldischer Reiter gerettet und auf die Meißner Burg verbracht werden müssen. Und dies, nachdem der Obrist des Trosses, der Schutzherr Eleonors, bereits zerknirscht gemeldet hatte, dass er die Jungfer in herzoglich sächsische Hände übergeben habe und seitdem jeglicher Kundschaft über ihren derzeitigen Aufenthaltsort ledig sei. Über einen Angriff schmalkaldischer Reiter hatte er nichts vermelden lassen. Die Nachrichten waren widersprüchlich und unübersichtlich wie dieser Krieg.

Maximilian sah die Lieblingsschwester schon verschleppt, tot, geschändet! Man musste ihr zu Hilfe eilen, wo immer sie sich befand! Unverzüglich! Doch der kaiserliche Onkel war zu nichts zu bewegen.

Karl saß im Schwitzkasten und ließ seinem Unmut freien Lauf. Obernburger, der ihm Meldung erstattet hatte, konnte ihn durch den Nebel hindurch kaum erkennen. »Was wagt dieser Moritz?! Eine durchsichtige Taktik! Sicherlich kommt er sich sehr kühn vor! Schafft Eleonor beiseite, um die Vermählung aufzuschieben! Teuflisch! Respektlos! Perfide!«

»Er hat unseren Plan durchschaut. Ein kluger Schachzug – von seiner Warte aus betrachtet!«, lobte Obernburger unverhohlen.

Karl wütete, als wollte er aus dem Kasten springen. Sein Hals scheuerte an der Ledermanschette, er warf den Kopf auf vor Wut. Wie konnte sein Sekretär dem Rivalen Bewunderung zollen?! Achtung, Bewunderung, Gefolgschaft gebührte nur ihm allein, ihm, dem fünften *Carolus*! »Soll er es noch einmal wagen, eine Nichte des Kaisers zurückzuweisen! Zu verschleppen! Ich lasse ihn enthaupten!«

Obernburger wog bedächtig den Kopf. »Sein Haupt, falls es unserer Seite zugeneigt bleibt, ist zu wichtig, um es abzuschlagen!«

»Das ist mir bekannt!«, schrie Karl. Speicheltröpfchen stoben aus seinem Mund. Obernburger trat einen Schritt zurück, ohne die Miene zu verziehen. Er warf einen Seitenblick auf das Weib, das sich am Brunnen, auf der anderen Seite des Kellergewölbes, zu schaffen machte. Sie rieb getrocknete Kräuter und Rinde in einen Sud. Obernburger wandte sich wieder dem Herrscher zu. Er zog ein skeptisches Gesicht.

»Ihr könnt ihr trauen«, beschied ihn der Kaiser voreilig.

»Wenn Ihr, Euer Kaiserliche Majestät, meinen Rat hören wollt …«, hub Obernburger an.

»Nein, will ich nicht«, unterbrach Karl ihn barsch. Und verkündete seinen Entschluss: »Setzt ein Schreiben in dem höflichen, unverbindlichen Tone auf, wie Ihr ihn so vorzüglich beherrscht. Dass wir darum bitten, die Pflege der Erzherzogin mit größter Sorgfalt zu versehen. Dass ihr kein Haar gekrümmt werde. Dass die Vermählung, so bald es die allgemeine Lage zulässt, vollzogen werde. Schreibt ihm keinesfalls, dass ich das Bündnis mit ihm brechen, alle Verträge zerreißen werde, sollte er die Dreistigkeit besitzen, der Jungfer etwas zustoßen zu lassen oder sie auch nur einer Gefahr auszusetzen. Schreibt ihm dies auf keinen Fall. Er sollte klug genug sein, es selbst zu wissen.«

Obernburger verließ das Kellergewölbe mit einer knappen Verbeugung.

Die Alte trat heran. Sie machte sich am Fuße des Kastens zu schaffen. Karl versuchte zu erspähen, was sie tat, aber es gelang ihm nicht. Sein Hals war im Joch des Kastens wie in einer Schraubzwinge gefangen.

»Eure Nichte scheint Euch sehr am Herzen zu liegen«, wagte die Alte zu bemerken.

Karl stieß Luft durch die Nase. »Mein Bruder und meine Schwägerin ziehen mir Jungfern und Erzherzoginnen wie der Wachszieher die Kerzen. Ich weiß kaum, wohin mit ihnen. Und doch sind sie mir nützlich, um Bünde zu schmieden, um Parteinahmen zu besiegeln. Aber was hat Euch das zu bekümmern? Sorgt Euch um die Glut, und Ihr habt wohl getan!«

Die Alte schwieg. Es war das Beste, was sie tun konnte Sie ließ den Kräutersud über die heißen Kiesel strömen und einen Nebel aufwallen, der den Kaiser in seinem Behältnis völlig umhüllte. Sie vernahm ein zufriedenes Seufzen und lächelte.

Karl genoss das dumpfe Wohlsein, das ihn durchströmte, und hing seinen Gedanken nach. Die Gewogenheit des königlichen Bruders und seiner eigenwilligen Gattin waren Karl wichtiger, als er sich eingestehen wollte. Auch deshalb hatte er Maximilian mit Härte behandelt. Dass er sich nicht bei den königlichen Eltern über Karls Gleichgültigkeit beschwere.

Das Schicksal der Erzherzogin Eleonor war nicht weiter von Bedeutung. Bedeutsam war nur, wie Moritz sich zu ihm stellen würde. Und auf diesem Feld hatte sich nichts bewegt. Der Herzog von Sachsen vermied ein deutliches Bekenntnis – nach wie vor. Es bedurfte keiner Glut mehr, Karl den Schweiß auf die Stirn zu treiben. Die Wut über Moritz' fortwährendes Lavieren reichte aus.

Die Tür zum Kellerverschlag öffnete sich erneut. Karl hörte es oben knarren. Auch das Weib horchte auf. Stiefelabsätze schritten über Steinstufen hinab. Karl erblickte Obernburgers weiße Wadenstrümpfe, seine grünen, unter dem Knie geschnürten Hosen. »Was ist nun schon wieder?«, fragte er ungehalten.

Obernburger zögerte.

Karl verspürte eine ungute Ahnung. »Sprecht, was gibt es, nur zu«, ermunterte er seinen Sekretär.

»Anna ist tot!«

Karl starrte ihn wortlos an. Lange. So lange, dass Obernburger unbehaglich zumute wurde. Er wusste nicht, ob er stehen bleiben oder wegtreten sollte. Dann endlich zwang Karl seine Kiefer auseinander: »So wird es uns denn doch bald an Kerzen mangeln ...«

Obernburger runzelte die Stirn. Karl ergötzte sich an seiner Ratlosigkeit. Und auch das Weib musste schmunzeln. Der Tod der Königin hatte die Karten neu gemischt. Nicht grundlegend, aber doch genug, dass es lohnte, die Lage von neuem zu überdenken. Ferdinands Stärke lag in seiner Frau. Und die war dahin. Würde der Bruder nun den Anspruch auf den Kaiserthron als Karls Nachfolger aufrechterhalten?

Der Herrscher schickte Obernburger hinaus, damit er Maximilian die Nachricht vom Tod seiner Mutter überbringe. Erst dann gestattete er einem leisen Lächeln, sich auf sein Gesicht zu stehlen.

In der Nacht fühlte sich Eleonor von acht kräftigen Armen gepackt. Sie schlug die Augen auf und entdeckte vier Kommilitonen in voller Tracht, die sich ihrer Gliedmaßen bemächtigt hatten. Eleonor zappelte. Sie wollte schreien. Doch schon füllte sich ihr Mund mit trockenen, staubigen Stofflappen. Sie rang nach Luft. Ihre Augen quollen aus den Höhlen. Das Herz schlug ihr bis zum Hals.

Türmer beugte sich über sie und sagte: »Wie es alte Sitte

auch an der Universität zu Leipzig ist, wird an jedem Neuankömmling das Ritual der *depositio* zur Aufnahme in die Studentenschaft vollzogen. So auch an dir, Theophilus Montanus aus Innsbruck. Denn jeder Neuankömmling ist ein *pecus campi*, ein Tier des Feldes, dem erst die Hörner abgeschlagen, die groben Seiten abgehobelt werden müssen! Mach dich darauf gefasst, Theophil Bergmann, dass du heute Nacht zum Menschen werden wirst!«

Eleonor versuchte, ruhiger zu atmen, um nicht an den Stofffetzen zu ersticken, und es gelang ihr. Sie spürte Gefahr. Die Gefahr, entdeckt zu werden.

Türmer wurde abgelenkt, ohne dass man von ihr abließ. Eleonor begriff, dass Justus von Liebenstein ihn zur Rede stellte, ihn an Knopplochius' Bitte erinnerte. Sie war dem jungen Edlen unendlich dankbar, dass er das Wort für sie ergriff, obwohl sie ahnte, wie vergeblich es war.

Türmer wies den Liebensteiner schroff ab und erklärte, dass in beinahe hundertfünfzig Jahren studentischen Brauchtums in Leipzig sich niemals ein Kollegiat in die heiligen Rituale der Scholaren eingemischt habe und das in Zukunft auch nicht einreißen solle. Justus verließ verärgert den Saal, und Türmer wandte seine Aufmerksamkeit wieder Eleonor zu.

Mit einem Kopfnicken wies er die Gehilfen an, die Jungfer von ihrem Lager zu zerren. Als Eleonor vor ihm stand, zwei Köpfe kleiner als er, schwer atmend, verängstigt und sprachlos, zog er hinter seinem Rücken flugs eine rote Kapuze mit zwei mächtigen Hörnern hervor. Unter dem Bund der Mütze quollen verfilzte, rotbraune Haare heraus, die man vor einer Ewigkeit vom Bauch eines Bullen geschnitten haben mochte. Die Ochsenmaske wurde fest auf Eleonors Kopf gezogen, sodass sie kaum noch durch die dichten Haarbüschel blinzeln konnte. Sie atmete so heftig, dass sie mit der Luft einige Haare in die Nase zog. Erneut überfiel sie die Angst, sie könnte ersticken. Sie versuchte etwas zu sagen, durch die Stofffetzen hindurch, doch stattdessen brach sie in heftiges Husten aus. Die meisten der umstehenden Scholaren lachten. Nur die beiden Naumburger starrten betreten. Zu frisch war ihre Erinnerung an die eigene Deposition.

Eleonors Angst vor Entdeckung wuchs immer mehr.

Jemand hatte ihren Hals mit beiden Händen umfasst, fest wie mit dem Eisen des Schandpfahls. Ein anderer beschmierte ihr Kinn mit Leim, um einen Ziegenbart anzukleben. Schließlich öffnete man ihr mit Hilfe eines Löffelstiels den Mund, um ihr anstatt der Lappen drei riesige falsche Zähne einzusetzen.

»Tier des Feldes, möchtest du in die Gemeinschaft der gebildeten, gesitteten und geistig hochstehenden Menschen aufgenommen werden? Möchtest du die Tracht des Feldes abstreifen und in einen neuen Kreis hervorragender Gelehrsamkeit aufsteigen?« Eine Antwort wurde nicht erwartet. Man ging davon aus, dass jedes Wesen, das mit Vernunft begabt war, sich der Zeremonie nicht verweigerte. Wer wollte nicht geläutert sein?

Grim, der Türmer assistierte, läutete ein silbernes Glöckchen, und der *senior* ergriff ein Beil, wie Eleonor es einmal bei Bergleuten gesehen hatte.

»So lass dir die Hörner abschlagen, auf dass du fortan nur mit Worten zu streiten lernst!« Türmer holte aus, Eleonor schloss die Augen und erwartete gottergeben, dass man ihr den Schädel spaltete. Sie spürte einen Ruck an der Kapuze, erst auf der einen, dann auf der anderen Seite. Dann ein lauter Fluch von Türmer. Das linke Horn hatte sich nicht aus dem Ring aus Werg gelöst, der es am Platze hielt. Mit hastig gezischten Befehlen wies er Grim an, das Horn an der Spitze zu halten, damit er es abhauen könne, wie es die Zeremonie gebot. Doch Grim weigerte sich. Die Klinge des Beils war, obgleich nicht scharf, doch furchterregend breit, geeignet, einen Armknochen oder ein Handgelenk zu zertrümmern.

Nach einigem Lamento hielt der *senior* die Spitze des Horns selbst und hieb es ab. Mit einem hohlen Poltern flog es in eine Ecke des Saales.

Peter Grim läutete ein weiteres Mal das Glöckchen. Türmer legte das Beil zur Seite. »So lasse, enthörntes Tier des Feldes, die grobe Rinde der Barbarei und Unwissenheit von dir abhobeln, auf dass der feine Kern der Weisheit, des Wissens um Sitten und Wohlanständigkeit sichtbar werde.«

Eleonor wurde zu Boden geworfen. Sie hoffte, dass es nicht zum Ritual gehörte, ihr die Kleider vom Leib zu reißen. Doch wäre sie unglücklich, würde man nun ihr wahres Wesen entdecken? Gewiss nicht! Sie fürchtete nur die Schmach!

Türmer begann, sie mit einem riesigen Hobel zu bearbeiten. Obschon es eine symbolische Handlung war, schien er sich Mühe zu geben, sie so schmerzhaft wie möglich auszuführen. Die Jungfer schrie hell auf und wand sich unter den Grobheiten.

Türmer kniete auf ihrem Rücken, um sie besser walken zu können. Dann ließ er abrupt von ihr ab. Die Studentenschar jubelte. Eleonor spürte, wie ihre Gliedmaßen für kurze Zeit freigegeben wurden. Dann packte man sie erneut und zerrte sie in eine aufrechte Haltung. Grim läutete wiederum die Glocke.

»So lasse dir den Dreck der Wälder herunterwaschen, auf dass das Wissen um die tieferen Wahrheiten der Welt durch dich erstrahle.«

Türmer zog den Bund der Kapuze hoch, um ihr mit dem Stiel eines gewöhnlichen Holzlöffels die Ohren zu säubern. Auf der einen wie der anderen Seite. Eleonor schrie nicht mehr. Sie jammerte.

Dann wurde ihm von Otto, dem Naumburger, eine Holzschüssel mit einer Flüssigkeit gereicht. Eine Schüssel aus der Küche der Boschna. Reste von Haferkleie schwammen im trüben Wasser. Türmer besprengte das Gesicht des Deponenten damit, zückte sein Messer und begann, ihr den angeklebten Ziegenbart abzuschaben.

»Den Wissenschaften tritt man sauber gegenüber, denn rein ist das Wissen.« Eleonor hatte jeden Widerstand aufgegeben und ließ alles mit sich geschehen. Sie stöhnte nur auf, als Türmer – absichtlich oder nicht – zu wenig Sorgfalt walten ließ und ihr die Wange ritzte. Zuletzt griff er zu einer Schmiedezange, um den Bacchantenzahn zu ziehen.

In dem Moment betrat Magister Knopplochius den Raum. Justus stand neben ihm. Er keuchte schwer. Er hatte lange gebraucht, den Lehrer zu finden. Zu lange. Im Hof hatte Justus ihn schließlich entdeckt, als er sich gerade anschickte, den astronomischen Kasten zu öffnen.

»Das genügt«, ließ sich der Magister deutlich vernehmen. »Die Deposition ist vollzogen!«

Türmer protestierte lauthals: »Es fehlt das Salz! Und der Wein!«

»Ihr habt genug getrunken. Ihr habt frech gegen meine Bitte verstoßen. Es genügt. Sonst werfe ich Euch alle in den Karzer.« Die Scholaren zogen die Köpfe ein. Der Karzer war nicht beheizt. Niemand wollte den Rest der Nacht darin verbringen. Abgefrorene Glieder waren das Mindeste, was man zu erwarten hatte.

Türmer schleuderte wütend die Depositionswerkzeuge in die Ecke. »Seit wann mischen sich die *magistri* in unsere Bräuche ein? Wollt Ihr das zulassen, Männer?«

Türmer hatte sich an sein Gefolge gewandt. Betretene Blicke der als »Männer« titulierten Schar, schamhaft gesenkte Köpfe. Der Magister starrte angriffslustig in die Runde. Offenes Aufbegehren wäre ihm zu diesem Zeitpunkt sehr willkommen gewesen. Er lauerte nur darauf, ein Exempel statuieren zu können. Doch die Recken gaben klein bei und begannen, die umherliegenden Werkzeuge einzusammeln.

»Ihr habt gegen meine offenkundige Bitte gehandelt, gegen meinen Befehl. Wenigstens du solltest dich augenblicklich in *carcerem academicum* verfügen, Türmer!«, polterte Knopplochius mit einer Wut, die Justus bislang nicht an ihm gesehen hatte.

Türmer blickte Knopplochius in die Augen. Die beiden waren beinahe gleich groß, der Altersunterschied war gering. Auch Türmer hätte schon längst – der Studiendauer nach – den Titel »Magister« führen können. Wenn er sich das Deputat für die Witwenkasse der Universität, die Abgabe an den Fakultätsfiskus, das Honorar für die prüfenden Gelehrten, die Kosten des Magisterschmauses und alle weiteren Aufwendungen, die *pro examine* mit der Graduierung verbunden waren, hätte leisten können. Aber der Sägemüllerssohn aus dem Fichtelgebirge zählte nicht zu den wohlhabenden Scholaren.

Die Augen des bayerischen *senior* waren schwarz gerändert und gerötet. Knopplochius lauerte nur auf ein falsches Wort, doch Türmer wusste sich zu beherrschen.

Und auch Knopplochius beruhigte sich. »Da wir mit unseren spärlichen Holzvorräten nicht auch noch den Karzer beheizen wollen, bin ich mit einer milderen Buße einverstanden. Balthasar Türmer, du wirst, sobald es das Wetter erlaubt, die Abortgrube leeren! Es hat sich eine Menge Scheiße angesammelt!«

Justus musste sich ein Lächeln verkneifen. Die Abortgrube. Eine Arbeit für Aussätzige, Henker, Abdecker. Eine schlimme Schmach!

Türmer atmete tief ein und wieder aus. Hass loderte auf in seinen Augen, aber er verzog nur den Mund.

Die Gefolgschaft des Bayern hatte unterdessen die Werkzeuge der Deposition in eine kleine Truhe gesammelt und diese verriegelt. Wie sorgsam hatte man sie aus Leipzig mitgeschmuggelt und gehütet – für den Fall der Fälle.

Knopplochius legte den Arm um den Neuen und führte ihn zu seiner Kammer. Theophilus zog sich den letzten Stofffetzen aus dem Mund und schluchzte. Die Wunde an der Wange blutete. Der Magister wischte das Blut mit der Hand ab. Als Theophilus die rotgefärbte Handfläche erblickte, sah es für den Moment aus, als wollte er zusammenbrechen. Das Verhalten war eines Scholaren unwürdig. Beinahe weibisch. Justus spürte die Verachtung, die die anderen dem Neuen entgegenbrachten. Er selbst empfand Mitleid.

Der Türverhang fiel hinter Knopplochius und dem Neuen und verbarg sie ihren Blicken. Justus runzelte die Stirn. In allem schien diesem Theophil eine Sonderbehandlung zu widerfahren. Warum nur?

Justus spürte Türmers Blick auf sich ruhen. Er war hasserfüllt. Justus wandte sich schnell ab. Er ahnte, dass auch er bald Schutz benötigen würde.

*Fünftes Kapitel*

# Erkundung

Theophilus brachte eine ganze Weile in Knopplochius' Stube zu. Ein Umstand, der Justus verwunderte. Er begann, sich seine eigenen Gedanken über den neuen Insassen der Pestburg zu machen und konnte darüber nicht einschlafen. Was, wenn es eine Verbindung zwischen dem Knaben und Knopplochius gab, die den Übrigen verborgen war? Welche Art Verbindung konnte das sein? Verwandtschaftliche Beziehungen waren nicht verpönt in Gelehrtenkreisen und mussten demzufolge nicht verborgen werden. Es musste sich um etwas anderes handeln …

Justus war in Gedanken versunken, und so brauchte das Geräusch eine Weile, bis es in seine Bewusstsein gesickert war. Doch sobald er es vernommen hatte, war er hellwach: das Tapsen nackter Fußsohlen auf Stein. Theophil kam aus der Stube des Magisters zurück. Justus verfolgte aufmerksam seinen Weg durch den Saal bis hinüber an die Bettstatt. Er spürte das unbändige Verlangen, aufzustehen und ihn zu fragen, warum der Lehrer ein solches Aufheben um seine Person mache? Was es mit seiner Zartheit, seiner Fremdheit, seinem eigentümlichen Verhalten auf sich habe?

Das Verlangen wuchs noch, als er ein Schluchzen aus genau jener Richtung vernahm, ein durch mehrere Lagen Decken und Mäntel gedämpftes Schluchzen. Herzzerreißend.

Justus lag auf dem Rücken, die Hände hinter dem Kopf verschränkt, und ließ den Blick unruhig über die Rippen des Kreuzgewölbes wandern. Hinauf und wieder hinab. Hinab und wieder hinauf bis in den Zenit des Gewölbes. Die anderen atmeten ruhig und flach. Aus Türmers Ecke klang bereits

Schnarchen. Nur Justus lag noch wach. Und Theophil. Das leise Schluchzen hing als Aufforderung im Raum.

Der Liebensteiner schlug die Decke zurück, rutschte auf die vorderste Kante der Bettpritsche und setzte einen Fuß auf die Dielen. Die Kälte ließ ihn zusammenzucken. Er überwand sich, setzte beide Füße auf und schlich sich zu jenem Lager, hinter dem nur noch die mächtigen Schichten gemauerten Steines sie von der absoluten Einsamkeit trennten.

Justus ließ sich auf dem Bettgestell nieder. Das Holz knarrte, und das Schluchzen erstarb. Ein Kopf schälte sich aus den Decken und Mänteln und sah ihn erstaunt an. Justus spürte, wie sich zur Überraschung der Schrecken gesellte, die Furcht, erneut gepeinigt zu werden.

Er beeilte sich, ein Zeichen zu machen, dass von ihm nichts zu befürchten sei. Er legte eine Hand auf Theophils Kopf. Sachte streichelte ihm Justus über die weichen Haare. Der Neue richtete den Oberkörper auf und schaute ihn verwundert an. Ein fragender, doch sanfter Blick. Justus hatte das Bedürfnis, Theophil an die Brust zu drücken, ihn zu herzen, ihm die ganze Zuneigung zu zeigen, die er seit dem ersten, schüchternen Blick, den sie sich zugeworfen hatten, für ihn empfand. Er wähnte sich überwältigt von den Gefühlen, die in ihm aufwallten, die inniger waren als alle, die er bisher gekannt hatte. Justus war verwirrt.

Lange Zeit spürte er nicht die Kälte, die ihm von den Fußsohlen her in die Glieder kroch. Als sie den Bauchnabel erreicht hatte, schlug Justus die Felldecken zurück und wollte darunterschlüpfen. Augenblicklich versteifte sich Theophil mit jeder Faser seines Körpers. Ein gehauchtes, doch gleichwohl entschiedenes »Nicht!« klang ihm entgegen. Ängstlich und energisch – es war ohne Zweifel.

Justus ließ den Zipfel sinken, strich die Decken glatt. Felldecken! Auch dies ein besonderer Gunstbeweis des Magisters. Was war zwischen Theophil und Knopplochius? Der Knabe spürte einen Stich in der Herzgegend. Auch dies ein neues

Gefühl. Eifersucht? Beneidete er die beiden um ihr besonderes, geheimnisvolles Verhältnis?

Justus erhob sich und ging hinüber zu seinem Lager. Nun spürte er die Kälte mehr als deutlich. Selbst sein Mantel konnte ihn nicht mehr wärmen. Felldecken! Er zitterte noch lange, auch als er längst eingeschlafen war.

Am nächsten Morgen war Justus fiebrig. Als der Magister um vier Uhr die Glocke schlug, blieb der Liebensteiner liegen. Wangen und Stirn glühten. Niemand wagte, näher an ihn heranzutreten. Es dauerte nicht lange und man tuschelte sich das Angstwort zu: die Pest!

Justus hatte klare und verwirrte Momente. In den klareren wunderte er sich, dass er sich in der Nacht zuvor benommen hatte wie ein unreifer Knabe. Wie sein älterer Bruder, der zu ihm ins Bett gekrochen und sich an ihn geschmiegt hatte, wenn die Nacht besonders tief und einsam war. So etwas hatte er seit Jahren nicht getan! Darüber wähnte er sich hinweg. Er war doch kein Kind mehr!

Was hatte ihn dazu bewogen? Die Kälte, sicherlich. Doch da war noch etwas anderes: Der sehnsüchtige Wunsch, den Körper des anderen zu spüren. Die Glätte seiner Haut, die Weichheit der Haare, auch jener, die an den geheimen Orten aus der Haut sprossen. Justus tastete nach seiner Maria mit den prallen Brüsten. Es war Sünde, einen Knaben auf diese Art zu begehren! Doch er fand die Holzskulptur nicht unter seinem Zeug. In letzter Zeit ging er nachlässig mit dem geliebten Gegenstand um!

In den fiebrigen Momenten sah er Theophils Gesicht deutlich vor sich. Die sanften, glatten Zügen, ohne jedes Anzeichen von beginnendem Bartwuchs. Ein vollkommenes Antlitz mit schmalen, energischen Lippen und einer eindrucksvollen, schlanken Nase. Justus wollte es berühren. Doch dann schreckte er zurück. Er gewahrte plötzlich etwas, das er zuvor nicht gesehen hatte: Es war das Gesicht einer Frau! Er träumte sich den Knaben als Frau, als Mädchen! Doch Justus war im Netz der Fieberträume gefangen. Er konnte keine vernünftige Erklärung finden.

Er halluzinierte auch vom Pfarrer Schreiber, dessen Leichnam im Keller auf einem hölzernen Gestell lag. Er träumte von der vermauerten Kammer, dem verborgenen Gelass, das der tote Pfarrer bewachte.

In seinem Traum sprengte er mit bloßer Hand die Mauern des Gewölbes. Er drang ein und entdeckte das Geheimnis, das darin hauste: Ein kupferfarbener Drache, mit Augen wie Mühlsteinen – das eine gelb, das andere rot – und Zähnen wie türkische Krummsäbel. Der Drache fauchte, spie Feuer und wollte sich auf ihn stürzen.

Justus hielt eine Lanze aus Feuer, die in seinen Fingern glühte und schmerzte. Er rammte sie dem Drachen in die Rippen. Der Wurm erstarb, hauchte sein Leben in dunstigen Giftströmen aus. Das Blut, das aus der Wunde hervorsickerte, glänzte quecksilbern. Mit dem Krepieren schrumpfte und wandelte sich das Wesen, nahm mehr und mehr menschliche Gestalt an.

Doch so sehr Justus sich auch bemühte, er konnte nicht erkennen, wer es war. Bevor sein Blick klar wurde, verschwand das Traumgebilde wieder.

In den klaren Momenten erblickte er Knopplochius, der besorgt auf ihn hinabschaute. Justus fragte ihn, ob es denn stimme, ob er tatsächlich an der Pest erkrankt sei? Es waren kurze, beruhigende Momente, wenn Knopplochius leise lächelte.

Dann packten ihn wieder die Fieberträume. Justus schrie und wälzte sich, schlug mit dem Schädel auf das Stroh. Längst hatten sich die Decken und Kleider um ihn geschlungen, ihn eingewickelt, es gab kein Entrinnen, Justus sah sich an der Pforte des Todes. Doch er hatte keine Angst, denn Theophilus war bei ihm und hielt seine Hand. Theophil, der eine junge Frau war.

Die Boschna war angewiesen, dem Knaben die Waden kalt zu wickeln, aber sie tat es nicht. Sie hatte vieles zu erledigen, und das meiste blieb den Augen der Scholaren verborgen. Der Gelehrte war nachlässig geworden mit den Weisungen an die Wirtin. Sie gehorchte ihm immer weniger, wurde immer dreister. Er stellte sie nicht zur Rede, sondern fügte sich ihren Launen. Sie schien ihn allmählich ganz und gar zu beherrschen.

Was die Boschna versäumte, übernahm Theophil mit Hingabe. Der Neue war es, der den Knaben pflegte. Er war neben Knopplochius der einzige, der sich in Justus' Nähe wagte. Türmer hatte so lange gezetert, bis man den Kranken von den anderen abgesondert hatte. Nun lag er im Vorraum des Schlafsaales, nahe dem zugigen Wendelstein, und Theophil war bei ihm, so oft es seine Zeit erlaubte.

Knopplochius sah es nicht gern, doch er ließ es zu. Was, wenn die Burg einen weiteren ihrer Bewohner verschlang? Justus durfte nicht sterben! Auch wenn es beileibe nicht die Pest war, die ihn niedergeworfen hatte. Knopplochius betete in jeder freien Minute des Tages. Und Justus starb nicht. Er genas nach sieben Tagen.

Niemand freute sich mehr darüber als Eleonor.

Johann Friedrich, regierender Kurfürst von Sachsen, einer der beiden Hauptleute des Schmalkaldischen Bundes und bedeutendster Wortführer der protestantischen Fürsten im Deutschen Reich, fror gotterbärmlich. Es erging ihm nicht besser als seinen Söldnern: Im feuchtkalten Lager vor Leipzig hatte ihn die Grippe erwischt.

Kurfürst Johann Friedrich rotzte in die Hand und wischte den zähen Schleim an den Tapisserien ab, mit denen die Fensteröffnungen der Burg verhangen waren. Er war nach Altenburg, ins westliche Erzgebirge geflohen; hier fühlte er sich sicher. Die Trutzburg war gut befestigt und auch mit wenigen Soldaten zu halten, denn die Anzahl der Kämpfer, die er noch besolden konnte, war unbedeutend.

Die meisten Söldner hatten sich aus dem Staub gemacht, als der Lohn vor Leipzig länger als drei Wochen ausgeblieben war. Allein die Aussicht auf die Plünderung der reichen Handelsstadt hatte die Männer nicht bei den Fähnlein halten können. Nicht unter diesen Bedingungen! Es trug sich zu, dass die Landsknechte am Abend volltrunken am Lagerfeuer einschliefen, und am nächsten Morgen fand man sie erfroren vor der Asche – friedlich auf ihren Landsknechtsspieß gelehnt.

Kurfürst Johann Friedrich von Gottes Gnaden zersprang beinahe der vierschrötige Schädel – nicht allein wegen der Erinnerung an das Leipziger Desaster. Sein Kopf schmerzte seit diesen Wochen. Alles Beten, alles Kuren durch den Hofarzt, ob Wasser-, ob Feuer-, ob Aderlass-, ob Blutegelkur, nichts half.

Thumshirn, sein getreuer Feldherr, hatte ihm berichtet, dass die derzeitige Stärke der Truppen gerade ausreichend war, Altenburg zu halten. Dr. Gregor Brück, der kursächsische Kanzler und unbeugsame Jurist, seinem Herrn und Fürsten an Statur nicht unähnlich, hatte versucht, von den Schlössern der umliegenden Lehen und Weiler etwas aufzutreiben – vergeblich.

Die Söldner hielten sich an den nächst gelegenen Dörfern gütlich, zogen plündernd und furagierend über das Land – was tatenlos daliegende, unbezahlte Landsknechte eben anstellten, um sich die Zeit zu vertreiben, Hunger und gemeinere Bedürfnisse zu befriedigen.

Johann Friedrich hasste das Kriegsvolk so wie das Kriegführen. Doch ließe er das Furagieren und Brandschatzen der Landsknechte von seinen Edelleuten und Obristen unterbinden, würde er Fähnlein für Fähnlein an den Feind verlieren. Er hatte keine Wahl. Niemals hatte er eine Wahl! Er war Gottes willenloses Werkzeug. Doch wenn er auch keinen eigenen Willen hatte – es war so unerhört schwierig, denjenigen Gottes zu ergründen!

Johann Friedrich verbarg sein bärtiges Antlitz in beiden Händen und stöhnte. Thumshirn hatte ihm die Möglichkeiten in seinem leisen, abwägenden Ton dargelegt: Dem Kaiser entgegenziehen und sich mit den böhmischen Aufständischen vereinigen hatte wenig Aussicht auf Erfolg. Die Böhmen waren versprengt, es war beinahe unmöglich, ein Heer zusammenzubringen, das dem des Kaisers ebenbürtig war. Denn der Kaiser zahlte pünktlich den Sold. Dank der Fugger.

Und allein weiter gegen den albertinischen Vetter zu ziehen, die offene Feldschlacht, die Entscheidung zu suchen, selbst dazu war sein Heer nicht stark genug.

Zum Glück hatte Moritz mit ähnlichen Unbilden zu kämpfen. Auch ihm starben bei diesem grässlichen Jahresanfang, der nun von erträglicher Kälte in feuchtes Regenwetter umgeschlagen war, die Leute weg. Zu Beginn des Jahres war sein Heer noch elftausend Reiter und vierzigtausend Knechte stark gewesen – wenn man den Kundschaften glauben konnte. Nun verließen sie ihn rottenweise. Auch, so hörte man, murrten die einheimischen Mannschaften auf, gegen die eigenen Landsleute ziehen zu müssen. Die kaiserliche Partei war ihnen verhasst! Einige hatten sich geweigert, die blutroten Feldzeichen des fünften Karl anzulegen, denn der gemeine Mann war lutherisch gesinnt.

Mit dem Regen, so schien es, zerfloss alles. Selbst die Fronten dieses Krieges. Längst waren es keine Fronten mehr, sondern einzelne, übers Land verstreute Heerhaufen und Söldnernester. Und der Widerstand richtete sich bald gegen den Kaiser und seinen Erfüllungsgehilfen; bald gegen Karl allein, während man Moritz huldigte; bald gegen Johann Friedrich selbst, den Kurfürsten und Lutherpatron. Alles war im Flusse, nichts war zu greifen.

Am besten war man beraten, so Thumshirn, auf der Altenburger Feste Winterquartier zu machen und abzuwarten. Doch das Abwarten machte Johann Friedrich stumpfsinnig. Derweil begann Vetter Moritz bereits, sich in Siegeszuversicht mit dem Titel »Kurfürst« zu schmücken. Ein Titel der ihm, nur ihm und seinem ernestinischen Familienzweig zustand!

Zu allem Überfluss nun noch diese rätselhafte Eildepesche aus Kassel, vom Hofe des hessischen Landgrafen Philipp. Allein der Hinweis, den Zettel augenblicklich zu verbrennen, sobald er ihn gelesen hätte, verursachte Johann Friedrich Bauchgrimmen und neuerlichen Kopfschmerz. Die Anweisung verhieß Verrat und Intrige!

Landgraf Philipp hatte sich in den Kopf gesetzt, das Bündnis des Kaisers von innen heraus zu sprengen. Er wütete gegen Moritz, den eigenen Schwiegersohn, der sich immer noch zwischen den Parteien schadlos halten wollte. Obwohl der Boden zwischen kaiserlicher und protestantischer Partei zunehmend dünner wurde!

Landgraf Philipp von Hessen wollte Moritzen auf die schmalkaldische, die protestantische Seite zwingen. Wie es ihm als protestantischem Fürsten zu Gesicht stünde. Und endlich zu einem friedlichen Ausgleich mit dem kursächsischen Vetter bringen.

Wie er das anstellen wollte, dem Kaiser Moritz endgültig zu verleiden, darüber erging sich Landgraf Philipp von Hessen in seiner Depesche in trüben Andeutungen. Er hatte aus Ulm, aus der Umgebung des Kaisers, Kundschaft erhalten, eine von dessen zahlreichen Nichten sei in Meißen gefangen. Moritz habe sie dort festsetzen lassen, um sie zu seinen Gunsten einzusetzen, sobald sich die Fronten klarer abzeichneten. Und deshalb ermahnte er Johann Friedrichen nun, ja nicht auf Meißen zu marschieren!

Der Fürst schüttelte seinen Quadratschädel. Auf Meißen? Was sollte er sich an dieser altehrwürdigen Stadt, die zu nichts nutze war, den Kopf blutig stoßen? Entweder er marschierte auf Dresden, oder er baute Wittenbergs Befestigungen aus, um sich vor dem Kaiser zu verschanzen. Bis zum frühen Sommer mussten sie durchhalten! Nur ein paar Monate. Dann würden die Türken erneut von Südosten her einfallen, wie jeden Sommer zu Zehntausenden in das Gebiet König Ferdinands strömen, und Karl hätte brennendere Sorgen, als den lutherischen deutschen Fürsten hinterherzujagen!

Johann Friedrich war des Kämpfens müde. War nie ein kämpferischer Mensch gewesen. Allein schon seine Statur, die den schwergewichtigen Doktor Luther zu dessen Lebzeiten um das Doppelte übertroffen hatte, kennzeichnete ihn als Menschen, der dem ritterlichen Wettkampf abhold war.

Der sächsische Kurfürst, der vom Kaiser schon seines Titels enthoben war, zergrübelte sich das Hirn, was Landgraf Philipp, der zweite Hauptmann der Schmalkalden, wohl im Schilde führte. Wollte er die Kaisernichte entführen, seinerseits als Geisel nehmen?

Landgraf Philipp war verschlagener als Johann Friedrich, nicht so gottesfürchtig. Flinker und skrupelloser in seinen Gedanken und Taten. Selbst Johann Friedrich musste zugeben, dass es allemal besser war, irgendetwas zu tun, als in Altenburg oder Kassel über Kopfschmerz und das schlechte Wetter zu klagen. Also gab Johann Friedrich dem Landgrafen freie Hand, was die Meißner Angelegenheit betraf. Er würde vorerst nicht auf die alte Wettiner Residenz marschieren. Er wünschte Philipp viel Erfolg und Gottes Segen für seinen kruden Plan. Johann Friedrich rotzte sich wieder in die Handfläche. Er suchte nach einem Fetzen Stoff, der trocken genug war, sich die Hand zu säubern. Schließlich wischte er sie sich am breiten Hintern ab.

Nachdem Justus wieder genesen war, schlichen er und Theophil einige Tage umeinander herum. Immer, wenn Justus eine Anstrengung unternahm, sich dem, der ihn gesund gepflegt hatte, zu nähern, wich dieser aus. Justus konnte sich nicht erklären, warum sich der Knabe nun wieder, nachdem er ihm während der Krankheit so nahe gewesen, als über alle Maßen scheu erwies? Er hielt sich abseits, suchte stets die Nähe des Magisters vor der der Scholaren. Justus beobachtete gar eines Nachts, wie sich Theophil in die Kammer des Lehrers schlich, um dort etliche Stunden zuzubringen.

Justus lag wach und wartete darauf, dass Theophil wieder herauskam. Die Zeit wurde ihm zur Ewigkeit. Ein bohrendes

Gefühl lähmte seine Gedanken, Neid auf die Nähe der beiden, die Abgeschiedenheit von den anderen; ein Gefühl, das man nicht anders als Eifersucht nennen konnte. Justus verfluchte sich für diese Empfindung.

Angestrengt lauschte der Liebensteiner, welche Geräusche aus der Kammer drangen. Doch der Vorhang, der die Schlafstube des Magisters vom Saal der Knaben trennte, schluckte vieles. Undeutlich vernahm er nur ein Schluchzen. Justus wollte nicht in den Kopf, dass Theophil die Kammer des Magisters aufsuchte, um sich auszuheulen. Nie würde sich ein Knabe solch eine Blöße geben!

Justus versuchte sich auf die weichen, warmen Rundungen der Skulptur zu konzentrieren. Doch seine Gedanken wanderten immer wieder zurück zu Theophil. Dem zierlichen Knaben, den er im Fieber als Frau gesehen hatte.

Er richtete sich erneut auf und spitzte die Ohren. Das Schluchzen war verstummt. Der Vorhang bewegte sich plötzlich. Justus hielt den Atem an. Als Theophil den Vorhang beiseite schob und aus der Stube des Magisters trat, wurde seine Silhouette vom Mondlicht in den Durchgang gezeichnet. Der Knabe sah sich kurz um, dann ließ er den schweren Stoff wieder fallen, und Dunkelheit verschluckte seine schmale Gestalt.

Justus wartete ab, bis er das Knarren des Bettgestells auf der anderen Seite des Saales hörte, bevor er sich erhob. Es war das erste Mal seit seiner Krankheit, dass er es wagte, zum Lager des Freundes hinüberzuschleichen – des Freundes, der keiner sein wollte.

Theophil lag reglos auf der Pritsche und starrte in das Gewölbe des Saales. Justus meinte, einen feuchten Glanz auf der Haut seiner Wangen auszumachen. Die Wangenknochen standen ungewöhnlich hoch. Das verlieh seinem Antlitz einen edlen Zug. Justus mochte sein Gesicht, seine Gestalt, seine weiche, beinahe weibische Art. Die halblangen Haare.

Und gleichzeitig verachtete er ihn. Verachtete ihn, weil er

seine Zuneigung erobert hatte, weil Justus nicht mehr von ihm lassen konnte, obwohl ihn jener stetig von sich stieß.

Was war das doch für ein erbärmlicher Knabe, der des Nachts auf den Schoß des Magisters kroch, um zu flennen?! Aber war es nicht gerade dieser weibische Zug, der Justus anzog? Er ließ sich auf das Lager nieder.

Der Liebensteiner berührte Theophil an der Schulter. Augenblicklich richtete sich der zierliche Knabe auf. Justus sah den verängstigten, verschreckten Blick. Dann hörten sie ein Knacken und ein Scharren aus Knopplochius' Kammer.

Justus schlüpfte flugs unter Theophils Decke. Diesmal ließ dieser es geschehen. Wenn er auch zurückwich, sodass eine Lücke zwischen ihren Leibern entstand. Wieder ein metallisches Klacken. Die beiden Knaben blickten sich an. Dann wurde der Vorhang zur Kammer des Magisters erneut zurückgezogen. Knopplochius schlüpfte hindurch, auf dem Buckel einen rechteckigen Kasten. Gebeugt unter dem Gewicht der Truhe, schritt er durch den Schlafsaal, ohne besondere Vorsicht walten zu lassen.

Als er in den Gang getreten war, schickte Justus sich an, ihm zu folgen. Er wollte Theophil mit sich ziehen und griff nach seiner Hand. Doch Theophil entzog sie ihm wieder und blieb liegen.

Also begab sich Justus allein auf die Spur des Magisters, folgte ihm, den Wendelstein hinunter. Seine nackten Fußsohlen fühlten die Kälte des polierten Steins. Justus setzte seine Schritte geräuschlos. Der Wiederhall des schweren Stampfens, das Ächzen und Schlurfen des Magisters dagegen schraubte sich die steinerne Schnecke hinauf. Mehrmals schlug er mit dem Kasten gegen einen Mittelpfeiler oder die Brüstung. Hölzernes Knallen, metallisches Scheppern dutzendfach zurückgeworfen.

Dann verloren sich die Geräusche: Der Magister war auf den Hof hinausgetreten. Justus reckte den Kopf aus einer Nische des Treppenturms. Die Nacht war sternenklar.

Knopplochius hatte den Kasten auf dem Schlosshof abgesetzt. Er öffnete die Riegel, klappte den Deckel auf und nahm einzelne, längliche Teile heraus. Welchem Zwecke diese Gelenke und Stangen dienten, erschloss sich Justus nicht, doch er ahnte, welches Instrument der Gelehrte da zusammenschraubte.

Plötzlich fühlte er sich berührt. Justus wirbelte herum. Theophil sah ihn lächelnd an. Er war vollständig bekleidet, und Justus wurde plötzlich bewusst, dass er selbst nur sein Nachtgewand trug. Er fror erbärmlich und konnte sich kaum ein Lächeln der Begrüßung abringen. Seine Zähne schlugen hart aufeinander. Theophil nahm den Umhang von seinen Schultern und hielt ihn Justus hin. Der Knabe nahm ihn dankbar entgegen.

»Was treibt er nur?«, fragte Justus flüsternd.

»Er beobachtet die Sterne«, erklärte Theophil, als sei es das Gewöhnlichste der Welt. »Ich sah das Gerät in seiner Kammer. Und ein Buch, in dem der Stand und Lauf der Sterne im Himmelsrund verzeichnet ist.«

»Ein Astroskop, nicht wahr? Kann man damit in die Zukunft sehen?«

»Man kann damit in den Himmel schauen und die Sterne viel besser beobachten als mit dem bloßen Auge. Falls man in den Sternen zu lesen vermag, tut man es damit umso klarer. Man hat es uns einmal bei Hofe vorgeführt …« Eleonor biss sich auf die Lippen. Doch der Liebensteiner hatte es offenbar überhört. Oder es schien ihm keiner Nachfrage wert, dass Theophil Bergmann an Höfen verkehrte. Er nickte stumm und andächtig.

Eleonor sah ihn von der Seite an. Sein Gesichtsausdruck war nachdenklich, aber ob er über ihre Worte oder seine Beobachtungen nachgrübelte, war nicht zu erkennen. Gemeinsam sahen sie dem Lehrer eine Weile zu, wie er Stange an Stange, Gelenk an Gelenk schraubte und schließlich ein Gestell errichtet hatte, auf dem ein langes Rohr befestigt werden konnte. Man hätte es für ein Geschütz halten können, etwa von der Länge eines Falkonettrohrs, doch es war schmaler, fragiler. Und der Dreifuß, auf dem es aufgebaut wurde, lief in spitzen, dolchartigen Spießen aus, um es fest in den Boden rammen zu können.

Die breitere Öffnung des Rohres war gen Himmel gerichtet. Gegen die untere Seite presste der Magister sein Auge. Und tat nichts anderes mehr. Er starrte in das *instrumentum*, ohne sich zu rühren.

Justus begann wieder zu bibbern. Der Umhang wärmte nur unvollkommen. Zudem war er barfuß.

»Komm mit hinauf, sonst habe ich dich vergeblich gepflegt«, sagte Theophil plötzlich mit sanfter Stimme. Er reichte Justus die Hand. Der Liebensteiner zögerte. Dann schlug er ein. Doch zog er in die entgegengesetzte Richtung, den anderen mit sich fort. Der wehrte sich zunächst, wollte hinauf, zurück in den Schlafsaal, aber er hatte der Kraft des Älteren kaum etwas entgegenzusetzen. Schließlich ließ er es geschehen, ließ sich mitschleifen, den Treppenturm hinab.

Der Liebensteiner wollte Theophil seine Entdeckung zeigen. Vielleicht wären sie zu zweit in der Lage, die Kammer zu öffnen, mit Werkzeug und vereinten Kräften.

Justus nahm zwei Stufen auf einmal. Theophil stolperte, stemmte sich immer stärker gegen das Ziehen des Gefährten. Schließlich blieb er auf einem Treppenabsatz stehen. Justus ließ nicht locker. »Komm, ich muss dir etwas zeigen!«

»Nein. Nicht!« Sie hielten auf einem Treppenabsatz inne.

»Es ist ein Geheimnis. Ich habe es bisher mit niemandem geteilt!«, drang Justus beschwörend auf ihn ein. Theophil sah ihn mit einem eigenartigen Blick an. Dann entwand er ihm die Hand, drehte sich um und lief wieder nach oben. Justus war enttäuscht. Er blieb noch eine Weile unschlüssig stehen, bis er dem Jüngeren unverrichteter Dinge folgte.

Als Justus die Schlafkammer betrat, lag Theophil schon unter seinen Decken. Das schmächtige Häuflein seines Körpers hob und senkte sich im Takt des Atmens. Justus wandte sich ab und legte sich auf seine eigene Bettpritsche. Aber er war entschlossen, Theophil das Untier zu zeigen, das ihm im Traum erschienen war. Justus war sich sicher: Ein Drache hauste dort unten in der verborgenen Kammer – und wartete nur darauf, befreit zu werden.

Alle Gespräche verstummten, als der Einäugige am Abend, kurz vor dem Schließen der Stadttore, in die Gaststube des »Goldenen Schwans« trat. Er trug einen Hut mit breiter Krempe, von dem das Regenwasser troff. Der schwarze Bart wucherte ihm über die Wangen; die buschigen Augenbrauen, das Gewölle, das aus Nase und Ohren quoll, ließen kaum etwas von seinem Gesicht sehen.

Wenn schon die ganze Erscheinung grässlich anzusehen war, übertroffen wurde sie noch vom Anblick seines Auges. Nicht dessen, welches ihm geblieben war, sondern des fehlenden. Wohl ein fahrender *chirurgus* hatte die Lider nur notdürftig vernäht, sodass man die leere Höhle noch erahnen konnte. Die zusammengezurrten Lider, die sich eigenartig flach, ohne die übliche Wölbung spannten, waren tief gerötet; Tropfen trocknenden Eiters verklebten die Wimpern. Der Fremde – man hätte sich an ihn erinnert, hätte man ihn schon einmal in Meißen gesehen – blickte in die Runde. Nicht unfreundlich, und doch schreckte jedermann zusammen, auf den sein starrer Blick fiel. Der Fremde kannte keinen Wimpernschlag. Er hielt das sehende Auge stets geöffnet. Man sah, dass er immer auf der Hut war.

Die Liesel, die wie selbstverständlich das Regiment über Gaststube und Haus übernommen hatte, trat aus der Küche und wandte sich an den Fremden. »Was wollt Ihr?«

Die Stimme des Einäugigen klang eine Spur zu hell für seine mächtige Gestalt. »Hast du eine ordentliche Kammer für mich?«

Liesel beäugte ihn von oben bis unten. Die vertraute Anrede missfiel ihr. Sie war kein Kind mehr, das ein jeder duzen durfte. Schon gar nicht ein Fremder! Sie schätzte ihn ab, wie sie es von der Boschna gelernt hatte, um herauszufinden, ob er in der Lage war, seine Zeche zu zahlen. Er sah zwar furchterregend aus, aber nicht wie ein Bettler. Seine Kleidung war so sauber, wie sie nach einem Tagesmarsch durch den Regen nur sein konnte. Seine Stiefel dicht, aus gutem Leder. Und doch zögerte die Liesel, ihn willkommen zu heißen. Er sprach in einer Mundart, die die Magd nie gehört hatte. Kein Zungenschlag, der im Sächsischen zu Hause war, nicht im Meißnischen, nicht im Kursächsischen.

Der Einäugige griff hinter sich, an den Gürtel unter seinen Umhang, und zog einen abgegriffenen Lederbeutel hervor. Als er ihn auf die Theke warf, klimperte es schwer und viel versprechend. Die Liesel zog eine Augenbraue hoch und wischte sich die Hände an der Schürze ab. Daunenfedern und Blut des Huhnes, das zu rupfen sie im Begriff gewesen war, blieben kleben.

»Eine Kammer zu ebener Erde!«

»Unsere besten Kammern sind im ersten Stock, unter dem Dach!«

»Ich möchte eine zu ebener Erde. Und zahle für eine im ersten Stock.«

»Weshalb?«, fragte Liesel.

»Weil ich das Stiegensteigen leid bin.«

Die Magd nickte. »Es gibt eine Kammer zu ebener Erde. Sie liegt hinten heraus und ist kalt und feucht. Das Bettstroh fault schnell, es muss täglich gewechselt werden.«

»Die nehm' ich. Wechs'le nur täglich. Ich werd's dir vergelten. Und schüre rasch den Ofen. Ich werd' mir die Wartezeit mit dem knusprigen Huhn verkürzen.«

»Es gibt keinen Ofen in der Kammer. Aber wenn Ihr die Tür offen stehen lasst, wird es warm wie in der Wirtsstube. Das Huhn ist noch nicht über dem Feuer. Derweil könnt Ihr Bohnensuppe bekommen.«

»Ich wart' auf das Federvieh.« Der Zyklop schnürte grinsend den Beutel auf, wühlte hörbar in den Münzen herum und zog einen ganzen Goldgulden hervor.

»Führ mich zur Kammer, damit ich meinen Sack abladen kann!« Der Einäugige stieß mit dem Fuß gegen das Bündel, das seine Habseligkeiten ausmachte.

Liesel stand einen Moment unschlüssig, dann nahm sie den Gulden und verschwand in der Küche. Der Fremde versuchte, einen Blick zu erhaschen, aber die Tür war verschlossen. Erst als die Liesel wieder heraustrat, sah der Einäugige ein beleibtes Weib, das im Begriff war, sich ein Tuch über das lange, mit grauen Strähnen durchzogene dunkelbraune Haar zu werfen.

»Folgt mir«, forderte die Liesel den Fremden auf.

»Welchen Gast bewirtest du in der Küche?«, fragte der Einäugige harmlos.

Die Magd war auf der Hut. »Was habt Ihr danach zu fragen, Fremder? Ein Marktweib, das uns Gemüse herbeischafft!«

»Ein fleißiges Marktweib«, bemerkte der Einäugige listig. »Es hilft sogar beim Rupfen!«

Die Liesel runzelte die Stirn und schritt wortlos voran, ihm die Kammer zu zeigen. Der Einäugige grinste unter seinem Bart. Er hörte eine Tür zufallen, die Tür, die von der Küche auf die Gasse hinausging. Sein Grinsen zog sich in die Breite. Solch eine Tür ist das Gold wert!, dachte er bei sich.

Am 25. Februar 1547, dem Freitag nach Estomihi, zwei Tage nach Beginn der Fastenzeit, trafen Herzog August von Sachsen und König Ferdinand von Böhmen und Ungarn, Erzherzog von Österreich, in Pirna zusammen. Ferdinand hatte zweitausend Reiter die Elbe hinuntergeführt, der Spur seiner verschollenen Tochter auf dem Landweg folgend. Nur wenige Stunden nach der Beisetzung Annas in der Gruft der Habsburger hatte er zum Aufbruch blasen lassen. Das Wetter hatte sich gebessert, es gab keinen Grund, länger zu zögern.

Das Zusammentreffen des Habsburgerkönigs mit dem Wettinersprößling erfolgte in der Gaststätte »Zum Anker«, unweit des Elbkais. August lief seinem Ziehvater mit offenen Armen entgegen. Doch Ferdinand machte eine Miene, die den jugendlichen Herzog innehalten ließ. Nachdem August sich förmlich verbeugt und dem König erneut sein tiefstes Bedauern über den Tod der Königin ausgesprochen hatte, drang Ferdinand in den jungen Fürsten: »Wo ist Eleonor?«

August wandte den Blick ab. »In Sicherheit.«

»Warum befindet sie sich nicht bei Euch?« Ferdinand hatte noch nicht die Lederhandschuhe ausgezogen. Er bestürmte den Ziehsohn mit Fragen: »Warum seid Ihr noch nicht vermählt, wie es Anordnung des Kaisers war?«

Dr. Türk, der den Herzog nach Pirna begleitet hatte, drängte sich zwischen die beiden. »Eine Vermählung mitten in den Wirren des Krieges gebührt einer Tochter der *Casa de Austria* nicht. Meint Ihr nicht, Euer Königliche Majestät?«

Der König zögerte mit der Antwort. Der Tod der Gattin hatte dunkle Ränder unter seine Augen gezogen. »Es geht um eine Anordnung meines Bruders, Seiner Kaiserlichen Majestät.« Der Ton war brüchig geworden, die Stimme hatte an Festigkeit verloren.

Dr. Türk warf August einen Seitenblick zu. Mit Gefühlsausbrüchen umzugehen war seine Sache nicht. Doch August starrte nur aus dem Fenster, das auf die Gasse hinausging.

»Ich möchte meine Tochter sehen.« Ferdinand suchte den Blick des Herzogs. Er hatte sich wieder in der Gewalt. Doch Türk drängte sich erneut zwischen die beiden.

»Das ist unmöglich. Sie befindet sich in Meißen. Auf der Festung.«

»So werde ich augenblicklich nach Meißen aufbrechen!«

August wirbelte herum. Türk hob beschwichtigend die Hände. August war ehrlich aufgebracht. »Ihr liefet Gefahr, dem Feind in die Arme zu reiten! Johann Friedrich verfügt über gute Kundschafter in unseren Landen! Einige seiner Knechte sind in unmittelbarer Nachbarschaft Meißens, in der Lommatzscher Pflege gesehen worden. Niemand ist sicher vor seinem Haufe, außer in den festen Städten.«

»Wenn er kundschaftet, weiß er längst, wo sich Eleonor befindet! Was hindert ihn daran, sich ihrer zu bemächtigen?« Das Gesicht des Königs war kalkweiß geworden.

»Die Besatzung der Stadt Meißen. Vier Fähnlein bester Knechte. Die festen Mauern der Burg. Ein gutes Versteck und eine hervorragende Maskerade«, zählte Dr. Türk auf.

»Meine Tochter muss in Verkleidung herumlaufen? Ohne Hofstaat? Ohne die Insignien, die den ihr gebührenden Rang verkünden? Welche Demütigungen wollt Ihr mir noch antun? Mir, Eurem treuesten Freund und Bundesgenossen?« Der König schnappte nach Luft.

Dr. Türk und August warfen sich flüchtige Blicke zu. Ein falsches Wort konnte die ganze zerbrechliche Kriegskoalition zerstören. Sie hatten ohnehin schon viel mehr verraten als beabsichtigt. Herzog August tat einen Schritt auf Ferdinand zu. Er streckte seine Hand aus, um dessen Arm zu berühren. Doch Ferdinand zog ihn zurück.

»Sobald sich der Sturm gelegt hat, werde ich Eure Tochter mit großer Freude und der gebührenden Festlichkeit ehelichen, mein Vater!«

Ferdinand straffte sich, hob sein Haupt und sah August in die Augen. »Ihr bedient Euch eines Ehrentitels, der Euch noch nicht zusteht!« Hofrat Türk schaute zu Boden. August wusste nichts zu entgegnen. Ferdinand ballte die Faust, die immer noch im Handschuh steckte.

Dr. Komerstadt, der sächsische Hofrat, der Ferdinand seit Prag begleitet hatte, sprang ihnen bei: »Ist es nicht am wichtigsten, diesen Kriegszug zu einem erfolgreichen Abschluss zu bringen? Lasst uns alle Zwistigkeiten begraben und vereint den gewesenen Kurfürsten besiegen!«

Komerstadt hatte lange am Prager Hof zugebracht, länger

als August. Er kannte den Ton, der Ferdinand behagte. Auch diesmal zeigten seine Worte Wirkung.

»So lasst uns vereint gegen die Truppen des ketzerischen Feindes ziehen!«, entschied Ferdinand. »Wo steht er? Wir werden ihn zerschmettern! Und alsbald die Tochter befreien.«

Hofrat Türk und Herzog August wagten nicht, einander anzuschauen. Mit dieser raschen Wendung der königlichen Stimmung hatten sie nicht gerechnet, hatten weitere peinliche Fragen erwartet. Beinahe gleichzeitig entfloh ihren Kehlen ein Seufzer der Erleichterung.

»Die Hofastrologen befinden übereinstimmend, dass es ein guter Zeitpunkt für eine Entscheidungsschlacht wäre …«, fügte Ferdinand gedankenverloren hinzu.

Dr. Türk zog einen Kundschafterzettel aus dem Ärmelstulpen. Eine gedruckte Karte zeigte das meißnische und kursächsische Gebiet zwischen Weißer Elster und Elbe. Darauf waren mit hastigen Federstrichen die Fähnleinstärken der Besatzungen der Städte und die Lager der Hauptheere verzeichnet. Ferdinand beugte sich über die Karte. Seine Augen verengten sich, um die Zahlen besser studieren zu können. Hinter seinem Rücken warfen sich die Hofräte erleichterte Blicke zu.

Wenige Tage später las Knopplochius über die menschliche Seele. Erst vor wenigen Jahren hatte er selbst eine Vorlesung ähnlichen Inhalts bei Melanchthon gehört. Sie hatte großen Eindruck auf ihn gemacht. Türmer, der aufmüpfig nachfragte, was denn die menschliche Seele mit dem Studium der Heiligen Schrift zu tun habe und ob es in Anbetracht ihrer verzweifelten Lage nicht wichtiger sei, zu beten und sich seiner Gnade zu empfehlen, erhielt eine gereizte Antwort. »›Jedwede Rede, jeder Buchstabe, von Gott eingegeben, ist nütz' zur Lehre, zur Strafe, zur Besserung, zur Züchtigung in der Gerechtigkeit.‹ Falls du zweifelst, kannst du es nachschlagen, Balthasar Türmer. Im zweiten Brief des Paulus an Timotheus, drittes Kapitel, sechzehnter Vers.« Türmers Augen funkelten. Doch der Magister wollte noch nicht von ihm lassen: »Gerade für Scholaren, deren Kopf kein allzu großes Fassungsvermögen aufweist, kann die Seele ein sehr dienstbares Organ sein. Denn auch die Seele kann lernen. Ebenso wie das Herz, wie unser großer Lehrer Melanchthon hervorhebt.«

Türmer verstummte. Er hatte mehrfach seinen Unwillen darüber geäußert, dass Knopplochius mit zunehmender Dauer der Gefangenschaft weniger an der bibelkundlichen Ausbildung der Scholaren als vielmehr an einer umfassenden Lehre über die Dinge und Belange der sichtbaren Welt gelegen war. Seine Vorträge streiften theologische Fragestellungen nur noch am Rande. Stattdessen wandte er sich botanischen Fragen zu, anatomischen, auch astronomischen.

Justus nahm das alles bereitwillig auf, doch Studenten wie Türmer irritierte das breite, umfassende Wissen des Meisters. Hinter Knopplochius' Rücken versuchte er, die anderen auf seine Seite zu ziehen, um den Magister mehr auf die Theologie zu verpflichten. Und da er *senior* der bayerischen Nation war, stimmten ihm seine Landsleute zu. Mit Grim, Haberkorn, Kreutziger, Montanus und Türmer selbst war das eine mächtige Gruppe. Und selbst wenn sich Theophil nicht auf ihre Seite ziehen ließ – dem Namen nach wurde er zur bayerischen Nation gezählt.

Türmer warf seinen Anhängern vieldeutige Blicke zu, als Knopplochius auch an diesem Tag wieder ein eigenes Manuskript statt der Bibel auf das Katheder legte und auf Lateinisch anhub: *»Conclusiones de Anima. Repetitio a Phillipo Melanchthoni Wittenbergi.«*

Türmer flüsterte mit seinem Nachbarn, und auch die anderen Scholaren starrten irritiert zum Katheder. Der Gelehrte nutzte ihre Gefangenschaft, den Lehrplan nach eigenem Gutdünken zu gestalten!

Der Magister wollte von all dem nichts bemerken und fuhr fort: »Das, woraus uns Menschen, seien wir an der Bibel geschult oder nicht, die Ursache der größten Beschwernisse, ja der Antrieb zu aller Sünde überhaupt erwächst, ist, dass wir in beständigem Widerstreit unserer wichtigsten Bestandteile leben: des Körpers und des Geistes, oder, theologisch gesprochen, des Leibes und der Seele. Der wichtigste Unterschied des Leibes zur Seele ist jener: Letztere ist unteilbar. Nicht dreigeteilt, wie Plato annimmt. Die menschliche Seele ist unsterblich und so unteilbar wie das Wesen Gottes.«

Türmer horchte auf. »Aber ist nicht das Wesen Gottes dreigeteilt?«, fragte er mit klarer Stimme und in erstaunlich flüssigem Latein.

Knopplochius blickte ihn unwillig an. »Dies ist keine *disputatio*, Türmer. Du hast zu schweigen und zuzuhören!«

Der *senior* ignorierte die Anweisung. »Ist es nicht Gottvater, Gottsohn und Gott, der heilige Geist, an den wir glauben? Sind es nicht drei Wesenheiten, die unserem Gott innewohnen? So wie uns Menschen Körper, Seele und Geist als eigenständige Einheiten, doch alle zugleich innewohnen?«

Knopplochius ließ sich einfangen: »Es sind nicht drei Wesenheiten oder Einheiten. Es ist ein Wesen, ein Gott in drei Gestalten.«

Türmers Gesicht nahm einen arglistigen Ausdruck an. »In der Bibel steht aber doch, Gott habe Christus gezeugt und auf Erden gesandt. Wie kann Gott sich selbst zeugen und senden? Und wenn er sich selbst gesandt hat, wieso steht es dann nicht so in der Bibel? Wieso verhüllt die Bibel ihren Sinn vor uns?«

Knopplochius hatte die Unterarme auf sein Manuskript gestützt und sich weit über das Pult gebeugt. »Die Bibel verhüllt nicht ihren Sinn. Die rechte Auslegung führt ihn uns klar vor Augen: Der Herr kann nicht in seiner wahren, göttlichen Gestalt zur Erde kommen. Die Menschen würden ihn nicht erkennen. Sie wären geblendet von seiner Herrlichkeit, es wäre das Ende der Welt. Deshalb wählte sich Gott eine andere Gestalt: Christus. Aber es ist ein und derselbe Gott.«

Die übrigen Studenten folgten dem Streitgespräch mit angehaltenem Atem. Türmer schwang sich zu ungeahnter Größe auf. Beinahe erschien er dem Magister ebenbürtig. Selbst sein Latein kam ihm heute beredt von den Lippen. Alle ahnten, dass er einen Zweck verfolgte, so gezielt setzte er seine Worte: »So ist unser Gott kein menschlicher Gott? So müssen wir ihn fürchten, wenn er sich in seiner wahren Gestalt zeigt?«, fragte er verschlagen.

Knopplochius straffte sich hinter dem Katheder und fixierte den Scholaren streng. Er wollte nicht wahrhaben, dass er sich ausgerechnet vor Türmer vorsehen musste und unterschätzte dessen List. Ungehalten setzte er den Disput fort: »Er hat einen menschlichen Anteil. Und er hat einen göttlichen Anteil. Und der menschliche Anteil wird Christus genannt.«

Türmer erwiderte sehr schnell: »So ist Christus nur ein Teil unseres Gottes. Gott ist teilbar? Er zerfällt?«

»Er ist ganz. Und der heilige Geist ist ganz. Und Gott der Herr ist ganz. Es sind drei Namen für ein und dasselbe. Gott ist Gott. Und er ist eins und unteilbar.« Knopplochius hatte sich in Rage geredet.

Türmer lehnte sich bequem auf der Bank zurück und schloss dann, mit geschürzten Lippen: »So leugnet Ihr die heilige Lehre der Dreieinigkeit, Herr Magister?« Es war mehr eine Feststellung denn eine Frage. Der Gelehrte blätterte verwirrt in seinen Manuskriptbögen. Er stammelte, suchte nach einer Antwort, brachte aber keinen zusammenhängenden Satz hervor. Türmer grinste breit.

Die Studenten sahen sich betreten an. Die wenigsten verstanden, in welche Falle der Älteste ihren Lehrer getrieben hatte.

Knopplochius hatte seine Manuskriptblätter zusammengesucht und sich gefasst. Blass stellte er richtig: »Ich leugne nichts, Türmer. Du versteigst dich zu haltlosen Verdächtigungen. Verschwinde. Verlasse diesen Raum. Nein, halt, verlasse ihn nicht. Ich verlange von dir, dass du mir sagst, was du im Schilde führst mit dieser inquisitorischen Befragung?«

»Ihr seid Antitrinitarier«, stellte Türmer seelenruhig fest. »Bekennt Euch! Ach was, Ihr habt es bereits getan! Ihr wisst, dass Ihr ketzerische Ideen verbreitet. Ihr wisst, dass sie Euch den Kopf kosten können!«

Die Studenten waren fassungslos. Knopplochius den Kopf kosten? Was faselte Türmer? Wollte er ihren einzigen Lehrer, ihren Schutzherrn in dieser verzweifelten Lage opfern?

Der Magister sah Türmer scharf an: »Du solltest dich hüten, Balthasar Türmer. Richte nicht über andere. Wer ohne Schuld ist, der werfe den ersten Stein! Halte zunächst dich selbst treu an die Wahrheiten der Schrift, bevor du anderen Untreue vorwirfst.« Er las einige Zeilen aus seinem Manuskript, erwog, wie sie in mündliche Rede zu fassen waren. Und brach dann doch wieder ab.

Türmer sah, dass der Magister angeschlagen war, und setzte nach. »So leugnet Ihr nicht, dass Ihr Anhänger der antitrinitarischen Sekte seid? Dass Ihr einer Ketzerlehre Glauben schenkt?«

Meister Knopplochius schlug mit den flachen Händen auf sein Katheder, dass die Manuskriptbögen raschelnd herunterrutschten. »Ich habe unendlich dafür gebüßt! Ich will kein Wort mehr davon hören!« Der Gelehrte atmete schwer. Die Studenten konnten ihm die Erregung ansehen.

Türmer ließ ihn nicht aus: »Doch soeben habt Ihr mir gegenüber den Glaubenssatz des Michael Servet wiederholt. Habt Euch erneut als Ketzer erwiesen!«

Knopplochius bückte sich, um die Manuskriptbögen aufzuheben. Als er wieder aufrecht hinter dem Katheder stand, fasste er den Ältesten streng ins Auge. Er räusperte sich. »Du bist kein Angehöriger der Inquisition, Balthasar Türmer. Ja, ich bekenne: Ich war einst Anhänger des Ketzers Michael Servet. Habe die Lehre von der Entität des einzigen Gottes verbreitet. Doch ich habe längst abgeschworen! Lass die Vergangenheit ruhen!«

Ein verdutztes Grummeln ging durch die Bankreihen. Türmer wollte etwas sagen, doch Knopplochius kam ihm zuvor: »Erkläre dich, Balthasar Türmer. Was bezweckst du damit, mich vor allen anderen längst vergangener Sünden anzuklagen?«

Türmer erhob sich von der Bank. Pfropfte das Tintenfass zu und warf sich den Umhang über. »Ich lasse mich nicht von einem Verirrten über den Sinn der Heiligen Schrift belehren«, sagte er in aller Seelenruhe und wandte sich zum Gehen. Kreutziger folgte ihm. Dann Haberkorn. Dann Grim. Die Bank leerte sich. Nur Theophilus blieb als einziger Angehöriger der bayerischen Nation sitzen.

Knopplochius atmete tief durch. Sein Blick ruhte auf den verbliebenen Studenten, als er in seinem Vortrag fortfuhr. Zunächst aufgebracht, mit bebender Stimme; doch allmählich wich die Empörung aus seiner Rede. Die Klarheit der Gedanken, die Strenge der lateinischen Sprache gaben dem Magister bald die innere Ruhe wieder.

Justus und Basileus hatten gemeinsam die Mittagstafel zu bereiten. Während sie Holzschüsseln voller duftender Brocken Ziegenkäse polternd über den Tisch verteilten, wagte Justus den Senftenberger anzusprechen: »Heut' Nacht werde ich in den Keller steigen. Es gibt dort eine verborgene Höhle. Ein Drache wohnt darin. Magst du mich begleiten?«

Basileus sah ihn aus großen Augen an. »Ein Drache? Bist du sicher?« In diesem Augenblick erschien Türmer, beäugte misstrauisch die Vertrautheit der beiden, und Basileus wandte sich schnell ab. Er ging hinüber in die Küche, und Justus beeilte sich, zu ihm aufzuschließen.

»Ich habe ein geheimes Gewölbe entdeckt«, flüsterte er ihm zu, damit die Boschna ihn nicht hören konnte. Die Wirtin hatte die Grütze vom Feuer genommen und schaufelte sie mit gleichmäßigen Bewegungen in die Schüsseln. Schweigend sahen ihr die Jungen dabei zu. Sie hatte die Ärmel ihres

Kleides hochgekrempelt, die Unterarme waren gerötet. Dann drückte sie Justus eine der größeren Schüsseln in die Arme. Justus wankte unter dem Gewicht und setzte tastend seine Füße in Richtung Speisesaal.

»Heute Nacht. Bist du dabei?«, zischte Justus noch, bevor er die Küche verließ. Basileus nickte zögerlich, doch er nickte.

Nachdem alle Speisen aufgetragen waren, ließ Justus sich als Letzter am Tisch nieder. Knopplochius sprach ein Dankgebet, und die Scholaren senkten die Köpfe. Auch Türmer. Als sie sie wieder hoben und jeder seinen Löffel aus den Falten des Studentenkleides klaubte, um ihn in die gemeinschaftliche Schüssel zu tauchen, suchte Justus Theophils Blick. Doch der hielt den Kopf gesenkt, machte keine Anstalten, etwas zu essen, stierte nur vor sich hin. Justus wurde einfach nicht schlau aus ihm! Warum floh er ihn jetzt, nachdem sie sich zuvor so nahe gewesen waren? Seitdem Justus versucht hatte, den Gefährten in den Keller mitzunehmen, hatte sich eine Verstimmung zwischen sie gelegt.

Entschlossen riss der Liebensteiner einen Brocken aus dem flachen Brot, tauchte seinen Löffel in die Grütze und schob einen klebrigen Klumpen in den Mund. Er kaute nachdenklich, obwohl es an der Grütze nichts zu kauen gab.

Der Tag wurde Justus lang. Es war der letzte des Hornung, der Montag nach dem Sonntag Invocavit, und er war von der Sonne verwöhnt. Knopplochius durchbrach die Unterrichtsordnung, die ohnehin zu einem sehr zerbrechlichen Gerüst geworden war, und floh die winterkalten Mauern der Burg. Gemeinsam mit den Scholaren inspizierte er das Gewürzgärtchen hinter dem Bischofspalast, um festzustellen, welche der verwilderten Kräuter den Winter überlebt hatten und welche neu würden gezogen werden müssen. Die Boschna hatte in der Küche bereits Samen für das Frühjahr gesammelt, was Knopplochius zu denken gab. Der Gelehrte erwies sich als

Kenner der Heil- und Gewürzkräuter. Er hatte ein Säcklein Samen von Mahmud erworben, die er auszusäen gedachte, sobald der Frost aus dem Boden war. Die Studenten und auch die Boschna waren erstaunt, ihn fachkundig über Kräuter und Pflanzen reden zu hören. Über die Herkunft seiner Kenntnisse befragt, wich Knopplochius aus. Er deutete nur an, dass er vor Jahren einmal die Lehren der Medizin und Artzeneyen studiert habe. Davon sei er aber wieder abgekommen.

Justus fiel auf, dass Knopplochius und die Boschna ausgelassen miteinander umgingen. Der Magister fasste sie einmal sogar bei den Hüften, als sie im Morast der Beete strauchelte. Ihr spitzer Aufschrei rührte den Knaben seltsam an.

Anfangs lauschten die Studenten dem improvisierten, doch um akademische Form und lateinische Namen bemühten Vortrag des Magisters über die Heilkräuter und ihre Verwendung noch aufmerksam. Bald jedoch überließen sie ihn der Bewunderung für junge Triebe und Sämlinge und verliefen sich auf dem Burggelände. Die beiden Naumburger tollten über die Zinnen und stellten sich vor, ein Feind würde mit Mauerbrechern und Leitern heranstürmen, um die Burg zu belagern. Gegnerisches Feuer wurde mit Lehmklumpen und Kieselsteinen erwidert.

Türmer hatte seine Mannen im Schatten des Domes um sich geschart und hielt Kriegsrat. Auch Roseus und Hoyer waren unter ihnen. Sicherlich ging es darum, wie man den so selbstvergessen spielenden Naumburgern einen Schrecken einjagen könnte …

Justus und Theophil waren bei Knopplochius geblieben; sie lauschten, neben der Boschna, als einzige seinem begeisterten Vortrag. Der Magister und die Wirtin tuschelten nun häufig miteinander, warfen den beiden Scholaren Blicke zu und schienen offenbar einen Plan zu schmieden. Jedenfalls taten sie geheimnisvoll.

Nachdem sie den Garten verlassen hatten, schleppte Knopplochius einige Bruchsteine herbei und baute mit flinken Handgriffen eine Feuerstelle im Hof. Die Boschna zerrte den größten Zuber, der sich auftreiben ließ, aus der Küche, und mit vereinten Kräften hievte man den Behälter über den Steinkreis. Knopplochius verkantete die Brocken so, dass der Bottich nicht umstürzen konnte.

Die Boschna drückte Türmer und seinen Mannen Holzeimer in die Hand. Und innerhalb kürzester Zeit war die Wanne mit Brunnenwasser gefüllt. Die kleinen Naumburger umtanzten den Bottich, der groß genug war, einen Ochsen zu sieden. Als Knopplochius aber seine Bruche löste und die Hosen aufknöpfte, begriffen die Studenten, wozu der Zuber dienen sollte: zum heißen Bade.

Justus entging nicht, dass die Blicke der Boschna wohlwollend auf dem gewaltigen Leib des Magisters ruhten. Sein Körper war über und über mit rotem Flaum bedeckt, selbst Schultern und Bauch waren behaart; nein, er war nicht fett, wie man unter dem pelzgefütterten Magisterumhang vermuten konnte, nur muskulös. Die Knaben und jungen Männer ertappten sich dabei, wie sie neidvoll auf das Gemächt des Magisters starrten, das den Ausmaßen seines Körpers angemessen war. Einzig Theophil bemühte sich angestrengt wegzuschauen. Justus bemerkte verwundert, dass der Knabe errötete.

Die Wirtin warf einige Kräuter in den dampfenden Sud und gab dann dem Magister einen aufmunternden Schlag, der die Pobacken erzittern ließ. Eine Leiter wurde gegen den Kesselrand gelegt, und Knopplochius stieg mit einem genießerischen Seufzer in das dampfende Nass.

Der Magister nahm den Bottich ganz für sich allein in Anspruch. Doch als er das Wasser triefend, in der Februarluft dampfend und über alle Maß zufrieden verlassen hatte, balgte sich ein halbes Dutzend Knaben darum, ihm nachfolgen zu dürfen. Umhänge, Hemden und Beinlinge flogen quer über den Domhof, und bald drängelte sich Körper an Körper im dampfenden Wasser. Man bespritzte sich, tauchte sich unter, schrubbte sich mit Strohwischen den Rücken, dass es eine Freude war. Das Jauchzen mochte man wohl bis hinunter in die Stadt vernehmen.

Nur Melchior Haberkorn, der kleine, spitzbübische, sonst wenig zurückhaltende Regensburger, und Theophil schützten einen starken Husten und Naslaufen vor, was ihnen jede Lust aufs Baden nahm. Neue Scheite wurden ins Feuer geschoben, neue Eimer Wasser herbeigetragen. Doch kaum hatte die Boschna das eiskalte Nass zwischen die quiekenden Knaben geschüttet, da schwappte es auch schon an anderer Stelle wieder über den Rand und verdampfte zischend auf den Steinen der Feuerstelle.

Als die Sonne längst hinter dem Schloss versunken war und die Scholaren sich lange genug in dem warmen Wasser vergnügt hatten, schnürte auch die Schwanenwirtin ihr Brusttuch auf und schlüpfte aus den Lederschuhen. Knopplochius beeilte sich, seine Schützlinge zusammenzutreiben. Während er die Knaben vom Hof führte, warf er der Wirtin über die Schulter einen Blick zu, welchen diese erfreut zur Kenntnis nahm.

Sie zog sich das Kleid über den Kopf, stieg die unter ihrem Gewicht knarrenden Holzsprossen hinauf und ließ sich mit einem Wohllaut über den Rand gleiten. Es zischte und dampfte, denn die Wassermassen, die den Körpermassen der Boschna wichen, ergossen sich in einem Schwall über die heißen Steine.

In der Burg angekommen, überließ der Magister die Knaben ihrem studentischen Eifer und zog sich in seine Kammer zurück. Das Nachtmahl fiel wegen der Fastenzeit aus.

Nachdem Knopplochius sie ihrem Schicksal überlassen hatte, wussten die *studiosi* nichts Eiligeres zu tun, als zum Fenster des Treppenturms zu hasten. Von da aus hatte man einen hervorragenden Blick auf den Kessel im Hof.

Und tatsächlich war die weiße Haut der Boschna auch im schwindenden Licht noch gut zu erkennen. Ihre Brüste schwammen wie zwei benachbarte Eilande eines Archipels im Wasser. Mancher Scholar ächzte, als die Boschna eine Wade in die Luft reckte, um sich das dunkel behaarte Bein zu scheuern.

Die Knaben starrten ehrfurchtsvoll, obgleich die Dämmerung die Wirtin allmählich verschluckte. Nur die Glut unter dem Steinherd leuchtete rötlich. Auch Melchior war trotz des Naslaufens mit von der Partie. Allein Theophil enthielt sich des Vergnügens – wie so häufig. Er saß allein auf seiner Bettstatt und blätterte in einer Donate.

Justus kniff die Augen zusammen, um die Brüste der Boschna in der Dunkelheit besser ausmachen zu können. Er bemerkte Türmer, der hinter ihn getreten war, erst, als er ihn mit spitzen Fingern in die Seite kniff. Justus schrie auf und sprang zur Seite. Der *senior* grinste. »Wie ich hörte, hast du heute Nacht vor, auf einen Streifzug zu gehen. Du wirst uns doch nicht davon ausschließen?«

Justus sah verärgert zu Roseus hinüber, doch der wich seinem Blick aus. »Das geht dich nichts an«, beschied er trotzig den Wortführer der Bayern.

Türmer grinste breit. »Mich geht alles etwas an. Ich bin der Älteste. Du gehst auf keinen Streifzug, ohne mich zu unterrichten, verstanden?«

Justus hielt dem Blick stand, obwohl Türmer einen guten Kopf größer war als er. »Du bist der *senior* der Bayern. Meine Nation ist die Meißnische. Du hast mir gar nichts zu sagen. Ich werde tun, was mir beliebt.«

»Oho«, hub Türmer spöttisch an, »der kleine Edelmann tut, was ihm beliebt! Schau, schau! Er zieht ja auch ein Nachthemd an – wie die Weiber.«

Damit erntete er ein lautes Grölen, getragen von den Stimmen der Älteren. Justus hielt weiterhin stand, er gab nicht nach.

Türmer sonnte sich in seinem Erfolg. Dann fuhr er listig fort: »Ich höre, du hast ein geheimes Gewölbe entdeckt? Dergleichen interessiert uns!«

Justus schwieg. Er verschränkte die Arme und wandte sich ab.

»Schweig du nur. Aber zeigen wirst du es uns, darauf kannst du dich verlassen!«

Justus drehte sich um und rannte die Treppenstufen hinauf in den Schlafsaal. Der Bayer schrie ihm hinterher. »Glaubst doch nicht etwa, dass in den Mauern dieser Burg etwas vor den anderen verborgen bleibt?« Die Drohung war unverhohlen.

Justus lief so schnell er konnte. Er stürzte sich auf seine Bettstatt und barg sein Gesicht in den Ärmeln. Das Schluchzen erstickte er unter seinem Mantel.

Theophil hatte aufgeschaut, als Justus in das Schlafgemach gestürzt war; er schaute lange zu ihm hinüber. Dann beugte er sich wieder über sein Lehrbuch und tat, als würde er lesen.

Nachdem das Nachtgebet gesprochen war und Knopplochius sich in seine Kammer zurückgezogen hatte, wartete Justus, bis die Atemgeräusche der Zöglinge ruhig und gleichmäßig geworden waren. Er sprach noch zehn Vaterunser, um ganz sicher zu gehen, bevor er sich erhob. Beinahe zeitgleich richtete sich Türmer auf seiner Bettstatt auf. »Auf Männer, wohlan!«, sprach er, ohne die Stimme zu senken.

Justus schlug mit der flachen Hand auf das Stroh, dass es staubte. Er verfluchte Türmer, verfluchte Roseus, der sein Vertrauen missbraucht hatte, und zuletzt verfluchte er sich selbst, dass er dem Älteren vertraut hatte. Er ergab sich in sein Schicksal und schwang die Beine über den Bettrahmen. Während sich auch auf den übrigen Lagern die Jungen aufrichteten, ging er hinüber zu Theophil. Der schien als einziger tief und fest zu schlafen. Justus kniete sich neben ihn und rüttelte ihn wach. »Komm bitte mit.«

Theophil schreckte zurück. Als er sah, dass sich alle anderen erhoben hatten, setzte auch er sich auf. Türmer trat näher, um Justus anzutreiben. »Geh du voran!«

Der Liebensteiner verzog den Mund. Türmer war der Letzte, mit dem er sein Geheimnis teilen wollte, so viel stand fest. Es war sein Geheimnis, sein Drache! Nur er hatte die Mittel, ihn zu besiegen. Der *senior* würde von der Bestie zerfetzt werden! Aber er hatte es so gewollt!

Türmer zog Justus von Theophils Lager weg und drängte ihn zum Wendelstein.

»Woher weißt du, wo es lang geht?«

»Zum Keller wird's ja wohl nach unten gehen«, erwiderte Türmer. Justus hasste ihn für seine überlegene Spottlust. Türmer war nicht dumm, ganz gewiss nicht. Aber er war grob. Justus wandte sich um und schaute nach Theophil, doch der war nirgends zu sehen.

»Dein seltsamer Busenfreund muss nicht unbedingt dabei sein«, befand Türmer spitz und schob ihn voran. Der Liebensteiner entzündete die Fackel, die wie stets in der Nische bereit lag, und tastete sich weiter.

Als er den Weg just zu jenem Gewölbe einschlug, wo Pfarrer Schreiber aufgebahrt lag, wurde selbst Türmers Stimme dünn. »Wir werden doch nicht unserem toten Beichtvater einen Besuch abstatten?«, versuchte er zu spotten. Diesmal erntete er kein Gelächter.

Justus schmunzelte in sich hinein und steuerte geradewegs auf die Gruft des Pfarrers zu. Er bemerkte, wie sich die Schritte der anderen verlangsamten. Vor dem Leichnam blieb er stehen, räusperte sich und genoss die Beklommenheit seiner Gefährten. Er streckte die rußende Fackel gegen das Gewölbe und deutete mit der freien Hand nach oben. Als hielte er einen Vortrag vom Katheder, verfiel er in die lateinische Sprache: »Wie Ihr leicht erkennen könnt, ist das Gewölbe in diesem Raum merkwürdig verkürzt; die Ausdehnung nach den Seiten ungleichmäßig.«

Türmer verfolgte Justus' Gesten mit skeptischem Blick.

»Wenn Ihr nun den Blick auf die Seite wendet, die den Raum so auffällig abschneidet, so seht Ihr, dass das Mauerwerk anders geartet ist als die übrigen Kellergewölbe. Es scheint hastig gemauert, die Fugen sind unsauber, die verwendeten Steine sind gebrochen, nicht gebrannt.« Justus genoss die Aufmerksamkeit der anderen, ihre Verwunderung.

Türmer nahm das Mauerwerk näher in Augenschein, fuhr mit dem Finger darüber und nickte.

»Diese Wand wurde nachträglich eingezogen«, fuhr Justus fort. »Und warum, wenn nicht zu dem Zweck, etwas dahinter zu verbergen?«

Türmer nickte wieder. »Aber wie sollen wir sie einreißen, wie überwinden? Wenn sie auch hastig gemauert scheint, ist sie doch fest gefügt.«

Justus straffte sich. Es tat ihm wohl, vom unbestrittenen Anführer des Haufens befragt zu werden. Dessen Neugier war geweckt. Die Neugier aller. Justus spürte, dass er der Einzige war, der eine Vorstellung davon hatte, was getan werden musste. »Wir sind eine erkleckliche Anzahl. Wenn jeder mittut, werden wir die Mauer in ein bis zwei Nächten durchbrochen haben.«

Türmer nickte erneut. »Und was befindet sich wohl dahinter, Herr Doktor?«, fragte er ihn in lateinischem Duktus.

Justus schwieg. Er wusste, Türmer würde es nicht verstehen. Und er wollte ihn nicht verprellen. Nicht jetzt, da er seiner Hilfe bedurfte. Justus hob die Schultern. »Das werden wir sehen. Aber es muss ungeheuer wichtig sein, sonst hätte man es nicht so sorgfältig verborgen!«

Das leuchtete Türmer ein. »Was ist mit Werkzeug? Wir können schlecht den Mörtel mit bloßen Händen auskratzen.«

Justus hatte sich bereits einen Plan zurechtgelegt. »Wir müssen uns brauchbare Instrumente aus Küche und Stall besorgen. Das ist das Erste, was getan werden muss.«

Türmer schob die Unterlippe vor und nickte anerkennend. »Gar nicht dumm – für einen Meißner.« Dann hob er die Stimme und richtete sich an alle Anwesenden: »Männer. Ihr habt gehört. Wir schwärmen aus, um Gerät zu beschaffen.

Dann treffen wir uns wieder am gleichen Ort. Justus geht voran.«

»Und Theophil«, ergänzte Justus. Er sah sich im Kellerraum um, ob dieser überhaupt unter ihnen war.

»Hier«, meldete sich der Gesuchte aus der hintersten Reihe. Seine Stimme klang dünn. Justus ging auf ihn zu und zog ihn am Arm mit sich. »Komm«, forderte er ihn auf. Theophil sträubte sich, versuchte, seinen Arm wieder freizubekommen, und folgte ihm schließlich widerstrebend.

Justus war der Anführer des gefährlicheren Teils der Expedition und sich seiner Bedeutung bewusst. Neben Theophilus gehörten Haberkorn und die beiden Naumburger der Gruppe an.

Justus war zu sehr im Eifer seiner Mission befangen, um sich zu fragen, warum Türmer ihm ausgerechnet in diesem Moment die Führung überlassen hatte. Schnurstracks ging er zur Seitentür des bischöflichen Palastes. Er hatte sie des Öfteren offen stehen sehen. Tagsüber, gewiss, doch welche Not sollte es auf der Pestburg gebieten, Türen, die unter Tags offen standen, des Nachts zu verschließen?

Der Instinkt hatte Justus nicht getrogen, sie war unverriegelt. Justus war schon ein paarmal in der Vorratskammer gewesen. Immer dann, wenn er mit Roseus den Morgendienst versehen hatte. Zum ersten Mal an dem Tag, da ihre Gefangenschaft auf der Pestburg begann. Damals waren die Regale gähnend leer gewesen, nun waren sie angefüllt mit Töpfen, Tiegeln, Schüsseln, Schalen, gefüllten und bereits geleerten; von der Decke hingen geräucherte Schinken und Würste in einer Menge, die Justus das Wasser im Mund zusammenlaufen ließ. Pökelfässer, Buttereimer, Bottiche mit Schmalz, Käsezwingen. Das alles sollten die Hand voll Viecher hergegeben haben, die sich auf der Burg befanden? Oder verfügte Grete Boschna über die Gabe des wunderbaren Brotvermehrens?

Theophil hielt sich dicht hinter Justus. Der halbwüchsige Knabe konnte die Furcht des Jüngeren förmlich spüren. Er bemerkte, wie sich dessen schlanke Finger in den Stoff seines Umhanges krallten, um ihn ja nicht zu verlieren.

Der Liebensteiner machte sich frei, schüttelte die Hand des Begleiters ab, denn noch hatte er nicht gefunden, was er suchte. Er bedeutete den Übrigen, ihm zu folgen, doch Otto und Anton hatten bereits einen Deckel geöffnet und ein Fass mit gesäuertem Kraut gefunden. Mit beiden Händen griffen sie hinein und ließen sich's wohl sein. Kauend wie Rinder – die Krautfransen hingen ihnen rechts und links aus den Mundwinkeln – grienten sie Justus an. Der verdrehte die Augen und wünschte ihnen einen guten Appetit.

»Kellen, Messer und Mörser sind gewiss in der Küche!«, sprach Haberkorn Justus' Gedanken aus. Sie schoben einen Vorhang beiseite und traten in die Küche. Theophil hielt sich immer noch dicht hinter Justus. Immer wenn der Ältere unvermittelt stehen blieb, rempelte er von hinten in ihn. Der Liebensteiner begann, sich einen Spaß daraus zu machen und öfter als nötig anzuhalten. Als Theophil begriff, dass Justus ihn mit Absicht auflaufen ließ, gab er ihm einen freundschaftlichen Schubs. Sie lächelten sich an. Der Anführer vergaß darüber beinahe seine Mission. Auf diese Weise hatte ihn Theophil noch nie angeschaut. Nicht einmal in den Träumen!

Das sanfte Licht der glimmenden Glut zeichnete ihre Gesichter weich. An den Wänden schimmerten die Dinge, derentwegen sie erschienen waren: Suppenkellen aus getriebenem Kupferblech, eiserne Messer, Stößel, Schaber und andere Kochgeräte, die Justus nicht kannte. Sie baumelten an einem Seil, das vom einen Ende der Küchenwand zum anderen gespannt war. Daneben ein gewaltiger Blasebalg aus Ziegenleder, der dazu diente, das Herdfeuer anzufachen. Justus ließ seinen Blick über die Gegenstände schweifen und überlegte, welcher gute Dienste verrichten würde und welchen man entwenden konnte, ohne dass es auffiel.

Theophil erriet Justus' Gedanken: »Es wird nicht unentdeckt bleiben. Sie besitzt nicht so viel, als dass es nicht auffallen würde.«

Eleonor fühlte sich nicht wohl dabei, der Boschna etwas wegzunehmen. Sie erinnerte sich an ihre ersten Stunden auf der Burg, die sie mit der Wirtin an eben jenem Herdfeuer verbracht hatte – und in der Erinnerung erschienen ihr die Stunden nicht unangenehm. Die Kaisernichte hatte die dicke, warmherzige Frau ins Herz geschlossen, trotz der Grobheit, mit der sie sie bisweilen behandelte.

Es schepperte an der Wand. Melchior Haberkorn hatte einen Schemel erklommen, um die kupferne Suppenkelle vom Seil zu pflücken. Als er sie abnahm, gab das Seil nach, und die übrigen Kochgeräte tanzten klappernd über die Leine. Einige stürzten herab wie Fallobst. Eleonor sah Justus erschrocken an. Die Boschna schlief in der benachbarten Kammer. Nur ein schmaler Gang und zwei Vorhänge trennten sie von ihr. Gewiss hatte sie den Lärm gehört …

Eleonor bedeutete ihm, rasch die Küche zu verlassen. Doch Justus schüttelte den Kopf. Er ließ Haberkorn in seinem Tun fortfahren, trieb ihn aber zur Eile an, bevor er selbst die Küche durch den zweiten Durchgang verließ, der auf den Flur hinausführte.

Eleonor wollte ihn zurückhalten. Er ging direkt auf die Schlafkammer der Boschna zu!

Dann hörte auch sie die Geräusche aus der Kammer auf der gegenüberliegenden Seite des Ganges. Töne, die sie eher Tieren als menschlichen Wesen zugeordnet hätte. Sie lauschte gebannt. Ein tiefes Grunzen und Schmatzen durchmengte sich mit einem leidvollen Seufzen.

Die Eindringlinge hatten sich umsonst gesorgt. Das Scheppern der Küchenwerkzeuge hatte hier niemand wahrgenommen. Eleonor wollte fliehen, in die Küche zurückkehren, die Übrigen alarmieren und so schnell wie möglich von diesem Ort verschwinden. Doch Justus ließ sich nicht zurückhalten. Schon stand er auf der Schwelle. Eleonor hielt sich dicht hinter ihm.

Auf dem üppig mit Stroh gepolsterten Lager befanden sich zwei Menschen von ansehnlichem Körperumfang in hitzigem Kampfe: die Wirtin und der Magister. Beide waren nackt, trotz der Kälte. Die Decken und Pelzumhänge waren herabgerutscht. Vier fleckige Fußsohlen ragten ihnen entgegen. Zwei Paar Zehen deuteten nach oben, zwei nach unten. Der Magister hatte die Wirtin überwältigt und unter sich begraben. Doch warum balgten sie so hitzig miteinander?

Justus tat noch einen Schritt nach vorn, hinein in die Kammer. Eleonor wollte ihn zurückzerren, doch der Knabe ließ sich nicht abhalten. Wollte er eingreifen, die beiden Streithähne trennen?

Die Geräusche nahmen an Heftigkeit zu, ebenso die Bewegungen des Kampfes. Doch war es überhaupt ein Kampf? Jeder Stoß des Gegners wurde anscheinend willig empfangen und in einen Gegenstoß verwandelt. Ein harmonisches Hin- und Herwogen. Und auch die Geräusche verrieten weniger Verzweiflung und Feindseligkeit als Eifer und Genuss.

Mit einem Mal begriff Eleonor, dass hier jene geheimnisvolle »Schwächung« stattfand, von der die Hofdamen stets hinter vorgehaltenem Tuch und begleitet von einem nervösen Kichern tuschelten. Waren die Boschna und der Magister verheiratet? Hüteten sie dieses Geheimnis vor der Studentenschar? Oder gingen sie ehelich miteinander um, obwohl es ihnen nach Gottes Geboten nicht zustand? Sündigten sie gar aus Fleischeslust?

Eleonor spürte die Hitze der Scham in sich aufsteigen. Mit Nachdruck zupfte sie Justus am Ärmel und wandte sich ab.

Der Kampf trieb seinem Finale entgegen. Das Bettgerüst bebte unter der Kampfeswut der beiden Leiber. Aus zweierlei Kehlen vernahm die Jungfer atemlose Rufe. Einen *altus* und einen *bassus*. Sie hielt sich die Ohren zu und rannte in die Küche.

Haberkorn hatte etliches Kochgerät zusammengerafft. »Rasch, wir müssen fort. Sie sind erwacht«, zischte Eleonor.

Melchior zog die Stirn in Falten. »Sie? Sind es denn mehrere?«

Justus betrat die Küche und mahnte ebenfalls zur Eile. Er vermied es, Eleonors Blick zu begegnen. Stattdessen besah er sich Haberkorns Beute, klaubte einige Gerätschaften wieder aus dem Sack heraus, den Otto und Anton in der Vorkammer gefunden hatten. »Wir dürfen nicht zu viel mitnehmen. Nicht so viel, dass sie es bemerkt.«

»Sie ist nicht blind«, bemerkte Eleonor störrisch und fing sich einen strafenden Blick von Justus ein.

Der Knabe hängte einige Kellen wieder an die Leine oder legte sie auf die Ofenbank, bevor er den Sack hochhob und über die Schulter warf. Die Bestecke klirrten, als er versehentlich gegen den Türpfosten schlug.

»Ihm nach!«, zischte Eleonor. »Die Wirtin ist wach!«

Fünf Nächte dauerte es, bis die Knaben den Mörtel mit Hilfe der Kochwerkzeuge so weit aus den Fugen gekratzt hatten, dass sich einzelne Steinbrocken aus der Wand brechen ließen. Die Vermauerung war offenbar in großer Eile ausgeführt worden, ihre Tiefe nicht bedeutend, nur eine Elle stark. Als sie auf halber Höhe eine Lücke, hoch wie ein Bierkrug, herausgebrochen hatten, ließ sich Türmer eine Fackel reichen und reckte sie in die Dunkelheit.

Justus knirschte mit den Zähnen und hielt den Atem an. Er rechnete fest damit, dass der Drache seinen schuppigen Leib bald zeigen würde. Er würde Türmer zerfleischen! Das wäre nur recht und billig. Die Höhle war Justus' Entdeckung. Ihm allein hätte das Recht des ersten Augenscheins gebührt!

Doch Türmer ließ keinen Moment einen Zweifel daran, wer das Sagen hatte. Der *senior* konnte allerdings – zu Justus' größter Genugtuung – nichts erkennen. Der eigene Arm versperrte ihm die Sicht. Fieberhaft kratzten die Knaben weiter, angetrieben von Türmer und Kreutziger, dem wegen seiner Kraft und Größe unbestrittenen zweiten Mann des bayerischen Dreigestirns.

Türmer hieß Justus und Haberkorn, die am Sockel unterhalb der Nische kratzten, zur Seite zu treten. Er trat mit aller Gewalt gegen das Mauerwerk, doch es wollte nicht brechen. Haarfeine Risse zogen sich durch die Mörtelfugen. Justus und Melchior machten sich im Schein der Fackeln wieder ans Werk. Dem Liebensteiner lief der Schweiß auf den Nasenrücken, obgleich seine Atemluft in weißen Wölkchen aus dem Mund strömte. Der tote Pfarrer wachte im Nebenraum über ihr Tun. Sie hatten sich längst an seine Anwesenheit – vor allem den Gestank, den er verströmte – gewöhnt.

Türmer lief unruhig auf und ab. »Wenn du helfen würdest, ging's schneller!«, beschwerte sich Otto, der Naumburger. Die Jüngsten hatten bereits blutige Blasen an den Händen. Doch Türmer ließ kein Verschnaufen zu. »Wenn'st 's Maul halten würdest, hätt'st mehr Kraft zum Kratzen!«

Theophil stand im Hintergrund und hielt in jeder Hand eine Fackel. Niemand traute ihm so viel Kraft zu, dass er beim Kratzen eine große Hilfe sein könnte.

Die Flammen warfen einen unruhigen Schein auf das Mauerwerk. Justus setzte den Stiel einer Suppenkelle als Hebel an und löste einen taubeneigroßen Kiesel aus dem Mörtel des Sockels.

»Das wird reichen!«, beschied Türmer. Diesmal drehte er sich um und trat rückwärts gegen das Mauerwerk – so, wie ein Pferd austritt. Und tatsächlich, die Steine unterhalb der Lücke gaben nach, der Mörtel rieselte in großen Stücken aus der Wand. Die Studenten sprangen herbei, zerrten und schoben mit bloßen Händen am Stein, und bald klaffte ein Loch, groß wie der Boden eines Weinfasses.

Türmer riss Theophilus eine Fackel aus der Hand, trat über die Trümmer, duckte sich und ward von der Höhle verschluckt.

Justus schloss die Augen. Er wartete auf das Höllengebrüll des Drachen. Der Tatzelwurm würde Türmer zerfetzen!

Auch die Übrigen warten gespannt. Eng aneinander gedrängt warfen sie skeptische Blicke durch das Loch. Der Feuerschein der Fackel erhellte einen großen Raum. Die Knaben schauten sich an. Justus öffnete die Augen wieder, als er Schreie der Entzückung hörte.

Ausgerechnet Theophil fasste als erster Mut. Entschlossen trat er über die herausgebrochenen Brocken und musste sich kaum bücken, um durch das Loch zu treten.

Dem Schein seiner Fackel folgten Otto und Anton, dann Melchior, der seinen Dolch aus dem Gürtel gezogen hatte und angriffsbereit in der Hand hielt, dann Justus und die anderen. Grim und Kreutziger beschlossen den Zug.

Dieser Teil des Kellergewölbes war weitaus größer als der, aus dem sie kamen. Tatsächlich schien der, in dem der Pfarrer lag, nur eine Art Vorraum gewesen zu sein. Die Hauptraum, in dem sie jetzt standen, weitete sich zur großen, unterirdischen Halle. Justus zählte sechs Gewölbe, die sich von vierzehn Pfeilern aus über ihren Köpfen spannten. Einen Drachen sah er nirgends. Doch er spürte, dass er da war. Und lauerte.

Türmer versuchte die alten Kienfackeln zu entzünden, die mit verkohlten Spitzen noch in den eisernen Halterungen steckten. Sie waren trocken wie Zunder, fingen augenblicklich Feuer, und Justus fiel auf, dass der Boden mit Sand bedeckt war.

Je mehr Licht die alten Fackeln verströmten, desto deutlicher war zu sehen, wo sie sich befanden: In der Folterkammer!

Das finstere Gewölbe war nicht fluchtartig verlassen, sondern mit Bedacht versteckt worden. Die Werkzeuge und Gerätschaften, Riemen und Eisenbänder, Dornen und Geißeln lagen feinsäuberlich nebeneinander.

Justus sah einen Haken, der von der Decke baumelte, einen wie man ihn von den Fleischerbänken kannte. An der Längswand, gegenüber dem Eingangsloch, das sie in die Mauer gebrochen hatten, erblickte er eine schräg abfallend von der Wand ragende, überbreite Sprossenleiter, ein Speichenrad am unteren Ende. Mit ledernen Riemen konnte hier ein Delinquent Kopf unter über die Sprossen gespannt werden, in eisernen Manschetten am Fuß der Leiter wurden die Handgelenke festgehalten. Das Rad diente dazu, die Spannung, den Zug an den Gliedern des Opfers nach Bedarf zu erhöhen.

Auf einem Tisch lagen allerhand Eisenketten, manche mit Haken versehen, andere mit nietenbestückten Bändern, Nägel auf der Innenseite. Damit wurden die Opfer nicht nur jeder Bewegung beraubt, sondern auch in stetem, nach Lust und Laune der Folterknechte zu verstärkenden Schmerz gehalten.

An einem Stehpult gegenüber der Streckbank wurden von einem Protokollanten die Geständnisse der Gepeinigten notiert.

Türmer sprang aufgeregt von einem zum anderen *instrumentum*, fühlte hier die Schärfe der Nägel, rasselte dort mit der Kette, wie ein Folterknecht bei der Wartung seines Handwerkszeugs. Dann blieb er fasziniert vor einem schrankartigen Kasten stehen, der in einer düsteren, vom Licht der Fackeln kaum erfassten Ecke stand. Die hölzerne Kiste, mannshoch, war mit Lederriemen verschlossen. Die Schlitze der Gurte konnte man über einen Dorn ziehen, um den Schrank je nach Bedarf weiter oder enger zu verschließen. Angesichts dessen versagte Justus' Fantasie. Er hatte nicht die geringste Vermutung, wozu ein solcher Kasten dienen könnte.

Türmer zog mit zitternder Hand die Riemen von den Dornen, einen nach dem anderen, dann klappte er den Schrank auf. Selbst der hartgesottene Bayer wich zurück, als ihm unzählige scharfe Klingen entgegenstarrten, von der Innenseite der Tür wie auch aus dem Kasten selbst. Die Dolche funkelten im Schein der Fackeln: eine eiserne Jungfrau!

Justus hatte von dieser Art Folterinstrumente gehört, sie aber für eine Legende gehalten. Türmer trat ehrfürchtig an den Kasten heran. Mit der Fingerspitze prüfte er die Härte und Schärfe der Klingen. Er zuckte zurück. Der Älteste hatte sich die Haut bereits geritzt. Bei allersachtester Berührung! »Himmel, *doctores*!«, rief er atemlos, »welch eine Schmerzorgel!«

Peter Grim machte durch ein erbärmliches Japsen auf sich aufmerksam. Er rang nach Luft, sein Gesicht war weiß angelaufen. Der Nürnberger starrte die Scholaren aus Augen an, die aus ihren Höhlen zu springen drohten. Er schlug den Ärmel seines Scholarengewands vors Gesicht und stürzte hinaus. Theophil drückte Kreutziger seine Fackel in die Hand und folgte dem Fliehenden.

»Eines steht fest«, entschied Türmer ungerührt. »Knopplochius darf niemals von dieser Kammer erfahren. Sie gehört uns!«

»Was wollen wir damit?«, fragte Haberkorn ahnungsvoll.

»Wir werden sie zu dem Zwecke benutzen, zu dem sie gedacht war!« Türmers Augen blitzten.

Melchior schüttelte den Kopf. »Die Gerätschaften sehen nicht so aus, als seien sie jemals in Betrieb gewesen.«

Türmer ging in die Knie und ließ seine Hand sachte über den Sand gleiten, der den Boden bedeckte. Dann winkte er Kreutziger zu sich und hieß ihn, die Fackel nach unten zu richten. »Da irrst du dich!« Der *senior* schob die oberste Schicht beiseite. Darunter kamen dunkle Flecken und klumpig verklebte Sandkörner zum Vorschein.

»Blut!«, keuchte Haberkorn.

Justus spürte Übelkeit in sich aufsteigen. »Lasst uns von hier verschwinden«, schlug er mit zusammengepressten Lippen vor.

Türmer konnte den Blick nicht abwenden von den Instrumenten der Tortur. »Für heute. Morgen kehren wir zurück. Scholaren, Männer, der Weg ins Himmelreich steht uns offen!«

»Was redest du?«, fragte Haberkorn. Die Stirn hatte er tief in Falten gelegt, wie Knopplochius es zu tun pflegte, wenn er über eine knifflige Frage oder eine schwierige Formulierung nachgrübelte.

»Gott hat uns befohlen, uns reinzuwaschen, bevor wir in sein Reich eintreten! Wir werden für unsere Sünden büßen. Wenn Gott unsere Buße annimmt, werden wir bald frei sein. Frei und erlöst.«

»Was hast du vor?«, fragte Justus.

Türmer sah ihn mit funkelndem Blick an. Wie Flammen schoss der Hass aus seinen Augen. Justus wich unwillkürlich zurück.

»Du, Justus von Liebenstein, wirst mich nicht daran hindern, auf dem Weg, den Gott uns gewiesen hat, voranzuschreiten!« Türmer verschloss den Kasten so heftig, dass die Klingen klirrten. Er bückte sich und zog das Leder Riemen für Riemen und Schlitz für Schlitz über die Dornen an der Seitenwand. Er führte die Handgriffe langsam aus, bedächtig, wie ein Ritual.

»Ich werde dich begleiten«, beeilte sich Melchior zu versichern.

»Jeder, der ein Mann ist, wird den Weg des Herrn mit uns gehen«, beschied Türmer.

Justus hatte ein mulmiges Gefühl. Er ahnte, dass kein Drache sie von Balthasar Türmer befreien würde. Denn der Älteste selbst war das Monster!

*Sechstes Kapitel*

# Schmerz

Noch nie waren Karl die Umstände seiner Kur lästig gewesen. Er genoss das Schwitzen, genoss das wohlige Wegdämmern im feuchtwarmen Kellergewölbe. Doch heute fühlte er sich unbehaglich. Heute war das blinde Baderweib seltsam wortkarg. Kaum, dass sie das Wort an ihn richten wollte.

Nun gut. So hing er eben seinen eigenen Gedanken nach. Seine kalte, scharf berechnende Vernunft verließ Ulm, verließ den feuchtwarmen Badekeller, schwang sich auf, um die dicht gelagerten Gebirgsketten in Windeseile zu durchmessen und sich nach Sachsen zu begeben. Gebirge! Was schimpften diese Deutschen Gebirge? Wer die erhabenen Gipfel der Alpen oder die schroffen Grate der Pyrenäen gesehen hatte, konnte über diese »Berge« nur lachen. Die meisten dieser zahllosen deutschen Hügelchen, über die sein Heer hinwegzog, hatten nicht einmal einen Namen! Doch hinter diesen Dreckhaufen, in ihren windschiefen, kalten Burgen hatten sie sich verschanzt, die Ketzer, die die Macht des Papstes gebrochen hatten und auch an seinem, des Kaisers Thron rüttelten. Aber sie waren Zauderer, die ihre Revolte am liebsten auf dem nächsten Reichstag vom Kaiser absegnen lassen wollten. Ja, lossagen wollten sie sich, aber bitte mit gnädigster Erlaubnis des Herrschers! Nie würden sie ihn, Karl, besiegen, denn es fehlte ihnen an Rücksichtslosigkeit.

Der *emperador del mundo* hatte selten Rücksicht genommen, am wenigsten auf sich selbst. Der Kaiser spürte die Hitze vom Boden des Kastens her zunehmen. Er hob seine Fußsohlen an. »Weib, was heizt du so kräftig ein! Willst du, dass ich verbrühe?« Das Baderweib gab keine Antwort. Stattdessen hörte Karl, wie das Wasser über den Rand des Schöpfeimers schwappte und sich über den Boden ergoss. Wahrscheinlich wollte sie die glühenden Kiesel ablöschen. Karl vernahm ein Zischen. Ein neuer Nebelschwall stieg auf. Der Kaiser entspannte sich, schloss die Augen.

Und dann Moritz, dieser Hänfling, Herzog von Sachsen! Seine Hilfeschreie wurden mit jeder Depesche schriller. Selbst jetzt, da ihm Ferdinand zur Seite stand! Befürchtete nach wie vor, dass die Übermacht des Vetters zu groß sei. Dabei berichteten alle Kundschafter übereinstimmend, dass die Truppen des Kurfürsten versprengt seien. In jedem Kuhweiler hatte der feiste, ängstliche Wittenberger eine Besatzung hinterlassen!

Wenn man eins und eins zusammenzählte, mussten die vereinigten Heere des sächsischen Herzogs und des österreichischen Erzherzogs den kläglichen Rest, den Johann Friedrich in Altenburg um sich versammelt hatte, um das Doppelte übertreffen. Ferdinand hatte zweitausend Berittene die Elbe hinabgeführt! Wenn es hart auf hart kam, würden sie dem geächteten Kurfürsten in der ersten Feldschlacht den Garaus machen! Sicherlich zählten die Schmalkaldener darauf, die Entscheidungsschlacht hinauszuzögern, bis Karl seine Söldner gegen die Türken werfen musste. Doch so lange würde er nicht warten! Ein, zwei Wochen noch, dann wäre er so weit wiederhergestellt, dass er ein Pferd besteigen und eine Lanze führen konnte!

Zuvörderst hatte Kaiser Karl den hitzigen Markgrafen Albrecht Alkibiades von Brandenburg-Kulmbach mit sechshundert Berittenen und etlichen Fähnlein Landsknechten nach Sachsen beordert; einen leidenschaftlichen Krieger, kraftstrotzend, eitel zudem und mit einem prachtvollen Schnurrbart ausgestattet. Der brandenburgische Geck schmückte seinen Streithelm mit Hahnenfedern und lenkte sein Schlachtross stets dorthin, wo das Kampfgetümmel am größten war. Keine Fehde war ihm blutig genug, und mit

Vorliebe bohrte er sein Schwert in Landsknechtsleiber. Schon sein Name würde den Kursachsen einen gehörigen Schrecken einjagen!

Doch noch war es besser, abzuwarten. Der Februar war trocken gewesen, die Heerstraßen wurden allmählich wieder passierbar. März oder April wären gute Monate, um die Entscheidung zu suchen. Nach dem Fasten. Falls das Wetter gut war …

Der Dampf im Gewölbe wurde dichter. Die Hitze bedrängte Karl plötzlich. Er bekam keine Luft mehr. »Weib! Öffne die Manschette! Ich will das Schwitzen beenden«, schrie er auf Französisch.

Karl lauschte in den Nebel, doch er bekam keine Antwort. Seine Sicht war durch den Deckel des Kastens eingeschränkt, er konnte nicht nach unten, an den Fuß sehen. Die glühenden Kiesel schienen immer heißer zu werden, als fache jemand ein Feuer direkt unter dem Kasten an!

»Weib! Halte ein! Ich lasse die Wache rufen und dich auf den Scheiterhaufen werfen, wenn du nicht augenblicklich ablöschst!«

Karl hatte auf Deutsch gerufen, um jedes Missverständnis auszuschließen. Doch wieder wartete er vergebens auf Antwort.

Mit Entsetzen sah Karl, dass bereits die Metallbeschläge des Schwitzkastens zu glühen begannen. Die Hitze verzehrte seinen Körper. Alles war taub, nur sein Haupt war noch zu spüren, und Karl versuchte, kühlen Kopf zu behalten. Der Kaiser breitete die Arme aus, spannte die Muskeln an und versuchte, den Kasten von innen aufzustemmen. Er war nie besonders kräftig gewesen und hatte in den letzten Jahren wegen der Krankheit noch an Kraft verloren. Der Riegel des Kastens klapperte nur unter seinen Stößen. Karl wollte die Füße auf den hölzernen Boden stemmen und sich nach oben hinausdrücken, aber er verbrannte sich nur die Fußsohlen. Immerhin, er spürte sie, ein Erfolg der Kur, zweifellos! Doch was nutzte es ihm, wenn er hier elendiglich verdampfte?

Beißender Qualm stieg ihm in die Augen. Die Bretter des Kastens hatten Feuer gefangen. Karl schrie. Vor seinen Augen flackerten die unzähligen Scheiterhaufen, die er hatte errichten lassen. Hohnlachend zogen brennende Ketzer und Aufrührer an ihm vorbei, Galgenstricke um den Hals. Valladolid. Gent. Münster. Tausende von Toten. Karl empfahl seine Seele Gottes Gnade.

Das Klopfen brauchte eine Weile, ehe es in sein Bewusstsein drang. Der Kaiser schreckte hoch und sah sich um. Er lag in einer düsteren Schlafstube. Wusste nicht, in welcher Stadt, in welchem Feldlager. Unzählig die Orte, die Zelte, Kammern und Hallen, in denen er zur Nacht gelegen hatte ...

Sein Nachtgewand war durchnässt, als habe man ihn mit Wasser übergossen. Im ersten Moment dachte er, man hätte ihn gelöscht. Dann erkannte er, dass er einen Albtraum gehabt hatte. Teufel auch, das Baderweib war ihm unheimlich! Er bekreuzigte sich und wischte sich übers Gesicht. Die Hände glänzten von Schweiß. Er erhob sich, um sich mit Wasser zu erfrischen. Es klopfte wieder, mit Nachdruck. Karl betupfte sich das Gesicht mit den weiten Ärmeln seines Schlafgewandes. Dann sammelte er sich, um Einlass zu gewähren.

Obernburger betrat die Stube mit einer Depesche. In kurzen, präzisen Worten trug er deren Inhalt vor:

Der kampfeswütige Markgraf Albrecht hatte, nachdem er auf sächsisches Territorium vorgedrungen war, das Muldenstädtchen Rochlitz im Handstreich genommen. Rasch und brutal. Dann hatte er sich Penig zugewandt und Colditz, dem Leibgut der Kurfürstin Sibylle, Gattin Johann Friedrichs. Hatte Städtchen und Gut plündern und brandschatzen lassen – ein Schlag ins Gesicht des Kurfürsten, der nur wenige Meilen entfernt mit seinem Hauptheer lag! Markgraf Albrecht spielte mit dem Feuer!

Ein Lächeln zeigte sich auf dem Gesicht des Kaisers. Der eitle Brandenburger führte Moritz vor, wie schnell man mit Entschlossenheit zum Ziele kam! Anstatt immer nur um Truppen und noch mehr Truppen zu hecheln. Doch Karl wusste, dass es Moritz nicht an Entschlossenheit mangelte. Der Herzog wollte sich nicht mit sächsischem Blut besudeln. Mit dem Blut seiner Untertanen. Den jetzigen und den zukünftigen.

Mit knappen Worten umriss der Kaiser seinem Sekretär das Antwortschreiben. Es sollte so schnell als möglich als Eildepesche an den Markgrafen abgehen. Karl lobte ihn für seinen kaltblütigen Mut, doch er solle abwarten, bis der Herrscher selbst mit dem Hauptheer heran war, um zum entscheidenden Schlag auszuholen. Wer sich jetzt in einzelnen Scharmützeln verbrauche, gefährde die Schlagkraft der vereinigten Truppen. Auch Moritz und Ferdinand wurden angewiesen, zu warten. Ja. Er würde rüsten. Seine Glieder schmerzten nur noch gelegentlich. Und in den Schwitzkasten bekäme man ihn auch nicht mehr. Es war an der Zeit, sich zu ganzer Größe aufzurichten!

Türmer hatte alles mit größter Sorgfalt vorbereitet. Um die Streckbank herum, die mit dem oberen Ende in der Wand verankert war, standen Wergfackeln. Sie flackerten und rußten und würzten die Luft des Raumes mit schwerem, beinahe katholischem Aroma.

Die Folterwerkzeuge, die der Älteste zur Anwendung zu bringen gedachte, lagen auf dem Boden. Er hatte sich Haberkorn zum Fronknecht erkoren. Haberkorn war klein und schmächtig, schmächtiger noch als Justus, und vielleicht hatte Türmer Hoffnung, dass ihm die Kraft zu ärgeren Misshandlungen fehlte. Doch als die Zeugen, die Türmer als »Bluttäufer« ansprach, die Folterkammer betreten hatten, hegte niemand Zweifel, dass es der großsprecherische Bayer ernst meinte. Entschlossenheit lag in seinem Blick. Verwirrtheit und Angst. Eine Mischung, die Justus unbehaglich war.

Türmer schwadronierte etwas von lebendiger Nachfolge Christi, von Blut, das die Sünden abwäscht, während die beiden Naumburger, Theophilus mit kleinen, übernächtigten Augen, und der stille, pockennarbige Peter Grim aus Nürnberg verlegen von einem Bein aufs andere stiegen. Nur Kaspar Kreutziger hing mit den Blicken an Türmers Lippen.

Nach der kurzen Ansprache begann Türmer sich zu entkleiden. Er löste den Gürtel, legte Beutel und Dolch auf den Sandboden, schlüpfte aus den Schuhen und zog die Beinlinge aus. Er entledigte sich seines Umhangs, seines Hemdes. Der blonde Flaum, der auf der Brust wie am Kinn vereinzelt spross, glomm auf im Schein der Fackeln. Schließlich stand Türmer völlig unbekleidet da.

»Nackt treten wir in die Welt, und nackt treten wir vor Gott.« Mit diesen Worten, in feierlichem Tonfall gesprochen, begleitete Türmer seine Handlungen. Er war mit großem Ernst bei der Sache, und die weihevolle Haltung übertrug sich auf die Anwesenden.

Justus bemerkte, dass Theophil schamhaft zur Seite sah. Er fühlte die Unruhe des Gefährten, fühlte seinen Drang, das Kellergewölbe zu verlassen. Der Knabe war sich nicht sicher, ob Türmer eine Entfernung zu diesem Zeitpunkt noch zugelassen hätte.

Der Älteste bestieg nun die Sprossen der Streckbank. Er legte sich die Fußfesseln an, die vom oberen Ende herabbaumelten und an eisernen Ringen in der Wand verankert waren. Haberkorn konnte ihm wegen mangelnder Körpergröße nicht dabei helfen. Betreten stand der kleine Regensburger neben der Folterbank und beobachtete befremdet, wie zielsicher Türmer Handgriff für Handgriff ausführte. Es hatte den Anschein, als habe er seine Handlungen zuvor geübt.

Beim akademischen Tagewerk hatte man Türmer an diesem Tag längere Zeit vermisst – das war nichts Neues. Doch nun wusste Justus, warum. Die Stunden bis zum Einbruch der Dunkelheit hatte er wohl im Keller verbracht, um die Schritte der Zeremonie zu proben. Denn um eine Zeremonie handelte es sich, so viel hatten die Scholaren begriffen.

Als die Fußgelenke fest in den Halterungen steckten, schlug Türmer die Arme über den Kopf und ließ sich so weit nach hinten fallen, dass sein falber, fransiger Haarschopf nur wenige Fuß über dem Sandboden baumelte.

Er wies Haberkorn mit fester Stimme an, nun die Zwinge um die Handgelenke zu schließen. Der Regensburger öffnete die Eisenmanschette, und Türmer legte die Handgelenke in die Schellen. Als seine Handgelenke unter dem quietschenden Schrauben Haberkorns zusammengepresst wurden, schloss der bayerische *senior* die Augen.

Türmers Atem ging schnell. Die Bauchdecke, die eingefallen war und die untersten Rippenbögen deutlich hervorstechen ließ, hob und senkte sich. Ihm selbst war sichtlich nicht wohl bei der Übung.

Und auch Justus war bange, was dem Wortführer der bayerischen Nation – nach seinem eigenen Begehren – würde angetan werden. Er sah in die Runde und gewahrte das Entsetzen in den Blicken seiner Kameraden. Peter Grim beugte den Kopf vor, um besser sehen zu können, währenddessen der übrige Körper fliehen wollte. In merkwürdig gekrümmter Haltung stand er da, nicht ganz hier und nicht ganz fort. Der Mund stand ihm offen, als sei er blöde.

Justus schaute aus den Augenwinkeln auf Theophil, der sich an seinen Ärmel geklammert hatte. Auch er konnte den Blick nicht wenden, ein Blick, in dem Neugier und Befremden zugleich lagen.

»Die Gewichte, rasch!«, wies Türmer Haberkorn an.

Der kleine Regensburger folgte mit hastigen Handgriffen. Er hängte die Gewichte an die vorgesehenen Haken. Melchior musste jede der Steinscheiben mit beiden Händen aufheben, um sie einzuhängen.

Justus schätzte die Scheiben auf zehn Pfund das Stück. Türmer stöhnte auf, als sein Leib durch die Last über die Sprossen gedehnt wurde. Der letzte Holm lag dicht unterhalb seiner Ellenbogen, die Gelenke wurden gefährlich nach unten gebogen. Schweiß trat auf Türmers Stirn, sein Gesicht war verzerrt vor Anspannung. »Mehr Gewicht, schnell!«, befahl er keuchend.

Melchior rannte, zwei weitere Scheiben herbeizuholen, die gegen die Wand gelehnt standen. Auf dem Rückweg ließ er eine zu Boden fallen. Dumpf grummelte der Sand unter dem Aufprall. Haberkorn hob sie wieder auf und hängte sie, eine nach der anderen, ein.

Theophil verbarg den Kopf in Justus' Talar, ohne den Blick ganz abzuwenden. Peter Grim, der Justus gegenüberstand, atmete schwer. Auch er konnte nicht wegschauen, obwohl ihn der Anblick sichtlich Überwindung kostete.

Gut vierzig Pfund bogen Türmers Leib jetzt über die Sprossen. Die Muskeln waren angespannt, Sehnen dehnten sich unter der Haut. Türmer ächzte leidvoll mit jedem Atemzug. Die Rippen schienen ihm die Haut sprengen zu wollen.

»Hör auf, sofort hörst du auf damit!«, schrie Theophil mit hoher Stimme.

»Jetzt die Geißel!«, befahl Türmer, und Haberkorn griff nach einem Instrument, das anzuschauen erschreckend genug war: Winzige Metalldornen standen aus flachen, dünnen Ledergurten, die in einem Knauf zusammenliefen. Haberkorns Hand zitterte, als er die Riemen über die Schulter warf, um auszuholen. Türmer begann mit bebender Stimme zu intonieren: *»Te Deum Laudamus«* – Dich, Herr loben wir.

Er kam nicht bis zur zweiten Zeile des frommen Liedes. Die Nägel der Geißel trafen auf seine Brust und zogen haarfeine rote Striemen über die Haut. Feine Blutfäden traten augenblicklich aus den Kratzern. Haberkorn hatte zögerlich, nicht mit ganzer Kraft zugeschlagen. Dennoch schrie Türmer auf. Einen Schreckensmoment lang ließ seine Muskelspannung nach. Der kurze Augenblick reichte aus, die Oberarme aus den Schultergelenken zu hebeln. Die ausgekugelten Knochen dehnten die Haut, die Arme bogen sich gen Boden.

»Mach ihn los!«, schrie Grim Haberkorn an. »Mach ihn um Himmels willen los!« Er hielt den Kopf mit beiden Händen umfasst. Dann schrie er, als wolle er Türmer übertönen. Doch die Schreie des Ältesten waren in ein heiseres Winseln und Jammern übergegangen. Justus sah zu Theophil hinüber. Der hatte Tränen in den Augen.

Flink kletterte Haberkorn die Sprossen hinauf und öffnete die Fußfesseln. Kaum waren die eisernen Manschetten gelöst, rutschte Türmers Leib wie ein Mehlsack über die Sprossen zu Boden. Er schrammte polternd über die Holme und überschlug sich, bevor er mit dumpfen Aufprall auf dem Boden landete. Die Gewichte begrub er unter sich. Sein Gesicht lag im Sand. Türmer drehte den Kopf und spie Körner aus. Er konnte sich nicht erheben, denn die Arme folgten nicht seinem Willen.

Peter Grim trat an ihn heran, drehte ihn auf den Rücken, setzte sein Knie auf den Brustkorb und zog mit einem heftigen Ruck und flinker Drehung den Arm. Türmer schrie auf, doch das Gelenk war wieder in seine Verankerung gesprungen. Ebenso verfuhr Grim mit dem anderen Arm. Türmer setzte sich stöhnend auf. Sand klebte ihm auf der Brust und im Gesicht. Auch die Blutstriemen waren mit Sandkörnern verklebt. Er rieb sich die Schultern.

Grim starrte ihn an. »Warum hast du das getan?«, fragte er.

Türmer sah ihm mit einem fast irren Lächeln ins Gesicht. »Der Herr musste Ärgeres ertragen als dies! Es ist an der Zeit, dass wir selbst für unsere Sünden büßen.«

»Lasst uns zu Bett gehen«, schlug Haberkorn nüchtern vor.

Der Älteste blickte in die Runde. »Zunächst müssen wir bestimmen, wer sich in der morgigen Nacht von den Sünden reinwäscht.«

Die meisten senkten betreten den Kopf. Justus war entsetzt. »Du willst es wieder tun?«

Der Anführer lächelte schief. »Gott in seiner unendlichen Gnade ruft uns zu sich. Bald schon. Mit Blut müssen wir unsere Sünden abwaschen. Sonst werden uns die Strafen der Hölle ereilen!«

Justus schüttelte fassungslos den Kopf. Er trat den Rückzug durch den Mauerdurchbruch an. Theophil hielt sich dicht hinter ihm. Er zitterte am ganzen Körper.

Der Gefolterte machte sich daran, die Fackeln aus den Halterungen zu nehmen und in den Sandboden zu stoßen, um sie zu löschen. Antonius, der kindlichere der beiden Naumburger, der seinem Freund Otto bis dahin nicht von der Seite gewichen war, trat vor. »Morgen Nacht werde ich es sein!«

Justus hielt erschrocken auf den Trümmern inne. Er wandte sich um. Otto starrte seinen Freund entgeistert an. Türmer nickte zufrieden. Dann stieß er die letzte Fackel in den Sand. So heftig, dass sie brach.

Um fünf Uhr auf dem Abend des 1. März 1547, dem Dienstag nach dem Sonntag Invocavit, dem ersten Sonntag der Fastenzeit, ließ der dicke Kurfürst Johann Friedrich seine Truppen vor Altenburg sammeln. Sie drangen über die Berge und Hügel des Erzgebirges zum Tal der Mulde vor. Von Schnee und Regen, die plötzlich, nach dem milden Ausklang des Hornung, über sie hereinbrachen, ließen sie sich nicht hindern. Ihr Ziel war der Muldenübergang bei Rochlitz. Johann Friedrich schickte sich an, die Scharte auszuwetzen, die Markgraf Albrecht ihm zugefügt hatte.

Ein schneidender Sturm peitschte ihnen die Tropfen ins Gesicht. Das Wintergewitter verhieß nichts Gutes. Mit jedem Donnergrollen schienen sich Wind und Regen noch zu verschärfen.

»Lasst uns kehrtmachen!«, rief Reckerod, neben Thumshirn der zweite Oberste des Kurfürsten, seinem Herrn durch das Getöse zu.

Johann Friedrich, der seine Körpermassen nur mit Mühe und der Hilfe dreier Knechte auf den Schlachtsattel eines sehr stämmigen Friesen hatte hieven können, wollte nicht unverrichteter Dinge zurückkehren. Er mahlte lange mit den breiten, von dichtem braunen Bart bestandenen Backen. Dann entschied er: »Wir werden dem Brandenburger Hahn die Federn stutzen!«

Gegen Mitternacht ließ der Wind nach, der Regen wurde sanfter. So rückten die Truppen des Kurfürsten im Morgengrauen des Mittwoch völlig durchnässt und hungrig an das Muldenstädtchen Rochlitz heran. Kalter Dunst lag über dem Tal, es hatte aufgehört zu regnen. Als das erste Treffen über den Bergrücken zog, wurden auf den Mauern der Stadt bereits die Trommeln geschlagen: Man hatte den Feind entdeckt. Markgraf Albrecht Alkibiades von Brandenburg-Kulmbach griff nach seinem gefiederten Helm, ließ sich in aller Eile den Harnisch anlegen und nahm Witterung auf: Blut.

Johann Friedrich hatte sich schon mehrerer Schildwachen bemächtigt, als die Tore auf Befehl des Markgrafen aufgestoßen und etliche Geschwader Reiter sowie vier Fähnlein kaiserlicher Landsknechte von Albrecht und seinen Trommlern herausgetrieben wurden. In Schlachtordnung stellten sie sich vor den Mauern auf, der Markgraf mitten unter ihnen. Er trug die rote Schärpe, das kaiserliche Feldzeichen, quer über der Brust. Selbst sein Pferd war mit rotem Federbusch über dem Kopfharnisch als kaiserliches Schlachtross gekennzeichnet.

Der Brandenburger ging augenblicklich dazu über, den ersten kurfürstlichen Haufen anzugreifen, wohl in der Annahme, dass es sich um das Hauptheer handelte. Die Kurfürstlichen wichen zurück, die Kaiserlichen setzten nach, allen voran der gefiederte Feldherr. Doch als sie den Hügel hinaufkamen und sie das zweite Treffen des Kurfürsten erblickten, zogen sich die kaiserlichen Reiter erschrocken zurück, ohne dass der Markgraf den Befehl dazu gegeben hätte. Erst als der tollkühne Albrecht Auge in Auge mit den vordersten Linien der Kurfürstlichen stand, gewahrte er, dass ihn die eigenen Reiter im Stich gelassen hatten.

Wenn Albrecht auch ein Hahn war, so war er doch kein Narr. »Teufel auch!«, zischte er und machte kehrt. Der Brandenburger gab seinem Pferd die Sporen und folgte im Galopp den Hasenfüßen, die sich bereits bis hinter die Linien der Hakenschützen zurückgezogen hatten, um sie wieder nach vorn zu treiben.

Indes war die kurfürstliche Feldschlange zum Einsatz gekommen und hatte eine Bresche in die Stadtmauer geschlagen. Die Kurfürstlichen drängten arg, und das Geschütz mähte klaffende Schneisen in die Reihen der kaiserlichen Landsknechte. Zähneknirschend gab Albrecht Befehl, sich in die Stadt zurückzuziehen.

Der Trompeter gab das Signal, alles drängte gegen die Stadttore, doch die Pforten blieben verschlossen. Sei es, weil Anhänger des Kurfürsten unter den Torwachen die Besatzer aussperren wollten, sei es, weil man das Trompetensignal nicht erkannt hatte.

Einige der Berittenen hatten solche Eile, in die Stadt zu kommen, dass sie ihre Rösser über die Bresche in der Mauer trieben. Doch die Trümmer lagen in der Schneise, sodass die Pferde scheuten und die Reiter mit der blanken Schwertklinge auf die Tiere einhieben, um sie über die Mauerbrocken zu jagen. Die Pferde wieherten in Todesangst, wenn ihre Beine stecken blieben. Etliche wurden von Kugeln getroffen oder mit gebrochenen Gliedern zurückgelassen. Sie türmten den Nachströmenden neue Hindernisse auf.

Vom Gebrüll versehrter Pferde und krepierender Knechte angestachelt, griff die Fluchtbewegung wild um sich. Die kaiserlichen Knechte drängten ohne Ordnung in die Stadt zurück. Doch die kurfürstliche Reiterei hatte schon etliche Fähnlein vom Rückzug abgeschnitten und machte ihnen in einzelnen Scharmützeln den Garaus.

Auch die vordersten Linien der kaiserlichen Hakenschützen kamen nun aus ihrer Deckung in den Hütten und Scheunen der Vorstädte. Sie zündeten sie an, um ihre Flucht zu decken.

Doch die Kurfürstlichen waren bereits so nah, dass ein Teil des ersten Treffens schon über die Mauerbresche in die Stadt nachsetzte, während die Landsknechte mit ihren Spießen diejenigen bedrängten, die sich noch vor den Toren hielten.

Die kaiserlichen Hakenschützen versuchten noch einmal, vom wütenden Krähen des Brandenburgers von Neuem gegen den Feind geschleudert, sich vor der Stadt zu formieren und eine Verteidigungslinie aufzurichten. Doch die kurfürstlichen Lanzenreiter machten sie nieder. Viele versuchten, durch die eiskalten Fluten der Mulde zu fliehen. Dabei ertranken die meisten. Nur wenige retteten sich auf einen Hügel auf der anderen Seite des Flusses. Wer nicht ertrunken war, nicht überritten oder erschlagen, wurde gefangen genommen.

Der Hahn selbst unternahm einen Ausbruchsversuch mit den eifrigsten seiner Getreuen, als er sah, dass Rochlitz verloren war. Er hatte allerdings auf dem gewählten Fluchtweg etliche Böschungen und Zäune, zudem den Lauf der Mulde zu überwinden. So konnte man ihm schnell die Flügel stutzen. Mit heftigem Beschuss trieb man ihn und seine Spießgesellen zurück in eine der Vorstädte.

Das Angebot der Kaiserlichen, sich zu ergeben, wurde ausgeschlagen. Die Kurfürstlichen waren derart gegen den Feind aufgebracht, dass sie mehrere Schüsse auf die Unterhändler abgaben und wütend schrien: »Schlagt sie tot, schießt sie tot!«

Darauf verschanzten sich die Kaiserlichen unter ihrem Feldherrn in einem Bauernhof, wo der größte Teil schließlich gefangen genommen wurde. Ihre Wimpel und Feldstandarten, darunter vier nagelneue Fahnen mit dem schwarzen Doppeladler, fielen dem Feind in die Hände.

Markgraf Albrecht war durch ein Lücke in der Mauer des Gehöfts entkommen. Doch auch seine neuerliche Flucht währte nicht lange. Er stieß bald auf den Haufen des Herzogs Ernst von Braunschweig, der ihn gefangen nahm und auf Gnade und Verderb Johann Friedrich zuführte.

Schließlich wurden die nunmehr führerlosen sechs Fähnlein Knechte und drei Reitergeschwader, die sich noch in der Stadt hielten, vom kurfürstlichen Haupttreffen unter

Reckerod aufgerollt. Mann für Mann wurde im Schwert- und Spießkampf überwältigt, Haus für Haus von markgräflichen Söldnern befreit.

Maximilian stand in seiner Kammer an einem schmalen Pult und brütete über einem schwermütigen Brief an die verschollene Schwester Eleonor, als er das Toben und Schreien des Kaisers vernahm. Karl fluchte auf Spanisch – Ausdruck höchster Erregung und Wut. Maximilian trat vor die Tür der Kammer im ersten Stock und lauschte, woher die Stimmen kamen. Von weit unten, weit her.

Maximilian knöpfte seinen Feldrock zu und folgte dem Gebrüll, die Stiege hinunter. Die Gänge füllten sich mehr und mehr mit Obersten und Sekretären, neugierigen Küchenmägden und Rossknechten. Alle reckten die Köpfe und spitzten die Ohren. Das Geschrei kam aus dem Meistersingersaal, Karls Audienzraum. Der Thronfolger des römischen Königs drängte sich durch die Menge und versuchte, etwas von dem zu erhaschen, was man sich gegenseitig zuflüsterte.

»Verheerende Niederlage bei Rochlitz ...« war am häufigsten zu hören. Einzelne Satzfetzen führten ihm das Desaster deutlicher vor Augen: »Etliche Hauptleute getötet ... der Markgraf in Altenburg gefangen gesetzt ... Über tausend Leichname ... Zweihundert ersoffen aus der Mulde gefischt ... Vierzehn Geschütze in Johann Friedrichs Hand, darunter das große, vor das man achtundzwanzig Pferde spannen muss ...«

Der Habsburgerspross war an der schweren, eisenbeschlagenen Pforte zum Audienzsaal angelangt. Die Schildwachen ließen den zukünftigen römischen König ungehindert passieren. Als Maximilian die Tür öffnete, schraubte sich das Schreien in beinahe schmerzhafte Lautstärke. Die kaiserlichen Räte und Sekretäre hatten sich in Deckung gebracht. Karl rannte ungehalten die Länge des Raumes auf und ab. Wohin er auch seinen Kopf wandte, verkroch man sich vor der Schimpftirade.

»Dieses brandenburgische Weinfass! Dieser Hahnenkamm! Treibt meine Knechte ins Verderben! Ersäuft sie wie die Katzen!«

Die Hofräte schwiegen betreten. Niemand wollte den Herrscher daran erinnern, dass die kaiserlichen Truppen seit Wochen keinen Sold erhalten und ihre Haut daher gewiss nicht allzu teuer verkauft hatten.

Karl ließ sich auf seinen Reisethron nieder und stierte ins Leere. Die Kinnlade fiel ihm weit herunter. Der Mund stand unangenehm offen. Sein Atem ging schnell.

Der Kaiser winkte den Herzog von Alba heran. »Wann kann das Hauptheer abmarschbereit sein?«

Der Feldherr straffte sich. »Innerhalb einer Woche. Der Vortrab bis morgen Mittag.«

Maximilians Miene hellte sich auf. Karl stierte immer noch düster vor sich hin. »Die Proviant- und Quartiermeister sollen sogleich aufbrechen. Wir marschieren, bevor weitere Gockel auf den Gedanken kommen, ihre Hälse freiwillig auf den Schlachtblock zu legen!«

Maximilian wandte sich um und eilte aus dem Saal. Fast flog er die Stiege hinauf in seine Kammer. Der Thronfolger zerriss den Brief, von dem er nicht wissen konnte, ob er die Empfängerin jemals erreicht hätte. Schreiben war überflüssig geworden. Es ging ins Sächsische, endlich! Der Kaiser war gezwungen, einzugreifen! Und Maximilian würde mit ihm ziehen! Wenn er Eleonoren nur nahe genug käme, würde er die Schwester – wo immer sie sich befand – eigenhändig befreien und heim nach Prag oder Innsbruck oder wohin auch immer führen. Das Hochzeiten konnte warten!

Die Liesel schürte gerade das Feuer für den Mittagsbraten, als der Einäugige hinter ihr stand. Sie hatte ihn nicht kommen hören, und er stand so nahe, dass sein vorragender Bauch sie am Rücken berührte. Dort, wo die Linie des Rückgrats mit leichtem Schwung in den Beckenansatz mündet.

Die Liesel bog das Kreuz heftig durch, um der Berührung zu entgehen.

»Die grauhaarige Vettel neulich, das war deine Herrin, nicht war?«

Die Liesel sah ihn fragend an. »Die Wirtin ist auf der Burg. In Pestquarantäne. So Gott will, wird man sie auf den Sonntag Lätare herauslassen.«

Der Fremde ergriff Liesels Arm und zog sie herum. Die Magd versuchte sich zu befreien, doch der Griff des Zyklopen war eisern. Die Liesel wandte den Kopf ab, um nicht in das entstellte Gesicht schauen zu müssen. Der Fremde kam ihr ganz nah und flüsterte: »Sie war hier, deine Wirtin. Sie geht im Gasthaus aus und ein. Also kennt sie einen Zugang zur Burg. Einen Zugang, den man benutzen kann, ohne dass andere davon erfahren.«

»Und? Was geht's Euch an?«

Der Fremde grinste die Liesel breit an. Auf eine der Magd rätselhafte Weise schien die Antwort dem Fremden zu genügen. »Du scheinst dich nicht daran zu stören, dass man sagt, sie sei von der Pest verseucht?«

Die Magd versuchte erneut, ihren Arm zu lösen, doch der Zyklop packte nur noch fester zu. Die Liesel schrie auf. »Au! Sie ist meine Herrin. Was bleibt mir? Lasst mich aus!«

Der Einäugige sah ihr unverwandt ins Gesicht. Dann lockerte er den Griff, ohne sie ganz loszulassen. »Ich werde auf sie warten.«

»Was wollt Ihr von den Unglücklichen? Ein Häuflein armer, kranker Prahlhänse!«

Der Zyklop grinste wieder. »Nicht so krank, wie die Leut' reden!« Dann ließ er ihren Arm los und wandte sich um. Wortlos ging er aus der Küche.

Die Liesel blieb ratlos zurück. Der Fremde wusste zu viel und führte Böses im Schilde. Die Magd hatte Angst um die Boschna, der sie alles verdankte: ihr Auskommen, ihr Leben, das Dach über dem Kopf. Sie musste sie warnen! Doch wie?

* * *

In der zweiten Nacht, da man sich im Keller versammelte, hatte Kaspar Kreutziger bereits am Durchbruch zur Folterkammer Stellung bezogen. Eine Fackel in der einen Hand, seinen Dolch in der anderen. Mit der Spitze des Messers ritzte er jedem, der Einlass begehrte, eine Schramme in den Unterarm.

Theophil und Justus waren gemeinsam gekommen, nachdem Haberkorn sie aus dem Schlaf gerüttelt hatte. Theophil weigerte sich, den Ärmel seines Umhangs so weit hinaufzuschieben, dass Kreutziger sein Blutzeichen anbringen konnte. Türmers *adlatus* ermahnte ihn, es zuzulassen, ansonsten bleibe ihm der Zugang zum heiligen Gewölbe verwehrt.

Justus ereiferte sich: »Was maßt sich Türmer an, Zugang zu gestatten oder zu verwehren? Ich habe die Kammer entdeckt! Was soll das Gerede vom ›heiligen Gewölbe‹?«

Kreutziger blieb unbeeindruckt. »Der Bußmeister will, dass die Teilnehmer gekennzeichnet werden. Willst du nun dazugehören?«

Er hatte sich direkt an Theophil gewandt. Der Liebensteiner wollte einschreiten, doch Theophil hielt ihn zurück. Er schob seinen Ärmel hoch. Justus bemerkte, dass Theophils Hand zitterte. Und dass die Haut des Knaben zart und kaum behaart war.

Wieder durchfuhr Justus ein warmer, wohliger Schauer, wie so oft, wenn Theophil zugegen war, wenn er einen Blick auf dessen nackte Haut erhaschen konnte. Auf die Haut, die der geheimnisvolle Knabe nur selten sehen ließ. Nicht ein einziges Mal hatte er sich vor den anderen nackt gezeigt! Schon tuschelte man hinter der Hand von monströsen Missbildungen, aber in Justus' Träumen war der Leib des Knaben stets vollkommen – und begehrenswert. Mal erträumte er ihn sich als Mann, mal als Weib. Justus verdammte sich für diese Nachtgesichte. Sie geziemten sich nicht unter Gefährten. Sie waren gottlos.

Kreutziger drückte dem Liebensteiner die Fackel in die

Hand, drehte Theophilus' Arm herum, sodass dieser hell aufschrie, und ritzte mit seiner Dolchspitze eine dünne, tiefe Kehle in die Haut. Justus sah, dass Theophil Tränen in die Augen schossen, doch er biss die Zähne zusammen und zog den Ärmel wieder herunter. Theophil presste sich den Stoff des Talars auf die Wunde, und Justus bemerkte im flackernden Feuerschein, wie blass der zarte Jüngling geworden war. Mit einer heftigen Bewegung drückte Justus Kreutziger die Fackel wieder in die Hand, entblößte den eigenen Unterarm, um ihn auf die nämliche Weise kennzeichnen zu lassen, und trat dann über die am Boden liegenden Steine und Brocken, Theophil hinter sich her ziehend.

Im Keller waren beinahe alle Scholaren versammelt. Nur Otto, der bislang stets mit Antonius aufgetreten war, fehlte.

Justus war nicht wohl zumute. Noch unwohler war ihm, als er sah, dass Antonius' Handgelenke von einer hölzernen Zwinge umschlossen waren. Wozu diese Fesselung? Anton hatte sich doch freiwillig zur Buße bereit erklärt?

Türmer, der sich neuerdings »Bußmeister« nannte – oder, wie es sich für einen lateinkundigen Scholaren gebot, *magister poenitentiae* – stand neben ihm. Er hielt den Kopf gesenkt, als sei er ins Gebet versunken. Die übrigen Scholaren umstanden die beiden im Halbkreis, und als Theophil und Justus neben Basileus und Hoyer getreten waren, war der Kreis beinahe geschlossen. Nun betrat auch Kreutziger die Folterkammer, doch er hielt sich abseits.

Türmer hob den Kopf und hielt eine lateinische Ansprache. Erneut fiel das Wort von der Buße, jetzt »Bluttaufe« genannt, ein Begriff, den Justus aus keiner theologischen Schrift kannte. Er nahm sich vor, Knopplochius dazu zu befragen. Doch schon ließ der selbst ernannte »Bußmeister« die Ermahnung folgen, niemandem von den Vorkommnissen in dieser Kammer zu erzählen.

Justus spürte, wie Theophil neben ihm unruhig am Gewand nestelte. Kreutziger hatte schräg hinter den Knaben wie eine Torwache an der offenen Flanke des Kreises Aufstellung bezogen. Was wusste er? Hatte Türmer ihn in seine Pläne eingeweiht?

Der Anführer brabbelte von den Graden der Weihe und Gnaden der Buße. Dass man in der Nachfolge Christi um so höher steige, je grausiger der Schmerz sei, den man ertrug. Auch Antonius wurde zusehends unruhig bei dieser Eröffnung. Die Geschwindigkeit, mit der der bayerische *senior* seine Rede vortrug, das eigentümliche Flackern in seinem Blick – all das ließ Schlimmes erwarten. Der Drache begann zu fauchen!

Türmer trat nun näher an Antonius heran und legte ihm die Hand auf den Kopf. Durch die Ernsthaftigkeit der Geste überwältigt, senkte der Naumburger den Blick. Der »Bußmeister« nahm ihm die Zwinge vom Handgelenk, trat hinter ihn und zog ihm den Umhang aus. Dann bat er ihn, das Hemd abzulegen. Mit zitternden Händen folgte Antonius Wiedemann. Er löste die Schnüre über der unbehaarten Brust und streifte das Hemd ab. Nun stand er nur noch in Bruche und Beinlingen da. Über dem Knöpfgurt hob und senkte sich der von Läusen zerbissene Bauch. Die Haut schimmerte weiß und durchscheinend. Man konnte das blaue, spinnwebige Geflecht der Adern sehen. Justus spürte starkes Mitleid mit der unschuldigen Verletzlichkeit dieses Leibes.

Als sei er vorher instruiert worden, trat der Naumburger an das Gerüst, erklomm einige Sprossen und legte die Fußgelenke in die Fesseln. Türmer trat heran, überprüfte den Sitz der Zwinge und verschloss sie dann.

Die eisernen Schellen, die um Antonius' Fußgelenke griffen, saßen eng, obwohl Anton schmale Fußgelenke besaß. Der Naumburger ächzte. Er schnellte mit den Armen nach vorn, als wolle er den Sitz lockern, doch Türmer stieß ihn mit herrischer Geste zurück. Schicksalsergeben ließ Antonius langsam seinen Oberkörper zurücksinken, bis er, Kopf unter, über die Sprossen des Foltergeräts gestreckt war. Mit den Händen hielt er sich an der Leiter fest, damit ihn das eigene Gewicht nicht zu hart in die Schellen zog.

Unerwartet schlug Türmer ihm mit dem Stiel der Fackel auf die Fingerknöchel. Augenblicklich löste Wiedemann den Griff und schrie auf. Die eisernen Ränder der Fesseln gruben sich in sein Fleisch.

Justus versuchte, dem Ältesten einen warnenden Blick zuzuwerfen, doch der hatte nur Augen für seinen Delinquenten. Kalt ruhte Türmers Blick auf dem schmächtigen, hilflosen Körper. Verzweifelt hielt der junge Edelmann nach etwas Ausschau, das er als Waffe verwenden konnte …

Türmer hängte sich mit seinem ganzen Gewicht an die schmalen Hüften des Naumburgers. Wieder sackte Antonius um einige Viertel Zoll auf dem Sprossengerüst und stöhnte auf vor Schmerz.

»Schweig!«, fuhr Türmer ihn auf Deutsch an, »unserem Herrn Jesus Christus ist Ärgeres wiederfahren! Kam ihm jemals ein Wort der Klage über die Lippen?«

Justus wollte einen Einwand gegen diese haarsträubende theologische Verkehrung der Dinge vorbringen, doch schon war Türmer einen Schritt zur Seite getreten, um die brennende Fackel auf Wiedemanns Bauch niedersausen zu lassen. Mit einem Fauchen und satten Klatschen fuhr die Flamme nieder. Türmer hob sie sogleich wieder auf. Die Stelle am Bauch, wo sie aufgetroffen war, war leicht gerötet.

Wiedemann schrie auf: »Was tust du? Das war nicht verabredet!«

»Es war auch nicht verabredet, dass du bei der ersten Pein jammerst wie ein Waschweib!«, entgegnete Türmer kalt.

Er schien ehrlich erbost. Justus begriff nicht, was vor sich ging. Er warf einen Blick zur Seite, auf Theophil, der die Szene gebannt verfolgte. Justus schaute zur anderen Seite. Auch Grim glotzte auf den Naumburger, dass ihm die Augäpfel schier aus den Höhlen quollen. Sein ohnehin entstelltes Gesicht war zur schreckensstarren Grimasse verzerrt.

Türmer fuchtelte lächelnd mit der Fackel vor Antonius' Gesicht herum. Der Naumburger zerrte wütend an den Fesseln und fuhr Türmer an: »Die Gewichte, los, die Gewichte, ich will's hinter mich bringen.«

»Wir lassen es heut' mit den Gewichten. Wir fahren diesmal mit der Feuertortur fort. Die Gewichte heben wir uns für später auf!«

»Später?« Antonius Wiedemann versuchte, Türmer, der leichtfüßig um das Gerüst schritt, in die Augen zu schauen. »Was meinst du mit später? Ich halte aus, was du ertragen hast. Die Bluttaufe findet immer in der gleichen Weise statt. Du hast es selbst gesagt. Hol die Gewichte, ich bin bereit.«

Statt einer Antwort ließ Türmer erneut die brennende Fackel niedersausen. Diesmal auf die Brust. Der Naumburger schrie auf, mehr aus Angst, denn aus Schmerz. Über den Rippenbögen, dort, wo die Fackel auf die Haut geprallt war, zeichnete sich eine tiefe Rötung ab, deutlicher als die erste. Pechschlieren hatten sich von der Fackel gelöst und zischelten auf der Haut wie schwarze Schlangenzungen.

Der Naumburger schrie, bis ihm der Atem stockte. Dann bat er keuchend: »Macht mich los, sofort!« Er blickte Hilfe suchend in die Runde. »Macht mich los!«

»Wagt es ja nicht!« Türmer schwenkte die Fackel gegen die Zuschauer. Doch ohnehin hatte niemand die Kraft, Antonius zu Hilfe zu eilen.

Wieder fuhr die Fackel hinunter, diesmal tiefer, auf das Zwerchfell. Wiedemann schrie gellend. Ein handtellergroßer Pechfetzen hatte sich gelöst und brannte auf seiner Haut. Justus sprang vor und wischte mit dem Ärmel den Flammenherd von Antons Leib. Er trat das Feuer im Sand aus. Als er den Kopf wieder hob, fand er sich im Mittelpunkt des Kreises. Die Scholaren – alle, außer Theophil und Grim – betrachteten ihn aufgebracht.

Türmer musterte ihn hasserfüllt. »Störe du nicht meine heiligen Handlungen!«

Justus machte keine Anstalten, aus dem Kreis zu treten. Türmer hob die Fackel, als wollte er nach dem Knaben schlagen. Alle, alle außer Theophil und Grim, die sich abwandten, erwarteten den Hieb. Wiedemann schrie immer noch, geblendet vom Schmerz. Er nahm nichts von dem Zweikampf wahr, der sich neben ihm zutrug.

Der Sachse und der Bayer standen sich Aug in Aug gegenüber. Justus entdeckte Mordlust in Türmers Blick. Darauf war er nicht gefasst. Er hatte nicht einmal seinen Tischdolch! Der stak im Gürtel, droben in der Schlafkammer!

Justus atmete tief durch. »Wer gibt dir das Recht, uns Buße abzufordern?«

Türmer blickte irritiert. Er war nicht darauf gefasst, zu disputieren, doch er fing sich und lächelte schief. »Hat nicht Gott selbst uns hierher geführt? Er hat uns die Mittel und den Ort gegeben, wo wir büßen sollen!«

Justus schüttelte den Kopf. »Ich war es, der die Kammer entdeckt hat!«

Türmer verzog den Mundwinkel. »Du? Du warst das Werkzeug des Herrn!«

»Woher kennst du Gottes Willen?« Justus spürte, wie er Oberhand bekam. Auch die im Kreis versammelten Knaben schenkten ihm nun Aufmerksamkeit.

»Ich kenne die Schrift«, giftete Türmer. »Tuet Buße! *Poenitentiam agite!* Das ist es, was Christus von uns verlangt.«

»Welche Sünden haben wir begangen, die eine so scharfe Sühne fordern?« Justus hatte festen Stand im Sandboden gefunden. Unversehens waren sie ins Lateinische verfallen.

Türmer ließ die Fackel auf Hüfthöhe sinken. »Der Herr hat uns die Probe geschickt! Er will, dass wir durch ein Tränental gehen, um zum Heil zu gelangen. Wie es geschrieben steht.«

Justus bestand auf seiner Frage. »Welche Sünden haben wir uns zuschulden kommen lassen, dass sie so harter Strafe bedürfen?«

Türmer schleuderte die Fackel zur Seite. Sie blieb im Sand liegen, ohne zu erlöschen. Der Älteste begann, etwas in seinem Scholarenmantel zu suchen. »Du willst deine Sünden wissen? Du willst wissen, warum Gott uns straft? Ich werde es dir zeigen, Justus von Liebenstein, Edelknabe von Gottes Gnaden.«

Er hatte gefunden, was er suchte, und reckte es in die Luft. »Deine Gedanken sind unkeusch, deine Handlungen sind es erst recht!«

Empört erkannte Justus, was Türmer in der geballten Faust hielt: Es war die anmutige schwarze Maria. Seine hölzerne Begleiterin, sein nächtlicher Trost.

Justus' Augen wurden schmal: »Gib das her! Es gehört mir!«

Türmer reckte die Faust höher hinauf und sah ihn herausfordernd an. »Glaubst du, die Nacht ist so still, dass die Sünde nicht zu hören ist? Die Sünde schreit mit gellender Kehle. Die Sünde zeichnet blöde Fratzen auf arglose Gesichter. Die Sünde ist ein Brandmal, das nur durch Feuer getilgt werden kann!«

Türmer wollte in seiner Litanei fortfahren, als Justus sich auf ihn stürzte. Der Bayer wollte nach seiner Fackel greifen, doch die lag in einer Ecke am Boden und loderte vor sich hin. Justus riss ihn zur Seite, fort von der Feuerwaffe, und schon balgten sie sich wild im Sand. Der Jüngere versuchte, Türmer die Statue zu entreißen, der Größere und Stärkere wehrte sich keuchend. Auf solch eine Wut war er nicht gefasst gewesen. Justus spürte, wie ihm gewaltige Kräfte erwuchsen. Er wollte es diesem Kerl heimzahlen, alle Drangsal, alle Schmach, die er seit seiner Ankunft in Leipzig seinetwegen erlitten hatte.

Doch kaum hatte er ihn unter sich gezwungen, kaum thronte er auf seiner Brust und prügelte blindwütig auf ihn ein, da fühlte er sich von hinten ergriffen und von Türmer weg gezerrt. Kreutziger und Haberkorn hatten ihn an den

Armen gepackt und schleiften ihn vom Anführer fort. Der *senior* erhob sich rasch, klopfte den Sand von der Kleidung und reckte die Faust erneut in die Luft. Die Holzfigur stak immer noch darin. Türmer warf Justus einen langen, abschätzigen Blick zu, dann schleuderte er die Madonna mit aller Gewalt fort. Die schwarze Figur flog gegen die Steinwand und zerbrach. Justus heulte auf und riss sich los. Erneut wollte er auf den Älteren losgehen, doch der hatte längst seine Fackel ergriffen. Gegen die Macht des Feuers konnte der Liebensteiner nichts ausrichten.

Justus wandte sich brüsk um und ging. Als er auf der anderen Seite des Durchbruchs war, gewahrte er, dass ihm jemand folgte. Stolpernd und über die Steinbrocken krabbelnd. Es war Peter Grim, der auf Händen und Füßen wie ein Tier an den Gefährten vorbei ins Dunkel huschte und in den Eingeweiden der Burg verschwand.

Justus schickte sich an, den Raum zu verlassen, da hörte er von hinten die Stimme des Bayern: »Liebenstein!«, herrschte er ihn an. »Kein Wort zu Knopplochius!« Seine Stimme überschlug sich. »Ein Wort zum Magister, und ihr seid verloren! Beide!«

Justus zuckte zusammen. Obwohl die Drohung nicht überraschend kam.

»Bedenke«, fügte der Älteste listig hinzu, »Knopplochius ist in meiner Hand. Ein Wort zum Kaiser, und er wird den Magister brennen lassen. Er ist ein abgeschworener Ketzer, der seinen Eid gebrochen hat!«

Justus ließ die Hände sinken. Verzweifelt spürte er die Hilflosigkeit, die von ihm Besitz ergriff. Wortlos ging er weiter. Er wünschte sich, dass wenigstens Theophil zu ihm halten, sich an seine Seite gesellen würde. Doch das Dunkel der Kellergänge verschluckte ihn alleine.

Auf halber Treppe in den oberen Keller stieß Justus auf Peter Grim. Der hatte sich auf dem Absatz zusammengekauert und heulte Rotz und Wasser. Immer wieder fuhr er sich mit dem Ärmel übers Gesicht. Justus konnte beim Fackelschein nicht viel erkennen, aber Grims Haut schimmerte rötlich und nass vom vielen Heulen und Wischen. Die Narben und Pickel glänzten.

Als er den Liebensteiner erblickte, streckte er ihm flehentlich die Hände entgegen. Justus beugte sich zu ihm hinunter und fühlte sich augenblicklich umklammert.

»Bleib bei mir. Ich fürcht' mich. Der Alb ist lebendig geworden!«

Justus verstand kein Wort. »Wovon sprichst du?«, versuchte er den Nürnberger auf den Pfad der vernünftigen Rede zu führen, und setzte sich neben ihm auf die Kellertreppe.

Der Franke legte seinen Kopf auf Justus' Oberschenkel, was diesem unangenehm war. Grim griff nach der Hand des Jüngeren und legte sie sich auf das Haar. Justus ließ ihn gewähren. Er überwand den Impuls, ihm über das Haar zu streichen. Was ihm bei Theophil ganz natürlich erschien, verbot sich bei Grim.

Durch die Nähe des Gefährten beruhigt und ermutigt, sprudelte es aus dem Franken heraus: »Ich war ein Jahr auf der Lateinschule in Nürnberg angenommen – dieselbe, die der große Lehrer Melanchthon errichtet hat. Auch Camerarius lehrte an dieser Schule und weckte erst eigentlich meine Begeisterung für das Studium der Bibel. Ich beschloss, Theolog zu werden.

Im Sommer kehrte ich in mein Dorf, unweit der Kaiserstadt, zurück. Als ich eintraf, zu Fuß, wie es sich für einen Lateinschüler gebietet, hatten sie grad ein jung verwitwetes Weib auf den Anger gezerrt. Man bezichtigte sie, eine Hexe zu sein. Der Hagel hatte einem Bauern die Ernte zerschlagen, während auf dem angrenzenden Feld nicht ein Halm geknickt war. Der Getroffene behauptete, die Wittib habe ihm wegen verschmähter Liebe den Hagel geschickt.

Der Schultheiß ordnete eine peinliche Befragung an. Und ich, da ich, wie alle Welt wusste, bereits das Lateinische schreiben konnte, wurde zum Gerichtsschreiber berufen, von der Straße weg, das Reisebündel noch über der Schulter. In dem kleinen Dorf, aus dem ich stamme, gibt's nicht viele, die des Schreibens mächtig sind.

Ich stand da, an meinem Pult, und musste allem beiwohnen. Der ganzen schrecklichen Prozedur. Die junge Witwe hat standhaft geleugnet, durch alle Grade der Tortur hindurch, so lange …« Grim stockte in seiner Rede. »So lange, bis ihre Seele sie verlassen hatte.« Er wurde von einem neuerlichen bebenden Schluchzen erfasst. Justus schwieg.

»Die ganze Zeit über hat sie mich angestarrt, die ganze Zeit! Ich kann ihren Blick nicht vergessen. Gewiss hat sie mich verdammt!«

»Es gibt keine Verdammnis außer der, die der Herr uns sendet«, versuchte Justus zu trösten.

»Geschrien hat sie, die ganze Zeit, mir ins Gesicht. Und jede Nacht kehrt sie zurück. Wirft mich auf meinem Lager hin und her. Soll das kein Fluch sein?«

»Türmer weiß nicht, was er tut. Es scheint mir mehr ein Spiel …«

»Ein Spiel? In unserem Dorf war es auch ein verfluchtes Spiel!« Grim bekreuzigte sich hastig. »Der Herr verzeih mir. Der Schultheiß hat gelacht und aus Kannen gesoffen. Dann haben sie das Bier aus ihren Mündern in den Schlund des Weibes gespien, bis es ihr aus den Mundwinkeln wieder herauslief. Verstehst du? Das waren Männer, vor denen ich heut' noch den Hut ziehen und mich verbeugen muss daheim, im Dorf!«

Grim senkte den Kopf. »Es gab nicht die geeigneten Instrumente. Verstehst du? Nicht die, welche die Halsgerichtsordnung Kaiser Karls vorschreibt. Also haben sie genommen, was sie fanden. Scherben von tönernen Krügen. Damit haben sie ihr die Brüste zerschnitten. Der Schultheiß hat seinen Gürtel abgenommen, sodass ihm die Hose in die Kniekehlen gerutscht ist. Mit blanken Arschbacken hat er sie geprügelt, bis der Gürtel starr war von Blut. Die Knochen haben sie ihr mit der stumpfen Seite einer Axt gebrochen. Schienbein. Oberschenkel. Hüfte. Dann haben sie ihr den Stiel in den Schoß gerammt. Gelacht und Bier getrunken haben sie dabei, die Herren Schultheiß und Schulzenknechte. Der Pfarrer war auch dabei. Ja, der Pfarrer. Und am nächsten Sonntag in der Kanzel hat er über die Ehebrecherin gepredigt, der Sauhund!« Grim bekreuzigte sich wieder. »Der Herr sei meiner Seele gnädig.«

»Aber das ist gegen das Gesetz des Kaisers!«, wandte Justus empört ein.

»Gegen das Gesetz? Nichts, was ich in schönen lateinischen Buchstaben niederschrieb, ist gegen das Gesetz. Allein die Bilder, die ich im Kopf mit mir umhertrage und die mir jede Nacht zur Hölle machen, die sind's. Rechtmäßigkeit ist nur da, wo man das Recht achtet. Und ich bin mir nicht sicher, ob es unter uns ist.«

»Türmer wird niemanden umbringen. Gewiss nicht«, Justus sprach im Brustton der Überzeugung, aber konnte er sich selbst glauben?

Der Knabe begann, sich zu ärgern, dass er feige aus der Folterkammer geflohen war und Türmer das Feld überlassen hatte. Geflüchtet, um nicht Zeuge zu werden. Geflohen, um nicht das Gesetz Gottes verfechten zu müssen. Er entschied, zurückzugehen.

Justus befreite sich aus Grims Griff und erhob sich. Ein gellender Schrei drang aus der Folterkammer zu ihnen empor. Er pflanzte sich fort durch die Eingeweide der Burg, kroch durch die Schnecken der Wendeltürme bis hinauf in die Helme, schrie den Mond an und kam zurück in den Keller, aus dem er entwichen war.

Justus rannte die Treppe hinunter und stürzte in den von Fackeln erhellten Raum. Der Körper des Gepeinigten lag leblos im Sand. »Ist er tot?«, fragte Justus atemlos.

Theophil war bei Wiedemann und strich ihm sanft über die Wangen. Justus spürte einen Stich im Leib. Er wünschte sich an des Naumburgers Stelle. Nur zu gern wollte er Theophils zarten Handrücken auf seiner Haut spüren.

Der rotblonde Knabe schaute zu ihm auf. Die Erleichterung über Justus' Rückkehr war ihm anzusehen. »Er ist bewusstlos. Wir müssen ihn auf sein Lager schaffen.« Haberkorn und Roseus fassten mit an. Nach kurzem Zögern half auch Stefan Hoyer.

Theophil sah, dass Justus Antons Körper nach Wunden absuchte. »Am ärgsten ist es am Rücken. Dort hat er ihn regelrecht angebrannt«, erklärte er dem Freund.

Nun erkannte auch Justus den Geruch verbrannten Fleisches in der Kammer. Ihm wurde übel. »Hinaus«, zischte er, »schnell!«

Zu fünft hoben sie den Naumburger hoch, schlossen die Griffe um nackte Oberarme und erschlaffte Muskeln und trugen ihn hinaus.

Justus warf zum Abschied einen Blick auf den selbst ernannten Bußmeister. Der ordnete mit Kreutzigers Hilfe die Instrumente, brachte jedes an seinen Platz. Türmers Gesichtsausdruck war sanft und zufrieden. Nichts ließ den Zorn und die Gewalt ahnen, die noch vor kurzem von ihm Besitz ergriffen hatten.

Auf dem Weg nach oben erwachte Wiedemann. Die letzten Stufen, die Schritte quer durch den Schlafsaal auf seine Bettstatt zu, konnte er aus eigener Kraft zurücklegen. Otto, der treue Gefährte und Landsmann, der bange auf sie gewartet hatte, lief ihnen entgegen, umarmte den Freund, der ihm wie ein Bruder war, und schleppte ihn schluchzend zu seinem Lager.

Am 5. März 1547, dem Sonnabend vor dem Sonntag Reminiscere, ließ Herzog Moritz durch einen verschwiegenen Boten dem Rat der Stadt Meißen ein gedrucktes Anschreiben übermitteln. Es trug folgenden Inhalt:

Johann Friedrich beschwere Moritzens Untertanen. Er raube ihnen das Ihre, brandschatze und nehme den zehnten

Pfennig ihres Vermögens, mitunter noch mehr. Er wolle noch weitere Untertanen von Moritz abwenden, unter dem Schein der Religion. Johann Friedrich wisse, dass er sich auf die Dauer gegen den Kaiser nicht behaupten könne, zumal der Herrscher in eigener Person mit einem stattlichen Kriegsvolk im Anmarsch sei. Moritz handle nach der reinen Lehre des göttlichen Wortes Gottes und sei zu dem Krieg gedrängt worden.

Der Herzog weise den Rat an, den Mitbürgern seine Haltung, die Religion betreffend, anzuzeigen und sie zu ermahnen, als treue Untertanen zu ihm zu halten und sich nicht abspenstig machen zu lassen. Sie sollten einander gegenüber dem Feind beistehen, zu ihrer aller Wohlergehen.

Mit dem offiziellen Schreiben erreichte Bürgermeister Ahnsorge auf einem angehefteten Zettel die Weisung, die Studenten der Leipziger Universität, die verdächtig seien, der Pestkrankheit anheim gefallen zu sein, sowie alle, die mit ihnen eingeschlossen waren, auch über den Sonntag Lätare hinaus auf der Burg gefangen zu halten. Und zwar so lange, bis er, Herzog Moritz, einen anderslautenden Befehl gebe.

Im Gegenzug sicherte der sächsische Herzog zu, sich um den Abzug der um die Stadt herum lagernden Husaren zu bemühen. Die königlich-ungarische Reiterei drängte darauf, in der Stadt lagern zu dürfen. Bei dem Regenwetter war das Campieren auf dem freien Feld einer Husarenschar nicht würdig und der Kampfkraft abträglich.

Den Meißnern graute bei dem Gedanken, nach dem glücklich überstandenen Ansturm der Studenten nun einem der Husaren ausgesetzt zu sein. Ums Verrecken wollte man sie nicht in der Stadt haben! Lieber hätte man die feindlichen Truppen Johann Friedrichs mit offenen Armen empfangen als die verbündeten Ungarn!

Ahnsorge hütete sich, dies Moritz mitzuteilen. Er würde andere, vornehmere Worte finden, dem Herzog die eigene Notlage recht eindringlich zu machen. Und sich die Folgsamkeit und Verschwiegenheit in dieser Angelegenheit fürstlich vergelten zu lassen. Denn es würde ihn einige Überredungskunst – und wohl auch Handsalbe – kosten, seine Stadträte und Zunftmeister davon zu überzeugen, dass die Studenten über Lätare hinaus in Quarantäne bleiben mussten.

Bürgermeister Ahnsorge trat an den Kamin seines Amtszimmers und ließ den Zettel in die Flammen gleiten. So, wie es die letzte Anweisung verlangte. Nachdem die fürstliche Depesche zu schwarzer Asche zerfallen war, trat Ahnsorge zurück, tastete nach seinem Amtsstuhl, ließ sich nieder und rieb sich die rote Nase, die ihm wie eine Runkelrübe im Gesicht saß.

Er grübelte, was es mit den Studenten wohl auf sich habe, dass sie solch besonderer Behandlung und Ansehung des Fürsten für würdig befunden wurden? Er dachte lange nach, kam jedoch zu keinem Ergebnis. Wie sollte Ahnsorge es auch erahnen können? Sein Geist war zu klein für die großen Dinge der Politik. Der Bürgermeister wusste ja nicht einmal, dass eine Erzherzogin aus dem Hause Österreich unter den Eingeschlossenen war!

Kaiser Karl war mit dem kleineren Teil seines Heeres über Giengen und Oettingen nach Nördlingen gezogen. Fernando Alvarez de Toledo, Herzog von Alba, lag bereits bei Nürnberg. In Nördlingen zwang ein Gichtanfall Karl zu einem Aufenthalt von mehreren Tagen. Diesmal versuchten sie es mit einer Trinkkur aus dem Sud des Fünffingerkrauts. Die Segnungen der Ulmer Schwitzbäder waren beinahe vergessen.

Als der Kaiser erfuhr, dass die kursächsischen mit den herzoglich-sächsischen Ständen – zwar ohne ihre fürstlichen Häupter, aber mit deren ausdrücklicher Billigung – in Verhandlungen getreten waren, tobte er. Sein Unmut gegen die sächsische Sippschaft wuchs mit jeder Kunde.

Ferdinand hatte in geheimen Schreiben berichtet, dass man seine Tochter wie eine Gefangene halte und nicht im Geringsten daran denke, sie zur Gattin Augusts zu machen. Der Vater konnte nicht einmal Zutritt zu ihr erlangen! Dieser Schachzug war Karl gründlich misslungen und sorgte für Missstimmung zwischen den Brüdern. Nicht auszudenken, wenn ihr etwas zustieße! Solch ein Zwischenfall wäre geeignet, die Gewichte innerhalb des Hauses Habsburg, der österreichisch-königlichen Majestät auf der einen Seite und der deutsch-spanisch-kaiserlichen auf der anderen, ein für alle Mal aus der Balance zu bringen!

Karl war angewiesen auf das Wohlwollen und die Unterstützung Ferdinands, wollte er seinen Sohn Philippe bei nächster Gelegenheit zum Nachfolger auf dem Kaiserthron – nach dem Bruder – bestimmen lassen. Ferdinand dagegen wünschte, mit der Nachfolge seines ältesten Sohnes Maximilian die Kaiserwürde auf den österreichisch-ungarischen Zweig der Familie übergehen zu lassen. Die Saat dazu war bereits ausgebracht.

Ächzend ließ sich der Kaiser auf den Reisethron mit den wulstigen Armknäufen nieder. Das Regieren über ein Reich, in dem die Sonne niemals unterging, forderte seinen Tribut: Schmerzen und Sorgen ließen ihn nicht mehr schlafen. Stattdessen verfiel er mehrmals am Tag und in der Nacht in einen wenig erholsamen Dämmerzustand.

Seine Haare waren längst dünn und grau geworden. Sein vorstehender Unterkiefer stach noch weiter hervor, und er starrte hinter halb geschlossenen Augenlidern vor sich hin. Von der Seite besehen konnte man ihn für einen schwachsinnigen Narren halten, doch sein Hirn arbeitete messerscharf wie eh und je.

Man konnte diesen lutherischen Sachsen nicht vertrauen! Der Dresdner Sippschaft so wenig wie der Wittenbergischen! Und der Versuch, über seinen Kopf hinweg einen Ausgleich zwischen den beiden sächsischen Herrschern zu finden, war perfide und dummdreist zugleich. Moritz suchte immer noch seinen Vorteil, ohne sich entschieden nach der einen oder anderen Seite zu beugen.

Er hatte zwar die Befehle Karls befolgt, war dem Vetter auf die Haut gerückt, doch ohne ihm wirklich den Pelz zu stäupen. Wenn der Kaiser nach errungenem Sieg über die Schmalkalden erst abgezogen war, konnte man sich wieder fein friedlich-familiär einrichten. Nur dass die Kurwürde getauscht und Moritz unumstrittener Herrscher über die beiden Zweige der Wettiner war. Ohne sich selbst die Hände schmutzig gemacht zu haben. Kein schlechter Plan!

Auf Karls Gesicht zeichnete sich ein Lächeln. Sein Mund, der von Kindheit an nicht richtig schließen wollte, brachte es nur schief zustande. Herzog Moritz erinnerte ihn an seine eigene Jugend, den eigenen Wagemut, den er als Neunzehnjähriger auf dem Kaiserthron gezeigt hatte. In diesen jungen Jahren hielt man sich für unüberwindbar und den Rest der Welt für dämlich. Doch Karl würde Moritz schon zurechtweisen! Zu ähnlich war er dem jungen sächsischen Fürsten, als dass er nicht jeden seiner Winkelzüge durchschaut hätte, noch ehe er Moritz selbst in den Sinn kam.

Karl winkte einen seiner Leibärzte heran, um von dem Kräutersud zu kosten. Der nahm einen Schluck, verzog das Gesicht, schüttelte sich und vermeldete: »Es ist geeignet.«

Der Kaiser nickte, ergriff den Becher mit der linken Hand und stierte auf die trübe, stinkende Flüssigkeit. Nicht zum ersten Mal fragte er sich, welche Qualen gelinder seien: die der Krankheit oder die der Artzeneyen. Für dieses Mal obsiegte die Medizin.

Er schloss die Augen, legte den Kopf in den Nacken und schüttete den Inhalts des Bechers hinunter. Sie würden es ihm bitter büßen, die deutschen Fürsten, ihm solche Beschwerungen aufzubürden!

In Leipzig bereitete man sich indes bereits auf das Sommersemester vor, das Camerarius unbedingt durchführen wollte, obwohl das Paulinum noch in Schutt und Asche lag. Es würde ohne Knopplochius beginnen. Rektor Pflüger schrieb, nach

Leipzig zurückgekehrt, in die Rektoratsakten des Wintersemesters 1546/47 die Namen aller Scholaren, die sich inskribiert hatten. Dazu folgenden Kommentar auf Lateinisch:

»Nur wenige Namen verzeichnet dies Blatt,
Und doch viel mehr, als man erwarten könnt'.
Denn während Mars das Land verwüstet hat,
Galt alles der Soldat, nichts der Student.«

Pflüger löschte die Tinte mit Sand, schüttelte die Körnchen von den Bögen und schloss die Akte. Für die Oberen der Universität war das Wintersemester damit beendet.

Am Montag nach dem Sonntag Lätare wechselte der Küchendienst auf der Burg. Die Woche des Magisters Knopplochius und der österreichischen Erzherzogin Eleonor, die den übrigen Scholaren unter dem Namen Theophil bekannt war, brach an.

Nach dem äußerst beklemmenden Sonntag war die Stimmung auf dem Tiefpunkt. Den Gottesdienst an jenem Mittfastensonntag hatte Knopplochius ohne ein Wort des Dankes für die Beendigung der Gefangenschaft gefeiert. Nicht das kleinste Anzeichen deutete darauf hin, dass die Quarantäne an jenem Tag aufgehoben werden würde. Das Tor blieb verriegelt, und aus der Stadt schien niemand in feierlichem Zug heraufkommen zu wollen, um die Drangsal zu beenden. Der Himmel war verhangen, und die Scholaren sehnten ein Ende herbei, wie auch immer es aussehen mochte. Sie konnten die grauschwarzen Wände der Festung und des Domes nicht mehr sehen!

Eleonor war noch vor dem Morgenruf der Glocken in der Küche. Sie hatte rote Ränder unter den Augen und warf sich der Boschna schluchzend in die Arme. Die Wirtin stand da, die Kelle in der Hand, von der die Morgengrütze troff, und ließ sich bereitwillig umhalsen. Sie schaffte es kaum, den Schöpflöffel in den Kessel zu werfen, um der Jungfer übers Haar zu streichen. Die Boschna ahnte, dass ihre Worte nicht mehr zu trösten vermochten.

Als Knopplochius die Küche betrat und die Szene wortlos betrachtete, löste sich Eleonor von der Wirtin, fuhr mit der Hand in ihren Hosenbund, nestelte zwischen den Beinen herum und zog ihren scheuernden, stechenden Männlichkeitsersatz hervor. Mit einem Klatschen landete er vor den Füßen des Magisters.

»Das Versteckspiel hat ein Ende. Ich will augenblicklich diesen Ort verlassen. Ich will, dass mein Vater mit Kundschaft versehen wird. Ich will, dass Herzog August von Sachsen erscheint und seine zukünftige Gattin in Empfang nimmt. Ich will …« Sie brach ab. Eleonor verbarg ihr Gesicht an der warmen Brust der Boschna und heulte hemmungslos.

Über den bebenden Leib der Jungfer hinweg sah die Wirtin Knopplochius an. Der Magister zuckte mit den Schultern. »Es gibt keine Weisung. Es gibt keine Nachricht. Ich weiß nicht, was ich an unserer Lage verändern soll.«

Eleonor hob den Kopf vom wohl gepolsterten Körper der Boschna. Aus verquollenen Augen sah sie zu Knopplochius auf. »Sendet eine eilige Nachricht. Wir dringen auf unverzügliche Befreiung. Unverzüglich! Worauf wartet Ihr, Magister? Ihr seid des Schreibens mächtig!«

Knopplochius zögerte. Die Boschna schob Eleonor sachte von sich und machte einen Schritt auf den Magister zu. Der wich unwillkürlich zurück. »In der neunten Woche sind wir eingesperrt. Niemand ist an der Pest gestorben. Es ist hohe Zeit«, hielt sie ihm vor.

»Das weiß ich so gut wie du!«, fuhr Knopplochius die Wirtin an. »Doch gibt es Weisungen, an die ich mich zu halten habe.«

»Welche sind dies?«, schrie Eleonor. »Von wem kommen sie?«

Die Boschna trat nahe an den Magister heran. Ihre Nase berührte fast sein Kinn. Sie maß ihn von oben bis unten. Dann bückte sie sich und hob Eleonors falsche Männlichkeit auf. Sie wedelte damit vor Knopplochius' Gesicht herum, sodass er pikiert zurückwich. »Schreibe eine eilige Nachricht. Lege die ganze Macht deines Ansehens hinein, Magister. Zeig uns, dass der akademische Titel etwas taugt. Zeig uns, dass das Lateinische keine Sprache ist, um hohle Versprechungen zu machen. Schreib, was du schreiben musst. Ich werde dafür sorgen, dass es aus der Stadt gelangt.«

Knopplochius lief wie ein gefangenes Tier in der Küche auf und ab. »Sie können uns doch nicht vergessen haben!«

»Es hat den Anschein!«

Der Magister starrte die Wirtin wütend an. Ihr schienen die Beschwernisse ihrer Gefangenschaft am wenigsten auszumachen. Auf jeden Ausdruck der Verzweiflung hatte sie ein freches Widerwort!

Erneut wedelte sie mit dem gewickelten Leder vor Knopplochius' Gesicht herum. Mehrmals schwang sie den Wulst hin und her und ließ ihn dann schlaff zur Seite kippen. Knopplochius wandte den Blick ab. Ohne sie anzuschauen, sagte er: »Ich weiß, dass du Wege kennst, die Burg zu verlassen. Du bedienst dich ihrer regelmäßig. Verrate sie mir, und ich werde selbst beim Herzog vorsprechen. Ein Körper aus Fleisch und Blut wiegt mehr als ein Bogen Pergament.«

Die Boschna zog hochmütig die Augenbrauen in die Stirn. »Du willst dich selbst davon machen? Das meinst du nicht ernsthaft!«

Sie wog die falsche Männlichkeit in ihrer Hand und dachte nach. Eleonor hatte sich vor das Herdfeuer gekauert, beide Knie eng mit den Armen umschlungen. Die Wirtin fasste die Jungfer am Kinn und hob ihren Kopf ein wenig an. »Es wird bald ein Ende haben, mein Kind. Du musst es noch ein Weilchen ertragen. Wir verlangen nichts Unmögliches. Wir verlangen billige Befreiung. Der Fürst verlangt billige Folgsamkeit. Ohne Folgsamkeit gibt es keine Befreiung. Also seien wir so folgsam als möglich und machen ihm davon Mitteilung.«

Knopplochius trat an die Boschna heran. Seine Augen blitzten, die roten Haare glommen im Feuerschein. »So folgsam, wie du es bist? Du gefährdest unsere Befreiung! Du läufst in der Stadt umher, als seien die Mauern aus Luft. Was, wenn man dich sieht? Was, wenn man dich gesehen hat? Vielleicht bist du der Grund, warum man uns noch nicht befreit hat?!«

Die Boschna schaute die Jungfer aus milden Augen an. Sie beachtete Knopplochius gar nicht. »Es ist gefährlich in der Stadt. Vor ihren Mauern lagern Husaren des römischen Königs. Reiter des Feindes streifen umher. Man liefert sich Scharmützel. Niemand von uns sollte sich wünschen, außerhalb der Stadtmauern herumzulaufen! Und innerhalb schon gar nicht. Denn würde man einen von uns sehen, würden alle zusammenlaufen und ihn am nächstbesten Giebelkreuz aufknüpfen. Ja, ich kenne einen Weg aus der Burg. Aber er nützt uns nichts, denn wir dürfen ihn nicht beschreiten. Als freie Menschen wollen wir die Burg verlassen, nicht als vogelfreie!«

Knopplochius verschränkte die Arme und schob trotzig die Unterlippe vor.

Wieder liefen Tränen über Eleonors Wangen. »Vaters Husaren! Sicherlich will er mich befreien! Er lässt die Burg erstürmen!«

Die Boschna schüttelte den Kopf. »Die Verheerungen des Krieges überziehen das ganze Land. So gesehen sind wir hier in bester Sicherheit. Dein Vater sollte sich um dich die wenigsten Sorgen machen.« Sie hielt Eleonor die lederne Männlichkeit hin. Die Jungfer spuckte darauf.

»Ich hasse die Knaben! Sie sind grausam. Sie sind unsittlich. Sie sind gottlos. Ich hasse es, neben diesen Ungeheuern zu schlafen. Ich hasse es, von ihnen geschubst zu werden, wenn sie in den Speisesaal drängeln. Oder in den Treppenturm. Überall müssen sie drängeln. Sie können nicht normal gehen! Können nicht Raum lassen zwischen sich und anderen! Ich hasse ihre Stimmen, die sie immer und überall im Wettstreit erproben müssen. Einer grölt lauter als der andere, auch wenn es nicht den geringsten Anlass gibt. Aber am meisten hasse ich, dass sie mich für einen der ihren halten! Auch wenn sie mich nicht von gleich zu gleich behandeln! Denn ich bin ihnen zu schmächtig, zu zerbrechlich, zu stille. Ihnen gilt ein breites Kreuz oder ein Flaum auf dem Kinn mehr als ein feiner Geist!« Eleonor seufzte und stutzte. Sie war versucht, alles zu verraten. Alles, was sie ihr und den Jüngeren antaten. Alles über die Machenschaften des bayerischen Anführers. Doch sie schwieg. Schwieg und sank in sich zusammen. Wenn der eine nicht wäre, hätte sie noch sagen wollen, wenn der eine nicht wäre, hätte sie sich schon längst von den Zinnen gestürzt. Justus, der kaum anders war als die anderen. Aber das wenige machte ihn liebenswert. Doch sie behielt es für sich. Sie wusste, dass ihre Gefühle für Justus alles nur noch schwieriger machten!

Die Boschna rüttelte aufmunternd an ihrer Schulter. Die Grütze im Kessel warf Blasen, und plötzlich war da ein scharfer Geruch. Die dicke Wirtin fluchte. Sie nahm einen Brotschieber, setzte die Stange an und schwenkte den Kessel vom Feuer, dass die Grütze über den Rand schwappte. »Was stehen wir und schwatzen wie die Kesselflicker?! Alles verbrannt. Das wird die Herren *studiosi* übel anfechten. Grütze, die nach Köhler schmeckt.«

Wie gerufen streckte Haberkorn seinen Kopf in die Küche. »Wo bleibt die Morgengrütz'? Wir sind schon ganz ungeduldig.« Er hob die Nase und schnüffelte. »Es wird doch nicht etwas anderes geben? Etwas Wohlschmeckendes womöglich?«

»Nein. Grütze wie immer. Aber sie schmeckt heute ganz besonders würzig«, gab die Boschna giftig zurück.

Haberkorn rümpfte die Nase und hielt sich die Hand vor den Mund. Er tat, als müsste er würgen. Dann wandte er sich ab und lief hinaus.

Eleonor hatte bei Haberkorns Erscheinen flugs die falsche Männlichkeit in Sicherheit gebracht. Nun erhob sie sich schwerfällig, knöpfte die Schamkapsel auf und stopfte seufzend das Trugzeug wieder hinein. Mit den Ärmeln fuhr sie sich übers Gesicht und zog Rotz. Als die Boschna ihr die erste Schüssel angebrannter Grütze übergab, grinste sie sie an. »Es wird doch noch ein rechter Knabe aus dir werden!«

Eleonor verzog den Mund zu einem gequälten Lächeln. Ihr Gesicht war fleckig von Schmutz, ihre Haare zu dicken Fransen verklebt. Gekonnt spuckte sie den Rotz auf den Boden. Die Boschna stutzte kurz und lachte dann kehlig. Knopplochius schüttelte den Kopf und ging hinaus. Der Appetit war ihm vergangen.

Der Regen lief in breiten Strömen an den bleiverglasten Fenstern des Dresdner Schlosses herunter. Moritz und Ferdinand sahen ihn nicht, denn die Fensternischen waren mit prächtigen Tapisserien verhangen. Dennoch spürten sie die Feuchtigkeit mit jeder Faser ihrer Leiber. Die Heerlager und Eilmärsche des Winters hatten sie ermüdet, das Frühjahr musste eine Entscheidung bringen. Nach der Niederlage des brandenburgischen Kampfhahnes und dem Verlust seines Heeresteils sah es düster für die Kaisertreuen aus. Ferdinand verfügte noch über ein paar Hundert Reiter, etwa ebenso viele Husaren und vier Fähnlein Landsknechte. Kein Heer, mit dem man den unter dem sächsischen Kurfürsten vereinigten schmalkaldischen Fürsten beikommen konnte. Und der Kaiser hatte untersagt, etwas zu unternehmen, bevor der Herzog von Alba nicht mit dem Hauptheer heran war.

Man tafelte im zur Elbe hin gelegenen Trakt des Schlosses. Der war gut zehn Jahre zuvor unter der Regentschaft von Moritz' Oheim Georg umgestaltet worden, und machte den neuesten, heitersten Teil der Residenz aus. König Ferdinand hatte ihn schon bei vorhergehenden Besuchen bewundert. Die Fenster des großen Saales gewährten den Blick auf die Elbe. Doch niemand wollte bei diesem Wetter die Vorhänge und Wandteppiche beiseite ziehen, um auf den trudelnden Fluss zu schauen.

Moritz und August saßen an dem einen, Ferdinand am anderen Kopfende der Tafel. Zwischen ihnen, an den Längsseiten, die engsten Vertrauten: die Doktoren Türk, Komerstadt und Fachs auf Seiten Moritzens; bei Ferdinand nur Bernhard von Cles, der Bischof von Trient und königliche Kanzler, sowie ein Sekretär. Den hessischen Rat Lersner, einen Vertrauensmann der Gegenseite, nichtsdestoweniger ein Mann, für den Moritz sich verbürgte, hatte man hinzugebeten. Ferdinand beäugte Moritz misstrauisch. Er erwartete Nachricht von Eleonor. Seit dem Verschwinden seiner Tochter verdächtigte er den sächsischen Herzog, ein doppeltes Spiel zu treiben. Faktisch war Eleonor Moritzens Geisel, auch wenn man es nicht aussprach. Und der sichere Ort, an dem sie sich angeblich befand, wurde zunehmend unsicher. Es gab glaubhafte Kunde, dass Johann Friedrich Meißen einnehmen wollte. Oschatz war bereits in seine Hände gefallen. Und schon zog »der Dicke« die Elbe hinauf …

Moritz aß dennoch mit gutem Appetit. Er zog seinen prächtig verzierten, türkisch krummen Tischdolch, schnitt sich eine saftige Keule aus dem Rehbraten, der ihm am nächsten lag, und schlug seine Zähne hinein. Er kaute mit Genuss. Ferdinand kürzte sich mit der Spitze seines Dolchs gelangweilt die Fingernägel, er brachte keinen Bissen herunter. Die Stimmung am Tisch war gespannt, wenn nicht feindselig.

»Mich verwundert, mit welchem Appetit Ihr Euch über die Speisen hermacht!«, sagte Ferdinand bitter. »Der Feind steht keine zehn Meilen flussabwärts. Es muss ihm nur eine kecke Eingebung kommen und schon sitzen wir in der Falle. Unsere Fähnlein sind nicht in der Lage, Johann Friedrich standzuhalten!«

»Er zaudert und zögert«, entgegnete Moritz mit vollem Mund, »das ist die Art des Dicken. Selbst wenn er im Vorteil ist.« Ohne dass er geschluckt hätte, schüttete der Sachsenherzog aus einem goldgefassten Krug starkes torgisches Bier hinterher. Zum Glück hatte er sich rechtzeitig mit ausreichenden Vorräten dieses hervorragenden Gebräus eingedeckt. Lieferungen aus Torgau waren nicht mehr zu bekommen. Die Truppen des Kurfürsten unterbanden jeden Warenverkehr nach der elbabwärts gelegenen Stadt.

»Er ist so groß im Zaudern, wie er breit in den Hüften ist.« Moritz lachte lauthals. »Längst hätte er im Böhmischen das kaiserliche Heer überrennen können, doch er tat es nicht. Also wird er auch nicht auf Dresden ziehen. Euer römische königliche Majestät seien davor. Er wird es nicht wagen, den Bruder des Kaisers anzugreifen. Er fürchtet um seinen fetten Arsch.«

Ferdinand blickte abschätzig auf den jungen, ungehobelten Fürsten, dem der Kaiser vertraglich so viel Einfluss zugesichert hatte, wie ihm notwendig erschien. Es war ein Fehler gewesen, sich mit Moritzen einzulassen. Dessen war sich Ferdinand nun sicher. Nie würde er seine Tochter hier zurücklassen! Auch Augusten nicht zum Schwiegersohn annehmen, selbst wenn jenem die Erziehung am Innsbrucker Hof anzumerken war.

Die Tischsitten in diesem Teil des Reiches waren unerhört! Kein Vergleich mit dem, was man in Wien und Prag an den höfischen Tafeln praktizierte.

»Vor dem kaiserlichen Heer wird Johann Friedrich zurückweichen. Allein vor der Macht des kaiserlichen Heeres«, führte Moritz weiter aus. August nickte zustimmend.

Der greise Dr. Komerstadt pflichtete ebenfalls bei. »Allein der Klang des Namens Seiner kaiserlichen Majestät jagt dem geächteten Kurfürsten Johann Friedrich gehörigen Respekt ein.«

»So werden wir abwarten müssen, bis Karl hier ist«, schloss Dr. Fachs. Es war das erste Mal seit der Belagerung seiner Stadt, dass der Leipziger Bürgermeister und Hofrat wieder unter ihnen weilte. Moritz hatte ihn vor allen anderen belobigt für sein tapferes Ausharren und zähes Ringen mit dem Unmut des eingeschlossenen Volkes. Gemeinsam mit dem

Kommandanten von Wallwitz gebührte ihm das Verdienst, Leipzig für die Albertiner gerettet zu haben.

»Karl wird kommen«, bekräftigte Ferdinand. »Er steht bei Nürnberg und zieht demnächst auf Eger. Ich habe sichere Kunde und sein Wort.«

»So werden wir ihm entgegenziehen«, Moritz hatte einen herzhaften Schluck aus dem goldgefassten Bierkrug genommen. Er schaute kampfeslustig in die Runde. Alle an der Tafel starrten ihn an. Moritz aß weiter und ließ sich in seinen Ausführungen nicht unterbrechen. »Wir werden zum Abmarsch blasen lassen. In fünf Tagen können wir in Eger sein und unser Heer mit dem kaiserlichen vereinigen«, erläuterte er mit vollem Mund.

»Ihr wollt Dresden, Meißen, Leipzig, Pirna, Zwickau – schlichtweg Euer ganzes Land schutzlos lassen? Johann Friedrichs Reiter werden über uns herfallen wie die Wölfe über ein Rehkitz.« Der schmale, dünnhäutige Jurist Komerstadt war blass geworden. Das war ihm der Tollheit zu viel!

»Wird er nicht«, erwiderte Moritz. »So lange die kursächsischen Stände mit den Unsrigen verhandeln, ist Anstand und Stillhalten vereinbart. Niemand wird den anderen überrennen, so lange die sächsischen Stände in Mittweida versammelt sind. Nicht drei Tage vorher, nicht drei Tage nachher. So bleibt uns mehr als eine Woche, zu Karl zu stoßen und die schmalkaldischen Haufen mit unserem vereinigten Heer von hinten aufzurollen.«

Dr. Komerstadt empörte sich, dass sein Kinnbart zitterte: »Das ist eine Einladung für Johann Friedrich! Er wird nicht ruhen und warten, bis der Kaiser da ist und ihm die Faust über den Quadratschädel zieht! Er ist nicht dumm!«

Moritz lächelte gezwungen. »So bricht er den für die Dauer des Landtags vereinbarten Anstand. Und setzt sich erneut ins Unrecht!«

Der Rat Lersner räusperte sich. »Auch den Waffenstillstand während der Unterhandlungen zu nutzen, um ein schlagkräftiges Heer zusammenzuführen, ist gegen die Vereinbarung!«

Ferdinand sah den Vertreter des hessischen Landgrafen, einem der Hauptfeinde der Habsburger, aus kleinen, bedrohlich blitzenden Augen an. »Ihr werdet Euch hüten, irgendetwas davon an Euren Herrn zu vermelden!«

Moritz erhob sich, beugte sich über die halbe Tafel, um dem hessischen Rat die Hand zu tätscheln, und sagte gönnerhaft: »Unser treuer Lersner weiß, dass er uns und seinem Herrn nützlicher ist, wenn er unser Vertrauen nicht missbraucht. Philipp ist dabei, sich von Johann Friedrich und den Schmalkalden loszusagen. Er hat keine Veranlassung, den Dicken zu warnen. Nicht wahr?«

Der Hesse Lersner nickte. Er murmelte kaum verständlich: »Ich wollte nur darauf hinweisen, dass der Anstand während der Unterhandlungen der Landstände von beiden Seiten zu wahren ist! So wollen es die guten Sitten und Gepflogenheiten.«

Moritz schwieg. Er grub seine Zähne erneut in die Rehkeule. Während er kaute, blickte er listig in die Runde. Jeder wusste, dass er etwas sagen wollte. Moritz genoss den Moment der gefesselten Neugier, zog ihn, so lang es ging, in die Länge. Dann deutete er mit dem abgenagten Knochen auf einen goldenen Tischschmuck, der die Mitte der Tafel zierte. Es war ein Amor mit Pfeil und Bogen, auf einem Delphin reitend. »Seht Ihr diesen Amor, Euer Liebden?« Ferdinand blickte auf die Figur, ohne eine Miene zu verziehen.

»Es ist ein Automat. Er ist in der Lage, den Pfeil der Liebe und des Schicksals abzuschießen.«

Ferdinand zog eine Augenbraue hoch. Er lehnte sich bequem in die Rückenlehne aus weichem Hirschleder zurück. Er hatte nicht die leiseste Ahnung, was Moritz im Schilde führte.

Moritz spülte den letzten Bissen mit torgischem Bier hinunter. Dann fuhr er lächelnd fort: »Wir werden Amor seinen Pfeil abschießen lassen. Trifft er, ziehen wir noch heute Nacht gen Böhmen. Verfehlt er, bleiben wir hier in Dresden und halten weiter Maulaffen feil.«

Ferdinand lachte unsicher auf, als wisse er nicht, ob Moritz spaße oder im Ernst rede. Doch schnell verflog jeder Zweifel.

»Gott sei mit uns, dass er uns den richtigen Ratschluss empfehle!«, fügte der sächsische Fürst mit ernstem Gesichtsausdruck hinzu.

Ferdinand hob ergeben die Hände und ließ sie sachte auf die Tafel sinken. Mit einer Kopfbewegung wies Moritz Dr. Komerstadt an, den Mechanismus des goldenen Amors in Bewegung zu setzen. Der Hofrat holte einen Schlüssel von der Unterseite der Statuette, klappte eine Flosse des Delphins zur Seite und steckte ihn in das Loch, das sich auftat.

Als er die Feder aufzog, war jedes Gespräch im Saal erstorben. Das knackende Winden des Schlüssels war das einzige Geräusch, das man vernehmen konnte. Die Herren atmeten flach. Selbst die Diener, die sich für gewöhnlich laut und lärmend hinter dem Rücken ihrer Herren verständigten, waren verstummt.

Der Schlüssel stieß an den Anschlag, die Feder war aufgezogen. Lersner warf Moritz einen verstohlenen Blick zu. Komerstadt wies die Lakaien an, die Tafel zwischen Amor und Ferdinand abzuräumen. In Windeseile waren die Platten und Schüsseln, die Prachtaufbauten, die abgenagten, halben Gerippe, die völlig unversehrten, doch mit Obst und Geschmeiden reichlich geschmückten Tiere fortgetragen und das Tischtuch glatt gezogen. Komerstadt stellte den Amor auf den Tisch und legte ein winziges Hebelchen um. Mit einem ratternden Knacken setzte sich der Mechanismus in Bewegung und trieb den Götzen auf seinem auf und nieder holpernden Delphin dem Erzherzog von Österreich entgegen.

Ferdinand drückte sich unbehaglich in seinen Sessel, als der Automat wie von Geisterhand gezogen auf ihn zurollte. Moritz hatte sich erhoben, um dem Schauspiel besser folgen zu können. Er hatte die Arme verschränkt, ein spitzbübisches Lächeln lag auf seinem Gesicht. Die Enden des Schnurrbarts reckten sich keck nach oben.

Zoll um Zoll arbeitete sich der den Bogen anlegende Amor auf Seine Königliche Majestät zu. Das Räderwerk surrte, dann stand der Automat still, zwei Ellen vom Rand des Tisches entfernt, mehr als vier Ellen vom König. Das Surren brach ab, doch in kurzen Abständen knackte es. Sonst tat sich nichts.

Ferdinands abwartendes Lächeln wollte sich schon triumphierend in die Breite ziehen, da setzte sich der Mechanismus erneut in Gang. Der Amor bog seinen rechten Arm nach hinten, zog den einzigen Pfeil aus dem Köcher, legte ihn auf den Bogen und zog durch. Es klackte metallisch, und der goldene Pfeil, lang wie ein Fingerglied und dünn wie eine feine Haarnadel, flog sirrend durch die Luft. Ferdinand, der beim Abschuss verschreckt zusammengezuckt war, blickte nach unten auf seine Prunkjacke. Da stak der Pfeil im dicken Stoff. Mitten zwischen dem Kettengehänge des Ordens vom goldenen Vlies!

Man applaudierte gelöst. Moritz hämmerte vor Freude mit den Absätzen seiner Stiefel auf die Dielen. Die Diener im Hintergrund grölten lauthals. Ferdinand rührte sich nicht. Er starrte auf den Pfeil, der sich nahe dem Herzen in den Stoff gebohrt hatte. Dann löste auch er seine Anspannung in Lachen auf. »So ziehen wir also auf Eger?«, fragte er mit gespielter Munterkeit in die Runde, als sich das Lärmen beruhigt hatte.

»Wir ziehen mit allem, was wir haben!« Moritz' Faust krachte auf die Tafel, dass die Schüsseln, Kessel und Silbertabletts schepperten. Die Diener eilten herbei, um das Geschirr abzuräumen und die Tafel aufzuheben.

»Aber nur, um mit den vereinigten Heeren so bald wie möglich zurückzukehren!«, warf August ein. Auch er hatte die Faust geballt. Der Plan des älteren, kampferprobten Bruders hatte ihn vom ersten Moment an gefallen. Er war nicht so hitzig wie Moritz. Doch drängte er schon lange darauf, auf das Heerlager des Kaisers zu ziehen. August genoss prunkvolle Zusammenkünfte und höfische Feste wie ein Kind.

Moritz nahm einen tiefen Schluck aus seinem Goldkrug. »Die Meißner Haufen müssen zuerst benachrichtigt werden. Sie sollen morgen in aller Früh aufbrechen.«

Ferdinands Augen wurden noch schmaler. »Euer Liebden wollen auch die Städte ganz ohne Schutz lassen?«

»Nicht ganz und gar. Und nur für kurze Zeit. Um sie bald darauf zu entsatzen, den Feind zu vernichten und ganz aus unseren Landen zu vertreiben.«

Moritz wusste, welche Gedanken den römisch-böhmischen König umtrieben.

Doch Ferdinand war zu stolz, die Sorge um seine Tochter auszusprechen.

Er wusste, dass der Sieg in der schmalkaldischen Empörung mehr zählte als das Schicksal Eleonors. Er kannte Karl. Er war sich sicher, dass dieser so dachte. Sollte ihr allerdings etwas zustoßen oder bereits zugestoßen sein, würde Ferdinand nicht zögern, mit dem Bruder zu brechen! Das wäre die Erfüllung von Annas Vermächtnis, ihr innigster Herzenswunsch!

Und doch gefiel Ferdinand Moritzens Plan. Er hatte eine Seite an dem Vorhaben entdeckt, die dem Herzog und seinen Räten anscheinend nicht aufgefallen war: Hätten die beiden meißnischen Herzöge ihr Land erst einmal im Stich gelassen, wären sie völlig hilflos und ganz auf Karls Hilfe angewiesen! Hätte Johann Friedrich mit seinem Haufen erst ganz Sachsen besetzt, wären Moritz und August wie zwei Wachspuppen in den Händen der Habsburger, die man ziehen und stauchen konnte, wie es beliebte. Moritz war dabei, sich ihnen mit Haut und Haaren auszuliefern! Das war ein Sieg, der jedes Opfer rechtfertigte.

»So werde ich Karl von unserem Beschluss in Kenntnis setzen?«, fragte Ferdinand mit gesenkter, kaum hörbarer Stimme.

Moritz ließ erneut die Faust auf die Tischplatte krachen. Der Habsburger verzog den Mund. Er war der brachialen Gesten des Heißsporns überdrüssig. Der König stand auf, um sich zurückzuziehen.

»Wir werden die Truppen noch heute Nacht abmarschbereit machen. Der Bote kann uns vorauseilen, aber wir werden in keinem Fall seine Rückkehr abwarten«, rief Moritz ihm hinterher.

Doch Ferdinand hatte den Saal bereits verlassen.

Am nächsten Morgen, dem Mittwoch nach dem Sonntag Lätare, brachen Ferdinands Reiter mit zwei Treffen der herzoglich-sächsischen Reiterei unter August gen Eger auf, wo der Kaiser lagerte. Fünf Tage später folgte Moritz mit dem Rest des Heeres, lediglich in Leipzig, Zwickau und Dresden geringe Besatzungen hinterlassend. Die Husaren, die vor Meißen gelegen hatten, zogen mit Moritz. So war denn die Domstadt an der Elbe schutzlos den Truppen des Kurfürsten überlassen. Doch Johann Friedrich hielt sich an die Bitte des hessischen Landgrafen, nicht auf Meißen zu marschieren. Er wartete ab, wie es seine Art war.

*Siebtes Kapitel*

# Sünde

Nach dem Mittagsmahl war die Boschna damit beschäftigt, zwei gute Scheffel besten Weizenmehls zu wässern, zu salzen und zu walken, als Türmer über die Schwelle der Küche trat. Die Wirtin fuhr in ihrer Arbeit fort, ohne ihn eines Blickes zu würdigen. Der *senior* trug ein Hemd, das am Hals offen stand, die Schnüre hingen lose herunter. In der Hand hielt er seinen braunen Scholarenrock. Er streckte ihn der Boschna entgegen. »Ich habe eine Aufgabe für dich, Grete!«

Die so Angesprochene wandte sich langsam um, stemmte beide Hände in die Hüften und maß ihn von oben bis unten. »Wusste nicht, dass wir vertraut miteinander umgehen, Türmer!« Der Teig klebte ihr an den Fingern. Hände wie Schraubzwingen lagen auf ihren Hüften. Türmer fühlte sich mit einem Male nicht mehr so stark. Er sah zu Boden. »Werd' dir gutes Geld geben, Wirtin!«, ergänzte er kleinlaut. Er legte den Überwurf beiseite, zog seinen Beutel an der Gürtelschlaufe nach vorn und klaubte umständlich eine große Münze heraus.

Die Boschna drehte sich um und versenkte die Hände wieder in die Holzschüssel. Bis zu den Ellenbogen stak sie im Teig. Der salzige Duft zog Türmer in die Nase. »Ich nehme dein Geld nicht, Balthasar Türmer.«

Der Scholar warf die Münze auf die steinerne Platte. »Meines ist so gut wie jedes andere!«

Die Boschna ließ sich im Teigwalken nicht stören. Aus dem Augenwinkel hatte sie den Wert der Münze geschätzt. »Um welchen Dienst bittest du mich mit deinem ganzen Vermögen?«

Türmer trat neben die Wirtin und zeichnete ein Kreuz in die Mehlschicht auf der Platte. Ein Kreuz mit doppeltem Querbalken. Er streckte ihr erneut das Scholarenkleid entgegen, den braunen, unscheinbaren Überwurf mit dem breiten Kragen. »Dort, wo das Herz sitzt, mit blutrotem, dickem Faden, nähst du dies Kreuz auf, in den Maßen nicht größer als der Boden einer Weinkanne.«

Die Boschna walkte heftiger, und Türmer beobachtete, wie der Teig zwischen den Fingern hervorquoll.

»Was soll das für ein Zeichen sein?«, fragte sie schwer atmend, denn das Kneten nahm ihre ganze Kraft in Anspruch.

Der junge Mann stützte sich auf die Platte und beugte sich vor, um besser sehen zu können. Die Boschna klatschte mit der flachen Hand auf den Teig. Dann begann sie, faustgroße Stücke aus dem Klumpen zu rupfen und zu Fladen zu klatschen, über die sie klein gehackte Zwiebeln streute. Der Zwiebelgeruch zog Türmer in die Nase. Das Wasser lief ihm im Munde zusammen.

»Eine Art Familienwappen …«

Die Boschna zog die Augenbrauen hoch in die Stirn und stieß Luft durch die Zähne. »Hältst du mich für blöde?«

»Es gehört zum Gegenwert deines Lohnes, dass du keine Fragen stellst«, fügte Türmer rasch und von oben herab hinzu.

Die Boschna schielte wieder auf die Münze. Sie nickte. »Soso.« Es war ein Viertel Goldgulden. Kein Wert, den man unbeachtet lassen konnte. Und tatsächlich ein Großteil von Türmers Barschaft. Es war bekannt, dass der Vater des Bayern seine Sägemühle im Fichtelgebirge stets am Rande des Bankrotts betrieb.

»Es ist viel. Viel zu viel«, stellte die Wirtin mit Bedauern fest.

»Oh, ich erwarte einen weiteren Dienst von dir«, bemerkte Türmer so beiläufig wie möglich.

Die Boschna lauerte. Sie hatte die Unsicherheit in Türmers Stimme bemerkt.

Ohne Vorwarnung legte er seine Hand auf ihr mächtiges Hinterteil und begann zu walken, wie die Wirtin zuvor den

Teig bearbeitet hatte. Keuchend drängte er sich an sie. Die Boschna rupfte weiterhin gelassen Teigfladen.

»Ich rede von dem Dienst, den du dem Magister Nacht für Nacht gewährst. Dem Dienst, der Mann und Weib schwächt.«

Türmers Walken wurde heftiger, beinahe schmerzhaft. Sein Atem ging schnell, dicht an ihrem Ohr. Die Boschna zog beide Hände zurück und hielt sie in die Höhe. Sie hatte eine beträchtliche Anzahl von Zwiebelküchlein geknetet, und gelbe Teigfetzen, durchtränkt vom Zwiebelaroma, hingen an ihren Fingern. So, beide Arme in die Höhe gereckt, wandte sie sich an Türmer. »Du steckst deine Nase in Dinge, die dich nichts angehen. Du wagst es, nachts umherzustreifen und meine Schlafstube zu belauschen. Du wagst es, mich wie eine Hure für Gold zu dingen?«

Türmer wich zurück. Die Hände der Boschna waren in der richtigen Position, ihm zwei teigige Ohrschellen zu verpassen. Doch sie überlegte es sich anders. Mit schnellen Griff fuhr sie ihm an den Hosenlatz und drückte zu. Türmer schnappte nach Luft. Die Boschna spürte, dass seine Lust unter ihrem Griff schwand. Sie presste fester, und Türmer machte sich lang und länger. Er wollte zurückweichen, doch die Boschna zog ihn zu sich heran. Schon tänzelte er auf den Zehenspitzen und quiekte wie ein Schwein auf der Schlachtbank.

»Wenn Ihr Knäblein meint, auf mich spucken zu können, bloß weil ich Eure Grütze koche und Eure Wäsche wasche, Eure Mäntel flicke und Eure Stube heize, wenn Ihr glaubt, mich ärgern und verspotten zu können, bloß weil Ihr des Lateinischen mächtig seid und bald die Kanzleien der Fürsten und die Kanzeln der Bischöfe füllen werdet, dann schert Euch zum Teufel.«

»Ich würde mich gern scheren, aber Ihr müsst mich auslassen«, hechelte Türmer. Die Boschna rollte seine Männlichkeit genüsslich zwischen den Fingern. »Du willst mich freien, Milchbart? Da musst du schon mit einem pralleren Säcklein zu mir kommen!« Sie zog ein letztes Mal. Türmer schrie auf. Dann gewahrte er, dass er frei war. Wie ein getretener Hund schlich er hinaus. Die Münze ließ er auf der Platte liegen.

Als Balthasar Türmer gesenkten Hauptes in den Schlafsaal schlich, waren die Studenten auf ihren Lagern in die mittäglichen Bibelstudien vertieft. Natürlich zog der Älteste im halb offenen Hemd alle Blicke auf sich.

Haberkorn war der Erste, der die weißgelben Flecken am Hosenlatz bemerkte. Breit grinsend starrte er dem Anführer zwischen die Beine. »In welchem Mehltrog hast du dich denn besudelt?«

Türmer sah ihn verständnislos an. Schon begannen Haberkorn und Hoyer zu lachen. Grim deutete auf die Flecken zwischen den Beinen, und Türmer sah an sich hinunter. Sein Hosenlatz war mit Teig verklebt. Auf dem braunen Stoff waren die hellen Flecken deutlich zu sehen. Auch Theophil verlor seine übliche Zurückhaltung und hielt sich prustend die Hand vors Gesicht. Türmer lief puterrot an.

»Du solltest dir die Hände waschen, bevor du dir am Latz fummelst«, riet Haberkorn vorlaut. Mittlerweile waren alle Knaben in das Gelächter eingefallen, selbst Kreutziger, der seinem Anführer sonst immer beisprang.

Türmer ballte hilflos die Fäuste. Sein Kopf wurde noch röter. Zu gerne hätte er es ihnen mit gleicher Münze heimgezahlt, doch ihm fiel nichts ein. Mit der Wahrheit konnte er ja nicht heraus! Er musste die Jungen ihren Fantasien überlassen, wenngleich die auch nicht schmeichelhafter waren. »Ruhe!«, keifte er. »Seid still!«

Haberkorn wollte sich nicht beruhigen. »Hast du Laugenstangen geknetet, Balthasar?« Die Scholaren bogen sich vor Lachen. Haberkorn entpuppte sich zuweilen als Einpeitscher. Sogar der ernste und schweigsame Justus lachte schallend. Türmers Zorn wuchs mit jeder Sekunde. Seine Fingernägel gruben sich in die Handflächen.

»Ist es nicht ein bisschen staubig mit Mehl?«, mutmaßte Haberkorn, und das Gelächter, das schon abebben wollte, schwoll erneut an.

Da wurde der Vorhang zur Seite gerissen, und Knopplochius erschien im Durchgang. *»Silentium!«,* schrie er. »Das bedeutet Stille. Was Ihr treibt, ist das exakte Gegenteil.«

Es dauerte eine Weile, bis alles Lachen und Glucksen verstummt war. Türmer hatte die Gelegenheit genutzt, sich auf sein Lager zurückzuziehen. Die Knie bis zum Kinn hochgezogen, saß er auf seinem Bettkasten.

»Darf ich erfahren, weshalb eine solche Unruhe Einzug gehalten hat?«

Die Knaben schwiegen einträchtig. Der Magister schaute eher belustigt als verärgert in die Runde. »Darf ich vermuten, dass der Anlass für die Heiterkeit damit hinfällig ist?« Da die Knaben weiterhin schwiegen, nickte der Magister, wandte sich um und ging in seine Kammer zurück.

Als er verschwunden war, richteten sich alle Blicke auf Türmer. Der starrte in die Höhen des Gewölbes und murmelte vor sich hin. Nur die, die ihm am nächsten lagen – Haberkorn, Kreutziger und die beiden Naumburger – konnten verstehen, was er murmelte, und wurden blass um die Nase. Allein Kreutzigers Lippen umspielte ein unheilvolles Lächeln.

Eleonor war längst eingeschlafen, als Justus sie an der Schulter rüttelte und ihren falschen Namen rief: »Theophil! Theophil! Es ist soweit!«

Sie richtete sich auf dem Lager auf und begann zu zittern. Nicht allein vor Kälte. Sie hatte genug von den nächtlichen Ausflügen und Zeremonien. Sie sehnte sich nach Schlaf und Ruhe, nach einem Raum, in den sie sich zurückziehen und für sich sein konnte. Sie sehnte sich danach, sich als Frau geben zu dürfen und als Frau angesehen zu sein. »Lass mich. Ich bleib' liegen!«

Justus sah sie forschend an.

»Geh! Lass mich allein!«, forderte Eleonor ihn mit Nachdruck auf und schob ihn vom Rahmen ihrer Bettpritsche, um sich wieder hinzulegen.

»Türmer wird es nicht dulden«, flüsterte der Jüngling besorgt.

»Was soll er tun? Mich umbringen?«

Justus hob die Schultern und ließ sie kraftlos wieder fallen.

»So lass mich für diese Nacht. Ich fühl' mich elend. Sag das den anderen.«

Der Liebensteiner nickte mit sorgenvollem Blick. Es tat ihr gut, dass er um sie bangte! Nachdem er sich entfernt hatte, schloss Eleonor die Augen, und binnen kurzem war sie wieder eingeschlafen.

Doch die Ruhe währte nicht lange. Sie spürte, wie sie gepackt wurde, an Hand- und Fußgelenken zugleich, wie ihr die schützende Wärme des Lagers genommen und sie hinausgezerrt wurde. Sie versuchte, um sich zu treten, doch die fremden Hände hielten ihre Gelenke fest umklammert. Einen Augenblick überlegte sie, ob sie um Hilfe schreien solle. Sie ließ es bleiben. Wie jämmerlich würde sie vor den Knaben dastehen!

Ohne weiteren Widerstand ließ sie sich durch die dunklen Gänge schleppen. Der Saum ihres Hemdes war bedenklich weit nach oben gerutscht. Eleonor machte das Becken schwer, um ihn wieder tiefer rutschen zu lassen. Die vier Träger, die sie anhand der Umrisse und flüsternden Stimmen als Peter Grim, Kaspar Kreutziger, Basileus Roseus und Stefan Hoyer erkannte, trugen sie durch den Schlafsaal bis zum Treppenturm und ließen sie dann selber laufen. Eleonor brauchte nicht lange zu überlegen, ihr blieb keine Wahl.

Man wollte sie dabei haben bei der Zeremonie. Sie gehörte dazu, obwohl sie noch nie selbst auf der Folterbank gelegen hatte. Sie hatte zugeschaut, das genügte. Doch Eleonor war der nackten Männerleiber überdrüssig. Die ersten Male hatte sie es genossen, hatte ihre Neugier gestillt über die Beschaffenheit der Männer an ihren geheimsten Stellen. Die Nacktheit hatte sie angezogen, vor allem die Nacktheit Türmers, denn der Älteste war naturgemäß derjenige, der am ehesten ein Mann war.

Nie zuvor war sie unbekleideten Kerlen so nahe gewesen. Das Hofzeremoniell sorgte für strenge Abschottung. Und der Hofprediger hatte gelehrt, dass es Sünde sei, ein Wesen des anderen Geschlechts nackt zu sehen. Man habe den Zustand des Paradieses, in dem Adam und Eva einander so gegenübergetreten waren, wie der Herr sie geschaffen hatte, hinter sich gelassen. Solange der Mensch nicht von der Erbsünde befreit war, sei Nacktheit sündhaft.

Eleonor hatte jedesmal gesündigt. Sie genoss das Prickeln des Verbotenen, obgleich sie sich vorgenommen hatte, bei nächster Gelegenheit alles zu beichten. Auch, dass sie sich manches Mal gewünscht hatte, selbst nackt unter den nackten Knaben zu sein. Als Frau. Und den Blicken der Knaben ausgesetzt. Auch das wollte sie beichten.

Obzwar sie die Nacktheit, die Unbekümmertheit und Schamlosigkeit, mit der sich die Knaben zeigten, genoss, das grausame Traktieren der Leiber schreckte sie ab. Sie hatte genug Blut gesehen und genügend Schmerzensschreie gehört. Nicht selten hatte sie sich die Ohren zugehalten, ohne dass die anderen es bemerkt hätten. So sehr hatten sie sich in die Gesichte des Schmerzes verguckt.

Als sie die Fronkammer erreichten, schlug ihr der Geruch von Weihrauch entgegen. Niemand wusste, woher Türmer die wertvollen Harze hatte. Doch das Aroma war unverkennbar. Und sehr katholisch.

Die vier Folterknechte stießen Eleonor in den Sand, und Türmer, im Ornat des Studenten der Theologie, baute sich vor ihr auf. Doch etwas war anders als sonst: Auf seinem braunen Umhang, dort, wo das Herz war, prangte ein rotes Kreuz mit zweifachem Querbalken.

Herrisch richtete er das Wort an sie: »Du, Theophil, wagst es, dich meinen Anordnungen zu widersetzen? Du wagst es, die heiligen Zeremonien der Bluttäufer zu missachten? Du wagst es, zu schlafen, während wir vor Gott Qualen erdulden und mit Blut unsere Sünden von der Seele waschen? Du, Theophil, wagst es?«

Eleonor kniete im Sand und senkte ihr Haupt. Mit dieser Geste der Demut hoffte sie, ihn zu besänftigen.

»Antworte!«, verlangte Türmer.

»Ich fühlte mich leidend. Deshalb blieb ich fort.«

»Du wirst bald noch ärger leiden! Denn heute wirst du unser Täufling sein. Und Haberkorn dein Blutpate. Kaspar!«

Türmer nickte dem Österreicher zu. Kreutziger zog mit blassem Gesicht und spitzer Nase den Schlüssel für die eisernen Manschetten aus der Tasche. Eleonor verschränkte ängstlich die Arme über der Brust. Sie werden die Bandage entdecken!, durchzuckte es ihre Gedanken.

Die Scholaren schlossen den Kreis enger um sie. Nur Justus stand abseits und betrachtete gelähmt vor Entsetzen die Szenerie. Eleonor blickte verängstigt um sich. Es gab kein Entkommen. Kreutziger hatte die Schellen geöffnet und trat auf sie zu. Sie wollte weglaufen, doch ihre Furcht unterdrückte den Impuls. Es würde alles nur noch schlimmer machen!

»Nehmt mich an seiner Statt!«, hörte Eleonor Justus aus der Ecke brüllen. Dann plötzlich Stille. Sie spürte, wie Türmer nachdachte.

»Haberkorn!«, dröhnte plötzlich der Bayer. »Entkleide du dich!«

Türmers Stimme zitterte vor unbändiger Wut. Es war der Zorn über die Demütigung des Nachmittags, der ihn mit sich fortriss.

Der kleine Regensburger war zu überrascht, um sich zu wehren. »Aber …«, stammelte er mit glasigen Augen, »es ist gegen deine Ordnung!« Er sah sich flehentlich nach Unterstützung um. Die Gesichter der Knaben versteinerten. Nur

Justus hatte noch Mitleid im Blick, doch der stand abseits. Immer stand der Liebensteiner abseits!

»Theophil ist heute Nacht an der Reihe! Du hast es selbst so bestimmt. Ich bin nur der Fronpate«, protestierte Haberkorn mit überschlagender Stimme.

»Und was ich bestimmt habe, zählt. Doch es gibt eine neue Ordnung, was den Blutpaten anbelangt: Er hat sein Werk ebenfalls unbekleidet zu verrichten. Denn nackt und bloß treten wir vor Gott!« Die Knaben schwiegen verdutzt. Dieses Detail der Zeremonie war neu. Doch es versprach noch größeres Vergnügen!

»Ich werde mich nicht entkleiden!«, protestierte Haberkorn schrill. Er war mitten im Stimmbruch, und sein Kehlkopf machte mit ihm, was er wollte.

»Ich werde es eigenhändig besorgen, wenn du es nicht selbst tust!«, drohte Türmer. Er trat auf Haberkorn zu und packte ihn am Kragen. Währenddessen machten sich Roseus und Hoyer an Eleonors Hemd zu schaffen. Sie zerrten oben an den Schultern, während die Jungfer den Saum unten festhielt. Der Stoff knirschte und riss bereits über dem Bauch. Eleonor krallte ihre Hände hinein, um die Fetzen zusammenzuhalten. Sie wollte kratzen, beißen, treten. Im Gegensatz zu Haberkorn, der nicht zu übertönenden Lärm machte, wehrte sie sich wortlos. Der Regensburger zeterte und bettelte, als solle er selbst gefoltert werden.

Die Jungfer schloss die Augen. »Todsünde ist es für ein Weib, sich den Männern so zu zeigen, wie Gott sie erschaffen hat. Todsünde, in den Männern Begehrlichkeiten zu wecken, unkeusche Gedanken und Absichten. Todsünde!«, donnerte die Stimme des Prager Hofpredigers in Eleonors Erinnerung. Gleich würde alles entdeckt sein! War es auch Sünde, wenn man gezwungen wurde? Schon erwartete sie den Aufschrei der Knaben. Das erschrockene Ablassen von ihrem Leib. Das Dastehen in all ihrer Nacktheit und Lüge. Wie in ihren Träumen! Alles würde herauskommen, der Schwindel auffliegen.

Herr, vergib mir, betete sie still, mit geschlossenen Lippen, da ließ das Zerren plötzlich nach.

Drückende Stille beherrschte den Raum. Und dann, einen Wimpernschlag später, kam aus Haberkorns Ecke ein heftiges Schluchzen.

Man hatte von ihr abgelassen. Doch kein Raunen der Empörung war zu hören. Das Hemd verbarg ihr Geheimnis immer noch. Die Brustbandage war nicht entdeckt. Eleonor schlug die Augen auf.

Roseus und Hoyer hatten sich von ihr abgewandt. Der Blick der Jungfer fiel auf Türmer, der Haberkorns Hemd in den Händen hielt. Der Regensburger lag entkleidet auf dem Sand. Gekrümmt, vom Schluchzen geschüttelt, die Hände schützend auf den Unterleib gelegt. Eleonor verstand nicht, was passiert war. Scheu und hilfesuchend sah sie zu Justus hinüber. Dessen Augen waren weit aufgerissen vor Schreck.

Türmer schleuderte Haberkorns Hemd in die Ecke. »Er ist beschnitten«, spie er die Worte aus. »Ein Jude! Ein Itzig unter uns! Einer, der Christenblut trinkt. Einer, der Hostien verflucht! Feige hat er sich eingeschlichen! Vor mir im Staub gekrochen ist er, hat mir die Stiefel geleckt, nur um uns zu täuschen! Geschmeidig hast du dich gemacht, Itzig! Aber es wird dir nichts nützen!«

Haberkorn schluchzte laut auf und schlug die Hände vors Gesicht. Seine Scham lag gänzlich ungeschützt, und Eleonor konnte nicht umhin, darauf zu starren. Anders als bei den übrigen Scholaren verbarg die Haut nicht den ganzen Inhalt. Sie war an der Spitze zurückgewichen, lag als blasser Wulst um das rosige Häuptlein herum, das sich keck vorreckte. Eleonor musste beinahe lächeln. Diese Art Manneswerkzeug war niedlich, beinahe bemitleidenswert. Davor hatte sie sich gefürchtet?

Haberkorn wälzte sich herum und verbarg sich so gut es ging im Sand. Er zitterte.

»Ergreift ihn«, befahl Türmer. Eleonor zuckte zusammen.

Hoyer und Roseus, die beiden Kräftigsten, wandten sich von ihr ab und traten an Haberkorn heran.

Justus eilte zu ihr, streckte ihr die Hand entgegen und half ihr, aufzustehen. Eleonor spürte die Wärme seiner Hand und blickte dankbar zu ihm auf. Er war bereit gewesen, für sie zu leiden! Ein Edelmut, von dem man an den Höfen gern erzählte, wenngleich man ihn dort selten fand.

Eleonors Herz flatterte, als Justus sie aufmunternd anblinzelte. Am liebsten wäre sie ihm um den Hals gefallen. Doch war sie der Entdeckung glücklich entkommen, um sich jetzt im verliebtem Leichtsinn preiszugeben?

Verliebt! War das tatsächlich das Wort, das ihr durch den Kopf gezuckt war? Sie betrachtete Justus von der Seite. Er schaute ernst und männlich. Ja. Sie war fest davon überzeugt. Sie hegte tiefe Gefühle für diesen Jüngling.

Eleonor sah an sich hinab. Das Schlafgewand hing zerrissen an ihr herunter, doch war es so weit intakt, dass weder Brustbinden noch Unterleib entblößt waren. Justus wollte seine Hand aus der ihren winden, doch Eleonor hielt ihn fest. Ohne Rührung beobachtete sie, was mit Haberkorn geschah.

Hoyer und Roseus spannten ihn mit schnellen Handgriffen ein. Türmer selbst hängte sogleich vierzig Pfund Gewicht an die Handzwinge, aber Melchior war so kurz geraten, dass die Last die Arme nicht über die letzte Sprosse nach unten bog. Stattdessen stützten die Holme seine Glieder bis hinunter zu den Handgelenken, die auf dem letzten Rundholz ruhten. Nirgends gab es einen Hebel, der die Gelenke aus den Pfannen gehoben hätte.

Trotzdem schrie Haberkorn auf, denn die Eisenbänder schnitten tief ins Fleisch.

Wütend sah Türmer ein, dass die Folterbank bei dem kleinwüchsigen Franken nicht den gewünschten Effekt hatte. Er griff nach der dornenbewehrten Geißel, holte aus und ließ sie auf Melchiors unbehaarte Brust und den schutzlosen Bauch klatschen. »Verräter!«, zischte Türmer durch zusammengepresste Lippen.

Blutfäden sickerten aus der Haut des Beschnittenen. Türmer reichte Roseus die Rute, zog flugs sein Hemd aus, nahm sie ihm wieder aus der Hand und ließ sie erneut niederklatschen. Melchiors Schreie schlugen bis in unmenschliche Tonhöhen hinauf. Blindwütig hieb Türmer auf ihn ein, bis Haberkorn bewusstlos schwieg.

Der Oberkörper des Bußmeisters war schweißgebadet. Als er erneut ausholte, trat Justus hinter ihn und hielt sein Handgelenk fest. Türmer wirbelte herum und sah Justus aus schmalen Augenschlitzen an. Justus hielt dem Blick stand. »Es ist genug.« Zu Justus' eigener Überraschung ließ der Ältere die Rute sinken.

Hoyer und Roseus beeilten sich, Haberkorn zu befreien. Sie bargen den Körper mit größter Vorsicht, waren eifrig bemüht, ihn nicht über die Sprossen hinabrutschen zu lassen. Alle mochten den kleinen, pfiffigen Haberkorn. Mochte er doch Jude sein, wen kümmerte es?

Eleonor wandte sich ab und verließ den Raum. Sie fror erbärmlich und schämte sich. Die Folter des Jungen hatte sie erregt. Der breite, nackte Oberkörper Türmers, das Muskelspiel unter der glänzenden, schweißnassen Haut. Seine kraftvollen Schläge. All das hatte sie genossen.

Eleonor hastete voller Scham über ihre Empfindungen die Treppenstufen hinauf in den Schlafsaal. Sie war froh, wieder auf dem harten, stechenden Strohlager zu liegen. Die Jungfer räkelte sich unter ihrem Umhang und sehnte sich Justus herbei. Wollte sich an ihn schmiegen, seine Muskeln befühlen, von seiner Manneskraft kosten. Mit all ihrem Begehren.

Lange lag Eleonor wach und hörte das Schluchzen Haberkorns. Türmer schnarchte längst. Endlich nahm sie allen Mut zusammen, schlüpfte unter der Decke hervor und huschte hinüber zum anderen Ende des Saales. Dorthin, wo Justus lag.

Die Jungfer setzte sich auf Justus' Bettkante. Es war das erste Mal, dass sie zu ihm gekommen war. Doch nun wusste sie nicht, was anfangen. Eleonor wollte schon wieder umkehren, als sie seinen Griff fühlte. Justus zog sie zu sich heran, hob einen Zipfel seines Umhangs, und sie schlüpfte hinunter. Wollte sich an ihn drängen, ihn liebkosen.

Aber Justus versteifte sich plötzlich. Ließ sie nicht an sich heran. Sollte sie ihr Geheimnis lüften? Jetzt? Nur für ihn? Still lagen sie eine Weile Seite an Seite. Dann flüsterte Justus: »Es kann so nicht weitergehen. Der prügelt noch jemanden tot!«

Eleonor nickte. »Wir müssen Knopplochius jetzt zu Rate ziehen.«

Justus schwieg. Er hatte die Folterkammer entdeckt. Es war sein Geheimnis gewesen. Der Drache war nicht getötet worden, ganz im Gegenteil. Er war lebendig und größer denn je.

»Du musst gehen. Dir wird er glauben, dir wird er vertrauen«, flüsterte Theophil. Justus nickte, doch er schwieg weiterhin. Er wusste, dass er nicht zu Knopplochius gehen würde.

»Du bist mutig!«, flüsterte Theophil leise, bewundernd. Justus verspürte das Verlangen, den Freund zu umarmen, ihn an sich zu drücken, mit jeder Faser seines Körpers. Doch es durfte nicht sein!

Ein Geräusch vom Eingang her ließ ihn erstarren. Ein Mann von gewaltiger Statur stand da, eine schwarze Silhouette vor dem Durchgang zum Treppenturm. Er trug einen Kasten. Der Magister.

»Es ist Knopplochius mit seinem astronomischen Gerät«, flüsterte Theophil. Justus legte ihm die Hand auf den Mund. Der Magister eilte an ihnen vorbei. Er durchquerte den Raum und verschwand in seiner Kammer. Zurückgekehrt von seinen Sternenbetrachtungen. Justus erkannte, dass nicht viel gefehlt hätte, und alles wäre entdeckt gewesen. War es denn dem Gelehrten, als er sich durch den Schlafsaal geschlichen hatte, denn nicht aufgefallen, dass die Scholaren nicht in ihren Betten lagen?

Justus' Gedanken waren so sehr mit der Möglichkeit der Entdeckung beschäftigt, dass er Theophils Liebkosung zunächst nicht bemerkte. Als er spürte, wie der zierliche Knabe die Haut seiner Hand mit feuchter, spitzer Zunge herzte, zog er sie erschrocken zurück.

»He da!«, platzte es aus Justus heraus. Eine heiße Welle durchrollte ihn von den Zehenspitzen her und fuhr ihm wie ein glühendes Eisen in die Gedärme.

Theophil schwang sich schon von der Pritsche. Zum Abschied griff er wieder nach Justus Hand und drückte einen zarten Kuss darauf. So unerwartet, dass er sie nicht mehr zurückziehen konnte. Verwirrt blieb Justus auf seiner Bettstatt zurück.

In dieser Nacht erschien Theophil dem Liebensteiner ein weiteres Mal – als Traumgestalt. Justus ersann ihn sich als Weib. Er träumte sich Brüste an ihm, die er liebkoste. Feste, dralle Brüste, wie diejenigen der Maria. Er erträumte sich einen Mund, den er mit seiner Zunge erforschte. Weiche Schenkel, die seinen Unterleib umklammerten. Und als er erwachte, lag er in der warmen, sämigen Flüssigkeit, die der Saft der Sünde war.

Voll Eifer widmete er sich der üblichen Buße. Doch während seine Lippen die verordneten Gebete sprachen, wollten die keuschen Gedanken nicht zurückkehren. Sein Denken und Fühlen konnte nicht ablassen von dem Knaben Theophil. Er versuchte sich die sündhaften Fantasien aus dem Kopf zu psalmodieren. Doch es gelang nicht. Er wollte aus dem Bett springen und in der Kälte umherlaufen, um auf andere Gedanken zu kommen. Er erwog, zu Knopplochius zu gehen und sich zu offenbaren.

Im letzten Moment wurde er gewahr, dass es mitten in der Nacht war und der Gelehrte über seinen Besuch nicht wenig erstaunt, womöglich erzürnt sein würde. Justus beschloss, bis zum nächsten Tag zu warten. Er würde zum Magister gehen, ihm alles beichten und darum bitten, ihn von den sündhaften Gedanken zu erlösen. Knopplochius würde Rat wissen!

Während des Mittagssilentiums am folgenden Tag beobachtete Justus, wie der Magister seinen Pelzumhang überwarf und mit hurtigen Schritten zum Treppenturm eilte. Obwohl es den Scholaren verboten war, während der Schweigezeit den Schlafsaal zu verlassen, folgte er dem Gelehrten.

Er schlüpfte ihm nach, quer über den Hof, am Domportal vorbei, ließ den Bischofspalast rechts liegen und verlangsamte seine Schritte schließlich im äußersten, zur Elbe gelegenen Winkel des Burggeländes, dort, wo sich Dom und Bischofspalast beinahe berührten. Knopplochius schritt über eine schmale, steinerne Freitreppe in den Kräutergarten hinab. Erste zarte Schösslinge streckten ihre grünen Köpfe aus der schwarzen Erde, erste Triebe brachen aus dürrem Geäst. Knopplochius ging aufmerksam zwischen den Beeten umher, nahm dort einen Zweig zwischen Daumen und Zeigefinger, murmelte eine lateinische Bezeichnung, zerrieb hier ein zartes Blättchen, um daran zu riechen, zog dort eine Knospe zu sich heran, um sie zu betasten. Er schien sich auf eine sehr unmittelbare Weise am Erwachen der Natur zu erfreuen.

Justus blieb oberhalb der Freitreppe, die in das Gärtchen hinabführte. Eine hüfthohe Mauer verbarg ihn mehr schlecht als recht vor den Augen des Magisters. Doch der machte ohnehin keine Anstalten hinaufzublicken.

Der Garten lag zwischen den Gebäuden der Burg und der inneren Ringmauer. So war er einigermaßen windgeschützt. Die Sonne stand hoch am Himmel, der Garten lag in einem klaren, scharfen Winterlicht. Doch die Luft duftete bereits nach Frühling.

Justus war unentschieden, was er tun sollte, als Knopplochius ihn doch hinter der Mauerkrone zu bemerken schien. Der Magister beschirmte sein Gesicht mit der Hand, um die Gestalt gegen die Sonne besser ausmachen zu können. »Justus von Liebenstein«, rief er, »was hast du hier zu schaffen während des Silentiums?«

Justus blieb ihm die Antwort schuldig. Stattdessen stieg er mit zögernden Schritten die Treppenstufen hinab. Die bevorstehende Beichte lastete schwer auf seiner Seele.

Der Magister hob die Arme, wie um ihn zu umfangen. Kein Wort von Strafe für den Bruch des Mittagssilentiums. Justus schätzte den Gelehrten, hatte großen Respekt vor ihm. Dass Türmer ihn als Ketzer beschimpfte, dass vielleicht sogar etwas daran war, wenn man behauptete, er habe die Wege des rechten Glaubens verlassen, um neue zu erkunden, ließ ihn in seinem Ansehen nur noch wachsen. Auch wenn Justus die altgläubige Erziehung in den Knochen steckte, er war begierig, vom Neuen zu kosten …

Der Knabe blieb einige Schritte von seinem Lehrer entfernt stehen. Knopplochius ließ die Arme wieder sinken.

»Meister, ich muss Euch etwas beichten«, hob Justus an.

Knopplochius fasste ihn wortlos beim Unterarm und führte ihn zu einer windschiefen, hölzernen Bank, die an der äußeren Begrenzungsmauer des Kräutergartens stand. Sie war so aufgestellt, dass die Mittagssonne sie beschien. Die beiden setzten sich und reckten ihre Gesichter der Sonne entgegen.

Meister Rufus wandte als Erster den Kopf und lächelte den Knaben an. »Die Beichte ist abgeschafft, Justus. Auch bin ich kein geweihter Priester. Aber sag mir nur ohne Umschweife, was dich bedrückt.«

Justus war froh, sich die Last vom Herzen reden zu können, und seufzte feierlich. »Ich liebe den Knaben Theophil.« Da war es heraus. Der Liebensteiner senkte den Kopf.

Der Magister lachte. Nicht frei heraus, sondern angestrengt. Justus fühlte einen Stich in seinem Herzen. Er wollte nicht verlacht werden.

Als Meister Rufus sah, wie Justus' Miene versteinerte, wurde er augenblicklich ernst. »Ihr seid Gefährten und Freunde. Ihr sollt Euch lieben.«

Justus schüttelte den Kopf. »Ihr versteht nicht, Meister. Ich liebe ihn, wie man eine Frau liebt. Eine Gattin. Ich würde ihn ehelichen, wenn er ein Weib wäre – und ich dazu in der Lage. Das ist es, was ich mir in meinen kühnsten Träumen ausmale. Nacht für Nacht.«

Justus seufzte abermals angesichts des schwierigen Geständnisses. Knopplochius sah ihn forschend von der Seite an. Den Jüngling verunsicherte das Schweigen. »Der Liebensteinische Pfarrer hat von Sodomie gesprochen, wenn Knaben Knaben und Männer Männer lieben. Das ist *peccata mortalia*, Todsünde, nicht wahr?«

Knopplochius lächelte milde. Doch nur mit dem Munde. In seinem Blick lag Sorge. Er ließ Justus nicht aus den Augen.

Das Schweigen wurde dem Knaben unerträglich. Gerade, als er aufspringen und davonlaufen wollte, begann der Magister mit ruhiger Stimme zu sprechen: »Höre gut zu. Ich erzähle dir eine Geschichte über die Todsünde. Ich habe sie einst von unserem großen Lehrer Philipp Schwartzerdt, der sich Melanchthon nennt, gehört. Es trug sich Folgendes zu:

In Erfurt diente ein anständiges Mädchen aus ehrbarer Familie einer reichen Witwe. Deren junger Sohn, gefesselt von der Schönheit und dem Liebreiz der Dienstmagd, bestürmte sie, mit ihm zu Bette zu liegen. Die Jungfer widerstand seinem Schmeicheln und wies den Jüngling ab. Als er täglich ungestümer drängte, erzählte das Mädchen, durch die unwürdige Situation und ihre eigene Gefährdung aufgewühlt, die ganze Sache der Mutter, ihrer Herrin. Die Jungfer forderte sie auf, ihren Sohn in die Schranken zu weisen. Doch warum sollte die Mutter das Liebeswerben ihres Sohnes verbieten? Aus welchen Gründen? Es war doch nichts Falsches daran!

Nachdem die Mutter die Sache so hin und her überlegt hatte, beriet sie sich mit der Magd und hieß sie, zum Schein in das Liebesverhältnis einzuwilligen. Sie solle eine Stunde zur Nacht verabreden, in der es am sichersten erscheine, sich zu treffen und seinem Drängen nachzugeben.

Sie selbst werde zu jener Zeit statt der Jungfer im Bett liegen und auf diese Weise den Sohn ein für alle Mal abschrecken, der schwerlich die eigene Mutter bestürmen werde.

Das Mädchen billigte den Plan und ging zum Schein auf die Verabredung mit dem Sohn ein. Zur vereinbarten Nachtstunde kam er, um sich zu ihr zu legen.

Die Mutter, die sich vorgenommen hatte, der Liebesraserei des Sohnes durch eine schallende Ohrschelle Einhalt zu gebieten, unterlag nun – von Lust und vom Liebreiz des Teufels überwältigt, und weil der Sohn wohl auch nicht ungeschickt im Umgarnen und Betören der vermeintlichen Liebsten war – dem eigenen Sprößling. Sie war auch schon etliche Jahre Witwe gewesen und seit langem nicht mehr von einem Manne geschwächt worden. Das mag man ihr zu Gute halten. Also geschah, was nach der Bibel verdammenswert ist.

Der Jüngling aber ahnte nicht, dass man ihn hintergangen hatte. Er umgarnte die Dienstmagd nur noch heftiger als zuvor, war er doch in seinem Eifer bestätigt und sah die Verbindung vor Gott bereits als geschlossen an. Schließlich und endlich willigte das Dienstmädchen mit dem Segen der Herrin in die Hochzeit ein. Die Ehe ward glücklich und kinderreich.

Die Mutter, die im Todeskampf Zweifel und Gewissensbisse ob ihrer schweren Sünde empfand, offenbarte sich dem Beichtvater. Der erhielt ihre Einwilligung, die schwierige Angelegenheit einer Versammlung der anerkanntesten Theologen vorzutragen, um die Schwere ihrer Schuld und das Maß ihrer Sühne zu ermitteln.

So wurde dieser Fall auch Philippus Melanchthon bekannt. Und, wie mir, vielen seiner Studenten zur höheren Erkenntnis unterbreitet.

Nach langen Diskussionen – angesichts des sehr ungewöhnlichen und verzwickten Falles – wurde das Urteil gefällt. Dem Gewissen der Mutter wurde Erleichterung gewährt.

Der Urteilsspruch kam grad zur rechten Zeit, denn die Frau verstarb wenig später im Zustand der Gnade Gottes. Selbst bei schlimmsten Verfehlungen darf das Tor der Gnade und Vergebung den Sündern niemals verschlossen werden!

Das ist eine wahre Geschichte, mein lieber Justus. Sie hat sich so zugetragen. Und ich habe sie nun auch dir erzählt, damit du daraus lernst.«

Justus dachte eine ganze Weile nach. Dann sagte er langsam: »Die Mutter ließ sich von den Einflüsterungen des Teufels forttragen, und der Sohn sündigte, ohne es zu wissen.«

Knopplochius machte eine zustimmende Geste, um ihn zu weiteren Schlüssen zu ermuntern.

Der Knabe rang verzweifelt die Hände. »Bei mir liegt der Fall doch ganz anders. Ich weiß doch, dass es eine Sünde ist, einen Knaben zu lieben. Eine Todsünde. Und dennoch ...«

Knopplochius wog den Kopf. Seine Augen blitzten. »Es ist weniger eine Frage von Wissen oder Unwissenheit, als eine Frage ehrlicher, aufrichtiger Gefühle. Melanchthon und die Theologen sprachen die Sünder frei, weil sie, jeder für sich, aufrichtigen und gottgefälligen Zielen gefolgt sind. Nicht weil sie es nicht besser wussten. Deswegen sprachen sie auch die Mutter frei, denn jene ward von ihrem eigenen Plan überlistet!«

Justus schwieg lange. Er hatte das Gefühl, Knopplochius hielt mit einem entscheidenden Punkt hinterm Berg. »Wie lautet denn nun Euer Urteil, Meister, in meinem Fall? Was soll ich tun?«

Knopplochius senkte den Kopf. »Ich bin nicht der, der Urteile fällt, Justus.« Er vermied es, den Knaben anzusehen. »Wenn du das aufrichtige Gefühl hast, dass es eine Sünde ist vor dem Herrn, so mache es mit Gott aus. Er wird dir eine Buße bestimmen.«

»Aber ich mache es doch schon jeden Abend mit ihm aus. Ich bete acht Pater Noster und Ave Maria, so, wie es der Liebensteinische Beichtvater verlangt hat.«

»Und? Fühlst du dich befreit und geläutert?«

»Nein«, musste Justus zugeben. »Ganz und gar nicht. Aber noch weniger fühle mich schuldbeladen. Ich denke, es ist

Sünde, aber ich fühle mich nicht befleckt. Nein. Ganz im Gegenteil. Ich fühle mich seltsam gut bei dem Gedanken, Theophil zu lieben, wie man ein Weib liebt.«

»Na also! Folge dem, was du für gut und richtig befindest. Nicht dem Liebensteinischen Pfarrer!«

Justus blickte enttäuscht hinauf zu den Türmen und Fialen des Domes. Der Schatten eines der Turmhelme fiel auf sie. Dem Knaben fröstelte. Das Gespräch mit dem Magister hatte ihn ernüchtert. Justus war unzufrieden. Er hatte um Weisung gebeten, und Knopplochius hatte sie ihm verweigert.

»Weshalb sah eigentlich der Melchior Haberkorn zur Morgenandacht so blass und verheult aus?«, fragte Knopplochius unvermittelt. »Er hatte tiefe Ringe unter den Augen, als habe er die Nacht über nicht geschlafen.«

So wie Ihr, wollte Justus hinzufügen, aber er verbot es sich. Fieberhaft suchte er nach einer unverfänglichen Antwort. Er wollte den Magister nicht auf die richtige Fährte führen. Nicht jetzt. Es war Justus' Aufgabe, den Drachen zu besiegen!

Er zuckte so beiläufig wie möglich mit den Schultern. »Wir leiden alle unter dem Eingeschlossensein, Meister. Wir wollen nach Hause zurückkehren. Das Semester ist ohnehin verloren.«

Knopplochius nickte. »Du hast Recht. Ich weiß es. Und du weißt, dass die Entscheidung nicht bei mir liegt.« Er seufzte. »So, nun geh zurück zu den anderen. Sag ihnen, wir werden Schlag drei mit den Exerzitien fortfahren. Und zwar hier im Kräutergarten. Ich werde Euch die lateinischen Namen einiger Heilpflanzen vorstellen.«

Justus starrte vor sich hin und blieb auf der Bank sitzen. Er brannte darauf, Antworten auf theologische Fragestellungen zu erhalten. Und der Magister erging sich in Kräuterkunde!

»Worauf wartest du?«, fragte Knopplochius mit Nachdruck. Der Liebensteiner erhob sich schwerfällig. Der Magister saß still, bis der Scholar die Treppe hinaufgeschlichen war. Dann raffte er seinen Umhang und nahm denselben Weg. Doch folgte er ihm nicht quer über den Domhof, sondern bog scharf nach links ab. Justus war noch nicht hinter dem Eckpfeiler des Domes verschwunden, da trat Knopplochius durch das Portal des Bischofspalastes.

Der Gelehrte rief den Namen der Wirtin schon auf der Türschwelle. Laut und ungeduldig. Die Küche lag verwaist, das Herdfeuer war heruntergebrannt. Er durchquerte den Flur und trat in das Schlafzimmer der Wirtin. Das Lager war sorgfältig hergerichtet, das Stroh ausgewechselt. Die Boschna war nirgends zu sehen. Auf einer Truhe lag ein braunes Scholarenkleid. Rotes Garn daneben. Er griff nach dem Umhang, um ihn genauer zu betrachten. Er entdeckte das aufgenähte rote Kreuz mit dem doppelten Querbalken. Wütend schleuderte er das Kleid in die Ecke. Der Magister stürmte über die Treppe in die oberen Räumlichkeiten. Seit langer Zeit war hier niemand mehr gewesen. Die Boschna hatte diese Räume nie betreten.

Bis zum Drei-Uhr-Läuten der Domglocken durchkämmte Knopplochius die Burganlage. Sein Zorn wuchs mit jedem Schritt. Und mit jedem Schritt wuchs die Gewissheit, dass er die Wirtin nicht auf der Burg finden würde. Nun wagte sie sich schon bei Tageslicht in die Stadt hinunter! Er wusste nicht, worüber er wütender sein sollte: Über ihre Dreistigkeit, bei hellem Tage zu verschwinden, oder darüber, es ihm zu verheimlichen.

Oh, er würde sie, wenn nötig, mit Gewalt zwingen, es ihm zu verraten! Er musste zu Moritz. Der Briefe waren genug gewechselt. Er selbst musste dem Fürsten schildern, was sich hier zutrug. Knaben begannen sich in Knaben zu verlieben! Was, wenn ihre Liebe so hartnäckig war, dass alles herauskäme? Was, wenn bekannt wurde, dass ein unbedeutender Landadeliger eine Kaisernichte freite? Im treuen Glauben, es handele sich um einen Theophil Bergmann aus Innsbruck!

Und warum ließen sich Scholaren rote Kreuze auf ihre Kutten nähen? Da lebte er schon mit ihnen dicht an dicht, doch was sich in ihrem Inneren zutrug, blieb ihm dunkel und verborgen. Der Frühling kam, die Sonne durchwärmte mit Macht die erkalteten Gemüter. Was, wenn die Knaben und jungen Männer hitziger wurden, ihre Kräfte und Frühjahrstriebe immer mehr Raum forderten? Türmer ließ sich schon jetzt kaum im Zaume halten!

Der Magister hatte die Planeten befragt. Sie standen auf Blutvergießen. Und es würde hier auf der Burg stattfinden – wenn er es nicht verhinderte! Knopplochius wollte nicht noch einmal scheitern. Er wollte die zehn Scholaren lebend herausbringen. Blut hatte er gesehen. Zu viel Blut! Es musste ein Ende haben. Bald. Sonst wäre es zu spät. Notfalls würde er den geheimen Weg aus der Wirtin herausprügeln!

Er würde sich dem Herzog zu Füßen werfen und um Freilassung und Abzug nach Leipzig bitten! Gleichgültig, wie es um die Stadt bestellt war. Gleichgültig, ob Feinde im Lande wüteten oder nicht. Die Hölle des Krieges war nichts gegen die Hölle dieser Gefangenschaft. Und Moritz musste diese unselige Jungfer endlich zu sich nehmen. Das war seine Fürstenpflicht! Mehr wollte er nicht fordern. Nur diese beiden Dinge. Nichts weiter. Und sollte es ihn auf den Scheiterhaufen bringen!

Der Abend zog mit einem blutigroten Sonnenuntergang herauf. Die Studenten strömten hungrig vom Kräutergarten nach dem Bischofspalast. Von lateinischen Begriffen und Namen schwirrte ihnen der Kopf. Die schwarze Erde hing in dicken Krumen an ihren Stiefeln und wurde erst unter den Tafeln und Bänken des Speisesaals von den Sohlen geschabt.

Knopplochius war den ganzen Nachmittag über finsterer Laune gewesen. Immer wieder hatte er hinaufgeschaut zu den Schloten des Bischofspalastes, auf ein Zeichen der Rückkehr der Wirtin gehofft. Nichts. Kein Rauch, nicht ein dünnes Fädchen. Die Dämmerung brach herein, und kein Herdfeuer war entfacht. Kein Licht wurde in der Küche entzündet. Die Esse lag kalt und grau. Kaum noch Glut im Herd.

Die Scholaren standen ratlos im düsteren Speisesaal. Die beiden Naumburger, die in dieser Woche Küchendienst hatten, zuckten mit den Schultern. Keine Wirtin, die ihnen Anweisungen gab. Keine Schüsseln, die darauf warteten, in den Saal getragen zu werden. Keine Talglichter, die zum Entzünden bereitgestellt waren.

Der Gelehrte stand genauso ratlos unter ihnen. Er verfluchte schmallippig die Wirtin und gab Anweisung, alles aus der Küche herbeizuschaffen, was sich an Speisen finden ließ. Und Lichter, so sie aufzutreiben waren. Niemand wusste, wo die Boschna die Lampen und Öllichter verwahrte. Lichter waren kostbar. Sie fanden nur einige abgebrannte, fast leere Schalen. Besser als nichts.

Brot gab es kaum, Würste waren im Überfluss vorhanden, auch saures Kraut, das leere Mägen gut und schnell füllte, sich aber ebenso schnell verflüchtigte. Sie fanden ein paar Scheiben von altem Braten, über die sie hungrig herfielen. Niemand bekümmerte sich noch um das Fastengebot. Auch Knopplochius nicht.

Das Mahl war ohnehin karg. Es gab nichts Dampfendes, nichts Wärmendes, nichts, was in ausreichender Menge für alle vorhanden gewesen wäre. Nicht einmal Grütze vom Morgen. Die hatten sie aufgegessen, obwohl sie ihnen zum Halse heraushing.

»Was, wenn sie nicht zurückkehrt?«, stellte Türmer die bangste aller Fragen. Er war seltsam ruhig, ein Lächeln umspielte seine Mundwinkel. Er schien mehr zu wissen, als er zugab.

Knopplochius zuckte mit den Schultern. »Wir können uns selbst behelfen. Wir tun nichts anderes, seitdem wir hier sind!«

Justus ergriff unerwartet das Wort, und alle Blicke ruhten auf ihm. »Niemand ist unter uns, der ein Brot backen kann. Niemand, der einen Braten zubereiten, niemand, der eine Gans ausnehmen kann.«

»Ich habe schon einmal zugeschaut«, beteuerte Antonius. Seit der Nacht in der Kammer war er sehr wortkarg geworden. Die Scholaren senkten die Köpfe. Allen war mit einem Male deutlich, wie unwissend sie waren.

Türmer zerlegte seine Speisen andächtig mit dem Tischdolch. »Die Zeit der Buße ist gekommen«, sagte er. »Wir werden unsere Sünden vergelten!«

Knopplochius schüttelte unwillig den Kopf. »Wir haben genug gebüßt. Wir werden die Burg verlassen, bevor wir alle Hungers sterben!«

Ein Raunen ging durch die Scholaren. Niemand hatte diese Furcht bislang ausgesprochen. Knopplochius bereute es, sobald ihm die Worte über die Lippen gekommen waren. »Noch reichen die Vorräte«, versuchte er die Knaben zu beruhigen.

Türmer sagte kein Wort, aber er verzog spöttisch das Gesicht. Er und Kreutziger trugen die roten Zeichen unübersehbar auf ihren Umhängen. Knopplochius hatte es mit schmalen Augen bemerkt. Einer von ihnen musste im Laufe des Nachmittags in der Kammer der Boschna gewesen sein. Vieles ging vor sich, das Knopplochius verborgen blieb. Zu vieles. Es musste ein Ende haben. Bei nächster Gelegenheit würde er sie auf die Kreuze ansprechen! Sobald es sich ergab …

Schlag acht, die Sonne war schon lange untergegangen, lagen die Studenten auf ihren Strohsäcken, und die Nacht senkte sich wie eine Decke, die nicht wärmen wollte, über die Burg.

Allein in der Stube des Magisters war Lampenschein. Das letzte Öllicht, das die Boschna ihm herausgegeben hatte. Der Zorn auf die Wirtin war der Ratlosigkeit gewichen. Knopplochius wünschte sich nichts sehnlicher, als dass sie wiederkäme.

Spät, als alle Knaben schliefen, löschte er sein Licht und schlich über den Domhof – den wohlbekannten Weg. Wie oft hatte er ihn in der Nacht zurückgelegt. In freudiger Erregung und Erwartung des warmen Leibes der Wirtin. Doch nun war sie fort! Für immer. Er wusste es, bevor er den Bischofspalast betrat.

Ihr Lager war unberührt, so wie er es am Mittag vorgefunden hatte. Nur der Scholarenumhang fehlte. Knopplochius ließ sich auf dem Bettrahmen nieder und vergrub seinen Kopf in den Händen.

Der Einäugige lag in der Dunkelheit der Kammer auf seinem Stroh. Er hatte auch das verbliebene Auge geschlossen, um sich ganz auf die Geräusche zu konzentrieren. Geräusche, die sich vom Lärmen in der Gaststube unterschieden. Er hatte lange warten müssen, bis er vernahm, worauf er gelauscht hatte:

Die Küchenpforte wurde geöffnet, zwei weibliche Stimmen tuschelten miteinander. Der Einäugige erkannte den Tonfall der Liesel und einen weiteren, dunkleren, älteren. Das musste die Wirtin sein. Der Fremde richtete seinen Oberkörper auf. Er erhob sich und ging hinüber in die Gaststube. Musste über einen der kurfürstlichen Postläufer steigen, der im Suff an Ort und Stelle eingeschlafen war.

Holz schabte über Holz, als der Zyklop die Tür zur Gasse aufschwenkte. Er warf einen letzten Blick auf den Trubel in der Wirtsstube. Niemand hatte Augen für ihn. Weder die Magd noch die Boschna waren zu sehen. Bald würde die Wirtin zurückkehren auf ihre Pestburg. Und er mit ihr!

Ein letztes Abendrot verglomm am Horizont. Die Dämmerung brach herein. Der Einäugige drückte sich in das Dunkel der Gasse und wartete darauf, dass die Wirtin erschien. Einmal musste er sich vor der Abendpatrouille der Stadtwache in den Stall flüchten. Dann endlich tauchte die Wirtin auf; auch sie war vermummt. Mit zielsicheren Schritten huschte sie lautlos über den feuchten Lehmboden. Sie sah sich mehrmals um, doch der Einäugige war geübt in derlei Verfolgungen. Behände sprang er in den Schatten eines Türsturzes, jedes Mal wenn die Boschna innehielt.

Beinahe im Laufschritt, schneller, als er es dem fetten Weib zugetraut hätte, ging es durch die halbe Stadt, immer um den Burgberg herum. So gelangten sie auf die Nordseite, wo innere und äußere Burgmauer aufeinander trafen. Die äußere Mauer war an dieser Stelle nicht sehr hoch, und einige Klafter Holz waren wie zufällig gegen die Mauer gestapelt. Die Boschna raffte ihr Kleid, setzte die Füße auf die Scheite, erklomm den Mauergrat, setzte sich auf die Krone, schwang die Beine hinüber und sprang auf der anderen Seite hinunter. Ein dumpfer Widerhall festen Erdbodens und das Rascheln trockener Blätter verrieten dem Einäugigen, dass sie auf der anderen Seite angekommen war. Zweige brachen, Laub knisterte, die Schritte entfernten sich den Hang hinauf, zur Burg hin. Der Zyklop eilte sich, den Kamm der Mauer zu erklimmen. Er lief eine Weile geduckt auf dem Grat entlang, bis er eine Stelle entdeckt hatte, wo er nicht Gefahr lief, auf einen Ast zu springen und sich zu verraten. Die Mauer gewann rasch an Höhe, an dieser Stelle war es bereits ein gewaltiger Sprung – fast zwei Mannsleiber hoch. Der Fremde ließ sich auf den Hosenboden nieder, dann rutschte er von der Krone.

Er landete weich und auf den Füßen. Auch unter seinem Gewicht grollte der Boden. Der Einäugige nahm den direkten Pfad, geradewegs den Hang hinauf, um dem Weib den Vorsprung abzuschneiden. Beschwerlich, aber so verlor er den wehenden Umhang der Wirtin nicht aus dem Blick. Der Verfolger fing schon an, schwer zu keuchen, als die Boschna endlich innehielt.

Der Zyklop verlangsamte seinen Schritt und kniff die Lider des gesunden Auges zusammen. Die Wirtin kniete am Fuße der inneren Burgmauer, die an dieser Stelle schon Teil eines der Gebäude war, und schob totes Geäst beiseite. Eine flache, gewölbte Nische am Fuß der Mauer klaffte düster. Das war es, wonach er gesucht hatte! Ein geheimer Zugang zur Burg! Er machte einen Schritt nach vorn, genau auf einen wintertrockenen Ast.

Die Boschna fuhr zusammen. Anstatt weiter voran, hinein in die Höhlung zu fliehen, krabbelte sie zurück. Sie erhob sich zu voller Größe und trat ihm entgegen. Der Einäugige schaute sich hastig um. Kein Stamm, der dick genug gewesen wäre, ihn zu verbergen. Also schritt er nach vorn, auf die Wirtin zu. Zügig, denn falls sie schrie, wollte er rasch bei ihr sein.

Doch sie schrie nicht. Sie atmete schneller, versuchte, jemanden in der dunklen Gestalt zu erkennen.

Sie hob nicht einmal die Hände, um sich zu wehren. »Meister …?«, setzte sie noch an zu fragen, bevor sich die kurze Klinge seitlich in ihre Kehle bohrte. Alles weitere erstarb in einem sprudelnden Röcheln. Sie fiel auf den Waldboden, rollte ein Stück Hang abwärts, zuckte. Aus ihrem Hals floss breit und pulsend der Lebenssaft und tränkte das Moos. Die Wirtin blieb auf dem Rücken liegen, breitete die Arme aus, Handteller nach oben, bereit, den Mond in sich aufzunehmen. So war sie hinüber.

Der Einäugige hatte ihren Todeskampf nicht beachtet. Zu geläufig war ihm dieses fruchtlose Ringen. Längst hatte er sich hinter dem Busch auf den Boden gehockt und war über die erdig duftende Böschung in die Nische hinabgeglitten.

Später in der Nacht, als alles Leben auf der Burg, selbst das zarte Flüstern der Scholaren von Pritsche zu Pritsche erstorben war, gelangte der Einäugige an die Schwelle des Schlafsaales. Er starrte in die Dunkelheit und lauschte. Alles war still. Als sich sein Auge an die Dunkelheit gewöhnt hatte, zählte er zehn Körper auf zehn Liegen. Welcher mochte der Jungfer gehören? Er sah nicht den geringsten Anhaltspunkt für die Anwesenheit eines Mädchens. Niemand, der von den anderen separiert war. Niemand, dessen Körper sich durch weibliche Formen verriet. Und doch musste sie hier sein!

Es war die einzige Schlafkammer. Da er den Magister nirgends sah, vermutete er ihn in dem kleinen Turmzimmer, jenseits des Vorhangs, auf der anderen Seite des Saales. Eine andere Möglichkeit gab es nicht, er hatte das ganze Schloss durchkämmt. Der Einäugige überlegte. Er musste das Mädchen im Schlaf überraschen. Musste sie alle im Schlaf überraschen, einen nach dem anderen. Lautlos musste er sein, um die Übrigen nicht zu wecken.

Der Einäugige wollte sich schon zum Gehen wenden, da gewahrte er plötzlich Bewegung auf einer der Pritschen. Jemand erhob sich und hastete zu einer Bettstatt nahe der Wand. Kurzes Getuschel, dann war die Gestalt unter den Umhang des anderen geschlüpft, und bald war wieder Stille eingekehrt.

Er musste sich in Acht nehmen! Die Nacht in diesem Gebäude war nicht so still, wie es den Anschein hatte!

Sollte er nicht sogleich mit seinem Handwerk beginnen? Warum nicht jetzt jene zwei hinüberbringen, die sich dicht aneinander schmiegten, um der Kälte der Nacht zu trotzen. Es lag in seiner Macht, sie für immer von der Kälte zu erlösen! Nein. Nicht jetzt. Ihm war nicht nach einem zweiten Mord zumute. Nicht in dieser Nacht. Alles hatte seine Zeit. Selbst das Töten. In der folgenden Nacht würde er sein Werk beginnen.

Der Morgen begann wie stets mit einer Andacht im Hochchor des Domes. Knopplochius hatte den Scholaren bald nach ihrer Einkerkerung gestattet, die Bänke der Domherren jenseits des Lettners, im Allerheiligsten, einzunehmen. Ein Sakrileg für jeden aufrechten Katholiken. Doch Knopplochius hatte aus seiner Abneigung gegen den Katholizismus nie einen Hehl gemacht, und selbst Türmer hatte seinen Protest nur zaghaft angemeldet. Waren ihnen doch allen früh am Morgen, den Schlaf noch in den Knochen, die Sitze des Chorgestühls sehr angenehm.

Die Sonne durchflutete bereits den Hochchor, als die Scholaren das *Veni creator spiritus* anstimmten. Die Tage, Wochen und Monate der Morgenversammlungen im flackernden und akribisch rationierten Licht waren vorüber. Und mit jedem Erwachen stellte sich die Frage drängender: Wie lange noch?

Das Osterfest rückte heran. Nachrichten aus Leipzig hatten sie keine. Man schien sie ganz und gar vergessen zu haben.

Nach der Andacht eilten die Studenten in den Saal zu ebener Erde, der ihnen bislang als Speisesaal gedient hatte, in der schwachen Hoffnung, die Boschna hätte wie jeden Morgen die Grütze bereitet. Doch es gab weder Haferschleim noch Hirsebrei. Knopplochius machte einen übernächtigen Eindruck. Versonnen stierte er auf die kahlen, bloßen Holztische. Die Naumburger klagten bitterlich, dass es war wie am Abend zuvor. Nichts Essbares vorbereitet. Keine Spur von der Boschna. Der Hunger nagte.

So ging denn Knopplochius hinüber in das Schlafgemach der Wirtin, obwohl er wusste, was ihn dort erwartete: Das Nachtlager der Boschna war nicht angerührt. Der Bettsack wunderbar frisch nach Stroh, doch nicht nach Nacht duftend. Wie am Tag zuvor. Es würde sich nichts daran ändern. Nie mehr.

»Sie ist fort!«, stellte Knopplochius mit zusammengepressten Lippen fest. »Endgültig.« Er stützte die Hände auf das Bettgestell und starrte ins Leere.

»Fort? Aber wohin?«, fragte Theophil mit dünner Stimme. Er war sichtlich erschüttert.

»Sie ist geflohen!«

Unruhe bemächtigte sich der Studenten. Der Gedanke an Flucht schwebte verführerisch im Raum. Sie warfen sich verlegene Blicke zu.

»Wenn es ihr gelungen ist, zu fliehen, sollte es uns auch gelingen!«, sprach Haberkorn es als Erster aus. Er war abgemagert. Hatte rote Ränder um die Augen. Niemand hatte Knopplochius erzählt, dass er ein Beschnittener war, und Türmer nutzte jede Gelegenheit, ihm zuzusetzen. Ihn fortlaufend zu quälen war ihm ein größerer Genuss, als ihn an den Magister zu verraten.

Knopplochius sah, in welch miserablem Zustand sich der kleine, gelehrsame Franke befand. Er nahm sich vor, ihn bei nächster Gelegenheit nach dem Grund zu befragen. Doch nicht hier, nicht vor allen anderen.

Der Magister seufzte. Sein Blick floh gegen die niedrigen Tragebalken der Decke, verlor sich in den Ritzen der Dielen des darüber liegenden Geschosses. Dann blickte er wieder auf die Knaben, und erneut fiel sein Blick auf Haberkorn. Es lag Trauer im Gesichtsausdruck des Meisters. Tiefes Bedauern und Ratlosigkeit.

»Wir können nicht fliehen«, sagte er tonlos, »selbst wenn wir die Wege kennten. Nicht gemeinsam, nicht jeder für sich. Ich kann Euch nicht einfach hinausschicken. Ich habe mich Rektor Pflüger, der ganzen Universität und nicht zuletzt Seiner Fürstlichen Gnaden Herzog Moritz gegenüber verpflichtet, für Euer Wohlergehen Sorge zu tragen. Das kann ich am besten auf der Burg.«

»Mir gefällt es hier!«, ließ sich Türmer vernehmen. »Die Burg ist unsere Gottesfeste, unser Jerusalem!«

Die Bemerkung spaltete die Studenten in zwei Lager. Theophil, Justus, Grim und Haberkorn äußerten Unmut. Am heftigsten Haberkorn. Türmer, Kreutziger, Roseus, Hoyer und die beiden Naumburger stimmten beifällig zu.

Knopplochius legte die Stirn in Falten. »Ich habe längst darum gebeten, die Quarantäne aufzuheben, doch bis heute keine Antwort erhalten. Ich werde erneut mit Nachdruck darum bitten. Das ist alles, was ich tun kann. Der Lehrbetrieb ist aufgehoben. Wir müssen selbst für Nahrung sorgen, für Brennholz, für frisches Wasser, für alles. Aber – und das werdet Ihr verstehen – ich kann mich nicht gegen unseren Herzog wenden. Wir können nicht ohne seine Erlaubnis diese Mauern verlassen!«

Türmer lächelte schief. Seine Augen blitzten. »Wir werden leben, wie es uns beliebt. Nach unseren eigenen Regeln, nach unseren eigenen Bedürfnissen! Und zum höchsten Lobe unseres Herrn, Jesus Christus.«

Knopplochius sah Türmer streng an. »Ja, wir werden Regeln haben. Aber du wirst es nicht sein, der sie aufstellt. Und es wird nicht dazu gehören, rote Kreuze auf den Talaren zu tragen. Unsere Gesetze werden die gleichen, immergültigen der Universität sein.«

Türmer starrte Knopplochius trotzig an. »Wir leben längst nicht mehr nach den Regeln der Universität. Wir sollten die heiligen Worte der Bibel lernen. Stattdessen lehrt Ihr uns die Kunst der Küchenmägde. Führt uns in den Kräutergarten, erzählt uns vom menschlichen Herzen und über den Stand der Sterne. Ihr seid der Lehrer für die Heilige Schrift. Doch von der Heiligen Schrift habe ich nicht viel erfahren in letzter Zeit.«

»Das Wort Gottes äußert sich in allen Dingen, die auf Erden sind. In allem, was vor Leben strotzt, schlägt das Herz des Göttlichen. Wir müssen Sorge tragen, dass wir nicht verhungern. Die Bibel nährt uns nicht!«

Türmer kniff die Augenbrauen zusammen. »Das ist Gotteslästerung!«, fuhr er zornig auf. »Denn sehet die Vögel unter dem Himmel. Sie säen nicht, sie ernten nicht, sie sammeln nicht in die Scheunen. Und Euer himmlischer Vater nähret sie doch.«

»Matthäus sechs, sechsundzwanzigster Vers«, ergänzte Kreutziger.

»Du wirst mich nicht in den Weisheiten der Bibel belehren!« Knopplochius wandte sich wütend ab. Türmer setzte nach: »Die gottlosesten Dinge des Alltags liegen Euch mehr am Herzen, als die Worte der Heiligen Schrift.«

Knopplochius ballte die Fäuste. Er bebte innerlich, doch hielt er sich zurück. Die Studenten sahen erwartungsvoll von einem zum anderen. Ein offener Kampf war ausgebrochen. Sie erwarteten eine Antwort des Gelehrten. Unmöglich konnte Türmer triumphieren. Der Magister suchte verzweifelt nach Worten.

»Der Alltag ist es, der bewältigt werden muss. Die Heilige Schrift kann warten. Sie ist ewig. Ihr habt alle Zeit, die Ihr

Euch nehmen wollt. Wir kehren zur Heiligen Schrift zurück. Schon bald. Doch gibt es Dinge auf Erden, die von der Heiligen Schrift nicht erklärt, ja, nicht einmal berührt werden.«

Widerspruch regte sich. Knopplochius hatte sich weit vorgewagt. Diese These war unlutherisch. Doch was war sie, wenn nicht reformiert?

»Sagt mir doch, was es mit der Bibel zu tun hat, rote Kreuze auf den Mänteln zu tragen?«, ging Knopplochius zum Angriff über. Er hatte Türmer und Kreutziger unmittelbar angesprochen.

Die beiden warfen sich einen Blick zu. Türmer überlegte einen Moment. Dann geiferte er hilflos: »Es hat mehr mit dem göttlichen Willen zu tun als ein Kräutergarten.«

»Das möchte ich bezweifeln«, befand Knopplochius und wandte sich ab. Er lief weg. Er floh den Disput. Nie zuvor war es den Knaben so offenbar gewesen: Der Magister lief vor Türmer davon!

Haberkorn stöhnte auf. Türmer triumphierte, obwohl seine Rede nicht überzeugt hatte. Unschlüssig standen die Scholaren um das Lager der Boschna. Dann streckte der *baccalaureus biblicus* seinen roten Schopf vom Flur her erneut durch den Vorhang. Knopplochius befahl ihnen, ihm in die Küche zu folgen. Murrend folgten die Scholaren seiner Aufforderung.

Gemeinsam durchsuchten sie Regale und Vorratstöpfe, unternahmen eine flüchtige Visitation der Ställe. Der Magister bat Justus, die Ergebnisse zu notieren. Knopplochius tat, als habe sich der Disput mit Türmer niemals zugetragen. Er war bemüht, die Dinge des Alltags zu ordnen.

Haberkorn nahm den Blasebalg von der Wand und machte sich daran, die verbliebene Glut zu entfachen. Es gelang ihm rasch, ein munter züngelndes Feuer unter der Esse anzublasen. Knopplochius wies die Naumburger und Hoyer an, frisches Wasser herbeizuschaffen. Türmer verschwand in der Vorratskammer und schleppte ein Fass gepressten Hafers in die Küche. Der Magister gab die Hälfte davon in den großen Kessel, der neben dem Feuer hing, die Naumburger schütteten Wasser hinzu. Theophil musste nicht lange nach dem riesigen Holzlöffel suchen, den die Boschna stets benutzt hatte.

Binnen kurzem hatten die Scholaren eine Grütze, die noch um etliches fader schmeckte als der Schleim, den ihnen die Boschna jeden Morgen bereitet hatte. Der Einfachheit halber verspeisten sie sie gleich in der Küche.

Nachdem Knopplochius wortlos seinen Brei gelöffelt hatte, schickte er die Naumburger erneut nach Wasser. Der Kessel musste ausgewaschen werden. Dann klopfte sich der Gelehrte auf die Oberschenkel, richtete seinen Körper zu voller Größe auf und befand: »März ist der Monat, in dem das Feld bestellt wird. Er ist fast vorüber. Wir werden heute mit der Aussaat beginnen. Wir werden dafür Sorge tragen, dass uns die Speise nicht ausgeht, selbst wenn wir den Sommer hier verbringen müssen.«

»Den Sommer?«, fragte Theophil entsetzt.

Knopplochius zuckte mit den Schultern. »Wir müssen uns in Geduld üben.«

»Aber wir kennen uns nicht aus im Ackerbau!«, warf Haberkorn ein. Seine senkrechte Stirnfalte war tiefer gekerbt als je zuvor.

»Der Herr wird uns die richtigen Handgriffe schon eingeben. ›Im Schweiße deines Angesichts sollst du dein Brot essen‹, sagt die Bibel im dritten Kapitel des ersten Buches Mosis, neunzehnter Vers. Nicht wahr, Türmer? Und nicht die Hände in den Schoß legen, auf dass uns gebratene Tauben in den Schlund fliegen!«

Knopplochius' Stimme war angriffslustig. Türmers Augen blitzten auf, doch er schwieg.

»Wo befindet sich denn eigentlich der Acker, den wir bestellen wollen?«, fragte Otto unschuldig.

Betretenes Schweigen machte sich breit.

Knopplochius sah ihn lange und eindringlich an. Dann ließ

er seine Faust in den Handteller klatschen. »Wir müssen mit Ahnsorge sprechen«, entschied er.

Der Magister erklomm den Wehrumgang nächst dem Tor. Er rief nach den Wachleuten, doch niemand erschien. Nach einer Weile vergeblichen Rufens und Pfeifens näherten sich zwei mit Hellebarden und schweren Degen bewehrte Wächter. Sie trugen nicht die Uniform des Herzogs, sondern die der meißnischen Torwache. Soldaten des Fürsten waren weit und breit nicht zu sehen.

»Heh, Ihr da, lasst nach Bürgermeister Ahnsorge schicken!«

Die Wachleute sahen sich an. »Was ist Euer Begehr, Meister?«

»Das werde ich mit dem Bürgermeister verhandeln.«

»Er wird uns fragen, worum es in dieser Verhandlung gehen soll.«

Knopplochius beugte sich weit zwischen den Zinnen vor. »So sagt ihm, es gehe um das Wohlergehen herzoglich-sächsischer Untertanen. Das sollte ihm Sorge genug sein!«

Nachdem sich die Wachen einen unschlüssigen Blick zugeworfen hatten, zog der Dickere der beiden ab.

Der Magister wich nicht von der Mauerkrone. Das Uhrwerk der Stadtkirche schlug acht in der Früh. Es musste halb Neun schlagen, ehe Ahnsorge wankenden Schrittes und gestützt vom Wachmann zur Burg hinaufkam. Knopplochius richtete sich zu seiner vollen Größe auf und verschränkte die Arme.

»Ihr sauft Euch ein Loch in den Bauch und uns lasst Ihr hier verhungern. Ist es das, was Ihr unserem Herzog gelobt habt, als Ihr uns in Euren Mauern aufnahmt?«

Ahnsorge lehnte sich auf die Schulter des Wachmannes, um sich gleichfalls aufzurichten. Ein Lallen lag in seiner Stimme.

»Euer Herzog ist in arger Bedrängnis!«

»Er sollte auch der Eure sein!«, stellte Knopplochius spitz fest.

»Der Kurfürst Johann Friedrich setzt ihm arg zu. Dem Landgrafen von Brandenburg-Kulmbach hat er sein Heer zerschlagen. Nun zieht er auf Meißen. Die Soldaten des Herzogs haben längst das Weite gesucht. Wir liegen vollkommen schutzlos da!«

»Was werdet Ihr denn zur Verteidigung der Stadt unternehmen?«

Ahnsorge lachte bitter. »Moritz hat Meißen aufgegeben. Soll ich es für ihn verteidigen? Meine Haut durchlöchern lassen, wo es die Aufgabe seiner Söldner wäre? Nein. Dafür ist sie mir zu teuer. Ich werde den Kurfürsten mit offenen Toren empfangen. Er wird uns verschonen. Meine Leut' sind alle gut lutherisch gesinnt.«

Knopplochius interessierte sich wenig für die politischen Händel. »Und was geschieht mit uns?«

»Mein lieber Herr Doktor, ich werde Euer Schicksal der Weisheit des Kurfürsten empfehlen, sobald ich ihm die Schlüssel zu den Stadttoren überreicht habe.«

Knopplochius ballte die Faust, die auf der Zinne ruhte. Eine hilflose Geste. »Der Titel ›Doktor‹ gebührt mir nicht, so wenig wie Euch der Titel ›Bürgermeister‹ gebührt!«

Ahnsorge lachte aus tiefer Brust. »Ihr werdet nicht beginnen, Euch mit mir um Ehre und Titel zu streiten. Ich erwarte ein feindliches Heer vor der Stadt. Berittene Scharen streifen schon das Tal der Triebisch hinab und über die Lommatzscher Ebene, das Landvolk flieht in die Stadt. Was glaubt Ihr, wer da noch auf Ehre hält?!« Der Bürgermeister wandte sich ab und schickte sich an, den Weg zur Stadt hinunter zu nehmen.

»Bürgermeister!«, rief Knopplochius. »Die Wirtin ist uns abhanden gekommen.«

Der Bürgermeister winkte ab. »So behelft Euch selbst! Ich habe andere Sorgen.«

»Wisst Ihr denn, wo sie abgeblieben ist?«

Ahnsorge wandte sich um und versuchte, seinen glasigen Blick dauerhaft auf Knopplochius zu richten. Es gelang ihm nicht. »Ich werde darauf hören, was die Leute sprechen. Sie war auf der Burg, war bei Euch. Wohin soll sie schon entlaufen sein?«

»Ihr wisst, dass es Wege gibt, aus der Burg zu gelangen und wieder hinein? Wege, die nur wenigen bekannt sind?«

Ahnsorge lachte wieder. »Es gibt keine Wege, die nur wenigen bekannt sind. Die, die in die Burg hinein und wieder heraus führen, werden streng bewacht. Wenn Euch die Boschna weggelaufen ist, so sucht sie innerhalb der Mauern.«

»Bürgermeister. Lasst uns frei! Die Vorräte gehen zur Neige!«, rief Knopplochius beschwörend. Der Ton der Verzweiflung hatte sich in seine Rede geschlichen.

Ahnsorge zuckte mit den Schultern. »Das Landvolk verlässt die Felder, doch der Herzog verlangt uns immer neuen Proviant ab. Bald wird es ihm der Kurfürst gleichtun. Wir haben doch selbst kaum noch etwas!« Ohne Gruß wandte sich Ahnsorge ab und suchte seinen Weg in die Stadt hinunter.

Knopplochius sah ein, dass es keinen Sinn hatte, ihn zurückzurufen. Als er sich umwandte, sah er, dass die Studenten vollzählig auf dem Wehrgang versammelt waren und ihn erwartungsvoll ansahen. Er wusste, dass er ihnen etwas sagen musste. »Wir müssen abwarten«, gestand er und war selbst wütend, dass er ihnen keine bessere Kunde geben konnte.

Liesel hatte den Bürgermeister über die Schwelle poltern hören. Er hatte die Anwesenden im Wirtshaus lauthals begrüßt und war seinerseits gegrüßt worden. Doch hier in der Küche hatte sie ihn nicht erwartet. Plötzlich stand er dicht hinter ihr. Sie spürte seinen Atem in ihrem Nacken und roch den Alkoholdunst, den er verströmte.

»Wo ist die Grete?«, fragte Ahnsorge. Liesel überhörte nicht den drohenden Unterton in seiner Frage.

»Herr, Ihr wisst es: Sie ist auf der Burg mit den Studenten, dem Magister und dem Herrn Stadtpfarrer.« Sie hatte die Haare zum Zopf geflochten und aufgesteckt. Unvermittelt, ohne Vorwarnung packte Ahnsorge sie beim Nackenhaar. Der Haaransatz lag fest und schmerzhaft in seiner Faust. »Lüg nicht, Mädel! Man hört, sie ginge ein und aus auf der Burg, ganz wie es ihr beliebt! Man hat sie in der Stadt gesehen – gegen das Gebot des Herzogs, gegen die Regeln der Quarantäne.«

Liesel wand sich unter Ahnsorges Griff, ließ aber keinen Ton des Schmerzes vernehmen. »Herr, das ist ein böswilliges Gerücht. Ich hab' die Herrin seit beinahe drei Monaten nicht mehr zu Gesicht bekommen. Sie ist auf der Pestburg. Ihr wisst es. Und Ihr wisst auch, warum.«

»Soso. Auf der Burg will man sie aber missen.« Die Liesel horchte erstaunt auf und versuchte sich seinem Griff zu entwinden.

Der Bürgermeister ließ sie los, und die Küchenmagd konnte sich jetzt umdrehen. Obwohl Ahnsorge nicht sehr groß war, überragte er die Liesel um einen ganzen Kopf.

»Sie ist nicht auf der Burg?«, fragte sie mit kindlichem, unschuldigem Blick.

»Ich habe mit dem Herrn Magister gesprochen. Er gibt an, sie wäre verschwunden, ohne eine Spur zu hinterlassen.«

Die Miene der Magd wurde mit einem Mal ernst. Sie verlor jeden kindlichen Ausdruck. »Wie kann jemand von der Burg verschwinden?«

Ahnsorge lächelte sie mit gebleckten Zähnen an. Doch auf seinem Gesicht wollte kein Ausdruck entstehen, der zu einem Lächeln passte. »Siehst du? Genau das frage ich mich auch!«

Von der Schankstube her erscholl Lärm. Die Liesel ergriff zwei Krüge Bier und trug sie, einen Bogen um den Bürgermeister schlagend, in die Stube. Ahnsorge griff nach einer Kanne Wein, setzte sie an die Lippen und legte den Kopf in den Nacken. Sein Kehlkopf hüpfte mit jedem Schluck. Als er das Gefäß absetzte, stand der Einäugige auf der Schwelle.

Ahnsorge runzelte die Stirn und musterte ihn aus glasigen Augen.

Der Fremde wich dem Blick aus. Der Bürgermeister wollte ihm eine Frage stellen, versuchte, in seinem brummenden Schädel die Wörter zu sammeln und die Gedanken auf ein Ziel hin zu ordnen. Doch bevor es ihm gelingen wollte, war der Fremde auch schon wieder verschwunden.

Die Stadtwachen hatten ihren letzten Patrouillengang beendet. Die Tore waren verschlossen, die Gassen Meißens in tiefes Schweigen gesunken. Kein Hund bellte, nur ein Kater jammerte einer rolligen Katze hinterher.

Die Liesel zog den Umhang enger um die Schultern und wandte sich bergauf. Immer wieder sah sie sich um, ob ihr jemand folgte. Nicht irgendjemand. Sie wusste, wer Unheil ins Haus gebracht hatte. Sie hatte von ihm geträumt.

In dieser Nacht fühlte sie sich sicher vor ihm. Er hatte gesoffen, Dutzende Kannen Wein. Aus seiner Kammer war erschütterndes Schnarchen gedrungen, als die Liesel ihr Ohr an das Holz des Verschlags gelegt hatte. Also hatte sie sich auf den Weg gemacht. Und doch war da die Angst, dass er plötzlich hinter ihr auftauchen könnte. Oder vor ihr, aus einer schmalen Gasse heraus. Wie in ihrem Traum. Mit einem Dolch in der Hand. Blut, das aus seiner leeren, vernähten Augenhöhle sickerte …

Die Liesel schüttelte heftig den Kopf, um das Nachtgesicht zu verscheuchen. Die Magd wusste nicht, wo der Geheimgang zur Burg hinaufführte. Sie wusste nur, dass es ihn gab. Und es gab nicht viele Stellen, an denen man nahe an die Burg herankam. Die Liesel erreichte die niedrige Bruchsteinmauer und entdeckte den Holzstoß, der so überaus günstig an der Wand lehnte. Sie hob die Blendlaterne in die Höhe, um besser sehen zu können, und erblickte die Stellen, an denen die Rinde von den Scheiten geblättert war. Das blankgeriebene Holz verriet, was die Liesel schon ahnte: Dies war der Weg!

Die Magd nahm die Schuhe in die Hände, um ihre nackten Füße besser in die Zwischenräume zwischen den Scheiten setzen zu können. Sie stemmte sich auf die Mauerkrone. Vor ihr erstreckte sich das wilde Gehölz, das zwischen äußerer und innerer Befestigung lag. Sie glitt auf den Waldboden und spürte trockene Blätter unter ihren Fußsohlen. Die Magd wähnte sich auf der richtigen Spur. Sie ging in die Knie und schlüpfte wieder in die Fellschuhe, die die Boschna ihr geschenkt hatte. Zuvor war sie meist barfuß gelaufen. Der Wirtin verdankte sie alles in ihrem noch jungen Leben!

Die Liesel hastete durch das Wäldchen. Hoch über ihr reckten Schloss und Dom ihre Giebel und Türmchen in den Nachthimmel, doch sie hatte keinen Blick für das imposante Gemäuer. Stattdessen ließ die Magd den Lichtkegel der Blendlaterne über den Boden wandern und suchte auf dem Waldboden nach etwas, das ihr den Weg weisen konnte. Sie wandte sich intuitiv zur inneren Burgmauer hin.

Es dauerte nicht lange, bis sie auf den Leichnam der Boschna stieß. Als der weit aufgerissene Schlund mit den blau angelaufenen Lippen in den Kegel der Laterne geriet, schrie die Liesel auf. Das Nachtlicht stürzte zu Boden, und die Magd ging in die Knie. Die Liesel schluchzte und rang nach Luft. Sie wollte fliehen, doch ihre Glieder waren wie gelähmt. Sie tastete mit den Fingern nach der Laterne. Doch statt des metallenen Bügels ertastete ihre Hand etwas Feuchtes, Glitschiges. Diese Empfindung ließ sie aufspringen und wild schreiend das Weite suchen. Die Laterne und den toten Körper der Ziehmutter, von wildem Getier arg gefleddert, ließ sie zurück.

Als die Küchenmagd am nächsten Morgen, am Montag der Karwoche, in das Dienstzimmer des Bürgermeisters trat, war der gerade dabei, Pergamente und Zettel in den Kamin zu werfen. Das Feuer loderte gefräßig. Die Magd hatte keinen Blick dafür. Sie starrte ihn aus verweinten Augen an, am ganzen Körper zitternd. Sie war die ganze Nacht umhergeirrt, konnte nicht in den »Schwan« zurückkehren. Nicht an den Ort, wo der Mörder seinen Rausch ausschlief.

Der Bürgermeister gab sich keine Mühe, vor ihr zu verbergen, was er tat. »Der Feind steht drei Meilen von hier. Er bezieht ein Feldquartier. Der Kurfürst hat mich schriftlich aufgefordert, die Stadt zu übergeben. Ich werde seiner Forderung nachkommen«, gestand er ungefragt.

Die Liesel nickte. Sie wusste, dass harte Zeiten auf sie zu kamen. Bereits seit der vergangenen Nacht.

Die Küchenmagd stand so dicht, dass sie die Fahne des Bürgermeisters riechen konnte. Es war der Dunst vom Wein des vorherigen Tages. An diesem Morgen war der Stadtobere nüchtern. Die fahlen braunen Haare hingen ihm wirr in die blasse Stirn. Die Haut hatte einen Anschein von dünnem Leder, fast wie Pergament.

»Die Schwanenwirtin ist tot«, brachte die Liesel stockend heraus. Der Bürgermeister hielt inne, zögerte, einen weiteren Zettel ins Feuer zu schleudern.

Er schaute die Magd abwesend an. »Tot?«, fragte er einfältig.

»Der einäugige Fremde hat sie erdolcht! Wie einen erschlagenen Hund liegen gelassen. Der Gottlose! Ihr müsst ihn sofort in Gewahrsam nehmen! Lasst die Stadtwache kommen. Er ist leicht zu überwältigen. Liegt auf seinem Lager und schnarcht!«

Der Bürgermeister ließ den Zettel in die Flammen flattern und wandte sich zur Liesel um. Er sah ihr fest in die Augen. »Das ist eine schwere Anschuldigung. Hast du den Leichnam mit eigenen Augen gesehen?«

Die Liesel nickte. Sie biss sich auf die Lippen. Wieder stiegen ihr Tränen in die Augen. Es fiel ihr schwer, sich zu fassen.

»Wo?«, fragte Ahnsorge ungerührt.

»Am Fuße der inneren Burg. Auf der Böschung, die zur äußeren Mauer hin abfällt. Dort, wo der Hügel mit dichtem Gehölz bewachsen ist.«

Der Bürgermeister schoss vor und tippte ihr mit dem Zeigefinger gegen die Schulter. »Da hast du's!«

»Was hab' ich?«

»Die Pest. Sie haben sie von den Zinnen geworfen, weil sie an der schwarzen Seuche gestorben ist. Zum Glück hat unser weiser, gewesener Herr, Seine Fürstliche Gnaden der Herzog von Sachsen, die Quarantäne noch nicht aufgehoben!«

Die Magd runzelte die Stirn. Je länger sie darüber nachdachte, desto weniger verstand sie.

»Die Absonderung wird fortgesetzt. Der Pestkadaver der Wirtin wird verbrannt. Du wirst den Wachen zeigen, wo du ihn gefunden hast!«

Die Tränen brachen der Magd ungestüm hervor. Sie bestürmte den Bürgermeister, ergriff seine Hände und umfasste sie. Beinahe hätte sie sich vor ihm auf die Knie geworfen. »Herr, habt Mitleid! Die Boschna war ein gottesfürchtiger Mensch, ihr Seelenheil verlangt nach einem christlichen Begräbnis. Es war nicht die Pest. Nie und nimmer. Die Wirtin war gesund – das kann ich beschwören! Sie hat mich mehrmals besucht! Es war der Fremde, der Hüne mit dem eitrigen Auge. Er wohnt im ›Schwan‹. Ihr braucht ihn nur in Arrest zu nehmen!«

Der Bürgermeister schüttelte die Liesel ab wie einen Wassertropfen.

»Kind, du redest wirr. Geh. Ich muss mich um die Übergabe der Stadt kümmern. Ich werde dir die Wachen schicken. Und du wirst sie zum Kadaver der Wirtin führen.«

Der Bürgermeister eilte, sich hinter seinen Schreibtisch zu retten. Die Liesel setzte ihm nach. »Herr, wieso glaubt Ihr mir nicht? Seht Euch wenigstens den Leichnam an! Sicher wird ein jeder gleich sehen können, auf welche Weise der Tod die liebe, gute Frau ereilt hat!«

Der Bürgermeister hob abwehrend die Hände. »Damit ich die pestigen Dünste einatme und mir selbst den Tod hole? Nein, Magd. Verschone mich. Ja, die Grete Boschna war eine gute Frau. Wenn sie eines gottgefälligen Todes gestorben ist, wird im Himmelreich Platz für sie sein. Sorge dich nicht und gehe deinen Pflichten nach!«

Die Liesel sah ein, dass es keinen Zweck hatte. Sie wandte sich zum Gehen. »Was wird aus dem ›Schwan‹?«, fragte sie, bevor sie die Amtsstube verließ.

Der Bürgermeister legte die Stirn in Falten. »Der ›Schwan‹ wird Einquartierungen haben, sobald der Kurfürst in die Stadt zieht. Dreitausend Berittene sollen es sein, die mit ihm sind. Jeder von ihnen braucht eine trockene Stube – und Stroh für seine Spießgesellen. Diene ihnen nach Kräften, so werde ich ein gutes Wort für dich einlegen. Alles andere wird sich finden, wenn wieder Ruhe eingekehrt ist.«

Die Liesel machte einen Knicks auf der Schwelle. Der Bürgermeister beachtete sie schon nicht mehr. Der Magd zitterten die Hände, als sie die Tür hinter sich schloss. Was war das für ein hartes Los! Für welches Verbrechen hatte sie zu sühnen? Das Leben war ihr von heute auf morgen in Trümmer geschlagen! Und womöglich verlor sie es gleich ganz? Der Einäugige würde ihr ansehen, dass sie ihn beschuldigt hatte. Er würde es ihr bestimmt vom Gesicht ablesen! Wie konnte sie ihm gegenübertreten, ohne zu zittern und zu beben, ohne zu stottern und zu stammeln? Sogleich anmerken würde er es ihr! Und abstechen würde er sie! Wie die Boschna! Die Liesel hatte Angst. Todesangst.

Eleonor war unter Justus' Decke gekrabbelt. Seit er sich offen gegen Türmer gestellt hatte, war sie es, die seine Nähe suchte. Wenn die Nacht gar zu tief und kalt war, tapste sie die wenigen Schritte zu seinem Lager, schlüpfte unter den Umhang, schmiegte ihren Rücken an seinen Bauch, und Justus ließ es geschehen. Sie hatten die Scheu vor der Berührung verloren.

Manchmal konnte Eleonor Justus' pralles Mannswerkzeug an ihrem Rücken spüren. Sie wünschte sich, dass man sein *instrumentum* einfach abnehmen könnte – so wie das ihre.

Zu gerne hätte sie es in der Hand gewogen, die Zartheit der Haut geprüft, es sich auch einmal zwischen die Schenkel gepresst. Auf Probe. Ohne den dazugehörigen Jüngling. Nur um zu fühlen. Sicher war es ganz anders als das Lederknäuel, das sie zwischen den Beinen trug. Weicher, angenehmer zu spüren. Sie fühlte das Verlangen, sich das Lügenwerk abzureißen und in die Abortgrube zu schleudern. Justus die Wahrheit zu offenbaren. Ihm zu gestehen, wer sie war. Eleonor, Erzherzogin von Österreich, Prinzessin von Böhmen. Nicht Theophil Bergmann aus Innsbruck. Ihre Haare waren gewachsen, doch es fehlte noch viel, dass sie wieder wie eine Frau aussah.

So sehr sie es sich wünschte, für Justus wieder zur Jungfer zu werden, so sehr fürchtete sie sich davor. Wie würde er reagieren? Sicherlich wäre er erschrocken. Womöglich würde er sie wegen der Lüge von sich stoßen. Er, der Einzige, mit dem sie sich wohl fühlte! Der Einzige, der ihr Geborgenheit gab, seit die Wirtin verschwunden war.

Doch sie wusste auch, dass es nicht recht, dass dieses Beieinanderliegen Sünde war. Sie lagen wie Mann und Weib, ohne Gattin und Gatte zu sein!

Justus bemerkte, dass Türmer und Kreutziger ihre Decken zurückschlugen und sich von ihren Lagern erhoben. Gemeinsam gingen sie hinüber zu Haberkorn. Der klagte bitterlich, mit gedämpfter Stimme, doch die beiden Älteren nahmen ihn in ihre Mitte und zogen mit ihm ab. Die übrigen Scholaren ließen sie in Ruhe.

»Wir müssen Knopplochius einweihen. Sie peinigen ihn jede Nacht!«, flüsterte Justus.

»Wenn wir das tun, schlagen sie *uns* tot!«, entgegnete Eleonor.

»Hast du gesehen, wie mager Haberkorn ist? Sein Umhang weht um seinen Leib wie ein leerer Hirsesack.«

»Wir sind alle abgemagert«, warf Eleonor ein. »Die Vorräte gehen zur Neige, und niemand kann einen Braten zubereiten. Das Viehzeug ist noch am reichlichsten vorhanden, da niemand wagt, auch nur ein Huhn zu schlachten. Und ich weiß nicht, ob es sich nach dem Fasten ändern wird.«

Justus nickte, erwiderte aber nichts, denn der Vorhang, der die Kammer des Magisters gegen den Schlafsaal abschloss, raschelte. Knopplochius trat hindurch, den großen, langen Kasten auf dem Buckel. Er starrte in die Sterne! Was vermochte er an ihrem Schicksal vorherzusehen, was zu ändern?

Als Knopplochius an ihnen vorüberschlich, spürte Justus, dass Theophil sich versteifte. Sicher handelten sie sich schweren Schimpf ein, wenn Knopplochius sie so erwischte. »Sodomie« klang das sündige Wort in Justus' Kopf nach. Doch er fühlte sich nicht sündig. War es nicht das, was Knopplochius ihm zu sagen versucht hatte? Dass die Sünde ein privates Gefühl ist? Kein ewiges, allgemeingültiges Gesetz? Was für ein fremder, berückender Gedanke! Er war geeignet, eine Welt aus den Angeln zu heben.

Kaum hatte der Magister den Saal verlassen, da wand sich Theophil unter Justus' Umhang. Er kratzte sich am ganzen Körper und fluchte. »Bissige Läus', verdammte!«

Justus kicherte. »Kein Wunder! Wenn wir dicht an dicht liegen, ist die Festtafel für die Plagegeister gedeckt!«

»Wenn ich gewusst hätt', dass du Läus' im Bettstroh hast, wär' ich nie zu dir gekommen!«, beteuerte Theophil in seinem singenden oberdeutschen Tonfall.

»Sie hätten den Weg zu dir schon gefunden!«, entgegnete der Knabe lachend.

Theophil fuhr fort, sich zu kratzen. »Am Rücken beißen sie mich blutig!«, klagte der Knabe.

»Dreh dich um! Ich werd' dich kratzen!«, bot Justus an.

Theophil gehorchte willfährig. Justus schob das Nachthemd des Knaben, das häufig Anlass des Spottes der anderen gewesen war, am Rücken hoch. Als er es bis zu den Schulterblättern gehoben hatte, stutzte er. Auch Theophil hörte auf, sich zu winden. Er hatte den Atem angehalten und schien auf etwas zu warten.

»Was ist das für ein Stoff?«, fragte Justus. Prüfend fuhr er mit der Hand darüber. Ein festes, aber dehnbares Leinengewebe. In mehreren Bahnen sehr eng um den Brustkorb gewickelt.

»Eine Verwundung«, erklärte Theophil so beiläufig als möglich. »Ich habe im Streit um ein Mädchen einen Strauß gefochten.«

Justus schob die Lippen vor. »Die Wunde scheint frisch zu sein.«

»Ja, das ist sie«, erklärte Theophil.

»Ich wusste gar nicht, dass du solch ein Draufgänger bist«, bemerkte der Ältere in spöttischem Ton.

»Ja, das bin ich!«, erklärte Theophil frei heraus. »Ich bin ein mutiger, draufgängerischer Knabe.« Und dann: »Kratz mich bitte, ja. Ganz fest! Bitt' schön.«

Der Liebensteiner ließ sich nicht zweimal bitten. Theophil wand sich genüsslich unter seinen Fingernägeln. Und Justus musste Kratzen bis zur Erschöpfung. So lange, bis der empfindsame Gefährte wohlig schnurrend eingeschlafen war.

*Achtes Kapitel*

# Sühne

Der Einäugige harrte lange hinter dem schweren Vorhang aus. Doch die Stimmen im Schlafsaal wollten nicht verstummen. Ein endloses Gewisper und Gekicher, und das mitten in der Nacht! Der Magister stand im Hof und glotzte durch ein Rohr in den Nachthimmel. Und drei von den Knaben waren im Keller der Burg verschwunden, um weiß der Teufel was zu treiben!

Einen Moment lang hatte der Einäugige überlegt, sich die drei vorzunehmen. Doch ein großer Kerl war unter ihnen, dem er sich zuerst hätte widmen müssen. Und während er den Kräftigsten zuerst um die Ecke brachte, wären die anderen stark genug, ihm zuzusetzen, oder in der Lage zu fliehen, um die Übrigen zu alarmieren. Nein, er musste vorsichtig sein. Durfte das Unternehmen nicht gefährden. Zu wichtig war es. Gerade jetzt. Geradezu kriegsentscheidend! Das hatte man ihm erklärt. Es ging gegen den Kaiser! Endlich! Er allein war in der Lage, diesen hochmütigen Spanier, diesen heuchlerischen Papisten zu Fall zu bringen!

Er musste sich in Geduld üben. Er vermaledeite sich dafür, dass er in der vorletzten Nacht nicht zugeschlagen hatte. Einer weniger könnte es jetzt schon sein! Mit einem Quäntchen Jagdglück hätte er vielleicht sogar schon die Jungfer erledigt! Doch niemand würde ihm sagen, wann er die richtige erwischt hatte. Er würde sie sich alle vornehmen müssen. Einen nach dem anderen. Die Zeit eilte. Denn schon rückte der Kaiser unaufhaltsam über das Gebirge heran!

Das Gewisper und Getuschel wollte einfach nicht aufhören. Er musste sie im Schlaf abstechen. Alles andere wäre zu riskant. Der leidige Verlust des Auges war im Zweikampf äußerst hinderlich! Daher war der Einäugige zu weniger ritterlichen Methoden übergegangen …

Er wandte sich ab und ging den Treppenturm hinunter. Warf einen Blick hinaus auf den Schlosshof. Im Mondlicht war die massige Gestalt des Magisters deutlich zu erkennen. Er musste seinen gewaltigen Oberkörper mächtig verrenken, um durch das Rohr schauen zu können. Wie ein verwachsener Krüppel sah der Hüne im Mondlicht aus. Aber der Schein trog, er war gefährlich, von kräftiger Statur!

Der Lehrer war die Gewähr dafür, dass die Studenten nicht in Panik aus der Burg fliehen würden, sobald er zugeschlagen hatte. Er würde seine Schäflein fein beisammenhalten, bis sich der Wolf eines nach dem anderen geholt hatte!

Der Zyklop grinste und entblößte seine Zahnlücken. Als er auf dem untersten Treppenabsatz angelangt war und schon hinaus auf den Schlosshof treten wollte, drangen Schreie an sein Ohr. Er hielt inne und folgte den Geräuschen hinunter in den Keller. Es waren kehlige, verzweifelte Töne eines Knaben. Wie von einem, der auf der Folter lag. Der Einäugige sah Fackelschein aus der Ferne. Er sah, dass einer der Knaben nackt und kopfüber auf einen Streckrost geschnallt war. Von einem zweiten wurde jener mit nassen Ruten traktiert. Bei jedem Schlag spritzten die Tropfen. Blut oder Wasser – das war bei dieser Beleuchtung und aus der Ferne nicht zu entscheiden.

Während der eine den anderen stäupte, stand der Dritte mit gesenktem Haupt beiseite und hatte die Hände gefaltet. Er schien die Lippen zu bewegen, als bete er. Was waren das für krude Nachtvergnügen? Offenbar war die lange Einkerkerung nicht spurlos an den Knaben vorübergegangen.

Er hatte nicht auf seine Schritte geachtet und rempelte gegen ein Holzgestell, wäre beinahe vornübergestürzt, fing sich aber gerade noch ab und stützte sich in etwas, das nachgab. Etwas, das sich anfühlte wie ein Körper. Aber es war kalt, schleimig und roch wie die Hölle.

Der Einäugige begriff mit einem Male, in was er sich gestützt hatte. Schon lange hatte ihn der starke Verwesungsgeruch, der im Kellergewölbe lag, irritiert. Eine Leiche! Er ächzte. Versuchte panisch, sich am Umhang die Hände und Arme abzuwischen, das Gift loszuwerden. Folterten sich die Knaben gegenseitig zu Tode? Einer war jedenfalls schon hinüber!

Plötzlich trat einer der Knaben in den Mauerdurchbruch. Er stand im flackernden Gegenlicht. »Ist da wer?« Der Scholar starrte ins Dunkel.

Der Einäugige verhielt sich so still er konnte. Er atmete flach. Plötzlich schrie der Knabe so laut, dass es von den Wänden widerhallte: »Die Bluttäufer sind versammelt. Wer an der Läuterung des Christenfressers teilhaben möchte, soll zu uns treten und sich zeigen!«

Der Rufer lauschte und stierte erneut ins Dunkel. Der Einäugige verhielt sich still. Dann wandte sich der Knabe ab. Es dauerte nicht lang, da sauste ein weiterer Hieb klatschend auf den nackten Delinquenten. Als der erste gellende Schrei erscholl und nicht wieder ersterben wollte, machte der Einäugige sich flugs davon.

Er war verwirrt. So wie es aussah, waren die Knaben dabei, sich selbst umzubringen. Doch darauf konnte er sich nicht verlassen. Er würde wiederkommen.

Am nächsten Tag, dem Dienstag der Karwoche, ließ Bürgermeister Ahnsorge dem Kurfürsten und seinem vieltausendköpfigen Heerhaufen die Tore der Stadt öffnen. Als sich die ersten Wimpel und Standarten des schmalkaldischen Heeres flatternd am Horizont zeigten, zog er ihnen mit einer Abordnung des Rates und der Zünfte durch das äußere Wassertor entgegen, um ihm symbolisch den Schlüssel zur Stadt zu überreichen. Im Namen der Bevölkerung warfen sich Ahnsorge und die Stadträte dem Kurfürsten zu Füßen und baten ihn inständig, Meißen zu schonen und die Söldner nicht plündern und brandschatzen zu lassen. Er verwies darauf, dass die Stadt nach der Leipziger Erbeinigung von 1485 beiden Ästen des wettinischen Stammbaumes unterstand, dem albertinischen wie dem ernestinischen. Insofern sei es Meißens Pflicht, stets beiden sächsischen Herren ergeben und dienstbar zu sein, Moritzen ebenso wie Johann Friedrichen.

Die Miene des geächteten Kurfürsten ließ nicht erkennen, ob er gewillt war, die Stadt zu verschonen. Er schaute lange, mit mahlenden Kiefern auf den Bürgermeister, der vor ihm im Schlamm lag. Dann sprach er: »Ich werde Meißen unversehrt lassen, weil es die Wiege unserer Väter ist. Auch wenn Ihr mehr als einmal meinen Unmut erregt habt.«

Er wies den Feldherrn Thumshirn an, die Knechte vor der Stadt lagern zu lassen. So, wie es auch schon die Kaiserlichen, die Husaren und Spanier unter Ferdinand gehalten hatten. Meißen war nicht groß genug, um Tausende Landsknechte und Reiter mitsamt Tross aufzunehmen. Auch als Festung war es kaum zu gebrauchen. Die alte Stadtmauer war niedrig und in schlechtem Zustand.

Nur mit einer kleinen Abordnung, dem Sekretär Johann Rudolf, dem Kanzler Brück und dem Feldherrn Thumshirn, zog Johann Friedrich in die Stadt ein. Sie gingen zu Fuß, denn wegen der Leibesfülle des Kurfürsten war kaum noch ein Ross aufzutreiben, das kräftig genug war, nicht unter seinem Gewicht zusammenzubrechen. Und auf einem Wagen einzuziehen war nicht Fürsten-, sondern Weiberart!

Wenig Jubel klang den hohen Herrn aus den Fenstern und Stuben entgegen. Der Krieg zwischen den wettinischen Verwandten war allen sächsischen Untertanen ein überflüssiges Übel. Längst war in ganz Sachsen – in den meißnischen Landen ebenso wie in Kursachsen – die Reformation unwiderruflich eingeführt. Der halbherzige Anschluss des Herzogs Moritz an das kaiserliche, papistische Lager wurde von den wenigsten gebilligt. Und der Wittenberger Kurfürst war zwar wegen seiner volkstümlichen, grobschlächtigen Art beliebter, aber auch weniger charismatisch als sein Dresdner Vetter.

Auf dem Hauptmarkt hatte man erneut in aller Eile ein Gerüst aufgeschlagen. Einiges Volk war zusammengelaufen, um dem Kurfürsten zu huldigen. Johann Friedrich ließ es mit versteinerter Miene über sich ergehen. Er wusste, dass man dem nächsten Feldherrn, der durchzog und ein mächtigeres Heer aufzuweisen hatte, genauso zujubeln würde.

Er sprach die Formel, mit der die Huldigung gnädigst anzunehmen war, schnell und ungeduldig. Am Frühlingshimmel waren dunkle Wolken aufgezogen. Sobald die in aller Form neu angenommenen kursächsischen Untertanen erneut in Jubel ausbrachen, wandte sich Johann Friedrich zum Gehen. Bürgermeister Ahnsorge wollte ihm vorauseilen, doch der Kurfürst legte ihm seine Pranke auf die Schulter. »Bürgermeister. Auf ein Wort.«

Der Bürgermeister zuckte zusammen. Er ahnte, was des Kurfürsten Hauptanliegen war. »Wollt Ihr denn gar nicht die Mauern und Tore besichtigen? Nicht die Zugänge nach Dresden?«

»Das ist Aufgabe meines treuen Thumshirn. Er wird entscheiden, ob wir Dresden von hier aus bestürmen. Wir werden uns derweil mit einer anderen Angelegenheit befassen. Lasst zwei Kannen Wein auf Euer Amtszimmer schicken. Und seht zu, dass unser Gespräch von niemandem belauscht wird!«

Ahnsorge zog den Kopf ein und schwieg. Er ließ den Kurfürsten vorangehen. Das Treppengerüst knarrte bedenklich unter dem »dicken Hans«, doch der Wettiner erreichte wohlbehalten festen Boden. Und der Bürgermeister wusste nicht, ob er darob erleichtert sein sollte …

Nicklas Ahnsorge rieb sich die Hände, als die Dienstmagd wenig später die Weinkannen auf dem schweren Tisch in der Amtsstube platziert hatte. Drei Prachtpokale warteten darauf, gefüllt zu werden, und Ahnsorge ließ es sich nicht nehmen, seinem frischgebackenen Landesherrn diesen Dienst eigenhändig zu erweisen.

Er drückte Johann Friedrichen und dem Kanzler Brück die Becher in die Hände und stammelte einige Worte auf das Wohl des Herrn und das Glück seiner Regierung. Dann stürzte er hastig seinen Wein hinunter. Der Dicke nahm nur einen Schluck und kam ohne Umschweife auf sein Anliegen zu sprechen: »Wie viele der Leipziger Scholaren sind noch in Meißen? Und wo halten sie sich auf?«

Ahnsorge seufzte. Er hatte es geahnt. Immer waren es diese verfluchten Studenten, die ihm neue Beschwernisse aufhalsten! »Es sind nur noch wenige auf der Burg. Und die wenigen sind an der Pest erkrankt. Sie befinden sich noch in einer Quarantäne, die von Herzog Moritz angeordnet worden ist.«

Ahnsorge senkte das Haupt, doch er lauerte auf die Antwort des Kurfürsten.

Der schwieg lange. Ließ sich ächzend in den Amtssessel des Bürgermeisters sinken. Dann hub er an: »Habt Ihr irgendwelche Kunde davon, Bürgermeister, dass sich ein Weibsbild, eine Jungfer von etwa dreizehn Jahren unter ihnen befindet?« Ahnsorge schüttelte ohne nachzudenken den Kopf.

Der Kurfürst mahlte mit seinen gewaltigen Kiefern. Kanzler Brück mischte sich ein: »Gibt es denn Hinweise darauf, dass es wirklich die Pest ist, an der die Herren *studiosi* erkrankt sind? Die Teufelsseuche war lange nicht mehr in diesen Landstrichen!«

Ahnsorge nickte mit Nachdruck. »Erst kürzlich ist eine Wirtin, die auch unter den Eingeschlossenen war, verstorben.«

Johann Friedrich strich sich nachdenklich über den Backenbart. »Schafft mir Fabricius, den Rektor der Fürstenschule, herbei. Oder sind dessen Schützlinge auch verseucht?«

Ahnsorge schüttelte eilfertig den Kopf und verbeugte sich tief.

Der Kurfürst räusperte sich. »Und alsdann beschreibt mir den Weg zum Wirtshaus, das man den ›Goldenen Schwan‹ heißt.«

Ahnsorge wunderte sich, was der Kurfürst ausgerechnet im »Schwan« zu schaffen hatte. Er bot sich an, den hohen Herrn auf all seinen Wegen durch die Stadt zu begleiten. Doch Johann Friedrich wies ihn schroff ab: »Ich werde selbst entscheiden, auf welchen Wegen Ihr mich begleitet und welche ich allein oder in Begleitung meines Kanzlers zurücklege.« Ahnsorge entfernte sich mit tiefen Verbeugungen aus der Amtsstube. Er ließ rasch den Ratsdiener nach Fabricius schicken und war froh, der Befragung fürs Erste entronnen zu sein.

Die Liesel hatte noch niemals einen Mann von solchem Leibesumfang gesehen. Über dem Feldharnisch trug er einen braunen Umhang, der an eine Mönchskutte erinnerte oder den Talar eines Theologen. Neben ihm ein kahlköpfiger, dünnbrüstiger Begleiter, ein Gelehrter offenbar, vielleicht ein abgesandter der Wittenberger Universität? Die schwarze Doktorenkappe mit den Ohrenklappen verbarg seine Vollglatze kaum.

Plötzlich hatten sie in der Wirtsstube gestanden, der Dicke die Kapuze weit über die fliehende Stirn gezogen. Der Schmächtige mit dem Doktorenhut führte das Wort. »In diesem Gasthof soll ein zyklopischer Fremder ein Zimmer bezogen haben ...«

Die Magd starrte die beiden aus leeren Augen an. Sie war nicht in der Lage, irgendetwas zu entgegnen. Die Herren schüchterten sie ein.

»Ein einäugiger Riese. Er soll einen furchterregenden Anschein machen«, ergänzte der Dicke.

Liesel stand der Mund immer noch offen. Der Dicke wandte sich ab und sah sich in der Wirtsstube um.

»Wirtin!« Der Fremde wollte sie fast schütteln, um sie zur

Besinnung zu bringen. »Wohnt ein Herr dieses Aussehens bei Euch?«

»Ich … bin nicht die Wirtin«, stammelte die Magd verlegen.

Der Dicke hatte sich ihr wieder zugewandt. Im Schatten der Kapuze konnte Liesel ein breites, vierkantiges Gesicht mit buschigem Vollbart erkennen. Er hatte kleine Augen. »Wohnt er hier? Rede, Mädel!«

Der beleibte Fremde sprach in einem Tonfall, der keinen Widerspruch duldete. Die Liesel machte unwillkürlich einen Knicks. »Dort hinten, der Verschlag unter der Treppe. Dort pflegt er sich aufzuhalten. Auch tagsüber!«

Der Dicke und sein kahlköpfiger Begleiter wandten sich wortlos ab und strebten auf den bezeichneten Verschlag zu. Ohne anzuklopfen öffneten sie die Tür. Der Einäugige lag auf seinem Lager, die Augen geschlossen. Liesel sah, wie sich die hölzerne Tür hinter dem ungleichen Besucherpaar schloss. Draußen, vor den Fenstern, bemerkte sie eine Vielzahl von Schatten, hörte Rufe und Pferdewiehern. Sie nahm eine Schüssel alten Waschwassers vom Spülstein, trat über die Schwelle und sah sich in der Gasse um. Eine Hand voll Berittene drückte sich wie Tagediebe vor dem Wirtshaus herum. Sie hielten ihre Rösser am Zügel und schienen auf die Rückkehr der Besucher zu warten.

Die Magd leerte ihre Schüssel zwischen den tänzelnden Gäulen aus. Sie kümmerte sich nicht um die anzüglichen Rufe der Kriegsleute, sondern ging schnurstracks in die Schankstube zurück. Die Besucher befanden sich immer noch in der Kammer des Fremden. Die Liesel wischte sich die Hände an der Schürze ab und überlegte, was sie wohl von ihm wollen könnten.

Dr. Brück, der Kanzler des Kurfürsten im Juristenornat, rüttelte am mächtigen Leib des Einäugigen, während sich Johann Friedrich im Hintergrund hielt. Der Zyklop maulte schlaftrunken, öffnete dann das gesunde Auge und richtete sich ruckartig auf, als er sah, wer vor seinem bescheidenen Lager stand. »Welch' hohe Ehre, Euer Fürstliche Durchlaucht!«

»Ihr habt sie nicht verdient!«, stellte Johann Friedrich klar. »Ich möchte nur *in persona* sicher stellen, dass Ihr mit Euren«, es fiel ihm schwer, das Wort hervorzubringen, »Taten innehaltet, solange wir uns mit unseren Haufen in und um diese Stadt herum befinden. Ich habe von Eurem Plan gehört. Es mag ein guter sein. Vielleicht ist er es auch nicht. Jedenfalls missfällt er mir. Ich möchte nichts damit zu schaffen haben. Solange sich diese Stadt in meinen Händen befindet, werdet Ihr nichts unternehmen. Andernfalls lasse ich Euch aufknüpfen! Habt Ihr verstanden?«

Der einäugige Riese schluckte seine Wut hinunter. Er nahm Haltung an, ohne sich von seinem Lager zu erheben. Der Kahlköpfige stand zu dicht vor ihm, als dass er sich auf die Beine hätte stemmen können. Sie wären unweigerlich zusammengestoßen.

»Euer Fürstliche Durchlaucht, mit Verlaub. Ich empfange meine Befehle aus anderem Munde …«

Johann Friedrich wölbte die wulstige Unterlippe vor. »Ich schätze den Wagemut und die Schamlosigkeit meines hessischen Gevatters. Aber Ihr befindet Euch auf meinem Territorium! Ich wünsche, dass Ihr so verfahrt, wie ich es für gut und nützlich befinde.«

Der Einäugige neigte im Sitzen den Oberkörper. Eine schiefe Verbeugung. Der Kurfürst schaute verächtlich auf ihn hinab. »Dinge, wie Ihr sie treibt, stehen jedem christlichen Kriegshandwerk zuwider. Ich möchte nichts damit zu tun haben!«

Der Zyklop verzog keine Miene.

»Welche Kenntnisse habt Ihr über die Eingeschlossenen?«, fragte Dr. Brück.

Der Einäugige schwieg.

»Sprecht«, forderte Johann Friedrich, und der Angesprochene konnte nicht länger schweigen. »Es sind zehn Scholaren. Ein Magister. Eine Wirtin war dabei – sie ist nicht mehr. Sie hat mich auf einem verborgenen Weg in die Burg geführt. Sehr nützlich.«

»Ich will davon nichts wissen.« Der Kurfürst wandte sich ab und machte Anstalten, die Kammer zu verlassen.

»Jeder Plan hat seine Tücken. Doch falls er gelingt, könnte er den Sieg auf schnelle Weise herbeiführen«, beteuerte der Riese. »Er könnte das kaiserliche Lager, den brüchigen Bund mit einem unerwarteten Schlag in Stücke hauen! Auf der Stelle.«

Der Kurfürst kniff die Augen zusammen, dass seine Pupillen kaum noch zu erkennen waren. »Ihr wagt es, uns zu widersprechen? Uns Ratschläge zu erteilen? Ihr vergesst Euch! Ihr habt einen Befehl vom ersten Hauptmann des Schmalkaldischen Bundes erhalten. Ihr habt dem zu willfahren! Keine Mordleichen in dieser Stadt, solange sie meinem Befehl untersteht. Ihr habt dafür geradezustehen!«

Damit wandte sich der Kurfürst zum Gehen. Dr. Brück musste aus dem Weg springen, um nicht vom abstehenden Degen beiseite gewischt zu werden.

Der Einäugige blieb mit seinem nur mühsam unterdrückten Zorn auf der Bettstatt zurück. Als sich die Tür zum Verschlag geschlossen hatte, hieb er mit seiner Pranke auf das Stroh, dass die Planken krachten.

Die Liesel schaute den beiden Fremden nach, die von den Wachen begleitet mit klirrenden Degengehängen die Gasse hinunterschritten. Es mussten Hauptleute des Heeres sein, das vor der Stadt lagerte. So viel begriff sie. Doch was hatten sie mit dem räudigen Mörder zu schaffen? Handelte es sich um einen Kundschafter? Sie würde es herausfinden! Sie würde in Erfahrung bringen, was sein Auftrag war. Sie hatte es sich fest vorgenommen.

Am fünften Tage nach dem Verschwinden der Boschna inspizierte Knopplochius gemeinsam mit Türmer und den beiden

Naumburgern die Holzvorräte. Die Scheite lagen unter einem windschiefen, mit Holzschindeln gedeckten Vordach. Ein Klafter zugehauener Scheite und drei Kiepen Reisig machten den kläglichen Rest aus, der nicht einmal für ein bescheidenes Osterfeuer gereicht hätte. Doch die Nächte des frühen April waren gleichwohl zu kalt und die Tage zu düster und bedeckt, als dass sie bereits ganz auf den Einsatz von Brennholz hätten verzichten können. Auch zur Zubereitung der tagtäglichen Grütze war Feuerholz unabdingbar.

Der Gelehrte war ratlos. Er hatte an diesem Morgen seine Magisterkappe in der Schlafkammer gelassen, sodass er sich auf dem feurigen Haupt kratzen konnte. Wie er die Sache auch drehte und wendete, man würde nicht umhinkommen, sich erneut der Gnade der Meißner Bürgerschaft zu empfehlen.

Da machte Türmer einen Vorschlag, der seiner Lust am Abenteuer entsprang, und dennoch Erfolg versprach: »Warum wie ein Bettelweib um Holz flehen, wo es doch reichlich vor unseren Nasen steht?«

Magister Knopplochius hob die Augenbrauen und maß den Ältesten von oben bis unten. »Wo steht es so dicht vor unseren Nasen, dass wir es einschlagen könnten, ohne die Burg zu verlassen?«

»Zwischen der nordwestlichen Burgmauer und der äußeren Ringmauer ist ein steiler Abhang, auf dem wir finden, was wir brauchen.«

»Ich kenne den Hain, doch wer von uns ist geübt im Einschlagen von Holz?«

Türmer warf sich in die Brust: »Ich kann mit Beil und Säge umgehen. Und ich kenne kaum einen kräftigen Burschen, der es nicht binnen kürzester Zeit lernen kann.«

Knopplochius dachte einen Moment nach, warf einen Blick auf den geschrumpften Vorrat, der die nächsten zwei Tage nicht überdauern würde, und willigte ein.

Nach dem Mittagsmahl, das die Studenten mürrisch und wortkarg in der Küche eingenommen hatten – man verzichtete zunehmend darauf, den Speisesaal allein für die Mahlzeiten zu befeuern – versammelte man sich auf der westlichen Burgmauer nahe dem Tor. Rasch waren starke Stricke um die Zinnen geknotet. Die Studenten legten ihre Mäntel ab und ließen sich, einer nach dem anderen, am Seil hinunter.

Kaum am Fuße der Mauer angelangt, schwärmten die Studenten aus, lärmend wie eine Räuberhorde, das Streunen in einem bisher unerlaubten Bereich der Burg genießend. Bald hallte das ganze Wäldchen wider von ziellosem Dreinschlagen, vom Hauen und Sägen der Studenten. Wer kein Werkzeug gefunden hatte, brach die Zweige mit bloßen Händen von den Bäumen. Die Naumburger hängten sich mit vereinten Kräften an erreichbare Äste und wippten so lange, bis sie brachen. Die Zerstörungswut war groß. Es ging nicht so sehr um Brennholz, es ging vielmehr darum, den allzu lange im Zaum gehaltenen Kräften freien Lauf zu lassen.

Die Geräusche wurden von den steil aufragenden Mauern der Festung zurückgeworfen und ließen auf ein ganzes Heer von Holzfällern schließen, das dem Wäldchen bald den Garaus gemacht haben würde.

Eleonor war gemeinsam mit Haberkorn, der nur noch apathisch in sich hineinstarrte, und Meister Knopplochius auf den Zinnen zurückgeblieben. Sie sah den Lehrer fragend an, der mit besorgter Miene auf der Mauer stand. »Wir werden gute Gründe finden, die dir erlauben, oben zu bleiben!«, zischte er der Jungfer zu, nicht ahnend, welch große Lust sie verspürte, die Knaben zu begleiten.

»Komm schon, Theophil!«, klang Justus' Rufen von unten herauf. Eleonor sah den Magister flehentlich an, der zuckte mit den Schultern, und schon hatte sie sich auf die Zinne geschwungen. Sie umklammerte das Hanfseil mit Händen, Schenkeln und Füßen, als hätte sie ihre Lebtag nichts anderes getan. Dann ließ sie sich hinuntergleiten.

Als ihre Schuhe sachte den laubbedeckten Boden berührten, brannten ihr die Hände. Sie hatte sich ein wenig zu schnell abgeseilt. Justus lachte ihr entgegen: »Zuerst stehst du oben wie angewurzelt, dann kann es dir nicht rasch genug gehen! Aus dir werd' einer schlau!«

Gelächter vom anderen Ende des Wäldchens. Die beiden Naumburger hatten einen schweren Ast, den sie selbst vom Stamm gebrochen hatten, auf die Schädel bekommen. Die Scholarenkappen hatten den Schlag kaum gedämpft. Nun saßen sie beide verdutzt auf dem feuchten, erdig duftenden Waldboden und rieben sich die Köpfe.

Justus reichte der Jungfer die Hand und zog sie in die entgegengesetzte Richtung. »Lass die anderen Holz machen, wir ziehen auf Erkundung!«

Eleonor ließ sich bereitwillig mitziehen. Sie genoss die Berührung der zarten, schlanken Hand des Knaben, genoss den Griff, der nicht zu fest war, aber doch entschieden genug, dass sie gerne folgte. Sie wusste nicht, wohin Justus sie führte, aber es war ihr gleichgültig. Die Wärme seiner Hand durchströmte ihren Körper, und sie hätte aufjauchzen mögen. Die Luft duftete nach frischem Grün und sprießendem Leben, und – wären sie nicht Gefangene des Herzogs und der meißnischen Bürger gewesen – das Leben hätte ihr kaum besser gefallen können. Justus rannte den Hang abwärts, dem spitzen Winkel entgegen, wo innere und äußere Festungsmauer einander berührten.

Unvermittelt machte er hinter einem Gestrüpp Halt, knöpfte den Hosenlatz auf und ließ Wasser ab. Der dampfende Strahl plätscherte auf das alte Laub, und Eleonor konnte nicht anders als hinzusehen. Wie unendlich viel bequemer war doch dieses männliche Organ, wie praktisch im Gebrauch! Sie fühlte ebenfalls ein Bedürfnis. Doch versuchte sie, nicht daran zu denken. Unmöglich konnte sie sich hier vor Justus' Augen hinhocken und sich ihm entblößen. Obwohl es ihr einen Atemzug lang verlockend erschien.

»Hast du schon einmal ein Mädchen nackt gesehen?«, fragte Justus plötzlich. Eleonor nickte zögernd.

»Wie sind sie beschaffen da unten?«, fragte Justus. »Es muss da etwas geben, eine Höhlung, eine Kerbung oder etwas ähnliches. Die muss man bestürmen, wenn man als Mann bei einem Weibe liegt. Hab' ich gehört …« Arglos verstaute er seinen Anhang in der Hose und knöpfte den Latz zu.

Die Unbedarftheit, mit der Justus sie befragte, rührte Eleonor eigentümlich an. Sie vergaß für einen Moment, dass er sie als Gefährten, als Knaben ansprach. Einen kurzen Moment flammte der Gedanke auf, es ihm zu zeigen, das Geheimste. Hier. Auf dem Waldboden. Breitbeinig. Ihr Unterleib glühte, als sie sich vorstellte, wie er sich über sie beugen würde, um sie zu betrachten, sie zaghaft zu betasten … Unwillkürlich wurde sie rot.

»Was ist nun? Kannst du es beschreiben? Oder kennst du es am Ende gar nicht, du Aufschneider?« Justus blinzelte ihr zu und lachte ihr offen ins Gesicht. Eleonor suchte nach Worten. »Es ist … wie ein Felsspalt im zerklüfteten Gebirge. Der Eintritt ist eng, doch er weitet sich rasch zur geräumigen Höhle. Sie führt tief ins Innere …« Eleonors Hände hatten sich wie von selbst auf den Unterleib gelegt. Als sie sich dessen bewusst wurde, zuckte sie zurück. Doch der Knabe hatte nichts bemerkt.

»Ein Felsspalt? Das klingt nicht sehr begehrenswert!«, bemerkte Justus trocken.

»Es ist warm und weich. Zuweilen feucht. Es fühlt sich gut an«, stellte Eleonor richtig.

Justus wandte sich mit dem ganzen Körper der Jungfer zu. Seine Augen blickten erstaunt. »Willst du damit sagen, du weißt, wie es sich anfühlt? Innen drin? Hast du denn schon einmal bei einem Weib gelegen?«

Einen Augenblick lang war Eleonor versucht zu prahlen. Sich ganz als jugendlichen Draufgänger, als Herzensbrecher, als Kenner des Weiblichen darzustellen. Doch dann wurde ihr bewusst, wohin das führen konnte.

»Ich habe eine Schwester, die hat es mich einmal betasten lassen.« Eleonor wandte sich verlegen ab.

»Ich habe nur einen Bruder«, konstatierte Justus mit tiefem Bedauern.

Eleonor machte kehrt und rannte los. Der Übermut trug sie wie im Fluge fort, ließ sie keine Anstrengung spüren, obwohl sie am Hang, ihm tiefen Laub, zudem auf feuchter, lockerer Erde nur mühsam vorankam. Das Glück beflügelte ihre Schritte. Das Glück, einen Vertrauten zu haben. Justus jauchzte auf und folgte ihr mit wilden Sprüngen. In schnellem Lauf brachen sie durchs Gebüsch, rasch auf den Punkt zu, an dem innere und äußere Mauer zusammenstießen.

Irgendwer brüllte warnend von der Mauer herab. Doch Justus und Eleonor hörten nichts, außer ihrem eigenen, keuchenden Atem.

Plötzlich hielt der Knabe inne, drängte zurück, aber Eleonor rannte mit ausgebreiteten Armen auf ihn zu. Sie lachte zu ihm hinauf, wollte ihn küssen. Doch dann sah sie, dass sein Gesichtsausdruck völlig verändert war. Von einem Moment auf den anderen war er kalkweiß geworden. Durch den entgeisterten Blick des Knaben ernüchtert, schärften sich ihre Sinne. Auch sie nahm nun den durchdringenden, ekelerregenden, süßlichen Geruch war. Denselben, den sie aus der Folterkammer kannte …

Justus riss sich los, stürzte an ihr vorbei und übergab sich. Eleonor blickte in die Richtung, die Justus den Todesschrecken eingejagt hatte. Nun entdeckte auch sie den Leichnam: Kleid und Schürze zerfetzt von Füchsen und Mardern, die sich bereits an der Boschna gütlich getan hatten. Ein Dutzend Krähen ließ sich durch die Nähe der beiden Scholaren nicht stören. Sie saßen auf dem zerfledderten Körper und pickten eifrig. Eleonor wurde schwarz vor Augen, sie spürte Schwindel. Sie wollte weglaufen, doch ihre Beine versagten.

Nun drangen auch die schrillen Rufe des Magisters an ihr Ohr. »Zurück. Weg von der Mauer. Kommt weg.«

Eleonor hob den Blick. Sie sah, wovor der Magister sie hatte warnen wollen. Jenseits der Ringmauer, auf dem schmalen

Trampelpfad, der die Festung umgab, hatten sich Wachen postiert. Nicht die des Herzogs, die sie kannten. Nicht die Angehörigen der Meißner Stadtwache, sondern kurfürstlich sächsische Kriegsleute. Söldner des Wittenbergers Johann Friedrich. Eleonor erkannte sie an Feldzeichen und Standarte.

Die Wachen luden ihre Arkebusen, stützten die langen Läufe auf die Hakenstangen und legten auf sie an. Eleonor ging langsam und gefasst auf Justus zu. Der krümmte sich immer noch und würgte in immer neuen Eruptionen das karge Mittagsmahl hervor. Sie nahm ihn bei der Hand und zog ihn weg, auf die innere Mauer zu. Der wilde Bewuchs war in diesem Geviert nicht so dicht und üppig wie weiter nördlich, wo die anderen Studenten immer noch Holz einschlugen.

Die Jungfer beobachtete die Männer aus den Augenwinkeln, während sie mit Justus den Hang hinaufging. Der Hauptmann der Rotte gab einige undeutliche Befehle. Die Hakenschützen packten Stangen und Flinten zusammen und nahmen geordnet entlang der niedrigen Mauer Aufstellung. Eleonor erkannte den Zweck des Befehls: Keiner der Burgbewohner sollte den äußersten Befestigungsring überwinden. Dieser Gedanke beruhigte sie. Niemand würde auf sie schießen, solange sie keinen Ausfall versuchten!

Wie zum Hohn zerschmetterte in diesem Moment ein Schuss die Luft und zischte peitschend an ihnen vorbei. Eleonor und Justus bückten sich und liefen geduckt weiter zur Mauer. Der Magister schüttelte drohend die Faust gegen die Schützen. Doch der Hauptmann schrie und tadelte bereits denjenigen, aus dessen Büchse sich die Kugel gelöst hatte. Er hatte den Degen gezogen und strich dem Burschen mit der flachen Seite gehörig den Rücken aus.

Auch die anderen waren nun auf die Soldaten aufmerksam geworden. In aller Eile wurde die Beute gebündelt und zur Mauer geschleppt. Türmer und Grim waren die ersten, die am Seil wieder hinaufkletterten. Mit sicheren Handgriffen, als hätten sie nie etwas anderes gelernt, zurrten die Naumburger die Holzbündel fest, ebenso die aufgefüllten Kiepen.

Kaum war dies geschehen, hievten Türmer und Grim mit Hilfe des Seils und den kräftigen Pranken des Magisters Holz und Reisig die Mauer hinauf. Bündel um Bündel, Kiepe um Kiepe schwebte so nach oben, und da er stets mit überschüssigen Kräften prahlte, forderte Türmer von der Mauerkrone herab die unten gebliebenen auf, sich auf die letzten Bündel zu setzen. So schwebten sie denn zu den Zinnen hinauf.

Auch Justus und Eleonor wurden auf diese bequeme Weise nach oben befördert. Die beiden behielten ihre Entdeckung für sich. Doch war ihnen beiden, ohne dass sie sich darüber ausgetauscht hätten, bewusst, dass sie Knopplochius den schrecklichen Fund beichten mussten. Früher oder später. Der Tod der Boschna hatte etwas ganz Entscheidendes aus dem Gleichgewicht gebracht. Das spürten sie beide. Und es würde ihr weiteres Schicksal bestimmen.

Knopplochius ahnte es. Die Sterne hatten ihm längst Unheil geweissagt. Doch das Abenteuer des Holzeinschlags und sein glücklicher Ausgang hatten auch ihm Mut eingeflößt. Die Holzernte war so reichlich ausgefallen, dass der Magister auf dem Hof ein Freudenfeuer entfachen ließ. Die Knaben rückten eng um die wärmenden Flammen und vergaßen, was sie trennte.

Der dunkle Rauch wand sich in den dämmernden Abendhimmel und war weithin zu sehen, auch unten in der Stadt.

Bürgermeister Ahnsorge blickte aus dem Fenster seiner Amtsstube und erblickte die Rauchfahne. Sehr dunkler Rauch, der kerzengerade in den Abendhimmel zog. »Sieh an, sieh an. Da wird wieder eine Pestleiche verbrannt. Werden alle so enden. Wir müssen nur mitzählen.« Der Bürgermeister wandte sich mit einem maliziösen Lächeln ab. Es war dies nicht seine größte Sorge. Nein, beileibe nicht!

Auch die Liesel erblickte die Rauchfahne. Sie hatte gerade altes Stroh hinausgetragen, als sie sich umwandte und ihr

Blick beiläufig den Burgberg streifte. Der aufsteigende Rauch ließ sie innehalten. Die Schwaden zogen von ungewohntem Ort aus gen Himmel, entsprangen nicht der Esse des Bischofspalastes, wo die Studenten, den Erzählungen der Boschna zufolge, ihre Mahlzeiten zuzubereiten pflegten. Das Feuer brannte weiter westlich, etwa auf der Höhe des Domhofes. Die Liesel strich mit den Händen die Schürze glatt. »Arme Knäblein. Arme, arme Knäblein!«

Am Abend, als die Scholaren friedlich auf den Bänken des spärlich erleuchteten Speisesaales saßen, traten Justus und Theophil an den Magister heran. Knopplochius hatte dem Wein, der mit immer mehr Wasser verdünnt werden musste, um den Vorrat zu strecken, eifrig zugesprochen. Seine Augen waren glasig. Justus überlegte, ob es besser sei, einen anderen Zeitpunkt zu wählen.

Aber der Lehrer richtete bereits das Wort an sie: »Was wollt Ihr?« Sein Tonfall war schroff, anders, als sie es von ihm gewohnt waren. Es schüchterte sie ein.

»Wir haben eine Entdeckung gemacht«, begann Theophil mit leiser Stimme. Er zögerte. Warf einen Blick auf Türmer, der sie beobachtete. Kurzerhand zog er den Magister am Ärmel, und der Meister erhob sich. Justus schaute verwundert zu. Theophil ging auf eine Art und Weise mit dem Bibellehrer um, die Justus einen Stich in der Magengegend versetzte. Er fühlte sich stets ausgeschlossen aus dem besonderen Verhältnis der beiden.

Der Scholar zog Knopplochius hinter sich her, auf den Flur hinaus. Meister Rufus lehnte seinen Kopf erschöpft gegen die Mauer.

»Wir haben die Wirtin entdeckt«, gestand Theophil unumwunden mit fester Stimme.

Der Magister schien eine Weile zu brauchen, bis er verstanden hatte. Er knetete seine Hände. »Wo?«, fragte er schließlich.

Justus senkte den Kopf. »Sie ist … tot.«

Theophil wiederholte es: »Tot.« Seine Stimme zitterte dabei.

Knopplochius starrte ins Leere. Die beiden Scholaren sahen sich besorgt an. Plötzlich nickte der Meister mit stierem Blick und stieß sich von der Mauer ab. Dann ging er den Flur hinunter, auf den Domhof hinaus. Im Hinausgehen flüsterte er: »Es ist unsere Bestimmung.«

Justus und Theophil sahen sich fragend an. Im nächsten Moment brach der Jüngere in Tränen aus. Justus umfasste seine Schultern und führte ihn zum Schloss hinüber.

In der Nacht tastete sich Knopplochius, obschon der Wein noch in seinem Kopf kreiste, hinüber in den großen Saal. Er suchte die Nische, in der sie einst das Habichtnest entdeckt hatten, doch er konnte sie mit berauschten Sinnen nicht finden …

Als er in seine Schlafkammer zurückkehren wollte, fiel ihm auf, dass Haberkorn auf der Bettstatt unter seinem Mantel schluchzte und wimmerte. Er ging hinüber und fasste ihn an der Schulter. Haberkorn zuckte zusammen. »Nein, nicht! Nicht schon wieder!«

Der Magister schlug die Decke zurück und sah in ein angstverzerrtes Gesicht. Haberkorns Wangen waren eingefallen, seine Augen verheult. Knopplochius wich zurück. »Gott, Junge, was ist mit dir?«

Haberkorn sah den Magister verängstigt und scheu an. Nichts war von der frechen Zuversicht geblieben, die ihn früher ausgezeichnet hatte.

»Wovor hast du Angst?«, fragte Knopplochius. Allmählich konnte er klare Gedanken fassen.

»Sie werden mich umbringen!«, keuchte Haberkorn mit dünner Stimme.

»Wer?«, fragte Knopplochius. Sein Atem ging schnell. Etwas ging vor sich. Er wusste nicht genau, was, doch das Ergebnis glaubte er zu kennen. »Wer denn? So sprich doch!«

Haberkorn biss sich auf die Lippen und schüttelte den Kopf. »Nein.«

Der Magister erhob sich ungehalten. Mit unterdrücktem Zorn sah er auf den zitternden Scholaren. Haberkorn zog sich den Mantel wieder über den Kopf.

Knopplochius floh in seine Kammer. Er entzündete ein schlechtes Licht mit einem Docht aus Werg, der fürchterlich rußte. Es war eines seiner letzten Nachtlichter. Alles ging zu Ende! Alles!

Er schlug das Sternenkalendarium des Gewürzkrämers auf und blätterte ziellos, als enthielte das Buch eine Antwort, als müsse man nur die richtige Seite aufschlagen. Doch er wusste, dass sie in keinem Buch zu finden war. Die Antwort lag in den Knaben verborgen, und die gaben sie nicht preis!

Knopplochius ließ den Buchdeckel mit sattem Knall zuschlagen. Dann raufte er sich die Haare und ließ den Kopf auf den ledernen Einband fallen. Er war ratlos. So ratlos, dass er schließlich die Bibel zur Hand nahm und darin zu lesen begann.

Justus und Theophil rannten vorneweg. Behände erklimmten sie bereits den Umlauf hinter den Zinnen, während Knopplochius die ersten Stufen in Angriff nahm. Auf der Mauerkrone war es zugig wie stets, und der Magister musste seinen blauen Hut festhalten. Die Ohrenklappen flatterten. Darunter loderte das rote Haar im Wind wie Feuerzungen.

Als Theophil und Justus auf der Mauerkrone angelangt waren und hinunter auf den bewaldeten Abhang schauten, bot sich ihnen ein unerwartetes Schauspiel. Ein gutes Dutzend Soldaten der kurfürstlichen Wache umstanden den leblosen Körper, sodass er kaum zwischen ihnen auszumachen war. Alle Männer hielten sich Tücher vor die Gesichter.

Knopplochius war keuchend hinter ihnen aufgetaucht und schaute nun ebenfalls hinunter. Was er sah, legte sich wie ein Schatten auf seine Miene. »Sie haben sie entdeckt!«

Die Wachen des Kurfürsten umschwärmten den Leichnam wie Ameisen eine tote Maus. Sie schleppten Reisig herbei. Dann stemmten und schoben sie den toten Körper mit Stangen auf den Haufen. Knopplochius' Miene versteinerte.

Justus schaute an dem massigen Mann empor. Es ängstigte ihn, den Lehrer so besorgt zu sehen.

»Sie verbrennen die Leiche«, sagte er tonlos.

Theophil war weiß um die Nasenspitze. »Warum geben sie ihr kein christliches Begräbnis?«

Ein Hauptmann der kurfürstlichen Söldner, weithin erkennbar an seinem federgeschmückten Hut und dem prachtvollen, silberglänzenden Brustspiegel, streckte die Pechfackel gen Himmel. Dann senkte er sie in den Reisighaufen.

»Sie nehmen an, sie sei an der Pest gestorben! Gott sei ihrer Seele gnädig.« Der Magister bekreuzigte sich.

»Amen«, murmelten Justus und Theophil wie aus einem Mund.

Die Flammen loderten auf. Das Prasseln des Reisigs drang bis zu ihnen. Der Wind fachte die Flammen an. Schon brannte der ganze Stoß. Die Soldaten traten einige Schritte zurück und betrachteten schweigend, wie sich der Haufen selbst verzehrte.

Dann warfen sie die Stangen, mit denen sie den Leichnam berührt hatten, in das Feuer. Bevor sie abrückten, rissen sie sich die Tücher vom Gesicht und überantworteten sie ebenfalls den Flammen.

Etwas abseits hatten sich der Totengräber und sein Gesell gehalten. Sie blieben mit einem Bottich Kalk zurück, um die Brandstelle nach dem Verlöschen des Feuers zu bestäuben. Der Kalk sollte die pestigen Dünste binden.

Theophil und Justus schwiegen. Allmählich bemächtigte sich ihrer die Einsicht, die bereits Knopplochius hatte versteinern lassen. Wenn man in der Stadt davon ausging, die Pest habe erneut zugeschlagen … Nicht auszudenken!

Theophil fasste sich als Erster. »Aber das ist ein Irrtum. Sie ist gewiss nicht an der Seuche gestorben! Das wissen wir doch! Sie war nicht krank!«

Knopplochius nickte. Er hatte die Hand vom Hut genommen. Der Frühjahrswind hatte nachgelassen. Der Magister bewegte stumm die Lippen. Im Kopf schien er Berechnungen anzustellen. Dann sprach er langsam und bedächtig: »Sie nehmen an, wir hätten ihren toten Leib von den Zinnen geworfen. Doch der Leichnam liegt viel zu weit von der Mauer entfernt. Sie sind zu dumm, die Wahrheit zu erkennen. Wahrscheinlich wollen sie es auch nicht. Wer soll sie daran hindern, die falschen Schlüsse zu ziehen?«

»Was ist denn die Wahrheit? Woran ist die Boschna gestorben?«, fragte Justus.

Knopplochius dachte nach. »Hinuntergefallen oder -gesprungen ist sie nicht. Dazu liegt sie zu weit entfernt. Sie hatte die Burg verlassen. Heimlich. Und auf dem Rückweg ist sie … hat man sie …«

»Gemordet?«, fragte Theophil mit weit aufgerissenen Augen.

Knopplochius sah in unbestimmte Ferne. Er wollte den Scholaren nicht ins Gesicht blicken. »Vermutlich.«

»Aber wer?«, fragte Justus.

»Das«, schloss der Magister geheimnisvoll, »wird sich erweisen.«

Dem Liebensteiner schoss der Gedanke an Türmer in den Kopf. Würde er die Boschna morden wollen? Welchen Grund hätte er gehabt?

Theophil hatte offenbar auch daran gedacht. »Haltet Ihr es für möglich, Meister, dass es einer der Scholaren war?«

Knopplochius schüttelte entschieden den Kopf. »Wer auch immer es war, er kennt den Geheimgang.«

Justus sah den Magister aus großen Augen an. »Es gibt einen geheimen Zugang zur Burg?«

Der Gelehrte nickte. »Allein die Wirtin kannte ihn. Sie ging ein und aus. Ist Euch nicht aufgefallen, dass wir eine Zeit lang

Würste und Schinken im Überfluss hatten, ohne dass die Boschna auch nur einmal Fleisch in den Rauch gehängt hätte?«

Justus und Theophil sahen sich betreten an. Es war ihnen nicht aufgefallen.

»Wo ist der Geheimgang?«, fragte der Liebensteiner.

Knopplochius entrang sich ein gequältes Lachen. »Wenn wir das wüssten! Sie war die Einzige, die ihn kannte.«

»Sie und ihr Mörder«, ergänzte Theophil.

Der Gelehrte nickte langsam und ernsthaft. »Deshalb kann es niemand von uns sein. Wenn es so wäre, hätte er sich doch längst aus dem Staub gemacht, nicht wahr?«

»Es sei denn, es gefällt ihm auf der Burg. Und es gefällt ihm womöglich, andere zu quälen, andere zu morden«, ergänzte Justus. Theophil sah ihn durchdringend an. Sie erkannten, dass sie beide dasselbe dachten.

Der Magister hing seinen eigenen Gedanken nach. Das Feuer hatte den Leichnam der Boschna beinahe aufgezehrt. Der Totengräber und sein Gesell begannen, feuchtes Laub auf den Haufen zu werfen. Dunkle Wolken waren aufgezogen. Der Dienstmann des Todes mochte nicht abwarten, bis sie sich über ihnen entleerten.

Das erlöschende Feuer rauchte kräftig und kündete weithin vom Unglück, das den Eingeschlossenen widerfahren war. Meister Rufus vermied es, sich auszumalen, wie sehr dies Feuer den giftigen Sud der Gerüchte in der Stadt aufkochen mochte.

Er wandte sich ab, um die Mauerkrone zu verlassen. Theophil und Justus folgten ihm Seite an Seite. Jeder für sich hatten sie den gleichen Entschluss gefasst: Sie würden den geheimen Gang finden! Bevor Türmer noch mehr Unheil anrichten konnte!

Nie zuvor hatte das böhmische Städtchen Eger eine solche Ansammlung von Menschen und Kriegsgerät gesehen. Als Erster war Ferdinand Alvarez von Toledo, Herzog von Alba, des Kaisers begnadeter Feldherr, eingetroffen. Ihn begleiteten zwanzig spanische Fähnlein Knechte, gut viereinhalbtausend Mann stark; dazu sieben deutsche Gefolgschaften Landsknechte. Dann erschienen Herzog August und König Ferdinand mit den ersten Haufen der herzoglich-sächsischen Söldner und den königlich-römischen Fähnlein.

Dann der Kaiser selbst, zu Pferde, begleitet von seinem Neffen Maximilian, an der Spitze von achtzig schwer geharnischten und dreihundert leichten spanischen Reitern und Niederländern, dem Stolz des kaiserlichen Heeres. Dazu mehrere Dutzend Feldgeschütze: Kartaunen, Schlangen, Falkonette, Mörser auf Lafetten und Fuhrwerken.

Den Truppen und Geschützen folgten, sechsspännig gezogen, die langen Reisewagen des Kaisers, nach niederländischer Art aus Korbgeflecht. Ihre Holzräder waren mannshoch, sodass sie die halbe Höhe der Plane erreichten. Darin wurden die kaiserlichen Schreiber und Sekretäre nebst ihren Truhen und Siegelkästen sowie die Leibärzte und der Feldprediger befördert.

Den Zug beschlossen Dutzende von Gepäckwagen, beladen mit allem, was zum Leben und Regieren des fahrenden Herrschers benötigt wurde: Garderobe, Rüstungen und Harnische – sowohl für Karl als auch für seine Pferde –, Toilettengegenstände, Jagd- und Kriegswaffen, Beizfalken, Möbel – auch mehrere gut ausgestattete Küchen mit notwendigem Geschirr und Gerät –, prachtvolle Tischgefäße, Pretiosen, Vorräte, Felle, Teppiche und Tapisserien, Tafeln und Tafelböcke, etliche verriegelte Kästen voller Bücher oder Gulden, Truhen für die Verträge, Briefe oder wichtigen Urkunden, Schreibzeug und Papier zum Ausfertigen neuer Schriftstücke, erbeutete Flaggen und Standarten, etliche Zelte, ein Reisethron, ein Prunkbett sowie die Reichsinsignien.

Den Gepäckwagen des Kaisers schloss sich ein nicht enden wollender Tross an, der dem Kaiser auf allen seinen Wegen quer durch Europa und bis an die Ränder des Kontinents, ja selbst über das Mittelmeer hinweg bis an die nordafrikanischen Gestade folgte: Gesandte, Kundschafter, Bittsteller, Krämer, Gaukler, Feldschere, Spielleute, Feldköche, Dirnen, Hufschmiede, Zeugflicker, die Sippschaften der fahrenden Söldner und, und, und.

Während der Weltenherrscher am späten Vormittag Tirschenreuth bei Eger erreicht hatte, dauerte es bis zum Einbruch der Dunkelheit, bis das letzte Wagenrad still stand.

Bald erreichte auch Herzog Moritz mit fünf sächsischen Fähnlein Reitern den Versammlungsort. Alles in allem kam ein Heer von dreißigtausend Mann und beinahe zehntausend Schlachtrössern zusammen, dazu der Tross in unüberschaubarer Größe. Da man dem Städtlein nicht solche Massen Volks zumuten konnte, lagerte man weitläufig um die Stadt verstreut. Selbst der Kaiser, der sonst unter Rücksichtnahme auf seine Krankheit ein Lager in einem Gasthaus oder dem Haus eines vornehmen und rechtgläubigen Städters bevorzugte, ließ sein Prunkzelt aufschlagen. Er hoffte, damit ein Beispiel zu geben, auf dass viele der Edelleute es ihm gleichtäten.

Doch hatte er deren Bequemlichkeit unterschätzt. Die wenigen Gasthöfe waren im Nu belegt. Die Fouriere und Quartiermeister der edlen Herren führten erbitterte Fehden um jede freie Kammer. Wer am Mittag einen Raum geentert und sein Wappen an die Tür geschlagen hatte, dem wurde es am Nachmittag von einem noch edleren Herrn wieder heruntergerissen.

Auch Pferde und Zugochsen mussten untergestellt und versorgt werden. Stroh und Heu wurden im Verlauf weniger Stunden zur Mangelware, um die man sich prügelte und, wenn es hart auf hart kam, blank zog. Die gelblichen Wiesen der frühen Apriltage gaben nicht genügend Gras für zehntausend Rösser und ungezählte Ochsen her. Selbst im Juni spross das Gras nicht so üppig, dass es für eine solche Herde gereicht hätte!

Doch nicht nur Pferde und Zugvieh mussten fressen und saufen.

Bis zum Einbruch der Dämmerung stiegen die Preise für alle Waren auf das Doppelte, für Bier und Wein auf das Dreifache. Waffenstarrende Kriegsmannen drängten sich durch die Gassen Egers und der umliegenden Ortschaften. Alle Ordnung brach zusammen.

Wie Pilze nach einem warmen Regenguss schossen allerorten die Vergnügungen für ein müßig gehendes Heer aus dem Boden. Schranken für Turnierspiele wurden auf frisch bestellten Äckern errichtet; Bauern, die ihre Saat schützen wollten, abgestochen. Fahrende Musikanten spielten auf, wo immer sie einen Platz fanden, an dem sie nicht niedergetrampelt wurden. Und auch die Felddirnen rafften die Planen ihrer Wagenhöhlen zur Seite, um den Spießen der Landsknechte Einlass zu gewähren.

Herzog August von Sachsen hatte die schwierigste diplomatische Mission zu bewältigen. Er sollte bei Maximilian vorstellig werden und seine Sorgen betreffs seiner Lieblingsschwester Eleonor zerschlagen.

Auch Moritz drohte die Situation zu entgleiten, denn Johann Friedrich marschierte schnurstracks auf Meißen. Das wenigstens berichteten die Kundschafter. In Eger wusste noch niemand, dass Johann Friedrich die Stadt längst besetzt hielt …

Als August das Zelt Maximilians betrat, lief dieser wie ein eingesperrtes Tier auf und ab. Tatsächlich verhinderten kaiserliche Schildwachen vor dem Zelt das Ausbrechen des Erzherzogs. Seit dem Ulmer Zwischenfall wurde Maximilian in einer Art Arrest gehalten.

August hatte eine kalte Begrüßung erwartet, trotz der Jahre, die sie in ihrer Jugend in Innsbruck gemeinsam verbracht hatten. Doch was ihm widerfuhr, war nicht Kälte, sondern blanker Gleichmut. Erzherzog Maximilian verschwendete keinen Augenblick daran, August Vorwürfe zu machen. Er beschwerte sich unverzüglich über die verfehlte Politik des Kaisers. »Welch überflüssiges Vorgeplänkel! Dieses Sammeln des Heeres weit vom Schauplatz entfernt. Längst könnten wir in Sachsen sein, längst in Wittenberg stehen und auf Luthers Grab spucken!«

August nickte. Er wusste nicht, ob er den Freund der Jugend an seine Brust drücken sollte, doch er bekam Maximilian ohnehin nicht zu packen.

»Euer Fürstliche Durchlaucht, ich wollte Sie darüber in Kenntnis setzen, dass wir zutiefst bedauern, Erzherzogin Eleonor etwaigen Gefahren ausgesetzt zu haben. Es lag nicht in unserer Absicht.« August hielt den Kopf gesenkt, denn er schämte sich über das Maß an Heuchelei, das seine Rede enthielt. Er wusste um die aufrichtige Liebe Maximilians zu seiner Schwester und bedauerte ihn von ganzem Herzen.

Endlich hielt Maximilian inne und blieb zwei Schritte von August entfernt stehen. Zum ersten Mal maß er ihn von Kopf bis Fuß, doch schien sein Blick ihn nicht wirklich wahrzunehmen. »Eleonor …«, sagte Maximilian verträumt. »Welch süßen Schatz gilt es zu befreien, welch ritterlichen Lohn zu erringen.«

August zog die Stirn in Falten und blickte den Gefährten ungläubig an. Die Arretierung mochte seine Sinne verwirrt haben. »Der Kaiser hätte sie nicht in Kriegsland schicken dürfen …«, hob August an. Er folgte den Weisungen seines Bruders, die Hauptlast der Schuld auf den kaiserlichen Onkel zu schieben. Der Wettiner war sich im Klaren darüber, dass der *casus* Eleonor, wie man ihn mittlerweile im Hofrat der Herzöge nannte, geeignet war, das Bündnis zu spalten.

Plötzlich blickte Maximilian mit feuchten, fast fiebrig glänzenden Augen den sächsischen Herzog an und griff nach seinen Händen. »Nicht wahr! Wir werden Seite an Seite in die Schlacht reiten, mein Bruder. Und wenn wir fallen, fallen wir für meine Schwester Eleonor, deine Gattin! Nicht wahr, Ihr seid wie Mann und Frau, auch wenn die Zeremonie nicht vollzogen ist. Denn längst bist du ein Teil unserer Familie.«

August wollte ihm die Hände wieder entziehen. Doch Maximilian hielt ihn fest wie ein Sterbender. »Nicht wahr?«, flehte er fast um Antwort.

August nickte wortlos, und der österreichische Thronfolger lockerte den Griff. Augenblicklich entriss ihm der Sachsenherzog die Hände, wandte sich ab und floh aus dem Zelt. Maximilian wollte ihm folgen, doch die Schildwachen kreuzten ihre Hellebarden. »August, Bruder!«, schrie ihm Maximilian hinterher, doch der Wettiner wandte sich nicht um.

Der Kaiser schlief gern lang. Deshalb kamen die Fürsten und Feldherren am nächsten Morgen erst nach der zehnten Stunde des Vormittags zum Kriegsrat zusammen. Die Kunde vom Feind war spärlich, und es wurde gemutmaßt, dass der Anführer der Schmalkalden entweder Dresden berennen oder sich rasch nach Wittenberg oder Torgau zurückziehen werde. Man war auf alles eingerichtet. Auf eine offene Feldschlacht ebenso wie auf eine lange Belagerung. Moritz hatte sogar Schiffsbrücken in Auftrag geben lassen, falls der Feind die Elbübergänge niederbrennen würde, um seine Flucht zu sichern.

Der Sachsenherzog, der sein Territorium beinahe ungeschützt zurückgelassen hatte, drängte von allen am hitzigsten: »Lasst uns unverzüglich gegen den Feind ziehen, nicht lange lagern, wir stoßen ins Sächsische hinein, und binnen weniger Tage wird der gewesene Kurfürst um Gnade winseln.«

Karl warf dem Wettinerspross, der ihm einmal mehr die Pläne durchkreuzt hatte, einen kalten Blick zu. Er saß auf seinem Reisethron, wie ein Häuflein Asche in sich zusammengesunken. Auch der letzte Rest Energie, der ihm aus der langen Kur noch geblieben war, schien von ihm gewichen.

Der Herzog von Alba ergriff ruhig das Wort. »Mit einem erschöpften Heer lässt sich keine Schlacht gewinnen.« So wenig wie mit einem erschöpften Herrn, mochte mancher mit einem Seitenblick auf den Herrscher denken.

Moritz runzelte die Stirn und räusperte sich: »Je fester sich der Vetter in unseren Landen einnisten kann, desto schwieriger wird es, ihn wieder zu vertreiben.« Zustimmendes Gemurmel. Karl schaute versonnen vor sich hin, ohne dass seine Miene eine Gemütsregung verriet.

Nachdem jeder der anwesenden Kriegsherrn seine Meinung kundgetan hatte, schwieg der Kaiser lange. Mit halb geschlossenen Augen starrte er beharrlich vor sich hin, bis die versammelten Fürsten peinlich berührt mit den Sohlen zu scharren begannen, in der Annahme, der Kaiser sei eingeschlafen. Dann ergriff er überraschend das Wort. Sein Tonfall war aufgebracht und nichts weniger als schläfrig: »Ihr achtet wohl Eure Ziele, habt den Sieg als heißen Wunsch vor Augen. Doch achtet Ihr auch die Belange der Religion? Achtet Ihr die hohen Festtage des Herrn? Man wirft Euch vor, in den Dingen der Religion haltlos zu sein. Fast möchte ich es glauben.«

Moritz wollte Widerspruch erheben, doch Karl wischte seine Einwände beiseite, ohne ihn anzuhören. »Wir werden nicht das Opfer unseres Herrn Jesus Christus dadurch schänden, dass wir es auf den staubigen Heerstraßen begehen. Wir werden das Osterfest in aller Demut feiern und die Gnade der Heiligen auf unser Tun herabflehen. Dann brechen wir auf und rücken dem sächsischen Häretiker auf den Leib, wo immer er sich aufhalten wird.«

Verlegenes Grummeln im Kreise der Kriegsherren. Der Feldprediger nickte zufrieden. Moritz wandte sich abrupt ab und verließ das Zelt. Christoph von Carlowitz, sein Gesandter am kaiserlichen Hof, folgte ihm mit bedauernder Miene. Ferdinand blickte den beiden verärgert hinterher, bevor er das Wort ergriff: »Ein weiser Ratschluss, Euer Kaiserliche Majestät. Die Zeit arbeitet für uns. Einem solch gewaltigen Heer wie dem unseren wird niemand widerstehen können!«

Allerorten zustimmendes Nicken. Die Siegeszuversicht im kaiserlichen Lager war vollkommen. Und kaum ließ sich die allgemeine Lust zügeln, den Kurfürsten und die Schmalkaldener gehörig auszustreichen.

Doch bereits am Nachmittag desselben Tages verschlechterte sich die ausgekundschaftete Lage dramatisch. Von Böhmen und Prag her wurde von Aufständen berichtet. Wenig später erreichten sie über die Eilpost, die der umsichtige Christoph von Carlowitz über nur zwei Etappen – Zwickau und Chemnitz – nach Dresden gelegt hatte, die Nachricht, dass Johann Friedrich ungehindert in Meißen einmarschiert sei. Er hatte damit möglichen Zugriff auf Eleonor. Das rief Maximilian auf den Plan.

Wenig später betrat er, befreit und begleitet von seinem Vater Ferdinand, das Audienzzelt des Kaisers. Karl schickte Obernburger hinaus, als er seines Bruders und dessen Sohnes ansichtig wurde.

»Sie haben die üble Kunde vernommen?«, fragte Ferdinand

Karl nickte wortlos.

Maximilian preschte vor. »So sehen Sie ein, Kaiserliche Majestät, dass es ein Fehler ist, länger hier zu verharren?!«

Karl warf Maximilian einen unwilligen Seitenblick zu. Er richtete seine Antwort an Ferdinand. »Königliche Majestät, mein Bruder, wie sollen wir Gnade für unser Tun erlangen, wenn wir die Würde des Herrn, die Erfordernisse unserer Religion, für deren Reinheit und Rechtmäßigkeit wir ins Feld ziehen, nicht achten?«

Ferdinand war verwirrt. Er wusste um die Verschlagenheit des Bruders, um seine Gewandtheit, wenn es darum ging, die Verhältnisse zu seinem Nutzen auszulegen. Was konnte man ihm schon entgegnen, wenn er Gott selbst zum Vorwand nahm?

»Eleonor, Tochter Österreichs, Erzherzogin und nicht zuletzt Eure Nichte schwebt in höchster Gefahr!«

»Sollte der dicke, geächtete sächsische Kurfürst auch nur Hand an sie legen, ist er des Todes!«

Karl hatte die Worte mit kleinen Augen und gesenkter Stimme ausgesprochen. Selbst Maximilian war beeindruckt. Im nächsten Moment fiel er auf die Knie und umfasste die Hände des Kaisers. »Euer Kaiserliche Majestät, gebt mir die besten Reiter, eine Hand voll nur, und den tapferen Sachsenherzog August zur Seite, und ich werde meine Schwester, Eure Nichte aus den Händen des Feindes befreien!«

Karl blickte auf Maximilian hinab. Der Gesichtsausdruck des kaiserlichen Neffen, sein Blick war ehrlich, doch ein wenig zu stolz. Kampfeslust blitzte auf, die er bei Don Philippe, dem eigenen Sohn, stets vermisste.

»Wir werden jeden Mann brauchen, wenn wir dem Heer der Schmalkaldischen gegenüberstehen. Sie, mein Neffe, werden sich in Geduld üben müssen.«

Der Kaiser wandte sich Depeschen zu, um keinen Zweifel daran zu lassen, dass dies sein letztes Wort war. Maximilian erhob sich und verließ das Zelt. Ferdinand suchte Karls Blick, doch der Bruder wich ihm aus. Er wusste nicht, ob er die Kaiserliche Majestät erneut ansprechen oder ebenfalls das Zelt verlassen sollte. Seit ihrer ersten Begegnung in Spanien – Karl war damals siebzehn Jahre alt und Ferdinand vierzehn – waren sie sich nicht viel näher gekommen. Brüder waren sie dem Namen, aber nicht den Empfindungen nach.

Im Vorzelt erhob sich ein Tumult. Ferdinand stürzte hinaus, Karl folgte mit schwerfälligen Bewegungen.

Herzog Moritz kniete auf dem Boden, Maximilian wurde von zwei Schildwachen daran gehindert, sich auf ihn zu stürzen.

»Ketzerischer Heuchler! Sie haben sie dem Feind in die Hände gespielt!«, schrie der Habsburger. Der kaiserliche Neffe war außer sich vor Wut, sein Gesicht war rot angelaufen.

Karl wies die Schildwachen mit bebender Stimme an, Maximilian in sein Zelt zu führen, Ferdinand warf er einen scharfen Blick zu. Der königliche Bruder senkte den Kopf und folgte seinem abgeführten Sohn.

Herzog Moritz hatte sich wieder aufgerichtet. Er zog sich Hemd und Mantel glatt, ordnete sein Degengehänge. Als er den Kopf hob, um dem Kaiser in die Augen zu schauen, lächelte er. »Mir scheint's, Euer Neffe hat übel geschlafen oder schlecht geträumt, Kaiserliche Majestät.«

Karls Miene versteinerte. »Ihr wisst genau, weshalb er sich so erregt.«

Moritz, der von Christoph von Carlowitz begleitet wurde, zuckte mit den Schultern. »Erklärt es mir.«

»Die Sorge um seine Schwester treibt ihn um und raubt ihm den Schlaf.«

Moritz verzog den Mund zu einem wenig vertrauenerweckenden Lächeln. »Glaubt mir, seine Sorge ist unbegründet.«

»Ich würde es gerne glauben«, erwiderte Karl, »allein die Kundschaften, die uns erreichen, geben uns andere Gedanken ein.«

Moritz straffte seinen Oberkörper. »Euer Kaiserliche Majestät, Erzherzogin Eleonor ist in Sicherheit, ich verbürge mich dafür. Man wird sie bis aufs Blut verteidigen, sollte sich der Feind tatsächlich Zugriff zu verschaffen versuchen.«

»Wenn Ihr so für ihr Wohl sorgt, warum ist sie dann nicht längst die Gattin Eures Bruders?« Karls Augen waren klein geworden. Sehr klein. Von Carlowitz warf Moritz einen Blick zu, der dem Kaiser entging. Ein Blick der Missbilligung.

Moritz atmete tief ein. »Euer Ansinnen, unsere Häuser durch Blutsbande enger zu verknüpfen, kam so überraschend, dass wir nicht genügend Zeit hatten, diesen bedeutenden Schritt gebührend vorzubereiten.« Eine simple Ausflucht. Doch Karl ließ es ihm durchgehen. Der Weltenherrscher hing seinen eigenen Gedanken nach. Er hatte einsehen müssen, dass sein Vorgehen nicht nur nicht zum erwarteten Erfolg geführt, sondern ihn im Gegenteil in die tiefste Verlegenheit gestürzt hatte. Diese kleine Jungfer war viel zu wichtig geworden. Schon begann sie, den brüchigen Bund zu gefährden.

Was, wenn sie tatsächlich dem Kurfürsten in die Hände fiele? Was, wenn ihr etwas zustieße?

Moritz konnte still lächelnd abwarten, ob Karl als Sieger aus der Schlacht hervorginge. Doch wenn es so wäre, würde er ihm Eleonor nicht mehr geben! Man spielte nicht mit ihm, Karl, *emperador del mundo*! Schon gar nicht dieser Moritz aus Sachsen!

Zum Ende der Fastenzeit, am Abend des Ostersonntags, hatte der Kaiser auf ein großes Gelage in sein Prunkzelt geladen. Alle Fürsten, Heerführer und Hofräte nahmen teil, selbst Ferdinands jesuitischer Beichtvater. Nur der tobsüchtige Maximilian blieb in seinem Zelt arretiert.

Das kaiserliche Ostermahl war das gewaltigste, das jemals in der Umgebung des Städtchens Eger zubereitet wurde. Fuhrwerke, von Vierergespannen gezogen, beladen mit einem einzigen riesigen Fass, brachten bis tief in die Nacht Wein und Bier heran. Die ganze Karwoche hindurch waren die Wälder der Umgebung von königlichen Jagd- und Forstmeistern durchkämmt worden nach jedem essbaren Wild, das man erlegen konnte. Zusätzlich wurden aus den nahen und fernen Dörfern und Weilern zweihundert Stück Rind, achthundert Hühner, einhundertachtzig Kapaune, dreihundert ganze Lämmer, fünfhundert Schweine sowie Ferkel zugerüstet. Der Geruch gebratenen Fleisches lag den Bewohnern des Städtchens noch Wochen nach dem Abzug des Heeres in den Nasen und war – so berichteten es die fahrenden Sänger – bis in das hundertfünfzig Meilen entfernte Prag zu riechen.

Monate später noch musste jeder, der die Umgebung Egers abseits der Wege durchstreifte, den Boden, auf den er trat, mit einem Wanderstab prüfen, um nicht plötzlich in eine der vieltausend planlos ausgehobenen Abortgruben zu sinken. Bis zum Sommer sollte es dauern, bis die Preise für Getreide, Trockenobst und Geräuchertes in Eger und Umgebung wieder auf bezahlbare Höhen gefallen waren.

Karl, der am Osterabend wie stets mehr aß als trank, wobei er die Nahrung meist in kleine Happen zerschnitt oder brach und dann unzerkaut hinunterschlang – eine andere Art zu essen gestattete ihm der missgebildete Unterkiefer nicht –, nutzte die Gelegenheit und die weinselige Stimmung, um von Moritz allerhand Wichtiges und Unwichtiges über den Feind zu erfahren.

Wie stets ergötzte man sich an der Schilderung des Körperumfangs des »Dicken«, der seit seiner Jugend ohne Unterlass zugenommen hatte. Man ließ am späteren Abend nach dem fettesten Söldner im kaiserlichen Heere suchen, um die Ausmaße Johann Friedrichs recht anschaulich zu machen. Doch alle, die herbeigeschafft wurden, waren nicht annähernd so dick. Selbst der feisteste, den man auftreiben konnte, wurde von zwei Mann, die sich an den Händen hielten, umfangen. Von Johann Friedrich wusste Moritz zu berichten, dass man deren drei benötigte.

Nachdem man den dicksten Mann des Heeres besichtigt hatte, schlug Herzog August vor, man solle nun auch den jeweils längsten, dünnsten und kürzesten ermitteln.

Karl schickte seine Leibärzte nach einer neuen Kanne böhmischen Bieres und gab dem Vorschlag statt.

Nach zwei weiteren Stunden, etlichen Krügen unverdünnten Weines und dunklen Bieres hatten sechs Fähnleinführer einen Großteil des Heeres durchkämmt und geeignete Anwärter ausfindig gemacht. So hielt eine Hand voll Söldner eine lachhafte Parade im Festzelt des Kaisers ab. Zum Ergötzen aller war der Längste auch zugleich der Dünnste und machte von Natur aus eine närrische Figur, während der Kürzeste die österliche Festtafel mit der Nasenspitze nur überragte, wenn er sich auf die Zehenspitzen stellte.

Die Possenreißer und Schalknarren, die sich wie immer dicht hinter dem Kaiser hielten, obwohl dieser nur selten lachte, überschütteten die drei Gestalten mit Spott. Die Gäste, deren Zunge von Natur aus nicht so scharf oder vom Weine stumpf geworden war, griffen zu Früchten und bewarfen die Missgeburten. Diese wiederum, von selbst zubereiteter Söldnermahlzeit nicht gerade verwöhnt, balgten sich um Äpfel und angefaulte Orangen wie junge Hunde.

Da man die Ziele des Spotts nicht so bald entlassen wollte, befragte man sie nach den Beschwernissen, die ihre außergewöhnliche Leibesform mit sich brachte.

Bereitwillig und angetrunken, von den Mundschenken der Fürsten eifrig mit flüssigem Nachschub bedacht, berichteten die drei Kuriosa von den alltäglichen Behinderungen. Unweigerlich kam man auf die sexuellen Gepflogenheiten zu sprechen. Sicherlich sei es für jedes Weibsbild etwas Besonderes, mit solch denkwürdigen Figuren zu Bette zu liegen, höhnte der unverheiratete August.

Der Dicke klagte, die Fettwülste verhinderten stets, dass sich traf, was sich treffen musste.

Der Zwerg gab zu, bei den Weibsbildern häufig für einen Knaben gehalten zu werden, was ihm erstaunliche Erfolge beim Liebeswerben verschaffte.

Der Lange erklärte, einen seiner Körperlänge angemessenen Stängel zu besitzen.

»Prahlerisch reden kann jeder. Beweise es!«, forderte August, der sich zum Wortführer der Kurzweil aufgeschwungen hatte.

Gelacht, getan, die drei mussten sich entkleiden und ihre Körper in ganzer Pracht zur Schau stellen.

Niemand der Fürsten, auch Kaiser Karl nicht, ließ es sich nehmen, die nackten Körper auf das Genaueste zu inspizieren. Die Angaben des Riesen bewahrheiteten sich. Er besaß ein *instrumentum amoris,* das er um seinen Oberschenkel wickeln konnte. Doch auch er beklagte sich, und zwar darüber, dass die meisten Weibsbilder die Lust am Zusammenliegen verlören, wenn sich sein Liebeswerkzeug erst einmal zu ganzer Pracht erhoben hatte.

Moritz schüttelte den Kopf und grölte: »Da werd' einer

schlau aus dem Weibervolk! Ich hätte es genau andersherum erwartet: Den Kurzen weist man zurück, und auf den Langen stürzt man sich!«

»Weit gefehlt!«, schaltete sich der Kurze ein. »Je höher der Bock, desto leichter stürzt die Kutsche!« Er erntete einen großen Lacherfolg auf Kosten des Langen.

Nachdem sich die Spottlust ausgetobt hatte, überreichte der Kaiser jedem der drei einen ledernen Beutel voller Goldgulden. Damit wurden sie aus den militärischen Diensten entlassen.

»Zu schade«, höhnte Karl, »wenn derart ansehnliche Körper im Kriege zerstochen und zerhauen würden.« Sie sollten sich dem nächstbesten Doktor der Anatomie anvertrauen, sobald sie in eine Stadt mit ruhmreicher Universität gelangten. Das sei ein kaiserlicher Befehl! Missachtung werde als Fahnenflucht betrachtet. Unter Verbeugungen und Danksagungen entfernten sich die drei Spottopfer mit ihren Kleiderbündeln im Arm.

Die Anschauungen und Schilderungen hatten aber die Gemüter derart erhitzt, dass Karl nach jungen Weibsbildern aus ehrbaren Häusern schicken ließ. Die sollten sich wohl in Eger auftreiben lassen. Die einfachen Dirnen der Landsknechte, deren Anfeuerungsrufe man aus den schaukelnden Planwagen vernahm, wurden nicht einmal in Betracht gezogen.

Derart ausgelassen ging das kaiserliche Osterfest zu Ende, und der Jesuitenpater vom Hofe Ferdinands hatte am nächsten Morgen etliche Beichten abzunehmen.

Türmer hatte ausnahmslos alle Scholaren in der Folterkammer versammeln lassen. Die Gesichter der Knaben waren übernächtig. Sie waren der brachialen Zeremonien überdrüssig. Lange Zeit hatten Türmer und Kreutziger sie in Ruhe gelassen. Doch in dieser Nacht sollte Haberkorn endgültig und vor aller Augen von seiner Stammesschuld geläutert werden.

Der Scholar zitterte am ganzen Leib. Seine Rippenbögen spreizten sich deutlich unter der zerschundenen Haut. Die Augen hielt er geschlossen.

Als die übrigen *studiosi* von Kreutziger in das Kellergewölbe gescheucht wurden, schien Haberkorn schon einiges hinter sich zu haben. Er war kopfunter und mit dem Gesicht zu den Holmen auf die Streckleiter gespannt. Maßvolle Gewichte sorgten dafür, dass sein Leib ausgestreckt blieb. Auf dem Rücken klafften blutige Schwülen und Schrunden, einige Blutblasen saßen drall unter der Haut, einige waren bereits aufgeplatzt. Haberkorn wimmerte in einem fort.

Als alle Scholaren im Halbkreis um die Streckbank versammelt waren, baute sich Türmer vor seinem Opfer auf. Er war nackt, aller Kleidung ledig. Ebenso sein Adlatus, Kreutziger. Sie schienen nicht zu frieren, obwohl jeder Atemhauch im Kellergewölbe sichtbar war.

Der Älteste wandte dem Gefolterten den Rücken zu und sprach zu den Scholaren: »Jeder Mensch kann der Gemeinschaft der Bluttäufer angehören. Jeder, der sich in Blut und Leid Christi taufen lässt, wie der Herr selbst. Auch Christusmörder und Heiden soll der Zutritt zu unserer Gemeinschaft nicht verwehrt bleiben. Doch müssen sie ungleich härter sühnen als brave Christenmenschen. Sie müssen beweisen, dass sie es ehrlich meinen.«

Türmer sprach mit Begeisterung. Allmählich wurde die verschlafene Schar wach. Das Schauspiel war ekelerregend und faszinierend zugleich. Und Türmer hatte eine Art, die mitriss. Er beherrschte die Rhetorik Melanchthons. »Wer durch das tiefste Tal des Schmerzes und der Demütigung gegangen ist, der hat das Himmelreich verdient. Das ist es, was uns das Beispiel des Herrn Jesus Christus lehrt.«

Als Türmer seine Ansprache beendet hatte, trat er vor, wandte sich Haberkorn zu und urinierte auf dessen Wunden. Auch Kreutziger tat es ihm gleich. Alles schien einer streng verabredeten Abfolge zu genügen.

Haberkorns Wimmern schlug in gellende Schreie um. Türmer urinierte reichlich. Sein *instrumentum* war nicht gerade klein, und Justus sah, wie Theophil es anstarrte. Seine Wangen waren gerötet, sein Atem ging schnell. Ein Gefühl von Eifersucht befiehl Justus. Der Knabe schalt sich dafür. Er befahl sich, Mitleid für Haberkorn zu empfinden, doch der Hass gegen Türmer ertränkte jedes andere Gefühl.

Als sich die beiden Ältesten entleert hatten, forderte der Anführer die anderen auf, es ihnen gleich zu tun. Die Naumburger traten grinsend vor und knöpften sich die Hosenlätze auf, ebenso Stefan Hoyer.

Haberkorn wimmerte unablässig. Sein Schädel schlug fortwährend von einer Seite auf die andere. Er schien kaum noch bei Sinnen.

Als sich die Naumburger und Hoyer über dem Delinquenten erleichtert hatten, holte Kreutziger eine Schindel und einen Holzhammer aus einer Nische des Gewölbes. Feierlich reichte er Türmer das Werkzeug. Jener hielt beides hoch, zeigte es in die Runde. »So hat denn unser Freund und Täufling im Blute Melchior Haberkorn das Tal des Leides durchschritten. Gleichwohl er ein Beschnittener ist, ist er es wert, einer der Unseren zu werden. Zum Zeichen der Vollendung seines Weges werden wir ihm nun die *stigmata* einhauen, die auch den Herrn zeichnen, und allen, die Augen haben zu sehen, von der vollzogenen Buße künden.«

Kreutziger zog einen Nagel hervor. Einen an der Spitze flachen, nach oben hin breiter werdenden Nagel mit quadratischem Kopf: ein Hufnagel.

Justus hielt den Atem an. Er wollte dazwischentreten, dem grausigen Tun Einhalt gebieten, aber er vermochte es nicht. Seine Kehle war wie zugenäht, seine Glieder wie gelähmt.

Türmer schob das Brett unter die gefesselte Hand des Delinquenten. Er setzte die Spitze des Nagels auf den Handteller, der durch die Zwingen nach oben gekehrt war. Nun schien Haberkorn aus der Agonie zu erwachen. Er riss die Augen auf, wandte den Kopf seiner Hand zu und schrie durchdringend: »Nein!«

Justus wollte vorpreschen und Türmer den Hammer entreißen, als er etwas entdeckte, das ihn zutiefst verstörte: Türmers Männlichkeit hatte sich aufgerichtet. Er befand sich im Zustand der Erregung, wie Justus sie aus seinen nächtlichen Fantasien kannte.

Der Liebensteiner warf einen scheuen Seitenblick auf Theophil. Der Freund konnte seine Augen nicht davon abwenden. Eine Mischung aus Angst und Bewunderung lag in seinem Blick.

In dem Moment ließ Türmer den Hammer auf den breiten Kopf des Hufnagels niedersausen. Der Klang des Aufpralls war sonderbar dumpf. Die Spitze fuhr ohne jeden Widerstand in die Hand. Sogleich zog Türmer sie wieder heraus. Ein Blutfleck hatte das Brett gezeichnet. Einen Atemzug lang vollkommene Stille. Dann schrie Haberkorn. So grauenhaft, wie Justus niemals jemanden hatte schreien hören. Er erwartete, dass das Gewölbe einstürzte und die ganze Stadt herbeiströmte, so laut gellte der Schrei. Wie ein Schwertstreich fuhr er dem Knaben ins Herz.

Türmer reichte Kreutziger die Schindel und den Hammer. Der Folterknecht stand auf der anderen Seite des Gefolterten. Er schob das Holz unter dessen linke Hand. Der *senior* hatte immer noch eine Erregung, dazu eine Gänsehaut. Selbst der dünnste Flaum seiner spärlich sprießenden Körperbehaarung war aufgerichtet.

Da endlich wich die lähmende Machtlosigkeit von Justus. Er stürmte vor und stürzte sich auf Kreutziger. Der war lange nicht so kräftig wie sein Anführer. Der Liebensteiner entriss ihm den Hammer und schleuderte ihn durch die Öffnung hinaus, dorthin, wo der Leichnam des Pfarrers lag. Türmer taumelte mit einem Zornesschrei um die Streckleiter herum, um seinem Foltergesellen beizustehen.

Eleonor sah ihren Augenblick gekommen. Sie stürzte zu

Haberkorn, ergriff den Schlüssel der Schraubzwingen und befreite seine Gelenke. Der Gefolterte war zu schwach, sich zu erheben oder auch nur festzuhalten. Er glitt willenlos auf den Sandboden und blieb seltsam verkrümmt liegen. Die Jungfer versuchte, ihm aufzuhelfen, doch allein war sie zu schwach. Grim trat ihr zur Seite und fasste Haberkorn bei den Oberarmen.

Türmer und Kreutziger hieben auf Justus ein. Er hatte aufgehört, sich zu wehren, hielt nur noch die Arme vors Gesicht.

Eleonor zog ihren Tischdolch aus dem Gürtel und ging bedrohlich fuchtelnd auf Türmer zu. Währenddessen führte Grim den stöhnenden und wimmernden Haberkorn aus der Folterkammer.

»Hört auf«, rief sie mit klarer Stimme. »Lasst ihn!«

Türmer wandte sich um und wich zurück, als er den kurzen Dolch in Eleonors Hand erblickte. Unwillkürlich zuckte seine Hand dorthin, wo für gewöhnlich sein eigenes Messer im Gürtel stak. Doch Nacktheit brauchte keinen Gürtel.

Kreutziger prügelte immer noch auf Justus ein. Türmer fasste den Gehilfen seitlich mit hartem Griff und zog ihn weg. Die Klinge funkelte, und Eleonors Augen blitzten kampfesmutig. Sie wunderte sich über sich selbst. War sie nun ganz und gar zum rauflustigen Kerl geworden? Das Gefühl, die beiden Älteren wie Schafe in die Enge getrieben zu haben, gefiel ihr.

Als Justus merkte, dass man von ihm abließ, bewegte er sich rasch auf den Mauerdurchbruch zu. Eleonor ließ die beiden Peiniger nicht aus den Augen, als sie sich gemeinsam mit dem Freund und Gefährten zurückzog.

Türmer blickte ihnen kalt hinterher. »Ihr seid die nächsten! Verlasst euch drauf!«, zischte er.

Das Osterfest *anno* 1547 war vorüber, alle Vorbereitungen zum Kriegszug gegen Kurfürst Johann Friedrich und das schmalkaldische Bundesheer waren abgeschlossen. Als Erste brachen die Herzöge von Alba und Sachsen auf, um die besetzten sächsischen Städte zur Übergabe aufzufordern. Mit fliegenden Druckschriften hatte man zuvor versucht, die Bevölkerung von der Ehrbarkeit der Absichten und von der Rechtmäßigkeit des Krieges zu überzeugen.

Dennoch wurden Moritz und die Truppen des Kaisers mit geringer Begeisterung empfangen. Das einfache Volk empfand das Bündnis mit dem Schutzherrn der Altgläubigen als Verrat am lutherischen Bekenntnis. Doch kaum eine Stadt, vor die Moritz und Alba mit ihren Haufen zogen, widersetzte sich. Jeder Bürgermeister konnte sich lebhaft ausmalen, was es bedeutete, von einer zigtausendköpfigen Horde Krieger auf der Suche nach Beute durchkämmt zu werden. Die Söldner des Kaisers waren nicht zimperlich. Nicht einmal Rom, die heilige Stadt, hatten sie dereinst verschont.

Bereits am 13. April, dem Mittwoch nach den Heiligen Ostertagen, erreichten die Voraustruppen unter Moritz Plauen, am 14. Zwickau. In der Muldenstadt wurde dem Herzog ein Brief der Dresdner Räte überreicht. Darin verkündete Kanzler Pistoris im Namen aller Hofräte seinem Fürsten, sie hätten Truppen von Pirna abgezogen, da es sehr wahrscheinlich sei, dass Johann Friedrich demnächst auf Dresden ziehe. Pirna aber liege fernab und sei nicht bedroht.

Moritz schrieb verärgert zurück, Dresden verfüge über genügend Kriegsvolk, es so lange zu halten, bis das vereinigte Heer heran sei. Keine Besatzung solle ohne seine Zustimmung an Zahl oder Zusammensetzung verändert werden.

Spät am Abend erreichte ihn die Nachricht, dass Dresden beschossen werde. Auch vor Freiberg wurde ein streifender Haufe des Kurfürsten gesichtet. Obwohl, wie die Kundschafter übereinstimmend berichteten, die größte Streitmacht des schmalkaldischen Hauptmanns weiterhin in und um Meißen lag. Moritz schickte Christoph von Carlowitz dem Kaiser entgegen, damit jener das Hauptheer über Glauchau und Altenburg, durch die Täler von Elster und Mulde so schnell wie möglich heranführe. Der Kaiser, der nun selbst Eile hatte, Johann Friedrichen gehörig zuzusetzen, entsprach der Bitte unverzüglich.

Am Montag nach dem Sonntag Quasimodogeniti, das war in jenem Jahr der 18. April, vereinigten sich Vortrab und Hauptheer der Kaiserlichen erneut bei Gnandstein. Dort wurde das Lager aufgeschlagen. Über zwanzigtausend Mann Landsknechte und mehr als fünftausend Reiter des habsburgisch-wettinischen Heeres standen jetzt nur noch sieben Meilen vor Meißen.

Der Abzug des schmalkaldischen Haufens unter Johann Friedrich glich einer Flucht. Als ihn Meldungen erreichten, einige leichtbewaffnete ungarische Reiter seien in der Meißner Gegend gesichtet worden, zudem sei die nur einen Tagesmarsch entfernte Stadt Altenburg bereits in die Hände des Kaisers gefallen, ließ er die Zelte seiner zehn Fähnlein Landsknechte auf dem Zscheilberg, Meißen gegenüber, in aller Eile abbrechen.

Im weiteren Tagesverlauf traf ein Bote des Kurfürsten ein, der eine Fahne des böhmischen Königs mit sich führte. Er hatte sie nicht im Kampf erbeutet, sondern gestohlen oder erschlichen, womöglich mit dem Knobelbecher erwürfelt. Jedenfalls wollte er nicht entdecken, wie er dazu gekommen war.

Gleichwohl machte die Standarte großen Eindruck und trieb zu noch größerer Eile. Johann Friedrich beobachtete den Rückzug auf das rechtselbische Gebiet mit verschlossener Miene von den gepolsterten Bänken seines Reisewagens aus. Die Bohlen der Elbbrücke dröhnten unter den Pferdehufen der Edlen. Ein Strom blinkender Harnische ergoss sich durch das Nadelöhr des Brückenhauses auf den alten, überdachten Holzsteg. Obwohl die Reiter den Fluss im Trab überquerten, ging es Johann Friedrich nicht schnell genug. Er war im Ungewissen, ob die Husaren, die sich hatten blicken lassen, einem größeren Truppenteil angehörten oder lediglich versprengte Kuriere oder Späher waren.

Als die Berittenen sich am späten Nachmittag auf dem rechten Elbufer mit Landsknechten und Tross vereinigt hatten, erspähte Johann Friedrich eine Hand voll kaiserlicher Kundschafter vor der Stadtmauer, am Zusammenfluss von Elbe und Triebisch. Ohne abzusitzen ließen sie ihre Pferde in der flachen Mündung des linkselbischen Bächleins saufen und beobachteten die abziehenden kurfürstlichen Truppen.

Angesichts der feindlichen Reiter wähnte der Kurfürst bereits den gesamten kaiserlichen Heerhaufe über die Hügel in die Meißner Talsenke strömen und verlor die Nerven. Er gebot der Nachhut, die die Elbe noch nicht vollständig überquert hatte, auf dem linken Ufer zurückzubleiben und den Feind bei jeder sich bietenden Gelegenheit in Scharmützel zu verstricken.

Damit sollte der Hauptmacht des schmalkaldischen Bundesheeres der Rückzug in die Feste Wittenberg, in deren Verteidigungsanlagen Johann Friedrich die größten Hoffnungen setzte, gesichert werden. Der Kurfürst wollte die offene Feldschlacht um jeden Preis vermeiden, wusste er sich doch weit unterlegen gegen die vereinigten Heere des sächsischen Herzogs, des böhmischen Königs und des deutschen Kaisers.

Die Dämmerung brach herein, und er hieß seinen Obersten George Reckerod, das äußerste Fach der Brücke sowie das große in der Mitte anzuzünden. Reckerod, der während des Rückzugs bereits Vorbereitungen für dieses Manöver hatte treffen lassen, entzündete die Lunte mit eigener Hand. Das Stroh, das die Soldaten ins Gebälk des Brückendachs gestopft hatten, loderte auf und setzte das Fachwerk in Brand. Die Flammen züngelten gen Himmel und fraßen sich über die Brücke. Sie breiteten sich schnell nach beiden Seiten aus. Schließlich erfassten sie sogar die alten Brückenzollhäuschen und einige angrenzende Buden.

Bürgermeister Ahnsorge ließ die Sturmglocke läuten und die Zünfte antreten, um die Gebäude auf der Meißner Seite mit Wasser zu besprengen. Ein Übergreifen des Feuers auf die Stadt musste verhindert werden. Löschketten wurden gebildet. In der durch die Brandordnung vorgegebenen Reihenfolge der Zünfte wanderten die Eimer von Hand zu Hand.

Johann Friedrich kehrte dem Schauspiel den Rücken zu. Er ließ Truppen und Tross trotz einbrechender Dunkelheit elbabwärts gen Diesbar ziehen und erstickte seine Furcht in der Zuversicht, im Schutz der Elbe die Wittenberger Residenz in zwei eiligen Tagesmärschen zu erreichen. Selbst wenn die Truppen des Kaisers rechtzeitig am Strom anlangten, würde es ihnen schwer fallen, einen Übergang zu finden. Die Meißner Brücke war zwischen Dresden und Torgau die einzige feste Elbquerung – gewesen. Der so gewonnene Vorsprung musste genügen!

Das Sturmgeläut hatten auch die Bewohner der Burg gehört. Sie drängten sich an der Steinmauer des Kräutergärtchens, von wo aus der Blick frei über das weit unter ihnen liegende Meißen und die Elbe schweifen konnte. Rotloderndes, gewaltiges Feuer, das wie Drachenatem über den Fluss züngelte, bot sich ihren Blicken dar. Dahinter der kurfürstliche Heerhaufe, der in der Dämmerung nur schwerlich auszumachen war. Nun erst wurden sie der gewaltigen Ausmaße der Truppe ansichtig, die sie – ohne ihr Wissen – umklammert gehalten hatten. Und zum ersten Mal stand ihnen die Macht dieses Kriegszuges vor Augen.

Die *studiosi* schwiegen in stillem Staunen, und wären die Hilferufe und Kommandos der Meißner Bevölkerung nicht gewesen, die sich beiderseits des Flusses um die Eindämmung des Brandes bemühte, eine andächtige Stimmung hätte die Knaben erfasst. Die Studenten und ihr Meister standen und glotzten, bis die hölzerne Dachkonstruktion zischend in die Fluten gekippt, die schwarzverkohlten Balken von der Strömung weggetragen worden waren. Schließlich lagen nur noch die steinernen Fundamente wie Rümpfe einer Miniaturarmada in den Fluten.

Den Einäugigen im »Schwan« erreichte noch am selben Abend eine Depesche. Sie war handschriftlich verfasst, ohne Siegel, ohne Absender, dennoch unmissverständlich: Er habe unverzüglich in die Burg einzudringen und sämtliche Studenten zu meucheln, ohne Rücksicht auf Geschlecht, Ansehen, Stand oder Alter.

Nachdem der Zyklop den Mordbefehl eingehend studiert hatte, warf er ihn, wie im Nachsatz befohlen, ins Kaminfeuer. Er ging in seinen Verschlag, schloss die Tür hinter sich, ordnete Messer und Klingen, steckte sie in wohlüberlegter Reihung in den Gürtel und machte sich daran, das Bündel für die Nacht zu schnüren.

Als sich die Meißner Bevölkerung in die Kirchen und Kapellen zurückgezogen hatte, um Gott für die abermalige glückliche Verschonung der Stadt zu danken, machte sich der Fremde auf den Weg. Liesel bemerkte nicht einmal, dass er den »Schwan« verließ.

Türmer übertrat in dieser Nacht die selbst gezogenen Grenzen seiner bluttäuferischen Bewegung. Er wollte diesen angenehm verwirrenden Zustand der Erregung, den er beim letzten Zusammentreffen im Keller genossen hatte, erneut heraufbeschwören.

Der Knabe schreckte zusammen, als Türmer ihn an der Schulter berührte, erzitterte, als er den Peiniger erblickte.

Als der Älteste ihn mit ernstem Blick aufforderte, ihm zu folgen, wollte Haberkorn liegen bleiben. »Ich habe keine Kraft mehr, Balthasar!«

Der Klang des Vornamens stimmte Türmer milde. Warmherzig, beinahe zärtlich beugte er sich hinunter, um das eingefallene Gesicht des Jungen zu studieren. Melchiors Hand war bandagiert, die Wunde entzündet. Sie musste brennen wie Feuer, doch Haberkorn hatte keine Tränen mehr.

»Komm!«, forderte Türmer den Gepeinigten erneut mit sanfter Stimme auf, und Haberkorn schälte sich willenlos aus seinem Umhang.

Als sie den Treppenturm hinuntergingen, bemerkten sie die monströse Gestalt nicht, die sich in der unteren Eingangshalle hinter einen Pfeiler duckte. Sie schritten auf Armeslänge an dem Einäugigen vorüber, ohne ihn zu bemerken.

Im Folterkeller angekommen, ließ Haberkorn sich sogleich auf dem untersten Holm der Streckleiter nieder. Er zitterte bereits heftig. Die bandagierte Hand fiel kraftlos gegen die Zwinge. Haberkorn stöhnte auf. Seine Stirn glänzte. Türmer betastete sie unterhalb des Haaransatzes. Sie glühte. »Du hast Fieber!«, bemerkte der *senior* laut.

»Ich möchte zurück ins Bett«, sagte Haberkorn kraftlos mit glasigem Blick. Der Älteste schüttelte langsam den Kopf. Haberkorn schien es nicht mehr wahrzunehmen. »Meine Kehle ist trocken. Ich habe Durst!«

Türmer nickte. Beinahe zärtlich betrachtete er den gefesselten Knaben. »Ich brauche Wasser für die Ruten. Ich hol' dir einen Becher.«

Der Peiniger verließ den Folterkeller, verärgert, dass er sich dieses Mal um alles selbst kümmern musste. Sollte er Kreutziger doch wecken? Nein! Diesmal wollte er das Opfer ganz für sich allein. Er würde ihn nicht so arg quälen wie sonst. Nur ein wenig. Doch er würde es ganz allein tun. Haberkorn würde nur für ihn schreien!

Türmer füllte den Holzbottich bis zur Hälfte. Dann eilte er die Treppenstufen wieder hinunter. Dabei gab er Obacht, keinen Tropfen zu verschütten. Er bewegte sich mit dem Instinkt eines Marders durch die Dunkelheit der Gänge.

Als Türmer in die Folterkammer zurückkehrte, war Haberkorn verschwunden. Nirgends war auch nur eine Spur vom Delinquenten zu sehen.

Hundsfott!, dachte Türmer, als sein Blick auf die eiserne Jungfrau fiel. Sie war verschlossen. Er versuchte sich zu erinnern, in welchem Zustand er sie zuletzt gesehen hatte … unmöglich!

Auf dem Sandboden vor dem Folterkasten bemerkte er eine rasch wachsende Lache, die den Sand dunkel färbte. Türmers Herz schlug wie rasend. Wie hatte das geschehen können? Hatte Haberkorn sich aus Verzweiflung selbst in den Kasten gesperrt und die Tür von innen geschlossen? Kaum zu glauben!

In dem Moment fühlte sich Türmer von hinten gepackt. Ein Dolch blitzte vor ihm auf und schnellte in kurzem Bogen auf seinen Hals zu. Sein linker Arm war umklammert, nicht zur Abwehr zu gebrauchen, doch der rechte, der den Eimer hielt, war frei. Geistesgegenwärtig schwang Türmer das hölzerne Gefäß über seinen Kopf nach hinten. Ein Krachen, ein Schwappen. Türmer spürte, wie sich der Griff augenblicklich lockerte. Mit einem Ächzen kippte der Angreifer nach hinten. Dumpfer Aufprall im Sand.

Türmer hatte aufgehört zu denken, folgte allein dem Instinkt. Er ließ den Eimer fallen und lief. Er stürmte aus der Folterkammer, stolperte die Treppen hinauf, rannte kopflos in den Schlafsaal zu seinem Lager und zog sich den Umhang über den Kopf.

Erst als er unter dem schützenden Dach seines Mantels lag, kehrten die Gedanken zurück. Er bemerkte, dass er stark zitterte. Wer konnte es gewesen sein? Wer war so hinterhältig, so mutig, ihn, Balthasar Türmer, anzugreifen?

Augenblicklich kam ihm Justus in den Sinn. Der Liebensteiner hasste ihn. Hasste ihn so sehr, dass Türmer ihm zutraute, ihm ans Zeug zu wollen. Aber wäre er kräftig und groß genug, ihn derartig zu umklammern? Und warum sollte er zuvor Haberkorn meucheln? Nein, der Liebensteiner war es nicht gewesen.

Der Magister! Der konnte! Aber warum? So sehr er seine Gedanken auch bemühte, Türmer kam zu keinem Ergebnis. Es würde sich schon erweisen. Am nächsten Morgen würde er sehen, wem der Schädel brummte. Eine solche Blessur musste zu erkennen sein! Oder aber er hatte dem Angreifer gleich den Schädel zertrümmert. Auch dann würde man sehen und erkennen. Zuversichtlich und beruhigt schlief Türmer ein.

Am nächsten Morgen fehlte Haberkorn im Schlafsaal. Niemand sonst. Türmer war schweigsam, ganz gegen seine Art. Er blieb es auch noch, als Justus ihn vorwurfsvoll ansah.

Kreutziger war ebenso wortkarg wie irritiert. Türmer hatte ihm am Abend zuvor erklärt, dass er in dieser Nacht mit seinem Opfer allein sein wollte. Doch wo zum Teufel steckte Haberkorn?

Theophil untersuchte die Bettstatt des Beschnittenen. Die Decke war zurückgeschlagen, das Stroh erkaltet. Er musste es tief in der Nacht verlassen haben.

Nach der Morgenandacht trat Justus noch im Dom an den Magister heran und machte ihm Meldung. Knopplochius' Miene verfinsterte sich schlagartig. »Was soll das heißen: er fehlt?«

Der Knabe zuckte mit den Schultern. »Er war heut' Morgen nicht in seinem Bett. Ist bis jetzt von niemandem gesehen worden.«

Knopplochius starrte ins Leere und knetete seine Unterlippe. Konnte es sein, dass Haberkorn den Geheimgang entdeckt hatte und entwischt war? Der Magister beschloss, ihn auf der Burg suchen zu lassen. Er wollte Sicherheit haben, bevor er irgendwelche Schlüsse zog.

Als sich die Studenten zur ersten *lectio* versammelt hatten, waren sie seltsam still. Erwartungsvoll rutschten sie auf den Rändern ihrer Bettkästen herum. Am stillsten von allen war Türmer. Knopplochius runzelte die Stirn. Das war kein gutes Zeichen! Er räusperte sich. »Einer der Euren wird vermisst. Ich bitte Euch, ihn überall zu suchen. Wir müssen ihn finden. Ich brauche Euch nicht zu erklären, was es bedeutet, wenn einer von uns die Burg verlässt und als Quarantäneflüchtling aufgebracht wird! Lasst keinen Saal aus, überseht keine Nische, und geht mit größter Sorgfalt ans Werk!«

Bis zum Frühstück, das wieder einmal aus Wassersuppe mit verwelkten Kohlblättern bestand – dem kargen Mahl der letzten Tage –, hallte die Burg wider von den Rufen der Scholaren. Wenigstens hatte es seit dem Osterfest ein Ende mit der ewigen Grütze!

Justus und Theophil durchsuchten den Bischofspalast, durchstöberten die Kammer der Boschna, wie ihnen geheißen, und mehr noch. Jede Truhe wurde geöffnet, jedes Hemd entfaltet. Justus erging sich in derben Späßen über die Weiberkleidung, die er aus den Truhen zog. Theophil, der sich zuerst zierte, die Gewänder einer Toten anzurühren, gar überzustreifen, alberte sich, durch die Sorglosigkeit des Gefährten angestachelt, mehr und mehr in eine ausgelassene Stimmung hinein. Schließlich warfen sich die Freunde auf die Bettstatt der toten Wirtin und balgten wie junge Hunde.

Dann machte sich Justus frei, erhob sich, stand auf den Brettern und entledigte sich mit raschen Handgriffen seiner Hosen und des Gürtels. Alsdann streifte er die weiten, grobleinenen Unterröcke der Boschna über, trampelte breitbeinig auf dem Bett herum, dass das Stroh unter seinen nackten Fußsohlen knisterte, und gab sich mit gespreizten Armen Mühe, den Körperumfang der Wirtin anschaulich zu machen.

Theophil beobachtete ihn. Auch wenn er über die Späße seines Freundes lachte, weigerte er sich doch hartnäckig, die Kleider überzustreifen.

»Was hast du? Willst du gar nicht wissen, wie es sich anfühlt, als Weib durch die Welt zu laufen?«

Statt eine Antwort zu geben kniff Theophil Justus durch den groben Stoff des Unterrocks in den Hintern. Der Liebensteiner schrie geziert auf, und sein Freund wollte sich schier ausschütten vor Lachen.

Plötzlich bemerkte Eleonor, dass Justus schon lange nicht mehr lachte. Da verstummte auch sie. Ein dumpfer, unbestimmter Ernst hatte sich über ihre Ausgelassenheit gelegt und sie unversehens erstickt.

Justus ließ den Rock herabgleiten und sprang vom Bett. Rasch zog er die Beinlinge über und schnallte sich die Bruche um den Bauch.

Eleonor starrte auf die Ausbuchtung des Stoffes, dort, wo man die Lappen auseinander knöpfen konnte, um das *instrumentum amoris* zu befreien. Sie schloss die Augen und ließ das Kribbeln im Unterleib zu, wünschte sich, dass es nie verging. Einen Moment lang hoffte sie, Justus würde sich vorbeugen und sie küssen.

Dem Liebensteiner Knaben war das Verhalten Theophils mit einem Male peinlich. Er fühlte sich als Mann, nicht so sehr als Freund betrachtet. Verlegen trat er an das Lager. Theophil lag ausgestreckt vor ihm und hielt die Augen fest geschlossen. Seine hellen, fast durchsichtigen Wimpern zitterten leicht. Da rief die Glocke zum Mittagsmahl.

Theophil öffnete die Augen und stand auf. Er wollte Justus an der Hand fassen, doch der entzog sie ihm. Justus konnte dem Freund nicht ins Gesicht schauen. Seine innigen Gefühle für den zarten Knaben waren mit ganzer Macht hervorgebrochen. Und sie peinigten ihn. Es war Todsünde! Todsünde!

Als Justus und Theophil gemeinsam aus dem Schlafzimmer der Boschna auf den Gang traten, zogen sie den zornigen Blick des Magisters auf sich. Und Justus gewahrte verwundert, dass der Freund errötete. Gemeinsam gingen sie in die Küche, zu Tisch.

Knopplochius empfing die Nachricht, dass Haberkorn nirgends auf der Burg aufzufinden sei, mit versteinerter Miene. Von Peter Grim befragt, wo er den Scholaren vermute, schwieg er, und blieb die Antwort auch nach dem Essen schuldig. Grim drang nicht weiter in ihn.

Alle – außer Türmer – nahmen an, er sei von der Burg geflohen. Und alle – außer Knopplochius – wussten, dass er gute Gründe für eine Flucht gehabt hätte.

Nach dem *prandium* ließen sich die Studenten auf ihre Lager nieder und vertieften sich in fromme Texte oder Lieder. Justus blätterte in seiner Reisebibel, bis seine Aufmerksamkeit von der Begebenheit gefesselt wurde, in der Jesus Christus vor Pontius Pilatus, den römischen Statthalter Jerusalems, geführt wird. Zum Osterfest erst hatte er diese Passage im Gottesdienst gelesen, und er erinnerte sich an den Gesichtsausdruck Türmers, als dieser mit geöffnetem Mund den lateinischen Worten lauschte, in denen die Leidensgeschichte des Menschensohns geschildert wurde.

Da glomm ein Gedanke auf: Was, wenn Haberkorn noch in der Folterkammer war? Was, wenn Türmer ihn dort verborgen hielt? Was, wenn er ihn im Marterrausch so schwer verletzt hatte, dass er nicht mehr vorzeigbar war? Eine grausige Möglichkeit. Dennoch eine, die der Überprüfung wert war. Hatte man ihn unten bereits gesucht? Knopplochius wusste immer noch nicht, dass es diese Kammer überhaupt gab!

Der Magister stand an seinem Pult, den Kopf in beide Hände gestützt, und studierte einen mächtigen, ledergebundenen Foliodruck.

Justus erhob sich, trat an den Rothaarigen heran, und der Magister blickte auf. Stumm deutete der Scholar an, dass er den Saal verlassen müsse, um sich zu erleichtern. Knopplochius nickte und widmete sich wieder den eng beschriebenen Zeilen.

Justus eilte hinaus, huschte den Wendelstein hinunter und nahm eine der Pechfackeln von der Wand. Aber auch blind hätte er den Gang gefunden, der ihn vor die Mauerlücke führte. Nicht nur, weil der Gestank des verwesenden Pfarrers ihn leitete. Er unterdrückte den Brechreiz, kletterte über den Steinhaufen und gelangte in die Folterkammer. Der Knabe hielt den Atem an, um besser hören zu können. Nicht ein Laut war zu vernehmen. Arglos standen die Foltergerüste im Raum. Nichts deutete auf ihre schreckliche Aufgabe hin, nichts auf die unsäglichen Qualen, die sie bereiten konnten. Schmerzmaschinen. Jemand hatte all seinen Geist und seine Erfahrung aufgewandt, um größtmögliche Pein zu verursachen. Welch ungeheuerliche Verschwendung!

Justus' schweifender Blick fiel auf die eiserne Jungfrau. Etwas stimmte nicht. Sie war nicht so verschlossen wie gewohnt. Der Deckel stand einen Spalt weit offen. Justus trat näher heran. Sein Blick fiel auf den Boden vor dem Kasten. Ein dunkler Fleck im Sand. Eine Lache. Justus stockte der Atem. Er wusste, was passieren würde, wenn er den Kasten öffnete. Er ahnte es nicht, er wusste es. Die Klauen und Zähne des Drachen hatten sich in einen der ihren geschlagen!

Obwohl es ihm widerstrebte, hakten sich seine Finger um den Deckel und zogen ihn nach vorn. Der Widerstand war beträchtlich. Justus hielt die Fackel dicht vor sein Gesicht. Er konnte die Hitze spüren. Die Flamme war ihm ein Schutz. Sie blendete ihn, ließ alles, was er durch sie hindurch sah, gleißend unwirklich erscheinen. Der Liebensteiner zog den Deckel ganz auf und hörte ein schmatzendes Geräusch.

Dann erblickte er Haberkorn. Er hatte nicht die passende Größe für den Kasten gehabt, war um einiges zu klein, schien noch im Tode geschrumpft.

Kleine, rote Rinnsale zogen sich über sein Gesicht, seine Brust, seine Beine, überall dort, wo ihn ein Stachel durchbohrt hatte. Es waren Dutzende. Der Leib war ihm zerstochen wie von einem kampfeswütigen Hornissenschwarm. Der Herr mit der Dornenkrone. Die Augen ergeben zum Himmel gerichtet. Gerichtet. Durch den Drachen.

Dicht über dem linken Auge war ihm ein eiserner Dorn von vorn in den Schädel gedrungen. Der Kasten musste mit aller Kraft zugedrückt worden sein. Haberkorns Arme waren seltsam verrenkt. Er hatte sich gewehrt. Hatte versucht, sich gegen das Schließen des Deckels zu stemmen. Ohne Rücksicht auf die Schmerzen. War Türmer dazu wirklich fähig gewesen?

Apathisch steckte Justus die Pechfackel in eine der Halterungen. Er wankte zum Ausgang, nach oben, zum Tageslicht hin.

Im Wendelstein angekommen, lehnte er sich mit dem Rücken an einen der Mittelpfeiler, um zu verschnaufen. Dann stieg er weiter, zwei, manchmal drei Stufen auf einmal nehmend, bis hinauf in den Schlafsaal.

Außer Atem kam er oben an. Es dauerte ein Weile, bis Justus sich dem Magister verständlich gemacht hatte. Dann wurde das Schweigen, das über dem Mittagsstudium lag, zum ersten Mal und ganz gegen jede Regel aufgehoben.

Ungläubig umstanden die Scholaren und ihr Meister den Kasten. Der Raum war nun so gut es ging erhellt. Bei unruhig flackernder Beleuchtung war das ganze Ausmaß des Schreckens sichtbar.

Dem Magister standen Tränen in den Augen. Die Scholaren wussten nicht, ob es solche der Wut oder solche der Trauer waren. Er hielt die Fäuste geballt. Justus hatte auf dem Weg nach unten versucht, ihn so gut es ging vorzubereiten. Hatte von dem Keller erzählt, von der geheimen Kammer und ihrer Entdeckung. Knopplochius hatte sich ungehalten darüber gezeigt, dass ihm die Studenten die Entdeckung so lange verheimlicht hatten – bis das Unglück geschehen war.

Ausgerechnet Türmer unternahm es, ihr Vorgehen zu verteidigen, nichts war übrig von seinem bluttäuferischen Eifer. Es sei ein Abenteuer gewesen, eine Kinderei, wenn man es genau betrachtete, nichts, womit man einen gelehrten Mann wie den Magister behelligen wollte. Außerdem sei es ihnen verboten gewesen, des Nachts herumzustreunen.

»Ein Unfall«, kam es Otto weinerlich von den Lippen. »Sicherlich ein Unfall!«

Knopplochius sah ihn zornig an. »Welche Art Unfall soll

das gewesen sein? Soll er sich selbst gerichtet haben? Oder hat einer von Euch aus Versehen den Kasten geschlossen, ohne zu sehen, dass einer darinnen steckt?« Er schüttelte angewidert den Kopf und wischte sich mit den Händen übers Gesicht.

Dann ergriff er den leblosen Körper und zog ihn sachte von den Dornen. Sein Blick fiel auf die bandagierte Hand. Zärtlich drückte Knopplochius den Leichnam an sich und gab ihm einen Kuss auf die Stirn, bevor er ihn sorgfältig auf den Sand bettete. Er ließ seinen Blick über den nackten Körper gleiten. Narben, Striemen, Schrunden und Wundmale überzogen den schmächtigen Leib. Weit mehr Verletzungen, als der eiserne Kasten ihm zugefügt haben konnte. Auch ältere, bereits verschorfte Verletzungen waren darunter. Eine Landkarte des Leidens. Knopplochius hob die Augenbrauen, als er entdeckte, dass Haberkorn ein Beschnittener gewesen war.

»Wer hat ihm das angetan?«, fragte der Magister mit bebender Stimme.

Alle Blicke richteten sich auf Türmer. Der schaute betreten zu Boden. Kreutziger blickte trotzig in die Runde.

»Ich habe ihn nicht umgebracht!«, schrie Türmer unvermittelt. Niemand glaubte ihm.

»Was habt Ihr hier getrieben?«, fragte Knopplochius mit bebender Stimme. »Ist er der Einzige, an dem Ihr Euch vergriffen habt?«

»Er war Jude«, bemerkte Türmer in verächtlichem Tonfall.

»Woher willst du das wissen?«, fragte Knopplochius.

Der Älteste blickte erstaunt. »Das sieht man doch.«

»Du hast ihn nicht gefragt. Was, wenn er Konvertit war? Ein Bekehrter, ein Übergetretener?«

Türmer schaute irritiert.

»Das ist gar nicht so selten«, erklärte Knopplochius mit eindringlicher Stimme. »Wie Ihr wisst, ist den Juden das Studium verboten.«

Die Knaben sahen sich betreten an. Diese nahe liegende Möglichkeit hatte keiner von ihnen je in Betracht gezogen.

»Und selbst wenn er ein Jud' gewesen wäre«, fuhr Knopplochius fort, und allmählich mengte sich Zorn in seinen Tonfall, »selbst wenn er ein Heide oder Ketzer oder Muselmann gewesen wäre – was gäbe Euch das Recht, ihn auf die Tortur zu schnallen?«

»Wir wollten dem Herrn nachfolgen«, gab Türmer kleinlaut zu. »Es hatte alles nur den einen Sinn, uns in gottgefälliger Frömmigkeit zu üben.«

»Was hat das hier mit Frömmigkeit zu tun?«

»Wir wollten uns üben im Ertragen von Leid, denn auch der Gottessohn hat unermessliches Leid ertragen.« Kreutziger hatte seine Sprache wiedergefunden. Er trug den Talar mit dem roten Kreuz, ebenso Türmer.

»Sobald wir die Burg verlassen haben, werdet Ihr Euch dafür verantworten! Vor dem Gericht der Universität. Türmer wird den Rest unseres Aufenthalts im Karzer verbringen. Bei Wasser und Brot.«

»Wir haben kein Brot mehr«, wagte Theophil einzuwerfen.

»Dann bei Wasser und Wasser.«

Türmer blickte um sich wie ein Tier, das in die Enge getrieben war. »Ich habe ihn nicht umgebracht! Das müsst Ihr mir glauben! Das würde ich niemals tun.«

»Er hat ihn geschlagen. Ich musste zusehen. Manchmal hat er mich gezwungen, selbst zuzuschlagen. Er sagte, es sei ein Vergnügen«, sprudelte es aus Kreutziger heraus.

Türmer fasste ihn verächtlich ins Auge. Tiefer Hass lag in seinem Blick.

Knopplochius fasste den Ältesten am Kragen des Scholarengewandes. »Soso. Dem Leid des Gottessohnes nachfolgen. Und dabei das teuflische Vergnügen des Folterknechts empfinden. Balthasar Türmer, ich werde dem Gericht der Universität angehören, das über dich zu Rate sitzt. Und ich werde dafür sorgen, dass du einer ordentlichen städtischen Gerichtsbarkeit übergeben wirst. Die flechten dich aufs Rad, dessen kannst du versichert sein!«

Türmer schaute ihn aus schmalen Augenschlitzen an. »Dann werde ich zuvor einiges über Euch zu berichten haben, Meister!«

Knopplochius packte Türmer bei den Schultern und schüttelte ihn. »So? Was denn? Sprich!«

»Dass Ihr antitrinitarische Glaubenslehren unter den Studenten verbreitet. Ich habe Schriften bei Euch gesehen, verbotene Schriften! Ihr habt Euch selbst verraten im Disput. Ihr habt im Allerheiligsten des Domes Messen lesen lassen, obwohl uns der Zutritt nicht gestattet ist. Habt uns auf der Burg gehalten wie eine Ketzerbruderschaft! Ich werde Euch auf den Scheiterhaufen bringen!« Türmers Stimme begann sich zu überschlagen. Die Todesangst hatte sein Gesicht zur Fratze verzerrt.

Betreten schauten sich die Studenten an. Knopplochius hörte auf, Türmer zu schütteln. Einen Moment lang schien er scharf nachzudenken, bevor er den Halbwüchsigen kurzerhand hinter sich her schleifte, den Treppenturm hinauf, in einen winzigen, von außen verriegelbaren Verschlag, einen Erker am äußeren Turm. Nachdem der Magister den Riegel zugeworfen hatte, flüchtete er in seine Kammer.

Die Studenten waren ratlos im Keller zurückgeblieben. Der Leichnam Haberkorns lag friedlich, mit gekreuzten Armen im Sand. Niemand wagte es, ihn anzufassen.

Vor dem Zubettgehen, nach dem kargen Abendmahl, forderte Knopplochius den Studenten die Tischdolche ab.

»Da es ohnehin keinen Braten mehr zu zerlegen gibt, wenn wir uns nicht das letzte Milchvieh wegschlachten wollen, könnt Ihr mir die Dolche auch aushändigen«, erklärte er. »Ich werde sie Euch zurückgeben, sobald unsere Gefangenschaft beendet ist.«

Murrend kamen die Knaben der Aufforderung nach. Einige Stimmen wurden laut, die zur unverzüglichen Flucht von der Burg rieten. Der Weg sei ihnen doch längst gewiesen: Man müsse sich nur abseilen, wie sie es schon einmal getan hatten, dann wäre die äußere Mauer ein leicht zu überwindendes Hindernis! Auch ohne Geheimgang! Nur fort von diesem vermaledeiten Ort, bevor sie alle miteinander verhungerten oder sich gegenseitig hinmordeten!

Knopplochius versuchte, sie zu besänftigen: »Der Feind ist abgerückt. Es wird nur noch wenige Tage dauern, bis Moritzens Truppen uns befreien. Wenige Stunden womöglich. Wenn wir die Burg jedoch ohne Erlaubnis verlassen, sind wir vogelfrei. Jeder, der will, kann uns meucheln! Ist Eure Erinnerung an die Spieße und Haken der Meißner Knechte schon verblasst?« Der Magister blickte in misstrauische Mienen. Zu oft schon hatte er das Ende der Drangsalen versprochen. Keinem der Knaben war wohl dabei, den Dolch abzugeben. Die letzte Waffe, die nötigenfalls zur Verteidigung taugen konnte. Zwei hatte man ihnen doch schon weggestochen: Die Boschna und den Haberkorn. Ein Fluch schien auf der Pestburg zu liegen, hartnäckiger und tödlicher als die Pest selbst.

In der Nacht hatte der Einäugige sich wieder auf den Weg gemacht. Liesel war ihm über die Mauer gefolgt, bis dorthin, wo die Boschna abgestochen worden war. Doch plötzlich war der Fremde wie vom Erdboden verschluckt. Irgendwo am Fuße der inneren Mauer musste der Zugang sein, durch den man in die Feste gelangte. Der Zyklop war verschwunden, ohne dass die Magd ein Schlupfloch entdecken konnte. So machte sie sich unverrichteter Dinge auf den Rückweg in die Stadt. Doch sie würde zurückkehren, bei Tageslicht …

Als der Einäugige die Stufen des Treppenturmes hinaufschlich, hörte er plötzlich einen Gesang. Laut und deutlich – nur ein wenig wehleidig – war ein tiefes, wohlklingendes Organ zu vernehmen, das den Stimmbruch bereits überwunden hatte:

*»Pertransibat clericus /*
Durch einen grünen Wald, /
*Inveniebat stantem, stantem, stantem /*
Ein Mägdlein wohlgestalt.«

Der Einäugige ging dem Gesang nach. Vor einem schmalen Verschlag an der Außenseite des Wendelsteins hielt er inne.

*»Salva sic, puellula, /*
Gott grüß dich, Mägdlein, /
*Dico tibi, vere, vere, vere, /*
Du sollst mein Eigen sein«,

drang es durch das Holz. Der Einäugige konnte sich ein Lächeln nicht verkneifen. Er schob den Riegel zurück, und das Singen erstarb augenblicklich. Der Zyklop riss die Tür auf und blickte in das vor Schrecken starre Gesicht des Sängers. Der Einäugige wusste im selben Augenblick, dass jener nicht die gesuchte Jungfer war, doch sterben musste er. Sonst würde er mit dem nächsten Atemzug die anderen zusammenschreien.

Der Dolch fuhr Türmer von unten herauf in die Kehle und nagelte die Zunge an den Gaumen. Mit einem zweiten Messer durchtrennte der Einäugige seitlich die Halsschlagader. Er trat einen Schritt beiseite, um nicht vom spritzenden Lebenssaft besudelt zu werden. Türmer verblutete rasch und geräuschlos.

Als der Blick des Scholaren gebrochen war, das Blut nur noch spärlich tröpfelte, zog der Einäugige das Messer aus seinem Opfer. Zur Sicherheit knöpfte er ihm den Schamlatz auf, um den letzten Beweis zu erlangen, dass er nicht wider Erwarten die Jungfer erwischt hatte. Doch es war eindeutig: Der Tote war ein Mann. Sein Auftrag war noch nicht erledigt. Der Zyklop ging weiter in Richtung Schlafsaal, die Treppe hinauf.

Dort herrschte große Erleichterung darüber, dass Türmer das Singen aufgegeben hatte. Nur auf brünstige, quälende Gedanken hatte er sie mit seinem schamlosen Lied gebracht. Immer und immer wieder hatte er es wie eine Litanei wiederholt. Und durch das Treppenhaus war Wort für Wort zu ihnen hinaufgehallt. Nun herrschte Ruhe.

Eleonor war trotz des Gesangs frühzeitig eingeschlafen. Doch ihr Schlaf war ruhelos. Sie träumte von einem Drachen. Einem Monster, das getötet wird, wie nach der Sage des Heiligen Georg. Und der Ritter, der es wagte, gegen den Feuer speienden Tatzelwurm anzutreten, war Justus!

Eleonor erwachte. Sie schlich hinüber zum Helden ihres Traumes, wollte in sein Bett schlüpfen. Justus hob den Mantel nicht wie sonst. »Nein!«, sagte er bestimmt. »Es ist Sünde!«

»Was ist Sünde?«, fragte die Jungfer wie vor den Kopf gestoßen.

»Dass wir beieinander liegen wie Männlein und Weiblein!« Justus wandte sich ab. Seitdem es wärmer geworden war, zog man nachts nicht mehr die Verhänge vor die Fenster. Der Saal lag schwach erleuchtet im Mondlicht.

Eleonor überlegte einen Moment, was sie ihm entgegnen konnte, ohne sich zu verraten. »Wir sind doch Freunde. Gute Freunde. Was ist dabei?«

Justus tat sich sichtlich schwer zu antworten. »Ich kann mir nicht helfen. Ich erwische mich immer wieder dabei wie ich ... wie ich ... davon träume ...«

»Wovon?«

»Mit dir ... zusammenzuliegen ...«

»Aber du brauchst nicht davon zu träumen. So ist es doch beinahe jede Nacht.«

»Nein. Du verstehst nicht. Ich meine: Zusammen zu Bette zu liegen wie ... wie ... wie der Magister und die Wirtin.« Justus floh ihren Blick. Er starrte durch die Butzenscheiben zum Mond hinauf und wartete gebannt auf die Antwort.

Theophil schwieg lange. Dann flüsterte er mit kaum hörbarer Stimme: »So lass es uns tun. Lass uns zusammenliegen wie Männlein und Weiblein!«

Justus setzte sich empört auf. Der Mantel rutschte herunter und entblößte seinen Oberkörper. »Wie kannst du mir nur so etwas vorschlagen?! Das ist Todsünde!«

»Nein. Ist es nicht«, widersprach Theophil seelenruhig.

Grim, der Justus benachbart lag, erhob sich. »Könnt ihr nicht stille sein? Müsst ihr auch des Nachts noch disputieren?«

Beide waren verlegen. Theophil zögerte einen Moment und ging dann zurück zu seinem Lager.

Justus' Bettnachbar erhob sich und trat durch den Vorhang aus dem Schlafsaal hinaus. Sicherlich wollte Grim sich auf dem Hof erleichtern. Der Schatten, der ihm folgte, nachdem er den Vorraum durchquert hatte, war niemandem aufgefallen.

Justus blieb in größter Verwirrung auf seiner Bettstatt zurück. Er konnte nicht fassen, was Theophil ihm eben vorgeschlagen hatte! Mit einem arglosen Lächeln auf dem Gesicht und ohne zu zögern. Offenbar hatte er nicht die geringsten Bedenken, sodomitisch mit ihm zu werden! Was für eine verderbte Seele! Oh, wie hatte er sich in ihm getäuscht! Die Verunsicherung und Empörung schlug in blanke Wut um. Er war zornig auf den Schamlosen, der ihn derart in Gewissensnot stürzte!

Justus hüllte sich tiefer in den Mantel und betete. Sprach ernsthaft und aufrichtig zur Heiligen Jungfrau Maria und bat sie, ihm die sündigen Verfehlungen zu verzeihen. So tief ins Gebet versunken fiel ihm nicht auf, dass Grim nicht mehr zurückkam.

Als sich die Scholaren am nächsten Morgen bei Sonnenaufgang von ihren Lagern erhoben, blieben Basileus Roseus aus Senftenberg und Antonius Wiedemann aus Naumburg liegen. Justus zog ihnen die Mäntel vom Leib und entdeckte, dass sie mit Hanfseilen zu Tode stranguliert worden waren. Die Mordwerkzeuge lagen noch, in gleicher Weise und offenbar von der Hand ein und desselben Mörders zugeschnitten, über ihren Hälsen. Sie hatten eine tiefrote Spur, dunkel und tödlich wie ein breiter Schnitt, hinterlassen.

Knopplochius ließ, ohne den Talar übergeworfen zu haben, nach Türmer schicken. Doch bevor sie jenen erdolcht im Karzer fanden, stolperten sie über den Leichnam Peter Grims, der auf den Stufen des Treppenturms lag.

Vier Tote in einer Nacht! Und was auf den ersten Blick das Merkwürdigste war – der Mörder hatte ihnen entweder den Hosenlatz aufgeknöpft oder den Hemdsaum bis zur Hüfte hinaufgeschoben.

Der Schock legte sich wie eine schwere Schneedecke über die Gemüter der Burgbewohner. Das Morgenmahl fiel aus. Niemand hatte Hunger, geschweige denn Appetit. Obwohl der Tag frühlingshaft leuchtete, wankten die Scholaren durch die Gewölbe der Burg wie durch ein tiefes Verlies, in dem man keinen Vogel singen, keinen Wind in den Baumwipfeln rauschen hörte. Der Tod hatte das Regiment über die Pestburg endgültig an sich gerissen.

Knopplochius gab Anweisungen, die fünf gemeuchelten Scholaren vor das Tor der Burg zu schaffen. Von den Zinnen herab ließ er den Bürgermeister Ahnsorge rufen. Er wollte ihm die Toten zeigen. Wollte ihm zeigen, dass sie nicht an der Pest gestorben waren. Doch Ahnsorge erschien nicht. Die Wachen eröffneten dem Magister, dass der Bürgermeister mit den Räten und Zunftmeistern der Stadt zum Herzog gereist war, um ihm zu huldigen und sich für die Unterwerfung unter Johann Friedrich zu entschuldigen. Moritz konnte demnach nicht mehr weit sein!

Also ließ er die fünf Leichname im Dom aufbahren. Es dauerte eine Weile, ehe die Überlebenden die Toten auf schmale Pritschen und Tafelböcke gebettet und vor dem Altar aufgereiht hatten.

Knopplochius trieb nicht zur Eile. Die notwendigen Handgriffe hielten ihre Gedanken beschäftigt, unterdrückten die Trauer und überwanden die Apathie.

Zum Schluss ließ der Lehrer auch den Pfarrer Schreiber herbeischaffen, trotz dessen deutlicher Anzeichen von Verwesung. Gemeinsam hielten die Überlebenden Totengedenken. Ihre klägliche Schar war zusammengeschrumpft auf Kaspar Kreutziger, den Österreicher, Stefan Hoyer von der Nation der Kursachsen, Otto Roth, den Naumburger, der ohne seinen Zwilling Antonius mehr als halbiert zu sein schien, sowie Justus von Liebenstein und Theophil Montanus. Schließlich Magister Rufus Knopplochius, der kaum noch ansprechbar war.

Den Gottesdienst hielt er ab wie ein Entrückter, immer wieder innehaltend, seinen Gedanken nachsinnend, minutenlang schweigend. Er blickte durch die sechs aufgebahrten Leichname hindurch, schien sie nicht mehr wahrzunehmen. Und doch kreisten seine Gedanken allein um deren Schicksal. Um das mörderische Schlachten, das hier zugange war, dessen Sinn und Ursache zu erkennen und zu beenden.

So entspann sich während des zähen Totengedenkens ein Gespräch zwischen Hoyer und Kreutziger, flüsternd, und alle, die es belauschten, zutiefst beunruhigend: »Der Magister war es! Er hat sie alle gemordet!«, sagte Kreutziger.

»Wie kann das sein?«, fragte Hoyer ungläubig.

Kreutziger senkte seine Stimme noch mehr. Justus und Theophil waren bereits aufmerksam geworden. »Er will nicht als Ketzer auf den Scheiterhaufen. Er hat Türmer umgebracht, um von ihm nicht in aller Öffentlichkeit der Häresie beschuldigt zu werden. Und dabei ist er von Grim erwischt worden. Deswegen musste der auch dran glauben!«

»Still«, zischte Justus. Kreutziger blickte misstrauisch zu ihm hinüber. Er wusste nicht, ob der Liebensteiner ihn gehört hatte.

»Und wieso die beiden anderen? Wieso die aufgeknöpften Hosenlätze, die hochgeschobenen Hemden?«

»Er leugnet die Dreieinigkeit des Herrn. Kennst du die Riten der Antitrinitarier? Es sind Ketzer, vielleicht huldigen sie auf die Art dem Teufel?«

Hoyer schien überzeugt. Er zog ein langes Gesicht. »Was können wir tun? Fliehen?«

Kreutziger schüttelte entschieden den Kopf. »Wir müssen ihm zuvorkommen!«

Hoyer stellte sich begriffsstutziger, als er war. »Wie meinst du?«

Kreutziger ritzte sich mit dem Daumennagel die Kehle.

Hoyers Augen sprangen vor Entsetzen weit auf. »Aber wie?«

Kreutziger zog sich den Kragen seines Mantels enger um den Hals. »Lass das nur meine Sorge sein.«

Stefan Hoyer nahm Kreutzigers Ankündigung mit unbewegter Miene auf.

Kreutziger wusste nicht, ob er das Schweigen als Zustimmung gelten lassen konnte. »Bevor wir ihm allesamt zum Opfer fallen!«, fügte er hinzu.

Da nickte Stefan Hoyer. Otto Roth, der neben ihm stand, war tief in eigene Gedanken versunken. Die Trauer um seinen Kameraden Antonius machte ihn taub und stumm.

Nach dem Gottesdienst verkündete Knopplochius, dass sie fliehen würden. Wenigstens einer von ihnen. Einer musste sich bis zum Herzog durchschlagen. Der Fürst musste informiert werden, wo auch immer er sich aufhielt. Sie mussten den Geheimgang finden. Die Studenten sollten jeden Winkel der Burg durchstreifen, denn eine weitere Nacht werde man kaum überstehen. Der Magister hatte keine Zweifel, dass der Mörder in seinem blutigen Werk fortfahren werde.

Kreutziger warf Hoyer einen vielsagenden Blick zu. »Er will den Verdacht von sich lenken!«, zischte er. Der Hallenser nickte. Auch Otto wandte den Kopf zu Kreutziger. Seine Augen blitzten. »Er hat es verdient!«, sagte er.

Kreutziger schickte einen dankbaren Blick gen Himmel.

Obwohl alle nach dem Gottesdienst die Suche nach dem geheimen Gang anstrengten und nur zu einer kargen Mahlzeit unterbrachen, hatten sie ihn bis zum Abend nicht gefunden.

Entlang der Burgmauern waren wieder Wachen aufgezogen, die die Flucht über die Befestigungen hinweg verhindern würden. Wie ein Lauffeuer hatte sich in Meißen das Gerücht verbreitet, erneut seien mehrere Scholaren an der Seuche krepiert …

*Neuntes Kapitel*

# Vernichtung

Im Laufe des 22. April hatte sich das vereinigte Hauptheer der kaiserlichen Partei bis Lommatzsch vorgeschoben. Moritz hatte Meißen schriftlich aufgefordert, sich zu ergeben, ohne dass er seine Fähnlein gegen die Stadt gewendet hatte. Er hoffte, die Nachricht von einem solch übermächtigen Heerhaufen in unmittelbarer Nähe würde ausreichen. Seine Hoffnung trog nicht. Er erlangte Meißen zurück, ohne dass seine Truppen auch nur einen Stiefel in die Gassen der Stadt gesetzt hatten. Am 23. April, nicht einmal zwei Wochen nach dem Osterfest, wurde das kaiserliche Feldlager nahe dem Flüsschen Jahna aufgeschlagen.

Am selben Tag, dem Sonnabend nach Georgi, begann die Amtszeit des Rektors für das Sommersemester. Obwohl die Gebäude des Paulinums noch nicht wiederhergestellt waren, hatte sich Camerarius entschlossen, den Lehrbetrieb wiederaufzunehmen. Am Sieg des Kaisers zweifelte kaum jemand, am wenigsten der Leipziger Theologe. Man rechnete mit rascher Beruhigung der Lage. Den wenigen Studenten, die sich immer noch, unter Aufsicht ihres Magisters, auf der »Pestburg« befanden, widmete man ein Gebet im Anschluss an die Wahl und Ausrufung des neuen Rektors. Man hatte keine Nachricht über deren Lage und Befindlichkeit. Immer dann, wenn die Wege als sicher vermeldet waren, ließ man in Meißen kundschaften. Fabricius, der afranische Rektor, war ihr getreuer Gewährsmann. So gelangte auch die Nachricht nach Leipzig, dass die Pest wieder einige der Studenten dahingerafft habe. Die Quarantäne sei daher, auf höchsten Befehl, noch nicht aufgehoben. Den Lehrstuhl des Magisters Knopplochius hatte man noch nicht neu besetzt, doch war von Camerarius ein Ruf an den berühmten Freund und Glaubensgenossen Melanchthon ergangen, da die Zukunft der Wittenberger Universität ungewisser war als die der Leipziger. Bei einem Sieg des Kaisers war sie auf Gnade und Verderb dem Willen der Sieger ausgeliefert, und ob Moritz die Lieblingsuniversität seines ärgsten Widersachers unberührt lassen würde, galt als zweifelhaft. Doch Melanchthon beschied Camerarius abschlägig. Er hatte insgeheim bereits Kontakt mit Moritz aufgenommen, und der hatte ihn ermuntert, in Wittenberg zu bleiben. Auch Moritz hatte seine Pläne mit der Elbestadt.

Der Herzog von Alba, Karls erfahrener Feldherr, unternahm am Morgen jenes 23. April, da man im Meißner Dom die Opfer der Blutnacht Pritsche an Pritsche aufreihte, mit kleiner Eskorte einen Erkundungsritt die Elbe hinauf, gen Meißen. Nur durch schärfste Bewachung hatte Ferdinand seinen ältesten Sohn Maximilian abhalten können, daran teilzunehmen.

Karls Bruder wusste, dass Streit im Feldherrnlager des kaiserlichen Bundes das Letzte war, was man zu diesem Zeitpunkt gebrauchen konnte. Also unterdrückte er das Thema der verschwundenen Tochter, so gut es seine eigenen Gefühle zuließen.

Die Trümmer der Elbbrücke qualmten noch, als Albas Eskorte Meißen erreichte. Versprengte Ochsenfuhrwerke des kurfürstlichen Trosses und einzelne Kundschafter begegneten den Kaiserlichen mit Respekt und Furcht.

Die wendigen spanischen Reiter auf ihren schnellen Rossen brachten einen der Kuriere auf und setzten ihm das Messer an die Kehle. Auf diese Weise erfuhr der Herzog von Alba, dass der Kurfürst ganz in der Nähe, allerdings auf der anderen Seite der Elbe, lagerte. Wenig später sah man einen Boten mit kursächsischer Feldbinde im Strom treiben, eine feine Blutfahne im klaren Wasser des Flusses hinter sich her ziehend.

Die Patrouille, die elbabwärts gesandt worden war, spanische Hakenschützen unter dem Kommando des Hauptmanns Aldana, kehrte beinahe gleichzeitig mit dem Haufe des Ferdinand Alvarez von Toledo, Herzog von Alba, in das kaiserliche Lager zurück. Sie hatte eine größere Truppenbewegung auf der gegenüberliegenden Seite der Elbe ausgemacht. Eine gewaltige Streitmacht, bei der es sich womöglich um die Hauptstreitmacht des Kurfürsten handelte. Ganz in der Nähe, einen halben Tagesmarsch entfernt, bei dem Städtchen Mühlberg!

Der Herzog von Alba nahm den Bericht des Hauptmanns Aldana vor der Schwelle des Schweinitzschen Gutshofes entgegen, wo Karl Quartier gemacht hatte. Das kaiserliche Wappen prangte am Hoftor ebenso wie an der Eingangspforte des Hauptgebäudes. Aufgewühlt von der Nachricht und ganz gegen seine Art, stürmte der Feldherr ohne Voranmeldung in die Kammer des Kaisers.

Karl blickte von einem Bogen auf, den er gerade mit spitzer Feder bekritzelte. »Ich denke, dass Ihr mir Wichtiges zu berichten habt, wenn Ihr derart ungestüm eintretet«, empfing ihn der Kaiser freundlich in dessen Landessprache.

Der Herzog zog seinen offenen, spanischen Helm vom Haupt und verbeugte sich knapp. Er schilderte dem Kaiser in atemlosem Spanisch, dass der Feind sich auf der anderen Seite des Flusses befände, nur einen Steinwurf entfernt, in ganzer Truppenstärke und leicht zu stellen. Der Vortrab, so hatten die Arkebusiere unter Aldana gemeldet, habe bei Mühlberg Halt gemacht und abgesattelt – ein Zeichen dafür, dass der Kurfürst beabsichtigte, dort sein Lager aufzuschlagen.

Karl fuhr sich mit dem Schaft der Feder um den Bart. Aus halb geöffneten Lidern schaute er seinen Feldherrn an. »Was schlagt Ihr also vor?«

Der Herzog von Alba räusperte sich. »Wenn Ihr, Euer Kaiserliche Majestät, meinen Rat gnädigst zur Kenntnis nehmen wollt: Ich würde das Heer in Marschbereitschaft versetzen und versuchen, den Feind so geschwind als möglich aufzubringen. Bevor er sich in seine Feste zurückzieht.«

Karl nickte und schwieg lange. Dann setzte er die Feder erneut auf das Schriftstück. Ganz nebenbei beschied er seinen Heerführer: »Ich danke Euch für den Ratschlag. Ich werde ihn nicht befolgen. Die Krieger sind durch die Eilmärsche über Böhmerwald und Erzgebirge erschöpft. Nicht einmal zwei Wochen ist es her, da wir in Eger zum Abmarsch geblasen haben!«

»So soll unser Heer tatenlos im Lager liegen, während der Feind sich in sein Loch verkriecht?« Der Unmut des Herzogs war kaum zu bändigen.

Karl verzog keine Miene. »Sagt Ihnen, sie sollen nicht müßig gehen. Nicht saufen, nicht huren. Sie sollen sich auf die baldige Schlacht vorbereiten, sich die Beichte abnehmen lassen, Kräfte sammeln.«

»Wenn Ihr noch lange abwartet und Kräfte sammelt, wird es keine Schlacht mehr geben.« Der Herzog von Alba verbeugte sich erneut, wandte sich auf dem Stiefelabsatz um und verließ die Kammer. Er wusste, dass seine Spanier darauf brannten, gegen die deutschen Abtrünnigen ins Feld zu ziehen!

Auf dem Hof begegnete von Alba Herzog Moritz. Der Sachsenfürst hatte vollen Feldharnisch angelegt. »Stimmt es, was man mir berichtet?«, fragte er den spanischen Herzog in holprigem Französisch, »der Dicke liegt vor unserer Nase?«

Der kaiserliche Feldherr nickte.

»So ist denn der Tag gekommen, den Gebannten und Geächteten mit Gottes Hilfe zu stellen!«

Der Herzog von Alba schüttelte bedauernd den Kopf. »Seine Kaiserliche Majestät möchte einen günstigeren Zeitpunkt abwarten. Er möchte den Knechten und Reitern einen Ruhetag gewähren.«

Moritz stieß Luft durch die Nase. Die Ungeduld trieb ihn zu einer überaus unverschämten Nachfrage. »Und wann wird in den Augen des Kaisers ein günstiger Moment eintreten?

Günstiger als jetzt, da wir die Hauptmacht des Feindes mit der ausgestreckten Faust treffen können?«

»Der Feind war so klug, einen tiefen Fluss zwischen sich und uns zu legen«, meldete Alba Bedenken an, die nicht die Seinen waren.

Der Sachsenherzog wischte sie beiseite. »Die Elbe? Die Elbe ist zumeist flach, es gibt etliche Furten …«

Albas Blick ruhte lange auf Moritz. Der Spanier schätzte das beinahe südländische Temperament des jungen sächsischen Fürsten, obwohl auch dieser bei Lichte besehen nur ein abtrünniger deutscher Protestant war, vor dem man sich keine Blöße geben durfte. Da er sich jedoch in den eigenen Zielen unterstützt sah, beugte er sich vor und sprach mit sanfter, leiser Stimme, in klangvollem, spanisch gefärbtem Französisch: »Der Kaiser bestimmt, wann der Moment günstig ist. Doch werde ich mich unversehens auf neue Erkundung begeben. Werde sehen, was dafür spricht, sofort loszuschlagen. Wollen Sie mich nicht begleiten?« Der Herzog von Alba nickte Moritz aufmunternd zu.

Das Pferd des kaiserlichen Feldherrn stand noch bereit, bedeckt vom Schweiß des vorherigen Ritts. Es bedurfte nur einiger schneller Befehle, und auch Moritzens Schlachtross im leichten Harnisch war herbeigeschafft. Wenige Minuten später sprengten die beiden, begleitet von einigen ihrer vertrautesten und kühnsten Schildwachen, durch das Tor des Gutshofes.

Knopplochius hatte Vorkehrungen für die Nacht getroffen. Niemals sollten alle Scholaren zur gleichen Zeit schlafen. Er hatte Wachen eingeteilt. Er selbst übernahm die erste. Nach dem Abendangelus hatte der Magister den Studenten die Dolche wieder ausgeteilt, damit sie sich verteidigen konnten. Er machte sich unendliche Vorwürfe, dass er sie am Tag zuvor eingesammelt hatte. So hatte er dem Mörder das grausige Handwerk erleichtert. Die Schüler drehten die unzulänglichen

Waffen skeptisch in den Händen und sahen ihren Lehrer wenig hoffnungsfroh an. Otto Roth, der Naumburger, verweigerte die Annahme einer Waffe. So sehr hatte ihn der Tod des Landsmannes und Freundes getroffen, dass ihm das eigene Schicksal gleichgültig geworden war.

»Vertraut auf Gott, denn Gott spricht: ›Ohne mich könnt Ihr nichts‹«, versuchte Knopplochius die Knaben aufzurichten, doch es klang wenig ermutigend.

»Was macht Euch so sicher, dass er in dieser Nacht erscheint«, fragte Kreutziger angriffslustig.

»Ich bin mir nicht sicher«, log Knopplochius, »aber wissen wir das Gegenteil?«

Der Lehrer ließ die Bettrahmen im Kreis aufstellen.

»Werdet Ihr bei uns zur Nacht liegen?«, fragte Hoyer. Er hatte sich von Kreutzigers Misstrauen anstecken lassen.

»Ich werde überhaupt nicht liegen«, versprach Knopplochius grimmig. Er hatte sich einen Landsknechtsspieß aus einer Heugabel gebrochen, mit dem er den Mörder auf Distanz halten wollte. Er würde ihm die Holzlanze in die Brust rammen, sobald er seiner ansichtig wurde! Der Gelehrte versuchte das, was ihm die Sterne verraten hatten, zu verdrängen: Der Blutdurst war längst nicht gestillt!

Knopplochius hatte erkannt, dass der Mörder auf der Suche nach einer Frau war. Deshalb die aufgeknöpften Lätze. Er würde nicht ruhen, bis Eleonor tot war. Einen Moment lang hatte Knopplochius überlegt, die Jungfrau auszuliefern. Ihr Leben gegen das der restlichen Scholaren einzutauschen. Doch schnell hatte er den Gedanken wieder verworfen. Niemanden würde er freiwillig herausgeben! Und sollte es ihn das Leben kosten! Nie wieder würde er jemanden ans Messer liefern!

Es war noch hell, als der Einäugige sich auf den Weg machte. Er hatte sein Säcklein geschnürt und der Liesel die ausstehende Zeche gezahlt. Die Magd zitterte innerlich, als sie die Gulden des Fremden einzeln in ihre Handfläche fallen spürte. Dann entbot ihr der Zyklop einen letzten Gruß und verließ den »Schwan«. Die Liesel blickte ihm durch die Küchenpforte nach. Er wandte sich nicht nach den Toren, sondern richtete seine Schritte nach dem Burgberg.

Die Wirtsstube lag verwaist. Wie ein Leichentuch hatte sich die drohende Vorahnung über die Stadt gelegt. Man sprach allerorten davon, dass die große Schlacht unmittelbar bevorstand. Niemand war aufgelegt, Wirtshäuser zu besuchen. Alle warteten ab, was die nächsten Tage bringen würden. Auch das kaiserliche Heer war begierig, gerechte Kriegsbeute zu machen. Immerhin hatte man in Meißen auf den dicken Kurfürsten, den Hauptfeind geschworen! Es war noch längst nicht ausgemacht, dass die Stadt verschont bliebe, auch wenn sich Moritz als gnädig und nachsichtig erwiesen hatte. Ein jeder sah zu, das, was ihm am teuersten war, unter Dachschindeln oder Dielenbrettern in Sicherheit zu bringen. Die Liesel schloss kurzerhand die Wirtsstube und schlich dem Einäugigen in gehörigem Abstand hinterher.

Diesmal war es so hell, dass die Küchenmagd sah, hinter welchen der Büsche er schlüpfte, ehe er spurlos verschwunden war. Sie wartete einen Moment lang. Dann rutschte sie die kurze Böschung hinunter, in eine Nische unter der Mauer hinein, ihm nach.

Eleonor war kaum eingeschlummert, da wurde sie wieder aus dem Schlaf gerüttelt. Sie wollte sich wehren, befürchtete, es sei erneut Türmer und seine Schar, doch dann wurde ihr bewusst, dass der Peiniger tot war. Statt seiner war es der Magister, der sie aus den Träumen riss. Eleonor rieb sich die Augen, reckte die Arme und blickte in die sorgenvolle Miene des Gelehrten. Seine braunen Augen ruhten mild und mitleidig auf ihr, als er sie am Oberarm fasste und von ihrem Lager zog. Er lockerte den Griff, als sie stand, doch entließ er sie nicht, sondern zerrte sie hinter sich her in seine Kammer. Sorgfältig ordnete er den schweren Vorhang, der sie vom

Schlafsaal der Knaben trennte. Knopplochius entzündete kein Licht. Die letzte Talgleuchte mit dem fürchterlich rußenden Docht aus Werg war zu wertvoll.

Als er sah, dass Eleonor fror, warf er ihr seinen Talar zu, den warmen, pelzgefütterten. Die Jungfer zog die Beine an und wickelte sich ein, sodass sie ganz und gar im braunen Pelz verschwand. Nur ihr schmales Haupt mit den schon wieder bis über die Ohren fallenden, rotblonden Haaren lugte oben heraus.

»Hochgeborene Erzherzogin«, begann der Magister ohne Umschweife, und Eleonor zuckte zusammen, da die Anrede in ihren Ohren befremdlich klang. »Ihr ahnt sicherlich, wer das Ziel dieser blutrünstigen Angriffe ist.«

Eleonor nickte nicht, noch schüttelte sie den Kopf. Sie stierte den Magister an.

»Der Mörder sucht nach einer ganz bestimmten Person!«

Die Jungfer blieb stumm. Sie zog den Pelzkragen des Talars enger um ihren Hals.

»Eine Person, die sich in einem ganz gewissen Punkt von den anderen unterscheidet. Es besteht kein Zweifel: Das Ziel der Mordanschläge seid Ihr!«

Eleonor war blass wie der Mond, der draußen seine schmale Sichel durch die Baumwipfel funkeln ließ. Kinn und Nase stachen noch spitzer als sonst vor. Ihre Zähne schlugen hart aufeinander, als sie nach einer Weile sagte: »Lasst mich hier schlafen, Knopplochius, in Eurer Nähe. Hier fühle ich mich sicher!«

Der Gelehrte schüttelte den Kopf. »Unmöglich. Und im schlimmsten Falle tödlich. Würde ich Euch von den anderen absondern, wäre es dem Mörder ein sicherer Hinweis. Er könnte augenblicklich und ohne Zweifel daran gehen, sein Werk zu vollenden. Ich kann unmöglich die ganze Nacht über Euch wachen. Und ich bin mir nicht sicher, ob ich ihn aufhalten könnte. Euer bester Schutz sind die anderen Scholaren.« Knopplochius raufte sich in blanker Verzweiflung die

Haare. »Und welch hohen Preis haben sie zu zahlen? Sie wissen nicht einmal wofür!«

Eleonor reckte das Kinn in die Höhe, obwohl sie sich alles andere als erhaben fühlte. »Ich bin die Bruderstochter Seiner Kaiserlichen Majestät Karls des Fünften von Gottes Gnaden, Prinzessin eines großmächtigen Königs. Es sollte jedem der Scholaren zur Ehre gereichen, sein Leben für mich hinzugeben.«

Knopplochius wandte ihr scharf den Kopf zu und sah ihr streng in die Augen: »Eitles Geschwätz! Dies sind die besten und ersten Diener ihrer Fürsten. Jedes dieser jungen Herzen ist ein Schatz! Und ich mag nicht der Richter sein, der ein Leben gegen das andere aufrechnet. Das Morden muss ein Ende haben, bevor die künftigen Köpfe dieses Landes allesamt hinweggeschlachtet wurden!«

»So beendet es!« Eleonor setzte eine trotzige Miene auf.

»Wie soll ich es anstellen? Das ist die Frage, über der ich die letzten Tage und Nächte grübele. Wie nur?«

»Man sollte alles daransetzen, den Mörder zu ergreifen!«

»Er stellt es überaus geschickt an. Mordet erst und fragt sich dann, ob es die Richtige war. Rasch und kaltblütig. Ein Monster. Niemand von uns kann es mit ihm aufnehmen. Niemand.«

Eleonor fühlte sich elend. Übelkeit drängte in ihr hoch und legte sich auf ihre Kehle. Ihre Stimme klang gepresst. »Und wenn wir fliehen? Einen Ausbruch versuchen?«

»Wohin fliehen?« Der Magister antwortete schnell. So schnell, dass man spürte, wie oft er sich alle diese Fragen gestellt und beantwortet hatte – wieder und wieder. »Wir werden bewacht wie die Höllenhunde, dass keiner von uns den Kerker verlässt. Und setzten wir uns damit nicht ins Unrecht? Machten wir uns nicht ein für alle Mal zu Vogelfreien?«

Der Gelehrte ließ sich auf seine Büchertruhe sinken und verbarg das Gesicht in den Händen. Eleonor trat an ihn heran. Sie strich ihm über das kurze, rote Haar. Dann umfing sie ihn tröstlich mit ihren schlanken Armen. Und wunderte sich doch, als der Magister sie seinerseits umarmte.

In diesem Moment wurde der Vorhang zur Seite geschoben, und Justus stand auf der Schwelle. Sein Miene verkrampfte: Erstaunen wandelte sich in Hass. »Was bist du für ein Satansbraten!«, schleuderte er Eleonor zischelnd entgegen. »Bist gar selbst der Antichrist? Lockst einen nach dem anderen in dein brodelndes Nest?«

Augenblicklich ließen Eleonor und Knopplochius voneinander ab. Der Magister sah Justus ungnädig an. »Was weißt du schon?«

Justus war rotglühend vor Empörung. »Ich will nichts wissen! Ich habe genug gesehen! Ihr buhlt von Mann zu Mann. Der Teuflische umschmeichelt Euch in sodomitischer Brunst, wie er mich umschmeichelt hat! Doch ich habe widerstanden!«

Knopplochius wollte etwas erwidern, aber Justus hatte sich in Rage geschimpft. »Doch wenn ich's recht überlege, Meister, habe ich nichts anderes von Euch erwartet. Ihr habt mir bereits schamlos Eure freizügige Ansicht von der Sünde dargelegt.«

Der Gelehrte winkte kraftlos ab.

»Lass es mich erklären, Justus«, setzte Eleonor an.

Knopplochius blickte finster drein. »Schweig! Es ist vertrackt genug!«

Die Jungfer schaute den Gelehrten herausfordernd an. Knopplochius schüttelte mit Nachdruck den Kopf. Sein Blick brannte, flehte.

»Komm!«, forderte Eleonor den Knaben dann auf. Sie ergriff ihn am Hemdsärmel und zog ihn aus der Kammer.

Sie lagen zu zweit unter Eleonors Mantel, den groben Stoff über die Köpfe gezogen, und vergaßen die schnarchenden Knaben um sich herum. Vergaßen, dass ihrer beider Leben von einem Mörder bedroht wurde. Vergaßen, dass man sie belauschen konnte; vergaßen, dass sie nun ein Knabe und eine hochgeborene Jungfer waren.

Eleonor hatte ihm alles erklärt. Hatte ihm offenbart, dass sie eine Habsburgerprinzessin war, die auf der Pestburg Zuflucht vor Feinden hatte finden sollen. Hatte ihm offenbart, dass sie Herzog August, dem zweiten Mann des albertinischen Sachsen, versprochen war. Hatte offenbart, dass sie also die Elbe hinabgekommen war, um in den Stand der Ehe zu treten.

Dann hatte sie begonnen, die Binden abzuwickeln, die ihre Brüste so schmerzhaft verbargen, und Justus gestattet, sie zu berühren. Der Knabe strich sachte über die knospenden Hügel. Ihm wurde heiß unter der Decke. Er spürte, dass sich seine Männlichkeit regte. Nun war es Recht. Obwohl er wusste, dass es eine Sache zwischen Ehemann und Ehefrau war, so beieinander zu liegen.

Eleonor presste ihn an sich. Ihr Atem ging schnell. Sie war bereit für ihn. Der Scholar hatte sich mit hastigen Fingern das Hemd über den Kopf gezogen. Eleonor breitete die Beine aus und zog an seinen Oberarmen, wollte ihn rasch über sich spüren, in sich.

Justus spürte die Wärme ihrer Schenkel an den Hüften, war verwundert über die Festigkeit ihres Griffs.

In dem Moment zog Knopplochius die Decke von ihren Körpern. »Ich habe etwas im Schlosshof erblickt. Einen Schatten. Das muss er sein!«

Justus und Eleonor erhoben sich augenblicklich.

»Was sollen wir unternehmen?«, fragte Justus hilflos, während er seine Begierde mit dem zusammengeknüllten Hemd verbarg. »Wie können wir ihn überwinden?«

»Wir lassen ihn vordringen, wiegen ihn in Sicherheit. Ich erwarte ihn in einer Nische des Treppenturms!«

»Und was sollen wir dabei tun?« Justus verstand ihn nicht.

Knopplochius starrte ihn unverwandt an. Er hätte den Studenten gern um Hilfe gebeten. Er war sich nicht sicher, dass er den Mörder allein zu überwältigen vermochte, lediglich bewaffnet mit einem Holzspieß. Als Mann des Geistes, Bürger der Republik des Wortes war er ungeübt im Mordhandwerk. Zu zweit konnten sie sicherlich mehr ausrichten.

Doch Justus war nur ein Jüngling. Und Eleonor eine schmächtige Prinzessin. Ihm zum Schutze befohlen. »Zieht Euch in meine Kammer zurück«, sagte er, um es sich im nächsten Moment wieder anders zu überlegen. »Nein ... nein ... Falls ich ihn nicht aufhalten kann, wird er euch dort leicht in die Enge treiben. Weiter hinauf könnt ihr nicht; geht ihr aber hinunter, lauft ihr ihm in die Arme ... Ihr, Theophil, bleibt hier! Justus, bewaffne dich mit zwei Dolchen.«

»Sollen wir die anderen wecken?«

Knopplochius schüttelte den Kopf. »Je mehr wir sind, desto schwieriger wird es, vereint gegen ihn vorzugehen. Bleibt hier und verhaltet euch so ruhig wie möglich!«

Der Gelehrte wandte sich dem Treppenturm zu und hielt den Spieß vor den Leib, als sei er sein Lebtag nichts anderes als ein Landsknecht gewesen.

Er raffte den Vorhang zur Seite und trat in den Vorsaal. Der Mond prangte als schmale Sichel am Himmel. Das Licht, das er spendete, war spärlich. Doch immerhin lag der Wendelstein nicht in völliger Dunkelheit.

Der Magister hörte das Scharren einer Ledersohle auf den Stufen. Da war er! Er hielt die Pike im Anschlag. Sollte er ihm wacker entgegenschreiten oder ihn hier erwarten? Ohne dass er eine Antwort auf diese Frage gefunden hätte, stand der Mörder plötzlich vor ihm. Knopplochius blickte ihm frei heraus ins Antlitz. Er erschrak. Das Monster hatte nur ein Auge!

Nach einer Schrecksekunde stürzte der Gelehrte vorwärts, mehrere Stufen überspringend, um dem Gegner den Spieß zwischen die Rippen zu rammen. Der Mörder wich zur Seite, ergriff den Schaft der Lanze und stieß den hünenhaften Gelehrten die Treppe hinunter. Knopplochius überschlug sich mehrmals, und sein Schädel prallte hart gegen die Stufen. Ohnmächtig blieb er am Fuß der Treppe liegen.

Der Einäugige überlegte einen Moment, ob er zuerst dem Magister den Garaus machen sollte, bevor er sich den restlichen Scholaren widmete. Der Mörder lauschte ins Dunkel; da aber nach einem ächzenden Stöhnen nichts mehr zu hören war, entschloss er sich, zunächst im Schlafsaal die Ernte zu schneiden. Er schob den Vorhang beiseite, und sofort fiel sein Blick auf das Lager, auf dem zwei Studenten beisammen lagen. Doch lagen sie nicht nur beisammen, sie bewegten sich in so eindeutiger Weise, dass es keinen Zweifel an ihrer Betätigung gab. Der Zyklop wusste nicht viel von den nächtlichen Vergnügungen der Studenten. Da aber rechts und links Unterschenkel unter der Decke hervorragten, hatte er keinen Zweifel, dass einer der beiden Beteiligten ein Weib war. Die Jungfer! Es konnte nicht anders sein! Er hatte sie endlich ausgemacht in der Schar der Scholaren!

Der Zyklop stürmte heran und riss die Decke von den verschränkten Leibern. Eleonor erblickte ihn zuerst. Entsetzt starrte sie in sein entstelltes Gesicht. Der Mörder holte aus, um den Dolch auf Justus' blanken Rücken niedersausen zu lassen. Die Jungfer reagierte blitzschnell. Sie nahm Schwung und rollte sich mit Justus von der Pritsche. Polternd stürzten sie gemeinsam auf die Dielen. Sie lösten sich voneinander, und Eleonor flüchtete in die Kammer des Magisters. Der Einäugige versuchte, Justus zu fassen. Er ergriff ihn am Fußgelenk, doch der Liebensteiner trat ihm, am Boden zappelnd, mit dem freien Bein gegen den Unterkiefer. Der Mörder ließ von ihm ab. Der Knabe rappelte sich auf. Blindwütig ließ der Zyklop die Klinge niedersausen und zog Justus eine lange Wunde in den Oberarm. Gellend schrie er auf.

Als sie den Schrei vernahm, zuckte Eleonor in Knopplochius' Kammer zusammen. In einer Fensternische kauernd zitterte sie am ganzen Leib.

Justus erreichte Hoyer, der ihm am nächsten lag, mit einem Tritt. Der Hallenser murmelte schlaftrunken, rieb sich verwundert die Augen und setzte sich auf.

Der Einäugige begriff, dass das allgemeine Erwachen nicht mehr aufzuhalten war. Er musste sich eilen, sich auf sein eigentliches Ziel besinnen; er stürzte in die Eckkammer, in die die Jungfer geflüchtet war.

Eleonor erwartete ihn, nur mit einem Buch bewehrt, das sie vor der Brust hielt. Es war das Sternenbuch Mahmuds. Mit aller Kraft schleuderte sie es dem Gegner entgegen. Der Zyklop wehrte mit dem Unterarm ab, trat an die Jungfer heran und hob den Dolch. Eleonor schloss die Augen und schrie, wie sie noch nie in ihrem Leben geschrien hatte.

Im Treppenturm beugte sich eine Gestalt über den leblosen Körper des Magisters. Die Liesel hob seinen Kopf und fühlte mit ihrem Handrücken, ob er atmete. Knopplochius atmete nicht nur, er begann sogleich zu stöhnen. Als er in das Gesicht der Magd blickte, fragte er sie mit verwirrtem Gesichtsausdruck, was vorgefallen sei.

»Ich habe Euch hier gefunden. Gott sei Dank, Ihr lebt!«

Der Magister erinnerte sich. »Ja. Ja. Ich lebe. Doch wie lange liege ich schon hier?«

»Ich habe Euch eben erst entdeckt, Herr«, antwortete die Magd einfältig.

»Wo ist er? Ist er fort?«

Die Liesel brach in Tränen aus. »Herr, ich weiß nicht. Ich will ihm nicht begegnen. Ich wollte Euch nur warnen!«

Knopplochius begriff, dass alles weitere Reden fruchtlos war. Vielleicht war es noch nicht zu spät! Er richtete sich auf und wollte hinaufeilen, doch ein plötzlicher Schwindel erfasste ihn, und er musste sich auf den Handlauf stützen. Langsam und vorsichtig, aber mit jedem Schritt entschlossener stemmte er sich die Stufen hinauf. Da drang ein gellender Schrei an sein Ohr …

Eleonor hatte die Augen geschlossen, um den Todesstoß zu empfangen. Sie hatte aufgehört zu schreien und vernahm ein kehliges Ächzen, dem ein dumpfer Aufprall folgte. Der Einäugige war zu Boden gestürzt. Sie öffnete die Augen und schaute in Justus' verzerrtes Gesicht. Wie eine Lanze hielt er das Stativ des astronomischen Rohres. Der Dreifuß, der in scharfen Spitzen auslief, war blutbefleckt. Justus hatte dem Mörder die drei Dornen mit aller Kraft in den Rücken gerammt. Mit einem letzten Röcheln hauchte der Einäugige sein Leben aus.

Justus ließ sich auf die Knie nieder. Die Lache unter dem Zyklopen wuchs sich allmählich zur Pfütze aus. Justus zog die Knie an, um sich nicht zu beflecken. Eleonor wandte sich vom erstorbenen Antlitz des Mörders ab, kroch auf allen vieren zu Justus und schmiegte sich an dessen Brust. Dann brach sie in ein Schluchzen aus, das sie schier zerreißen wollte.

Justus legte den Arm um sie und genoss ihre Nähe. Tief atmete er den Frieden nach überstandenem Kampf ein; sein Herzschlag beruhigte sich allmählich. Gedankenverloren schaute er nach dem Vorhang, der die Sicht in die Schlafkammer der Knaben versperrte. Er wünschte, seine Gefährten würden erscheinen. Vor allem der Magister! Justus wusste nicht, wie viele das Monster gemeuchelt hatte, bevor er an ihr Lager getreten war.

In diesem Moment wurde der schwere Leinenstoff zur Seite gerafft, Hoyer, Kreutziger, Roth und der Magister spähten herein. Und ein weiteres schmales Gesicht, das Justus entfernt bekannt vorkam: die Magd aus dem »Schwan«. In ihre Blicke trat Erleichterung, und auch Justus wurde warm ums Herz. Sie waren gerettet! Doch niemand traute sich hinter dem Stoffverhang hervor, niemand wagte es, zu Justus und Eleonor zu treten, in ihren heiligen Kreis hinein. Scheues, gegenseitiges Begaffen, hinüber und herüber. Der Anblick der starrenden Köpfe war so berückend, dass Justus schließlich lachen musste. Damit war der Bann gebrochen. Knopplochius trat in die Kammer und legte seinen Talar um die nackte Eleonor.

Nachdem sich die Aufregung über die Entdeckung Eleonors gelegt hatte, dauerte es nicht lange, bis die versammelten Knaben begriffen hatten, was die Anwesenheit der Liesel bedeutete: Das Ende ihrer Gefangenschaft! Augenblicklich! Unverzüglich!

Unruhe ergriff sie. Die Gefahr war überstanden! Sie waren frei. Alles würde ein gutes Ende nehmen! Sie übertrafen sich in Vorschlägen, was als nächstes zu unternehmen sei.

Knopplochius musste einmal mehr die Begeisterung dämpfen. »Auch wenn wir den letzten Angriff glücklich überstanden haben, ist dies nicht der richtige Zeitpunkt, Befehle unseres Landesherrn zu missachten!«

Die Knaben beschimpften Knopplochius unflätig. An einem Landesherrn, der sie im Stich ließ, wollten sie kein gutes Haar lassen.

»Was auch immer der Wille des Fürsten, wir werden mit der Liesel in die Stadt zurückkehren!«, erklärte Kreutziger wild entschlossen.

»Gut gesprochen«, stimmte Justus zu, »wir haben uns unsere Freiheit bitter erkämpft!«

»Die Vorräte sind aufgebraucht!«

Keiner der Scholaren war willens, auch nur einen Tag länger auf der Pestburg auszuharren!

Der Magister brauchte eine Weile, den Aufruhr zu dämpfen. Dann unterbreitete er seinen Plan: Sie würden den Weg, der ihnen durch die Liesel eröffnet war, nutzen und einen der jungen Herren als Boten zu Moritz senden. Der solle auf keinen Fall ohne Antwort und den fürstlichen Erlass ihrer Befreiung zurückkehren.

Maulend stimmten die Knaben dem Plan zu. Wenn nur ein Ende in Sicht kam!

Knopplochius hatte Justus zum Boten ausersehen. Der Gelehrte fing sich von ihm und Eleonor gleichermaßen böse Blicke ein. Doch er bestand auf seiner Wahl. Und führte ein überzeugendes Argument an: Justus hatte als Einziger ein

Pferd, das, wie die Liesel versicherte, immer noch im Stall des »Goldenen Schwans« stand. Er werde damit schneller als jeder andere von ihnen zu Moritz gelangen.

Die Liesel versicherte, dass die Truppen des Kaisers nur wenige Meilen elbabwärts in Schirmenitz, beim Schweinitzschen Gute, lagerten. Zu Ross sei das Quartier bei schnellem Ritt in einer Stunde zu erreichen.

Knopplochius gab Justus genaueste Instruktionen und ein gesiegeltes Schreiben, das längst bereitlag. Dereinst hatte er es der Boschna anvertrauen wollen.

Er fügte einen Brief hinzu, in dem er kurz und dramatisch die jüngsten Vorkommnisse schilderte. Ein jeder musste einsehen, dass man die Knaben – und vor allem die Kaisernichte – nach so glücklich überstandener Gefahr nicht länger einsperren konnte!

Justus steckte sich die Depesche hinter die Bruche. Dann folgte der Knabe, nachdem er einen letzten, bedauernden Blick mit Eleonor gewechselt hatte, der Magd. Er unterdrückte das Bedürfnis, sie noch einmal zu umhalsen; er wagte es nicht vor den übrigen Scholaren.

Als Justus den Vorhang beiseite schob, um in den Treppenturm zu treten, riefen ihm die Knaben aufmunternde Parolen zu. Schon wollten sie ihm hinterherstürmen. Doch Knopplochius unterband es. Er befürchtete, sie nicht mehr aufhalten zu können, hätten sie erst einmal den geheimen Weg aus der Burg gefunden. Stattdessen trug er ihnen auf, die Leiche des Mörders nach Hinweisen auf seine Auftraggeber zu untersuchen.

Als sich der Vorhang hinter den Knaben geschlossen hatte, trat er zu Eleonor, ergriff sie an den Schultern, schaute sie forschend an und fragte: »Bist du verletzt?«

Eleonor schüttelte langsam den Kopf, obwohl sie sich dessen nicht sicher war.

Das zweite Nachtmahl des Kaisers wurde gerade aufgetragen, als die Patrouille der Herzöge von Alba und Sachsen in den

Hof des Schweinitzschen Gutes preschte. Mit sich führten sie einen Bauernburschen namens Barthel Strauch aus der Mühlberger Gegend, den sie als Ersten von der Kruppe des Schlachtrosses rutschen ließen. Ferdinand Alvarez, Herzog von Alba, bahnte sich wortlos einen Weg durch die Rossknechte und Schildwachen des Kaisers. Erst Obernburger stellte sich ihm in den Weg. Breitbeinig stemmte er seine Stiefel in den Lehm des Hofes. »Seine Kaiserliche Majestät speist mit Seiner Königlichen Hoheit zur Nacht. Er wünscht, nicht mit Kriegshändeln belästigt zu werden.«

Alba schob den Sekretär wortlos zur Seite. Moritz, der den Burschen mit sich führte, folgte auf dem Fuße. Sie eilten die schmale Stiege hinauf und drangen in die Stube des Kaisers ein. Der Bauer fiel auf die Knie und bekreuzigte sich, als er gewahrte, in wessen Vesper er da platzte: der Kaiser persönlich, ganz in Schwarz gewandet, wie man es sich allerorten erzählte. Über den Schrecken vergaß er, die Kappe zu ziehen.

Alba erstattete Karl auf Spanisch hitzig und atemlos Bericht. Der Kaiser wollte sich den Anschein gelassener Ruhe geben und schnitt sich mit dem Tischdolch die besten Stücke aus einem Wildschweinrücken, ehe er das knusprig duftende, kaum berührte Tier wieder forttragen ließ. Doch seine Körperhaltung verriet, dass er hellwach und zum Äußersten angespannt war. Auch Ferdinand, der Karl gegenübersaß, lauschte reglos, mit geöffnetem Munde.

Moritz hatte die Tür weit offen stehen lassen. Binnen Kurzem füllte sich die kaiserliche Kammer mit vornehmen Männern: Obernburger, de Columna, von Lodron, Aldana und auch Avila, dem Chronisten, der die Taten des Herrschers für die Nachwelt zu verherrlichen hatte. Selbst Herzog August, der sich schon zur Nacht zurückgezogen hatte, war herbeigeeilt. Wie ein Lauffeuer hatte sich die Nachricht im Feldlager verbreitet: Alba hatte jemanden aufgebracht, der einen nahen Übergang kannte!

Karl sprach den Bauern in stockendem Deutsch an. »Du behauptest, du kenntest eine Stelle, an der man den Fluss bequem durchschreiten kann?«

Der Bauernbursche Strauch nickte scheu. Er zitterte wie Espenlaub.

»Auch eine geharnischte Streitmacht, schwere Reiterei, Geschütze?«

Der Landmann nickte erneut. Er fühlte sich sichtlich unwohl angesichts der Tatsache, dem mächtigsten Herrscher der Welt Rede und Antwort stehen zu müssen.

»Kannst du uns, braver Mann, zu der Stelle führen?«

Der Bauernbursche nickte wieder. Rumoren in seinem Rücken. Unter den Edlen war Geschäftigkeit ausgebrochen. Selbst die Diener tuschelten. Der Kaiser wechselte halblaut einige spanische Worte mit Alba. Daraufhin leerte sich der Raum schlagartig. Selbst Ferdinand stand auf und ging hinaus. Zurück blieben der Bauer und der Kaiser. Als Barthel Strauch bemerkte, dass er allein mit dem Herrscher war, sah er sich gottverloren in der Stube um.

Mit freundlicher Geste wies Karl dem Landmann einen Sitz an der Tafel zu – denjenigen, den zuvor Ferdinand eingenommen hatte. Ein Diener trat heran, um den Platz zu säubern. Der Bauer erhob sich von den Knien. Allein stand er dem Kaiser gegenüber – von Angesicht zu Angesicht! Verlegen strich er sich über den Kopf und bemerkte, dass er seine Kappe noch trug. Rasch wischte er sie sich vom verfilzten Haar und lächelte gezwungen.

Karl lächelte zurück, verhalten zwar, doch freundlich. Dann erneuerte er mit einladender Geste seine Aufforderung. Dem Bauern Strauch zogen die köstlichen Düfte in die schiefe, vom Tritt einer Sau aus dem Lot gerückten Nase, und er ließ sich nicht länger bitten. Schritt für Schritt schob er sich näher an den Weltenherrscher heran. Dann senkte er sein Hinterteil auf die äußerste Kante des Lehnstuhls. Gepolsterte Stühle! Nie hatte der Bauer einen solchen Prunk gesehen!

Der Bauer suchte, dem Blick des Kaisers zu entkommen, doch Karl beobachtete ihn beharrlich – so wie Kinder ein Küken betrachten, das aus dem Nest gefallen ist. »Die Mordbrenner haben mir's Pferd genommen!«, erläuterte der Landmann den tieferen Grund für seine Anwesenheit.

Der Habsburgerkaiser nickte freundlich. Seine Miene verriet nicht, ob er die im breitesten sächsischen Dialekt genuschelte Äußerung verstanden hatte. Diener schenkten ein. Mit dem Genuss des süßen Weines wurde der Bauer geschwätzig. Seine Rede wurde breiter, die Stimme tiefer. Da er nicht wissen konnte, wie man einen Kaiser unterhielt, erzählte er von der Begebenheit, wie ihm die Sau die Nase zertreten hatte. Im Dorfkrug hatte er mit der Geschichte brüllende Lacherfolge erzielt, und er ließ sich von der eigenen Schilderung mitreißen. Bald lachte Barthel, dass ihm die Fleischbrocken aus dem Mund fielen.

Karl nickte zu allem freundlich. Ein kurzer, verwirrender Moment der Ruhe entstand immer dann, wenn Strauch seine Sauengeschichte beendet hatte. Doch in Ermangelung weiterer, ähnlich aufregender Erlebnisse begann er nach ein paar hastigen Bissen und Schlucken stets unverdrossen von Neuem.

Gegen Mitternacht betrat der Herzog von Alba den Raum. Sein Gesicht schien schmaler, der Kinnbart grauer als gewöhnlich. Doch in seinem Blick glühten Begeisterung und Erwartung.

Während Barthel seine Geschichte nun dem Herzog erzählte, ließ sich der Kaiser einen leichten, goldbesetzten Feldharnisch um Brust und Rücken schnallen. Auch Armpanzer und Rüsthandschuhe wurden ihm angelegt. Auf Beinschienen und Kniebuckel verzichtete er. Seine Beine waren gänzlich ungeschützt, nur von dünnem, schwarzem Stoff überspannt. Die Gicht hatte sie ohnehin nutzlos gemacht.

Das kaiserliche Feldzeichen, die rote Schärpe, golddurchwirkt, wurde ihm über die linke Schulter gelegt und über der rechten Hüfte geknotet. Zuletzt setzte er sich eigenhändig den

Helm mit rotgoldenem Federbusch auf, nach spanischer Art offen und unter dem Kinn geschnallt. Trotz der Krankheit, trotz der grauen Strähnen in seinem Bart, trotz der halb geschlossenen Lider und dem vorgeschobenen Kinn war Karl eine beeindruckende Erscheinung. Würdevoll trug er den Orden des Ritters vom Goldenen Vlies, das edelste burgundische Abzeichen, deutlich sichtbar über dem Brustharnisch.

Dann brachen sie auf. Barthel Strauch zögerte. Er hatte seine Geschichte gerade von Neuem begonnen, als der Kaiser ihm nickte zu folgen. Misstrauisch beäugt von den hohen Herrn, die Spalier standen, wankte Strauch nur wenige Schritte hinter dem Kaiser her. Er stolperte über die Türschwelle und wäre dem Herrscher beinahe in den Rücken gefallen, hätte Obernburger ihn nicht gerade noch aufgefangen. Der Bauer senkte den Blick und konzentrierte sich, um weitere Hindernisse rechtzeitig zu entdecken.

Als sie über die Holzstiege auf den Hof traten, hob Barthel den Blick und wurde schlagartig nüchtern. Während er mit dem Kaiser die Zeit verplaudert hatte, war dessen Streitmacht heimlich gerüstet worden. Tausende von Männern hatten sich kampfbereit gemacht. Der Hof des Gutes war erhellt von Hunderten von Pechflammen. Helme und Harnische – etliche vergoldet oder mit Edelsteinen besetzt – funkelten im Fackelschein. Die flackernden Lichter setzten sich jenseits der Mauern des Gehöfts fort, zogen sich den sanften Hügel hinauf, so weit der Blick reichte. Sie beleuchteten die Gesichter entschlossener Krieger. Unzählige Holzspieße und Lanzen stachen dicht an dicht in den Nachthimmel. Über allem lag eine gespannte Ruhe. Der Kaiser ließ seine Blicke wohlwollend über die Streitmacht gleiten und wandte sich dann Alba zu. »Ihr habt uns wohl getan!«

Alba verbeugte sich ergeben. Der Herrscher nahm seinen Helm ab und sprach laut und in lateinischer Manier das Vaterunser. Wie ein Mann knieten alle nieder und fielen in das Gebet ein.

Als das Amen gesprochen war, stieg Karl auf ein Holzpodest und mit Hilfe dreier der edelsten Fürsten des Reiches auf seinen friesischen Rappen. Von dort oben blickte er auf den Bauern Strauch hinab. Barthel stand wie zur Salzsäule erstarrt. Ehe er sich's versah, wurde er von zwei Berittenen unter den Armen gepackt und in die Höhe gehievt. Dann wurde er auf die Kruppe eines Pferdes geschoben, und schon setzte man sich in Trab.

Mit Kaiser Karl V. und König Ferdinand, gefolgt von Moritz, seinem sächsischen Herzog und August, dessen jüngerem Bruder, ritt der Bauer Barthel Strauch. Es dauerte eine Weile, bis er sich erinnerte, weshalb man ihn entführte: die Furt. Er musste sie ihnen zeigen. Würde er sie finden bei Nacht und hohem Wasserstand? Dichter Nebel zog von der Elbe her auf. Dem Bauern schlotterten die Knie. Zehntausende Landsknechte mochten es sein, zwischen denen er einherritt, und unzählige edle Reiter. »Was, wenn ich die Furt nicht finde«, wagte er den Reiter neben sich zu fragen.

»Dann werden wir dich auf der Stelle und bei lebendigem Leibe vierteilen«, entgegnete jener, mit einem arglosen Lächeln auf dem bärtigen Gesicht. Dem Barthel sank das Herz in die Hose.

Bis der Morgen graute an jenem Sonntag Misericordias Domini, dem zweiten nach dem Osterfest im Jahr des Herrn 1547, hatte Justus seine Stute im Stall der Boschna aufgezäumt und gesattelt. Die Liesel war ihm dabei zur Hand gegangen. Die Scholarentracht war, damit man ihn nicht gleich als »Peststudenten« erkannte, noch auf der Burg gegen das Kleid des jungen Edelmanns getauscht worden: eine flache Kappe mit umlaufender Krempe und kecker Fasanenfeder, ein weites Leinenhemd, das über der Brust geschlossen war, ein feuerroter Fuchspelz mit breitem Kragenaufschlag, lange Strumpfhosen, die bis zu den Lenden reichten und unter dem Wams an die Bruche geknöpft wurden; darüber ein blaues, über der

Wade geschnürtes Beinkleid, Schnallenschuhe, Pelzumhang. Das rechte Kleid, um seinem Fürsten in wichtiger Mission gegenüberzutreten!

Feuchtdumpfer Nebel hing in den Gassen. Die niedrigen Häuser rechts und links, kaum mehr als zwei Spannen entfernt, waren nur schemenhaft zu erkennen. Er bog auf die Elbgasse ein, die zum inneren Elbtor führte. Als Justus auf dem schmalen, länglichen Marktplatz anlangte, wurden gerade die Torflügel geöffnet, deutlich vernahm er das Quietschen der Holzzapfen in den Angeln. Der junge Liebensteiner ließ die Stute anhalten und kniff die Augen zusammen. Durch den dichten Nebel war nichts zu erkennen. Justus wollte den Torwächtern Zeit geben, wieder in ihrer Stube zu verschwinden. Er hörte die Rufe, die sie sich zuwarfen.

Justus wartete, bis die Stimmen der Wärter verstummt waren. Dann drückte er der Stute die Absätze seiner Schuhe in die Flanken und ließ sie gemächlich weitergehen. Sicherlich hatten die Wachen noch nicht gefrühstückt, und eine dampfende Biersuppe wartete auf sie. Justus' Magen zog sich vor Verlangen zusammen.

Er näherte sich dem Tor. Der Leib der Braunen war zur Tonne geschwollen vom Stehen im Stall. Sie schnaufte schwer. Grau erhob sich eine schmale Silhouette vor ihm: das Elbtor.

Justus passierte das Wachhäuschen, ohne dass ihn jemand aufhielt. Aus der Stube erscholl Gelächter. Als er unter dem Torbogen durch war, lenkte er das Pferd nach links, an der Mauer entlang, elbabwärts.

Schneller, dachte Justus, schneller! Schweiß stand ihm auf der Stirn. Er versuchte, die Stute anzutreiben, ihr einen Trab abzuverlangen, doch die Braune war widerspenstig geworden. Sie ließ sich nichts aufdrängen.

Justus hörte, dass jemand aus dem Wachlokal stürzte. »He da!«

Der Liebensteiner beugte sich vor und machte sich klein. Er hoffte, dass der dichte Nebel ihn bereits verschluckt und für die Wächter unsichtbar gemacht hatte. Die Stute lief gemächlichen Schritts weiter. Wieder hörte er die raue, bierschwangere Stimme des Torwächters: »He, Ihr da! Haltet an!«

Justus tat, wie ihm geheißen. Sein Herz klopfte, als wolle es aus der Brust springen. Das Pferd schnaubte. Durch den Nebel hörte Justus eine zweite Stimme, die sich zu der ersten gesellte: »Lass ihn ziehen. Wer soll es schon sein?«

»Er ist nicht weit, ich spüre es. Nicht mit diesem feisten Gaul!«

Justus hielt den Atem an. Sie hatten ihn noch nicht entdeckt!

»Pfeif auf dein Gespür. Über alle Berge wird er sein!«

Schweigen. Justus konnte förmlich fühlen, wie die Männer in den Nebeldunst starrten und lauschten.

»Nichts zu sehen! Nicht ein Schweifhaar! Geh'n wir wieder rein!«

»Hast Recht«, pflichtete die erste Stimme bei. »Wer immer es ist, er wird nicht glücklich werden da draußen!«

»Nicht für einen Sack voll Gulden würd' ich meine Nase vors Tor wagen. Zu viele mordlüsterne Gesellen streunen da herum!«

Die Stimmen entfernten sich. Mit schweren Schritten die Holztreppe hinaufpolternd zogen die Wachen sich in das Torhäuschen zurück. Justus' Herz machte einen Sprung. Er war ihnen entwischt! Und die Heerhaufen waren nahe! Eine gute Nachricht!

Freudig hieb Justus dem Gaul die Absätze in die Flanken. Langsam bequemte sich die Stute in einen Trab. Justus beugte sich ein wenig hinab und kniff die Augen zusammen, um den Pfad nicht aus den Augen zu verlieren, der ihn immer entlang der Elbe führen würde. Obwohl die Sonne bereits aufgegangen sein musste, begrüßte noch keine Vogelstimme den neuen Tag. Bleierne Stille hing über dem Flusstal. Eine Stille, die Unheil versprach. Schwelende Furcht legte sich auf Justus' Herz, und er versuchte, die unguten Gefühle durch den

Gedanken an Eleonor zu vertreiben. Die Liebreizende! Die Warme! Die Frau, der er sein Leben schenken wollte! Er würde sich Herzog Moritz, seinem Fürsten zu Füßen werfen und um ihre Hand anhalten. Freien um die Erzherzogin Eleonor aus dem Hause Österreich, Nichte des gnädigen, allerdurchlauchtigsten Kaisers Karl. Und würde seinem Gesuch nicht stattgegeben, triebe er sich auf der Stelle und vor den Augen des Herzogs den blanken Dolch in die Brust! Er war fest entschlossen!

Justus tastete am Gürtel nach der Waffe, die ihm der Meister zum Schutze mitgegeben hatte. Er strich über die Klinge, und die Schärfe des Instruments schenkte ihm Trost und Mut.

Der Liebensteiner wusste nicht, wie lange er so dahingetrottet war. In diesem grauen Einerlei, das nicht Tag, nicht Nacht war, wurde jedes Gefühl von Zeit ausgelöscht. Auch der Ort war unbestimmbar. Nur der stete Schritt des Pferdes, das Stampfen und Schmatzen der Hufe auf dem feuchten Boden, gaben Halt im endlosen Nichts. Das leise Plätschern und murmelnde Strömen der Elbe nahebei bestätigte ihm, dass er auf dem rechten Weg war.

So gemächlich die Stute auch lief, so zuverlässig setzte sie Huf vor Huf, ohne dass Justus sie leiten musste. Den Pfad, den das Ross fand, konnte er längst nicht mehr sehen. Die Fesseln versanken im wabernden Dunst. Justus spürte, wie seine Lider schwer und schwerer wurden.

Er riss die Augen wieder auf, als ihm ein trockener Knall das Dahindämmern zerschlug. Justus hatte so etwas vor langer Zeit, bei einer Vorführung am väterlichen Hof, schon einmal vernommen: das explodierende Pulver einer Muskete oder Hakenbüchse. Justus' Vater verachtete die neuen Pulverwaffen. Sie zertrümmerten den ritterlichen Geist. Selbst die Jagd mit Feuerwaffen war dem alten Liebensteiner verpönt!

Plötzlich ein weitaus dumpferes Grollen. Das konnte nur schweres Geschütz sein, auch wenn Justus noch nie in seinem Leben Geschützdonner gehört hatte. Dann das helle Sirren von Armbrustpfeilen. Die Angst kroch Justus unter den Pelzkragen. Und gleichzeitig die Freude, dem Ziel nahe zu sein. Doch wo standen die Geschütze? Wo die verfeindeten Heere? War er im Begriff, auf seinem trägen Gaul mitten in das Schlachtengetümmel zu trotten?

Hinter ihm fing plötzlich die Erde an zu beben. Die Stute wurde unruhig, zerrte im Zügel. Justus trieb sie an, und nun folgte sie dankbar. Das Beben kam näher, schon war das klatschende Preschen Dutzender Hufe zu hören. Im nächsten Augenblick schoss geharnischte Reiterei an ihm vorbei, im gestreckten Galopp, die Lanzen bereits in die Halterungen gelegt. Ein kleiner Haufe, zehn, höchstens zwölf Reiter. Grasnarben flogen durch die Luft. Eine traf Justus' Braune am Hals. Sie sprang zur Seite – beinahe vor die Kurzspieße eines weiteren heranpreschenden Reitergeschwaders. In einer fremden Sprache wurden Justus wütende Rufe zugeworfen.

Doch wie die Geisterscharen der höllischen Jagd waren sie im nächsten Moment wieder im Nebel verschwunden. Die Braune zerrte noch im Gebiss, warf den Kopf auf, wollte den Artgenossen hinterherstürmen, aber Justus hielt die Zügel fest in der Hand, stemmte sich gegen ihren Instinkt.

Der Liebensteiner war nun hellwach. Auch wenn die Sicht um keinen Deut besser war als zuvor, die ständig sich vermehrenden, nahenden Geräusche verrieten, dass es um ihn herum vor Geschäftigkeit brodelte. Rufe in Sprachen, die er noch nie vernommen hatte, drangen an sein Ohr. Der Geschützdonner wurde lauter, mittendrin immer wieder das sirrende Geräusch fliegender Armbrustpfeile. Plötzlich Brausen und ein Aufklatschen dicht neben Justus. Keine drei Spannen vor ihm war ein großes Steingeschoss in den Elbhang geschlagen. Erdkrumen flogen ihm ins Gesicht. Die Stute machte einen gewaltigen Satz, der den Liebensteiner beinahe aus dem Sattel geworfen hätte. Er sprang vom Pferd und wollte den mächtigen Leib als Deckung benutzen. Doch nach welcher Seite sollte er sich schützen? Wo stand der Feind, wo der

Herzog? Justus erblickte eine Senke im Elbhang. Rasch zog er das Pferd am Zügel hinüber und kauerte sich zitternd dicht auf den Erdboden. Er rief sich Eleonors Züge ins Gedächtnis. Ihr Bild, so schwor er sich, sollte das einzige sein, das er mit hinübernahm in das Reich des Herrn.

Der Bauer Strauch aus der Mühlberger Gegend wurde nicht gevierteilt. Bevor er den kaiserlichen Truppen die Furt weisen konnte, entdeckte die Vorhut eine behelfsmäßige Brücke aus flachen Booten. Mit Planken bedeckt und zu drei größeren Pontons vertäut, trieben sie im Nebel auf dem Strom. Der Kurfürst hatte sie vor Mühlberg über den Fluss legen lassen, um seine Kundschafter aufs andere Ufer der Elbe auszuschicken. Nun erwies sich die Brücke als fatal.

Als die Kurfürstlichen im Nebel die ersten kaiserlichen Reiter erblickten, begannen sie rasch, die Taue des dritten Pontons mit Äxten zu lösen, um den Elbübertritt des Feindes zu verhindern. Aus Dutzenden Trompeten erscholl das Angriffssignal. Vom jenseitigen Ufer her hielt eine Hand voll Arkebusiere die heranstürmenden Truppen des Kaisers in Schach. Schon preschten spanische Reiter auf die Planken der Behelfsbrücke, da war das letzte Tau durchgehauen. Der dritte Ponton trieb trudelnd den Fluss hinab, gehalten an einem einzigen Tau von einer Hand voll kurfürstlicher Pioniere.

Obwohl die Schiffsbrücke nun nicht mehr ganz hinüberreichte, strömten Reiter nach. Pferde und Rösser stürzten zu beiden Seiten getroffen in die Elbe. Die Planken färbten sich rot und wankten unter den vordrängenden kaiserlichen Edlen.

Karl wandte sich erregt an den Bauern: »Wie weit ist die Furt entfernt?«

Strauch zeigte elbabwärts. »Gleich dort!«

Der Kaiser zischte den engsten Getreuen Befehle zu, dann gab er seinem Friesen die Sporen. Der Bauernbursche war vom Pferd gesprungen und lief voran.

Keine Viertel Meile unterhalb der Schiffsbrücke preschten sie in die Fluten. Karl allen voran, die blutfarbene Schärpe quer über der Brust. Wasser spritzte auf. Die Gäule versanken bis zum Hals, verloren den Boden unter den Hufen, reckten den Kopf über Wasser, die Augen weiteten sich vor Todesangst, doch im nächsten Moment fassten sie wieder Grund, stemmten die Beine in den Kies, schoben sich mühsam vorwärts und gelangten triefnass auf der anderen Seite an Land. Dem Kaiser folgte weitere Reiterei. Auf die Kruppen der spanischen Schlachtrösser hatten sich ungarische Arkebusiere des Prinzen Sulmona geschwungen, Büchsen und Stützhaken auf den Rücken geschnallt, um mit trockenen Pulverhörnern über den Fluss zu gelangen. Alba führte die neapolitanischen Kürassiere in die Furt, Moritz seine sächsische Reiterei. Der Kaiser trieb seinen triefenden Friesen auf dem rechten Elbufer den flach ansteigenden Hang hinauf. Dort angekommen hetzte er sein Tier wieder flussaufwärts, um den Verteidigern des dritten Brückenteils in die Flanke zu fallen.

Von der linkselbischen Seite her stürmten unablässig Landsknechte mit ihren Spießen auf die Brücke vor. Doch noch klaffte eine unüberwindbare Lücke zum Ufer, sodass die Hakenschützen des Wittenberger Kurfürsten leichtes Spiel hatten, die Reihen der kaiserlichen Knechte zu lichten. Wer in der vordersten Linie nicht von den Kugeln der Büchsen getroffen wurde, wurde von den nachdrängenden Fähnlein in den Fluss gestürzt. So ersoffen etliche Knechte, ohne den Feind auch nur berührt zu haben.

Die Verteidiger des letzten Pontons wehrten sich zäh gegen Karls Reiterei. Mit Säbeln verteidigten sie die Elbnachen, die, gehalten von einem einzigen Tau, in der Elbe trieben. Doch was konnten sie gegen den Kaiser selbst ausrichten, der seine Männer fortwährend mit spanischen Parolen anfeuerte?

Unterdessen hatten sich sechs Spanier, die ebenfalls darauf drangen, mit den Kurfürstlichen handgemein zu werden, auf der Rumpfbrücke entkleidet. Sie nahmen die Schwerter zwischen die Zähne und sprangen kurzerhand in den Fluss. Nackt durchschwammen sie die frühlingskalten Fluten. Triefend und bar jeden Schutzes, die Rapiere im Mund haltend, kamen sie den Reitern zu Hilfe.

Vom Städtlein Mühlberg her erschollen Signale zum Abzug. Der Kurfürst schien sein Heil in der Flucht suchen, sich nicht zur Schlacht stellen zu wollen. Nur ein einziges Treffen kurfürstlicher Knechte rückte heran, um die Verteidiger der Brücke zu entlasten. Sie hatten sich zu breiten, pikenstarrenden Reihen formiert, die im Eilschritt auf das Flussufer zu marschierten.

Augenblicklich postierten sich im Sand des linken Ufers Hunderte von kaiserlichen Armbrustschützen, die die feindlichen Knechte bestrichen. Es pfiff und sirrte in einem fort, ein Konzert wie von tausend Hornissenschwärmen. Das kurfürstliche Landsknechtsgeschwader kam ins Stocken. In diesem Moment ging der letzte Pionier Johann Friedrichs, der den dritten Ponton noch wacker verteidigt hatte, in die Knie. Die spanischen Reiter sprangen von ihren Pferden und zogen, vom Herrscher selbst angefeuert, den fehlenden Brückenteil elbaufwärts, um ihn in die Lücke einzupassen.

Mit schnellen Handgriffen war der Übergang wiederhergestellt. Die Landsknechte strömten über den Fluss, die Spieße in die Höhe, Spitze an Spitze, sodass kein Spatz es gewagt hätte, dort niederzuflattern.

Schwere Reiterei mit geharnischten Pferden und eingelegten Lanzen drängte nach, dass die Holzplanken dröhnten und die Schiffsbrücke gefährlich im Strom schwankte. Auch die Armbrustschützen wagten bald, das Ufer zu wechseln.

Karl umritt unterdessen mit seinen Begleitern den Tross des Feindes und versuchte, den wichtigsten Gegner, Johann Friedrich selbst, den Hauptmann der Schmalkalden, zu stellen.

Der Wittenberger Wettiner, der nun ernsthaft um seinen Kurhut fürchten musste, kam nur langsam voran. Zwar war das

Gelände zwischen Mühlberg und dem Rand der Lochauer Heide immer wieder von Weilern, Gehöften, Wäldchen und Gehölzen durchsetzt, mithin ideal, eine Flucht zu decken. Doch die vier stämmigen Rösser hatten ihre liebe Müh, die mannshohen Räder durch den knietiefen Morast zu ziehen. Die Niederschläge im März hatten den Boden gründlich durchweicht, und die ersten heißen Tage des April hatten es noch nicht vermocht, den Boden auszutrocknen und zu härten. Das Gewicht des Wagens war beträchtlich. Ein Holzfuhrwerk mit Bronzebeschlägen, das schon unbeladen einiges auf die Waage brachte. Dazu die wichtigsten persönlichen Truhen des Kurfürsten, die Kissen, Polster und Samtdecken, die ihm die Beschwernisse der Wagenreise mildern sollten. Schließlich der gewichtige Herrscher selbst, nebst Sekretär, der vor Angst die Zähne nicht aufeinander halten konnte.

Die Wagenrösser warfen ihre Mähnen, Schweiß glänzte auf ihren Hälsen und Flanken. Die Peitsche schwirrte zischend durch die Luft. Johann Friedrich hatte sich von seinen Polstern erhoben, hielt sich im Bogengerüst der Plane fest, um nicht durch das Rucken und Zurren zu Boden zu gehen.

Der vormals einflussreichste Fürst des Heiligen Römischen Reiches sah hilflos zu, wie die eigene Reiterei fliehend am Wagen vorbeipreschte. Sein Heerhaufen schien aufgelöst, ein jeder suchte, die eigene Haut zu retten.

Johann Friedrich verfluchte sein Körpergewicht, das ihm nicht mehr gestattete, ein schnelles, wendiges Ross ohne Hilfe zu besteigen. Die Leiter, die er zu diesem Zweck benutzte, hatte sich in der Eile in Mühlberg nicht mehr auffinden lassen. Ein gutes Reitpferd zwischen den Schenkeln, und er wäre in Windeseile in Torgau – wie seine Söhne. Die hatte er am frühen Morgen abgefertigt und vorausgeschickt. In der Elbestadt, die den nächst gelegenen festen Übergang über den Fluss abschirmte, lag eine starke Besatzung.

Nun allerdings musste der Kurfürst fürchten, den kaiserlichen Truppen *in persona* in die Hände zu fallen. Doch er würde sich nicht kampflos ergeben, so viel war sicher! Mit zitternder Hand tastete er nach dem Degengehänge, das ihm von der Hüfte baumelte.

Ein Trompetensignal drang an sein Ohr. Es forderte den Wagen zum Halten auf. Johann Friedrich wies den Fuhrknecht an, den Rössern die Peitsche zu geben. Zwei Berittene kamen von dem Weiler Saxdorf her und näherten sich schnell. Der Trompeter ließ erneut sein Signal erschallen. Johann Friedrich kniff die Augen zusammen, um den zweiten Reiter zu erkennen. Es war Lersner, der Rat Philipps von Hessen, der Gesandte des zweiten schmalkaldischen Hauptmanns am Dresdner Hof.

Lersner schloss seitlich auf, ließ sein Pferd in den Schritt parieren und hob die Hand zum Gruß. Der flotte Ritt hatte ihn Atem gekostet. Seine Wangen waren gerötet. »Lasst anhalten, ehrwürdiger, großmächtiger Kurfürst, auf dass ich Euren Wagen entern kann!«, forderte Lersner ihn auf. Johann Friedrich warf ihm einen verächtlichen Blick zu. »Wie Ihr zweifelsohne seht, befinde ich mich auf der Flucht. Bei anderer Gelegenheit bin ich gern bereit, mit Euch zu plaudern!«

»Ich komme im Auftrag Moritzens«, erklärte Lersner. Der hessische Gesandte ließ sein Pferd neben dem Kutschbock einher trotten. Johann Friedrich beugte sich weit unter der Plane hervor, um Lersner im Blick zu haben. »Gleich, worum er mich bittet, bestellt ihm, ich wäre glücklicher, ihn nicht als meinen Blutsverwandten bezeichnen zu müssen.«

Lersner machte eine ausweichende Handbewegung. »Ihr habt keinen Grund, ihn zu verstoßen. Er tut, was seine Pflicht ist!«

»Ist es seine Pflicht, das Schwert gegen sein eigenes Blut zu erheben? Gegen seines Onkels Sohn, der ihn einst gnädig aufgenommen und ihm die beste Erziehung hat angedeihen lassen? Aber nein, die beste Erziehung war es nicht. Sonst wäre er nicht so aus der Art geschlagen!« Johann Friedrichs dicht behaarte Backen zitterten vor Wut. Seine Zähne mahlten.

Lersner wollte sich nicht auf einen Disput einlassen. Er wandte den Blick ab. »Hört, Euer Fürstliche Durchlaucht, mein Hauptmann. Moritz lässt Euch sagen: Der Kaiser ist da, Euer Herr, denn auch Eure Sippe hat ihn zum Herrscher gewählt! Er steht vor Euch mit aller Macht. Sein Sieg ist gewiss. Ihr habt ihm nichts als ein paar versprengte Fähnlein entgegenzustellen. Nichts, was den Namen Streitmacht verdient.« Er hielt inne und räusperte sich. »Doch hört weiter: Moritz bietet Euch an, sein Wort in die Waagschale zu werfen, wenn Ihr Euch ergebt! Er verbürgt sich dafür, dass Karl nicht Hand an Euch legt! Ihr werdet an Leib und Leben unversehrt bleiben; ebenso die, die Ihr bei Euch habt, so Ihr Euch mir überantwortet. Gnade wird Euch gewiss sein, auch wenn Ihr sie nicht verdient habt.«

Johann Friedrich grummelte verächtlich. »Das sind Worte, mit denen man Kranke tröstet. Ich aber bin gesund und werde mich dem Kampf stellen.« In dem Moment rumpelte der Wagen durch eine tiefe Furche, sodass es den Kurfürsten beinahe vom Wagen geworfen hätte. Die Holzrippe, an die er sich im letzten Moment klammerte, knarrte bedenklich. Doch er stand.

Lersner zog eine sorgenvolle Miene. »Mit Verlaub, Kurfürstliche Durchlaucht, Euer Tod – der Euch sicher ereilen wird, wenn Ihr Euch nicht in meine Obhut begebt – nützt niemandem. Euer Leben kann viel Gutes bewirken. Der Sieg ist Karl heute nicht zu nehmen. Doch, glaubt mir, von Protestant zu Protestant gesprochen: Gottes Sieg wird größer und glanzvoller sein!«

Johann Friedrich wandte sich ab. Er spürte, dass ihm das Wasser in die Augen schoss. Er verfluchte seinen Kämmerer, Hans von Ponickau. Obwohl als Finanzverwalter in Kriegsdingen unerfahren, hatte der ihn gedrängt, ihm die Führung des Heeres zu überlassen. Eine fatale Entscheidung. Aber Wolf von Schönburg zu Sachsenburg, des Kurfürsten erster Feldherr, war, am Beine leidend, nicht zu gebrauchen.

Und Thumshirn war fern, befehligte die Besatzung von Annaberg und sicherte das Erzgebirge.

Wer konnte denn auch ahnen, dass das kaiserliche Heer so bald die Entscheidungsschlacht suchte? Die Elbe hätte ihm Schutz vor den Kaiserlichen gewähren sollen – dieser Strom, den die römischen Cäsaren nie zu überschreiten gewagt hatten. Doch selbst ihre Fluten hatten ihn im Stich gelassen! Alles hatte sich gegen ihn verschworen. Selbst das Frühjahrshochwasser!

Johann Friedrich warf Lersner einen harschen Gruß zu und begab sich wieder in den Schutz der Plane. Das Holzgerippe rumpelte und bebte, die Bögen knarrten und quietschten in ihren Verankerungen. So wenig fest war das Weltgerüst, dass ein machtvoller Windstoß es zum Einsturz bringen konnte, dachte Johann Friedrich bei sich. Er spürte, dass er heute fallen würde. Mit Verachtung blickte der Reichsfürst auf seinen Sekretär hinab, der, zwischen Bodenplanken und Plane gekauert, eine jämmerliche Figur abgab. Der Wettiner richtete seinen Blick ins Leere und hing düsteren Gedanken nach.

Lersner traf Herzog Moritz, der von Karl nun schon vor allen anderen als neuer Kurfürst angesprochen wurde, auf seinem prächtigen Schimmel an. Neben ihm ritten der Herzog von Alba und Herzog August. Sie führten zwei Treffen leichter spanischer Reiter und ein Treffen sächsischer Panzerreiter, mit denen sie das fliehende kurfürstliche Heer von hinten aufrollten.

Der Spanier ließ seine Leute halten. Auch Lersner brachte sein Ross zum Stehen. Den Trompeter hatte man ihm von der Seite geschossen. Der hessische Rat überbrachte Moritz die Nachricht, dass Johann Friedrich eher auf sein Schlachtenglück vertrauen wolle als auf ihn, den wortbrüchigen Vetter.

Moritz sah Alba ungläubig an. »Sieht er denn nicht, dass es keine Schlacht geben wird? Jeder Mann mit kurfürstlichem Feldzeichen versucht, sich und sein klägliches Häuflein Elend in Sicherheit zu bringen. Schon reitet Karl ohne Eskorte zwischen den Dörfern hin und her. Der Sieg ist unser, und er ist vollkommen!«

Lersner und Moritz hatten sich auf Deutsch unterhalten. Umso erstaunter waren sie, als der Herzog von Alba auf Lateinisch einwarf: »Gibt es nicht ein deutsches Sprichwort, das davor warnt, das Fell des Bären zu verteilen, bevor er erlegt ist? Ich hörte, dass Ernst von Braunschweig die versprengten schmalkaldischen Treffen auf dem Blachfeld sammelt. Glauben Sie mir, hochgeborene, gnädige Herren, der Tag ist noch jung! Erst heute Abend werden wir wissen, was es geschlagen hat.«

Moritz hieb die Rüstschuhe in die Flanken seines Schimmels, um sich von dem Spanier abzusetzen. Er war aufgebracht darüber, dass Johann Friedrich erneut seine Pläne durchkreuzte. Ein allzu glänzender Sieg des Kaisers, eine allzu verheerende Niederlage der Schmalkalden würde es Moritz sehr schwer machen, sich gegen Karl zu behaupten. Sah Johann Friedrich denn nicht, dass Ferdinand sich im Rausch des Sieges einen weiteren Teil sächsischen Landes einverleiben würde?

Der kurfürstliche Vetter in Moritz' Händen wäre ein gutes Faustpfand gewesen gegen den Landhunger der habsburgischen Brüder.

Ja, das Fell des Bären! Noch heute würde sich entscheiden, ob sich Moritz zu den Gewinnern oder Verlierern dieses Feldzuges gegen die Glaubensbrüder zählen konnte. Und Johann Friedrich in seiner tumben Sturheit hatte ihm erneut einen Knüppel zwischen die Beine geworfen!

Der Hesse Lersner hatte sich derweil unauffällig abgesetzt. Als enger Vertrauter des zweiten Hauptmanns der Schmalkalden konnte er unmöglich am Sieg der gegnerischen Partei teilhaben. Er floh, nach einem letzten Blick auf den leichenübersäten Fluchtpfad, über einen Hügel und wandte sein Ross ostwärts gen Senftenberg, in die sichere Lausitz – Habsburgerland.

Mit Hilfe der Grafen von Gleichen hatte Herzog Ernst von Braunschweig auf dem Blachfeld, einer mit niedrigem Gehölz bestandenen Lichtung am Rande der Lochauer Heide, ein gutes Dutzend Geschütze in Stellung gebracht. Im Schutze der Feldschlangen sammelten sich die versprengten kurfürstlichen Fähnlein, so sie denn zum Kampf bereit und willens waren.

Mit dem Eintreffen weiterer Züge wuchs die Kampf- und Feuerkraft des Braunschweigers von Minute zu Minute. Der Platz war gut gewählt. Vor der Geschützlinie schlängelte sich ein Bächlein, das einen breiten Streifen Graslandes unter Wasser setzte und sumpfig hielt und damit einen schnellen Zugriff auf die Kanonen vereitelte.

Bis zum späten Nachmittag gelang es dem Braunschweiger, etwa dreitausend Mann Fußvolk und ebenso viele Reiter in Aufstellung zu bringen. Geborgen durch die sumpfige Aue und die angewachsene Geschützreihe erwartete man gut gerüstet das Hauptheer des Kaisers.

Gegen sechs Uhr abends, nachdem die niedrigen, doch dicht stehenden Hecken auf dem Terrain zwischen den Heeren niedergehauen waren, unternahm die kaiserliche Reiterei in geschlossener Formation einen Angriff gegen das kurfürstliche Fußvolk. Der durchnässte Grund, der zwischen ihnen und den Landsknechten lag, war von Karl unterschätzt worden. Der Angriffssturm versumpfte förmlich, die Geschütze bestrichen die Reiter fortwährend, und der Kaiser musste sein Treffen zurückführen.

Nun ging die kurfürstliche Reiterei zum Angriff über, beschrieb einen Bogen, rückte rasch, den Morast meidend vor und setzte den Kaiserlichen machtvoll und erfolgversprechend zu.

Zur Überraschung aller erscholl jedoch plötzlich ein Trompetensignal von kursächsischer Seite, das die Reiter zurückbeorderte. Verwirrt folgten die Treffen dem Befehl, brachen ihren Vorstoß ab und wurden noch im Rückzug von den Reitern der Herzöge von Sachsen und Alba angegriffen.

Die kurfürstlichen Berittenen wurden rasch versprengt, die wenigen Abteilungen Knechte zerschlagen.

Als Johann Friedrich, der das letzte Aufbäumen von seinem Wagen aus verfolgt hatte, sah, dass die Schlacht endgültig verloren war, nutzte er das einsetzende Gemetzel, um mit dem Rest seiner Getreuen zu Fuß in die Lochauer Heide zu flüchten. Man hatte ihm Hoffnung gemacht, die Reihung kleiner Wälder mit dichtem Unterholz würde seinen schmählichen Rückzug bis in die Torgauer Gegend decken. Die Führung durch das unwegsame Gelände übernahm ein Jägermeister, den man in einem nahen Dorf aufgebracht hatte.

Doch die Flucht blieb nicht unbeobachtet. Einige Spanier setzten den Flüchtlingen nach. Einer feuerte sogar seine Arkebuse auf den Kurfürsten ab. Die Kugel schlug, keine vier Ellen von dessen Kopf entfernt, in eine alte Eiche ein.

Diese Mordabsicht versetzte Johann Friedrich einen gehörigen Schrecken. Er wandte sich um, wollte sich ergeben, doch ein spanischer Hauptmann hatte das Schwert bereits erhoben. Der Spanier holte aus, um dem Sachsen mit einem mächtigen Hieb den Schädel zu spalten. Geistesgegenwärtig riss Ernst von Braunschweig einem der Landsknechte, die sie umgaben, den Spieß aus der Hand und lenkte den Hieb so glücklich ab, dass die Klinge dem Kurfürsten nur die Wange ritzte.

Der Spanier war außer sich vor Wut. Der Herzog von Braunschweig rief ihn auf Lateinisch an, offenbarte ihm, wer ihm gegenüberstand und brachte ihn so zur Raison.

Mitsamt seinem Haufen ergab sich der Braunschweiger, um Ärgeres zu verhindern, doch der Kurfürst weigerte sich, seine Hände in das Schicksal eines namenlosen spanischen Katholiken zu legen.

Unablässig kamen weitere kaiserliche Berittene durch das Unterholz heran. Als sich schließlich auch ein deutscher Edelmann näherte, einer derer von Trotha, geruhte auch Johann

Friedrich, der Erzmarschall des Reiches, sich endlich zu ergeben.

Die Wunde unter dem linken Auge blutete noch, als man den ersten Hauptmann der Schmalkalden zu Fuß vor den Kaiser führte. Der Herzog von Alba eskortierte ihn zu Pferde auf der linken Seite. Zu seiner Rechten lief Ernst von Braunschweig, der ihm bis zum bitteren Ende gefolgt war. Daneben der Spanier, der die Ehre gehabt hatte, ihn aufzuspüren, und der Edle von Trotha.

Karl erwartete sie auf seinem prächtigen friesischen Rappen. Das Pferd tänzelte unruhig, als der sächsische Kurfürst einige wankende Schritte auf den Kaiser zu machte. Karl, dessen Bart seit Ausbruch der deutschen Beschwernisse fast ganz grau geworden war, sah ungnädig auf den fürstlichen Gefangenen hinab.

Johann Friedrich bewegte sich schwerfällig. Er konnte sich kaum auf den Beinen halten. Der Brauschweiger trat ihm zur Seite, um ihn zu stützen.

Der Mordanschlag hatte tiefsten Eindruck auf den einst großmächtigen Wettiner gemacht. Seine gelbe Feldbinde war mit Blutstropfen besprengt. Er war überzeugt davon, dass der spanische Herr ihm nach dem Leben trachtete. Der entmachtete Kurfürst sank auf die Knie, sei es aus Erschöpfung, sei es aus Ehrerbietung. Stockend sprach er auf Deutsch: »Allergnädigster Kaiser«, er vergaß in seiner Aufregung sogar die gebührende Anrede, »ich bin Euer Gefangener.«

Karl sah auf ihn hinab. Er machte keine Anstalten, vom Pferd zu steigen, hätte es auch ohne Hilfe nicht vermocht. Nuschelnd, in seinem stockenden Deutsch antwortete er: »Jetzt nennt Ihr mich Kaiser. Das ist eine Bezeichnung, sehr verschieden von denen, die Ihr mir früher beizulegen pflegtet!«

Johann Friedrich schwieg. Er spürte die tiefe Empörung, die in Karls Rede mitschwang. Wieder einer, der es gewagt hatte, sich gegen den Weltenherrscher aufzulehnen! Und von denen einer der Schlimmsten! Hatte er nicht den Ketzer Luther bis zu dessen Tod beschirmt?

Der geschlagene Wettiner zeigte seine nackten Hände, die nichts mehr auszurichten vermochten. »Ich bitte Euch, mich so zu halten, wie es einem gefangenen Fürsten gebührt.«

»Ich will Euch halten nach Gelegenheit und Verdienst«, zischte Karl. »Geht weg von mir!«

Dann ließ der Kaiser seinen Friesen eine enge Wendung vollführen. Er wollte den Elenden nicht mehr ansehen müssen.

Johann Friedrich fühlte einen eisernen Rüsthandschuh auf der linken Schulter. Dieser schützte die Hand des Herzogs von Alba. Sie schob ihn vorwärts, drängte ihn, dem Kaiser zu folgen. Zu Fuß.

Die Dämmerung brach schon herein, als Justus sich endlich aus seinem Versteck wagte. Er überschritt die Elbe über die wankende Schiffsbrücke, folgte dem Weg, den die Heerhaufen genommen hatten. Wo die Spitze der kriegerischen Horde war, da wird auch deren Führer sein, dachte Justus. Doch längst kamen ihm Knechte und Reiter wieder entgegen, wechselten hinüber auf die linke Elbseite.

Er fühlte sich elend. Hatte er sich doch verkrochen wie ein alter, zahnloser Kläffer. Niemand hatte ihn im Kriegshandwerk unterrichtet. Er war es gewohnt, mit Worten zu fechten. Diese Fähigkeit war sein ganzer Stolz. Doch in den letzten Tagen hatte er seine Wahl mehr als einmal bereut!

Der zweitgeborene von Liebenstein führte sein Pferd am Zügel entlang des Wegs, den die Heere genommen hatten, über die Dörfer, Wiesen und Äcker. Die Felder waren bereits bestellt, doch in diesem Frühjahr sollten keine Halme aus der braunen Krume wachsen, sondern Gebeine.

Am Wegesrand lagen die gefallenen Körper beider Parteien. Allerlei Volks machte sich bereits an ihnen zu schaffen.

Beutel wurden geschnitten, Schnallen abgetrennt, Harnische von den Brüsten gehoben, Perlen und bunte Steine aus Degengehängen und Schilden gebrochen, Ärmelsäume aufgerissen.

Die milde Abendluft, die verheißungsvoll nach Frühling duftete, war durchdrungen von den Schreien der Verwundeten. Die Feldschere hatten in einem fort zu schneiden. Nach den Lanzen, Armbrüsten und Büchsen verrichteten nun die Sägen ihr blutiges Geschäft.

Und immer noch erschollen Schreie aus dem Wald, wo sich Soldaten des Kurfürsten verschanzt hatten. Das Victoriaschießen der kaiserlichen Hakenschützen oben auf dem Blachfeld war nicht bis an ihre Ohren gedrungen.

Leid erstickte das Land und verpestete die Luft, mancherorts hatten sich rote Pfützen gebildet, überall lagen abgetrennte Gliedmaßen. Der brodelnde Geruch von Blut wurde ihm mit dem auffrischenden Wind ins Gesicht getrieben. Justus musste würgen, doch er konnte den Blick nicht abwenden vom Spektakel des Todes.

Schließlich erreichte der Jüngling das letzte und blutigste Schlachtfeld am Waldsaum und brach in Tränen aus. Noch lange nach Einbruch der Dunkelheit stand er still an den Leib seiner Stute geschmiegt und starrte wie gelähmt auf den Ort, wo der Tod reiche Ernte gehalten hatte.

Jenseits der sumpfigen Ebene waren Knechte im Schein der Fackeln damit beschäftigt, die Banner und Wimpel der Gegner einzusammeln und aufzuschichten. Unter Aufsicht der Chronisten wurde die blutige Strecke des Tages in Strichlisten verwandelt, um den Ruhm des Siegers zu mehren. Man begnügte sich damit, die vernichteten Fähnlein zu zählen. Jedes Fähnlein stand für hundertfünfzig bis fünfhundert Mann. Manche waren in Fetzen gehauen.

Der Liebensteiner fragte einen vorbeiziehenden Trompeter, der sich müde auf den Sattelknauf lehnte, wo die Herrscher und deren Feldführer zu finden seien?

»Der Kaiser ist zurückgekehrt nach Schirmenitz, auf das Schweinitzsche Gut. Herzog Moritz ist bei ihm, auch der König. Der geschlagene Kurfürst – wie ich hörte – ebenso.«

Justus stöhnte auf. So musste er denn die ganze Wegstrecke noch einmal in entgegengesetzter Richtung zurücklegen, um seinem Herrn endlich unter die Augen treten zu können! Schicksalsergeben wendete er seine Braune und machte sich auf, gen Schirmenitz.

Die Schiffsbrücke lag immer noch über die Elbe gespannt, sorgfältig vertäut. Ein unablässiger Strom von Soldaten, Boten und Neugierigen bewegte sich hinüber und herüber. Justus stieg nicht vom Pferd, als er die Brücke überquerte. Das hölzern-dumpfe Trampeln der Hufe zerstampfte die Gedanken an die vielen Toten; die Elbe schwemmte den Trübsinn mit sich fort. Auf der Mitte des Flusses angelangt, richtete er sein Sinnen nach vorn, dem Leben zu. Es fiel ihm nicht einmal schwer. Er musste sich lediglich Eleonors Bild wieder ins Gedächtnis rufen.

Als die Braune ihre Vorderhufe in den sandigen Kies des linken Ufers setzte, blickte Justus auf. Den sanft abfallenden Elbhang herunter klangen Musik und Vivat-Rufe. Der Nachthimmel war rot gefärbt von Hunderten von Lagerfeuern. Justus trieb die Stute entschlossen auf den rotflackernden Schein zu.

Auf dem Hof des Schweinitzschen Gutes war ein Prachtbaldachin aufgeschlagen, unter dem golddurchwirkten Tuch eine lange Tafel auf Böcken errichtet. Der Tag der Schlacht war der erste des Jahres, den man mit Fug und Recht heiß nennen konnte. Der Durst war groß. Man ließ es sich aus metallenen Bechern und Pokalen wohl sein.

Nur die Miene des Kurfürsten, der mit dem Braunschweiger abseits saß, war wie versteinert. Man hatte sie, wie es ihrem Stande geziemte, zur Tafel gebeten. Und doch war es eine abgrundtiefe Schmach, zur Feier der eigenen Niederlage geladen zu sein.

Justus ritt zwischen unzähligen Zelten und Lagerfeuern hindurch, um die sich die Haufen der Knechte und Spießgesellen scharten. Als sich der Jüngling zu Pferde dem Hoftor des Schweinitzschen Gutes näherte, kreuzten sich die Hellebarden der Schildwachen vor den Nüstern seiner Braunen. Justus erklärte, dass er ein Edler von Liebenstein sei, dass er zum Kaiser wolle, dass er wichtige Kundschaft von der Meißner Burg mit sich führe. Eine der Schildwachen spuckte aus und wandte sich ab. Wenig später kehrte er in Begleitung eines dünnen, vornehm gewandeten Herrn mit weit vorgerückter Glatze zurück. Der Herr stellte sich als Sekretär Seiner Majestät des Kaisers vor. Justus blieb hartnäckig. Mit dem Kaiser selbst wolle er sprechen, mit niemand Geringerem. Er sei ein Edler von Liebenstein und im Besitz einer Botschaft von der Nichte des Kaisers, der Erzherzogin Eleonor.

Der kaiserliche Sekretär musterte ihn neugierig. Dann befahl er ihm, sein Pferd der Obhut eines Stallknechts zu übergeben und erneut zu warten.

Wenig später kam er zurück und bat Justus, ihm zu folgen. Der Liebensteiner gab sich so hochmütig als möglich und schritt zwischen den Schildwachen hindurch. Sie hatten ihn nicht durchsucht. Die Scheide seines Dolchs drückte ihn ein wenig in die Seite. Das war beruhigend.

Justus näherte sich dem offenen Prachtbaldachin. Je näher er kam, desto mulmiger wurde ihm. Er hörte an Lautstärke und Tonhöhe der Stimmen, dass man den Sieg bereits reichlich begossen hatte. Der Duft gebratenen Fleisches stieg ihm in die Nase, und zum ersten Mal seit Stunden meldete sich der Hunger. Doch er war sich sicher, er würde nichts herunterbringen. Wie konnten die Herren nach einem solchen Tag ihre Zähne in blutiges Fleisch schlagen?

Die Harnische der Kriegsleute, die zum Siegesmahl nicht abgeschnallt wurden, glitzerten im Fackelschein. Justus fühlte sich angesichts dieser Versammlung von Durchlauchtigsten und Hochgeborenen mit einem Mal völlig unbedeutend.

Der Sekretär führte ihn zu einem jener edlen Herrn. Seine Haut war sehr hell, das Kinn stand ein wenig vor, wie man es sich vom Kaiser erzählte, die Haare lugten rötlich-braun unter einer flachen Seidenkappe hervor. Allerdings war sein Kinn unbehaart. Das war nicht das, was man sich gemeinhin von Karl erzählte, doch auch ein Kaiser konnte sich rasieren lassen. Also sank Justus vor ihm auf die Knie.

Der hochehrwürdige Herr drehte den Kopf nur ein wenig und maß Justus mit einem wachen Blick. »Du bringst Nachricht von meiner Tochter?«

Das Grölen und Wetteifern rund um die Tafel hatte nicht nachgelassen.

»Ja«, flüsterte Justus kaum hörbar in den Lärm, und der Herr hielt eine Hand an sein Ohr.

»Ja«, sagte Justus erneut, diesmal etwas lauter. Der Knabe hatte begriffen, wen er vor sich hatte. Es war nicht Karl. Es war der König von Böhmen und Ungarn, römischer König und Prätendent auf den Kaiserthron, der Erzherzog von Österreich, Eleonors Vater.

Die Verwandtschaft war nicht zu übersehen: die Nase, das vorspringende Kinn, die dünnen, rötlichen Haare. Justus spürte sich zu ihm hingezogen.

Der Liebensteiner rutschte auf Knien ein wenig näher, legte seine rechte Hand aufs Herz und sprach laut und deutlich: »Ihro hochgeborene, gnädigste Königliche Hoheit, ich bitte demütigst und in aufrichtiger Verehrung um die Hand Eurer Tochter.«

Ferdinand glotzte wie blöde und brach dann in lautes Gelächter aus. An der Tafel verstummten die Gespräche, alle Aufmerksamkeit lag plötzlich auf dem Scholaren. Schnell wurde die ungehörige, lachhafte Neuigkeit weitergegeben: Ein meißnischer Halbwüchsiger erdreiste sich, um die Hand der Kaisernichte und Königstochter anzuhalten.

Die Herrschaften um ihn herum wollten sich schier ausschütten vor Lachen. Der Jüngling blickte grimmig, machte Anstalten sich zu erheben.

Doch plötzlich stand ein schlanker, in Schwarz und Gold gewandeter Herr neben Justus und maß ihn von oben bis unten. »Den Burschen muss ich besichtigen, der den Mut hat, um die Hand meiner Nichte anzuhalten.«

Justus rutschte ein wenig herum, bis er vor dem Kaiser kniete. Er senkte erneut das Haupt.

»Soso. Du willst Eleonor freien, Kerl? Welches Königreich hast du ihr denn zu Füßen zu legen?« Karl schob das Kinn noch weiter vor. Seine Augen blitzten. Es war offensichtlich: Er machte sich einen Spaß.

Der Knabe bebte innerlich: Er würde dem hohen Herrn schon zeigen, wie ernst er es meinte! »Jedes Königreich, das Ihr zu erobern mir auftragt, Euer Kaiserliche Majestät!«, antwortete er kühn und in flüssigem Latein. Karl zog die Stirn belustigt in Falten. »Gut gesprochen, Bursche. Aufs Maul gefallen bist du nicht!«

»Das Blaue vom Himmel wird er Euch versprechen, Kaiserliche Majestät. Seht Ihr nicht, wie verliebt er ist?«, dröhnte es hohnlachend vom anderen Ende der Tafel.

»Er gehört, scheint's zu den Leipziger Studenten, die auf der Meißner Burg eingeschlossen sind«, erläuterte einer der Getreuen, die weiter hinten saßen, aus der Umgebung des sächsischen Herzogs.

»Sehr eingeschlossen schaut er mir nicht aus«, lästerte ein anderer.

Herzog Moritz hatte sich erhoben und war herangetreten. »Solltest du nicht auf der Burg sein? Wer hat dir erlaubt, dich zu entfernen?« Moritz sah den Knaben aus kleinen, zornigen Augen an. Am Tonfall, den glänzenden Augen, vor allem aber am Schaum, der ihm am Barte klebte, erkannte Justus, dass der Fürst dem Bier kräftig zugesprochen hatte.

»Ich habe mich entfernt, da ich eine wichtige Botschaft zu überbringen habe«, verteidigte sich Justus tapfer.

Moritz hob drohend die Augenbrauen. »Das muss eine prächtige Kunde sein, wenn man tischauf, tischab darüber lacht.« Der Sachsenherzog senkte die Stimme. »Troll dich! Du stellst mit deiner wirren Rede den neuen Kurfürsten von Sachsen und seine Untertanen bloß!«

Karl wies den Herzog mit einer verärgerten Geste zurecht. Er witterte eine Gelegenheit. »So erzähl uns doch etwas über das Schicksal unserer Nichte. Wir haben sie längere Zeit nicht gesehen, und der Herzog hat uns nur spärlich mit Nachrichten versehen!«

Moritz ballte die Fäuste und verzog das Gesicht. Justus ließ sich nicht beirren. »Sie ist das wunderbarste Wesen, das mir jemals begegnet ist, einer der hellsten Strahlen aus dem Kronenkranz der Sonne«, beteuerte Justus inbrünstig und erntete heilloses Gelächter.

Auch auf Karls Gesicht hatte sich ein Lächeln geschlichen. »Abgesehen davon, dass sie einen kleinen lyrischen Landjunker gefunden hat, der sie auf anrührende Weise bewundert, geht es ihr doch gut?«

Justus nickte. Er fasste Zutrauen zu Karl. »Wir hatten harte Zeiten, Euer Kaiserliche Majestät. Man wollte sie ermorden, feige meucheln. Aber ich habe sie gerettet!«

Karl hob kaum merklich eine Augenbraue. Er warf Moritz und August einen strengen Blick zu. Johann Friedrich, in einiger Entfernung, zog den Kopf zwischen die breiten Schultern. »Ermorden? Die Nichte des Kaisers ermorden? Wer wagt das?«

»Treibt endlich den großsprecherischen Studenten vom Hof«, mischte sich Moritz polternd ein.

Johann Friedrich stimmte ihm hastig zu: »Wir kennen den Leumund von Seinesgleichen! Glaubt ihm kein Wort!«

Doch Karl wollte den Spaß auf die Spitze treiben. »Du hast sie also aus den Fängen des Mörders gerettet? Wie denn? Hast du ihn zu Tode disputiert?«

Justus straffte sich und hob das Kinn. »Mit einem astronomischen Gerät, einem Astroskop. Das ist ein *instrumentum*, mit dem man die Sterne betrachtet. Unser Magister benutzt es Nacht für Nacht.« Erneut erntete er Gelächter.

»Der Kerl will uns einen Bären aufbinden! Hinaus mit ihm«, befahl Moritz zornig und wollte selbst Hand an ihn legen.

Justus wich ihm aus und rief mit dem Mut des Verzweifelten: »Ihr hohen, hochehrwürdigen und allerdurchlauchtigsten Herren, ich möchte, dass Jungfer Eleonor von Habsburg, Erzherzogin von Österreich, mein Weib wird. Ich möchte sie heimführen auf das Liebensteinische Gut, das zwar kleiner ist als manches Königreich, wo aber Gottes Name gepriesen und seine Gebote geachtet werden. Ich möchte auch vor der Welt als ihr Ehemann gelten. Und sie als mein Weib. Denn vor Gott sind wir es bereits!«

Augenblicklich herrschte Stille an der Tafel. Selbst die Diener, die unablässig Speisen auftrugen, hielten inne und bemühten sich, ein Wort zu erhaschen.

Mit einer Geste bedeutete Karl seinem Sekretär, dass der Spaß nun ein Ende hatte.

Obernburger winkte einen Hauptmann der Schildwache zu Hilfe. Gemeinsam packten sie Justus unter den Armen, hoben ihn auf und trugen ihn hinaus. Der Liebensteiner versuchte noch, nach seinem Dolch zu greifen, doch ihre Griffe waren wie Zangen.

»Schweig, wenn du dich nicht um Kopf und Kragen reden willst«, zischte ihm Obernburger ins Ohr. »Du kannst von Glück reden, dass sie schon mächtig dem Wein und Bier zugesprochen haben! Vielleicht haben sie es bis morgen vergessen!«

Obernburger brachte ihn in einen abgelegenen Stall des Gutes, wo er ihn befragen wollte. Doch bevor er den pikanten Punkt, inwieweit es sich bei Justus und Eleonor um eine körperlich-eheliche Verbindung handelte, berühren konnte, drängte sich ein anderer, edel gekleideter Herr in den Schober. Er trug wie Karl die schwarze, spanische Tracht, war jedoch um etliche Jahre jünger als der Kaiser. Er wollte Obernburger hinausschicken, doch der blieb beharrlich.

Der Spanier packte Justus an beiden Armen und sah ihm in die Augen. »Du hast Nachricht von meiner Schwester? Ist sie wohlauf? Wo finde ich sie?« Sein oberdeutscher Dialekt war klar und ohne fremdländischen Akzent. Justus war wie betäubt. Er begriff, dass es sich bei dem spanisch anmutenden Edelmann um einen Bruder Eleonors handelte.

»Sie muss befreit werden. Sie ist eingeschlossen auf der Meißner Burg!«

»Eingeschlossen? Also doch! Diese Heuchler!« Maximilian warf Obernburger einen zornigen Blick zu. Der Sekretär des Kaisers wollte ihn beschwichtigen. »Nicht jetzt, Euer Fürstliche Durchlaucht. Geduld!«

Justus zog den Brief des Magisters unter dem Gürtel hervor. »Lest selbst, wenn Ihr mir nicht glaubt!«

Mit zitternden Fingern entfaltete der Edelmann die Bögen. Justus war unbehaglich zumute, denn der Brief war an Moritz gerichtet, doch vom sächsischen Herzog hatte er keine Hilfe zu erwarten. Der dunkel gekleidete, schwarz gelockte Herr, dessen Nase und Kinn ihn deutlich als Mitglied des Habsburgerstammes auswiesen, überflog die Zeilen. Dann ließ er das Schreiben sinken und sah Justus in die Augen. »Führe mich zu ihr! Unverzüglich! Sie schwebt in Lebensgefahr!«

Justus nickte eifrig. »Das habe ich zu erklären versucht!«

Obernburger verließ zornigen Schrittes den Stall. Der Liebensteinische Jüngling fühlte sich von Eleonors Bruder gepackt und hinausgezerrt. Er stolperte über die Schwelle auf den Hof. Maximilian eilte zu den Pferden. Doch bevor sie sie erreicht hatten, trat ihnen König Ferdinand entgegen. Er hob die Hand, um seinen Sohn in die Schranken zu weisen. »Maximilian! Wir werden deine Schwester heim holen, wenn die rechte Zeit gekommen ist.«

Hastig schilderte Maximilian seinem Vater die Lage, so wie er sie dem Schreiben des Magisters entnommen hatte. Ferdinands strenger Blick suchte Moritz und dessen Bruder. Doch die hatten sich schon mit ihren Räten zurückgezogen. Da endlich gestattete Ferdinand seinem Sohn, Eleonor mit einer Eskorte der tapfersten ungarischen Reiter zu befreien. Justus sollte sie führen.

Noch in der Nacht brachen sie auf. Maximilian suchte Justus' Nähe, denn er wollte mehr über den Jüngling erfahren, dem offensichtlich so viel an seiner Schwester lag.

»Du hattest erwähnt, dass ihr Mann und Frau seid? Wie kann das sein, ohne christliche Zeremonie?«

Justus senkte den Blick. »Wir sind es nicht feierlich besiegelt vor Gott und der Welt. Doch sind wir es im Sinne Luthers: ›Ist das Bett beschritten, ist das Recht erstritten.‹«

Maximilian schwieg lange, während sie nebeneinander her ritten. Wie konnte ein kleiner sächsischer Landjunkerssohn wagen, sich auf Luther zu berufen? Empört fragte er schließlich: »Wer hat dir das erlaubt? Dein ketzerischer Glauben?«

Justus war sich keiner Sünde bewusst. »Wie sagt nicht Luther: ›Genieße das Leben mit dem Weib, das du lieb hast‹? Und ich habe Eleonoren lieb. Mehr, als ich beteuern kann.«

Maximilian zischte durch schmale Lippen: »Zitiere mir nicht zu oft diesen Ketzer! Seine Worte begründen nicht das mindeste Recht!«

Justus sah ein, dass es besser war zu schweigen. Aber er weigerte sich, Sünde in dem zu sehen, was er getan hatte.

Maximilian verfiel in tiefes Schweigen. Immer wieder warf er dem Liebensteiner einen Seitenblick zu. Justus schaute unbeirrt, von der Rechtmäßigkeit seiner Forderung überzeugt, gerade aus. Das beeindruckte Maximilian. Auch fühlte er, dass der Liebensteiner ein reines Herz hatte.

Nach reiflicher Überlegung unterbreitete er Justus ein Angebot: Er werde ihn als Junker in sein Gefolge aufnehmen. Auf diese Weise könne er Eleonor stets nahe sein. So lange, bis sie ein rechtmäßiger und standesgemäßer Gatte in sein Reich führen werde. Mehr könne er nicht tun.

Darauf wusste Justus nichts zu antworten. Er sah ein, dass niemand gewillt war, ihm Eleonor zur Gattin zu geben. Nicht einmal aus Dankbarkeit für das, was er getan hatte. Zu unbotmäßig war sein Anliegen. Justus umschloss den Griff des Dolches fester. Er war immer noch an seiner Stelle unter dem Gürtel. Er würde sich die Liebste nicht nehmen lassen!

Sie erreichten Meißen im Morgengrauen. Bevor sie das Elbtor durchritten, erreichte sie ein Kurier des Kaisers mit hochamtlichen Weisungen. Damit begaben sie sich schnurstracks zu Bürgermeister Ahnsorge. Justus wusste, wie der Befehl lautete: Die Quarantäne der Scholaren augenblicklich aufzuheben. Sie friedlich ihrer Wege ziehen zu lassen. Die Jungfer Eleonor umgehend in das kaiserliche Lager zu führen.

Der Bürgermeister beeilte sich, allen Forderungen auf das Genaueste zu entsprechen. Er ließ die Glocken der Stadt läuten, zum Zeichen des Sieges. Ließ nach dem neuen Stadtpfarrer schicken, um gemeinsam mit den befreiten Scholaren einen Dankgottesdienst im Dom zu feiern. Dabei sollte, in Meißen wie überall im Reich, auf Anordnung des Kaisers der Psalm XXXVII verlesen werden:

> Erzürne dich nicht über die Bösen / Sei nicht
> neidisch über die Übeltäter. Denn wie das Gras /
> Werden sie bald abgehauen / Und wie das
> grüne Kraut / Werden sie verwelken. Hoffe auf
> den Herrn / Und tue Gutes / Bleib im Lande /
> Und nähre dich redlich. Hab' deine Lust am
> Herrn. / Der wird dir geben / Was dein Herz
> wünschet. Befehl dem Herrn deine Wege /
> Und hoffe auf ihn. / Er wird's wohl machen …

Während die Glocken die Meißner zusammenriefen, öffnete sich unter Maximilians Führung das Burgtor für die Eingeschlossenen. Eleonor stürmte ihrem Bruder entgegen und fiel ihm in die Arme. Beinahe hätte er sie nicht erkannt, in ihrem Scholarenkleid, mit kurzen Haaren! Doch als er die Schwester zwar entstellt, aber unversehrt sah, brach er in Tränen der Freude aus.

Eleonor barg ihr Gesicht im Kleid des Bruders. Als sie sich nach einer Ewigkeit wieder trennten, warf sie Justus einen dankbaren Blick zu. Der Liebensteiner verzehrte sich innerlich vor Eifersucht. Hart umkrampfte er seinen Dolch, doch war er unentschlossen, wem er ihn in die Rippen rammen sollte. Er spürte, dass er Eleonoren bereits verloren hatte.

Noch in den Armen ihres Bruders, brach die Erzherzogin plötzlich zusammen. Maximilian hob sie auf und trug sie zum Dom hinüber. Justus vermochte nichts weiter, als hilflos zuzuschauen. Seine Beine standen wie gelähmt.

Knopplochius überflog die Depeschen des Kaisers. Überschwänglich befahl er, alle Portale auf der Burg, jede Tür, jedes Tor, das sich finden ließ, weit zu öffnen. Selbst das Viehzeug, das noch übrig war, sollte aus den Stallungen befreit werden. Die verbliebenen Scholaren stürmten los, um der Anordnung Folge zu leisten. Knopplochius selbst eilte in den Dom, um die Glocken zu läuten und alle Gläubigen zum Dankgottesdienst zu rufen. Doch nur wenige Meißner getrauten sich in Begleitung des Stadtpfarrers auf die Burg, die nicht länger ein Verlies war. Der Anblick der gemeuchelten Leichen im Dom tat ein übriges, die Gerüchte wild ins Kraut schießen zu lassen.

Knopplochius ließ sich nicht beirren. Gemeinsam mit den Scholaren stimmte er jubilierend ein *Te Deum* an. Auch Eleonor war wieder erwacht. Nur Justus fehlte.

Der Liebensteiner war dabei, alle Bücher, die er finden konnte, hinauf in den Glockenturm zu schleppen, bis auf das höchste Podest. Ebenso den Inhalt seiner Truhen. Er wuchtete und schob, so lange, bis ihm die Kleidung vom Schweiße völlig durchnässt war. Zuletzt griff er nach einer brennenden

Fackel, die im Treppengang in einer Halterung steckte, und nahm sie mit hinauf. Von dort oben, durch das luftige Maßwerk des Turmes hindurch blickte er weit übers Land. Dies schien ihm der rechte Ort, sein Leben zu beenden. Justus griff nach der Fackel und warf sie auf den Haufen. Obenauf lag das braune Scholarenkleid. Justus hatte sich vorgenommen, mit einem beherzten Satz auf den Scheiterhaufen zu springen, sobald dieser kräftig genug brannte. Doch er hatte nicht die Kraft. Der Jüngling spürte die gefräßige Hitze, die ihm den Atem nahm, und hatte jämmerliche Angst vor dem Sterben. Er tastete nach seinem Dolch. Wäre es einfacher, sich vorher die Kehle aufzuschlitzen und dann hineinzuspringen?

Eine schwarze Rauchfahne zeigte allen, die zu den Domtürmen hinaufblickten, dass etwas Unwiderrufliches vor sich ging.

Auch Eleonor, die eben neben ihrem Bruder den Dom verließ, sah den Brand im Glockenturm. Aber sie als Einzige wusste, dass nur Justus das Feuer entfacht haben konnte. Nach einem kurzen Moment der Lähmung stürmte sie los.

Sie kannte die schmale Wendeltreppe, die hinaufführte. Als die junge Fürstentochter auf das offene Podest in luftiger Höhe trat – sie musste ihre Scholarenkappe festhalten –, wirbelte Justus erschrocken herum. Er erblickte die Geliebte, sah ihren entsetzten Blick und ließ sich nach hinten kippen. In die lodernden Flammen hinein. Die Funken sprühten, das Feuer prasselte. Eleonor schrie auf. Sie zerrte Justus an den Fußgelenken vom Scheiterhaufen, riss sich den Umhang vom Leibe und warf ihn über den Knaben, um die Flammen zu ersticken. Die schweißnasse Kleidung war an vielen Stellen nicht einmal angesengt. Justus legte einen Arm um Eleonor, um sich zu stützen, und gemeinsam flohen sie vom Glockenstuhl, denn das Feuer breitete sich rasch über die Holzplanken aus.

Die Scholaren und etliche Bewohner Meißens hatten im Domhof eine Kette gebildet, um das Feuer zu bekämpfen, doch waren sie nicht genug, um ganz hinauf zu reichen. Viele Meißner weigerten sich immer noch, die Pestburg zu betreten. So griff das Feuer rasch und kaum gehindert um sich, bald brannten beide Turmhelme lichterloh. Noch am gleichen Tag waren sie abgebrannt und der Glockenstuhl in den Chor gestürzt. Der Dom war nur noch Ruine. Aus protestantischer Sicht war er dem Zorn Gottes über die Niederlage des rechtgläubigen Bundes geopfert.

Am Mittag brachen Maximilian und seine Schwester auf. Bevor Eleonor ihr Ross bestieg, erneuerte der Erzherzog sein Angebot: »Komm mit uns. Ich werde dich als meinen eigenen Bruder betrachten. Du kannst Eleonor, so weit es schicklich ist, zur Seite stehen, wann immer du magst. Nur zu deinem angetrauten Weibe nehmen kannst du sie nicht. Unmöglich!«

Eleonor warf ihm einen flehenden Blick zu. Sie öffnete die Lippen, aber sie schwieg. Es schickte sich nicht, sich in die Rede ihres ältesten Bruders, des nächsten Anwärters auf den römischen Königstitel und damit des Kaiserthrones, einzumischen.

Justus blickte zu Boden. Er konnte ihren Blick nicht mehr ertragen, kämpfte seine Tränen nieder. »Nein«, kam es leise von seinen Lippen. Dann noch einmal, wie um sich selbst zu beschwören. »Nein.«

Eleonor wandte sich ab. Sie bestieg ihr Ross und trat ihm fester als notwendig in die Seite. Das Pferd setzte sich in Gang. Justus vernahm das Klappern der Hufe. Das Geräusch wollte ihm das Herz zerreißen. Er wollte ihr etwas hinterherrufen. Aber er verbat es sich. Biss sich auf die Lippen, dass sie blutig anschwollen. Und sah ihr nur nach. Unter der Kappe floss das rotblonde Haar in flatternden Strähnen hervor.

Dann, als sie fast außer Sicht war, drehte sie sich noch einmal zu ihm um. Tränen standen wie Perlen auf ihren Wangen. Ein Anblick, den Justus bis an sein Lebensende im Herzen tragen würde.

Eleonor kam über diese erste, verzweifelt hoffnungslose Liebe hinweg. Jahre später wurde die Nichte des Kaisers an einen Gonzaga, Herzog von Mantua, verheiratet.

Anders Justus von Liebenstein. Er blieb unbeweibt und kinderlos und widmete sein Leben der Erkenntnis und Lehre. Viele Jahre vergingen, bevor Justus die Bedeutung des Nachtgesichts, das ihn auf der Burg bedrängt hatte, zu begreifen gelernt hatte. Nicht Türmer war der Drache gewesen. Auch nicht der einäugige Meuchelmörder. Der Drache war in ihm selbst.

# Danksagung

Die aufwändige Arbeit an einem solchen Buch ist nur möglich durch die Anteilnahme und Hilfsbereitschaft vieler Menschen. Besonders danken möchte ich den Institutionen, die meine Recherchen unterstützt haben: dem Universitätsarchiv Leipzig, dem Stadtarchiv Meißen, der Sächsischen Landes-, Universitäts- und Staatsbibliothek Dresden, dem Haupt- und Staatsarchiv Dresden, der Österreichischen Nationalbibliothek Wien, dem Kunsthistorischen Museum Wien, Außenstelle Schloss Ambras, dem Stadtarchiv Ulm, dem Staatlichen Hochbauamt Ulm sowie dem Stadtarchiv Heilbronn. Des Weiteren danke ich allen, die nützliche Hinweise gegeben haben, und natürlich meiner Familie, die mich ohne Klagen durch die Höhen und Tiefen dieses Projekts begleitet hat.

RALF GÜNTHER